GESA SCHWARTZ

Grim
Das Erbe des Lichts

GESA SCHWARTZ

DAS ERBE DES LICHTS

Originalausgabe April 2011 bei LYX
Verlegt durch EGMONT Verlagsgesellschaften mbH,
Gertrudenstr. 30–36, 50667 Köln
Copyright © 2011 bei EGMONT Verlagsgesellschaften mbH
Alle Rechte vorbehalten

1. Auflage
Lektorat: Katharina Kramp
Vignette: Eva Widermann
Vorsatz: © Max Meinzold
Satz: Greiner & Reichel, Köln
Druck: GGP Media GmbH, Pößneck
ISBN 978-3-8025-8304-9
www.egmont-lyx.de

Kapitel 1

Der Schnee fiel aus der Dunkelheit des Himmels wie Mehl aus einem unsichtbaren Sieb. Grim fühlte die Flocken als winzige Splitter aus Eis auf seinem Gesicht, als er die Klauen auf die Brüstung des Turms Saint Jacques legte und den Blick über die Straßen von Paris gleiten ließ. Der Wind ließ seinen Mantel flattern und strich mit frostigen Fingern über seine Schwingen. Grims dunkle Gestalt verschmolz beinahe mit der Nacht, die ihn umgab, und er stand so regungslos da, als wäre er eine der Statuen, die ihn auf seinem Turm umringten. Doch er war mehr als das. Trotz des Mantels drang die Kälte durch seine steinerne Haut und zog die Hitze des Albtraums aus seinen Gliedern, der ihn wie in jeder verfluchten Nacht der vergangenen Wochen wieder einmal aus dem Schlaf gerissen und hinaus auf seinen Turm getrieben hatte.

Es herrschte eine ruhige, fast friedliche Stille in der Stadt, und selbst der Verkehr, der unaufhaltsam durch die Straßen pulste mit seinen weißen und roten Lichtern, klang nur dumpf zu Grim herauf. Jeder Ton wurde von der Decke aus Schnee gedämpft, die sich auf den Dächern niedergelegt hatte und die Menschen seit Wochen in Verzücken versetzte, als würde sie ein wunderbares Geheimnis ankündigen, das sich bald offenbaren würde. Grim schnaubte verächtlich. Menschen!

Das Wort klang fremd in seinen Gedanken wider und ließ ihn die Hand zur Brust heben. Er fühlte die leisen Schläge seines menschlichen Herzens in seinem steinernen Körper, und wieder einmal überkam ihn ein Gefühl wie in jenen lang vergangenen Nächten vor über zweihundert Jahren, in denen er allein durch Italien geirrt war, fremd und heimatlos und wohl ahnend, das einsamste Geschöpf der Welt zu sein. Eine beklemmende Kälte hatte damals hinter seiner Stirn gesessen, eine stumme, haltlose Verzweiflung und Ruhelosigkeit. Damals hatte er geglaubt zu wissen, was Einsamkeit war. Doch er hatte sich geirrt. Seit etwa einem Jahr nun lebte er in der Gewissheit, dass er ein Hybrid war, und er spürte noch immer den Riss in seinem Inneren, die Kluft zwischen seinem menschlichen Ich und dem Anderwesen, das er war, wie einen Abgrund aus Finsternis. Immer schon hatte er zwischen den Welten gelebt, zerrissen von einer namenlosen Sehnsucht nach beiden Seiten. Anfangs hatte er geglaubt, diesen Konflikt mit der Erklärung seiner Erschaffung lösen zu können. Doch die vergangenen Monate hatten ihn eines Besseren belehrt. Er war nicht wie gewöhnliche Hybriden, war nicht auf natürlichem Weg geboren, sondern mit magischer Kraft erschaffen worden aus Stein und Fleisch. Er war kein Anderwesen mehr, das in die Schatten von Paris gehörte, war jedoch auch kein Mensch, der in den warmen Wohnungen der Sterblichen heimisch hätte werden können. Er war ein Gargoyle mit dem Herzen eines Menschen.

Er atmete tief ein und vertrieb die aufwühlenden Gedanken mit der kühlen Schwere seines steinernen Blutes. Der Schnee auf den Dächern glitzerte wie eine Verheißung. Gern hätte Grim sich wenigstens für einen Augenblick der Sehnsucht der Menschen hingegeben, der Träumerei nach dem Zauberhaften und Unmöglichen, die von den weißen Flocken beschworen wurde und den Eindruck vermittelte, dass die Welt gut war. Doch Grim wusste es besser: Der schöne Schein war eine Lüge. Schnee war kein sanfter Zauberer, kein guter Geist aus einer anderen Zeit, der gekommen war, um die Welt der Menschen für eine Weile stiller und friedlicher zu machen. Schnee tat nur eines: Er kündigte Unheil an. Mit ihm hatte alles begonnen. Vor genau fünf Wochen hatte sich das Böse unter die Menschen gemischt, lautlos und kalt wie der Schnee, mit dem es gekommen war und von dem die Menschen sich so gern verzaubern ließen. Narren, alle miteinander.

Ein namenloses Grauen schlich durch die Gassen von Paris, das niemals Spuren hinterließ – bis auf seine Opfer. Fünfunddreißig Leichen waren es inzwischen, ein Mensch pro Nacht, und keiner von ihnen war auf Menschenart getötet worden. Ein Anderwesen steckte dahinter, so viel stand fest. Die Schattenflügler der OGP hatten sich bemüht, alle Leichen zu bergen, ehe die Menschen sie fanden, doch es war ihnen nicht in allen Fällen gelungen, und nun mehrten sich in den Boulevardblättern die Spekulationen über die Hintergründe der rätselhaften Morde; auch übernatürliche Ursachen wie außergewöhnliche Formen des Vampirismus wurden dabei für möglich gehalten.

Grim wusste zwar, dass kein Pariser Vampir etwas mit den Morden zu tun hatte, doch derartige Verdächtigungen lenkten unweigerlich die Aufmerksamkeit auf die Anderwelt, die versteckt vor den Menschen existierte. Es war nur eine Frage der Zeit, bis die Menschen die richtigen Fragen stellen und der verborgenen Welt auf die Spur kommen würden, zu deren Schutz Grim als Schattenflügler und Präsident der Obersten Gargoyle Polizei verpflichtet war. Er musste schneller sein als die Menschen. Er musste herausfinden, was sich hinter den Morden verbarg, und das nicht nur im Interesse der Anderwelt. Auch die Menschen bedurften seines Schutzes – die Menschen, in deren Welt er als Hybrid zumindest zur Hälfte gehörte. Seit jeher hatte er sie vor den Gefahren bewahrt, die in den Schatten der Anderwelt lauerten, und spätestens seit dem Auftauchen eines jungen Mädchens in seinem Leben vor etwa einem Jahr war diese innere Verpflichtung noch fühlbarer für ihn geworden. Ein Schauer aus Wärme flutete seinen Körper, als er an Mia dachte, doch gleich darauf kehrte die Anspannung mit lähmender Kälte zurück.

Grim löste sich von der Brüstung und zog seinen Pieper aus der Tasche. Keine Nachricht von einem der Schattenflügler, die wachsam durch die Nacht streiften und nur darauf warteten, den Mörder zu erwischen – jenen Mörder, der vielleicht gerade in diesem Augenblick ein neues Opfer fand. Unruhig begann Grim auf und ab zu gehen. Er beschwor die Gesichter der Toten herauf, die auf Fotos gebannt die Pinnwand seines Büros bedeckten und ihn bis in seine Träume verfolgten. Die Menschen waren blutleer gefunden worden, und als wenn das allein nicht schon schlimm genug wäre, hatte der Mörder ihnen die Augen herausgerissen. Niemals zuvor in seinem Leben hatte Grim in eine Finsternis geblickt wie in jene, die in den leeren Augenhöhlen der Toten lag. Männer waren unter den Opfern, Frauen und Kinder – es gab kein Muster, keine versteckten Hinweise auf den Täter, keine noch so winzige Spur. Nur eines stand fest: Die Opfer hatten bei der Entnahme ihres Blutes noch gelebt. Sie waren erst gestorben, nachdem der Täter sie vollkommen ausgesaugt hatte, und wiesen keinerlei Verletzungen des Körpers auf, durch die das Blut hätte entweichen können. Somit musste der Mörder über eine besondere Art der Magie verfügen, mit deren Hilfe er das Blut aus den Körpern seiner Opfer gesogen hatte. Doch weder den Stielaugen von der Spurensicherung noch den gargoylschen Wissenschaftlern und Alchemisten war es bisher gelungen, Rückstände dieser Magie in den Leichen festzustellen. Es war, als wären sie einem Phantom auf der Spur.

Das schrille Geräusch seines Piepers ließ Grim zusammenfahren. Noch während er die Nachricht überflog, breitete er die Schwingen aus und erhob sich in die Luft. Die Schneeflocken umgaben ihn wie Sternenschwärme, als er über die Île de la Cité seinem Ziel entgegenflog, doch er nahm sie kaum wahr. In rasender Geschwindigkeit glitt er über die Häuserzeilen des Quartier Necker dahin und landete lautlos in einer schmalen Seitengasse nahe des Gare Montparnasse. Mehrstöckige Häuser erhoben sich wie aus Blei gegossen zu beiden

Seiten in die Nacht und ließen die Gasse in einen verwahrlosten Hinterhof enden. Raureif knirschte unter Grims Füßen, als er auf die beiden Schattenflügler zuging, die ihm aus der Dunkelheit der Gasse entgegenkamen. Sie hatten die Gestalt von plattnasigen Teufeln mit winzigen Flügeln auf dem Rücken und waren eindeutig noch relativ jung. Grim erkannte sie als Rekruten in der Ausbildung, und er sah deutlich die Pflichtergebenheit in ihren Augen, als sie Haltung annahmen.

»Wenn ihr vor eurem König dastehen sollt wie die Zinnsoldaten, ist das eine Sache«, grollte Grim leise. »Aber ich bin ein Schattenflügler genau wie ihr, und ich werde den Teufel tun und erwarten, dass ihr einen Stock verschluckt, nur weil seit einem Jahr *Polizeipräsident* vor meinem Namen steht. Also steht bequem und erzählt mir, was passiert ist.«

Mit diesen Worten wandte er sich von den Rekruten ab und ging die Gasse hinauf. Überdeutlich nahm er den süßlichen Geruch von Tod wahr, der ihm vom Wind entgegengetragen wurde und ihm das Gefühl gab, sich beeilen zu müssen, obwohl er wusste, dass er nichts mehr ändern konnte. Er war zu spät gekommen.

Die Rekruten folgten ihm eilfertig und begannen mit ihrem Bericht. »Wir patrouillierten in der Nähe der Rue d'Arsonval, als wir die Kälte fühlten. Als wir ankamen, war alles so, wie es jetzt ist.«

Grim hob die Klaue vor die Nase. Er hatte das Ende der Gasse erreicht, an dem neben drei überquellenden Mülltonnen ein Lager aus Kartons und Zeitungen errichtet worden war. Trotz der Kälte stank es erbärmlich nach Abfall und Ratten und dort, halb verdeckt von einer schneebedeckten Zeitung, lag ein Mensch.

Es war eine Frau, so viel konnte Grim sehen. Sie lag auf dem Bauch mit dem Gesicht nach unten und steckte in unförmiger, schmutziger Kleidung. Grim berührte sie an der Schulter und hörte das Rascheln des Zeitungspapiers, das sie sich zum Schutz gegen die Kälte in ihre Kleider gestopft hatte. Er brauchte kaum Kraft, um die Frau auf den Rücken zu drehen. Ihr Leib war so dünn, dass er kaum mehr wog als der eines Kindes. Langes, braunes Haar war ihr ins Gesicht gefallen und verdeckte ihre Züge vollständig. Grim fühlte die Anspannung der Rekruten, die neben ihm standen, und zögerte selbst einen Moment, ehe er die Klaue ausstreckte und das Haar beiseitestrich.

Mit einem Keuchen wichen die Rekruten zurück, einer presste sich mit ersticktem Laut die Hand vor den Mund. Grim spürte, wie ihn der übermächtige Drang überkam, sich abzuwenden – doch er tat es nicht. Er sah die Frau an, die in Wahrheit noch ein Mädchen war, kaum älter als vierzehn oder fünfzehn Jahre vielleicht, sah ihre vor Hunger und Kälte aufgesprungenen Lippen und die zarte, bleiche Haut ihrer Wangen. Sie sah eindeutig tot aus. Grim hatte nie verstanden, wie einige Menschen behaupten konnten, die Toten würden wirken wie Schlafende. Und doch lag ein Glanz auf ihrem Gesicht, der ihre Züge weich machte, fast friedlich. Aber dort, wo ihre Augen gewesen waren, klafften zwei dunkle Höhlen, aus denen Blut geflossen war wie Tränen. Grim spürte die Dunkelheit, die sich in diesen Abgründen auf und nieder wälzte, als wäre sie ein Knäuel giftiger Schlangen. Für einen Moment meinte er, den Herzschlag des Mädchens zu hören, er spürte ihren hektischen Atem, als sie vor ihrem Mörder geflohen war, und ihre Angst, die Grim mit grausamer Stille umdrängte. Langsam flogen Schneeflocken in die Schwärze ihrer Augenhöhlen, ihm war es, als wollten sie ein Leichentuch über das Mädchen breiten.

»Herr Präsident«, sagte einer der Rekruten neben ihm. »Es war der, den wir suchen, nicht wahr?«

Grim nickte. »Ruft die Spurensicherung«, murmelte er. »Und die Spürnasen. Vielleicht ...« Er hielt inne und betrachtete die Schneeflocken, die lautlos auf das Gesicht der Toten fielen. Angespannt beugte er sich vor.

»Sie schmelzen«, sagte er leise, streckte die Klaue aus und legte einen Finger an den Hals des Mädchens. Schwach und kaum merklich strömte Wärme aus ihrem Körper.

Grim kam auf die Beine. »Schnell«, grollte er und schob die Rekruten einige Schritte zurück. »Bildet einen Schutzwall über mir und dem Mädchen für den Fall, dass Magie entweicht – wir wollen nicht die Aufmerksamkeit der Menschen auf uns ziehen. Lasst ihn nicht fallen und vor allem: Sagt keinen Ton.«

Die Rekruten nickten hektisch und formten einen Schild, der sich wie eine Blase aus zitterndem blauen Licht über Grim und dem Mädchen wölbte. Der Schnee legte sich auf den Zauber und verdampfte zischend.

Grim fiel auf die Knie, legte den Kopf der Toten in seinen Schoß und berührte mit beiden Klauen ihre Schläfen. Der menschliche Körper war mehr als die Summe seiner Teile, und auch wenn die äußere Hülle vom Tod überwältigt wurde, brauchten weniger leicht greifbare Dinge für gewöhnlich länger, um ihre lieb gewonnene Behausung zu verlassen. Die Menschen nannten solche Dinge Erinnerungen, Träume, Gedanken – alles, was das menschliche Bewusstsein ausmachte, das nun zerschlagen worden war. Grim holte tief Luft. Vielleicht würde es ihm gelingen, die Bruchstücke zusammenzusetzen – vielleicht konnte er eine Scherbe finden, die ihm die letzten Augenblicke des Mädchens zeigen würde.

Er schloss die Augen und rief die höhere Magie, die sich mit goldenen Schleiern aus Licht in seinem Körper ausbreitete. Er spürte ein leichtes Kribbeln in den Fingerspitzen, als er den Zauber entließ, der wie ein warmer Hauch in die Kälte des reglosen Körpers der Toten vordrang und Grims Bewusstsein mit sich riss. Für einen Moment umfloss ihn kühle Dunkelheit. Er roch den sauren Duft des Verfalls wie Dunst über uralten Gräbern. Dann tauchte etwas vor ihm durch die Finsternis. Es war ein bewegtes Bild, Grim erkannte das tote Mädchen darin. Sie war etwa sieben Jahre alt und lief über eine sonnenbeschienene Wiese. Jemand verfolgte sie, doch ehe Grim hätte erkennen können, wer es war, verwischte die Wiese zu grauen Nebeln. Stattdessen schoben sich weitere Bilder aus dem Dunkel, sie flackerten und rasten an Grim vorüber wie fahrende Züge. Ihre Konturen waren blass, einige waren kaum noch zu erkennen, und manche zerfielen, noch während Grim sie betrachtete, in lautlos flirrenden Staub. Er spürte die Schatten, die unsichtbar in der Dunkelheit um ihn herum lauerten, die Kälte des Todes, die mit gierigen Klauen nach ihm griff. Es war nicht ungefährlich, das eigene Bewusstsein mit Magie in einen toten Körper zu senden, und nun, da die Kühle lähmend und lockend seinen Namen rief, wusste er, dass er verschwinden musste. Gerade wollte er den Zauber beenden, als ein ungewöhnlich helles Bild direkt auf ihn zuraste. Seine Konturen waren klar, und sie wurden von einer Stimme getragen, die Grim das Blut aus dem Kopf zog. Es war der letzte Todesschrei des Mädchens, der das Bild zu ihm trieb. Entschlossen wehrte er die Kälte ab und stürzte sich vor, mitten hinein in das Bild, das die heruntergekommene Gasse zeigte, in der das Mädchen lag.

Grim schlug hart auf dem Boden auf. Er war in der Gasse gelandet, doch die Schattenflügler waren ebenso verschwunden wie das Mädchen. Das Nachtlager aus Zeitungen lag unberührt, Ratten durchwühlten den Müll. Grim konnte ihr froststarres Fell riechen, und die Kühle der Luft erschien ihm so real, dass es ihm schwerfiel zu glauben, dass er nichts weiter als einer Erinnerung gefolgt war – einer Illusion. In Wahrheit saß er noch immer auf dem Zeitungsstapel, den Kopf des Mädchens auf den Knien, und fühlte, wie der Schatten des Todes sich auf seinen Körper legte. Er kam auf die Beine und sah, dass er keinen Abdruck auf dem Schnee hinterlassen hatte. Er war da und gleichzeitig nicht da. Aus irgendeinem Grund hatte dieser Gedanke etwas Beruhigendes.

Da hörte er Schritte. Sie liefen über das Pflaster der angrenzenden Straße, schon bog das Mädchen um die Ecke. Ihre Haare tanzten mit ihren Schritten, sie sprang über eine gefrorene Pfütze wie ein kleines Kind. In der Hand hielt sie eine Plastiktüte. Grim schauderte, als sie an ihm vorüberlief, ohne ihn zu sehen. Ihr Haar streifte wie in Zeitlupe seine Klaue, und ihre Augen – sie waren tiefblau wie der Himmel in einer sternklaren Nacht. Grims Herz setzte für einen Schlag aus, denn etwas lag im Blick dieses Mädchens, das er kannte: Sie wohnte auch in Mias Augen, diese dunkle, drängende Sehnsucht nach etwas, für das es keine Worte gab. *Mia.* Ihr Name ließ Grim frösteln. Was, wenn Mia an der Stelle dieses Mädchens gewesen wäre? Was, wenn der Mörder sie gefunden hätte? Grim spürte, wie sich etwas in ihm zusammenzog, er ertrug diesen Gedanken nicht. Er biss sich auf die Lippe, bis er Blut schmeckte und seine Gefühle in die hinterste Ecke seines Bewusstseins gedrängt hatte. Angestrengt konzentrierte er sich auf das Mädchen.

Sie nahm gerade zwei Zeitungen von einem der Stapel, stellte einige Kartons gegen die Wand und ließ sich auf ihnen nieder. Dann drehte sie die Tüte um und schüttelte eine Dose Ravioli und eine Flasche Wodka auf die Zeitungen.

Grim wusste, dass der Alkohol das einzige Mittel gegen die Kälte war, er wusste auch, dass das Mädchen die Ravioli kalt essen würde, da sie kein Feuerzeug bei sich trug. Eine drückende Beklommenheit senkte sich auf seine Schultern, als er zusah, wie sie begann, die Dose mit einem verbogenen Schraubenzieher zu öffnen. Die Finger des Mädchens waren rot vor Kälte. Grim trat vor, ging lautlos vor ihr in die Knie und hauchte einen warmen Zauber in ihre Richtung. Sie saß dicht vor ihm, und für einen Moment hob sie den Blick und sah ihn an. Natürlich sah sie ihn nicht wirklich. Nichts von dem, was er tat, konnte noch etwas an dieser Erinnerung ändern. Und doch – *sie sah ihn an.* Grim erwiderte ihren Blick, der ihm durch und durch ging, ein Blick wie aus einer anderen Welt, ein Blick, der ein Wissen barg, das ihm verschlossen war. Schneeflocken verfingen sich in ihren Haaren, sie ließ die Dose mit dem abscheulichen Inhalt sinken. Ein Staunen zog über ihr Gesicht und machte es jung, noch jünger, als es ohnehin schon war. Und dann, ganz plötzlich, lächelte sie.

Im selben Moment spürte Grim die Kälte. Tödlich und knisternd kroch sie über die Gasse auf das Mädchen zu. Das Lächeln gefror auf ihren Lippen, sie schaute durch Grim hindurch und schien etwas hinter ihm zu erblicken – etwas oder jemanden, der sie erschreckte. Sie ließ die Dose fallen, doch den Schraubenzieher behielt sie in der Hand. Grim sah, wie sich ihre Finger fest darum schlossen. Sie hatte schon oft mit Angreifern zu tun gehabt, sie wusste, dass das, was dort am Ende der Gasse stand, nichts Gutes mit ihr im Sinn hatte. Grim spürte, wie die Kälte über seinen Rücken kroch, und für einen Augenblick wusste er nicht, ob es die Kälte des Mörders war oder die unbarmherzige Hand des Todes, die nach ihm griff. Er zwang sich, nicht auf sich selbst zu achten, und fixierte das Mädchen, als Schritte hinter ihm die Luft zerschnitten. Unglauben spiegelte sich in ihren Augen und eine seltsame Art von Faszination.

Grim spürte sein Blut in den Adern wie einen kochenden Strom aus Lava und kam auf die Beine, doch als er sich umwenden wollte, fühlte er, dass sein Körper ihm nicht mehr gehorchte. Es war, als hätte sich ein Zauber über ihn gelegt, der jede Bewegung unmöglich machte. Atemlos rief er seine Magie, doch sie regte sich nicht.

Stattdessen spürte er einen eisigen Hauch, der wie der Brodem eines Untiers über seine Wangen fuhr und als schwarzer Nebel zu dem Mädchen hinüberzog. Grim sah, wie sich Klauen aus dem Dunst schoben, bis zur Unkenntlichkeit verzerrte Krallen aus Dunkelheit, die nach dem Mädchen griffen und es mit lockenden Bewegungen zum Aufstehen brachten. Grim spürte den Mörder, der direkt hinter ihm stand, und wusste instinktiv, dass er einer solchen Kreatur noch niemals begegnet war. Kein Leben strömte durch die Adern dieses Wesens, nicht einmal untotes Blut, und die Grabeskälte der Magie, die aus jeder Pore seines Körpers drang, stach mit vergifteten Pfeilen in Grims Fleisch. Die Dunkelheit hinter Grim nahm zu, er meinte fast, die lockenden Stimmen zu hören, mit denen sie ihr Opfer zu sich rief, und ertrug den Blick in die Augen des Mädchens kaum, in denen nichts als ahnungsloses Staunen lag.

Lautlos trat sie auf Grim zu. Für einen Moment glaubte er, sie würde ihn ansehen, und etwas in ihr zerriss den Schleier der Benommenheit und schrie – schrie, ohne den Mund zu öffnen so laut, dass Grim erschrak. Im nächsten Moment glitt eine Klaue durch ihn hindurch, als bestünde er aus Rauch. Er sah eine von feinen Narben übersäte menschenähnliche Hand mit schwarzen Nägeln, die sich gnadenlos um den Hals des Mädchens schloss. Heilloses Entsetzen trat in ihren Blick, als sie durch Grim hindurch den Mörder erkannte. Mit hilfloser Verzweiflung starrte sie ihn an, als wäre der Ausdruck auf ihrem Gesicht der einzige Schrei, zu dem sie noch imstande war.

Grim fuhr zusammen, als der Mörder das Mädchen aus seinem Blickfeld riss. Er spürte, wie er gegen seinen Willen menschliche Gestalt annahm, tosend schlugen die Geräusche seines Menschenleibs über ihm zusammen, das Rauschen des Blutes, das Rasen seines Herzens, dessen Schläge sonst von seinem steinernen Körper umfangen und gedämpft wurden. Grausame Stimmen lockten ihn aus dem Riss in seiner Brust, der Kluft zwischen Mensch und Gargoyle, zu sich, er hörte das Mädchen hinter sich keuchen. Überdeutlich vernahm er das metallische Klirren des Messers und die widerwärtigen Geräusche, als der Fremde ihr die Augen aus dem Kopf schnitt, und er fühlte ihren Schmerz, der als gleißender Blitz durch seinen Schädel peitschte. Panisch sog er die Luft ein, zugleich drangen erstickte Laute aus der Kehle des Mädchens. Doch sie konnte nicht schreien – die Magie des Mörders, die ihr mit aller Macht das Blut aus dem Körper zog, verhinderte es. Grim spürte die Dunkelheit, die mit Grabeskälte nach dem Mädchen griff – und nach ihm selbst. Mit aller Kraft zwang er sich zurück in seine gargoylsche Gestalt, die Kühle seines steinernen Körpers verschloss den Riss in seiner Brust und nahm jeden Schmerz mit sich. Noch einmal hörte er das

Mädchen hinter sich keuchen, es war ein Laut wie durch tausend Tücher. Dann war es still.

Die Schwere wich aus Grims Knochen, doch stattdessen glitt etwas anderes über seine Stirn – etwas, das ihn frösteln ließ. Der Tod war in die Gasse gekommen, das wusste er, denn nur der Tod strich mit schwarzen Federn über reglose Wangen und färbte sie grau. Grim konnte seinen Flügelschlag fühlen.

Er atmete nicht, als er sich zu dem toten Mädchen umdrehte. Der Mörder war verschwunden, doch Grim bemerkte es kaum. Er starrte in die leeren Augenhöhlen eines Mädchens mit blasser Haut und einem Gesicht, das er blind und fühllos unter Tausenden wiedererkannt hätte. Es war nicht das Gesicht der Fremden – es war Mia, die tot im Schnee lag, doch dort, wo ihre Augen gewesen waren, klafften zwei dunkle Höhlen, aus denen Blut geflossen war wie Tränen. Grim spürte die Dunkelheit, die sich in diesen Abgründen auf und nieder wälzte. Er konnte sich nicht rühren, sah wie betäubt, dass die Schneeflocken sich auf Mias Gesicht legten, als wollten sie ein Leichentuch über ihr ausbreiten, und spürte endlich den Schrei, der sich grollend einen Weg durch sein Innerstes bahnte.

Sein Brüllen zerriss den Zauber, der über ihm lag. Außer sich stürzte er sich vor – und landete der Länge nach neben seinem Bett. Schwer atmend sah er sich um.

Ein Traum.

Er hatte geträumt.

Er befand sich im Schlafraum seines Zuhauses, das Kaminfeuer war heruntergebrannt, und dort im Bett lag Mia und schlief. Grim fuhr sich über die Augen. Anders als in seinem Traum befand er sich noch in Menschengestalt und wechselte schnell in den kühlen Leib des Gargoyles. Wenn es wenigstens nur verfluchte Albträume wären und nicht erschreckende Abbilder der Realität, die seit dem Beginn der Mordserie bestand. Seit Wochen suchten Träume dieser Art ihn heim, die bis ins Detail mit der Wirklichkeit übereinstimmten – abgesehen von den Toten, die mit seinen eigenen Ängsten die Gestalt wechselten, und der Figur des Mörders. Immer wieder begegnete Grim ihm in seinen Träumen, doch niemals von Angesicht zu Angesicht und immer in einer anderen nur zu erahnenden Gestalt.

Leicht schwankend erhob er sich und setzte sich zu Mia ans Bett. Auch sie hatte in den vergangenen Wochen nicht sonderlich viel geschlafen. Müde sah sie aus und erschöpft, und wie immer überkam ihn ein Schauer aus Zärtlichkeit, jetzt, da er sie ansah. Sanft strich er ihr über die Stirn. Sollte der Mörder sich ihr auch nur nähern, würden seine eigenen Taten wie Kinderstreiche aussehen im Gegensatz zu dem, was Grim mit ihm anstellen würde.

Gerade wollte er sich auf den Weg zu seinem Turm machen, um – wie in seinem Traum – wieder einmal unruhig im Schnee auf und ab zu gehen, als ein schrilles Geräusch ihn zusammenfahren ließ. Mia zuckte zusammen, doch sie wachte nicht auf. Schnell griff Grim nach seinem Pieper und las die wenigen Zeilen. Mit finsterer Miene zog er seinen Mantel an. Die Realität hatte seinen Traum eingeholt, wie so oft in den vergangenen Tagen. Doch es war an der Zeit, diesem Albtraum ein Ende zu bereiten. Lange genug hatte der Mörder sich vor ihm versteckt. Noch in dieser Nacht würde er ihn finden.

Kapitel 2

Die Kälte flog wie ein schwarzer Flügel über Mias Gesicht und weckte sie. Noch ehe sie die Augen aufschlug, tastete sie mit der Hand über die andere Seite des Bettes, doch sie wusste schon, dass Grim nicht da war, ehe sie das kalte Laken berührte. Vermutlich hatte ein Albtraum ihn geweckt, eines dieser Schreckensbilder, die ihn seit Wochen verfolgten und nicht schlafen ließen. Müde griff sie nach ihrem Wecker und sah, dass es kurz vor Mitternacht war und sie ohnehin in wenigen Minuten aufstehen musste. Seufzend stellte sie den Wecker aus, setzte sich auf und ließ die Schwere des Schlafs von ihrem Körper rinnen wie Wasser. Das Feuer im Kamin war heruntergebrannt, die Asche glomm im Dämmerlicht des Zimmers, als wäre sie ein gewaltiges Herz in der Finsternis. Schwach flackerten die Lichter der kleinen Elfen vor den Bleiglasfenstern und warfen ihren roten Schein gegen die Bücherregale, die an den Wänden standen.

Lautlos schlüpfte Mia in ihre Kleider, einen bodenlangen schwarzen Tüllrock und eine schlichte Bluse, zog ihren Mantel darüber und verließ das Zimmer. Fackeln erhellten den Gang neben der Kirche, die Grim vor langer Zeit unter die Erde versetzt hatte. Mia erinnerte sich noch gut daran, wie kalt es anfangs in diesen Gemäuern gewesen war, und trotz der magischen Feuer zogen noch immer geisterhafte Winde durch die Zimmer und Gänge und das mächtige Kirchenschiff. Mia berührte einen blinkenden Schalter neben einer der Türen, die zur anderen Seite von dem Gang abzweigten, und betrat die Lichtsäule des magischen Fahrstuhls, der sie sanft emporhob und auf den Turm Saint Jacques brachte.

Der heruntergetretene Schnee knirschte unter ihren Füßen, als sie an die Brüstung trat, und der Wind fuhr ihr eiskalt in den Nacken. Sie schaute über die Straßen von Paris, fröstelnd und zitternd vor Kälte, und hatte für einen Augenblick das Gefühl, als würde die Finsternis aus den Gassen und Hinterhöfen mit der Luft, die sie einsog, in ihr Innerstes strömen und sie bis in den hintersten Winkel ihres Ichs anfüllen. Sie fragte sich, wo Grim gerade sein mochte, und legte ihre Hand auf einen der Klauenabdrücke, die er im Schnee des Geländers hinterlassen hatte. Für einen Moment sehnte sie sich in die Zeit des Frühlings zurück – jene Zeit, da Grim noch nicht von Albträumen heimgesucht worden war und nicht jede Nacht den Schrecknissen ins Angesicht geschaut hatte, die Paris seit Wochen heimsuchten und die er bekämpfen musste. Im Frühling waren sie glücklich gewesen. Grim hatte ihr verborgene Gegenden der Anderwelt gezeigt, den Düsterhain unterhalb von Paris, in dem er Remis kennengelernt hatte, und die geheimen Grotten der Elfen im Bois de Bologne. Und sie hatte ihn in die Menschenwelt eingeführt, sie waren zusammen ins Kino gegangen oder in ein Restaurant, und sie hatte über Grims staunenden Blick gelächelt – diesen Blick, mit dem er auf die Welt der Menschen schaute wie auf ein ihm fremdes Rätsel, fasziniert und misstrauisch zugleich. Sie dachte an Grims Haar, das sich in Menschengestalt weich unter ihren Händen anfühlte, und an seine Augen, die immer schwarz waren wie die Nacht, ganz gleich, ob er ihr als Gargoyle, Mensch oder Hybrid erschien. Sie waren über Paris hinweggeflogen in den Frühlingsnächten, Mia hörte wieder Grims Schwingen, die die Luft zerschnitten, und fühlte seinen Atem an ihren Lippen, als sie hoch oben auf irgendeinem Hochhaus gelandet waren. Sie dachte daran, wie sie mit Grim in den ersten warmen Nächten des Jahres auf seinem Turm gepicknickt hatte, umringt von magischen Fackeln, oder wie sie in seinem unterirdischen Garten die fluoreszierenden Pflanzen betrachtet hatten und die Glühwürmchen, die an der Höhlendecke lebten und sie in einen Himmel voller Sterne verwandelten. Grims Zuhause war auch ihre Heimat geworden, und sie liebte es, mit ihm zusammen zu sein an diesem Ort zwischen Tag und Nacht, ihrem Refugium zwischen den Welten. Für einige Monate hatte sie das Gefühl gehabt, mit Grim zusammen in einem vollkommenen Raum zu sein, umgeben von dem flirrenden Licht, das Seifenblasen nun einmal auszeichnet. Aus ihrer anfänglichen Verliebtheit hatte sich tieferes Vertrauen gebildet, wie eine kostbare Blume, die sich durch die Dunkelheit der Zeit ins Licht schiebt, und noch immer überkam sie bei dem Gedanken an Grim ein Schauer, der sie lächeln ließ. Dennoch waren die Seifenblasen verschwunden. Eines Tages war die Wirklichkeit mit aller Macht zurückgekehrt – an jenem Tag, da die Morde begonnen hatten.

Der dumpfe Glockenschlag einer Kirche klang zu ihr herüber. Mitternacht. Unruhe legte sich bei diesen Tönen als schwerer kalter Klumpen in ihren Magen. Sie konnte sich Angenehmeres vorstellen, als in dieser Nacht in der Dunkelheit von Paris herumzulaufen, aber sie hatte etwas vor. Etwas, das sich nicht aufschieben ließ.

Sie ging zurück in den Fahrstuhl, ließ sich ein Stockwerk tiefer sinken und verließ den Turm. Sie musste sich beeilen, um die letzte Metro zu erwischen. Der Schnee war nichts als matschiger Brei unter ihren Füßen, als sie die Treppe zur Station Châtelet hinablief. Das Licht des Bahnhofs ließ sie die Augen zusammenkneifen, der schmutzige Boden flog unter ihren schnellen Schritten dahin. Wenige Menschen warteten auf dem Bahnsteig. Mia erkannte einen Werwolf, der sich hinter der Gestalt eines muskulösen Mannes in Bauarbeitermontur verbarg, und wandte sich schnell ab. Ihr stand nicht der Sinn danach, zu nächtlicher Zeit mit einem Werwolf Bekanntschaft zu machen. Ihre letzte Begegnung mit diesen Kreaturen lag noch nicht lange genug zurück, als dass sie bereits vergessen hätte, wie gefährlich sie sein konnten.

Sie spürte die Anspannung, die in der Luft lag, und sah die kaum merklichen Blicke der Menschen, die unruhig auf den Zug warteten. Sie hatten Angst, und Mia konnte es ihnen nicht verdenken. Seit Wochen kannten die Zeitungen des Landes kein anderes Thema mehr als die Toten von Paris, und auch wenn die Polizei fieberhaft nach dem Täter suchte und zahlreiche Medien die Bevölkerung in Sicherheit wogen, war eines den Menschen sonnenklar: Hier geschah etwas, für das sie keine Worte fanden, etwas Seltsames, Übernatürliches, das ihre festgefügte und scheinbar so sichere Welt zum Erzittern brachte.

Die Metro raste in den Bahnhof und in die gerade noch reglos dastehenden Wartenden kam Bewegung. Mia ließ sich auf einen Sitz am Fenster fallen und lehnte den Kopf gegen das kühle Glas. Die Gesichter der Toten flackerten ihr entgegen wie die Lichter, die draußen im Tunnel am Zug vorüberglitten. Sie hatte deren Bilder in Grims Büro gesehen, und sosehr sie bei dem Gedanken an die entsetzlichen Todesumstände schauderte, spürte sie doch vor allem die Erschütterung, die Trauer und den Schmerz, den die Angehörigen der Ermordeten fühlen mussten. Sie wusste, was es bedeutete, Menschen zu verlieren, die man liebte.

Nachdenklich stieg sie in eine andere Linie der Metro um und wechselte dann noch einmal die Fahrtrichtung, ehe sie die Station Blanche im Viertel Montmartre erreichte. Eilig verließ sie die Tunnel des Metronetzes und lief schnellen Schrittes den Boulevard de Clichy hinab. Wenig später spürte sie die Stahlbrücke unter ihren Füßen, die den Cimetière de Montmartre überspannte und vom dahinrasenden Verkehr leicht vibrierte. Vor der Friedhofstür blieb sie stehen und schaute sich unauffällig um, doch keine Fußgänger waren auf der Straße. Sie zog ihr Werkzeug aus der Tasche, um die Tür zu öffnen, und hörte die Stimme ihres Bruders in sich widerhallen:

Ich brauche keine Hilfsmittel dazu. Das hatte Jakob gesagt, als er vor etwa einem Jahr die Tore des Jardin des Plantes mit magischer Kraft geöffnet hatte. Mia holte tief Luft, als sie sich an die Arbeit machte. Auch sie selbst hätte das Schloss problemlos auf magische Weise brechen können, doch etwas in ihr wehrte sich dagegen. Das, was sie vorhatte, war ein Ritual, und das Knacken des Schlosses auf diese Weise gehörte dazu.

Lautlos schob sie die Tür auf und huschte an den Reihen der Totenhäuser vorüber. Der alte Maurice war im vergangenen Winter in den Ruhestand gegangen, und der neue Nachtwächter tat kaum mehr als die vorgeschriebenen Schritte vor die Tür seines Kabuffs. Sie erinnerte sich lebhaft an die Nacht vor etwa einem Jahr, als das Abenteuer Anderwelt für sie begonnen hatte – die Nacht auf dem Friedhof, in der sie erstmals mit ihren Kreaturen in Kontakt gekommen war. Sie hatte sich gefürchtet, ja, sie hatte Todesangst gehabt. Noch immer spürte sie das Kribbeln in ihrem Nacken, als sie die Dunkelheit in manchen Totenhäusern sah, diese Finsternis, die scheinbar nur darauf wartete, einen vermodernden Arm herausschnellen zu lassen, um einer leichtsinnigen Sterblichen das Leben aus dem Leib zu pressen. Mia ließ einen Eiszauber in ihre linke Hand gleiten. Sie war nicht mehr das hilflose Mädchen, das sie vor einem Jahr gewesen war. Sie war eine Hartidin, eine Seherin des Möglichen, die in Magie unterwiesen wurde – und sie würde sich nicht von einem dahergelaufenen Knochenarm ins Reich der Toten entführen lassen.

Sie erreichte die knorrige Eiche, auf deren Wurzeln noch das Wachs ihrer Kerzen klebte. Sie kam oft nachts an diesen Ort, hockte unter dem rauschenden Blätterdach und betrachtete das Grab ihres Vaters Lucas, seine Büste, die nie genau gleich aussah und mitunter einen Duft aus Ölfarben und Sommerwind verströmte – jene Gerüche, die ihrem Vater zu seinen Lebzeiten angehaftet hatten. Auch jetzt setzte sie sich unter die Eiche, betrachtete für einen Moment die Büste und senkte dann den Blick. Einmal im Jahr, zu seinem Todestag, zeichnete sie ein Bild von Lucas – genau so, wie er zu seinen Lebzeiten an ihrem Geburtstag ein Bild von ihr gemalt hatte. *Damit wir uns erinnern*, flüsterte seine Stimme durch die Bäume und ließ Mia schaudern. Doch in dieser Nacht war sie nicht wegen ihres Vaters gekommen.

Plötzlich spürte sie ihren Herzschlag stärker, der Wind umsäuselte sie mit geisterhaften Stimmen, und der Schnee, der über den Gräbern lag, schimmerte silbern, als würde er vom Mondlicht beschienen. Langsam zog sie den Zeichenblock aus ihrer Tasche und blätterte zu einer freien Seite. Dann hob sie den Kopf und betrachtete die Büste auf dem Grab ihres Bruders.

Vor einem Jahr war Jakob verschwunden, hatte seinen Körper in dieser Welt getötet und seinen Geist mithilfe eines magischen Rituals in eine andere Welt versetzt, um eines Tages zurückkehren zu können. Sie erinnerte sich an die letzten Worte, die sie miteinander gewechselt hatten, als sie mit Grims Hilfe durch die Zwischenwelt gewandert war, um ihren Bruder noch einmal sehen zu können. *Kannst du zurückkommen?*, hatte sie ihn gefragt, und Jakob hatte gelächelt. Noch immer verfolgte dieses Lächeln sie in ihren Träumen, dieses schelmische und gleichzeitig verzweifelte Lächeln, das eine deutlichere Antwort war als jedes seiner Worte. *Alles ist möglich*, hatte er erwidert und damit ihren Vater zitiert. *Eines Tages*. Seither hatte Mia nichts mehr von ihm gehört.

Sie betrachtete die zarten Umrisse seines Gesichts, das wirre Haar und die Augen, in denen sich die Schatten der Nacht gesammelt hatten. Mia hatte mit Grims Hilfe den besten Bildhauer Ghrogonias damit beauftragt, das Gesicht ihres Bruders nachzubilden, und er hatte sich selbst übertroffen. Oft schien es ihr, als würde die Büste die Lippen bewegen, als würde sie lächeln, und manchmal meinte sie, Jakobs Lachen zu hören. Sie setzte den Stift an und begann mit der Zeichnung, ohne Jakobs Abbild aus den Augen zu lassen. Es war, als flössen die Schatten aus seinem Blick über ihre Hand auf das Papier, und seine Stimme klang in ihrem Kopf wider: *Das Mittel der Hartide, Mia, ist die Kunst. Nichts setzt die Ignoranz so schnell schachmatt wie ein Flug über den eigenen Horizont – und ebendiesen bietet die Phantasie, die Basis aller Kreativität, die Grundlage der Freiheit. Doch für diesen Flug müssen die Menschen die Phantasie in ihr Herz lassen. Dann kann die Kunst sie verwandeln – für eine Welt, die versteckt vor ihren Augen existiert. Die Kunst weckt und lässt träumen. Und auf ihren Träumen werden die Menschen zurückfinden in die Anderwelt, die immer ein Teil von ihnen war.*

Mia hörte auf die Striche ihres Bleistifts und nickte kaum merklich. Mit Jakobs Verschwinden war sie die einzige bekannte Hartidin geworden. Nun war es ihre Aufgabe, die Menschen an die Anderwelt heranzuführen, wenn sie der Erfüllung ihres Traumes – dem Traum Jakobs und ihres Vaters – jemals nahe kommen wollte: den Zauber des Vergessens zu brechen, der über der Welt der Menschen lag und die Anderwelt und ihre Geschöpfe vor ihnen verbarg und entstellte. Eines Tages, das hoffte Mia, würden die Menschen fähig sein, in Frieden mit den Anderwesen zu leben – und sie würde ihren Teil dazu beitragen.

Mit der Unterstützung von Lyskian, dem Prinzen der Vampire von Paris, bereitete sie eine Ausstellung anderweltlicher Artefakte im Louvre vor. Offiziell stammten die Kunstgegenstände aus einer Sammlung Lyskians, der unter den Menschen der Stadt als großzügiger und steinreicher Kunstsammler bekannt war. Doch in Wahrheit kamen sie aus der Anderwelt und vor allem aus Ghrogonia – jener Stadt, die weit unter den Gassen von Paris lag, ohne dass die Menschen etwas von ihr ahnten. Doch es war schwer, sich dem Zauber der anderweltlichen und zum Teil magischen Artefakte zu entziehen, selbst wenn man ihre Wunder nicht vollends begreifen konnte. Sie hatten eine eigene Sprache, die nicht hörbar, nur fühlbar war und die den Menschen ohne ein Wort sagen konnte, was Wahrheit war und was nicht. Mit all ihrer Poesie würden sie die Menschen an die verlorene Welt erinnern wie an einen vergessenen Traum und vielleicht eine Sehnsucht in ihnen wecken, die eines Tages über alle Grenzen hinweg eine geeinte Welt ermöglichen würde.

Mia spürte die Euphorie, die sie bei diesem Gedanken wie eine mächtige Welle emporhob. Doch gleichzeitig lauerte ein boshaftes Gift in den Schatten ihrer Gedanken, ein Untier namens Zweifel, das ihr lähmende Worte ins Ohr flüsterte, Worte, die ihr die Kraft nahmen. Es gab unter den Anderwesen Ghrogonias nicht wenige kritische Stimmen, wenn es darum ging, die Menschen langsam an die Anderwelt heranzuführen, und nicht immer fiel es Mia leicht, sich gegen sie zu behaupten. Insbesondere die konservativen Gargoyles, die trotz der Öffnung des Senats für sämtliche Anderwesen im vergangenen Winter noch immer einen großen Teil der Senatoren stellten, zweifelten an den Menschen. Wiederholt hatten sie Anträge im Senat eingebracht, um die geplante Ausstellung zu verhindern, und auch wenn Mourier, der König, sie immer wieder abgeschmettert hatte, begegneten diese Gargoyles Mia weiterhin mit offenem Misstrauen. Mia konnte es ihnen nicht verdenken. Sie war nun einmal ein Mensch, sie wusste, was ihr Volk der Anderwelt in vergangenen Zeiten angetan hatte, und immer wieder zweifelte sie selbst daran, ob es richtig war, was sie tat. Dennoch fuhren die argwöhnischen Blicke ihr wie Nadeln unter die Haut, und eines war sicher: Nicht nur die Menschen mussten für eine geeinte Welt verändert werden, nicht nur sie standen hinter einer unsichtbaren Wand. Manche Anderwesen hatten sich hinter Furcht und Misstrauen verschanzt, und es würde nicht leicht werden, ihre Mauer zu durchbrechen.

Mia fühlte den kalten Wind in ihrem Haar und hörte auf das Rauschen der Blätter über sich. An diesem Ort war Jakob ihr ganz nah – Jakob, der den Zweifel nicht gekannt hatte. Sie war nicht wie ihr Bruder, der über Jahre hinweg das Wissen über sein Hartiddasein für sich behalten hatte, der aus sich selbst heraus und ohne fremde

Hilfe die Hoffnung auf eine geeinte Welt geboren hatte, der an die Menschen geglaubt hatte, immer und ohne jeden Zweifel. Mia verfügte weder über seine uneingeschränkte Zuversicht noch über seinen unerschütterlichen Glauben, und obwohl sie sich mit aller Entschlossenheit bemühte, ihrer Aufgabe gerecht zu werden, fiel es ihr mitunter schwer, die Verantwortung der Hartide allein auf ihren Schultern lasten zu fühlen. Sie kam oft an diesen Ort, um mit Jakob zu sprechen, nicht laut, sondern in Gedanken, und manchmal schien es ihr, als würde er ihr antworten. Ihm vertraute sie ihre Zweifel an, ihre Ängste, alles, worüber sie sonst mit niemandem sprach, nicht einmal mit Grim. Mochte er ebenso wie sie von einer geeinten Welt träumen – er war und blieb ein Anderwesen, das den Menschen in den Tiefen seines Herzens misstraute.

Mia holte tief Atem. Jakob war weit fort, verloren in einer anderen Welt, und niemand konnte sagen, ob oder wann er in die Welt der Menschen zurückkehren würde. Aber sie hatte eine Aufgabe – die Aufgabe der Hartide. Und wenn ihr Bruder eines Tages zu ihr zurückfand, würde er stolz auf sie sein können.

Sie beugte sich vor, um Jakobs Büste zu berühren – und spürte das leichte Flackern von Magie, das dicht über seinem Grab die Luft aufwühlte. Angespannt ließ sie den Block mit dem Stift in ihre Tasche gleiten, kniete sich neben das Grab und streckte die Hand aus. Mühelos gruben sich ihre Finger in kalte, von magischer Kraft gelockerte Erde.

Mia fuhr zurück, als hätte sie in einen Berg faulender Gedärme gefasst. Ihr Blick flog über den unberührten Schnee auf dem Grab. Keine äußerlichen Veränderungen der Erde. Keine Fußspuren. Nichts. Fahrig wischte sie sich mit der erdverschmutzten Hand übers Gesicht. Noch einmal grub sie ihre Hand in die Erde und spürte der Magie nach, die stärker wurde, je tiefer sie ihre Finger hinabschob. Sie zog die Hand zurück und verharrte für einen Augenblick regungslos. In Sekundenbruchteilen rasten Gedankensplitter durch ihren Kopf und fügten sich zu einer wahnwitzigen These zusammen: Das Grab war auf magische Weise geöffnet worden – von innen.

Ihre rechte Hand zitterte, als sie einen Zauber in ihre Finger schickte und sich vorbeugte. Langsam bewegte sie ihre Hand über dem Grab. Sie schloss die Augen, als sie spürte, wie der Zauber ins Erdreich eindrang. In unregelmäßigem Rhythmus klopften die magischen Impulse gegen ihre Finger, wenn sie auf die Widerstände von Steinen, kleinen Tieren und Wurzeln traf, und schließlich schlugen sie hart gegen den Sarg.

Mia zuckte zusammen. Für einen Moment stand sie wieder am Grab ihres Bruders, damals vor etwa einem Jahr, und sah zu, wie der Sarg in die Erde gelassen wurde. Es hatte geregnet an jenem Tag, alles war ihr dumpf und unwirklich erschienen und gleichzeitig mit einer Klarheit, die sie kaum hatte ertragen können. Für einen Augenblick spürte sie wieder den Knoten in ihrem Brustkorb, der sie so lange daran gehindert hatte zu weinen. Langsam stieß sie die Luft aus. Jetzt war nicht die Zeit, um an die Vergangenheit zu denken.

Konzentriert bewegte sie die Finger und ließ ihren Zauber durch das Holz dringen. Sie spürte, wie er durch den Stoff darunter glitt. Ihre Hand begann zu zittern. Für einen Moment sah sie den toten Körper ihres Bruders vor sich, fühlte fast, wie sie mit den Fingern über sein Gesicht strich, und musste all ihre Kraft aufwenden, um das Bild beiseitezuschieben. Atemlos glitt ihr Zauber tiefer – und stieß hart gegen den Boden des Sargs.

Mia starrte fassungslos auf Jakobs Büste.

Der Sarg war leer.

Kapitel 3

Grim überflog eine Häuserzeile im Auteuil-Viertel, zog die Schwingen an den Körper und stob durch das zerbrochene Fenster eines Herrenhauses im dritten Stock. Lautlos landete er in dem festlich erhellten Saal, in dem drei Schattenflügler ihn erwarteten. Walli, der steinerne Bär, Vladik, der Dämonenbezwinger aus Ungarn, und Kronk, mit dem Grim die Aufstände der Dämonen von Prag niedergeschlagen hatte – sie alle waren seine Gefährten gewesen in früheren Schlachten, Helden aus der Alten Zeit, die unzählige Schrecken erlebt hatten in ihrem langen Leben. Doch nun standen sie reglos wie Statuen neben der Leiche eines etwa vierzigjährigen Mannes, und Grim spürte die Erschütterung, die aufgrund des grausamen Todes des Menschen in ihnen widerhallte wie ein nicht enden wollendes Klagelied. Der Tote lag auf dem Bauch. Grim war dankbar dafür, ihm nicht ins Gesicht schauen zu müssen.

Kronks Schritte knirschten auf den Scherben des Fensterglases, als er auf Grim zutrat. »Wir waren ganz in der Nähe, als wir das Opfer schreien hörten«, raunte er mit dunkler Stimme. »Wenige Augenblicke später erreichten wir den Tatort und fanden alles so vor, wie es jetzt ist. Nichts hat sich verändert – auch die Kälte nicht, die seit unserem Eintreffen in gleicher Intensität im Raum liegt.«

Kronks Mundwinkel zuckten verschwörerisch, und Grim wusste sofort, was sein alter Gefährte ihm sagen wollte. Er spürte die Grabeskälte selbst, die er bereits an zahlreichen anderen Tatorten wahrgenommen hatte, allerdings immer in weitaus schwächerer und rasch abnehmender Intensität. In diesem Raum jedoch blieb die Kälte konstant – als würde sie von einer Quelle herrühren, die sich noch vor Grims Augen verborgen hielt.

Grim zeigte keine Regung, als er neben dem Leichnam in die Knie ging. Er konnte die Wärme des Körpers fühlen. Vor wenigen Augenblicken hatte dieser Mensch noch gelebt. Er trug einen vornehmen Anzug aus Seidengewebe, neben seiner Hand lag ein zerbrochenes Weinglas. Offensichtlich hatte der Mörder sich nicht lange mit ihm aufgehalten. Grim holte tief Atem, packte den Mann an der Schulter und drehte ihn auf den Rücken. Für einen Moment war Grim wie gelähmt: Aus gebrochenen, weit aufgerissenen Augen starrte der Mann ihn an.

Der Mörder hatte seine Beute nicht bekommen. Die Schattenflügler hatten ihn gestört. Doch bislang war der Kerl noch nie ohne die Augen seiner Opfer verschwunden, sie schienen für ihn so etwas wie eine Trophäe zu sein. Er war ein Jäger. Instinktiv griff Grim nach dem Messer, das Kronk in einem Halfter an seinem Stiefel trug.

Walli trat vor, als er sah, wie Grims Klaue sich mit der Waffe den Augen des Toten näherte. »Was hast du vor?«

»Ich mache unserem Freund die Beute streitig«, erwiderte Grim auf Grhonisch, der Gedankensprache der Gargoyles, und lächelte düster. Die Kälte im Raum nahm zu, er fühlte es deutlich, und gerade als die Klinge des Messers die Augen des Mannes erreichte, zerriss ein ohrenbetäubendes Brüllen die Luft. Es war ein Laut von solcher Tiefe, dass der Boden erzitterte. Gleich darauf drang die Kälte Grim ins Mark und machte ihn für einen Moment bewegungsunfähig. Er sah noch, wie ein Schatten auf ihn zuraste, ihm den Leichnam entriss, quer durchs Zimmer auf das Fenster zuflog und in der Nacht verschwand.

Gleich darauf wich die Kälte aus Grims Gliedern und er bewegte seine Finger. Raureif hatte seinen Mantel überzogen und fiel leise zu Boden, als er die Glieder streckte. Auch Kronk und Vladik schüttelten sich die Kälte von den Körpern, während Walli mit leiser Stimme Verstärkung anforderte. Grim witterte, um die Spur des Fremden aufzunehmen, doch nichts als schattenhafte Magie drang in seine Lunge und ließ ihn husten. Der Kerl verstand sich darauf, seine Fährte zu überdecken, so viel stand fest. Mit finsterer Miene stieß Grim einen Pfiff aus – zu hören nur von einem ganz besonderen Ohrenpaar. Schweigend ging er in der Wohnung auf und ab, die Klauen zu Fäusten geballt, blieb schließlich vor dem Fenster stehen und wartete regungslos. Er würde den Mörder nicht entwischen lassen, selbst wenn er ganz Paris nach ihm absuchen lassen musste.

Kurz darauf tauchten sieben farbige Lichter über den Häusern auf der anderen Straßenseite auf, rasten auf das offene Fenster zu und trieben Grim rückwärts in den Raum, ehe sie blitzartig innehielten und einige Schritte von ihm entfernt in der Luft stehen blieben. Nur ein besonders helles grünes Licht setzte seinen Weg fort, sauste bis dicht vor Grims Nase heran und verringerte sein Leuchten, bis Grim einen Kobold mit listigen schwarzen Augen, einer gewaltigen Knollennase und langen grünen Haaren, die ihm in allen Richtungen vom Kopf abstanden, erkennen konnte.

»Remis«, begrüßte Grim seinen Freund und lächelte ein wenig.

Der Kobold steckte in einer leuchtend roten Uniform, auf deren Revers in goldenen Lettern stand: *OGP – Spürnaseneinsatzleitung*. Hinter ihm schwebten sieben weitere Kobolde in ähnlicher Uniform in der Luft.

»Grim ruft, Remis kommt«, sagte der Kobold mit einem Grinsen, das von einem Ohr zum anderen reichte, und salutierte. »Du brauchst die Unterstützung der Spürnasen?«

Grim nickte düster. In knappen Worten schilderte er Remis die Lage.

»Der Kerl hat seinen Geruch verschlüsselt«, meinte dieser mit wissendem Blick. »So könnt ihr Steinnasen ihn natürlich nicht mehr aufspüren, magische Hochbegabung hin, ewiges Leben her, nicht wahr?« Er hob in rascher Folge die rechte Augenbraue. »Aber für jedes Rätsel gibt es eine Lösung, und wo andere lange nachdenken müssen, holen wir Spürnasen einmal tief Luft und …«

»… und schon habt ihr jedes Geheimnis gelöst?« Grim konnte den Spott in seiner Stimme nicht unterdrücken. »Da bin ich aber mal gespannt!«

Remis warf ihm einen wütenden Blick zu. »Nicht jeder hat eine Haut aus Stein und einen Faustschlag wie ein Dampfhammer«, murmelte er. »Manche Wesen verfügen über subtilere Mittel, um das Böse aus der Dunkelheit zu treiben. Du wirst schon sehen!« Damit reckte er die Nase, sog zitternd die Luft ein – und wiederholte diese Geste mit zunehmender Hektik, bis er schließlich den Kopf schüttelte. »Der Kerl muss sich unsichtbar gemacht haben«, flüsterte er mit kreisrunden Augen. »So etwas ist mir noch nie untergekommen! Sein Körpergeruch, noch nicht einmal seine Magie ist auch nur zu erahnen! Ich muss wissen, wonach ich zu suchen habe, um ihn zu finden – ich muss wissen, wie er riecht. Aber er war ja nicht allein, als er floh …« Remis rieb sich die Hände und lächelte verschmitzt. »Die Magie, die dich fast erstickt hätte, diente nicht dazu, den Duft des Mörders zu übertünchen. Er ist auf keiner Ebene der olfaktorischen Wahrnehmung zu finden, ich weiß nicht, wie das möglich ist. Aber diese Magie hätte eine solche Unsichtbarkeit nie in dieser Vollkommenheit hinbekommen. Nein, sie sollte nur den Geruch des Opfers verdecken. Aber wenn ich eines in meinem Leben gelernt habe, dann dies: Menschen stinken. Und wir Kobolde kennen ihren Geruch gut genug, um ihn überall herausfiltern zu können.« Er nickte Grim entschlossen zu und wandte sich dann an sein Team.

»Ans Werk, ans Werk, Spürnasen von Paris!«, rief er und flog ihnen voran. »Es gilt, einen Mörder zu finden, habt ihr verstanden?«

Grim sah zu, wie die Kobolde sich in rasender Geschwindigkeit über die Fährte hermachten. Zuerst hörte er sie einige Male laut niesen, doch dann hatten sie die Spur des Menschen ausgemacht und flogen voraus. Wortlos bedeutete Grim den Schattenflüglern, ihm zu folgen, und stürzte sich in die Nacht. Er ließ die Spürnasen nicht aus den Augen, bis sie das Industriegebiet im Norden der Stadt erreichten.

Auf einem heruntergekommenen Parkplatz landeten sie. Vor ihnen lag eine Lagerhalle mit zerbrochenen Fenstern und einem halb aus den Angeln gefallenen Tor. Geisterhaft erhob sie sich in die Nacht, Schnee bedeckte ihr Dach wie ein Leichentuch. Remis bedeutete seinen Spürnasen, in einiger Entfernung zu warten, und schwirrte auf Grims Schulter.

»Dort endet die Spur«, raunte er, und Grim hörte deutlich die Anspannung in seiner Stimme.

Er warf den anderen Schattenflüglern einen Blick zu und nickte. Lautlos schlichen sie sich näher heran und schlüpften durch das halb geöffnete Tor ins Innere der Halle. Für einen Moment sah Grim nichts als Dunkelheit. Es war, als hätte ihm jemand ein schwarzes Tuch über die Augen geworfen. Ein leises, metallenes Geräusch durchdrang die Stille wie das Knarzen einer verrosteten Kinderschaukel. Dann roch er es. Fleisch. Blut. Fäulnis. Vorsichtig trat er einen Schritt vor – und prallte gegen etwas Weiches. Er fühlte nackte Haut an seinen Klauen und Blut – das Blut eines Menschen. Leise murmelte er einen Zauber, entfachte ein Feuer in seiner Hand und schickte es wie auf einer Zündschnur bis ans andere Ende der Halle. Knisternd bahnten sich die Flammen ihren Weg und beleuchteten ein Bild des Grauens.

In einiger Entfernung lag der Körper des Mannes, den der Mörder mit sich genommen hatte. Die Gliedmaßen waren unnatürlich verdreht, als wäre er aus großer Höhe fallen gelassen worden, doch Grim bemerkte es kaum. Sein Blick hing an den dunklen Gestalten, die an langen Seilen in stählernen Schäkeln von der Decke hingen. Träge und kaum merklich bewegten sie sich im Strom des Windes, der durch die zerbrochenen Fenster stob, und Grim musste die Klaue vor den Mund heben, als der schwere Geruch von Verwesung zu ihm herüberwehte. Es waren die nackten Körper toter Menschen, die wie an den Hälsen aufgehängte Marionetten in langen Reihen die Halle durchzogen. Aus leeren Augenhöhlen starrten sie Grim an.

Abrupt wandte er den Blick von den Gesichtern der Toten ab. Er hatte oft gesehen, wie der Tod durch Erhängen einen menschlichen Körper verwandelte, und allein die Erinnerung an derlei Bilder ließ Übelkeit in ihm aufsteigen.

Kronk trat näher an einen der Toten heran und berührte den Leichnam an der Schulter, sodass dieser sich einmal um sich selbst drehte. Remis schluckte hörbar, als der Rücken des Toten vom Flammenschein erhellt wurde, doch Grim achtete nicht darauf. Wortlos betrachtete er die Zeichen, die dem Menschen ins Fleisch geschnitten worden waren und nun seinen gesamten Rücken bedeckten: Es waren Worte in einer Sprache, die Grim unbekannt war, doch er erkannte das Pentagramm im Nacken des Toten als Zeichen dafür, dass es sich bei diesem um ein Menschenopfer handelte.

»Scheint so, als habe hier eine rituelle Opferung stattgefunden«, flüsterte Walli. »Aber zu welchem Zweck? Und was bedeuten diese Schriftzeichen? Wir …«

Er wurde von einem leisen Wimmern unterbrochen. Grim fuhr herum. Nicht weit von ihm entfernt bewegte sich etwas in den Schatten zwischen den Erhängten, und er erkannte die Umrisse einer zusammengekauerten Frau, die mit mehreren Schnüren an die Wand gefesselt worden war und aus schreckensstarren Augen zu ihm herüberschaute.

Grim wechselte einen Blick mit den anderen und ging langsam auf die Frau zu. »Keine Angst«, sagte er so behutsam wie möglich. »Wir sind gekommen, um Ihnen zu helfen.« Er ging vor ihr in die Hocke. Ihre Hände waren blutig, aus mehreren Schnitten an den Armen schien ihr über mehrere Tage immer wieder Blut abgenommen worden zu sein. »Gibt es noch andere Überlebende?«

Kronk trat neben ihn und streckte kaum merklich die Hand aus. Vor langer Zeit hatte er die Kunst des Gedankenlesens ohne körperlichen Kontakt erlernt, eine Fähigkeit, die Grim schon immer an seinem alten Gefährten bewundert hatte.

»Nein«, erwiderte Kronk anstelle der Frau. Dann wurde seine Stimme zu einem Flüstern. »Aber wir sind nicht allein.«

Im selben Moment hörte Grim die Schritte und fühlte gleichzeitig die Kälte, die als grauer Nebel über den Boden auf ihn zukroch. Er erhob sich langsam und versuchte, in der Finsternis zwischen den leicht pendelnden Leichen etwas zu erkennen. Ein eisiger Windhauch fuhr ihm ins Gesicht, und da – lautlos wie ein Schatten – trat der Mörder aus der Dunkelheit. Auf den ersten Blick glaubte Grim, einen Menschen vor sich zu haben. Der Fremde sah aus wie ein Mann Mitte dreißig mit muskulösem, ungewöhnlich großen Körperbau. Über seinem nackten Oberkörper lag ein dunkler Mantel. Seine Haut war mit feinen Narben wie von unzähligen Schnitten übersät, die sich zu kryptischen Zeichen vereinten. Er trug eine schwarze, von Menschenblut besudelte Hose und schwere, schmutzverkrustete Stiefel mit silbernen Absätzen. Seine Hände waren weiß, seine Nägel hingegen pechschwarz, ebenso wie die Ringe, die seine Finger schmückten. Ein breiter Lederriemen spannte sich quer über seinem Brustkorb, mehrere Messer steckten darin.

Grim wollte dem Fremden ins Gesicht schauen, doch für einen Moment sah er dort nichts als einen flirrenden Schatten. Da zog der Fremde eines seiner Messer. Die Klinge begann in rotem Licht zu glühen. Mit beinahe zärtlicher Geste malte er ein fremdartiges Zeichen vor sich in die Luft, das langsam in knisternde Funken zerbrach. Gleichzeitig tauchte ein Gesicht durch den Schatten, ein schneeweißes, ebenmäßiges Gesicht mit einem Mund, der sich zu einem spöttischen Lächeln verzogen hatte. Lange, zu schwarzen

Zöpfen geflochtene Haare fielen über seine Schultern und bedeckten nur teilweise die zahlreichen Narben auf seiner Brust. Dem Fremden fehlte das linke Auge. An seiner Stelle saß ein schwarzer Edelstein. Doch Grim sah es erst auf den zweiten Blick. Zu sehr nahm ihn das rechte Auge des Mörders gefangen, ein Auge wie ein gesprungener Diamant, hell und klar und gleichzeitig von einer Tiefe, dass Grim meinte, dem Fremden direkt in sein Innerstes schauen zu können. Doch alles, was er erblickte, war Finsternis.

Nein, dachte Grim und konnte nicht verhindern, dass ihm ein Schauer über den Rücken flog. Das war kein Mensch. Das war etwas anderes – etwas, das er noch nie zuvor in seinem Leben gesehen hatte.

Ein Lächeln lag auf den Lippen des Mörders, als er Grim mit seinem Diamantauge betrachtete und langsam seinen Mantel auszog. Remis regte sich nicht. Wie erstarrt saß er auf Grims Schulter, doch sein Körper bebte im Takt seines Herzens, als würde er aus nichts anderem mehr bestehen als aus seinem Pulsschlag. Grim befahl ihm in Gedanken, sich in die hinterste Ecke der Halle zurückzuziehen, doch er spürte kaum, wie der Kobold seine Schulter verließ. Er fixierte den Mörder und entfachte den Zorn hinter seiner Stirn zu wildem Feuer.

»Wer bist du?«, fragte Grim und trat einen Schritt vor. Die Frau hinter ihm rührte sich nicht, aber er hörte ihren Atem stocken wie bei einem verletzten Vogel.

Der Fremde setzte sich in Bewegung, das Messer drehte sich spielerisch um die Finger seiner rechten Hand. Die Schattenflügler gingen in Verteidigungshaltung, doch Grim selbst stand nur da, reglos und abwartend. Dicht vor ihm blieb der Fremde stehen.

»Wer«, flüsterte dieser mit einer Stimme, in der ein seltsamer Singsang mitschwang, ein Ton zwischen Lachen und Schreien, »bist du?«

Grim spürte die Kälte des Fremden. Sie strömte aus dessen Körper wie unsichtbares Gift und legte sich als betäubendes Tuch auf seine Stirn. Der Kerl wollte ihn umbringen, so viel stand fest, und er hielt es noch nicht einmal für nötig, sich dabei die Hände schmutzig zu machen. Aber da hatte er sich den Falschen ausgesucht.

Grim erwiderte den starren Blick, als wollte er dem Mörder das gesunde Auge mit reiner Gedankenkraft aus dem Kopf brennen. Dann holte er Atem, beugte sich vor und flüsterte düster: »Dein Feind.«

Im nächsten Moment schlug Grim seine Faust krachend in das Gesicht seines Gegners. Der Fremde flog zurück, doch anstatt auf dem Rücken zu landen, breitete er die Arme aus, erhob sich in die Luft und blieb ein ganzes Stück weit über dem Boden stehen. Mit einem Brüllen, das in Grims Ohren wie ein grollendes Fluchen klang, spreizte der Fremde die Finger und rief die Schatten, die sich in den Ecken der Halle versammelt hatten. Wie Geisterschwaden aus Finsternis stoben sie in seine Fäuste. Grim hörte, wie Kronk einen mächtigen Eiszauber sprach, und spürte die Flammenpeitschen, die er sich selbst ums Handgelenk wickelte. Lautlos legte er einen Schutzwall aus höherer Magie über seine Gefährten und sich selbst – und sah, wie der Fremde verächtlich lächelte.

Gleich darauf riss dieser die Arme über den Kopf. Die Schatten tobten über seine Finger wie Stürme aus Gift, formten sich zu einer nebelhaften Gestalt, die in ihren Umrissen dem Fremden glich, und ergriffen das Messer aus dessen Hand. Im selben Moment stürzte das Schattenwesen nieder, riss die Faust mit dem Messer in die Luft und stieß die Waffe in den goldenen Schutzwall. Mit einem Zischen zog die Gestalt sich in sich selbst zusammen, fuhr in das Messer und färbte den Wall für einen Augenblick schwarz. Dann zerbrach der Schutzzauber wie eine Kuppel aus dünnem Glas. Grim stockte der Atem. Er hatte den Wall siebenfach gesichert, ihn mit höherer Magie gebildet – wie zum Teufel hatte der Kerl das gemacht?

Doch er kam nicht dazu, dieser Frage nachzugehen, denn gleich darauf stoben schwarze Blitze aus der Faust des Fremden und stürzten sich auf Walli, Kronk und Vladik. Grim sah noch, wie sich die Blitze zu Figuren aus flackerndem Licht formten und seine Gefährten mit Bannschnüren aneinanderfesselten. Dann raste der Fremde durch die Luft auf ihn zu. Im letzten Moment riss Grim einen Schutzzauber über seinen Körper, doch schon hatte sein Gegner ihn erreicht. Krachend schlugen ihre Körper zusammen, Grim hörte die Funken, die durch den Aufprall durch die Luft flogen, während der Fremde ihn an den Schultern packte und mit ihm quer durch die Halle schoss. Ströme aus Kälte jagten durch Grims Adern, er spürte, dass es ein mächtiger Bannzauber war, der ihm auf den Bahnen seiner Venen den Tod in die Glieder schickte, doch er hatte noch nie zuvor in seinem Leben eine ähnliche Magie gespürt wie in diesem Moment. Sie war höherer Magie ebenbürtig, war kalt und mächtig wie die Kraft uralter Wesen, und noch etwas anderes lag in ihr, etwas Nebelhaftes und Zwielichtiges, das Grim nicht deuten konnte. Die Halle verengte sich zu einem schwarzen Tunnel und er sah nichts mehr als das Gesicht des Fremden in einem seltsamen Wechselspiel aus Licht und Schatten. Dieses Bild drang in Grims Inneres ein, und er wusste, dass er es niemals mehr vergessen würde – dieses Gesicht mit dem spöttisch verzogenen Mund, dem diamantenen Auge und dem schwarzen Edelstein – das Gesicht eines Mörders, dem der Ausdruck der Gnade unbekannt geworden war und der in den tiefsten Schatten seines Selbst nichts so sehr verachtete und begehrte wie das Licht.

Unmittelbar darauf schlug Grim mit dem Rücken gegen die Wand. Der Aufprall war so heftig, dass ihm der Atem stockte, und er spürte gleichzeitig, wie der Fremde seinen Bannzauber verstärkte. Wütend ballte Grim die Klauen und fühlte das Eis, das von seinen Gliedern absprang wie Rost von einem sich verbiegenden Stück Metall. So einfach würde er es diesem Kerl nicht machen, so viel stand fest.

Mit einem Schrei riss er die Klauen aus ihrer Erstarrung, schlug sie dem Fremden in die Brust, als wäre diese nichts als ein faulender Baumstamm, und schickte Flammen in dessen Leib. Sofort roch Grim den widerwärtigen Gestank von verbranntem Fleisch. Er schaute dem Mörder direkt in das gesunde Auge, während er die Feuer der höheren Magie durch dessen Körper jagte, und für einen Moment erkannte er sogar etwas wie Schmerz tief hinten in der Finsternis seines diamantenen Blicks. Da stieß der Fremde den Kopf vor. Benommen fuhr Grim zurück. Der Fremde entglitt seinen Klauen und taumelte rückwärts. Schwer atmend griff er sich an die Brust, in der ein riesiges Loch klaffte, und beugte sich vornüber. Blut rann ihm aus dem Mund, in langen Schnüren tropfte es auf den Boden.

Grim schickte einen Sturmzauber in seine Faust, doch noch ehe er angreifen konnte, riss der Fremde den Kopf in den Nacken und starrte ihn aus hassverzerrtem Gesicht an. Lautlos murmelte er einen Zauber. Grauer Nebel strömte aus den feinen Narben seiner Haut, kroch in tastenden Bewegungen über seinen Körper, drang in das verbrannte Gewebe ein und bildete die zerfetzten Rippen und Organe aus nebligen Schleiern nach. Kurz sah es so aus, als bestünden Lunge, Herz und Fleisch aus grauem Nichts. Doch gleich darauf verfinsterte sich der Nebel wie langsam in dunklem Blut versinkender Schnee und wurde zu schwarzen Knochen in klebrigem, sich rasend schnell erneuerndem Fleisch. Schon bildeten sich unter den lautlosen Fingern des Nebels gesunde Sehnen und Muskeln, und eine dünne Hautschicht begann, über die noch klaffende Wunde hinzukriechen.

Grim ballte die Klauen. Er wusste nicht, welchen verfluchten Heilungszauber dieser Kerl gesprochen hatte, der eine solche Kraft entfalten konnte – aber er würde nicht zulassen, dass er ihn vollendete. Mit einem Brüllen stürzte er sich vor, packte den Fremden an der Kehle und schleuderte ihn direkt in den schwarz flackernden Bannzauber, mit dem Kronk und die anderen gefangen gehalten wurden.

Funken sprühten in langen Spiralen zur Hallendecke hinauf, als der Mörder in seinem eigenen Zauber landete, Grims Gefährten zu Boden riss und die Bannschnüre wie die Tentakel einer Krake im Todeskampf durch den Raum schlugen, ehe sie erloschen.

Kronk sprang auf, eine gleißende Lichtpeitsche schoss aus seiner Faust auf den Fremden zu. Doch noch ehe sie sich um den Hals des Mörders schlingen konnte, packte dieser sie mit einem Schrei und riss Kronk zu sich heran. Blitzschnell umfasste der Fremde Kronks Schläfen und schickte eisblaues Licht in den Körper des Schattenflüglers, der sofort unkontrolliert zu zucken begann.

Im selben Moment kamen Walli und Vladik auf die Beine. Atemlos brüllte Grim einen Befehl. Er hatte nicht umsonst seit Jahrhunderten immer wieder mit diesen Schattenflüglern Seite an Seite gekämpft. Er stieß die Fäuste vor, und während Walli einen Schutzwall über Kronk legte, schickten Grim und Vladik mächtige Flammenströme auf den Fremden. Ein unmenschlicher Schrei entwich dessen Kehle, doch er ließ Kronk nicht los. Die Bilder der Mordopfer flackerten hinter Grims Stirn auf und für einen Augenblick hörte er das Mädchen aus seinem Traum schreien. Er würde nicht zulassen, dass dieser Kerl einen der besten Schattenflügler der Anderwelt ins Jenseits beförderte – niemals. Stattdessen wollte er ihn fühlen lassen, was seine Opfer gefühlt haben mussten, als er ihnen das Leben aus dem Leib gerissen hatte. Er wollte sehen, wie dieser Kerl starb, wollte seine Angst spüren und seine Hilflosigkeit im Todeskampf, die er selbst über so viele Menschen gebracht hatte. Zorn pulste wie ein übermächtiger Dämon durch seine Adern und ließ die höhere Magie als goldenes Inferno durch den schmerzverzerrten Mund des Fremden in dessen Inneres dringen. Endlich ließ dieser von Kronk ab, der schwer atmend zurückwich.

Grelles Licht brach aus dem gesunden Auge des Fremden, die gerade noch weiße Haut knisterte und schlug Blasen. Grim wandte sich nicht ab. Er starrte dem Mörder in sein schwarzes Auge und sah zu, wie er bei lebendigem Leib verbrannte, bis er mit einem Zischen in pechschwarze Asche zerstob.

Schwer atmend ließ Grim die Arme sinken. Ein bitterer Geschmack kroch seinen Gaumen hoch und ließ ihn husten. Leicht schwankend wandte er sich der Frau zu, die noch immer zitternd an der Wand der Halle kauerte, und befreite sie von ihren Fesseln. Er spürte, wie Remis auf seine Schulter flog, und sah der Frau in die Augen. Furcht spiegelte sich darin und die Erinnerung an das Entsetzliche, das sie in den vergangenen Tagen erlebt haben musste – doch tief hinten in der Finsternis flammte etwas auf, ein zärtliches Staunen, als sie ihm ins Gesicht sah, das Grim lächeln ließ.

Später wusste er nicht mehr, ob es die plötzlich wiederkehrende Furcht in den Augen der Frau gewesen war, die ihn dazu gebracht hatte herumzufahren – oder das leise, flüsternde Rauschen der Asche, das auf einmal den Raum erfüllte wie das Summen winziger Bienen. Grim erinnerte sich nur noch daran, dass er sich umwandte – und obgleich die folgenden Augenblicke binnen eines Wimpernschlags geschahen, nahm er sie wahr wie in Zeitlupe.

Inmitten der Asche kniete, den Kopf tief geneigt, eine vollständig skelettierte Gestalt. Mit der rechten Hand stützte sie sich am Boden ab, während der linke Arm auf dem angezogenen Knie ruhte. Nebel stieg aus der Asche auf, umschmeichelte den reglosen Körper und fuhr wie mit leckenden Zungen über die Knochen. Muskelgewebe bildete sich an den Beinen, Fleisch zog sich über Arme und Brustkorb und bedeckte bereits Teile des Gesichts, als der Nebel die Augenhöhlen der Gestalt erreichte. Gierig stürzten die grauen Schleier sich hinein, für einen Moment flirrte der Nebel in flackerndem Licht. Dann zog er sich zurück. Grim sah, wie die Gestalt langsam den Kopf hob – und hinter den wirbelnden Ascheflocken starrte ihm ein diamantenes Auge entgegen.

Im nächsten Moment raste der Fremde mit wahnsinnigem Schrei auf ihn zu, und ehe Grim begriffen hatte, was vor sich ging, umschlossen bereits knöcherne Finger seine Kehle. Die freie Hand streckte der Fremde nach den Schattenflüglern aus, Grim hörte sie unter flammenden Peitschen aufschreien. Er selbst bekam kaum Luft und starrte fassungslos in das Gesicht des Fremden, über dessen rohem Fleisch sich langsam Hautfetzen bildeten. Nur die Augen starrten ihn lidlos an wie die eines Toten. Schatten flackerten im diamantenen Auge, und aus dem noch lippenlosen Mund kroch Nebel wie ein Schleier aus Gift. Grim hörte eine leise, betörende Melodie, als würden Sirenen in dem Nebel singen, der unaufhaltsam auf ihn zukroch und sich mit ehernem Griff um seinen Kiefer wand, bis er den Mund öffnete. Gierig stürzte sich der Nebel in Grims Körper, für einen Augenblick schwoll der Gesang bis zur Unerträglichkeit an. Die Klänge zerrissen etwas in ihm und ließen es zerfetzt und blutig zurück. Er wollte schreien, aber jeder Ton wurde von den Tüchern aus Finsternis verschluckt, die sich in seinem Inneren ergossen wie die Schatten der Hölle.

»Wer bist du?«, zischte der Fremde, und auf einmal wusste Grim, dass der Nebel ihn erkundete, während er ihn tötete – seine Gedanken, seine Erinnerungen, er saugte ihn aus wie ein Egel sein Opfer. Deswegen waren die Menschen in den Straßen von Paris blutleer gefunden worden: Der Fremde hatte ihnen ihr Leben gestohlen – bis auf den letzten Rest. Wie ein Schwerthieb durchzog Grim der Schmerz, als der Mörder in seine Gedanken eindrang.

»Feind«, raunte der Fremde und lächelte, als würde er mit jedem Wort Gift unter Grims Haut spritzen. »Auf wessen Seite stehst du?« Und Grim meinte, eine säuselnde, eiskalte Stimme zu hören, ein Flüstern, das ihm durch und durch ging. *Menschenfreund ...* Er begann zu zittern, er spürte, wie das Leben ihm aus dem Leib rann. *Grim.* Die Stimme eines Mädchens zerriss die Nebel, die sich um sein Bewusstsein schlingen wollten. Mias Bild schob sich durch die Schleier in seinem Inneren, ihre Augen, grün wie das Meer kurz vor einem Gewitter.

Mit letzter Kraft zerriss Grim den Bann, der auf ihm lag, und schlug seine Klauen in den noch halb zerfetzten Körper des Fremden. Mit einem Schrei wich dieser zurück. Eine frische Wunde klaffte an seiner Schulter. Grim schaute auf seine Klaue. Er hatte dem Fremden ein großes Stück Fleisch aus dem Körper gerissen.

Da durchzogen Schwingenschläge die Luft. Die Verstärkung näherte sich. Der Fremde fuhr zusammen, mit einem gewaltigen Satz sprang er auf die Tür zu. Ein schattenhaftes Lächeln zog über sein Gesicht, als er sich noch einmal zu Grim umdrehte. »Wir sehen uns wieder«, flüsterte er. »Nun weiß ich, wo ich dich finden werde.«

Dann streckte er die Hand nach dem Messer aus, das vom Boden blitzschnell in seine Hand flog, zeichnete erneut etwas in die Luft und sprang durch die Tür in die Nacht.

Wie benommen starrte Grim auf das langsam erlöschende Zeichen des Fremden, die Umrisse eines Panthers, die sich in der Luft schwarz färbten. Der Schreck fuhr ihm mit glühenden Nägeln in den Nacken. Ein Feuerzauber kurz vor seiner Entfaltung.

»Lauft!«, brüllte Grim und packte die Frau am Kragen, die am Boden zusammengesunken war.

Mit letzten Kräften stürmten Kronk und die anderen hinter ihm her. Remis krallte sich an einen Zipfel seines Mantels, und es gelang ihnen in letzter Sekunde, sich auf einem benachbarten Fabrikdach in Sicherheit zu bringen. Ein gewaltiger Knall zerriss die Nacht, als die Lagerhalle in einem funkensprühenden Feuerwerk in die Luft flog. Gleich darauf landeten mehrere Schattenflügler neben ihnen.

»Keine Angst«, raunte Grim der Frau zu, die wie gelähmt dastand und in die Flammen starrte. »Sie sind jetzt in Sicherheit.«

Unauffällig winkte er einen Gargoyle von der Verstärkung zu sich. »Erinnerungslöschung«, murmelte er und überließ ihm die Frau. Dann schaute er zu der explodierenden Halle zurück. Kronk trat neben ihn.

»Was war das für ein Kerl?«, fragte sein alter Gefährte mit deutlichem Schrecken in der Stimme.

»Ich weiß es nicht«, erwiderte Grim kaum hörbar. Langsam öffnete er die Klaue, in der er noch immer das Fleisch des Fremden hielt. »Aber ich werde es herausfinden. So viel steht fest.«

Kapitel 4

Die Schluchten glühten in tiefrotem Licht. Von oben sah es aus, als zögen Ströme aus Blut durch die zerklüftete Ebene, und erst als Mia auf ihrem fliegenden Esel tiefer sank, erkannte sie die Gebäude mit den lodernden Laternen, die in den Abgründen rings um Ghrogonia neu errichtet worden waren. Gerade durchflog sie die Klabauterkluft, in der noch vor wenigen Monaten ein schmutziges Rinnsal für Abwasser und Exkremente an den schäbigen Hütten vorbeigelaufen war. Jetzt stapelten sich die herausgeputzten Häuschen in den buntesten Farben wie riesige Streichholzschachteln übereinander, und unter dem frisch gepflasterten Grund der Schlucht verlief die neue Kanalisation. Mia hörte die Stimmen der Klabauterkinder, die prasselnd wie platzende Knallerbsen zu ihr heraufdrangen, und streckte die Hand nach dem weichen Fell ihres Esels aus. Früher war er kaum mehr als ein armseliger Lastenträger gewesen, ein Arme-Leute-Taxi. Nun gehörte er zum führenden Taxiunternehmen der Stadt und durfte nicht nur die ausgebauten Luftstraßen in die Schluchten benutzen, sondern wurde für seine Arbeit auch anständig entlohnt. Ja, Ghrogonias Gesicht hatte sich gewandelt, und das betraf nicht allein die Schluchten und ihre Bewohner. Anstelle der alten Drachenstadt war eine farbenprächtige, flirrende Metropole getreten, die sämtliche Kulturen und Bewohner der Anderwelt in sich vereinte. Sinnbild hierfür war der Senat, der seine Pforten unter dem Vorsitz von Mourier, dem steinernen Löwen und König der Gargoyles, vor einigen Monaten für alle Völker geöffnet hatte. Nun saßen neben Gargoyles auch Hybriden, Mutanten, Gnome und viele andere auf den steinernen Rängen des Parlaments, und es ging in den Sitzungen häufig hoch her. Denn noch hatten die verschiedenen Gruppierungen sich nicht aneinander gewöhnt. Die konservativen Gargoyles klammerten sich nur allzu gern an der alten Zeit fest, und Mia wusste, dass viele von ihnen sich vor den Hybriden und Mutanten fürchteten und die umgesiedelten Gnome am liebsten wieder in die einstigen Ghettos zurückgeschickt hätten. Und auch unter den noch vor Kurzem unterdrückten Anderwesen gab es Strömungen, die der neu entfachten Freundschaft zwischen den Völkern misstrauisch begegneten. Besonders einigen Hybriden fiel es schwer, den Gargoyles gegenüber nicht nachtragend zu sein, nachdem sie jahrhundertelang von ihnen als Sklaven gehalten worden waren. Dennoch spürte Mia ihn deutlich, den Atem einer neuen Zeit, der die meisten Anderwesen mit gewaltiger Macht ergriffen hatte und sie dazu trieb, den Zauber des Aufbruchs für eine gemeinsame Zukunft zu nutzen. Mia nahm sich nicht aus: Auch sie hatte ja beschlossen, etwas zu verändern.

Sie holte tief Atem, ließ den Blick über die wachsende Stadt schweifen und wünschte sich zum wiederholten Mal, dass Jakob das alles sehen könnte. Für einen Moment meinte sie, die Magie des Grabes noch einmal an ihren Fingern zu spüren. Nach ihrem Besuch auf dem Friedhof hatte sie umgehend die Kobolde ausgeschickt, um Jakob zu finden, und dann versucht, den Tag über zu schlafen. Das Leben in Ghrogonia fand in der Nacht statt, und nach einigen Minuten atemlosen Wachliegens war sie tatsächlich eingeschlafen. Sie hatte von Jakob geträumt, ihrem Bruder, der endlich in ihre Welt zurückgekehrt war und nun irgendwo in Paris herumlief, ohne sich vermutlich an irgendetwas zu erinnern – außer daran, dass er mit enormer magischer Kraftaufwendung aus einem Grab geklettert war. Mia wusste, dass es bei einem Wechsel zwischen zwei

Welten nicht ungewöhnlich war, wenn ein Wesen dabei Teile der Erinnerung verlor. Für gewöhnlich kehrten sie zwar nach und nach zurück, aber so lange wollte sie nicht warten. Ihre Sehnsucht nach Jakob hatte ein schmerzhaftes Brennen in ihren Magen gepflanzt, und sie musste all ihre Selbstbeherrschung aufbieten, um nicht selbst nach ihm zu suchen. Doch die Kobolde waren bedeutend schneller und chancenreicher als sie, und noch dazu hatte sie reichlich Arbeit vor sich. Dennoch konnte sie es kaum erwarten, Grim von der Angelegenheit zu erzählen. Er war den ganzen Tag über nicht nach Hause gekommen, vermutlich hatte er die Stunden über seinem Schreibtisch verbracht. Aber gleich würde sie ihn sehen, denn sie hatten sich am Eingang der Flimmergassen verabredet – eines dunklen Geflechts verwinkelter Straßen, in denen sich neben einer Reihe Alchemisten und Zauberer auch einige namhafte Trödler niedergelassen hatten. Einer von ihnen, ein gewisser Hieronimus Firensius Balthasar, hatte Mia vor wenigen Tagen eine Nachricht zukommen lassen, in der er ihr mitteilte, seit Kurzem über ein besonders seltenes Artefakt zu verfügen, das auf ihrer Ausstellung nicht fehlen dürfte. Da die Ausstellung bereits in zwei Tagen stattfinden würde, hatte Mia zwar eigentlich schon alle Stücke beisammen, die sie den Menschen zeigen wollte – aber neugierig war sie doch, um was für ein Artefakt es sich handeln würde. Sollte es sich tatsächlich als einzigartig erweisen, würde sie ihm noch einen Platz in einem der Schaukästen zuweisen.

Der Esel landete auf dem steinernen Plateau des Taxistands, ließ sich von Mia bezahlen und einen Apfel zustecken und erhob sich wieder in die Luft. Mia wandte sich um und schaute kurz von ihrer erhöhten Position aus in das Gewimmel aus Anderwesen, das sich durch die enge Gasse schob. Sie sah Gnome, deren Haut sich ledrig über ihren freundlichen Gesichtern spannte, und Waldschrate, die wie gewöhnlich ungeheuer nach Knoblauch rochen. Auch Nornen waren da, geisterhaft schöne Frauen, die sich mit ätherischer Anmut durch die Menge bewegten. Mia fing den einen oder anderen Blick eines Anderwesens auf. Im Gegensatz zu den Bewohnern der Prunkviertel in Ghrogonia begegneten die Geschöpfe der Schluchten ihr stets freundlich, und das nicht nur, weil sie gegen Seraphin gekämpft und ihr Leben für die Stadt aller riskiert hatte. Sie war ein Mensch, sie gehörte in die Oberwelt, die streng von der Welt der Anderwesen getrennt war, solange der Zauber des Vergessens bestand. Daran ließ sich nun einmal nichts ändern, und auch wenn sie ab und zu ihre Mutter oder ihre Tante Josi zu Besuch nach Ghrogonia brachte, blieb sie doch die Einzige ihrer Art: eine Hartidin, eine Seherin des Möglichen, ungeschlagen vom Zauber des Vergessens – der einzige Mensch, der die Stadt sehen konnte, wie sie wirklich war, wohingegen die Anderwesen ihrer Familie nie in ihrer wahren Gestalt erschienen. Ihre Mutter und Josi konnten zwar fühlen, wer diese wirklich waren – doch *sehen* konnten sie die Wahrheit nicht. Diese Tatsache hatte einen Schleier um Mia geschlungen, der sie mit unsichtbarer Kälte von den anderen Wesen trennte – den Menschen ebenso wie den Anderwesen. Die Schluchtenbewohner wussten, was es bedeutete, ausgeschlossen zu sein einfach für das, was man war. Vielleicht begegneten sie Mia aus diesem Grund mit ihrer freundlichen Art und diesem Zwinkern in den Augen, als wollten sie sagen: *Für uns bist du schon jetzt ein Teil Ghrogonias, und warte nur – eines Tages werden auch die anderen das begreifen.*

Ein eisiger Windhauch fuhr Mia in den Nacken und ließ sie auf die Uhr sehen. Eigentlich hätte Grim schon längst da sein sollen. Er hatte darauf bestanden, sie nicht allein gehen zu lassen. *Die Flimmergassen sind gefährlich*, hatte er gesagt. S*olange der Mörder nicht gefasst ist, solltest du nicht allein an solche Orte gehen.* Mia musste lächeln, als sie an sein entschlossenes Gesicht dachte. Sie hatte zugestimmt, als Grim zwei Gargoyles als Leibwächter für ihre Mutter und Josi abgestellt hatte. Aber sie selbst war nicht hilflos. Sie gebot über Magie und hatte in den vergangenen Monaten ausgiebigen Unterricht bei

Theryon, dem Feenkrieger, genossen. Nein, sie fürchtete sich nicht mehr als die Anderwesen vor dem Schrecken, der in der Oberwelt von Paris umging – schon gar nicht hier, in den steinernen Gassen Ghrogonias. Aber es gefiel ihr, wenn Grim besorgt um sie war, und außerdem kam es in den letzten Wochen selten genug vor, dass sie Zeit zusammen verbringen konnten. Daher hatte sie sich damit einverstanden erklärt, dass er sie begleitete. Seufzend zog sie die Schultern an. Der kalte Wind nahm zu, mit ungewöhnlicher Härte fuhr er ihr ins Gesicht.

Vermutlich war Grim aufgehalten worden, wie so oft in letzter Zeit. Die Morde beschäftigten ihn Tag und Nacht, und obwohl Mia Verständnis dafür hatte, dass er sich so in seine Arbeit vertiefte, wünschte sie sich gerade jetzt, da ihr die Neuigkeit mit Jakob auf der Seele lag, die Zeit zurück, in der sie nur für sich da gewesen waren. Aber sie zweifelte nicht daran, dass Grim diesen verfluchten Mörder bald stellen würde, und bis dahin hatte sie selbst auch nicht gerade wenig zu tun. Ungeduldig schaute sie auf die Uhr. Langsam trübte sich das Licht der Laternen und zeigte die nahende Dämmerung an. Auch wenn sie sich vor den Flimmergassen nicht fürchtete, wusste sie doch, dass Kreaturen in der Anderwelt lauerten, die gerade zur Dämmerstunde gefährlich werden konnten. Sie durfte nicht länger warten. Schnell tippte sie eine Nachricht in ihren Pieper und verschickte sie an Grim, ehe sie sich von dem kalten Wind die Stufen der Station hinuntertreiben ließ.

Die Menge empfing sie mit ihrer Wärme und ihren unzähligen Gerüchen, und sie ließ sich treiben, vorbei an Kaufmannsläden, Wirtshäusern und Alchemistenstuben, bis die Straße sich immer stärker verästelte und die abzweigenden Gassen dunkler wurden. Bald hatte sie den Trubel hinter sich gelassen und näherte sich den düsteren Bereichen der Flimmergassen.

Die Häuser drängten sich dichter zusammen, und immer häufiger schoben sich Ghule, leichenfressende Untote, an ihr vorbei und warfen ihr verhangene Blicke zu. Mia spürte, wie sich Anspannung in ihren Nacken setzte. Lautlos ließ sie einen Eiszauber in ihr linkes Handgelenk wandern. Es war noch ein ganzes Stück bis zu dem Trödler, zu dem sie wollte, und nicht nur die Anzahl der unheimlichen Gestalten nahm zu, sondern auch der Wind, der wie ein lebendiges Wesen nach ihrem Haar griff und sie sich den Mantel enger um den Leib ziehen ließ.

Da hörte sie Schritte hinter sich, und sie kamen nicht von den trägen, schwankenden Ghulen oder den Hexern, die wie Schatten an ihr vorüberglitten. Diese Schritte waren hell und klar, sie klangen durch die dumpfe Stille der Finsternis um sie herum wie Peitschenhiebe. Für einen Augenblick kam Mia der Gedanke, dass sie verfolgt wurde – und dass ihr Verfolger wollte, dass sie ihn hörte. Sie zwang sich dazu, nicht schneller zu werden, und verstärkte den Zauber in ihrer Hand. Wenn ein Anderwesen es wagte, sie anzugreifen, würde sie sich mit allem verteidigen, was sie hatte.

Die Schritte wurden schneller, fast meinte sie, den Boden unter ihnen erzittern zu fühlen. Abrupt blieb sie stehen und wollte sich umdrehen, doch gerade in dem Moment griff ihr eine eiskalte Hand in den Nacken. Sie fuhr herum, schleuderte den Eiszauber – und traf nichts als den metallenen Sockel einer Laterne. Verwunderte Blicke streiften sie, als sie sich umsah. Die Schritte waren verstummt, aber noch immer spürte sie die eisige Berührung in ihrem Nacken. Oder war das nur der Wind gewesen? Aufgebracht wie ein angeschossenes Tier jaulte er in den Häuserecken und griff immer wieder nach ihrem Mantel. Mia sog langsam die Luft ein. Sie musste sich beruhigen. Grim machte sie noch vollkommen verrückt mit seinem Gerede von dem Mörder und den blutleeren Leichen, denen die Augen herausgerissen worden waren und deren Bilder sich bereits ihren festen Platz in Mias Gedanken gesucht hatten. Entschlossen setzte sie ihren Weg fort.

Mehrere Hinterhöfe zweigten von der Gasse ab, und immer

wieder meinte sie, im Augenwinkel eine Gestalt dort im Dunkeln stehen zu sehen, doch sie drehte sich nicht um. Erst als die Schritte wieder einsetzten, hielt sie inne. Die Schritte verstummten. Langsam wandte Mia sich um. Am Ende der Gasse, dort, wo schwankend einige Ghule entlangtaumelten, stand regungslos wie aus Wachs gegossen ein schwarz gekleideter Mann und schaute zu ihr herüber. Seine abgerissene Kleidung war über und über mit Staub bedeckt, als hätte er eine lange Reise durch unwegsames Gelände hinter sich gebracht, und seine Stiefel verfügten über silberne Absätze. Zunächst konnte sie sein Gesicht nicht genau erkennen, es war, als würde flirrender Nebel an ihm vorüberziehen, der sich nur langsam lichtete und schließlich den Blick freigab. Seine Haut war bleich wie die eines Toten, und sein Gesicht war ebenmäßig und von einer ungewöhnlichen herben Schönheit. Dennoch besaß er einen Makel: Ihm fehlte das linke Auge, an dessen Stelle ein schwarzer Edelstein prangte. Aber das alles sah Mia wie durch einen Schleier. Sie starrte auf sein gesundes Auge, das hell war wie ein geborstener Kristall oder Diamant und mit gleißender Schärfe auf ihrem Gesicht ruhte. Sie spürte, wie er klirrende Kälte nach ihr ausschickte. Für einen Augenblick schienen die Ghule sich nicht mehr zu bewegen, und selbst der Wind stand still – als hätte der Fremde ihm den Befehl dazu gegeben. Er sah sie an, durchdringend und suchend, und ein Lächeln trat auf seine Lippen, das sein Gesicht vollkommen machte. Mia fühlte, wie eine unsichtbare Hand über ihre Wange strich. Die Finger waren eiskalt und von einer Zärtlichkeit, die Mia schaudern ließ. Kaum merklich legte sich ein kühler Schatten auf ihre Lippen, glitt in ihren Mund und den Rachen hinab.

Ein heftiger Schlag traf Mia an der Brust, sie stolperte rückwärts und konnte gerade noch die Entschuldigung des Gnoms auffangen, der betrunken aus einem der Wirtshäuser getaumelt war. Mia fuhr sich an die Wange, die Hand war verschwunden. Verwirrt wandte sie den Blick dem Fremden zu – doch er war nicht mehr da.

»Mia!«

Mit einem Schrei fuhr sie herum und schaute in Grims verwundertes Gesicht. Er stand in Menschengestalt vor ihr und hob die Brauen. »Was ist denn mit dir los?«

Sie schaute zu der Stelle, an der sie den Fremden gesehen hatte. »Ich …«, begann sie, aber dann wischte sie ihre Worte mit einer Handbewegung beiseite. Sie wollte Grim nicht noch mehr beunruhigen, als er es ohnehin schon war, zumal der seltsame Kerl vermutlich nichts anderes gewesen war als ein tückischer Dämon, der in ihr ein unschuldiges Opfer erkannt zu haben glaubte. Mit düsterer Miene biss sie sich auf die Lippe. Theryon hatte ihr Zauber gegen Dämonen beigebracht. Hätte der Kerl auch nur einen Schritt auf sie zugetan, hätte sie ihn bei lebendigem Leib geröstet. »Es ist nichts. Ich war nur in Gedanken.«

Skeptisch sah Grim sie an. »Wir wollten uns an der Station treffen«, sagte er dann und legte einen Arm um sie, während sie die Gasse hinabgingen. »Du weißt, dass du nicht allein in solche Gegenden gehen solltest. Das ist zurzeit zu gefährlich.«

Mia seufzte. »Ich habe auf dich gewartet, du warst nicht da. Ich wollte vor der Dämmerung wieder zurück sein. Warst du es nicht, der mich vor der Dämmerstunde gewarnt hat?« Grim öffnete den Mund, um etwas zu sagen, doch sie ließ ihn nicht zu Wort kommen. »Du machst dir unnötig Sorgen. Ich kann auf mich aufpassen. Glaubst du etwa, die Lehrstunden bei Theryon hätten gar nichts gebracht? Aber jetzt will ich dir etwas anderes erzählen.« Sie nahm seine Hand und berichtete von ihren Erlebnissen auf dem Friedhof.

»Jakob ist zurück«, murmelte Grim nachdenklich. »Es ist nicht ungewöhnlich, dass ein Sterblicher bei dem Wechsel zwischen den Welten das Gedächtnis verliert, aber Jakob war ein ausgezeichneter Magier. Er hätte sich schützen können.«

Mia hob leicht die Schultern. »Wir wissen nicht, was ihn die Rückkehr in unsere Welt gekostet hat, wie schwierig der Weg für ihn war. Eines ist sicher: Er liegt nicht mehr in seinem Grab, er hat es auf magische Weise verlassen. Es ist nur eine Frage der Zeit, bis die Kobolde ihn aufgespürt haben, und dann sind wir endlich wieder zusammen.«

Grim sah sie an, für einen Moment verfinsterte sich der nachdenkliche Schatten auf seinem Gesicht. Dann lächelte er und zog sie an sich. »Du hast recht«, sagte er und strich sanft durch ihr Haar. »Die Kobolde sollen ihn suchen, bis ihre Riesennasen wund sind – und dann feiern wir seine Rückkehr, dass die Gnome in ihren Partykellern noch etwas von uns lernen können!«

Mia schloss die Augen. Sie spürte die Wärme von Grims Körper. Es kam nicht oft vor, dass er in seinem Alltag Menschengestalt annahm. Er hatte ihr von dem Riss in seiner Brust erzählt, von dem Zwiespalt zwischen seiner menschlichen und seiner anderweltlichen Seite, mit dem er noch nicht gelernt hatte umzugehen. Der Menschenkörper intensivierte jeden Gedanken und jedes Gefühl, so hatte Grim es ihr erklärt, und so zog er sich in seinen steinernen Körper zurück, um dem Widerspruch seines hybriden Daseins zu entgehen. Sie konnte es ihm nicht verdenken. Jahrhundertelang hatte er geglaubt, nichts als ein Anderwesen zu sein. Er würde Zeit brauchen, um sein Leben als eine Existenz zwischen den Welten zu akzeptieren. Dennoch genoss sie es, seinen menschlichen Körper zu spüren, sie lehnte den Kopf an seine Brust, hörte auf seinen Herzschlag – und fühlte im nächsten Moment die unsichtbaren Finger des Windes, die nach ihrer Wange griffen. Kaum mehr war es als ein Hauch, aber genug, um ihr die Kälte in die Glieder zu treiben und jeden Frieden von ihren Schultern zu scheuchen. »Gibt es neue Entwicklungen, was die Morde betrifft?«, fragte sie, um den Gedanken beiseitezuschieben, und löste sich von Grim. In knappen Worten berichtete er ihr von den Vorkommnissen der vergangenen Nacht, während sie ihren Weg fortsetzten.

»Und jetzt ist der Mörder irgendwo da draußen«, schloss Grim düster. »In dem Fleischstück steckt seine Magie, so verborgen und unsichtbar sie auch sein mag. Ich habe es den Alchemisten gegeben, aber bislang konnten sie die Magie nicht herausfiltern – und die brauche ich, damit die Spürnasen die Fährte des Mörders aufnehmen können. Ich habe keine Ahnung von dem magischen Firlefanz, den die Alchemisten in ihrer Zaubererriege veranstalten, aber eines weiß ich: Das dauert zu lange.«

Mia hob die Schultern. »Vraternius wird sein Bestes tun, da bin ich mir sicher. Du weißt doch, dass er Tag und Nacht arbeitet, wenn es sein muss. Er wird tun, was er kann, und dann wirst du den Mörder finden.« Sie verzog den Mund zu einem Lächeln. »Denn du bist der Held, hast du das schon vergessen? Der Schattenflügler, der Ghrogonia und die Welt der Menschen vor Seraphin und seinen Schergen bewahrte. Der Gargoyle, der in Wahrheit ein Hybrid ist und seine menschliche Seite lieben gelernt hat. Der Senator, der Ghrogonia zu einem gerechteren Ort gemacht hat, indem er den König dazu brachte, das Parlament für alle Anderwesen zu öffnen, der sämtliche Schluchten modernisieren ließ und stets vermittelnd zwischen allen anderweltlichen Gruppierungen fungiert. Der Polizeipräsident, der binnen weniger Monate das gesamte bürokratische Taftgewand der OGP auf ein Minimum reduzieren und seine eigenen, vereinfachenden Strukturen innerhalb der Polizei durchsetzen konnte. Und nicht zuletzt bist du eines: der Engel der Nacht, den ich liebe, der Beschützer der Menschen und der Anderwelt.« Sie blieb vor einem kleinen Trödelladen mit hölzerner Tür stehen. »Wenn einer die Menschen vor dem Grauen retten kann, das sie bedroht«, sagte sie leise, »dann bist du das.«

Grim sah sie an, für einen Moment schien es ihr, als wollte er etwas entgegnen, das ihm wie Blei auf der Zunge lag. Doch dann erwiderte er ihr Lächeln und öffnete ohne ein weiteres Wort die Tür.

Silberne Glöckchen begannen aufgeregt zu bimmeln, als sie eintraten. Im ersten Moment glaubte Mia, sich in einem Lagerraum zu befinden, denn überall standen Möbel herum, alte und neue, von allen Seiten umlagert von anderweltlichen Kuriositäten und magischen Utensilien. Sie konnte keine Ordnung in dem Wirrwarr erkennen, und Grim ging es offenbar nicht anders. Scheppernd stieß er sich den Kopf an einer bronzenen Hängelampe und brachte gleichzeitig einen silbernen Kerzenständer zu Fall.

»Entweder bin ich zu groß, oder der Laden ist zu klein«, murmelte er und schob den Kerzenständer zurück an seinen Platz.

»Wen haben wir denn da«, rief in diesem Moment eine Stimme, die wie eine zu rasch ablaufende Spieluhr klang. Mia und Grim fuhren herum und entdeckten auf einer Kommode einen Waldwicht mit grauem Spitzbart in einem hellblauen, altenglischen Anzug mit grau gestreifter Weste und fliederfarbenem Schnupftuch. Er lächelte durch einen goldenen Zwicker auf sie herab, griff nach seiner Taschenuhr, ließ ohne hinzusehen den Deckel auf- und wieder zuschnippen und lüftete seinen winzigen schwarzen Filzhut.

»Willkommen in Balthasars Flimmermarkt, Hieronimus Firensius Balthasar höchstselbst«, sagte er freundlich, sprang mit klatschendem Geräusch – denn er trug keine Schuhe – von der Kommode auf den Boden und schüttelte zuerst Mia und dann Grim die Hand. »Wie kann ich Ihnen helfen?«

»Mein Name ist Mia Lavie«, erwiderte Mia. »Sie haben mir eine Nachricht zukommen lassen. Ich bereite die Ausstellung anderweltlicher Artefakte im Louvre ...«

»Looouvre!«, rief Hieronimus und schlug dreimal in die Hände. Augenblicklich fielen drei Steppenkobolde von der Decke – über und über behaarte Geschöpfe mit winzigen Flügeln, die kaum größer wurden als eine menschliche Hand und im Allgemeinen eine Vorliebe für altertümliche Gegenstände entwickelten, wie Mia von Remis erfahren hatte. Offensichtlich hatten sie gerade geschlafen, denn während zwei von ihnen ausgiebig gähnten, ehe sie Mia und Grim begrüßten, landete der dritte klirrend in einem Stapel silberner Untersetzer und schlug sich den Kopf an. Hektisch rappelte er sich auf.

»Kunst- und Suchtrupp meldet sich zum Dienst«, rief er enthusiastisch und riss tatsächlich das dünne Ärmchen zum Salutieren an den Ansatz seiner safranfarbenen Löwenmähne.

»Schön, schön«, sagte Hieronimus, indem er die Hände faltete und Mia einen Blick zuwarf. »Ich habe Sie zwar aus einem bestimmten Anlass benachrichtigt, aber möglicherweise finden Sie auch an dem einen oder anderen weiteren Artefakt Gefallen.« Damit wandte er sich an die Kobolde. »Hier werden Artefakte für die Ausstellung benötigt. Hopp! Hopp!«

Und ehe er ein weiteres Wort gesprochen hatte, stoben die Kobolde in die Luft und begannen, wie wahnsinnig in dem voll gestellten Raum herumzusuchen. Hieronimus hingegen schwang sich auf eine mit unzähligen bronzenen Miniaturfiguren beladene Werkbank und eilte auf ihr entlang, bis er vor einer verzierten Truhe stehen blieb. Mit leisem Flüstern öffnete er das magische Schloss, schob den Deckel auf und begann, mehrere Zierdeckchen und geblümte Porzellantassen auszuräumen, die er sorgfältig neben der Truhe auf die Werkbank stellte.

»Verzeihen Sie die Unordnung«, sagte er mit einem entschuldigenden Schulterzucken zu Mia. »Aber besondere Dinge bedürfen besonderer Aufbewahrungsorte, nicht wahr? Und in einer Truhe mit Deckchen und Tässchen würde wirklich niemand auf das kommen, was ich darin versteckt habe. Ich verfolge Ihre Bemühungen um die Ausstellung übrigens schon recht lange, und ich habe mich von Anfang an gefragt … Nun ja …« Hieronimus hielt in seinen Bewegungen inne und fasste nervös nach seiner Taschenuhr.

»Fragen Sie, was Sie wollen«, erwiderte Mia mit einem Lächeln und nahm ein kunstvoll geschmiedetes Schwert von der Wand. Kostbare Steine funkelten auf dem Knauf, und Mia spürte die Magie, die von ihm ausging, wie leichte elektrische Impulse.

»Warum planen Sie diese Ausstellung?« Der Waldwicht hielt seine Uhr umfasst, während er mit der freien Hand weitere Tassen aus der Truhe nahm, aber sein Blick war aufmerksam und erinnerte Mia durch den Zwicker an das wachsame Starren eines Raben. Sie hängte das Schwert an seinen Platz zurück und holte tief Atem. Unzählige Male hatte sie Fragen dieser Art beantworten müssen, seit der Plan der Ausstellung bekannt geworden war, und doch war es ihr immer noch unangenehm, mit dem Zweifel mancher Anderwesen konfrontiert zu werden.

»In früheren Zeiten waren die Welten verbunden«, erwiderte sie und griff nach einem goldenen Kelch, in dem die Reste eines Zaubertranks klebten. »Und ich möchte, dass es eines Tages wieder so ist wie damals – dass die Menschen von der Anderwelt wissen, ohne dass deren Geschöpfe um ihr Leben fürchten müssen. Eines Tages möchte ich den Zauber des Vergessens brechen. Doch die Menschen sind noch nicht bereit dazu, andere Geschöpfe gleichberechtigt neben sich zu akzeptieren. Daher möchte ich ihnen die Anderwelt zunächst in kleinen Schritten näherbringen – das Innere der Menschen für ihre Wunder empfänglich machen. Man fürchtet nicht, was man kennt, verstehen Sie?«

Hieronimus nickte, aber nicht so, als würde er ihr recht geben – sondern vielmehr, als betrachtete er ein wissenschaftliches Objekt unter dem Mikroskop seines Zwickers.

»Sie tragen Hoffnung in sich«, erwiderte er mit einem warmen Lächeln. »Aber Sie sind ganz allein mit einer sehr großen Aufgabe. Woher wissen Sie, ob die Menschen jemals bereit sein werden?«

Mia senkte den Blick. Plötzlich erschien ihr der Rest des Tranks in dem Becher wie Blut, und sie stellte ihn zurück. »Ich weiß es nicht«, erwiderte sie leise.

Hieronimus seufzte, als hätte er mit dieser Antwort gerechnet und doch auf eine andere gehofft. »Ja, ja«, sagte er vor sich hin und deutete auf den Becher. »Dieses Artefakt, wissen Sie, bedeutete den

Menschen einst viel. Doch sie haben es vergessen. Wie ist das möglich: etwas zu vergessen, das für so lange Zeit einmal das Schicksal unzähliger Menschen bestimmte?« Er hielt kurz inne und schüttelte den Kopf. »Die Menschen sind Meister, wenn es um das Vergessen geht. Selbst uns haben sie aus ihrem Leben gestrichen – uns, die wir einst wie Brüder für sie waren.«

Mia wusste von den Legenden um die Kobolde und Waldwichte, sie kannte die Märchen, die noch heute den Kindern in der Menschenwelt erzählt wurden. Niemand dort ahnte, wie eng diese Geschöpfe einst mit den Menschen zusammengelebt hatten, ehe die Menschen andere Wege gegangen waren als die des Friedens und der Freundschaft. »Nicht alle Menschen sind so schlecht wie ihr Ruf«, erwiderte sie, doch Hieronimus lächelte nur.

»Und was ist mit Ihnen«, wandte der Waldwicht sich an Grim. »Glauben Sie an die Menschen?«

Mia spürte Grims Blick auf sich ruhen und hörte, wie er die Luft einsog. »Ich glaube, dass es ein schwieriger Weg ist, den Mia geht«, sagte Grim leise. »Vielleicht zu schwierig.«

Mia schob das Kinn vor. »Das werde ich nie herausfinden, wenn ich es nicht versuche«, erwiderte sie. Grims Zweifel war ihr bekannt, dieser lähmende, kalte Zweifel der Anderwesen an ihrem Volk, aber sie wollte sich nicht von ihm vergiften lassen. Sie würde ihren Weg gehen – als Hartidin.

Hieronimus nickte gedankenverloren, während er die letzten Tassen und Decken aus der Truhe nahm, und betrachtete Mia unverwandt durch seinen goldenen Zwicker, bis sie den Blick senkte.

»Da haben wir ihn«, flüsterte Hieronimus im selben Augenblick und zog einen schimmernden Handspiegel aus der Truhe. Er bestand vollständig aus Glas, und seine Fläche war grau wie Nebel. Wortlos hielt der Trödler ihn Mia entgegen.

Kaum hatte sie ihn in die Hand genommen, zog sich das Grau zurück und zeigte ihr Gesicht.

»Ja«, raunte Hieronimus und nickte andächtig. »Dieser Spiegel ist etwas Besonderes.«

Mia hörte, wie die Kobolde heranschwirrten und mit einer Mischung aus Unbehagen und Ehrfurcht auf den Spiegel in ihrer Hand schauten. Grim trat neben sie.

»Was hat es damit auf sich?«, fragte er, während Hieronimus die Hand nach dem Spiegel ausstreckte und sie sofort wieder zurückzog, als hätte er sich verbrannt.

Mia betrachtete den Spiegel und spürte gleichzeitig die magische Kraft, die das Artefakt wie ein unsichtbarer Schleier umwehte. Für einen Moment meinte sie, leise Stimmen ihren Namen rufen zu hören, dicht gefolgt von zartem Gelächter, das wie Nieselregen auf ihrer Haut prickelte. Fasziniert strich sie über den Rand des Spiegels.

»Ein fahrender Händler brachte ihn mir zusammen mit einigen anderen, allerdings wertlosen Dingen«, flüsterte der Trödler, und Mia konnte die Aufregung in seiner Stimme hören. »Die Gnome nennen einen Spiegel von seiner Art Wunschglas. Er führt uns ins Reich der Sehnsucht und Gedanken. Nicht immer begegnen uns schöne Dinge auf dem Grund unserer Wünsche. Wollen Sie es dennoch wagen, ihn auszuprobieren?«

Mia hob die Schultern. »Warum nicht? Wenn ich den Spiegel ausstellen will, muss ich auch wissen, wie er funktioniert.«

»Keine Sorge«, sagte Hieronimus, als Grim misstrauisch den Kopf schüttelte. »Es ist ganz ungefährlich – zumindest habe ich noch nichts Gegenteiliges gehört. Kommen Sie, halten Sie den Spiegel vor Ihr Gesicht, genau so, und sagen Sie laut und deutlich das Wort: Nefranthio. Wiederholen Sie es dreimal – so gelangen Sie in die Welt des Spiegels!«

Mia spürte ihr Herz schneller schlagen, als sie sich selbst in die Augen schaute und tat, was der Waldwicht ihr gesagt hatte. Kaum hatte sie das Wort ein letztes Mal ausgesprochen, verschwamm das Zimmer um sie herum, und auch das Bild des Spiegels wurde grau.

Nebelschwaden umtosten sie, doch es war still, so still, dass sie ihren eigenen Atem hören konnte – und ihren Namen.
Mia.
Sie schrak zusammen. »Jakob«, flüsterte sie.
Als hätte der Name den Befehl dazu gegeben, lichtete sich der Nebel, und Mia erkannte vor sich eine am Boden zusammengekauerte Gestalt, die nun langsam den Kopf hob. Fassungslos schaute sie in das Gesicht ihres Bruders. Sein blondes Haar war zerzaust, sein Blick müde und erschöpft, und als er sie erkannte, flackerte haltloses Erstaunen über sein Gesicht. Schwankend stand er auf, und sie wäre ihm vor Freude beinahe in die Arme gefallen. Im letzten Moment sah sie das Blut an seinen Händen und die Kleidung, die zerrissen von seinem viel zu dünnen Körper hing.
Mia, flüsterte Jakob in Gedanken. *Was tust du hier? Wie bist du hierhergekommen?*
In seiner Stimme klang eine Verzweiflung mit, die Mia den Atem stocken ließ. Sie wollte etwas erwidern, doch da trat Jakob auf sie zu und schüttelte den Kopf, als wollte er seine Fragen zurücknehmen.
Das ist unwichtig, sagte er kaum hörbar, doch in seine Stimme war eine Hektik getreten, die Mia frösteln ließ. Wo zur Hölle war sie gelandet? Geschah das alles wirklich, oder war es nur eine Illusion?
Mia, raunte Jakob und zerriss ihre Gedanken. *Ich weiß nicht, warum du hier bist, vielleicht ist das alles eine Farce, ein weiterer Trick, nicht mehr, aber ich muss die Gelegenheit wahrnehmen. Hör mir zu: Großes Unheil nähert sich, eine Gefahr, die alles vernichten wird, wofür du kämpfst. Etwas Böses sitzt in den Schatten und lauert. Du musst ...*
Da schrie Jakob auf, es war ein fast lautloser Schrei, und doch erschütterte er Mia bis ins Mark. Ihr Bruder krümmte sich zusammen, Blut rann aus seinen Augen, als er sie ansah. Sie wollte ihm helfen, doch als sie ihn berührte, durchfuhr sie ein stechender Schmerz. Erschrocken zog sie die Hand zurück, ihre Fingerkuppen waren blutig, als hätte sie sich mit tausend feinen Klingen geschnitten. Jakob

stöhnte vor Schmerzen, doch auf einmal erschienen ihr seine Augen dunkler als sonst. Ein seltsamer Schatten hatte sich in seine Pupillen geschlichen, ein Lauern, das ihr Angst machte. Noch einmal schrie Jakob auf, die Finsternis in seinem Blick zerriss. *Sei wachsam!*, rief er ihr zu, doch im gleichen Moment wurde er von unsichtbaren Klauen gepackt und fortgerissen. Er verschwand im Nebel, ehe Mia auch nur die Hand nach ihm ausstrecken konnte. Allein seine Stimme klang noch zu ihr herüber und verlor sich dann in einem markerschütternden Schrei. *Sie wird kommen und ...*

Verzweifelt stürzte Mia sich in den Nebel – und fiel der Länge nach in den Staub zu Hieronimus' Füßen.

»Was ist passiert?« Grim half ihr auf die Beine und packte den Trödler am Kragen. »Hast du nicht gesagt, es sei ungefährlich? Was geht hier vor?«

Der Waldwicht röchelte in Grims Faust, während die Kobolde aufgeregt um ihren Herrn herumflogen.

»Ich habe Jakob gesehen«, flüsterte Mia.

Sofort ließ Grim den Trödler fallen, der fluchend auf dem Boden landete.

»Er hat mich gewarnt«, fuhr sie fort. »Er sagte, dass etwas Böses in den Schatten sitzt und lauert.«

Grim öffnete den Mund, um etwas zu sagen, aber Hieronimus war schneller. »Wer ist Jakob?«, fragte er, während er sich den Staub von seinem Anzug klopfte.

Mia sah ihn nicht an. »Mein Bruder. Er ist ...«

»... tot?« Einer der Kobolde schaute mit ehrlichem Mitgefühl auf sie herab.

Ärgerlich sah Mia ihn an. Sie wusste zwar, dass Kobolde nicht unbedingt für ihr Feingefühl bekannt waren, aber im Augenblick stand ihr nicht der Sinn danach, Verständnis zu zeigen. »Er ist ... war ... in einer anderen Welt«, sagte sie wütend.

Hieronimus seufzte und nahm Mia den Spiegel aus der Hand, um ihn mit seinem Schnupftuch zu putzen. »Es ist nicht ungewöhnlich, dass ein Wunschglas die Ängste und Sehnsüchte des Betrachters vermischt, bis letztendlich Albträume dabei herauskommen. Wenn ich an die Geschehnisse denke, die zurzeit die Oberwelt heimsuchen, kann ich gut verstehen, dass man als Mensch überall Gespenster sieht – im übertragenen Sinn natürlich.«

Mia nickte nachdenklich. Für einen Moment hörte sie wieder die hellen, klaren Schritte hinter sich und fühlte die Kälte, die der Fremde mit dem kristallenen Auge nach ihr ausgesandt hatte.

Ein schrilles Geräusch ließ sie zusammenfahren.

»Entschuldige«, sagte Grim und zog seinen Pieper aus seiner Tasche. Ein Flackern ging über sein Gesicht. »Vraternius«, murmelte er. »Ich muss gehen. Ich werde jemanden schicken, der dich nach Hause begleitet. In Ordnung?«

Mia nickte, gab Grim einen Kuss auf die Wange und sah zu, wie er mit schnellen Schritten den Laden verließ. Nachdenklich wandte sie sich zu Hieronimus um und deutete auf den Spiegel.

»Ich nehme ihn«, sagte sie leise.

Der Waldwicht nickte eifrig und lief einen Gang zu einem antiken Tresen hinab. Mia folgte ihm nachdenklich. Vielleicht hatte Hieronimus recht – nicht nur Grim gingen die schrecklichen Morde nah, und ihre Sehnsucht nach Jakob war durch die Ereignisse auf dem Friedhof gerade erst angefacht worden. Da war es kein Wunder, dass sie durcheinander war und ein magisches Artefakt wie ein Wunschglas mit ihr Katz und Maus spielen konnte. Und dennoch … Jakobs Schrei ging ihr nach, sie meinte fast, seine Angst selbst zu spüren, und seine Worte klangen so deutlich in ihr wider, als flüsterte er sie ihr ins Ohr. *Etwas Böses sitzt in den Schatten und lauert.*

»Da hat der Fremde ja recht behalten«, sagte Hieronimus über die Schulter hinweg und lachte leise.

Verwirrt sah Mia auf. »Welcher Fremde?«

Der Trödler hatte den Tresen erreicht und begann mit raschen

Bewegungen, den Spiegel in knisterndes Seidenpapier einzuschlagen. »Nun, der fahrende Händler, der mir den Spiegel überließ. Er meinte gleich, dass dieser Gegenstand wie geschaffen für Sie wäre. Vermutlich hat er bereits in anderen Regionen der Anderwelt von Ihrer Ausstellung gehört. Er scheint viel gereist zu sein, seine Kleidung war über und über mit Staub bedeckt, und diese Stiefel mit den silbernen Absätzen … Er sah fast aus, als käme er aus einer anderen Welt. Aber vielleicht lag dieser Eindruck auch an der anderen Sache.«

Mia stand da wie erstarrt, denn gerade als der Trödler die letzten Worte sprach, glitt eine unsichtbare Hand zärtlich über ihre Wange. Hieronimus jedoch schien ihre Anspannung als Verständnislosigkeit zu deuten. Mit einem Lächeln hob er den Finger vor sein Gesicht.

»Er hatte seltsame Augen«, erklärte der Trödler. »Das linke fehlte ihm, an seiner Stelle saß ein schwarzer Edelstein, und das rechte … Sein rechtes Auge war gesund, aber außergewöhnlich hell – wie ein geborstener Kristall.«

Kapitel 5

Grim stampfte den Gang zu seinem Büro entlang, als wollte er den Granitboden unter seinen Füßen pulverisieren. Er war in Eile. Vraternius hatte ihn gerufen, ohne jedoch Einzelheiten zu nennen – diese Geheimniskrämerei war typisch für den Gnom und eine Eigenart, die Grim regelmäßig an den Rand des Wahnsinns trieb. Wenn es den Alchemisten gelungen war, die Magie des Mörders aus dem Fleisch herauszuziehen, konnte Grim endlich die Verfolgung aufnehmen und diesen Dreckskerl ausfindig machen.

Rechts und links von ihm hockten die gargoylschen Sachbearbeiter der OGP hinter ihren Schreibtischen. Er spürte ihre Blicke und die Hoffnung in ihren Augen, dass endlich Bewegung in den Fall kommen würde. Mit Schwung öffnete er die Tür zu seinem Büro, ließ sie hinter sich zufallen und ging auf das Portal aus schwarzem Marmor zu, hinter dem sich der Alchemistensaal Ghrogonias befand. Er vermied es, das riesige Pinnbrett mit den Bildern der Mordopfer anzusehen, das die gesamte Wand hinter seinem Schreibtisch einnahm, und eilte durch das Portal.

Er gelangte in eine steinerne Halle, deren gewölbte Decke von zwölf Säulen gehalten wurde. Der gesamte Raum war rußgeschwärzt, über den grauen Schieferboden liefen schwarze und weiße Kreidezeichnungen wie geheimnisvolle Felsmalereien hin, und an den ansonsten kargen Wänden standen lange Reihen von Regalen, auf denen allerlei Zauberutensilien aufgereiht waren: alte

Bücher, Pergamentrollen, Glasbehälter mit farbigen Flüssigkeiten, fluoreszierende Pflanzen, magische Steine, funkelnde Diamanten sowie Ketten aus Edelmetallen, hauptsächlich aus Gold und Silber, in verschiedenen Größen. Hier, am sichersten Ort Ghrogonias, mitten im Hauptgebäude der OGP, vollzogen die königlichen Alchemisten ihre großen und kleinen Studien. Dazu zählten Beschwörungen von Geistern, Dschinns und Dämonen ebenso wie magisch-relevante Forschungen im Rahmen der Alchemistischen Wissenschaft.

Seufzend hob Grim den Blick zur Decke und betrachtete die sieben führenden Alchemisten Ghrogonias, die dort oben auf rot gepolsterten Sesseln an einem runden Tisch saßen und leise miteinander fachsimpelten.

»Warum hängt ihr euch nicht gleich mit den Köpfen nach unten an die Decke wie die Fledermäuse?«, rief er zur Begrüßung und erntete ein Schnauben aus sechs empörten Kehlen. Nur Vraternius, der Vorsitzende der Zauberer, lachte sein lautes, ansteckendes Lachen und segelte hoheitsvoll von seinem Sessel herab, um Grim zu begrüßen. Er trug – wie die anderen Alchemisten auch – einen mit Rußspuren verschmutzten weißen Kittel. Entgegen seiner Gewohnheit hatte er sämtlichen Schmuck abgelegt, der ihn während des Sprechens bestimmter Zauberformeln aufgrund der Eigenmagie behindern konnte. Sein blaues Haar hatte er im Nacken zu einem dicken Zopf gebunden. Seine Augen waren gelb wie bei einer Katze und standen in sonderbarem Kontrast zu seiner olivfarbenen Haut.

»Magie lässt sich nicht fassen«, erklärte er, während er sich vor Grim verneigte. »Sie ist überall – irgendwo zwischen Himmel und Erde. Wie könnten wir sie jemals begreifen, wenn wir mit unseren Füßen auf dem Boden kleben bleiben würden, während unser Geist sich nach den Wolken sehnt! Wir sind uns unserer Stellung als Kreaturen der Widersprüche bewusst und nehmen somit jenen Platz ein, der unsere Gaben in den richtigen Fluss bringt: dazwischen.«

Grim lächelte anerkennend, während die anderen Alchemisten langsam mitsamt Tisch und Sesseln abwärtsschwebten, bis sie auf dem Boden mit den Kreidezeichnungen gelandet waren. Mitten auf dem Tisch lag, umzingelt von groben roten Strichen aus einer klebrigen Substanz, unter einer hauchdünnen Glasglocke das Fleisch des Mörders.

Auf der Stelle kehrte die Anspannung in Grims Nacken zurück und ließ ihn näher an den Tisch herantreten. Violette Funken liefen über das Fleisch hin, Grim hörte sie leise knistern. Immer wieder sprangen sie in plötzlichen Explosionen gegen das Glas, um zischend in goldenen Feuerregen zu zerfallen.

»Ihr habt es geschafft«, sagte Grim leise, denn er spürte deutlich die Vibration der Magie, die sich gegen das Glas warf.

»Nicht ganz«, erwiderte Vraternius mit finsterer Miene. »Es ist uns lediglich gelungen, Teile der Magie zu extrahieren. Die übrigen liegen noch immer unter dem Schleier, der sie vor unseren Blicken verbirgt und der es den Spürnasen unmöglich macht, die Spur des Mörders aufzunehmen. Eines muss dir klar sein: Diese Magie ist älter als diese Stadt. Sie stammt aus dem Volk der Alben zur Ersten Zeit – jener Zeit, da das Albenvolk noch nicht in Feen, Elfen, Zwerge und Dämonen zerbrochen war. Keiner von uns hat damals schon gelebt, und mir ist noch niemals ein Wesen begegnet, das über diese Magie verfügt. Man sagt, sie habe diese Welt vor langer Zeit verlassen.«

Grim zog die Brauen zusammen. »Wie ist das möglich? Willst du mir erzählen, dass der Mörder aus der Vergangenheit in die Zukunft gereist ist? Und wer ist er überhaupt?«

Vraternius schüttelte den Kopf. »Wir wissen es nicht. Er scheint zum Volk der Alben zu gehören, doch darüber hinaus wohnt seiner Magie etwas inne, das die damalige Albenmagie übersteigt, etwas Nebelhaftes von großer Macht, das wir weder erklären noch beherrschen können und das es uns unmöglich macht, den Schleier zu zerreißen und seine Magie aus diesem Fleischstück herauszuziehen.«

Ungläubig sah Grim ihn an. »Soll das heißen, dass die besten Alchemisten der Anderwelt, diejenigen, die in der Goldenen Gasse Prags erfolgreich Gold erschufen und den Mantikor im indischen Dschungel aufspürten, um mit seinem Blut das Licht der Sterne zu fangen – dass diese Zauberer kapitulieren vor einem lächerlichen Klumpen Fleisch?«

Er sah, wie sich die Gesichter der Alchemisten verschlossen wie Austern, und auch Vraternius funkelte ihn wütend an. »So ist es. Wenn du meinst, es besser zu können als wir: nur zu! Aber ich bezweifle, dass du auch nur einen Augenblick bei klarem Verstand ins Angesicht dieser Magie blicken könntest! Deswegen ist die Alchemie so gefährlich! Die wenigsten Magier begreifen, dass es in erster Linie um das Verständnis der Dinge geht, um ihren tieferen Sinn, ihr verborgenes Geheimnis und darum, sich nur auf die Mächte einzulassen, die man selbst in sich trägt. Allzu oft begeben sich die Magier in Bereiche, denen sie in keiner Weise gewachsen sind – Bereiche, welche die Leichtsinnigen verschlingen wie die Nacht einen erlöschenden Funken aus Licht.«

Grim holte tief Atem. Ihm stand nicht der Sinn nach philosophischen Disputen, schon gar nicht mit einem Gnom, der bereits mit streitbarem Funkeln in den Augen die Arme vor der Brust verschränkte. »Ihr könnt es also mit dieser Magie nicht aufnehmen«, stellte er fest.

Vraternius zuckte die Achseln. »Keiner von uns ist stark genug, um sie vollends zu durchdringen – und das ist zwingend notwendig, um ihren Schleier zu zerreißen, sie zu bändigen und schließlich aus dem Fleisch herauszuziehen.«

Grim nickte nachdenklich. »Doch es gibt Wesen in dieser Stadt, die Albenblut in den Adern tragen, nicht wahr? Geschöpfe, die dieser Magie gewachsen sein dürften.«

Vraternius lächelte listig, als hätte er nur darauf gewartet, dass Grim das sagen würde. »Sehr richtig«, raunte der Alchemist. »Aber es muss Albenblut aus lang vergangener Zeit sein – aus jener Zeit, da diese Magie noch Teil dieser Welt war.«

Grim spürte den Blick, mit dem der Gnom ihn bedachte, und fühlte sich auf der Stelle unwohl. So schaute Vraternius ihn immer an, wenn er ein Attentat auf ihn plante – etwas, das entweder verboten oder ungeheuer gefährlich war oder am besten beides zusammen. Dann begriff er, was der Alchemist vorhatte, und schüttelte langsam den Kopf.

»Ihr wollt einen Seelenfresser rufen? Einen uralten Dämon?«

Als hätte das Wort ihnen auf den Rücken geschlagen, zuckten die Alchemisten wie ein Mann zusammen.

Vraternius hingegen stand regungslos. »Wenn du die Magie aus diesem verfluchten Fleisch holen willst, brauchst du jemanden, der sie bändigen kann – jemanden, der den Schleier zerreißen kann, der sie vor uns verbirgt, und fähig ist, sie ans Licht zu ziehen. Und dass du das willst, dürfte außer Frage stehen – denn nur die Magie wird deine Suchtrupps zu dem Mörder führen.«

Grim starrte auf die violetten Funken, die unablässig gegen das Glas sprangen und zerbarsten. »Ihr wollt einen Dämon aus dem Diamantfeuer befreien?«, murmelte er und spürte, wie sein Herz in einen schnelleren Rhythmus fiel. »Einen derjenigen, die einst die Herrschaft über Prag an sich bringen wollten und in blutigen Schlachten niedergeschlagen wurden?« Er seufzte tief, denn die Erinnerungen an diese Kämpfe standen lebhaft vor seinem inneren Auge. Er selbst hatte einige der mächtigsten Dämonen in den kristallenen Käfig des Diamantfeuers gesperrt, jene Foltermethode, die für Dämonen unaufhörliche Schmerzen in einem winzigen Gefängnis bedeutete. Einige dieser Dämonen waren älter als die ersten Gargoyles und dementsprechend überaus mächtig.

Vraternius nickte. »Es ist unsere einzige Möglichkeit, den Mörder zu fassen.«

Für einen Moment starrte Grim regungslos auf das Fleischstück.

Dann nickte er. »Wir haben schon Schlimmerem gegenübergestanden als einem uralten Dämon. Wir werden ihn befragen – und anschließend sperren wir ihn wieder in sein Feuer, so einfach ist das. An welchen Dämon dachtet ihr dabei?«

»Nun«, Vraternius wechselte einen Blick mit seinen Zaubererfreunden, und Grim sah deutlich das unterdrückte Lächeln auf den Gesichtern. »Wir dachten an Verus Crendilas Dhor – den Goldenen Schatten der Verkommenheit.«

Grim verdrehte die Augen. Das wurde ja immer besser. Verus Crendilas Dhor hatte die Mauern Roms mit einem Fingerzeig errichtet, er hatte das Tier Babylons gejagt und verspeist und Konstantinopel nicht nur einmal in Schutt und Asche gelegt. Ja, Verus war ein uralter Dämon, und er machte seinem Volk in jeder Hinsicht alle Ehre. Er war tückisch, hinterhältig, überaus mächtig und immer auf den eigenen Vorteil bedacht. Hatte er in früheren Zeiten seine Macht den Menschen zur Verfügung gestellt, war er später von diesem Weg abgekommen und hatte die Herrschaft über die Anderwelt gefordert. Den Gargoyles war im Kampf um die Vorherrschaft der Sieg über die Dämonen gelungen, doch erst in den vergangenen zweihundert Jahren hatten sie diese Kreaturen endgültig besiegt. Grim erinnerte sich lebhaft daran, wie er Verus in der letzten Schlacht gemeinsam mit Kronk und anderen Gefährten in die Knie gezwungen, ihm mit diamantener Fessel ein Mal auf die Brust gepeitscht und ihn schließlich in seinen Kerker geworfen hatte, um ihn unbeschreiblichen Schmerzen zu überantworten. Grim seufzte leise. Verus würde außerordentlich erfreut sein, ihn zu sehen.

»Ich bin bereit«, sagte Grim und spürte, dass sein Herz auf einmal schneller schlug. Dämonen waren gefährlich, das wusste er, umso mehr, wenn sie Hass auf jemanden verspürten. Und wenn es einen Dämon gab, der ihn wirklich und abgrundtief verabscheute, dann war es Verus Crendilas Dhor.

Kaum hatte er seine Zustimmung gegeben, griff Vraternius

nach dem Fleisch in der Glasglocke. Die Alchemisten sprangen mit überraschender Schnelligkeit von ihren Sesseln und katapultierten sie samt Tisch zurück an die Decke. Eilig liefen zwei von ihnen zu einem der Regale, schoben es zur Seite und griffen in einen versteckten Mauerspalt dahinter. Mit einem faustgroßen Gegenstand, der in helle Seide gehüllt war, kamen sie zurück. Ehrfürchtig überreichten sie ihn Vraternius, der mit schwungvoller Geste die Seide zurückzog.

Grim fuhr zurück, als er den Diamanten erblickte. »Ihr habt ihn ohne Erlaubnis aus den Gefängnissen des Königs entwendet«, grollte er. »Seid ihr wahnsinnig? Nicht nur, dass es gefährlich ist – darüber hinaus ist es auch verboten.«

»Seit wann kümmerst du dich um Regeln, die dir im Weg stehen?«, fragte Vraternius mit erhobenen Brauen. »Ich dachte, es ginge darum, einen Mörder zu fangen. Wenn dieser Dämon unsere einzige Chance ist – und davon gehe ich nach unseren Recherchen aus –, sollten wir uns daranmachen, ihn zu befragen, und nicht unnötig Zeit vergeuden mit Regeln und Gesetzen.«

Die Flammen des Diamantfeuers flackerten in rotem Licht und brachen sich an den rußgeschwärzten Wänden des Saals in tausend Farben. Für einen Moment meinte Grim, ein heiseres Lachen im Inneren des Diamanten wahrzunehmen, und er konnte sich nicht gegen den Schauer wehren, der mit eisigen Fingern über seinen Rücken strich. Entschlossen räusperte er sich. »Fangt an.«

Sofort begannen die Alchemisten, mit einem leise gemurmelten Zauber den Boden von den Kreidespuren zu reinigen. Gleich darauf zeichneten sie in akribischer Sorgfalt Kreise, verschlungene Zeichen und Zahlen in schwarzer und weißer Farbe auf den Schiefergrund. Schließlich nahm Vraternius ein rotes Stück Kreide, malte einen etwa zwei Meter breiten Kreis, den er mit jeweils einem weiteren Kreis in Schwarz und einem in Weiß umrandete. Dann klopfte er unter beständigem Murmeln auf den Boden außerhalb der Kreise, der sich daraufhin rasch bläulich verfärbte. Grim konnte sich einer gewissen Faszination nicht erwehren, als er zusah, wie der Boden sich unter seinen Füßen mit glitzernden Lichtern überzog. Nur der Bereich innerhalb der Kreise war noch genauso schiefergrau wie zuvor.

Jetzt trat Vraternius in den innersten Kreis und legte den Diamanten vorsichtig ab, ehe er sich neben Grim stellte. Dreimal schnippte er mit den Fingern und entfachte Flammen auf den gezeichneten Linien der Kreise. In Rot, Schwarz und Weiß erhoben sie sich prasselnd in die Luft und reichten Vraternius rasch bis zur Brust.

Schweigend forderte der Gnom Grim auf, einige Schritte zurückzutreten. Dann stellten sich die Alchemisten um den äußeren Kreis auf und breiteten die Arme aus. Gleichzeitig sprachen sie eine Formel, woraufhin gleißend helles Licht aus ihren Fingern strömte und den Kreis ihrer Körper schloss. Sie verfielen in einen Singsang, der Grim auf seltsame Weise berührte. Er war schon einige Male bei kleineren Beschwörungen dabei gewesen – hauptsächlich hatte es sich dabei um Dschinns und Geister gehandelt –, und jedes Mal hatten die Stimmen der Alchemisten ihn mit ihren verschlungenen Worten verzaubert. Fast schien es ihm, als würden sie ihn selbst in das Innere des Kreises rufen, als würden ihre Worte ihn anziehen wie die Sirenen die Seeleute der Menschen, die sich ihretwegen in die Arme des Todes warfen.

Schließlich verstummten die Magier. Grim konnte sehen, dass das Licht innerhalb des Diamanten sich gewandelt hatte. Es schimmerte in einem glühenden, funkensprühenden Gold – in der Farbe von Verus. Jetzt galt es, den Dämon freizulassen. Schon sprach Vraternius die Formel, die Alchemisten wiederholten sie in einem klangvollen Kanon, der immer schneller wurde, bis der Diamant plötzlich mit einem gewaltigen Knall auseinanderbrach.

Ein ohrenbetäubender Schrei zerriss die Luft, es war ein Brüllen aus tausend wahnsinnigen Mäulern. Grim presste sich die Klauen an die Ohren und spürte den Schrei dennoch in sich eindringen wie ein Messer, das durch weiche Butter gleitet. Dann brach der Ton ab, so plötzlich, dass Grim der Atem stockte, und vor ihm, umschlossen von den Ringen aus Feuer und dem Kreis der Alchemisten, erhob sich Verus Crendilas Dhor in seiner grausamen Schönheit.

Grim wusste es besser. Er wusste, dass er kein Wesen aus Fleisch und Blut vor sich hatte. Und doch glaubte er für einen Moment, dass er einem Menschen gegenüberstand – oder einem Gott.

Ein junger Mann stand vor ihnen, bekleidet mit einem Gewand aus grobem Leinen. Seine Haut schimmerte bronzefarben, sein weiches Haar fiel in dunklen Wellen auf seine Schultern hinab. Sein Gesicht war zart wie das eines staunenden Engels, und auf seinem Mund mit den weichen, vollen Lippen lag ein Lächeln. Grim betrachtete die feingliedrigen Finger des Dämons, sah sie für einen Augenblick über die Tasten einer Orgel gleiten und hörte die Töne, die in seinen Ohren rauschten wie ein Totenchor. Wütend riss er seinen Blick fort von den Händen und schaute dem Dämon in die Augen. Und da wusste Grim wieder, wen er vor sich hatte, er wusste es nicht nur, er fühlte es bis in das tiefste Innere seines Selbst. Vor ihm stand der Abgrund, die Bosheit, das Nichts. Die Augen des Dämons waren schwarz wie geronnenes Blut, sein Körper eine perfekte Lüge, nicht mehr als eine zitternde Haut über einem tödlichen Geschwür. In diesem Leib wanden sich die Schlangen der Verdorbenheit, und Grim befiel wie jedes Mal bei diesem Anblick ein Gefühl von Scham. Denn eines wusste er genau: Würde Verus nicht von flammenden Kreisen in Schach gehalten, wäre er nicht geschwächt durch das Feuer des Diamanten, das ihm seit Jahrhunderten das Fleisch zerschnitt, hätte er Grim zu sich gerufen. Schon einmal hatte er das getan, damals auf dem Schlachtfeld, und nur mithilfe seiner Gefährten war es Grim gelungen, sich seinem Ruf zu widersetzen und ihn niederzustrecken. Seither hatte er geglaubt, dass er Verus jederzeit wieder bezwingen würde, doch nun, da er ihm gegenüberstand und die blutige Schwärze in seinen Augen nach ihm rief, begann er daran zu zweifeln.

»Dämon«, rief Vraternius und zog einen diamantenen Stab aus seiner Tasche, den er auf den Dämon richtete. Sofort zuckte dieser zusammen und verzog das Gesicht wie unter Schmerzen. »Nenne mir deinen Namen!«

Der Dämon hob den Blick, Grim sah die dunklen Flammen, die aus seinen Augen loderten. »Verus Crendilas Dhor, dritter Sohn des Phranatos, neunter Kreis, Lhot.«

Grim sog die Luft ein. Lhot, das waren die mächtigsten und ältesten aller Dämonen, und der neunte Kreis – nun, sie hatten ihre dunklen Eigenschaften so weit vervollkommnet, dass es keinen Meister mehr gab, der sie etwas lehren konnte.

Vraternius ließ seinen Stab sinken. Ein Zittern lief über Verus' Körper, als er den Gnom ansah. Es war, als würde der Alchemist seinen Blick mit Gewalt festhalten.

»Wir riefen dich, um Antworten auf dringliche Fragen zu erhalten«, fuhr Vraternius fort, doch ehe er weitersprechen konnte, brach der Dämon in schallendes Gelächter aus.

»Antworten!«, rief Verus mit samtweicher Stimme. »Ihr wollt Antworten von mir haben!« Abrupt brach sein Gelächter in sich zusammen wie ein Kartenhaus im Sturm, und sein Gesicht nahm einen zornigen Ausdruck an. »Wie wäre es, wenn ihr zuerst mir einige Antworten geben würdet? Warum, zum Beispiel, sperrt man mein Volk in diamantene Kerker, wo es bis ans Ende aller Tage darben und sich selbst zerfleischen muss? Warum ...«

Vraternius richtete den Stab auf Verus' Stirn. Sofort begann die Haut des Dämons zu verbrennen. »Du weißt, was du getan hast, Ausgeburt der Schatten!«

Der Dämon stöhnte unter der Macht des Stabes, bis der Gnom seine Waffe sinken ließ.

»Oder«, keuchte Verus und griff sich an die Stirn, »wollt ihr wissen, wie es sich anfühlt, Jahr um Jahr in prasselndem Feuer zu liegen, den eigenen Körper verbrennen zu fühlen, wieder und wieder zu sehen, wie er knisternd Blasen schlägt, wie die Flammen sich bis hinab zu den Knochen fressen, bis nichts mehr übrig ist als schwelender schwarzer Staub?«

Da trat Grim vor. »Du hast keinen Körper, den du verbrennen fühlen kannst«, grollte er und ertrug den schwarzen Blick des Dämons, der mit gierigen Flammen nach ihm griff, ohne sich abzuwenden. »Du bist alles, so sagtest du damals in der Unterwelt Prags zu mir, und deshalb bist du gleichzeitig nichts. Du wirst niemals erfahren, was wirklicher Schmerz ist – niemals!«

Für einen Moment dachte Grim, dass der Dämon ausspucken würde, so übermächtig stand der Ekel in seinem Gesicht. Doch dann lächelte Verus, und mit diesem Lächeln flog jede Grausamkeit, jede Niedertracht aus seinem Antlitz davon.

»Grim«, flüsterte er, und seine Stimme war so kalt, dass die Flammen des inneren Kreises für einen Augenblick erzitterten. »An deinen Klauen klebt mein Blut. Eines Tages, das schwöre ich, werde ich es vergelten.«

Grim stieß so verächtlich die Luft aus, wie er es vermochte. »Und auf was willst du schwören, Kreatur der Finsternis? Auf das Nichts deines Daseins oder lieber auf die Leere in deinem Inneren?«

Verus lachte leise wie über einen gelungenen Scherz, ehe er wieder ernst wurde. »Ihr braucht meine Hilfe«, stellte er fest. »Worum geht es?«

Vraternius griff nach der Glasglocke und hielt sie gegen das Feuer. »Löse die Magie dieses Fleisches aus ihren Fesseln, sodass wir die Spur desjenigen aufnehmen können, dessen Kind sie ist.«

Einen Moment war es still. Verus verbarg jeden Gedanken, jede Emotion hinter seinem schönen Gesicht, und Grim musste sich mit aller Kraft zusammenreißen, um seine Unruhe nicht zu zeigen. Als hätte Verus seine Anstrengung bemerkt, lächelte er. »Warum sollte ich das tun? Ihr habt mich in ewiges Feuer geworfen – mit welcher Strafe wollt ihr mir drohen, wenn ich mich weigere, euch zu helfen?«

Grim presste die Zähne aufeinander. Er wollte gerade etwas erwidern, als Verus die Hand hob. »Nein«, sagte der Dämon bestimmt. »Es kümmert mich nicht, ob ihr die Dosis meiner Qualen erhöht oder meine Zeit im Feuer verlängert, falls ich mich weigere. Die Zeit der Strafen ist vorbei. Jetzt ist die Zeit des Lohns gekommen.«

Für einen Moment überlegte Grim, ob der Dämon sich mit Gewalt von seinem Standpunkt abbringen ließe. Doch er kannte Verus – mit Drohungen und Schmerzen konnte man ihn nicht brechen.

»Was verlangst du?«, fragte er daher und hätte Verus am liebsten sein arrogantes Lächeln vom Gesicht geschlagen. Vermutlich wollte er befreit werden – sicher, was auch sonst. Das Diamantfeuer war nicht gerade angenehm, und offensichtlich hatte Verus Besseres zu tun, als sich Jahr für Jahr das Fleisch von den Knochen lecken zu lassen. Gerade wollte Grim hinzufügen, dass eine Freilassung nicht infrage kam, als Verus das Wort ergriff.

»Ich kehre in mein Gefängnis zurück«, sagte er langsam. »Denn ich sehe ein, dass ihr mich nicht entlassen könnt, ohne das Gesicht zu verlieren. Doch ich verlange, dass ihr das Feuer von mir nehmt. Zieht es in die Grenzen meines Kerkers zurück, sodass ich mich nicht befreien kann – aber lasst mir meine Zeit ohne Schmerzen, wenn ich mich ihnen nicht nähere.«

Grim wartete einen Moment. Dann erwiderte er: »Wir sind einverstanden. Als Gegenleistung für deine Hilfe ziehen wir das Diamantfeuer in die Grenzen deines Kerkers zurück.«

Verus neigte den Kopf, um den Vertrag zu besiegeln. Ein düsteres Lächeln lag auf seinen Lippen, und für einen Augenblick hatte Grim das Gefühl, dass der Dämon mehr wusste, als er sagte – viel mehr. Doch schon wandte Verus sich ab und nahm die Glasglocke von Vraternius in Empfang.

Schwungvoll riss er die Glocke zurück und griff nach dem

Fleischstück, dessen Funken wie tanzende Lichter über seine Finger sprangen. Ein Lächeln glitt über Verus' Gesicht, als er das Fleisch vor seinen Mund hob. Lautlos flüsterte er etwas, doch kaum, dass das letzte Wort über seine Lippen gekommen war, peitschte ein Sturmwind durch den Saal, schoss auf die Regale zu und ließ zahlreiche Zauberutensilien zu Bruch gehen, ehe düstere Schatten aus ihm entsprangen und den gesamten Raum in nebelhafte Wirbel hüllten. Plötzlich hörte Grim Verus' Stimme so klar und deutlich, als würde der Dämon direkt neben ihm stehen – und er war nicht allein. Andere Stimmen klangen durch den Sturm, Grim hörte lockende Gesänge, er spürte, dass ihn etwas wie Sehnsucht ergriff und das unbestimmte Gefühl, den Stimmen folgen zu wollen, ganz gleich, wohin sie ihn führen mochten. Verloren stand er in dem Sturm des Dämons, den Kopf in den Nacken gelegt, und ließ die Stimmen ihn umtosen, bis ihn eine Kälte ergriff, so durchdringend und schmerzhaft, dass er auf der Stelle zu sich kam. Worte klangen durch den Sturm, eine eiskalte, grausame Stimme, die ihm nur zu gut bekannt war: Es war die Stimme des Mörders.

Mit einem Schlag legte sich der Sturm. Er sog die Schatten in sich auf, fuhr noch einmal durch die zerbrochenen Glasbehälter am Boden vor den Regalen und verschwand. Grim sah sich um. Die Feuer der Bannzauber flackerten noch immer, doch die Alchemisten standen mit zerzausten Haaren in ihrem Kreis.

Verus hingegen verharrte reglos wie zuvor. Das Fleisch in seiner Hand war verschwunden – und stattdessen leuchtete dort ein Licht in flackerndem violetten Schein. Er bewegte es zwischen den Fingern, es umschmeichelte ihn wie ein Schleier aus Seide.

»Das ist sie«, sagte der Dämon leise. »Die Magie desjenigen, den ihr sucht.« Ruckartig hob er den Kopf und sah Grim an. »Weißt du, wer er ist? Nein, ich werde es dir nicht verraten. Du wirst es selbst herausfinden – so oder so schon bald, das verspreche ich dir.« Dann wandte er sich an Vraternius. »Erfüllt nun euren Teil des Pakts!«

Schweigend senkte Vraternius seinen Stab auf den zerbrochenen Diamanten des Dämons, fügte ihn wieder zusammen und verbannte das Feuer, wie sie es vereinbart hatten. Dann streckte Verus die Hand mit dem Licht aus.

»Holt es euch«, raunte er mit einem verschlagenen Lächeln und ging auf den Rand des inneren Kreises zu.

Grims Herz schlug schneller, als er vortrat und die Alchemisten die Kreise mit seinen Schritten verformten, bis rote, schwarze und weiße Flammen an einem Punkt direkt hintereinander aufloderten. Verus stand auf der anderen Seite, die roten Flammen loderten mannshoch auf, so dicht war er ihnen gekommen. Sie wollten sich auf ihn stürzen, doch er rührte sich nicht, bis Grim auf der anderen Seite des Feuers vor ihm stand. Regungslos schaute der Dämon durch die Flammen, Grim fühlte die Kälte seines Blicks über sein Gesicht wandern. Wie auf ein unsichtbares Zeichen hin streckte Verus die Hand mit dem Licht aus und hielt sie Grim hin, während Grim seine Klaue durch die für ihn ungefährlichen Flammen schob. Kurz berührten sich ihre Finger. Grim spürte, wie das Licht auf seine Klaue kroch, doch er konnte sich nicht von Verus abwenden. Etwas Dunkles lag in dessen Blick, ein grausames Versprechen, doch als Grim die Absichten des Dämons erkannte, war es schon zu spät. Mit einem Schrei, den nur Grim hören konnte, packte Verus Grims Arm, riss ihn näher heran und stieß mit der anderen Hand durch die Flammen.

Sofort riss Vraternius den Stab in die Höhe, aber der Dämon zuckte nicht zurück. Seine Hand krallte sich in Grims Brust, der vor Schmerz brüllte. Die Alchemisten riefen mächtige Zauber, bunte Schleier rasten durch die Flammen und hinterließen blutige Striemen auf Verus' Körper. Doch der Dämon schien es nicht einmal zu spüren. Langsam schob sich sein Gesicht durch die Flammenwand, die blutige Schwärze seiner Augen verwandelte sich in die lautlos schreienden Fratzen all jener, die er in seinem langen Leben verschlungen hatte. Sie pressten ihre Gesichter gegen die Finsternis wie gegen wehende Tücher und atmeten die Flammen in ihre stummen Mäuler. Für einen Moment meinte Grim, Verus würde das Feuer beherrschen. Dann trieben die schwarzen, roten und weißen Flammen die Fratzen aus Finsternis in seine Augen zurück und bissen in seine Haut, die knisternd Blasen schlug. Und während sich das Fleisch von seinen Knochen schälte, flüsterte Verus mit einem Lächeln: »Ich spüre den Riss in deiner Brust – heimatloser Hybrid! Doch das ist noch nicht alles. Du ahnst noch nichts von der Grausamkeit der Abgründe, die du in dir trägst. Aber du wirst es erfahren, so viel ist sicher. Ich bin noch immer der Goldene Schatten der Verkommenheit. Doch ich bin auch der Phoenix aus der Asche. Und eines Tages, das sage ich dir, mein Freund, wirst du bereuen, mir nicht gefolgt zu sein.«

Ein letztes Mal rissen die Fratzen in seinen Augen die Mäuler auf und brüllten ihren lautlosen Schrei. Dann ließ er Grim los und sprang zurück zu seinem Diamanten. Noch einmal starrte er aus den Flammen zu Grim herüber, das Gesicht zu einer Maske aus Hohn verzogen. Gleich darauf krümmte er sich zusammen und kehrte in sein Gefängnis zurück.

Grim fiel auf die Knie, die Magie des Mörders flackerte in seiner Klaue. Rasch wirkte Vraternius einen Heilungszauber über seiner Brust. Mit schneller Geste bediente Grim seinen Pieper, ließ es zu, dass zwei der Alchemisten das Licht in einen gläsernen Zylinder gaben, und schloss die Augen. Er spürte, wie das Gift des Dämons aus seinem Körper gezogen wurde, und hatte sich beinahe vollständig regeneriert, als die Tür auffiog und ein schrilles Kreischen die Luft zerriss.

»Was ist passiert?«

Grim hob den Kopf und erkannte Remis, der rasend schnell auf ihn zuschoss. Sorgenvoll schaute der Kobold auf ihn herab.

»Ist alles in Ordnung?« Remis schnüffelte kurz. »Hast du dich mit

Dämonen angelegt? Du bist wohl verrückt geworden! Kaum lässt man dich einmal aus den Augen und schon ...«

Grim seufzte. Manchmal kam es ihm so vor, als hätte er in Remis eine kleine, haarige Mutter gefunden, denn der Kobold hatte oft nichts Besseres zu tun, als sich alle möglichen Sorgen um ihn zu machen und ihn zu behüten, als wäre er ein hilfloser Welpe. Er kam auf die Beine. »Vermutlich war es keine gute Idee, dich zum Einsatzleiter der Suchkobolde gemacht zu haben.«

Remis hob die Brauen, fast meinte Grim, ein Zittern in der Unterlippe seines Freundes zu erkennen.

»Ich brauche dich doch als Glücksbringer«, fuhr Grim fort. »Wie man sieht, bin ich ohne dich aufgeschmissen.«

Remis brachte ein schiefes Grinsen zustande. Dann fiel sein Blick auf den gläsernen Zylinder, den Vraternius gerade an Grim weiterreichte. In knappen Worten erzählte Grim ihm von der Beschwörung des Dämons und der Bedeutung des violetten Lichts. Hektisch riss Remis die Augen auf, als er begriff, was das hieß. »Das ist die Magie des Mörders«, flüsterte er. »Mit ihr können meine Leute und ich ...«

Grim reichte ihm den Zylinder und nickte. »Nicht mehr lange – dann haben wir eine Spur.«

Schweigend folgte er den Spürnasen aus dem Saal. An der Tür warf er einen Blick zurück auf die erlöschenden Flammen. *Und eines Tages, das sage ich dir, mein Freund, wirst du bereuen, mir nicht gefolgt zu sein.* Verus hatte ihm ein Versprechen gegeben. Und eines wusste Grim genau: Die Zeit würde kommen, da er es halten würde.

Kapitel 6

Die Gargoyles bewegten sich zwischen den Vitrinen des Ausstellungsraumes wie steinerne Schatten. Ihre Schritte waren lautlos, und doch brachten sie den Boden zum Erzittern, sodass einige der gläsernen Artefakte in den Vitrinen leise klirrten. Es war spät in der Nacht, am kommenden Abend würde die Eröffnung stattfinden. Noch waren einige Handgriffe zu erledigen, aber schon jetzt wirkte der Raum mit seinen seidenen Vorhängen an den Wänden, den von goldenem Licht erhellten Glaskästen und den kostbaren Artefakten, die – gesichert durch unsichtbare magische Schilde – auf den Besuch der Menschen warteten, wie ein Ort aus einer anderen Welt.

Mia betrachtete den goldenen Löffel, den sie soeben in einer Vitrine drapiert hatte, und las das Schaukärtchen: *Schöpfkelle vom Hofe des König Midas, 8. Jahrhundert vor Christus.* Sie lauschte auf das kaum hörbare Weinen des Löffels und fragte sich für einen Augenblick, ob die Besucher der Ausstellung es ebenfalls wahrnehmen und es für möglich halten würden, dass dieses Essbesteck tatsächlich vom sagenhaften König Midas in Gold verwandelt worden war. Aber vielleicht war es gar nicht wichtig, ob die Menschen tatsächlich an die Existenz des mythischen Königs glaubten. Vielleicht genügte es vorerst, wenn sie den Zauber zuließen, den diese Gegenstände ausstrahlten, und für die Dauer ihres Besuchs eines deutlich fühlten: Alles war möglich.

Mia warf einen Blick auf die große, noch leere Glasvitrine in der Mitte des Raumes. Roter Samt umflutete das silberne Podest eines ganz besonderen Artefakts. Mia dachte an die Lichter, die durch die Streben des Zepters der Menschen flossen wie geschmolzenes Gold – das Zepter der Yartholdo, neben dem Gargoylezepter das mächtigste Artefakt der Anderwelt, mit dem es möglich war, den Zauber des Vergessens aufzuheben. Mia fühlte ein Kribbeln in den Fingerspitzen, als sie daran dachte, dass sie den Menschen schon bald das Werkzeug zeigen würde, das sie aus der Blindheit führen konnte. Eines Tages, das wusste sie, würde seine Zeit kommen.

Aufatmend griff sie nach der hölzernen Kiste, die neben ihr auf einem der Glaskästen stand, und öffnete sie. Ein Schauer lief über ihren Rücken, als sie das Wunschglas aus dem Seidenpapier wickelte und es neben dem goldenen Löffel auf ein Samtkissen legte. Deutlich stand der Fremde vor ihrem inneren Auge, sie sah seine hochgewachsene, reglose Gestalt und das bleiche, ebenmäßige Gesicht und hörte Hieronimus' Stimme flüsternd in sich widerklingen: *Er sah fast aus, als käme er aus einer anderen Welt ... Er hatte seltsame Augen. Das linke fehlte ihm, an seiner Stelle saß ein schwarzer Edelstein, und das rechte ... Sein rechtes Auge war gesund, aber außergewöhnlich hell – wie ein geborstener Kristall.*

Mia zog die Schultern an und betrachtete die Spiegelfläche, in der sich graue Nebel auf und ab wälzten. Vermutlich war der Fremde nichts weiter als ein fahrender Händler, wie Hieronimus gesagt hatte, ein Anderwesen, das ihre Ausstellung wie viele andere Geschöpfe unterstützen wollte und in den Flimmergassen zum ersten Mal in seinem Leben einer Hartidin begegnet war. Mia erinnerte sich noch gut daran, wie sie selbst die Ghrogonier anfangs mit großen Augen beobachtet hatte, und sie wusste, dass sie als Hartidin eine ähnliche Faszination auf manche Anderwesen ausübte. Dennoch fragte sie sich, ob nicht doch mehr dahintersteckte. Warum hatte der Fremde ihr das Wunschglas überlassen wollen? Wie eine Antwort gingen ihr

Jakobs Worte durch den Kopf: *Etwas Böses sitzt in den Schatten und lauert.* Kaum hatte sie das gedacht, strich ein eiskalter Windhauch über ihre Wange.

Erschrocken wich sie zurück, schloss den Glaskasten und holte tief Atem. Sie musste sich zusammenreißen. Sie hatte zu viel zu erledigen, als dass sie sich irgendwelchen Spekulationen über geheimnisvolle Fremde oder ihre Erlebnisse während einer Illusion hingeben konnte. In einigen Tagen würden die Spürnasen Jakob gefunden haben, da war sie sich sicher – und vermutlich würden sie schon bald über ihre durchs Wunschglas personifizierten Ängste lachen.

Sie streckte sich und spürte die Erschöpfung in ihren Knochen. In zahlreichen Kisten und Truhen warteten weitere Artefakte darauf, in den Schaukästen drapiert zu werden, und nicht wenige davon waren mächtig und überaus gefährlich. Es war nicht ratsam, sich in halbwachem Zustand mit ihnen zu beschäftigen. Seufzend beschloss Mia, sich die Beine zu vertreten, und ging von dem Ausstellungsraum in die Hall Napoléon.

Sofort spürte sie die ahnungsvolle Stille, die sich stets mit dem Einbruch der Nacht über den Louvre senkte. Das Museum verwandelte sich mit dem Sonnenuntergang in einen geheimnisvollen Tempel der Märchen und Legenden, in einen Ort, an dem Vergangenheit und Zukunft sich zu einem dunklen Traum zusammenfügten. In ihren ersten Nächten war Mia ganz allein durch die Räume gestrichen, hatte die Schatten in den Ecken schrumpfen und größer werden und die Gesichter der Gemälde sich verändern sehen. Die schneeweiße Haut der Statuen des Cour Marly und des Cour Puget hatte sich im Schein der Nacht in zarte Leichentücher verwandelt, und nicht nur einmal hatte Mia geschworen, dass etwas in den dunklen Augenhöhlen der Büsten ihren Schritten gefolgt war.

Unter der gläsernen Pyramide, die nach dem Vorbild der großen Pyramide von Gizeh entworfen worden war, blieb sie stehen. Für gewöhnlich entspannte sie der Blick in den dunklen Himmel von

Paris, doch in dieser Nacht war irgendetwas anders. Eine seltsame Stimmung lag in der Luft, ein Geräusch wie das zitternde Einatmen eines Riesen, und sie konnte sich des Gefühls nicht erwehren, dass sie jemand beobachtete – jemand anderes als die Gargoyles, die ihre Schritte bewachten. Angespannt lauschte sie in die Stille und hörte plötzlich ein Scharren – dicht gefolgt von einem lauten, scheppernden Knall. Gleich darauf zerrissen die Schwingen zweier Schattenflügler die Luft, die sich an ihr vorbei in einen dunklen Trakt des Louvre stürzten. Kaum waren sie darin verschwunden, wurde es vollkommen still. Mia hielt den Atem an und starrte wie gebannt auf den Korridor, dessen Dunkelheit sie mit grausamer Unabdingbarkeit anzog – langsam, als würde die Finsternis sich an ihrem Schrecken weiden. Die Stille umdrängte sie wie ein todbringendes, lautloses Tier. Die Dunkelheit des Tunnels baute sich in flammenden Schatten vor ihr auf, und sie wollte gerade zurückweichen, als ein Gesicht durch die Finsternis brach.

Mit einem Schrei sprang Mia zurück und stieß gleich darauf erleichtert die Luft aus. »Verdammt, was machst du denn hier?«, rief sie.

Ihre Mutter lachte, und auch ihre Tante Josi, die sich nun, gefolgt von den beiden Gargoyles, aus den Schatten des Korridors schob, grinste übers ganze Gesicht.

»Wir dachten, dass wir die Gelegenheit nutzen sollten, dich bei der Arbeit zu beobachten«, sagte Mias Mutter lächelnd. »Noch dazu, da wir bislang noch nie die Möglichkeit hatten, den Louvre ganz allein für uns zu haben.«

Josi nickte. »Die Mona Lisa ohne Touristenmassen anzusehen – das ist keine schlechte Sache, oder?«

Einer der Schattenflügler trat vor. »Es ist unsere Aufgabe, die Artefakte zu beschützen. Es hätte nicht viel gefehlt und wir hätten diesen Menschen die Hälse gebrochen – Josi und Cécile Lavie, Menschen, die nicht befugt sind, die magischen Eingänge in den Louvre zu benutzen und die das Passwort gar nicht kennen dürften.«

Mia sah den Schatten, der sich in seinem Blick verfangen hatte. Sie wusste, dass die Gargoyles sie selbst einigermaßen akzeptiert hatten – doch bei ihrer Mutter und Josi sah die Sache anders aus. Beide waren keine Hartide, und das Misstrauen, das im Volk der Gargoyles seit Jahrhunderten in Bezug auf die Menschen bestand, flammte mit kalter Dunkelheit in den Augen der Schattenflügler auf.

»Was steht der Abfalleimer auch mitten im Weg«, erwiderte Josi. »Beinahe hätte er das mit den gebrochenen Menschenhälsen auch ganz gut hinbekommen.«

Der Schattenflügler sog die Luft ein, doch Mia hob beschwichtigend die Hände. »Ich hätte das Passwort des Eingangs nicht weitergeben dürfen, es tut mir leid. In Zukunft werden solche Spontanbesuche nicht mehr vorkommen.«

Die Gargoyles maßen Josi mit ihren Blicken. Sie nickte, aber ihr Grinsen wurde noch etwas breiter, als die Schattenflügler sich in Richtung des Ausstellungsraumes entfernten. »Ich finde, dass Vraternius recht hat«, sagte sie leise. »Diese Steinköpfe haben wirklich nicht sonderlich viel Sinn für Humor.«

Mia seufzte. »Ihr habt mich wirklich zu Tode erschreckt. Aber es ist schön, dass ihr da seid – eine kleine Pause kann ich gut gebrauchen. Und wenn ihr die Kunstgegenstände des Louvre wirklich unbedingt bei Nacht sehen wollt – nun ja, vielleicht habe ich dann die Gelegenheit, mich für den Schreck zu revanchieren.«

Sie grinste diabolisch, hakte sich bei ihrer Mutter und Josi ein und führte die beiden in den ersten Stock. Gerade hatten sie die ersten Stufen einer Treppe genommen, als ein Rauschen die Luft erfüllte. Mia blieb stehen, sie fühlte die Magie, die aus den Schatten der Korridore strömte, während ihre Mutter und Josi erschrocken die Köpfe einzogen. Da brach eine Gestalt durch die Dunkelheit, eine Figur aus hellem Marmor mit gewaltigen Flügeln und einem Gewand, das sich wie im Sturmwind an den weiblichen Körper schmiegte. Mit letztem Schwingenschlag landete die Nike von Samothrake auf ihrem Sockel, und Mia meinte für einen Augenblick, in dem Nichts über ihrem Hals das Gesicht einer Göttin zu erblicken. Gleich darauf legte sich das Rauschen in der Luft, und die Statue stand regungslos. Mia verzog den Mund zu einem Grinsen, als sie die aufgerissenen Augen Josis und ihrer Mutter sah, und setzte ihren Weg fort.

Gemeinsam betraten sie die Gemäldesammlung des Denon-Flügels. Mia spürte, dass ihre Begleiterinnen die Luft anhielten, als sie zum ersten Mal eine Bewegung in den Bildern bemerkten, und sie lachte, als sie das Gemälde *Salbung Napoléons und Krönung Joséphines* passierten und der Marschall Berthier, der das Kissen mit dem Reichsapfel trug, schwungvoll seinen Umhang zurückwarf und Tante Josi am Arm traf. Erschrocken schrie sie auf, woraufhin Berthier sich flüsternd entschuldigte. Mit einem verzauberten Lächeln wischte Josi sich über den Arm, an dem Berthiers Mantel dunkle Ölfarbe hinterlassen hatte.

Dann erreichten sie den Salle des Etats, einen der Prunksäle des Louvre, und dort – hinter einem kugelsicheren Glaskasten – prangte *La Joconde*: die Mona Lisa von Leonardo da Vinci. Menschen auf der ganzen Welt waren fasziniert von diesem Kunstwerk, ohne sagen zu können, aus welchem Grund. Dennoch gab es zahlreiche Erklärungsversuche: So hätte da Vinci zwei verschiedene Fluchtpunkte benutzt – einen für den Hintergrund, einen für die Figur, um eine besondere Wirkung zu erzielen, und den zu seiner Zeit revolutionären Silberblick dargestellt, der den Eindruck vermittelte, dass die Mona Lisa dem Betrachter mit ihren Blicken folgen würde, ganz gleich, wo er sich gerade befand. Auch das rätselhafte Lächeln, das viele Menschen irritierte, wurde auf verschiedenste Weise erklärt: Die Vermutungen reichten von einer Schwangerschaft über Anzeichen von Krankheiten bis hin zu einer Fazialisparese, einer Gesichtslähmung. Mia lächelte düster. Eines Tages würden die Menschen erfahren, was es mit diesem Bild auf sich hatte – und dass dieser gläserne Kasten keineswegs zur Sicherheit der Mona Lisa angebracht worden war, sondern im Gegenteil zum Schutz ihrer Betrachter.

Wortlos führte Mia ihre Mutter und Josi an das Bild heran, die ihre Blicke über das anmutige Gesicht der Mona Lisa gleiten ließen. Noch bemerkten sie nicht die Dunkelheit, die sich hinter den gelassen wirkenden Augen der Figur zusammenzog, doch plötzlich riss die Gestalt den Kopf in den Nacken und stob eingehüllt in rauschende Schattenschleier aus dem Gemälde. Mit hohem Kreischen krachte sie gegen die Wand. Mia hörte das Scharren von Krallen über Glas und lachte über die erschrockenen Gesichter von ihrer Mutter und Josi. Einen Augenblick blieb die rätselhafte Gestalt in der Luft stehen, umtost von ihren Gewändern, das Gesicht zu einer düsteren Fratze verzogen, die nur noch entfernt menschliche Züge aufwies. Ihre Haut war durchscheinend wie gegen helles Licht gehaltenes Pergament, ihre Augen schwarz wie zwei Kohlenstücke. Vor ihnen schwebte eine Schwarze Sylphe – ein mythischer Naturgeist mit einem menschenähnlichen Körper, der entgegen den meisten gewöhnlichen Sylphen nicht allein die Luft, sondern vor allem den Sturm als sein Element begriff und sich von Wahnsinn und Gier der Menschen ernährte. Vor langer Zeit, so hatte Lyskian es Mia erzählt, hatte da Vinci die Sylphe gebändigt und für frevelhafte Taten an den Menschen an das Gemälde gebunden. Doch seit dem Tod des Malers wurde der Zauber beständig schwächer. Noch erlaubte er der Sylphe nicht, sich weiter als wenige Schritte von ihrem Gefängnis zu entfernen, doch eines Tages würde er seine Kraft vollends verlieren. Daher hatten die Alchemisten Ghrogonias den gläsernen Käfig um das Gemälde magisch gesichert, um einen Ausbruch zu verhindern.

Für einen Moment verzog die Sylphe den Mund und ließ schwarze, klebrige Zähne sehen. Dann riss sie den Kopf in den Nacken, schrie laut wie ein Rabe und stürzte in ihr Bild zurück. Josi und Cécile atmeten wie aus einem Mund aus. Mia grinste. Eines war sicher:

Von nun an würden zwei Menschen mehr den düsteren Schatten in den Augen der Mona Lisa erkennen können.

»Und du hast kein Wort gesagt«, murmelte ihre Mutter vorwurfsvoll.

Mia lachte leise. »Nicht ganz. Ich sagte: Vielleicht habe ich die Gelegenheit, mich zu revanchieren. Und ...«

Da streifte etwas ihre Wange. Es war kaum mehr als ein Luftzug, aber er war so kalt, dass er sich anfühlte wie die Hand eines Toten. Mia hielt den Atem an und lauschte, doch sie hörte nichts als das leise Dröhnen der Heizkörper. Josi zog die Arme um den Körper.

»Es ist auf einmal so kalt«, flüsterte sie und sah sich um. »Als hätte jemand ein Fenster geöffnet.«

Mia hörte den angespannten Ton in der Stimme ihrer Tante, und sie wusste, dass Josi dasselbe fühlte wie sie: Jemand näherte sich ihnen, und es war kein Schattenflügler. Ein Säuseln kroch über den Boden, fast meinte Mia, feine Nebel an den Gemälden entlangstreichen zu sehen, und dann hörte sie Schritte – klare, eiskalte Schritte.

Sie spürte, wie ihr das Blut aus dem Kopf wich. Für einen Moment stand sie wieder in den Flimmergassen, von eisigem Wind umtost, und sah den einäugigen Fremden, der mit rätselhaftem Lächeln zu ihr herüberschaute. Dann flackerten die Notbeleuchtungen an den Wänden – und erloschen.

Ihre Mutter stieß einen Schrei aus, erstickt und leise und doch von einer Hilflosigkeit, dass er Mia augenblicklich zu klarem Verstand brachte. Die Dunkelheit um sie herum war zäh und stickig, sie spürte, dass jeden Augenblick etwas durch die Schatten brechen und sie packen konnte. Atemlos sandte sie auf Grhonisch einen Hilferuf an die Schattenflügler im Untergeschoss und flüsterte einen Zauber. Ein blaues Licht entfachte sich auf ihrer Hand und flog wenige Schritte voraus. Schnell griff Mia ihre Mutter und Josi an den Armen und zog sie mit sich, vorbei an den Gemälden, deren Figuren plötzlich erstarrt waren, als hätte sie jemand in Schatten aus Eis verwandelt. Die Schritte hinter ihnen wurden schneller, und Mia hörte, dass der Fremde nicht allein war – sie zählte sieben weitere Verfolger.

»Was ist hier los?«, flüsterte Josi neben ihr.

Ihre Mutter atmete schnell, Mia konnte die Angst spüren, die sie empfand.

»Ich weiß es nicht«, erwiderte sie und war selbst erstaunt über die Ruhe, die in ihrer Stimme mitschwang. »Ich weiß nur eines: Wir werden gejagt.«

»Mia«, begann ihre Mutter, doch da zerriss eine Stimme die Luft, eine sanfte, eiskalte Stimme, die ihren Namen wiederholte:

»Mia … Mia …«

Gleich darauf hallte ein Lachen von den Wänden wider, es übertönte die Schritte des Verfolgers und brachte die Luft zum Erstarren. Es wurde kalt, so kalt, dass Mias Atem gefror und ihre Zähne aufeinanderschlugen. Frostige Luftzüge streiften ihren Körper, wie Schwerthiebe zischten sie an ihren Wangen vorbei, und da, mit schweren, todbringenden Klauen, legte sich eine Hand auf ihre Schulter.

Mit einem Schrei warf sie sich herum und errichtete einen Schutzschild um Josi, ihre Mutter und sich selbst. Er flirrte in silbernem Licht, während sie sich bemühte, in der Dunkelheit etwas zu erkennen. Die Schritte waren langsamer geworden, mit grausamer Gleichmäßigkeit kamen sie näher. Für einen Moment flackerte die Dunkelheit am Ende des Ganges – dann trat der Fremde aus den Schatten.

Er hatte seine abgerissenen Kleider abgelegt und trug nun eine Uniform aus schwarzem Leder. Schwere Stiefel reichten ihm fast bis zum Knie, und sein mit feinen Stichen verzierter Mantel war von Raureif überzogen. In den Händen hielt er ein Rapier aus grün schimmerndem schwarzen Metall. Lautlos traten seine Schergen hinter ihm aus der Dunkelheit. Auch sie trugen schwarze Uniformen – und auch ihnen fehlte das linke Auge.

Ein amüsiertes Lächeln lag auf den Lippen des Fremden, während sein Blick Mia in einem Wechselspiel aus Licht und Schatten gefangen hielt. Mit grausamen Fingern zog die Erkenntnis über Mias Stirn: Dieser Kerl war kein Ghul, Dämon oder fahrender Händler, und er war auch nicht zufällig im Gewühl der Flimmergassen aufgetaucht. Er hatte sie gesucht. Er hatte sie verfolgt. Und jetzt – jetzt hatte er sie gefunden.

Sie schob sich mit ihrer Mutter und Josi rückwärts. Sie spürte den magischen Schild, den ihre Verfolger um das Gebäude legten, sie wusste, dass es keine Fluchtmöglichkeit mehr gab – zumindest nicht auf gewöhnlichem Weg. Sie konnte keinen Kampf riskieren, ohne ihre Mutter und Josi in Gefahr zu bringen, doch sie wusste, dass die Gargoyles bereits auf dem Weg zu ihr waren. Sie holte Atem, die eisige Luft ergoss sich wie ein Strom aus Gift in ihre Lunge.

»Wer seid ihr, und was wollt ihr von mir?«, rief sie so laut sie konnte. Sie musste Zeit gewinnen, bis die Schattenflügler sie erreicht hatten.

Der Fremde verstärkte sein Lächeln. Für einen Augenblick betrachtete er sie schweigend. Sie spürte, wie sein Blick über ihren Körper glitt. Dann setzte er sich in Bewegung. Seine Schritte knirschten auf dem Boden, als würde er Eis zum Zerbrechen bringen. Mia spürte, wie ihre Mutter ihren Arm umklammerte, während Josi zischend Atem holte.

Dicht vor ihr blieb der Fremde stehen, legte die freie Hand vor die Brust und verneigte sich leicht.

»Alvarhas von Markar«, sagte er sanft. »Das ist mein Name. Ich müsste ihn dir nicht nennen, wertloses Menschenkind, doch …« Er hielt inne und hob sein Rapier. Mit leisem Zischen durchdrang es Mias Schutzwall und näherte sich ihrer Kehle, bis es sich eiskalt an ihre Wange legte. »Doch du sollst wissen, wer dein Jäger ist – jetzt, da du es mir mithilfe des Wunschglases ermöglicht hast, in diesen Hochsicherheitstrakt zu gelangen, ohne dass ich mich länger als unbedingt nötig mit den Steinköpfen herumschlagen musste.«

Kaum merklich zog er etwas hinter seinem Rücken hervor. Mia stockte der Atem, als sie das Wunschglas in seinen Händen erkannte. Risse zogen sich darüber hin. Mit einem Knirschen zerbrach es in tausend Scherben, die sich in grauen Nebel auflösten, doch Mia bemerkte es kaum. Alvarhas war durch den magischen Spiegel in den Louvre gelangt – und er hatte die Gargoyles getötet, die im Ausstellungsraum die Artefakte bewacht hatten. Atemlos tastete sie nach ihrem Pieper und sandte einen Notruf an die übrigen Schattenflügler, die in den unterschiedlichen Trakten des Museums patrouillierten, ohne sich von Alvarhas abzuwenden. Sie spürte seinen Blick aus tödlicher Gier auf ihrer Haut. »Wer bist du?«, fragte sie und stellte zu ihrer Befriedigung fest, dass ihre Stimme ruhig und entschlossen klang und ihre Angst nicht erkennen ließ.

Alvarhas lächelte kühl. Die Klinge seiner Waffe strich über ihre Wange und ihren Hals hinab. »Ein Traum, geboren aus den Sehnsüchten der Nacht, geweiht im Blut der Ewigkeit, durch Schlachten und Tränen der Zeit gewandert, um dich zu finden – dich und dein ... Herz.«

Ein brennend kalter Schmerz durchzog ihren Körper, als seine Waffe sich auf ihren Brustkorb richtete. Sie spürte die eisigen Flammen, die schwarz und zuckend über die Klinge liefen, und sah, dass Alvarhas einen Zauber flüsterte, ohne den Blick von ihr abzuwenden. Seine Stimme strich über ihr Gesicht wie eine sanfte Berührung. Auf einmal spürte sie die Kälte nicht mehr, und ihre Lider wurden so schwer, dass sie die Augen kaum noch offen halten konnte. Doch da hörte sie den Herzschlag ihrer Mutter, fühlte Josi neben sich, die vor Kälte zitterte, und riss entschlossen die Augen auf. Verächtlich starrte sie Alvarhas in sein erstauntes Gesicht und zischte: »Du bist ein Jäger ohne Beute.«

Damit umhüllte sie ihren rechten Arm mit Eisfeuer, schlug sein Rapier zur Seite und schickte einen Sturmzauber aus ihren Fingern, der krachend gegen Alvarhas' Brust schlug und ihn rücklings durch die Luft schleuderte. Mia warf sich herum und rannte mit ihrer Mutter und Josi den Gang hinunter, während hinter ihr die Stimmen der Schattenflügler erklangen. Die Schübe mächtiger Zauber brachten den Boden zum Beben, Mia hörte Alvarhas in einer fremden Sprache brüllen. Kaum hatte er die Worte ausgesprochen, begann ihre Haut zu brennen, wo seine Waffe sie berührt hatte, und eine lähmende Kälte durchzog ihre Brust. Rasch legte sie einen Schleier aus wärmenden Flammen über ihren Körper und stieß erleichtert die Luft aus, als sie *Das Floß der Medusa* erreichten, dieses düstere Gemälde von Théodore Géricault. Die Figuren rührten sich nicht, doch ihre Augen brannten in dunklem Feuer. Mia hörte einen Schattenflügler aufschreien, dicht gefolgt von splitterndem Stein. Atemlos legte sie die Hände auf das Bild und flüsterte den Zauber, der die Figuren zum Erwachen brachte. Schon streckten sie die Hände nach Josi aus, die ängstlich auf die ausgezehrten Körper schaute.

»Das ist der einzige Weg«, sagte Mia gehetzt. »Sie werden dich durch die Schattenwelt des Louvre führen – jene Welt, die hinter den Bildern liegt. So kannst du den magischen Schild umgehen, den diese ... diese Wesen geschaffen haben, um uns zu fangen. Hab keine Angst! Dieser Weg führt nach draußen!«

Josi nickte, als müsste sie sich selbst überzeugen, und kletterte, von mehreren Händen gezogen, in das Bild hinein. Ihre Konturen wurden von Ölfarben überdeckt, gleich darauf war sie eine Figur in dem Bild, und auch Mias Mutter floh in das Gemälde, um rasch von seinen Figuren aus dem sichtbaren Ausschnitt der Schattenwelt hinausgeführt zu werden. Schnell atmend fasste Mia nach der Hand eines Mannes, der sie mit festem Griff zu sich aufs Floß ziehen wollte, als etwas an ihrem Kopf vorbeiflog. Krachend schlug es gegen das Bild, Mia hörte noch das Schreien der Menschen auf dem Floß und sah, wie sie in die unsichtbaren Ebenen ihrer Welt flohen. Dann wurde sie von der Druckwelle der Magie zurückgeworfen und landete hart auf dem Rücken.

Für einen Moment bekam sie keine Luft. Dann hörte sie die Schritte. Wie aus weiter Ferne drang der Kampfeslärm zu ihr herüber. Kälte kroch über den Boden auf sie zu, Eis überzog ihre Fingerspitzen. Stockend holte sie Atem und rappelte sich auf. Die Schattenflügler kämpften erbittert gegen die Fremden, doch einer war ihnen entkommen.

Langsam und mit grausamem Lächeln trat Alvarhas auf sie zu.

Kapitel 7

Grim flog so schnell, dass die Schneeflocken zu einem Tunnel aus silbrigen Lichtern wurden. Auf seiner Schulter saß Remis und wies ihm den Weg. Kronk und drei weitere Schattenflügler folgten ihnen in einigem Abstand, und Grim bemühte sich, trotz seiner Anspannung auf die Worte des Kobolds zu hören, der ihm Bericht erstattete.

»Die Spur des Gesuchten konnten wir in der kurzen Zeit nicht finden«, rief Remis gegen den Wind an. »Aber stattdessen sind wir auf etwas anderes gestoßen – etwas, das du dir ansehen solltest. Es ist gleich da vorn!«

Er deutete auf das Marais-Viertel, das nicht weit von ihnen entfernt seine Lichter in die Nacht warf. Grim stöhnte leise. Er konnte sich Angenehmeres vorstellen, als ausgerechnet in diesem Gebiet auf Verbrecherjagd zu gehen. Früher war das Marais seinem Namen entsprechend ein Sumpf gewesen, und keine der inzwischen dort ansässigen hochwohlgeborenen Herrschaften wäre zur damaligen Zeit auf den Gedanken gekommen, sich dort niederzulassen. Doch mit Henri IV. waren im siebzehnten Jahrhundert die Aristokraten gekommen, hatten ihre Herrenhäuser und Paläste, die noch immer das Viertel dominierten, um die Place des Vosges gebaut, und selbst wenn die menschliche Monarchie hier seit Jahrhunderten nicht mehr existierte, hatte die Anderwelt sich nie von ihr getrennt. Obwohl die Gargoyles seit der Schlacht um Prag die Herrscher über die Anderwelt waren, gab es dennoch Völker, die seit jeher auf ihrer Unabhängigkeit bestanden und häufig ganze Stadtbezirke in Besitz genommen hatten, selbstverständlich ohne dass die Menschen etwas davon ahnten. Zu ihnen gehörten Gruppierungen wie die Geister, die Werwölfe – und die Vampire.

Sie verteilten sich über ganz Paris ebenso wie in der Unterwelt, und doch gab es Bezirke, die eindeutig einer dieser Gruppen zugeordnet werden konnten. Die Geister organisierten selbstständig und aus Eigeninteresse die Maßnahmen zum Schutz der Pariser Friedhöfe, und die Werwölfe bewohnten die großen magiefreien Zonen in der Stadt. Beide Völker hatten für gewöhnlich kein besonderes Verlangen, Näheres mit den Menschen zu tun zu haben. Ganz anders verhielt es sich mit den Vampiren. Sie hatten ihr Leben eng mit dem der Sterblichen verknüpft, mehr noch: Sie hatten die Gesellschaft der Menschen infiltriert. Keine mächtige Firma, die nicht mindestens einen Blutsauger im Vorstand aufwies, und keine wichtige politische Entscheidung, die nicht von unsterblichen Strippenziehern beeinflusst wurde. Grim dachte an eine legendäre Kabinettssitzung vor einigen Jahren, in der die vampirischen Mitglieder auf ganz bestimmte Getränke bestanden hatten – den Menschen waren diese vermutlich erschienen wie Traubensaft oder Wein. Grim seufzte leise. Eindeutig waren die Vampire die Aristokraten der Anderwelt, das waren sie schon immer gewesen, und er konnte bis auf wenige Ausnahmen nicht sonderlich viel mit ihnen anfangen. Und jetzt musste er also in ihrem Viertel ermitteln, denn das Marais war nichts anderes als das Zentrum der vampirischen Macht in Paris.

Remis stach Grim seine froststarren Haare in den Hals und brachte sich so wieder in Erinnerung. »Unser Ziel ist das älteste Haus der Stadt in der Rue Volta«, fuhr er fort. »Ich habe Spürnasen am Eingang postiert. Und ich habe den Prinzen informiert. Er ...«

Augenblicklich warf Grim ihm einen wütenden Blick zu. »Du hast *was*?«

Remis hob leicht die Schultern. »Du weißt, dass er sehr ungemütlich werden kann, wenn er von Dingen, die in seinem Bezirk passiert sind, als Letzter erfährt.«

Gerade in diesem Moment überflogen sie das Hôtel de Sens. Offiziell war dieses Gebäude Eigentum der Stadt, und letztlich stimmte das sogar, denn es gehörte, ebenso wie unzählige andere repräsentative Bauwerke, dem wahren Herrscher über die Menschen von Paris, demjenigen, der in diesem Augenblick vermutlich bereits in der Rue Volta auf Grim wartete: Lyskian, Mäzen der Stadt, Prinz der Vampire.

»Er ist dein Freund, vergiss das nicht«, sagte Remis und brachte Grim dazu, die Augen zu verdrehen.

»Das weiß ich selbst«, grollte dieser. »Aber das bedeutet noch lange nicht, dass mir der Blutsauger nicht immer wieder ganz gewaltig auf die Nerven geht, vor allem, wenn er sich in Sachen einmischt, die ihn nichts angehen.«

Remis wollte etwas erwidern, doch in diesem Moment erreichten sie die Rue Volta. Für einen Moment blieb Grim reglos in der Luft stehen. Lyskian war wider Erwarten nicht da. Stattdessen hockten drei zitternde Kobolde auf dem steinernen Fenstersims des Chinarestaurants, das sich in der unteren Etage eines Tudorhauses befand. Es gab viele alte Gebäude in Paris, vor allem im Marais, und immer wieder beanspruchten einige von ihnen den Rang, das älteste Haus der Stadt zu sein. Doch keines davon verströmte den Duft der Vergangenheit wie eine Aura aus zum Leben erwachenden Märchen – mit Ausnahme dieses Hauses in der Rue Volta. Neben einer Holztür an der rechten Seite des Gebäudes führten zwei weitere Türen ins Innere, eine besaß Glasfenster, die andere zierte ein metallener Türklopfer. Über ihnen prangte eine Laterne, deren Glas gebrochen war.

Mit leisen Schwingenschlägen näherten sich die anderen Schattenflügler. Grim bedeutete ihnen, auf den umliegenden Häuserdächern zu warten, und landete lautlos auf der schneebedeckten Straße. Remis sauste von seiner Schulter und flog neben seinem Gesicht auf und ab.

»Meine Leute sind dabei, die Spur des Gesuchten aufzunehmen, aber …« Der Kobold holte tief Luft. »Nun ja, es ist schwieriger, einen dünnen Faden zu finden als ein riesiges Wollknäuel.« Flüsternd brachte er einen Koboldzauber über die Lippen, strich in fließender Bewegung mit seinen Händen vor Grims Augen durch die Luft und schnippte mit den Fingern. Sofort bildete sich ein blau schimmernder Schild vor Grims Gesicht – ein Zauber, der Koboldauge genannt wurde, da er es demjenigen, der hindurchsah, ermöglichte, die Welt mit den Augen eines Kobolds zu sehen. Grim schaute durch den Zauber, doch abgesehen von einer leicht bläulichen Tönung der Umgebung konnte er nichts Bemerkenswertes feststellen.

»Ich sehe überhaupt nichts«, murmelte er. »Was …«

»Ja, ja«, fiel Remis ihm ins Wort, und Grim hörte, dass der Kobold ungehalten war. »Etwas Geduld, bitte! Ich bin eine Superspürnase, kein Supermagier, kapiert? Es ist nicht so einfach, den Schleier zu lüften, der die Magie verbirgt, die wir suchen – sonst hätten wir sie schon längst aufgespürt, und zwar ganz ohne einen Pakt mit dem Teufel.«

Grim beobachtete, wie Remis so stark die Augen zusammenkniff, dass sein Gesicht aussah wie eine Rosine, und konzentriert einen Zauber murmelte. Im nächsten Moment fühlte er einen leichten Magiestrom von dem Kobold ausgehen, schaute erneut durch den Zauberschild – und holte erschrocken Atem.

Die Luft über dem alten Haus stand in magischen Flammen. Fäden aus schwarz-goldenem Licht strömten aus den Nischen zwischen Fenstern und Mauerwerk wie die Tentakel und Nesselfäden einer gewaltigen Seeanemone, verloren sich zu den Enden hin in der Luft und umwoben das Gebäude als ein pulsierendes Geflecht aus Licht und Magie.

Der Koboldzauber vor Grims Augen begann zu flackern und zerbrach mit leisem Klirren. Gleich darauf war die Magie für ihn nicht mehr sichtbar. Er trat näher an das Haus heran und legte eine Klaue gegen das Glas der Tür. Dahinter lag schwärzeste Dunkelheit, und er spürte kein lebendiges Wesen auf der anderen Seite. Doch er nahm eine kalte Schwingung wahr, wie das Zittern eines Grashalms über nackter Haut. Magie von der Art, wie er sie bei dem Fremden gespürt hatte – aber tausendfach so stark. Warum zum Teufel noch eins, gab es hier eine derartig mächtige Ansammlung dieser fremden Magie?

Er murmelte einen Zauber, um die Tür zu öffnen – und fuhr erschrocken zurück. Ein heftiger Stich durchzog seine Klaue, etwas Warmes rann an seiner Handfläche hinab. Blut. Im selben Augenblick begann die Laterne über ihm zu flackern und erstrahlte in grünem Licht.

Seufzend murmelte Grim einen Heilungszauber. Er hätte wissen müssen, dass die Blutsauger ihre Häuser mit perfiden Abwehrmechanismen ausgestattet hatten. Er hörte den Vampir nicht, der in diesem Moment hinter ihn trat, aber er fühlte seine Nähe wie den kühlen Hauch des Meerwindes in der Nacht.

»Du solltest es besser wissen«, sagte eine sanfte, dunkle Stimme über seine Schulter. »Setze niemals einen Fuß ins Reich der Vampire, ohne von ihnen eingeladen worden zu sein.«

»Lyskian«, sagte Grim und wandte sich um.

Direkt vor ihm stand, in einen langen, dunklen Mantel gehüllt, der Prinz der Vampire. Seine rechte Hand ruhte auf einem Spazierstock – diese Absonderlichkeit hatte Lyskian sich nie abgewöhnt –, die linke hatte er auf dem Rücken verschränkt. Seine hellen Haare fielen auf seine Schultern hinab, und sein vornehmes, immer von leichtem Spott überzogenes Gesicht ließ ein Lächeln erahnen. Grim hatte keine Probleme damit zu begreifen, warum die Menschen Lyskian reihenweise verfielen, und er erinnerte sich dunkel daran, wie Mia seinen Freund bei ihrer ersten Begegnung angesehen hatte. Der Vampir verstärkte sein Lächeln, als hätte er Grims Gedanken gelesen, und legte ihm zur Begrüßung die Hand auf den Arm.

»Wie ich hörte, führt euch eure Suche nach dem Mörder in mein Reich«, sagte er und schaute in die Dunkelheit im Inneren des Gebäudes.

Grim nickte. »Das Haus pulsiert unter einer gewaltigen Ansammlung von Magie derselben Art, wie der Mörder sie gewirkt hat. Möglicherweise hat er die Bewohner des Hauses getötet. Ich …«

Da hob Lyskian die Hand. Wortlos trat er vor, legte drei Finger seiner linken Hand an die Hauswand und schloss die Augen. Grim spürte einen Hauch von Magie wie einen leichten Regenschauer über seine Haut jagen. Lyskians Lider zuckten, dann entspannte sich sein Gesicht.

»Den Bewohnern des Hauses geht es gut«, sagte er gleichmütig und öffnete die Augen. »Sie wissen nichts von ungewöhnlichen Vorfällen.«

Grim zog die Brauen zusammen und warf Remis einen Blick zu, der neugierig in der Luft auf und ab schwirrte. Lyskian lächelte geheimnisvoll und legte seine Hand auf den Türklopfer. Sofort ging ein silberner Schimmer durch das Metall, dicht gefolgt von einem leisen Klicken.

»Warte«, raunte Grim, als der Vampir die Tür aufschob. »Ich kann es mir nicht leisten, von aufgeregten Menschen gesehen zu werden. Erinnerungslöschungen kosten Zeit, und die haben wir nicht. Wir sollten …«

Lyskian sah ihn mit einer Spur Überheblichkeit an. »Keine Sorge«, erwiderte er. »Ich habe die Bewohner schlafen gelegt.«

Grim verzog den Mund. Die Menschen in diesem Haus waren also Lyskians Diener – selbstverständlich ohne dies selbst zu wissen. Es war nicht unüblich, dass ein Vampir mit seinem Biss Menschen in Rhuvoy verwandelte – Diener nannten sie die Vampire, in Grims

Welt hießen sie lebende Blutkonserven. Die betroffenen Menschen erinnerten sich nicht an den Biss des Vampirs, jedoch konnte dieser jederzeit über sie verfügen, sie zu sich rufen und ihr Blut trinken, wann immer es ihm beliebte. Darüber hinaus vermochte er es auch, seine Kräfte auf sie anzuwenden: Aus diesem Grund hatte Lyskian die Möglichkeit gehabt, die Menschen in tiefen Schlaf zu schicken. Die Sitte der Rhuvoy diente der Geheimhaltung der vampirischen Existenz und schützte so auch den Zauber des Vergessens. Dennoch wurde Grim regelmäßig unwohl in Lyskians Gegenwart, wenn er sich bewusst machte, was der Vampir tat, wenn er nicht dabei war. Doch jetzt war nicht die Zeit, um darüber nachzudenken. Er gab den Schattenflüglern ein Zeichen, ihm zu folgen, und ging hinter Lyskian durch die Tür.

Sofort nahm er den Geruch asiatischer Küche wahr, den scharfen Duft von Reinigungsmitteln und noch etwas anderes, Feineres, das durch die olfaktorisch wahrnehmbaren Schleier des Restaurants wie eine Ahnung zu Grim herüberdrang. Er sog die Luft ein, doch erst als er in Lyskians Gesicht schaute, wusste er, worum es sich handelte.

»Blut«, flüsterte der Vampir. »Viel, sehr viel Menschenblut.«

Grim sah, wie sich die Dunkelheit in den Augen seines Freundes sammelte wie Pech in einer Schale. Für einen Moment erkannte er die Abgründe, die hinter dem bleichen, schönen Gesicht lagen, und Lyskians Haltung, diese sprungbereite, angespannte Stellung seiner Füße und das tastende, suchende Umherirren seines Blicks erinnerten ihn an einen verwundeten Tiger kurz vor dem Angriff. Für einen Menschen war dieser Duft nicht wahrzunehmen, doch Grim roch das metallische Aroma und den schweren, süßen Hauch von Wehmut, den das Blut all jener Menschen stets ausströmte, die eines gewaltsamen Todes gestorben waren. Er spürte Übelkeit in sich aufsteigen, als ihm bewusst wurde, dass Lyskian recht hatte. Irgendwo in diesem Haus lagen tote Menschen – und es mussten viele sein, wenn sie die Luft mit dem Geruch ihres Blutes schwängern konnten.

Lyskian zog mit zitternden Fingern ein Taschentuch aus seinem Mantel. Grim hatte den Vampir selten in einem Zustand der Schwäche erlebt, doch eines wusste er: Die Luft dieses Zimmers hätte die meisten anderen Vampire auf der Stelle in Gier und Rausch versetzt und ihnen die Fähigkeit genommen, sich gegen ihren Blutdurst zu wehren. Lyskian presste sich das Tuch vor Mund und Nase, und seine pechschwarz gewordenen Augen zeigten, dass ihn die Selbstbeherrschung enorme Kräfte kostete.

Grim ließ seinen Blick durch den Raum schweifen, doch nichts deutete darauf hin, dass hier vor Kurzem ein Verbrechen verübt worden war – abgesehen von dem Geruch. Irgendwo in diesem Haus warteten die Toten darauf, gefunden zu werden. Er schickte Kronk und die anderen in den hinteren Teil des Restaurants, doch Lyskian schüttelte den Kopf.

»Nicht hier«, murmelte er hinter seinem Tuch und ging entschlossen auf die hintere Wand zu. Normalerweise achtete der Vampir darauf, seine Bewegungen seinem menschlichen Äußeren anzupassen. Doch nun riss er einen Bilderrahmen in solcher Geschwindigkeit von der Wand, dass Grim ihn nur noch als verschwommenen Umriss wahrnehmen konnte. Im nächsten Moment hörte er ein Stöhnen im Mauerwerk. Langsam öffnete sich ein Spalt in der Wand. Dahinter klaffte die Dunkelheit roter Steine, die schwach eine schmale, abwärtsführende Treppe beleuchteten.

»Ich bin seit … langer Zeit nicht mehr an diesem Ort gewesen«, flüsterte Lyskian, der regungslos neben dem Riss stand und das rote Licht über sein Gesicht tanzen ließ.

Remis schwirrte auf Grims Schulter und starrte ehrfürchtig die Treppe hinab, von der in beinahe sichtbaren Schwaden der Blutgeruch heraufdrang. Gleichzeitig nahm die Intensität der Magie zu. Grim trat näher an den Spalt heran.

»Der Rest ist Sache der OGP«, raunte er Lyskian zu. »Dieser Kerl ist gefährlich.«

Da lachte der Vampir hinter seinem Tuch auf. Sein Lachen klang hell und klar, doch die Finsternis war nicht aus seinem Blick gewichen. »Du weißt nicht, welche Feste die Vampire dort unten feierten, damals, als die Welt noch jünger war und das Fleisch der Menschen im Todestaumel mich noch berühren konnte. Du ahnst nichts von den Schluchten, die ich in meinem Selbst durchreisen musste, und nichts von den Wüsten, in die ich meine wehrlosen Opfer verschleppte, um sie ihrem Schicksal zu überlassen. Mein Freund ...«, Lyskian hielt inne und für einen Moment erkannte Grim den uralten Vampir hinter dem Gesicht des jungen Mannes. »Ich gäbe viel darum, einer Gefahr zu begegnen, die mir das Herz durchbohren würde.«

Ohne eine Antwort abzuwarten, eilte er in rasender Geschwindigkeit die Treppe hinab.

Grim seufzte und bedeutete den anderen, ihm zu folgen. Er musste aufpassen, wo er hintrat, denn die Treppenstufen waren verflucht klein und von einem schmierigen, dunklen Film überzogen, der ihn nicht nur einmal beinahe von den Füßen gerissen hätte. Remis klammerte sich an seine Schulter und schwankte, als würde er selbst auf dem rutschigen Boden das Gleichgewicht halten müssen. Immer wieder bewahrte Grim sich selbst in letzter Sekunde durch einen raschen Griff ins Mauerwerk der Treppe vor einem Sturz – bis sein Blick auf einen faustgroßen Fleck fiel, der sich dicht über einer Stufe an der Wand befand. Grim beugte sich nieder, er fühlte den Schreck kommen, noch ehe er deutlich erkannt hatte, was es war. Mit einem Stöhnen fuhr er zurück, sodass Remis beinahe den Halt auf seiner Schulter verloren hätte. Es war der Abdruck einer Hand – einer menschlichen Hand, geformt durch ihr eigenes Blut. Grim betrachtete die Treppenstufen genauer und sah, dass sie von Schleifspuren und Abdrücken nackter Füße und Hände übersät waren. Offensichtlich hatten Menschen versucht zu fliehen und waren mit Gewalt die Treppe wieder hinabgerissen worden.

Grim beschleunigte seinen Schritt. Schon konnte er das Ende der Treppe erkennen, die in einem groben Torbogen mündete. Lyskian war darin stehen geblieben. Grim sah sein Gesicht nur von der Seite, und doch erkannte er deutlich zwei Empfindungen darin: die gewohnte Kälte der Gleichgültigkeit – und Entsetzen.

Mit einem Satz sprang Grim die letzten Stufen hinab und schaute in beinahe undurchdringliche Finsternis. Schemenhaft erkannte er gewaltige unterirdische Gewölbe, die an das Mittelschiff einer Kirche erinnerten. Mächtige Steinsäulen hielten die Decke, an der Kronleuchter mit ausgebrannten Kerzen hingen. Halb verbrannte Teppiche bedeckten die Wände mit den zahlreichen Kerzenhaltern. In der Mitte des Raumes war ein magischer Kreis gezeichnet worden, der in schwarzem Feuer stand. Kaum hatte Grim ihn bemerkt, flackerten die Flammen des Kreises auf.

Grim zog die Brauen zusammen. Langsam schob er sich ins Innere des Gewölbes und schritt – von den Schattenflüglern gesichert – durch die geisterhafte Dunkelheit auf den brennenden Kreis zu. Ein beißender Verwesungsgeruch stieg ihm in die Nase, die Flammen flackerten auf, als er vor dem Kreis stehen blieb. In dessen Inneren war mit Blut ein Zeichen auf den Boden gemalt worden, das nun in magischem roten Feuer stand: der Hornvalknutr Odins, ein altes Zeichen aus keltischer Zeit, das drei Trinkhörner zu einem Dreierwirbel verband. Grim streckte die Klaue aus, um den Bann des Kreidekreises von außen zu durchbrechen und sich das Zeichen genauer anzusehen, als Remis auf seiner Schulter japsend nach Atem rang.

Grim wandte den Blick von dem brennenden Wirbel und schaute auf die Stelle, an der er den Kreis durchbrechen wollte. Er spürte, wie ihm das Blut aus dem Kopf wich. Es war nicht Kreide, die den Kreis bildete – es waren die Augen toter Menschen, die in magischem Feuer standen. Schwarze Flammen loderten aus ihren Pupillen, überzogen die weiße Lederhaut der Augäpfel und leckten über den Sehnerv, der blutigrot auf dem fleckigen Boden lag.

Grim wich zurück, und als hätte diese Bewegung den Befehl dazu gegeben, sprangen in diesem Moment zwei glühende Funken aus dem Kreis in die Dunkelheit. Mit einem Zischen stürzten sie sich auf die blutigen Linien weiterer Augen, die sich in der Finsternis der Gewölbe verloren, und setzten diese in schwache schwarze Glut. Rasend schnell liefen die Funken über die Bahnen aus Augen dahin und malten wie bei einem gewaltigen Motiv aus fallenden Dominosteinen glimmende Adern in die Dunkelheit. Atemlos sah Grim zu, wie die Funken in der Mitte des Odinwirbels wieder zusammenliefen und knisternd ineinanderschlugen. Mit einem gewaltigen Zischen verwandelte sich das schwarze Glühen in lodernde rote Flammen und erhellte das Gewölbe auf einen Schlag.

Fassungslos starrte Grim auf das Bild, das sich ihm bot, sah die Menschenkörper, die den Raum zwischen den brennenden Augen füllten, die nackte Haut blutig und in Fetzen gerissen, die Glieder zu symmetrischen Mustern entstellt. Mit leeren Augenhöhlen starrten sie in die Dunkelheit. Grim fühlte die Blicke der Toten auf seiner Haut, er roch überdeutlich verwesendes Fleisch und Blut, das in getrockneten Rinnsalen den Boden bedeckte. Er fühlte, dass sein Hirn nicht begreifen wollte, was er sah, und starrte auf die Funken, die erneut aus dem Kreis sprangen, von ihm fortliefen und mit einem funkensprühenden Knall das Ende des Gewölbes entfachten. Zuerst glaubte er, dort einen kunstvoll gestalteten Altar zu sehen – doch dann erkannte er die Schädel. Er schwankte und fühlte Lyskians Hand auf seinem Arm, doch er konnte sich nicht abwenden. Hoch bis zur Decke bildeten halb skelettierte Menschen einen blutigen Schrein. Ihre Gliedmaßen waren mit brennenden Schnüren zusammengebunden und mit Nägeln an der Wand befestigt worden. Grim sah blutige Haut, die sich von Knochen und Fleisch löste, und übereinander getürmte Schädel.

»Was zur Hölle ist hier passiert?«, murmelte er. Er riss seinen Blick von dem Altar los und ging zum Eingang des Gewölbes, vorbei an den Schattenflüglern und Lyskian, die ihre Blicke reglos über die Toten schweifen ließen. Wieder schaute er auf die blutigen Abdrücke menschlicher Hände und Füße, und etwas in ihm krampfte sich zusammen. Fast meinte er, die Schreie der Menschen zu hören, die Schreie in Todesfurcht, als sie versucht hatten, ihrem Mörder zu entkommen.

»Einige Menschen wurden sofort getötet«, sagte Lyskian hinter ihm. »Manche von ihnen bereits vor Monaten. Andere wurden noch eine Weile der Dunkelheit und der Furcht überlassen, ehe ihre Qual ein Ende fand. Ich rieche beides in ihrem Blut: die Verzweiflung und das Entsetzen über den nahenden Tod. Vermutlich wurden einige von ihnen tagelang hier eingesperrt, ehe ihr Schicksal sie ereilte.« Er trat neben Grim und betrachtete die Abdrücke an den Wänden. »Sie versuchten zu fliehen. Auf allen vieren – wie die Tiere.«

Die Stimme des Vampirs war kalt wie der Nordwind, und für einen Augenblick wollte Grim ihm seine Gleichgültigkeit mit bloßen Händen aus dem Leib pressen. Er fuhr herum und sah Lyskian in seine schwarzen Augen, die kein Gefühl erkennen ließen. Noch immer presste sich der Vampir das Tuch vor die Nase.

»So spricht der Prinz der Vampire«, grollte Grim. »Der Prinz der Vampire – der sich ein Taschentuch vor die Nase halten muss, um nicht auf der Stelle seinen niedersten Instinkten und seinem Blutdurst zu verfallen.«

Lyskians Augen wurden schmal, doch nur für einen Moment. Dann lächelte er hinter seinem Tuch, und etwas Eisiges trat in seinen Blick, das Grim seit langer Zeit nicht mehr an ihm bemerkt hatte. »Ich vergaß«, flüsterte der Vampir, »dass ich mit einem Menschenfreund spreche.«

Grim erwiderte seinen Blick. Flammen entfachten sich in seinen Augen, er sah sie in Lyskians Pupillen gespiegelt. »Und ich vergaß, dass nicht jedes Anderwesen Respekt und Ehrfurcht vor dem Leben empfinden kann, wie ich es tue.«

Lyskians Lächeln gefror auf seinem Gesicht. Für einen Augenblick glaubte Grim, der Vampir wollte ihn schlagen. Dann wandte Lyskian sich ab, es war, als hätte ein kühler Windhauch Grims Wange gestreift. »Ich liebe die großen Verachtenden«, sagte Lyskian leise, während sein Blick über die Toten schweifte wie über ein Schlachtfeld, auf dem er selbst gekämpft hatte. »Weil sie die großen Verehrenden sind und die Pfeile der Sehnsucht nach dem andern Ufer.«

Grim kannte Lyskians Vorliebe für die menschlichen Philosophen und seine Leidenschaft für Nietzsche, doch ihm stand nicht der Sinn nach einer Erwiderung. Und offenbar erwartete der Vampir auch keine Antwort. Lautlos wandte er sich um, ließ das Taschentuch sinken und sagte tonlos und mit einem Anflug von Traurigkeit: »So sind wir beide, wie wir sind.«

Grim zog die Brauen zusammen. »Eines steht fest: Die Leichen von Hunderten Menschen liegen in diesen Gewölben, vielleicht auch mehr. Einige sind seit mehreren Monaten tot, andere scheinen gerade erst gestorben zu sein. Das bedeutet, dass er nicht erst seit wenigen Wochen in der Stadt ist – wer weiß, ob diese Menschen überhaupt alle aus Paris stammen.«

Kronk nickte. »Möglicherweise hat er die Morde nicht allein begangen.«

Grim schaute nachdenklich auf den brennenden Altar. »Das hier ist kein Schlachtfest gewesen. Ein Altar ... das Zeichen Odins ... diese seltsame Anordnung der Leichen ... die brennenden Augen ... Das erinnert mich an die erhängten Menschen in der Lagerhalle mit den merkwürdigen Zeichen auf ihrer Haut. Es sieht alles aus wie ...«

»... ein Ritus.« Lyskian hatte nicht den Blick gewandt, aber er sprach mit einer beherrschten Sachlichkeit in der Stimme, die Grim näher treten ließ.

»Was weißt du darüber?«, fragte er und konnte nicht verhindern, dass er auf einmal atemlos war.

Mit einem amüsierten Lächeln hob der Vampir den Kopf. »Wie ihr wisst, war mein Volk nicht immer so … nun, nennen wir es: *harmlos* wie jetzt. Und haben sich heutzutage die meisten Vampire daran gewöhnt, von steinernen Köpfen regiert zu werden, gab es zu früheren Zeiten doch widerstreitende Kräfte, vampirische Krieger, die die Herrschaft für ihr eigenes Volk gesichert wissen wollten. Ich war einer von ihnen. Lange wogten die Kämpfe hin und her, und schließlich kam es, wie ihr wisst, in der Schlacht um Prag zu der entscheidenden Niederlage. Obwohl mein Volk sich mit den Dämonen verbündete, aus gargoylscher Sicht den verabscheuungswürdigsten und niederträchtigsten Kreaturen aller Welten, wurde es vom Steinernen Volk besiegt. So fiel die Herrschaft über die Anderwelt an die Gargoyles. Doch die Verbundenheit, die der Krieg stiftete, währte noch lange zwischen den Vampiren und den Dämonen, und so kommt es, dass ich einiges aus ihrer Vergangenheit zu berichten weiß – jener Vergangenheit, deren Kenntnis zu anderen Zeiten als diesen in Ghrogonia unter Strafe stand.«

Grim nickte düster. Thoron, der frühere König der Anderwelt, hatte jegliche dämonischen Einflüsse aus seinem Volk verbannen wollen – mit allen Mitteln.

Lyskian verstärkte sein Lächeln. »Und so werdet ihr nun von mir, einem Blutsauger, erfahren, was ihr selbst wissen müsstet.«

Grim verzog das Gesicht. »Wir haben keine Zeit für ein Kräftemessen dieser Art«, grollte er. »Der Mörder läuft immer noch frei herum und …«

»*Die* Mörder«, entgegnete Lyskian. »Mindestens sieben dieser Menschen sind zur gleichen Zeit gestorben – ich rieche es an ihrem Blut, das sich zwar nur noch teilweise in ihren Körpern befindet, aber den gesamten Boden dieses Gemäuers überzieht wie eine Kruste aus erstarrter Lava.«

Kronk verschränkte die Arme vor der Brust. »Und?«

»Einer davon starb in Griechenland, ein weiterer in Estland und ein dritter hier – in Paris. Selbst wenn unser Mörder über außergewöhnliche Kräfte verfügt, kann er nicht fähig sein, zeitgleich Menschen an verschiedenen Orten das Blut aus dem Körper zu saugen und die Augen herauszureißen.« Lyskian schüttelte den Kopf. »Nein, er ist nicht allein.«

Remis schwirrte von Grims Schulter. »Aber wer tut so etwas? Und was hat das Zeichen Odins zu bedeuten? War er nicht ein Gott der Menschen?«

Lyskian hob den Blick, für einen Moment meinte Grim, dass das Feuer im Gewölbe seinen Schein verdunkelte. »Nicht nur die Kelten beteten zu Odin, dem germanischen Göttervater«, begann Lyskian, und seine Stimme klang wie die eines Märchenerzählers, der mit Vorliebe grausame Geschichten vortrug. »Auch für viele Anderwesen war Odin oder Wodan, wie er mitunter genannt wird, ein anbetungswürdiger Gott. Seht euch das Zeichen des Wirbels an: drei ineinander verschlungene Trinkhörner. Aus einem Horn zu trinken war für die Kelten ebenso wie für zahlreiche Völker der Anderwelt in früheren Zeiten ein Symbol der Erneuerung und Wiederbelebung, und die Hörner waren auch wichtige Symbole im Krieg und für militärische Taten. Keltische und anderweltliche Helden und Krieger trugen Hörner und vor allem gehörnte Helme in der Schlacht. Dieses Zeichen, das noch immer in roten Flammen steht, wurde mit Blut gezeichnet – mit dem Blut der Menschen, und das ist ein Zeichen für den Schwarzen Odinkult – ein Ritus, der in lang vergangenen Zeiten in der Anderwelt Verwendung fand. Die Anhänger dieses Kultes verbrannten die Augen ihrer Feinde, nahmen ihnen das Leben, ihr Blut, das sie teilweise selbst aufzehrten, bevor ...«

Grim sog ungeduldig die Luft ein. »Bevor was?«

Lyskian sah ihn an, auf einmal war jeder Gleichmut aus seinem Gesicht gewichen. »Bevor sie in die Schlacht zogen.«

Remis hustete hektisch. »Soll das heißen, dass …«

»Wer will in die Schlacht gegen die Menschen ziehen?«, unterbrach Grim ihn. »Wer, Lyskian?«

Der Vampir neigte den Kopf, fast so, als wollte er seine Worte vor den Flammen schützen, die sie umgaben. »Vielleicht wirst du schon von ihnen gehört haben«, raunte er. »Aus den grauen Nebeln der Vorzeit suchen sie uns heim, Schatten der Vergangenheit, und steigern in blutigen Riten ihre Kräfte. Die, von denen ich spreche, etablierten den Schwarzen Odinkult wie kein anderes Volk der Anderwelt und vollzogen zum Zeichen ihrer erlangten Kriegerschaft ein düsteres Ritual: Dabei rissen sie sich das linke Auge aus dem Leib, wie einst Odin sein linkes Auge gab, um durch Mimirs Brunnen seherische Kräfte zu erlangen. Niemand weiß genau, mit welchen Mächten sich diese Krieger einließen, doch es war nicht Weisheit, nach der sie strebten, sondern die Vollendung ihrer Macht und Gier. Viele sahen in ihren Riten keine Verehrung Odins, sondern Lokis, seines Blutsbruders, dem Gott des Feuers, der Ragnarök und damit die Vernichtung der Götter einleiten wird. So oder so handelt es sich um ein Kriegervolk, das sich vom Volk der Alben abspaltete und später in eine Welt des Nichts verbannt wurde, eine Welt, die kein sterbliches Wesen jemals durchschreiten kann, es sei denn auf den Armen …«

»… eines Zwischenweltlers«, murmelte Grim nachdenklich. Er schaute in die dunklen Schleier von Lyskians Augen, und langsam tauchte ein Name in ihm auf, als hätte der Vampir ihn Grim ins Ohr geflüstert. Lähmend wie Gift glitt er durch Grims Gedanken und ließ bleierne Kälte in seinen Körper ziehen, bis er sich als schwarze Flamme auf seiner Zunge zusammenzog. Grim öffnete den Mund, und heiser, als hätte ein Sturmwind ihm das Wort von der Zunge gerissen, flüsterte er: »Die Schattenalben.«

Für einen Moment flackerten die Flammen im Raum auf. Grim meinte, höhnisch lachende Stimmen zu hören. Angespannt räusperte er sich. »Ich habe geglaubt, dieses Volk sei eine Legende, eine Sage aus den Annalen der Ersten Zeit.«

Lyskian schüttelte kaum merklich den Kopf. »Du irrst dich«, erwiderte er fast flüsternd. »Dieses Volk ist weit mehr als das. Entsprungen aus dem Volk der einstigen Alben, wurde es im Laufe der Zeit zu einem grausamen Kriegervolk.«

»Ich hörte, dass sie nicht sterben können«, flüsterte Remis und schickte Grim mit seinen Worten einen Schauer über den Rücken.

»Diese Erfahrung haben wir selbst gemacht«, raunte Kronk.

Lyskian nickte. »Auch ich hörte von dieser Fähigkeit. In manchen Schriften wird gemutmaßt, dass sie einen Pakt mit dem Teufel geschlossen hätten, der ihnen den Tod verwehrte. Ich weiß nicht, wie viel Wahrheit in diesen Mythen steckt, doch eines ist sicher: Die Schattenalben bergen viele Geheimnisse, die unsereins nicht durchdringen kann.«

Grim fuhr sich über die Augen. »Wenn es sie wirklich gibt – und alles hier deutet darauf hin –, dann bedeutet das, dass wir es mit einigen der mächtigsten Kreaturen zu tun haben, die diese Welt je gesehen hat. Ich kenne die Geschichten über die Grausamkeit der Schattenalben, die Sagen über ihre Gier nach Macht und das Blutvergießen, das sie über die unbeugsamen Völker der Alben gebracht haben sollen, ehe sie verbannt werden konnten. Ihre Kräfte müssen gewaltig sein.«

Lyskian nickte düster. »Nur mit vereinten Mächten konnten die übrigen Alben – heute nennt man sie Feen, Elfen, Zwerge und Dämonen – unter der Führung des Elfenherrschers Jhurmal Thronnegar einen Zauber wirken, der die Schattenalben in die Zwischenwelt verbannte. Nach meinem Wissen blieb die Macht dieses Zaubers seit der Alten Zeit im Besitz der damals herrschenden Alben, der Feen, die diese Welt inzwischen verlassen haben. Nur dieser Zauber vermag es, die Schattenalben eines Tages von ihrem Fluch zu erlösen. Bis dahin können sie die Zwischenwelt nur verlassen, wenn sie jemand zu sich ruft.«

Grim zog die Brauen zusammen. »Aber wer hat das getan? Wer wäre so wahnsinnig, Geschöpfe wie die Schattenalben in diese Welt zu holen? Und aus welchem Grund? Was …« Er unterbrach sich. »Und wie, zur Hölle noch eins, sind die Schattenalben überhaupt hier heruntergelangt? Ich habe mir die Finger verbrannt an dem verteufelten Vampirzauber, der das Gebäude über unseren Köpfen vor magischen Wesen schützt, und ich gehe nicht davon aus, dass es den Alben besser ergangen wäre, falls sie die Tür benutzt hätten.«

»Nein«, erwiderte Lyskian mit regloser Miene. »Mein Volk versteht sich darauf, seine Geheimnisse zu schützen.«

Remis schwirrte aufgeregt in die Luft. »Das heißt, dass es noch einen Eingang geben muss – eine Tür, die unseren Augen bisher verborgen geblieben ist. Vielleicht hat meine Nase mehr Erfolg bei der Suche.«

Er sog die Luft ein, dass seine Nasenflügel bebten, und stieß sie langsam und konzentriert wieder aus. Für einen Moment hielt er inne, als müsste er in seiner Erinnerung nach einem Wort für das suchen, was er gerade gewittert hatte. Dann hob er die Brauen und flüsterte, als wäre ihm im wahrsten Sinne des Wortes ein Licht aufgegangen: »Glutquarz.«

So schnell, dass Grim und die anderen ihm kaum folgen konnten, flog Remis atemlos witternd durch den Raum und hielt vor einem der alten Teppiche inne. Vielsagend warf er Grim einen Blick zu.

»In diesem Gewölbe nehme ich mindestens siebzehn verschiedene Minerale wahr«, sagte der Kobold leise. »Aber Glutquarz ist nicht darunter.«

Kaum hatte er seinen Satz beendet, sah Grim, wie sich Remis' Haare in einem kaum merklichen Luftstrom bewegten. Mit einem Ruck riss er den Teppich von der Wand. Nebelhaftes Licht fiel ihm ins Gesicht. Ein feiner Riss hatte die Wand gespalten.

»Sieht so aus, als hätten wir den Eingang gefunden«, murmelte Remis, hielt jedoch respektvoll Abstand von der Öffnung, die er soeben aufgespürt hatte. Grim witterte, und nun roch er ihn auch: den feinen Duft von Glutquarz, einem uralten Mineral, das in der Anderwelt aufgrund seiner Fähigkeit, aus sich selbst heraus zu glimmen, häufig zur Beleuchtung der Unterwelt eingesetzt wurde. Er presste die Klaue in den Spalt und murmelte einen Zauber. Lautlos schob sich die Wand auf und gab den Blick frei auf einen Gang mit einer niedrigen, von Stalaktiten übersäten Decke. Der Boden war vereinzelt mit Glutquarz besetzt, dessen Glimmen die Finsternis des Ganges jedoch nicht zurückdrängen konnte. Grim sah Lyskian an, der neben ihn trat.

»Offensichtlich kennst du nicht alle Geheimnisse deines Volkes«, raunte er. »Euer Blutgewölbe scheint tiefer hinabzureichen, als du geahnt hast.«

Grim bedeutete den Schattenflüglern, Wache zu halten. Dann wollte er den Gang betreten, doch Lyskian hielt ihn zurück. »Du weißt nicht, worauf du dich einlässt«, sagte der Vampir kaum hörbar. »Die Schattenalben sind nicht zu bezwingen. Es heißt, dass sie dir mit einem Blick das Fleisch von den Knochen schälen könnten, ohne dass es sie auch nur anstrengen würde. Du …«

»Es ist, wie du sagtest«, erwiderte Grim. »Ich bin ein Menschenfreund – und daher werde ich die Menschen vor den Gefahren schützen, gegen die sie sich selbst nicht verteidigen können. Komm mit oder geh, Prinz der Vampire, während ich dafür sorge, dass du auch in Zukunft nicht verdursten musst.«

Lyskian setzte zu einer Entgegnung an, doch plötzlich klangen Stimmen durch den Gang, grausame, kalte Stimmen voller Verachtung. Sie strichen aus der Dunkelheit auf sie zu wie die eisigen Flügel eines Engels, und als Grim die lähmende Berührung an seiner Wange fühlte, sah er auch Lyskian zusammenfahren. Doch dann hob der Vampir den Blick. »Du weißt nichts vom Durst meines Volkes«, erwiderte er mit der Andeutung eines Lächelns auf den Lippen. »Aber eines sage ich dir: Der Tag, da ich vor der Finsternis zurückschrecke, ist noch fern.«

Grim erwiderte das Lächeln kaum merklich. Dieser Lyskian war es, der den Namen Prinz der Vampire verdiente. Für einen Moment neigte Grim leicht den Kopf. Dann holte er Atem, die Stimmen schallten durch den Gang wie die Gesänge der Verdammten. Noch einmal schaute er auf die ermordeten Menschen, ließ ihre leeren Blicke über seinen Körper streifen und hörte ihre Schreie, bis sie lauter waren als die Stimmen ihrer Mörder. Dann wandte er sich um und tat den ersten Schritt in den Gang hinein.

Kapitel 8

Mia zitterte vor Kälte, als Alvarhas näher kam. Tosend drang der Kampfeslärm der Schattenflügler zu ihr herüber, die mit aller Kraft versuchten, die rätselhaften Fremden zu überwältigen. Grim hatte einige der mächtigsten Krieger zum Schutz der Artefakte abgestellt, und doch schien es, als hätten sie gegen die Einäugigen kaum eine Chance. Mia schob sich rückwärts gegen die Wand, ihre Hände glitten über den eisbezogenen Boden. Alvarhas war noch einige Schritte von ihr entfernt, doch er hatte es nicht eilig. Er lächelte wie ein Panther, der sich bereits satt gefressen hatte und nun mit dem letzten Lamm der Herde spielen wollte. In der linken Hand hielt er sein Rapier, Mia fühlte wieder die Spur, die die Waffe über ihre Haut gezogen hatte. Atemlos sah sie Alvarhas in die Augen, diese gleichgültigen, glühenden Scherben aus Dunkelheit. Er würde sie töten, das war ihr plötzlich klar, deswegen war er gekommen, und er hatte noch nie eines seiner Opfer verfehlt. Sie konnte gegen ihn kämpfen, doch gewinnen – nein, das würde sie nicht. Diese Gewissheit traf Mia mit solcher Wucht, dass ihr der Atem stockte. Doch im selben Moment spürte sie Widerwillen in sich, mehr als das: Entschlossenheit, das Schicksal, das Alvarhas ihr angedeihen lassen wollte, nicht anzunehmen. Sie fühlte die Magie, die von ihm ausging. Es war fremde, eigentümliche Magie, die mit seltsamen Stimmen begann, nach ihr zu rufen, und sie wusste, dass sie schon sehr bald nicht mehr fähig sein würde, sich zu bewegen.

Bereits jetzt fiel es ihr schwer, die rechte Hand zu heben und sich an der Wand hochzuschieben. Raureif splitterte von ihren Fingern ab, ihre Glieder waren steif und kalt. *Das Floß der Medusa* hatte seine Besatzung verloren, doch nun, da Mia mit dem Rücken vor dem Bild stand, hörte sie das Rauschen der sturmgepeitschten Wellen. Sie roch die Luft des Meeres und fühlte, wie die Wogen sie innerlich emporhoben. Wasser war ihr Element. Mit klopfendem Herzen presste sie ihre rechte Hand gegen das Bild. Fast meinte sie, das Tosen des Sturms zu fühlen, der hinter der Leinwand gegen ihre Finger drängte.

Alvarhas hatte sie fast erreicht. Ein Funkeln ging durch seinen Blick, als er den Zauber hörte, der nun mit leisem Triumph über ihre Lippen kam. Da sprang er vor, so schnell, dass sie seine Bewegungen nicht verfolgen konnte – und doch zu spät. Mit einem Schrei spreizte Mia die Finger und riss ihre Hand vom Gemälde zurück. Krachend brach sich das Meer seinen Weg aus der Welt der Schattenbilder, riss das Floß mit sich und ergoss sich mit brutaler Gewalt auf Alvarhas. Mia selbst wurde von den Wellen umtost, doch das Wasser berührte sie nicht. Die Wellen erhoben sich um sie herum wie glitzernde Stücke des Nachthimmels. Sie sah noch, wie Alvarhas von den Fluten umgerissen wurde – dann rannte sie los.

Das Wasser machte ihr Platz, während sie die Gemäldesammlung entlangrannte, doch gerade als sie die Treppe ins Erdgeschoss erreicht hatte, erhoben sich graue Flammen auf den Stufen, die gierig nach ihr griffen und ihr ein Durchkommen unmöglich machten.

»Flieh!«, drang Alvarhas' Stimme durch die Fluten des Meeres, die langsam zur Ruhe kamen und sich in dunklem Nebel auflösten. »Flieh vor mir, Menschenkind!«

Mia spürte seine Stimme wie einen Schwarm Messer an ihren Wangen vorbeifliegen. Gehetzt rannte sie durch die Galerie Campana, doch Alvarhas war ihr bereits auf den Fersen und jagte brennende Pfeile hinter ihr her, während sie wie ein Kaninchen im Slalom um die Vitrinen mit den kostbaren griechischen Vasen herumrannte. Die Glaskästen zersprangen unter Alvarhas' Zaubern, Mia hörte ihn lachen, als einer seiner Pfeile sie an der Schulter traf. Ein stechender Schmerz durchzuckte sie, warm lief das Blut über ihren Arm. Der Heilungszauber, den sie durch ihren Körper schickte, konnte Alvarhas' Magie kaum zurückdrängen. Schwer atmend stürzte Mia auf die Treppe zu – und konnte sich erst im letzten Augenblick vor einem Fall in die plötzlich auflodernden Flammen bewahren. Keuchend taumelte sie zurück.

Alvarhas genoss es, sie wie ein Tier zu hetzen, das spürte sie. Bald schon würde er sie in eine Sackgasse treiben und dann ... Mia stieß die Luft aus. So einfach würde sie es ihm nicht machen. Entschlossen sprintete sie durch die Ausstellung der ägyptischen Altertümer, vorbei an der Sandsteinbüste des Echnaton und am berühmten *Sitzenden Schreiber*, bis sie das Messer vom *Gebel-el-Arak* erreichte. Abrupt blieb sie stehen, stieß die Faust vor und durchschlug das Glas der Vitrine. Ihr Schutzzauber war nur halbherzig gewesen, und so zerschnitt sie sich die Finger, aber sie achtete kaum darauf. Atemlos packte sie das Messer. Es bestand aus Feuerstein und Elfenbein und war offiziell eines der ältesten Objekte der prädynastischen Periode. Der Knauf war reich verziert und zeigte unter anderem ein Motiv, das in der vorderasiatischen Kunst dieser Epoche häufig auftauchte und in der Wissenschaft als *Herr der Tiere* bezeichnet wurde: Ein nach links blickender Mann ergriff zwei außergewöhnlich große, auf den Hinterbeinen stehende Löwen. Dieser Mann, das wusste Mia, war kein Mensch. In den Sagen der Anderwelt existierten unzählige Geschichten über den Herrn der Tiere, einen sagenhaften Krieger, der mit Tieren sprechen und ungeahnte Kräfte in ihnen erwecken konnte, und obwohl mehrere Völker ihn für sich beanspruchten, war es bislang nicht gelungen, seine Identität zu klären. Fest stand jedoch, dass er vor langer Zeit von einem großen Feuer verzehrt worden war und seine Kräfte zuvor in mehrere seiner damaligen

Besitztümer gelegt hatte – unter anderem in dieses Messer, das sich seither mit grenzenlosem Hass auf jede Art von Feuer stürzte.

Mia duckte sich unter Alvarhas' Donnerschlag, der die Vitrine über ihr in tausend Scherben zerschmetterte, und hielt sich die Klinge aus gelblichem Feuerstein dicht vor den Mund.

»Nefr«, flüsterte sie, während sie in geduckter Haltung auf die Treppe zurannte. Schon erhoben sich erneut die grauen Flammen, doch dieses Mal verlangsamte Mia ihren Lauf nicht. »Afra!«, schrie sie, riss das Messer in die Höhe und schlug es von oben nach unten durch die Flammen, die auseinanderglitten wie ein Riss in einer Leinwand.

Mia stürzte hindurch, das Messer in ihrer Hand verfärbte sich schwarz und wurde so heiß, dass es ihr aus den Fingern glitt. Ein wütender Schrei zerfetzte die Luft, als sie die Treppe hinabrannte. Sarkophage, Mumien und Totenbücher empfingen sie in der sakralen Sphäre der Ägyptenausstellung des Erdgeschosses. Hinter ihr stürzte etwas die Treppe hinab. Mia meinte, ein tiefes Grollen zu hören, dicht gefolgt von scharfen Klauen auf Stein. Sie warf einen Blick zurück, Schatten wirbelten dort, wo Alvarhas die Treppe herunterkam. Schnell wandte Mia sich um, rannte an Statuen der ägyptischen Götter vorbei – und hörte das Dröhnen der Feuerkugel, die hinter ihr die Luft zerriss. Mit einem Schrei stürzte sie eine Treppe hinab, stolperte auf den letzten Stufen und landete auf dem Boden. Sie schlug sich den Kopf an, doch die Feuerkugel schoss über sie hinweg – sie konnte die Hitze der Flammen an ihrem Rücken spüren – und schlug krachend gegen die große Sphinx von Tanis.

Für einen Augenblick konnte Mia sich nicht mehr bewegen. Sie hörte, wie die Sphinx aus ihrer Starre erwachte, sah die Augen, die sich aus reglosem Stein in glühende Kohlen verwandelten, und vernahm das tiefe, wütende Grollen, das ihrer Kehle entkroch.

Atemlos kam Mia auf die Beine. Sie hörte, wie Alvarhas hinter ihr die Treppe hinabstieg, doch sie konnte sich nicht rühren. Der Blick der Sphinx brannte sich in ihr Gehirn, er ließ nichts in ihr ganz, keinen Gedanken, kein Gefühl, keine Erinnerung. Sie musste sich von dieser Umklammerung befreien, die schlimmer war als jede Art von Tod, und gleichzeitig wollte sie sich diesem Wesen zu Füßen werfen, das sie mit grausam glühenden Augen ansah. Mia wusste, dass ihr Kampf beendet war. Vor ihr die Sphinx von Tanis, hinter ihr Alvarhas, der bereits den nächsten Zauber sprach, um sie zu vernichten, und er … Sie kam nicht dazu, ihren Gedanken fortzuführen. Plötzlich hob die Sphinx den Blick und entließ Mia aus ihrer unsichtbaren Umarmung. Stattdessen fixierte sie Alvarhas.

Mia taumelte beiseite und setzte sich in Bewegung. Sie rannte durch den mittelalterlichen Louvre, vorbei an den freigelegten Grundfesten, den Überresten der Stadtmauern und dem Sockel des mächtigen Donjon. Hinter sich hörte sie ein durchdringendes Fauchen, das ihr die Nackenhaare aufstellte, und Alvarhas, der in fremder Sprache Zauber brüllte. Sie erreichte die Hall Napoléon, warf einen Blick auf den Raum ihrer Ausstellung, der von dem magischen Sicherheitsschutz verschlossen wurde, den die überlebenden Schattenflügler nach ihrem Hilferuf aktiviert hatten, und steuerte auf die gläsernen Türen zu, die zum Carrousel du Louvre führten – der unterirdischen Einkaufspassage. Schnell legte sie ihre Hand gegen das Schloss, murmelte einen Zauber und öffnete die Türen. Rechts und links von ihr lagen beleuchtete Schaufenster, und am Ende des Tunnels glühte die Pyramide Inversée – die umgedrehte Pyramide – in ihrem kühlen Sternenlicht. Unter ihr erhob sich eine kleinere Pyramide aus Beton. Es schien, als würde die kleinere die größere Pyramide in der Luft halten – ihre Spitzen berührten sich fast. Mia hatte sie fast erreicht, als die Stille sie einholte, jene Stille, die stets nach einem Kampf folgte: die Stille des Siegers. Mia blieb stehen und lauschte. Sie fühlte ihren eigenen Herzschlag, glaubte für einen Moment, die steinernen Pranken der Sphinx zu hören. Doch sie irrte sich.

Schritte.

Schwere, kalte Schritte, die Schritte Alvarhas', kamen durch die Eingangshalle des Louvre direkt auf sie zu. Mit einem Anflug von Verzweiflung fuhr Mia herum. Er hatte die Sphinx von Tanis bezwungen. Das war unmöglich.

Sie hetzte durch die geisterhaft erleuchteten Gänge mit ihren glitzernden Schaufenstern, den angestrahlten Auslagen und den starren, gleichgültigen Schaufensterpuppen. Nichts war zu hören als ihr hektischer Atem und Alvarhas' Schritte. Und dann, als hätte jemand eine Schallplatte aufgelegt, ertönte auf einmal Musik. Es war eine bekannte italienische Oper, doch die Stimme der Sopranistin klang so fremd und durchdringend, dass Mia zusammenfuhr. Sie spürte etwas Heißes in ihrem Rücken, als würde hinter ihr ein Feuer ausbrechen. Für einen Moment durchfuhr sie der Drang, sich umzudrehen, doch sie wusste instinktiv, dass das ihr Ende bedeuten würde. Es war nicht mehr weit bis zum Ausgang, doch noch ehe sie ihn erreicht hatte, traten drei Einäugige vor ihr aus den Gängen. Reglos und mit verschränkten Armen versperrten sie ihr den Weg. Mia bog nach rechts ab. Sie würde sich nicht fangen lassen wie ein Insekt. Sie hatte gerade die Hall Charles V. erreicht mit ihrer geisterhaften Beleuchtung und der alten Stadtmauer, als ein Ton sie innehalten ließ. Es war ein Wort, geflüstert von einer unsagbar zarten Stimme, ein Name, der ihr fremd und gleichzeitig vertraut schien.

Mia, sagte die Stimme.

Die Hitze in Mias Rücken wurde größer, sie schnitt ihr ins Fleisch – aber sie lief nicht mehr davon. Stattdessen wandte sie sich um, gezogen von der leise lockenden Stimme, und fühlte das goldene Licht auf ihrem Gesicht, das aus dem Gang zur Pyramide fiel. Sie sah die Fremden nicht mehr, die sie mit verschränkten Armen beobachteten, sie hörte auch die Musik nicht oder ihren eigenen Schrei, als sie verzweifelt versuchte, sich selbst zum Umkehren zu bewegen. Atemlos bog sie um die Ecke und wurde ihm nächsten Augenblick von goldenem Licht geflutet. Sie sah kaum, wohin sie ging, während die Stimme sie vorwärts zog, diese betörende, wispernde Stimme. Der Glanz der Pyramide wirkte schwarz, als Mia das Licht sah, das zwischen den Spitzen der beiden Pyramiden in der Luft schwebte. Es war eine strahlend helle Flamme, die sie zu sich rief und die jede Gegenwehr, jede Furcht im Keim erstickte. Mia wusste, dass sie sterben würde, wenn sie dieses Licht berührte – dieses Licht, das sie schon einmal gesehen hatte, damals in der Engelsburg in Rom, und dem sie schon einmal fast verfallen wäre. Noch konnte sie fliehen. Noch konnte sie sich abwenden, sich von der Stimme befreien und davonlaufen.

Sie trat den letzten Schritt auf die Pyramide zu. Das Licht der Flamme brannte in eisigen Schleiern auf ihrer Haut. Kurz meinte sie, das Gesicht einer Frau in ihm zu erkennen – ein ebenmäßiges, schneeweißes Gesicht mit tiefen, nachtschwarzen Augen. Die Frau schaute sie an, sie lächelte, als Mia die Hand nach ihr ausstreckte. Doch da schrie etwas in Mia auf, sie spürte einen Stich in ihrem Finger. Eine Erinnerung flog sie an, sie sah das Bild eines sterbenden Anderwesens mit zarten, durchscheinenden Flügeln. Erschrocken zog sie die Hand zurück. Für einen Moment verstummte die Stimme, und die gerade noch sanften Augen der Frau wurden schwarz – schwarz wie Hass. Mia wich vor ihr zurück. Sie hatte sich verzaubern lassen, sie musste fliehen, jetzt gleich. Panisch fuhr sie herum – und schaute in das Gesicht von Alvarhas.

Er hatte sie gefunden.

Ehe sie etwas hätte tun können, packte er ihren Arm und drehte sie mit dem Rücken zu sich, sodass sie die Flamme ansehen musste. Dann legte er seine Hände auf ihre Schultern. Eisige Kälte strömte durch Mias Körper und lähmte jede ihrer Bewegungen. Verzweifelt versuchte sie, ihre Magie zu sammeln, doch Alvarhas ließ ihr keine Zeit. Sie spürte seinen Atem in ihrem Nacken, hörte die Worte, die er flüsterte, und sah das gleißende Licht der Flamme und die schwarzen Augen der Frau. Alvarhas' Hand glitt zu ihrem Hals, er zwang sie, ihn anzusehen, und sie erschrak vor der Kälte in seinen Augen und diesem durchdringenden, unstillbaren Verlangen nach etwas, das sie nicht benennen konnte. Sein Mund öffnete sich, doch statt Worten kam Nebel über seine Lippen, kühler, grauer Nebel. Mia spürte, wie der Nebel an ihrem Mund entlangstrich, sie konnte sich nicht dagegen wehren, dass er ihren Rachen hinabglitt. Schwarze Schleier zogen an ihren Augen vorüber, sie fühlte, wie ihre Knie nachgaben, doch Alvarhas ließ sie nicht los. Sie zwang sich, die Augen offen zu halten. Sie musste ihre Magie sammeln, verflucht noch mal, sie würde sich nicht umbringen lassen, als wäre sie ein schwaches armseliges Tier.

Mit aller Kraft konzentrierte sie sich auf das Meer in ihrem Inneren und starrte ihrem Feind in sein gesundes Auge, während sie einen Zauber in ihren Arm strömen ließ, der nach seiner Vollendung mächtig genug sein würde, um Alvarhas in eine Eisskulptur zu verwandeln. Schon spürte sie, wie ihre Finger kribbelten, während ihr Körper reglos in Alvarhas' Armen hing, und sie wollte gerade den Zauber über die Lippen bringen, als sie Alvarhas' Stimme hörte – eine zarte, sanfte Stimme ohne Hass und Gier, eine Stimme, die Sehnsucht kannte und Leid und Liebe. Verwunderung überkam Mia, und sie sah, wie sich dieses Gefühl auf Alvarhas übertrug. Da brach die Stimme ab, und ein Schmerz zerriss Mias Brust, sodass sie aufschrie. Noch nie hatte sie etwas Ähnliches gefühlt, es war, als wühlte sich eine Speerspitze aus eisigen Flammen durch ihr Fleisch. Fast besinnungslos vor Schmerz sah sie Alvarhas an, dunkle Schleier umtosten sein Gesicht. Sie spürte, dass sie ohnmächtig wurde. Alvarhas' Macht durchströmte sie wie ein Fluss aus Feuer und Eis. Die Kraft ihres eigenen Zaubers war geradezu jämmerlich dagegen, sie fühlte ihn kaum noch in ihren Fingern. Es war sinnlos, das wusste sie, und für einen Moment wollte sie nichts weiter als die Augen schließen und sich von der Dunkelheit ihres Feindes davontragen lassen. Doch gleich darauf hörte sie eine Stimme in ihrem Kopf, eine Stimme aus Wärme und Kraft: *Ich will nie wieder hören, dass du nicht an dich glaubst.* Grim. Mit einem Schlag kehrte das Kribbeln in ihre Finger zurück, sie zog den Arm in die Höhe und schrie ihren Zauber, so laut, dass er jeden Schleier und jede Dunkelheit um sie herum in Fetzen riss. Kalt glühend schossen magische Schlangen aus ihrer Hand, zischend stürzten sie sich auf Alvarhas, dicht gefolgt von einer gewaltigen Explosion, die die Schaufenster der Passage zum Bersten brachte.

Mia zögerte nicht. So schnell sie konnte, warf sie sich herum und jagte durch die herumfliegenden Glassplitter zum Ausgang. Sie hörte Stimmen hinter sich, noch einmal schleuderte sie einen Zauber in die Richtung ihrer Verfolger und brachte Teile der Decke zum Einsturz. Dann rannte sie die Treppen nach oben, umgab sich mit einem Schutzzauber und sprang durch die gläserne Tür der Einkaufspassage in die Nacht.

Kapitel 9

Die Dunkelheit drängte sich mit drückender Schwere um das schwache Licht, das Grim in seiner Klaue entfacht hatte. Lyskian ging dicht hinter ihm, während Remis auf seiner Schulter hockte und sich angestrengt um eine ruhige Atmung bemühte. Grim konnte die Empfindungen des Kobolds nachfühlen. Nicht nur, dass sie sich unaufhaltsam den Mördern der Menschen näherten, deren Stimmen vom Ende des Ganges immer lauter zu ihnen drangen. Noch dazu senkte sich die Decke des Tunnels, der sich mit holprigem Grund tiefer ins Erdinnere hinabwand, mit jedem Schritt stärker dem Boden entgegen und weckte Beklemmungsgefühle in Grim, von denen er bislang selten heimgesucht worden war.

Er bemühte sich, weder Wände noch Decke zu berühren, aber er musste geduckt gehen und konnte nicht verhindern, dass er ein paarmal mit den Schwingen gegen die rauen Wände stieß. Verdammte Enge, verdammte Dunkelheit – er war ein Kind des Feuers, kein Kind der Erde, verflucht noch eins! Dabei hatte er schon zahlreiche unterirdische Korridore durchschritten, angefangen bei den Katakomben von Rom über jene in Paris und zahlreichen anderen Städten bis hin zur Kanalisation Ghrogonias. Aber dieser Tunnel war von Vampiren aus dem Fels geschlagen worden – der Teufel wusste, vor wie vielen Jahrhunderten, und eines war sicher: Menschenblut klebte an diesen Wänden, das älter war als Grim selbst. Nicht einmal Lyskian hatte von diesem Tunnel gewusst, wer konnte sagen, wohin er sie führen würde? Zu den Schattenalben brachte er sie, das war Grim klar, jenen Kreaturen, die er bislang für Legenden gehalten hatte, für Gestalten aus Schauermärchen, die sich die Elfen in ihren Wäldern erzählten und die in zahlreichen Dämonenflüchen ihren festen Platz hatten. Nie hätte er geglaubt, dass es solche Wesen tatsächlich gab – Geschöpfe, deren Atem das Blut Sterblicher zum Erstarren bringen und Anderwesen in einen lähmenden Kälteschlaf versetzen konnte, Kreaturen der Verdammnis, die nur einen Lebenssinn anerkannten: anderen den Tod zu bringen.

Mit düsterer Miene dachte Grim an den Einäugigen, jenen Alb, den er noch vor Kurzem für den einzigen Mörder gehalten hatte. Wieder hörte er sein höhnisches Lachen, sah diesen kalten, berechnenden Ausdruck auf seinen Lippen und fühlte seinen Blick, schwarz und lodernd wie ein verfluchtes Feuer. Er war ein Krieger und ein Jäger, das hatte Grim vom ersten Augenblick an gefühlt. Dieser Alb war nicht grundlos in die Welt der Menschen gekommen. Jemand hatte ihn gerufen – doch warum? Und wer war wahnsinnig genug, ein Wesen wie ihn – einen Verbannten mit dem schwarzen Blut der Schattenalben in den Adern – in die Welt zurückzuholen?

Remis sog auf seiner Schulter die Luft ein, und dann sah Grim ihn auch: einen hellen, roten Kranz aus Lichtstrahlen, der das Ende des Tunnels anzeigte. Lyskian folgte ihnen vollkommen lautlos, als sie sich näher heranschlichen. Hätte Grim nicht die Kälte gespürt, die vom Körper des Vampirs ausströmte, hätte er nicht gewusst, ob dieser überhaupt noch da war. Vorsichtig schob er sich in den Lichtkreis und spähte aus der Öffnung des Tunnels in eine große, von Tropfsteinsäulen durchsetzte Höhle, deren Geröll wenige Schritte von ihm entfernt einen kleinen Hügel bildete. Hinter diesem flackerten die Lichter eines Feuers. Der Fels schimmerte in feuchtem Schwarz, während die Stalaktiten, die nadeldünn von der Decke hingen, rot waren wie erstarrtes Blut. Vereinzelt hörte Grim das Tropfen von Wasser – und Stimmen hinter dem Hügel.

Lautlos trat er mit Remis aus dem Tunnel, dicht gefolgt von Lyskian. Sie schlichen sich ein Stück weit den Hügel hinauf, bis sie zwischen einem zerbrochenen Stalagmiten in die von flackerndem roten Feuer erleuchtete Höhle blicken konnten. Grim hielt den Atem an. In einiger Entfernung standen mindestens hundert Schattenalben – jedem einzelnen fehlte das linke Auge. Sie trugen schwarze Uniformen aus mattem Leder und hatten sich um einen gewaltigen, schneeweißen Tropfstein versammelt, der die Form eines Throns mit spitzen Dornen hatte. Auf dem Platz vor dem Thron stand ein Alb und sprach in einer für Grim fremden Sprache zu den anderen. Angespannt ließ Grim den Blick durch die Reihen gleiten, doch den Mörder fand er nicht. Wo zum Teufel war der Fremde?

Da breitete der Alb in der Mitte der Höhle die Arme aus, zeichnete mit langsamer Bewegung einen Kreis senkrecht in die Luft und murmelte einen Zauber. Die Luft innerhalb des Kreises verwandelte sich in eine Fläche aus Wasser, die sich unter der Berührung durch den Alb nach oben und unten hin ausdehnte, bis sie etwa so groß war wie ein ausgewachsener Mann. Noch einmal hob der Alb die Hände, als forderte er seine Zuhörer auf, es ihm gleichzutun. Dann trat er vor und verschwand durch die Wand aus Wasser. Kaum hatte er das getan, schufen auch seine Zuhörer Portale vor sich und schritten ebenfalls hindurch.

Grim zog die Brauen zusammen. Was zur Hölle ging hier vor? Er warf Lyskian einen Blick zu, doch es gelang ihm nicht, in der Miene des Vampirs zu lesen. Nur ein schwarzes Flackern lag in Lyskians Augen, eine seltene und daher umso erschreckendere Unruhe. Gerade wollte Grim sich zu ihm hinüberbeugen, als Lyskian zwei Finger seiner linken Hand auf Grims Stirn legte. *Sie wirken einen alten Dämonenzauber*, hörte Grim die Stimme des Vampirs in seinem Kopf. *Wenn du wissen willst, wo sie sind, schließe deine Augen.*

Grim zögerte einen Moment. Er wusste, dass es immer ein Risiko war, einem Vampir zu vertrauen. Sie folgten bisweilen Regeln, die für jemanden, der nicht untot war, schwer zu begreifen waren, und ganz gleich, wie zugetan ein Blutsauger ihm sein mochte – letztlich galt für Vampire nur ein Gesetz: ihr eigenes. Grim holte tief Atem. Lyskian war sein Freund. Er warf Remis einen Blick zu, der auf einen Steinhaufen geflogen war und ängstlich zu ihm aufsah. Dann schloss er die Augen. Er fühlte, wie Lyskian seine rechte Hand in seinen Nacken legte und mit der linken dreimal über jedes seiner Augenlider strich. Dann drehte er Grims Kopf in Richtung des weißen Throns.

Die Umrisse der Höhle waren verwischt und unklar, als würde Grim sie durch dicke Glaswände betrachten, doch stattdessen erblickte er dort, wo die Alben verschwunden waren, blau glitzernde Tunnel, die sich plötzlich in der Mitte der Höhle erstreckten und sich an den Enden in grauem Licht verloren. Grim sah die Alben, die sich dunkel wie Scherenschnitte hindurchbewegten, während das Wasser der Wände um sie herum pulsierte. Schließlich verschwanden sie im Licht am Ende der Tunnel, aus dem Stimmen an Grims Ohr drangen – Stimmen angefüllt mit drängender, betörender Dämmerung. Der Schreck ließ Grim den Atem anhalten. Er kannte diese Stimmen, er wusste, woher sie kamen. Die Alben durchwanderten die Zwischenwelt. Doch wohin wollten sie? Angespannt wartete er, bis der Redner als Erster in seinen Tunnel zurückkehrte. Der Alb trug ein Wesen auf seinen Armen – es war eine Frau. Ihr schlanker Körper war in ein schneeweißes Kleid gehüllt, und sie hatte knöchellange weiße Haare. Ihre Hände steckten in Handschuhen, ein undurchsichtiger Schleier aus Nebel verbarg ihr Gesicht. Lautlos trat der Alb aus dem Tunnel.

Grim fühlte, wie Lyskian über seine Lider strich, und öffnete die Augen. Die Tunnel waren verschwunden, stattdessen sah er, wie der Alb die Frau absetzte und sie mit fließenden Bewegungen auf dem weißen Thron Platz nahm. Sie saß regungslos, während die anderen Alben zurückkehrten – auch sie trugen Wesen auf ihren

Armen, die ihre Gesichter mit zarten Tüchern verhüllt hatten, doch Grim konnte sich nicht von der Frau auf dem Thron abwenden. Ihr Kleid umfloss ihren Körper wie ein Geflecht aus Sonnenstrahlen eine Eisskulptur, und ihre gerade, anmutige Haltung wirkte wie das stille Abwarten einer Sphinx oder einer Göttin. Für einen Moment meinte er, einen Schatten hinter dem Schleier vor ihrem Gesicht zu erkennen, doch ebenso hätte es ein Spiel der Flammen sein können, die ihren rötlichen Schein auf das weiße Gewand warfen.

Angespannt wandte Grim sich ab und sah zu, wie die Alben die Geschöpfe in der Höhle absetzten und diese sich um den Thron der Frau versammelten. Das alles geschah schweigend. Grim ließ den Blick über die Reihen der weiß gekleideten Fremden gleiten. Die Alben hatten die Zwischenwelt durchwandert, um diese Wesen in die Welt der Menschen zu bringen – doch wer waren sie?

Als hätte sie seine Frage gehört, erhob sich die Frau auf dem Thron. Für einen Augenblick stand sie regungslos und bewegte den Kopf, als würde sie durch die Reihen derer schauen, die sie und ihre Gefährten durch die Zwischenwelt getragen hatten. Dann streckte sie die linke Hand aus. Sofort sprang einer der Alben vor, verneigte sich und streifte ihr den Handschuh von den Fingern. Grim hielt die Luft an. Noch nie zuvor hatte er solche Hände gesehen. Sie waren weiß wie frisch gefallener Schnee und so zart, dass jedes Blütenblatt neben ihnen ausgesehen hätte wie Schmirgelpapier. Lange, spitze Fingernägel schimmerten im Schein der Flammen wie gehärtetes Eis. Die Frau spreizte die Finger und rief mit heller, klarer Stimme: »Ferengar!« Augenblicklich schossen Eiskristalle aus ihrer Hand. Sie bildeten in rasender Geschwindigkeit ein Geflecht aus funkelnden Eisblumen, das auf die Reihen der Alben zusteuerte. Reglos standen sie da, als sich Raureif über ihre Körper legte und die Eisblumen auf ihre Münder zukrochen. Zitternd ertrugen sie die Prüfung, der sie offensichtlich unterzogen wurden, bis die Frau schweigend die Hand sinken ließ. Sofort zerbarsten die Eisblumen in der Luft, und der Raureif bröckelte von den schwarzledernen Uniformen der Alben.

Die Frau wandte sich halb zu ihren Gefährten um, kaum merklich nickte sie. Und als hätte diese Geste den Befehl dazu gegeben, lösten sich die Schleier um die Gesichter. Schicht um Schicht verschwand der Nebel vor dem Antlitz der Frau. Grim erahnte ein schmales, bleiches Gesicht hinter dem letzten Schleier, ein Gesicht, dessen Haut so dünn war, dass man die blauen Äderchen darunter sehen konnte. Er meinte Lippen zu erkennen, die von glitzerndem Eis überzogen waren, und eine wohlgeformte Nase. Dann zog sich der Nebel zurück – und alles, was Grim sah, waren die Augen der Fremden. Zuerst dachte er, sie wären schwarz, doch dann sah er, dass sie tiefblau waren wie der Nachthimmel im Winter, und kristallene Funken glommen darin wie Juwelen, die man auf ein Tuch aus Dunkelheit geworfen hatte. In diesen Augen, das wusste er, lagen Tod und Verderben für jeden, der sich in ihnen verlor, und kaum hatte er das gedacht, wusste er, wen er vor sich hatte: Denn ein Makel lag in ihren Augen, diesen Augen, die ihn nicht mehr losließen, ein Makel, der nur einem Volk anhaftete, das die Welt der Menschen vor langer Zeit verlassen hatte. In den Augen der Frau spiegelte sich nichts, und Grim wusste: Vor ihm stand eine Fee.

Er zwang sich, seinen Blick von diesen Augen abzuwenden, schaute hinüber zu den Gefährten der Fremden und fand seinen Verdacht bestätigt. Er zählte um die hundert Gestalten – und alle waren Feen. Zwei von ihnen traten nun vor und setzten der Frau mit den schneeweißen Haaren eine Krone aufs Haupt. Die Alben neigten den Kopf, auch die Feen senkten ehrfurchtsvoll den Blick.

Lyskian berührte Grims Schulter und deutete auf den Hals der Fremden. Sie trug ein Amulett mit einer blauen, zu Eis erstarrten Flamme.

Sie ist im Besitz des Zaubers, mit dem die Schattenalben einst verbannt wurden, hörte er die Stimme des Vampirs in seinem Kopf. *Sie ist die Königin der Feen.*

Grim holte Atem, ein seltsamer Zauber griff ihm ans Herz, als er für sich wiederholte, was er gerade erfahren hatte: Das Volk der Feen hatte sich vor langer Zeit aus der Welt der Menschen zurückgezogen. Nun war es zurückgekehrt. Doch aus welchem Grund?

Ein markerschütternder Schrei zerriss Grims Gedanken. Erschrocken sah er zum anderen Ende der Höhle und erkannte einen Menschen, einen jungen, dunkelhaarigen Mann, der barfuß und nur mit einer Hose bekleidet von zwei Alben vorwärts getrieben wurde. Tränen liefen über seine Wangen, und Grim konnte die Panik fühlen, die wie eine Welle aus schwarzen, erstickenden Tüchern durch die Höhle auf ihn zuraste. Auf dem Platz vor dem Thron versetzte einer der Alben dem Mann einen Tritt in den Rücken, worauf dieser auf die Knie fiel. Grim bemerkte die blutigen Striemen, die über seine Brust liefen. Da setzte die Feenkönigin sich in Bewegung, und als Grim ihr Gesicht sah und diesen kalten und zugleich todesgierigen Ausdruck in ihrem Blick, ballte er die Klauen. Er konnte nicht zulassen, dass sie den Jungen tötete, er musste …

In diesem Moment packte ihn etwas Eisiges an der Schulter und riss ihn mit solcher Gewalt zurück, dass ihm der Atem stockte. Er wurde auf den Rücken geschleudert, jemand umfasste seine Kehle und schob sein Gesicht dicht vor Grims Augen.

Lyskian.

Narr, raunte der Vampir in Grims Gedanken. *Du wirst uns alle umbringen, wenn sie dich bemerken. Der Junge ist tot – du kannst nichts mehr für ihn tun.*

Grim griff nach Lyskians Hand. Es gelang ihm, sich umzudrehen, doch der Vampir drückte ihn gegen den Hügel und ließ ihn nicht frei. Atemlos wandte Grim den Blick und sah, wie die Feenkönigin vor den jungen Mann hintrat, sein Kinn mit ihrem bloßen Willen anhob und ihn zum Aufstehen zwang. Zitternd stand der

Mensch vor ihr, Grim sah die Furcht in seinem Blick. Noch einmal wehrte er sich gegen Lyskians Griff. Doch dann geschah etwas, das ihn lähmte, etwas, das ihm auf der Stelle jede Hoffnung nahm. Er sah, wie das Leben die Augen des Jungen verließ, seine Furcht, sein Menschsein, sein ganzes Ich, und stattdessen überflutete Kälte seinen Blick, die mit seltsamer Macht auf Grim überging, als die Feenkönigin ihre rechte Hand um die Kehle des Menschen legte. Für einen Augenblick meinte Grim, den Pulsschlag des Jungen in seiner eigenen Klaue zu fühlen, er riss an Lyskians Arm, aber die Finger des Vampirs gruben sich in seine Schulter und schickten eine Kälte durch seinen Körper, sodass Grim sich kaum noch rühren konnte. Erst wenige Male in seinem Leben hatte er eine solche Kraft gespürt: im Kampf mit mächtigen Dämonen. Da beugte sich die Königin vor und küsste den jungen Mann. Grim sah, wie blaue Eiskristalle über ihre Lippen sprangen. Reglos hing der Mensch in ihren Armen, es war ein fast zärtliches Bild. Doch ihm rann Blut aus dem Mundwinkel, es lief wie ein Strom aus Tränen aus seinen Augen und die Wangen hinab. Grim sah den grauen Schleier des Todes über die nackte Haut seines Oberkörpers ziehen, während das Blut sich in das schneeweiße Gewand der Königin ergoss, die ihn aussaugte wie eine Spinne ihr Opfer. Grim schloss die Augen. Für einen Moment meinte er, den Herzschlag des Menschen in der Höhle widerhallen zu fühlen.

Dann war es still.

Grim hatte aufgehört zu atmen, und nun, da er die Luft in seine Lunge sog, musste er die Zähne zusammenpressen, um nicht zu schreien. Er spürte die Wut, die unter seinen Lidern loderte, und als er die Augen aufriss und die Königin der Feen ansah, meinte er für einen Augenblick, dass sie das Feuer auf ihrer Haut spüren musste. Doch sie stand einfach da, stand da mit dem toten Menschen in ihren Armen, löste langsam ihre Lippen von den seinen und ließ ihn zu Boden sinken.

Sie wischte sich den Mund mit dem Ärmel ihres Kleides ab, und Grim erschauderte. Wie hatte er glauben können, Schönheit in diesem Wesen zu sehen – die Königin war nicht mehr als ein triebhaftes Tier. Da hob sie den Kopf, als hätte sie seine Gedanken gehört, schaute in seine Richtung, nein, mehr als das: Sie schaute ihn direkt an. Ein Lächeln glitt über ihre Lippen, grausam und kalt, ein Lächeln, das nur für ihn bestimmt war und ihm eines ganz deutlich sagte: *Und das ist erst der Anfang.*

Dann hob sie die Hand, deutete in Grims Richtung und rief mit einer Stimme, die klang wie das Brechen einer meterdicken Eisschicht: »Fremde haben uns belauscht! Ergreift sie!«

Lyskian riss Grim auf die Beine, Remis klammerte sich an seinen Ärmel, und kaum, dass sie gemeinsam den Gang hinaufeilten, spürte Grim hinter sich bereits die Kraft der Zauber, die ihnen folgten. Etwas traf ihn an der Schulter und ließ ihn aufschreien, doch kurz darauf hatten sie das Ende des Tunnels erreicht. Atemlos stürzten sie in den Saal der toten Menschen, ehe Lyskian sich mit ausgebreiteten Armen vor dem Spalt in der Wand aufbaute. Seine Lippen zitterten, als er den Zauber sprach, der den Riss schloss. Grim hörte die Alben auf der anderen Seite, sammelte seine Magie und legte sieben Bannzauber auf den gerade geschlossenen Spalt.

»Verflucht!«, keuchte er, als sie Kronk und den anderen Schattenflüglern entgegenstolperten. »Was hat das zu bedeuten? Warum sind die Feen in die Welt zurückgekehrt? Die Schattenalben haben sie durch die Zwischenwelt getragen, doch wer hat die Alben in die Welt der Menschen gerufen? Die Feenkönigin kann es nicht gewesen sein, sie hat die Feenwelt erst jetzt verlassen. Offenbar haben die Alben einen Verbündeten in dieser Welt. Doch wen? Und, zur Hölle noch eins …« Er packte Lyskian an der Kehle. »Wie kommt es, dass du die Magie der Dämonen beherrschst?«

Der Vampir stieß ihn zurück. »Weiß der Teufel, wovon du sprichst«, erwiderte er und maß Grim für einen Augenblick mit schwarz verhangenem Blick, ehe er das Restaurant verließ und die Straße hinabeilte. Grim folgte ihm und schüttelte den Kopf.

»Genug davon, Lyskian. Es reicht, dass du mich davon abgehalten hast, diesem Jungen das Leben zu retten. Du ...«

Der Vampir verzog das Gesicht zu einem Lächeln. »Ich hielt dich davon ab, deinem eigenen Tod zu begegnen«, erwiderte er, aber Grim ging nicht darauf ein.

»Du hast mich dort unten nicht mit vampirischer Kraft bezwungen – es war die Macht der Dämonen, mit der du mich gebannt hast. Wie kommt es, dass du diese Magie beherrschst?«

Lyskian sah ihn mit dunklen, undurchdringlichen Augen an. »Vielleicht wirst du es eines Tages erfahren.«

Gerade wollte Grim etwas erwidern, als sein Pieper ihn zusammenfahren ließ. Ungeduldig las er die Nachricht und spürte, wie ihm das Blut aus dem Kopf wich. »Ich muss gehen«, grollte er. Lyskian öffnete den Mund, um etwas zu sagen, doch Grim hob abwehrend die Klaue und stürzte sich ohne Abschiedswort in die Nacht.

Remis gelang es nur mit Mühe, ihn einzuholen. »Verdammt, Grim, was ist los? Kannst du nicht ...«

Doch Grim achtete nicht auf ihn. »Mia«, flüsterte er. »Die Alben haben sie gefunden.«

Kapitel 10

Schwankend blieb Mia stehen und stützte sich an einer Hausecke ab. Ihr Atem ging stoßweise, und ihr Herz schlug so schnell in ihrer Brust, dass sie meinte, sein Echo müsste von den umliegenden Häusern widerhallen. Gerade hatte Grim ihr eine Nachricht geschickt und sie aufgefordert, zu seinem Turm zu gehen und dort zu bleiben, bis er bei ihr war. Dort würde sie in Sicherheit sein, doch obwohl der Turm Saint Jacques nicht weit entfernt lag, kostete es sie enorme Anstrengung, ihren Weg fortzusetzen. Ihre Magie war fast vollständig verbraucht, und die Kälte, die Alvarhas in ihren Körper geschickt hatte, raubte ihr die Kraft. Das Pflaster der Straße drehte sich vor ihrem Blick, die fallenden Schneeflocken verstärkten ihren Schwindel, und ihr Brustkorb schmerzte, als wäre sie mit einem Schwert verwundet worden, obgleich sie keine äußeren Verletzungen hatte. Wieder hörte sie Alvarhas' Stimme, leise und betörend wie der Ruf eines Nachtvogels, und sie klang so real, dass Mia erschrocken zusammenfuhr. Vermutlich hatten ihre Verfolger den Louvre inzwischen ebenfalls verlassen. Sie würden sie finden – schon bald, wenn sie sich nicht beeilte, und dann würden sie beenden, was sie beim ersten Mal nicht geschafft hatten.

Gerade wollte sie ihren Weg fortsetzen, als sie in einiger Entfernung eine Gestalt die Straße überqueren und in einer Seitengasse verschwinden sah. Für einen Moment setzte ihr Herzschlag aus. Sie starrte an die Stelle, an der die Person verschwunden war, dann stieß sie sich von der Hauswand ab und folgte ihr. Sie spürte kaum die Schneeflocken, die auf ihr Gesicht fielen und an ihren Wimpern hängen blieben, fühlte auch den Schmerz in ihrer Brust nicht mehr und achtete nicht auf den Schwindel, der mit hartnäckiger Boshaftigkeit die Straße zum Schwanken brachte. Taumelnd erreichte sie die Stelle, an der die Person verschwunden war, schaute die Straße hinab – und sah einen jungen Mann mit blonden, zerzausten Haaren, der sich in raschen Schritten von ihr entfernte. Mia fuhr sich über die Augen. *Das ist ein Traum*, dachte sie, doch sie wusste, dass sie wach war.

Vor ihr auf der Straße lief Jakob.

Sie wollte ihm hinterherrufen, doch er ging schnell, und der Verkehr donnerte lautstark an ihnen vorüber. Eilig lief sie ihm nach, sie vergaß jede Schwäche und jeden Schmerz. Sie dachte und fühlte nichts mehr bis auf eines: Jakob war wieder da.

Rasch folgte sie ihm, beständig von der Angst getrieben, dass er wieder verschwinden könnte. Die Schmerzen in ihrem Brustkorb machten ihr das Atmen schwer, und der Schwindel legte sich mit solcher Hartnäckigkeit in ihren Nacken, dass sie nicht sagen konnte, wie lange sie Jakob gefolgt war, bis er vor seiner alten Wohnung stehen blieb. Mia selbst hatte sie ausgeräumt, damals, als er verschwunden war, doch sie befand sich noch immer im Besitz ihrer Familie. Ihr Vater hatte sie zu seinen Lebzeiten gekauft, und eine Weile hatte Mias Mutter darüber nachgedacht, nach Jakobs Verschwinden alles so zu lassen, wie er es zum letzten Mal gesehen hatte. Doch Mia hatte den Gedanken an ein Museum für Jakob nicht ertragen können. Sie wollte ihren Bruder zurückhaben – nicht seine Sachen, um sie anzustarren und ihn noch mehr zu vermissen, als sie es ohnehin schon tat. Jakobs Wohnung war ohne ihren Bruder nicht mehr als ein Raum mit allerhand Kram gewesen.

Doch jetzt war er zurück. Sie sah, wie er im Eingangsbereich des Hauses verschwand. Schnell eilte sie ihm nach – und fand die

Tür verschlossen. Sie zog die Brauen zusammen, als sie die schneebedeckte Türklinke sah. Wie hatte Jakob sie geöffnet, ohne sie zu berühren? Mia konnte keinen Anflug von Magie fühlen. Schnell sprach sie einen Zauber und drückte die Tür auf.

Das Treppenhaus war dunkel, als Mia bis ins Dachgeschoss hinaufstieg. Ihr Herz schmerzte vor Anstrengung, sie spürte, wie ihre Wangen anfingen zu glühen. Hätte sie es nicht besser gewusst, hätte sie geglaubt, Fieber zu haben. Ihre Hand glitt über das kühle Holz des Geländers – erschrocken zog Mia sie zurück. Das Geländer war eiskalt. Sie wischte sich über die Stirn, Schweißperlen blieben an ihren Fingern haften. Sie *hatte* Fieber. Schon spürte sie, wie ihre Beine schwer wurden, die Dunkelheit des Treppenhauses flog in schmutzigen Schlieren an ihren Augenwinkeln vorüber. Atemlos zog sie sich am Geländer weiter nach oben, bis sie vor der grünen Tür zu Jakobs Wohnung stand. Einen Moment hielt sie inne. Was, wenn sie sich doch geirrt hatte? Sie fieberte – was, wenn alles eine Illusion gewesen war? Aber sie hatte das Grab gesehen – es war leer gewesen. Und wenn es einen anderen Grund dafür gab? Ehe der Gedanke sie lähmen konnte, trat sie zweimal gegen die Tür, um sie zu öffnen.

Mit stockendem Atem betrat sie den kleinen Flur und roch ihn sofort: den Duft von alten Büchern und Petroleum, der immer Jakob für sie gewesen war und der diese Wohnung niemals verlassen hatte. Sie schaute auf den Boden, der mit Staub bedeckt war. Keine Fußspuren liefen darüber hin. Mia spürte die Enttäuschung durch die Hitze ihres Fiebers dringen, als sie sich ins Innere der Wohnung schob. Sie lehnte sich an den Türrahmen und betrachtete das leere Zimmer. Die Tapeten waren an mehreren Stellen abgerissen und von Kleberesten übersät. Früher hatten unzählige Bilder an diesen Wänden gehangen. Mia holte Atem, etwas in ihrer Brust schmerzte, und sie schloss die Augen. Rote Lichter tanzten hinter ihren Lidern wie Sonnenstrahlen oder Flammen. Sie war krank, der Angriff von

Alvarhas hatte sie krank gemacht. Sie war einer Wahnvorstellung nachgelaufen.

Da hörte sie ein Geräusch. Kaum mehr als ein Flüstern war es, eine Ahnung, die sie die Augen öffnen und weiter ins Zimmer treten ließ. Unterhalb des Fensters stand, halb zerbrochen und blind, ein alter Spiegel. Mia erinnerte sich an ihn, er hatte lange Zeit in Jakobs Badezimmer gehangen und war beim Zusammenräumen seiner Sachen beschädigt worden. Das Fieber kroch mit glühenden Wüstenklauen durch Mias Schläfen, als sie sich vor ihn auf den Boden hockte.

Mia, flüsterte eine Stimme, die auf einmal jeden Winkel des Zimmers durchdrang wie ein plötzlich aufkommender Wind. *Ich bin es. Das ist kein Traum.*

Mia hielt den Atem an. Es war Jakobs Stimme, die da zu ihr sprach – und sie schien aus dem Spiegel zu kommen. Hinter dem nebelhaften Glas stand eine Gestalt, sie konnte die schmalen Konturen erkennen, das blonde Haar und die tiefen, dunklen Augen. Mit zitternder Hand berührte sie den Spiegel. Das Glas schimmerte auf, es wurde klar – und vor ihr, auf der anderen Seite des Spiegels, stand Jakob.

»Was geschieht hier?«, flüsterte Mia fassungslos.

Jakob lächelte ein wenig. *Es ist ein Zauber*, erwiderte er. *Dein Zustand hat es mir ermöglicht, dich auf der Schwelle zur Dämmerwelt zu erreichen – einer der Welten, die nahe an jener Welt liegt, in der ich mich befinde. Ich weiß, dass du geglaubt hast, dass ich zurückgekehrt bin in die Welt der Menschen – doch gänzlich ist es mir nicht gelungen. Mein Körper und Teile meines Geistes haben mein Grab verlassen, aber mein Ich, mein ganzes Selbst ist hier gefangen. Du siehst mich in einem Spiegel, denn Spiegel sind Augen in dieser Welt.*

Mia hörte ihm zu, sie wollte etwas erwidern, doch ihre Zunge lag reglos und glühend in ihrem Mund. Sie fühlte die Fieberschübe, die ihren Körper durchpulsten. Lodernde Feuer strichen über ihre

Haut, dicht gefolgt von Winden aus Eis. Jakob schaute sie an, sie sah die Erschöpfung und die Sorge in seinem Blick.

Ich habe dich gesehen, sagte sie in Gedanken. *In einem Wunschglas. Dort hast du mich vor etwas warnen wollen, und am Ende wurdest du ...* Sie stockte. *Jakob,* flüsterte sie dann. *Bist du in Gefahr?*

Jakob holte Atem, es war, als müsste er die Worte mit Gewalt auf seine Lippen bringen. *Ja,* erwiderte er leise. *Das bin ich.* Erschrocken fuhr er zusammen, als hätte er ein Geräusch gehört, das für Mia nicht wahrnehmbar war. *Erinnerst du dich an unsere letzte Begegnung?,* fragte er angespannt. *Jene in der Zwischenwelt? Du fragtest mich, ob ...*

... ob du zurückkehren kannst, erwiderte Mia. Für einen Moment stand sie wieder am Rand des Abgrunds, an dem sie sich von ihrem Bruder verabschiedet hatte – jenem Abgrund, der sie voneinander trennte.

Jakob nickte kaum merklich. *Ich bin einen weiten, einen sehr weiten Weg gegangen,* sagte er, und sie konnte hören, dass er um Fassung rang. *Ich schaffe es nicht allein – doch wenn du mir hilfst, kann ich zurückkehren in deine Welt.*

Mia sah ihren Bruder an, und kurz meinte sie, einen Schatten in seinem Blick zu bemerken, etwas Fremdes, das sie noch nie zuvor darin gesehen hatte. Doch dann spürte sie, wie ihr Tränen in die Augen traten, sie liefen über ihre fiebrigen Wangen wie Regentropfen über heiße Steine. Hatte sie erwartet, dass er unverändert zu ihr zurückkehren würde? Wer konnte wissen, welchen Schrecknissen er begegnet war, welche Albträume er erlebt hatte auf seinem Weg? Er sah ausgezehrt und erschöpft aus, seine Wangen waren eingefallen und seine Lippen rissig und aufgesprungen, aber ein Lächeln blühte auf seinem Gesicht, dieses Lächeln, das sie immer am meisten an ihm geliebt hatte, und jetzt, da er die Hand nach ihr ausstreckte, wollte sie nur noch eines: den verfluchten Spiegel zerbrechen und ihren Bruder in die Arme schließen, den sie vor scheinbar endlos langer Zeit verloren hatte und der ihr fehlte, so sehr, dass es wehtat.

Da fuhr Jakob zusammen, als hätte ihn ein heftiger Schlag getroffen. Gehetzt sah er sie an. *Schnell, Mia! Du musst mich befreien, ehe sie mich finden! Wiederhole die Worte, die ich spreche, wiederhole sie klar und deutlich!*

Dunkel rollte der Zauber über Jakobs Lippen, und Mia wiederholte Zeile um Zeile. Sie verstand die Sprache des Zaubers nicht, aber sie fühlte den Luftstrom, der nach wenigen Worten aus dem Spiegel zu ihr drang und sich rasch in einen heftigen Sturm verwandelte. Ihre Haare flatterten im Wind, und sie sah Jakob, der sich gegen den Sturm stemmte. Langsam streckte er die Hand aus, als würde er gegen sich selbst ankämpfen mit dieser Geste, und legte sie von innen gegen den Spiegel. Mia tat es ihm gleich, bis ihre Hände nur noch durch das Glas voneinander getrennt waren.

Mit stockendem Atem wiederholte Mia die letzten Worte des Zaubers, als ein stechender Schmerz ihre Hand durchfuhr. Erschrocken zog sie sie zurück und schaute auf ein Rinnsal aus Blut, das ihren Arm hinunterlief. Ein Blutstropfen glitt am Spiegel hinab. Mia sah Jakob an, der regungslos dastand und auf das Blut schaute. Nun, da er den Blick hob, verzog er seinen Mund zu einem Lächeln – und dieses Lächeln war so kalt und grausam, dass Mia zurückwich. Nebel drang von allen Seiten auf Jakob zu und verschluckte ihn, ein Nebel, der aus dem Spiegel heraustrat wie eine Gestalt aus Zwielicht. Mia fühlte, wie etwas Eiskaltes über die Wunde an ihrer Hand leckte, sie schrie, doch ihr Schrei drang nicht mehr über ihre Lippen. Der Nebel umhüllte sie, und aus seinen Schatten schob sich eine Gestalt, eine Frau ganz in Weiß gekleidet mit langen Haaren und grausamen Augen aus Dunkelheit. Für einen Moment glaubte Mia, ihr Gesicht schon einmal gesehen zu haben, doch ihre Gedanken waren wie gelähmt, und sie erinnerte sich nicht. Hilflos starrte sie die Fremde an, die mit regloser Miene zu ihr herüberschaute. Auf ihrem Kopf saß eine Krone, und ihre Haut war so durchscheinend, wie Mia es bisher nur bei Theryon, dem Feenkrieger, gesehen hatte.

Vor ihr stand eine Fee, das wusste sie plötzlich, und diese schaute mit spöttischem Lächeln auf sie herab. Die Fee streckte die Hand nach ihr aus, und obwohl sie Mia nicht berührte, strömte lähmende Kälte über Mias Körper und zog sie in die Höhe. Sie starrte der Fee in die Augen, in denen schwarze Nachttücher wie in einem Sturmwind flatterten, sie hörte ein Flüstern, es kroch über die eisblauen Lippen der Fremden. Mia fühlte das Wort, das durch die kristallene Luft aus dem Mund der Fee drang, über graue Nebelbahnen auf ihre eigenen Lippen zuflog und sich schwer und kühl auf ihre Zunge legte. Mit einem leichten Nicken zwang die Fee sie, das Wort wieder zu entlassen. Heiser brachte Mia es über die Lippen und fühlte sofort, wie das Fieber seine ganze Kraft entfaltete. Wie ein Strom aus Feuer schoss es in ihren Kopf. Sie spürte, wie ihre Beine einknickten und sie mit dem Kopf auf den Boden schlug.

Wellen aus Flammen rasten durch ihre Adern, ihre Wangen brannten vor Hitze, während sie die Augen kaum offen halten konnte. Wieder schickte die Fremde Worte in Mias Mund und zwang sie, diese auszusprechen. Bald schon würde Mia die letzten Worte des Todeszaubers über die Lippen bringen, dann würde sie sterben, das fühlte sie. Mit letzter Kraft schloss sie die Augen und errichtete eine Mauer in ihrem Inneren, einen Schutzwall, den die Fremde nicht durchdringen konnte. Schon spürte sie den Zorn der Fee, die mit stärkeren Zaubern versuchte, Mias Zunge erneut unter Kontrolle zu bringen.

Mia fühlte, wie ihr Schutzzauber ihre letzte Kraft verzehrte. Sie war schon einmal an den Rand des Todes gekommen, sie würde erneut dorthin reisen – und darüber hinaus, wenn das nötig war, um nicht als wertloses Insekt zu sterben. Sie spürte, wie sich etwas in ihr zusammenzog, ein Schmerz in ihrer Brust, und sie sah die Mauer brechen. Schon schmeckte sie das letzte Wort auf der Zunge.

Grim, dachte sie, *ich habe nicht aufgegeben. Ich habe gekämpft bis zum Schluss.*

Sie spürte, wie ihr Mund sich öffnete, sie wollte schreien, wenigstens das. Doch statt ihrer eigenen Stimme hörte sie ein Brüllen von solcher Tiefe, dass es klang, als würden Gebirge auseinanderbrechen. Der Nebel um sie herum zerriss, sie öffnete die Augen. Sie lag auf dem Boden von Jakobs Wohnung, die weiß gekleidete Fee war verschwunden. Blind starrte der Spiegel in den Raum.

Da wurde Mia aufgehoben, sie fühlte die warme, steinerne Brust an ihrer Wange und hörte den Herzschlag, den sie mehr liebte als alles andere auf der Welt. Grim. Sie spürte, wie er das Fenster aufstieß, seine Schwingen ausbreitete und sich mit ihr in die Nacht erhob. Für einen Augenblick ließ sie den kühlen Wind des Schnees über ihr Gesicht gleiten. Dann kam die Stille und riss sie mit sich.

Kapitel 11

Grim raste über Ghrogonias Dächer, als wäre der Teufel hinter ihm her. Mia lag leicht wie eine Puppe in seinen Armen, er fühlte das Fieber, das unbarmherzig über ihre Haut pulste, und konnte den Blick in ihr bleiches, ohnmächtiges Gesicht kaum ertragen. Ein stechender Schmerz durchzog seine Schläfen, als er daran dachte, wie der Fremde seine Gedanken gelesen hatte. *Wir sehen uns wieder,* peitschte dessen Stimme durch seinen Kopf. *Nun weiß ich, wo ich dich finden werde.* Mit eisigen Güssen wurde Grim klar, was der Fremde mit diesen Worten gemeint hatte. Dieser verfluchte Schattenalb hatte Mia in Grims Gedanken gefunden, er hatte ihr aufgelauert, um sie zu töten – aus Rache, da Grim ihn gestellt hatte.

Remis klammerte sich an Mias Arm und ließ sie nicht aus den Augen. Der Kobold hatte sie lieb gewonnen, das wusste Grim genau, und wenn eines sicher war in dieser Welt, dann die unzerbrechliche Treue eines Kobolds, wenn er sein Herz einmal verschenkt hatte. Mit dieser Tat hatte der Fremde sich zwei Todfeinde geschaffen, so viel stand fest. Sie würden ihn finden – und wenn Grim mit ihm fertig war, würde der Kerl übler zugerichtet sein als jede Leiche der Menschen in dem verfluchten Keller der Vampire.

Unruhig bewegte Mia den Kopf und murmelte verschlungene Worte – jene Worte, die wie in Trance über ihre Lippen gekommen waren, als Grim sie im Nebel gefunden hatte. Es waren Feenworte, die Mia sprach, und auch wenn Grim ihre Bedeutung nicht verstand, wusste er doch, dass sie Mia an den Rand des Todes getrieben hatten. Für einen Moment spürte er wieder die tödlichen Zungen des Nebels auf seiner steinernen Haut, ebenso wie den glühenden Blick aus den Schatten, ohne zu wissen, wer ihn beobachtete. Entschlossen schob er diese Gedanken beiseite. Er hatte keine Ahnung, warum Mia in Jakobs Wohnung gegangen oder woher der Nebel gekommen war. Nur eines wusste er ohne jeden Zweifel: Sie würde sterben, wenn ihr niemand half – und es gab nur ein Wesen, das sie retten konnte.

Vor ihnen streckte der Wald der Cylaster seine Wipfel dem steinernen Himmel der Höhle entgegen, rot leuchtende Bäume, die aussahen wie Fackeln. Schon erblickte Grim das sandsteinfarbene Gebäude, das mit seinen Säulen, Atrien und Bogengängen an eine Villa aus dem antiken Rom erinnerte. Hier hatte Theryon, der Feenkrieger, sich nach dem Kampf gegen Seraphin niedergelassen, um sich um jene Wesen zu kümmern, die Grim und Mourier in den Verliesen Thorons gefunden hatten – halb verhungerte Menschen, die vom einstigen König der Gargoyles aufgrund ihrer Träume wie Tiere eingepfercht worden waren. Die meisten von ihnen, so hatte Theryon herausgefunden, waren in ihrem ganzen Leben noch nicht in der Oberwelt gewesen. Sie waren in dem modrigen Keller Thorons geboren worden, und die Anderwelt war alles, was sie kannten. Aus diesem Grund hatte der Senat beschlossen, die Thoronmenschen, wie sie seither unter vorgehaltener Hand genannt wurden, von Theryon auf ein Leben an der Oberfläche vorbereiten zu lassen. Das war ein überaus langwieriger Prozess, denn die Menschen besaßen nicht einmal eine richtige Sprache. Doch wenn jemand ihnen helfen konnte, dann war es Theryon – der einzige Feenkrieger, den es in dieser Welt noch gab und der sein Leben dem Wohl der Menschen gewidmet hatte.

Grim raste dicht über die Wipfel des Waldes dahin, ehe er mitten im knietiefen Wasserbecken des größten Peristyls der Wohnanlage landete. Ringsum wurde der Hof von hellen Säulen umgeben, weißer Kies knirschte unter Grims Füßen, als er auf das Portal zutrat, das ins Innere des Hauses führte. Er sah Menschen aus dem liebevoll angelegten Garten in den Gang huschen, hörte ihre nackten Füße auf dem steinernen Grund – wie er selbst hatten sich die wenigsten von ihnen daran gewöhnt, Schuhe zu tragen – und fühlte im nächsten Moment eine mächtige Welle von Magie aus einem der Zimmer strömen, die vom Portikus abzweigten. Entschlossen stieß er die Tür auf. Drei Menschen duckten sich erschrocken, ein vierter ließ den gläsernen Behälter fallen, den er gerade in den Händen gehalten hatte, und vergoss eine grellrote Flüssigkeit auf dem Boden. Neben ihm, einen wirbelnden Zauber zwischen den Fingern drehend, stand Theryon. Er trug eine schwarze, von silbernen Fäden durchwirkte Brokatuniform, und seine Augen zeigten wie stets die karge Ebene mit dem roten Mond darüber, als er Grim ansah.

Für einen Moment schien die Zeit stillzustehen. Grim fühlte Mias Herzschlag, schwach und zitternd, und spürte den reglosen Blick des Feenkriegers wie einen kühlen Windhauch auf seinem Gesicht. Dann stürzte Theryon vor. Er schlug seinen Zauber gegen die Wand, gab den Menschen einen gemurmelten Befehl und zog Grim mit sich. Dicht gefolgt von einem jungen Mann mit lockigem schwarzen Haar und außergewöhnlich hellen Augen, den Grim unter dem Namen Milo kennengelernt hatte, eilten sie durch einen dunklen Flur und gelangten in ein kleines, mit hellen Vorhängen versehenes Zimmer. Mehrere Lampen hingen an der Decke und tauchten den Raum in goldenes Licht. Ein Bett stand neben mehreren Regalen an einer Wand. Theryon deutete darauf.

»Was ist geschehen?« Seine Stimme klang warm und sanft wie immer, doch Grim hörte deutlich die Unruhe darin.

Er drängte sich an Milo vorbei, der regungslos neben der Tür stehen blieb, und durchschritt eilig das Zimmer. Kaum hatte er Mia auf das Bett gelegt, flüsterte sie Feenworte, als riefe sie nach jemandem. Erschrocken wich Theryon zurück. Grim sah den Schatten, der unter der durchscheinenden Haut des Feenkriegers entlangkroch und sich in den Winkeln seiner Augen sammelte. Mit angespannter Miene trat Theryon näher und beugte sich über Mia. Er hielt seine Hände dicht über ihren Körper und murmelte leise einen Zauber. Farben strömten aus seinen Fingern und glitten in tastenden Bewegungen über Mia hinweg. In knappen Worten berichtete Grim von den Ereignissen der letzten Nacht, von dem blutigen Ritual der Alben, von den Feen, die in die Welt zurückgekehrt waren, von dem Angriff der Alben auf Mia – und davon, wie Grim sie gefunden hatte.

»Ich riet ihr, zu meinem Turm zu gehen, um sich in Sicherheit zu bringen, doch das tat sie nicht. Ich fand sie in Jakobs alter Wohnung, sie war bewusstlos und murmelte wie jetzt Feenworte vor sich hin. Um sie herum war dieser Nebel, er war eiskalt und …«

Er brach ab, denn in diesem Moment hob Theryon den Kopf, blitzschnell wie eine Schlange kurz vor dem Biss. Reglos stand der Feenkrieger da, als hätten die Worte ihn wie eine Gewehrsalve getroffen und würden sich nun mit tödlichem Zauber in seinen Körper fressen.

»Was ist mit ihr passiert?«, fragte Grim, als er Theryons starren Blick nicht mehr aushielt. »Was haben die Alben mit ihr gemacht?«

Theryon schüttelte den Kopf, und in dieser Geste lag eine Kälte, die Grim noch nie an seinem Freund bemerkt hatte. »Es waren nicht die Alben«, sagte der Feenkrieger leise. »Sie waren nur die Boten. Du weißt, wer hinter ihnen steht. Du hast sie gesehen – und ihre Königin.«

Grim sah zu, wie Theryon zu einem Regal eilte und drei gläserne Behälter herausnahm. Mit einer Handbewegung rief er Milo zu sich, der wortlos einen Beutel aus dem Regal nahm und lavendelfarbenen Sand auf die ausgestreckte Hand des Feenkriegers streute. Mit einem Flüstern verwandelte Theryon diesen in blauen Dunst.

Langsam kroch der Nebel in einen der Behälter, während Theryon zusammen mit Milo die anderen Gläser mit farbigem Sand füllte und diesen ebenfalls verwandelte. Grim wusste, dass er Theryon bei dieser Arbeit nicht unterbrechen durfte, aber er begriff nicht, was der Feenkrieger mit seinen Worten andeuten wollte, und die Unruhe zerriss ihn fast. Mia atmete schnell, sie warf den Kopf hin und her, als würde sie einen schrecklichen Albtraum durchleben. Angespannt griff Grim nach ihrer Hand, während Remis ihr unbeholfen die Haare aus dem Gesicht strich.

»Jemand muss die Alben gerufen haben«, sagte Theryon endlich, als er die Nebel in einen rötlichen Glasbehälter gab, und warf Grim einen Blick zu. »Jemand in dieser Welt. Hast du keine Idee, wer das getan haben könnte?« Er wartete Grims Antwort nicht ab und fuhr fort: »In *wessen* Wohnung hast du Mia gefunden?«

Remis sog scharf die Luft ein. »Das ist unmöglich«, flüsterte der Kobold, doch Theryon schüttelte den Kopf.

»Jakob hat seinen Geist in die Feenwelt verbannt, um eines Tages in die Welt der Menschen zurückkehren zu können«, sagte er und fuhr mit einer gläsernen Pipette in den Behälter. Blau glitzernder Nebel blieb an dem Röhrchen haften. Vorsichtig strich Theryon ihn über Mias Stirn. Für einen Moment krampfte Mia sich zusammen. Sie holte tief Luft, als hätte sie sich erschreckt – dann sank sie zusammen und lag still. Grim ließ ihre Hand nicht los. Er hörte ihre tiefen Atemzüge und wusste, dass sie schlief, aber das Fieber griff noch immer nach ihrem Verstand, und ihr Blut kochte in ihren Adern, dass Grims Finger heiß wurden auf ihrer Haut.

»Ihr kennt die Geschichten um mein Volk«, fuhr Theryon fort, während er mit der Pipette über Mias Wangen strich, langsam und vorsichtig, um den Nebel gleichmäßig zu verteilen. »Es zog sich aus dieser Welt zurück und hat keine Möglichkeit mehr zurückzukehren, da es seine Welt vor langer Zeit mit einer undurchdringlichen Grenze umgeben hat.«

Grim nickte. Wenn er auch nicht viel über die Geschichte der Feen wusste, so war diese Information der Anderwelt doch allgemein bekannt.

»Wenn eine Fee dennoch in diese Welt kommt, muss sie einen anderen Weg gefunden haben«, fuhr Theryon fort. »Und eine Möglichkeit, die Grenze zu umgehen, ist eine Reise durch die Zwischenwelt. Besagte Fee hat Jakob in der Feenwelt in ihre Gewalt gebracht und ihn durch ihre Kraft zurück in die Welt der Menschen geschickt. Dort zwang sie ihn, die Alben zu rufen, die sich hier mit blutigen Morden stärkten, um nun einige Feen in die Welt der Menschen zu holen.«

Theryon ließ die Pipette sinken. »Es dauert eine Weile, bis diese Stufe des Zaubers sich vollendet hat«, sagte er und reichte die Pipette an Milo weiter, der dicht hinter ihm stand und sie eilig mit einem geflüsterten Zauberwort reinigte, ehe er sich einige Schritte zurückzog.

Grim beugte sich vor und betrachtete den Nebel, der von Mias Gesicht aus über ihren ganzen Körper glitt, bis er diesen vollständig bedeckte. Sie lag da wie unter einer Schicht aus Eis. Langsam, kaum merklich wurde der Nebel an mehreren Stellen durchscheinend.

Remis kratzte sich am Kopf. »Soweit ich weiß, haben die Feen ihre Welt nicht grundlos verschlossen«, warf er ein. »Ich habe Geschichten gelesen, in denen Feen kurz vor ihrem Entschluss, ins Exil zu gehen, am helllichten Tag verbrannten, da die Menschenwelt für sie zu einem feindlichen Ort geworden war. Warum sollten die Feen zurückkehren, wenn sie nach kurzer Zeit sterben müssen, weil die Welt der Menschen sie umbringt?«

Theryon nickte düster. »Es ist wahr: Die Welt der Menschen ist meinem Volk fremd geworden und mehr als das: Sie ist für meinesgleichen inzwischen gefährlich. Das hat seine Gründe. Euch wird aufgefallen sein, dass es keine jungen Feen gibt, auch wenn sie vielleicht bisweilen so aussehen. Feen sind immer alt, selbst wenn sie gerade erst geboren wurden. Sie sind die Erkenntnis. Sie sind die Grausamkeit und die Weisheit – vielleicht ähnlich wie die Drachen. Wir sind der reine Geist. Wie ein gefräßiges Tier wohnt er in uns, ein grausames, eiskaltes Ungeheuer, das alles und jeden in ewiger Gier verschlingt. In seinem Licht aus Schatten wird alles kalt und tot. Aus diesem Grund spiegeln unsere Augen nichts – sie zeigen eine Maske, da kein anderes Wesen die Finsternis ertragen würde, die dahinter liegt. Jedes Geschöpf dieser Welt würde sich in unserer Dunkelheit verlieren und dem Wahnsinn verfallen. Nur andere Alben sind gegen diesen Feenblick immun, denn man kann nicht den Verstand verlieren im Angesicht von etwas, das man selbst in sich trägt. Dennoch fürchten manche Feen sich selbst vor der Nacht in ihrem Inneren. Auch aus diesem Grund halten wir uns in unserer Finsternis an jenen Erlebnissen fest, die uns einst berührten: um auf dem Seil, das uns über dem Abgrund des Geistes hält, nicht abzustürzen. Doch ob wir uns nun vor der eigenen Finsternis fürchten oder sie verehren: Keiner Fee ist es möglich, ihr ohne Linderung ins Angesicht zu schauen. Für Außenstehende ist nur schwer zu ermessen, wie kalt ein Leben in der Atmosphäre des reinen Geistes ist. Doch es gibt einen Zauber in der Welt, der alles umfließt. Manche Anderwesen nennen ihn *Das Erste Licht,* und wie ihr wisst, gehören wir Feen neben den Elfen zum Volk der Lichtalben. Während die Elfen bis in ihr tiefstes Inneres mit der wachsenden und sterbenden Natur verbunden sind, ist unser Lebenselixier dieser Zauber. Er ist das Gegengewicht zur Kälte unseres Geistes, doch im Unterschied zu den meisten anderen Geschöpfen tragen wir ihn nicht in uns, da unsere Dunkelheit ihn nicht dauerhaft neben sich dulden würde. Aber er durchfließt uns wie unser eigenes Blut, auch wenn er mehr ist als das – viel mehr. Wenn er uns genommen wird, müssen wir sterben. Er ist die reinste Form der Magie.«

Grim zog die Brauen zusammen. »Ich habe von diesem Zauber gehört, aber ich hielt ihn immer für eine Art … nun ja, Legende.«

Theryon lächelte ein wenig. »Das ist verständlich, denn kein Anderwesen und auch kein Mensch ist fähig, diesen Zauber zu sehen – außer uns Feen.« Nachdenklich ließ er den Blick auf Mias Gesicht sinken und betrachtete den blauen Nebel, der langsam seine Farbe verlor. Dann hob er den Kopf. »Aber vielleicht ist es an der Zeit, dass ich ihn euch zeige.«

Ohne eine Reaktion abzuwarten, trat er von Mias Bett zurück und rief Milo zu sich. Grim spürte die Aufregung des jungen Mannes, als Theryon leise Worte zu ihm sprach, und sah gleichzeitig den Eifer und die Pflichtergebenheit in dessen Augen. Für Milo war der Feenkrieger ein strahlender Held, das konnte Grim sehen – und er gab ihm heimlich recht.

Als hätte er Grims Gedanken gehört, wandte Theryon den Kopf halb zurück und zog mit reiner Gedankenkraft einen Holzstuhl zu sich heran, auf dem Milo Platz nahm. Dann hob Theryon die linke Hand, flüsterte einen Zauber und fuhr in ausholender Geste über seinem Kopf durch die Luft. Es sah aus, als hielte er ein unsichtbares Tuch in den Händen – und Grim stieß ebenso wie Remis und Milo einen Laut des Erstaunens aus, als die Decke wie ein zerknittertes Laken beiseiteglitt und den Blick freigab auf einen prachtvollen Nachthimmel. Grim wusste, dass es sich um eine Illusion handeln musste – aber die Sterne und die samtene Dunkelheit des Firmaments wirkten so echt, dass er fast meinte, den Staub der Sternschnuppen auf seinen Wangen zu fühlen, die über den Himmel glitten. Inmitten der Sterne prangte, riesig und in silbriges Licht getaucht, der Mond in voller Kraft.

Lautlos trat Theryon hinter Milos Stuhl und legte ihm die Hände auf die Schultern. Grim hörte den Feenzauber, den Theryon sprach, und sah im selben Augenblick die silbernen Schleier, die den Mond und alle Sterne wie fließende Tücher umgaben. Auf einmal schienen Mond und Sterne heller zu strahlen, es war, als hätte jemand ein Licht in ihnen entzündet, und als Grim den Blick wandte und zu Milo hinüberschaute, erkannte er zu seinem Staunen einen gleißend hellen Stern in dessen Brust, von dem mehrere kaum sichtbare Schleierfäden bis hinauf zum Mond und zu den Sternen führten, als wäre der Mensch in seinem Inneren mit ihnen verbunden. Kaum hatte er das gedacht, bemerkte Grim auch um Milo herum die Schleier, die oben den Mond und die Sterne umgaben. Sie umflossen seinen Körper wie Nebelfäden, und noch ehe Grim an sich selbst hinunterschaute, wusste er, dass auch er einen leuchtenden Stern in seiner Brust trug und zarte Nebelfäden hinauf zum Mond und zu den Sternen liefen und zu allem anderen, das von den silbernen Schleiern umwoben und durchflossen wurde. Er hörte Remis neben sich Atem holen und wandte den Blick wieder dem Mond zu, der nun in samtenem Licht seinen Schein zu ihm niederschickte.

Und dann hörte er Theryons Stimme. Er wusste nicht, ob er in Gedanken zu ihm sprach, doch jedes Wort des Feenkriegers wurde am Firmament zu einem fallenden Stern, der, kaum dass er am Boden gelandet war, in tausend Funken zersprang und den Raum in eine atemlose und zugleich friedliche Mondnacht verwandelte. Das Zimmer verschwand, und Grim fand sich in einem Wald wieder. Hinter ihm lag düsteres Unterholz, doch er schaute aus der Dunkelheit ins Helle, hinaus auf eine Lichtung voller Blumen in einem wilden Weizenfeld – und darüber prangte der Mond. Silberne Schleier umwoben die Blumen, die Ähren, jeden Stein auf dem gewundenen Pfad, der durch den Wald führte, und alles war durch zarte Nebelfäden mit allem anderen verbunden. Es war ein Bild von solcher Schönheit, dass Grim keine Worte dafür fand. Nie zuvor, das wusste er, hatte er etwas Ähnliches gesehen. Theryon begann, ein Gedicht von Joseph von Eichendorff zu zitieren, und seine Worte flüsterten in den Wipfeln der Bäume und strichen sanft über die Lichtung hin.

*Es war, als hätt' der Himmel
Die Erde still geküsst,
Dass sie im Blütenschimmer
Von ihm nun träumen müsst.*

*Die Luft ging durch die Felder,
Die Ähren wogten sacht,
Es rauschten leis' die Wälder,
So sternklar war die Nacht.*

*Und meine Seele spannte
Weit ihre Flügel aus,
Flog durch die stillen Lande,
Als flöge sie nach Haus.*

Theryons Stimme klang in Grim nach wie eine lang vergessene Melodie, doch erst als es vollkommen still um ihn geworden war, wurde ihm bewusst, dass er zu atmen aufgehört hatte. Rasch sog er die Luft ein.

»Ihr seht den Zauber des Ersten Lichts«, sagte Theryon wie aus weiter Ferne, und Grim brauchte einen Augenblick, bis er den Feenkrieger und Milo im silbernen Schein des Mondes erkannte. »Die Poesie der Welt. Sie ist lebensnotwendig für jedes Geschöpf, und sie ist mit allem verbunden. Ihre Kraft wächst, je stärker wir uns von ihr verzaubern lassen, je tiefer wir den wahren Sinn der Dinge erfühlen. Dann erscheint uns der Mond als Zauberer, der die Welt mit dunkler Kraft durchdringt und mit dem wir auf geheimnisvolle Weise verbunden sind. Doch die Menschen haben verlernt, auf diese Weise auf die Welt zu blicken.«

Er hob die Hände und legte sie fest auf Milos Schläfen. Grim schrak zusammen, als Theryon erneut zum Sprechen ansetzte. Die Stimme des Feenkriegers klang hart und kalt, und Grim meinte fast, die Wortsplitter selbst zu fühlen, die er durch seine Finger in Milos Kopf sandte und mit ihnen dessen Gedanken zerschlug.

»Was siehst du in Wirklichkeit dort oben?«, fragte Theryon mit seltsam fremder Stimme. »Einen Freund, einen Zauberer? Mach dich nicht lächerlich! Ein lebloser Gesteinsbrocken ist es, bestehend aus Basalten und Anorthositen, die aus calciumreichem Plagioklas, Olivin, Pyroxen zusammengesetzt sind, ein zufällig auf seiner Umlaufbahn dahintrudelnder Haufen Schutt ohne Atmosphäre und – lässt man die Gezeiten außer Acht – ohne nachweisbare Einwirkungen auf die Erde.«

Milo keuchte unter seinem Griff, und Grim sah zu seinem Entsetzen, wie sich der Stern in dessen Brust schwarz verfärbte. Und wie Tinte, die über einen Faden läuft, zog die Schwärze aus seinem Inneren in die Nebelfäden, über die der junge Mann mit allem verbunden war. Schon färbten sich die silbernen Schleier der ersten Sterne schwarz, ihr Licht fiel mit finsteren Schatten auf die gerade noch schimmernden Blumen. Grim atmete schnell, er sah, wie die Blüten welkten und schwarz wurden, und konnte den Anblick kaum ertragen. Die Ähren des Feldes krümmten sich zusammen und knickten, die Bäume des Waldes wurden durchscheinend wie die Illusion, die sie waren, und als Theryon erneut zum Sprechen ansetzte, zogen sich dunkle Schatten über den gerade noch so geheimnisvoll schimmernden Mond. »Ein Klumpen aus Schlacke und Staub«, sagte Theryon kalt. »Das ist alles, was du siehst. Ein wesenloser, toter Haufen aus Nichts.«

Grim schaute hinauf zum Mond, der ihm gerade noch wie ein lebendiges Wesen voller Zauber erschienen war, ein Seelengefährte, der sein Licht wie eine zärtliche Umarmung um seine Schultern gelegt hatte. Nun blickte Grim in den fahlen Schein und empfand nichts mehr außer einer dumpfen Leere und Resignation, die aus der Mitte seiner Brust entsprang und mit lähmender Kälte seine Glieder durchzog. Der Zauber des Ersten Lichts war verschwunden – und zurückgeblieben war eine tote und fühllose Hülle der Welt. Grim starrte auf eine Kornblume, die sich eben noch in samtblauer Farbe dem Mond entgegengestreckt hatte. Nun war sie schwarz geworden wie all die anderen, als hätte sie jemand mit klebrigem Öl übergossen, und dann, still und belanglos, fielen ihre Blütenblätter auf den schattigen Grund und zerbrachen in geisterhaften Nebel.

Grim spürte, wie sich seine Kehle zusammenzog, doch es war nicht sein Schrei, der plötzlich die Stille zerriss. Milo war es, der mit einem Satz von seinem Stuhl sprang und zu der Blume hinstürzte, die im nächsten Augenblick in seinen Händen zerbrach und nichts als Nebel an seinen Fingern zurückließ. Gleich darauf zerriss der Zauber, den Theryon über sie alle gelegt hatte.

Atemlos fand Grim sich in dem Zimmer neben Mias Bett wieder. Sie schlief regungslos, doch Grims Herz schlug wie ein Dampfhammer in seiner Brust. Schweigend trat Theryon zu Milo, legte unter leisen Zauberworten seine Hand auf dessen Brust und forderte ihn auf, das Zimmer zu verlassen. Milo folgte seiner Anweisung, woraufhin Theryon sich zu Grim und Remis umwandte.

»Die Menschen leben in einer Wüste«, sagte er leise. »Und sie wissen nichts davon. Dort, wo früher Wunder und Geheimnisse wohnten, regieren jetzt blinder Rationalismus und Ignoranz. Die Menschen wehren sich schon lange nicht mehr gegen die Entzauberung ihrer Welt. Sie selbst tragen das Erste Licht in sich, selbst wenn sie alles tun, um es zu ersticken – wir Feen hingegen nicht, wir sind darauf angewiesen, dass dieser Zauber in der äußeren Welt nicht vernichtet wird und uns so durchströmen kann. Doch die Menschen haben meinem Volk mit jedem weiteren Schritt auf ihrem Irrweg die Luft zum Atmen genommen. Daher zog es sich nach und nach in die Welt der Feen zurück, auch wenn einige von uns sich gegen das Exil wehrten. Anfangs kehrten die Feen noch hin und wieder in die Menschenwelt zurück oder holten Sterbliche zu sich ins Feenreich. Doch je mehr sich der sogenannte wissenschaftliche Fortschritt in der Menschenwelt durchsetzte, desto gefährlicher wurde es für eine Fee, ihre Welt zu verlassen, und bald schon wurden mächtige Zauber benötigt, um mein Volk in der Menschenwelt vor der entzauberten Atmosphäre zu schützen. Nur erfahrene Krieger konnten für kurze Zeit ohne Schutz in der Menschenwelt überleben. Seht mich an: Ich, die einzige Fee, die in dieser Welt noch existiert, muss mich unter großen Schmerzen in regelmäßigen Abständen erneuern, um zu überleben. Darüber hinaus vermag ich es nicht, meine vollen Kräfte zu entfalten, denn dafür müsste mich die Feenmagie umgeben – und diese hat die Welt der Menschen verlassen. Denn der Rückzug meines Volkes aus dieser Welt war ein schmerzhafter Prozess, der seine Zeit brauchte, er währte sehr lange, doch eines Tages wurde die Grenze zwischen den Welten endgültig verschlossen – und so ist es bis heute. Ich allein blieb in dieser Welt zurück.«

Remis schluckte hörbar. »Der Zauber des Ersten Lichts«, murmelte er ehrfürchtig und schaute zur Decke hinauf, als würde er sich wünschen, noch einmal den Mond inmitten der silbernen Schleier zu erblicken – und sei es nur für einen winzigen Moment.

»Die Menschen vernichten die Poesie der Welt«, murmelte Grim. »Und da die Feen diesen Zauber so nötig brauchen wie andere Wesen die Luft ...«

Theryon schüttelte den Kopf. »Nicht nur wir Feen brauchen ihn lebensnotwendig«, erwiderte er sanft. »Sondern alle Wesen. Wir spüren nur schneller und deutlicher, wenn er uns fehlt. Inzwischen hat die Entzauberung so sehr zugenommen ...«

»... dass es nicht mehr als ein gemeinsamer Freitod wäre, wenn die Feen hierher zurückkehrten«, stellte Grim fest. »Es sei denn, sie würden sich schützen.«

Theryon trat neben Mias Bett. »Und das haben sie getan – mit Mias Hilfe. Seht!« Er streckte drei Finger über Mias Brustkorb aus und formte sie zur Klaue. Grim sah, wie die letzte Farbe aus dem

Nebel wich, der langsam in Mias Körper einsank. Ihre Haut wurde bleich und durchscheinend, bis er die feinen Äderchen darunter sehen konnte. Und in ihrem Brustkorb funkelte ein strahlend helles Licht. Es war eine Scherbe aus Eis. Erschrocken sprang Grim auf, Remis sauste gleichzeitig in die Luft. Doch Theryon stand regungslos, die Hand noch immer zur Klaue geformt, und hob langsam den Blick.

»Die Alben haben Mia diese Scherbe eingepflanzt«, sagte er leise. »Seit jeher ist sie ein Instrument jener Königin, die ihr gesehen habt. Mit dieser Waffe konnte sie Mias Sehnsucht nach Jakob ausnutzen. Vermutlich hat sie Mia glauben lassen, dass sie ihren Bruder aus der Feenwelt befreien könnte, wenn sie einen bestimmten Zauber spricht – doch in Wahrheit war es das Schutzritual für die Feen, die sich in dieser Welt befinden.«

Mia stöhnte leise, als hätte sie Theryons Worte gehört. Sanft strich der Feenkrieger über ihre Stirn, und Grim sah zu, wie sich ihre Haut wieder in die eines Menschen verwandelte. Nur der Bereich über der Scherbe in ihrer Brust blieb durchsichtig wie ein Körper aus Glas.

»Soll das heißen, dass die Königin Mia mit diesem ... diesem Ding kontrolliert?«, fragte er und spürte einen eisigen Hauch über sein Gesicht streichen, als er die Scherbe anstarrte.

Theryon nickte. »Ich werde sie vom Einfluss der Königin befreien. Tretet zurück, und was auch immer geschieht: Seht sie nicht an.«

Seine Worte klangen ruhig und klar, doch Grim sah den angespannten Ausdruck auf Theryons Gesicht, dieses dunkle, gefährliche Flackern in seinen Augen, und für einen Moment konnte er die Anderwesen verstehen, die sich in Furcht und Misstrauen von dem letzten Krieger der Feen fernhielten. Gerade wollte er fragen, wen Theryon meinte, als dieser die Hände hob und sie dicht über die Scherbe in Mias Brust hielt. Langsam schloss er die Augen, und gleichzeitig erloschen die Lichter im Raum. Angespannt hörte

Grim die Worte, die Theryon sprach. Es waren Worte in der Sprache der Ersten Feen, Grim verstand sie nicht, aber ihre Macht strich ihm mit Grabeskälte über die Wangen, und Remis zog fröstelnd die Schultern an. Theryon verfiel in einen betörenden Gesang, Grim erschien es, als würde der Feenkrieger mit mehreren Stimmen zugleich singen, denn seine Worte wurden zu einem Kanon, wild und voll von schrecklichem Geheimnis. Da sprach Theryon das letzte Wort. Langsam und dunkel rollte es über seine Lippen.

»Fharsa«, flüsterte er.

Im selben Moment riss er die Hände nach oben. Grim sah einen gleißenden Blitz, der aus Mias Brustkorb schoss und sich mit unmenschlichem Kreischen ins Zimmer stürzte. In rasender Geschwindigkeit verwandelte der Blitz sich in eine riesige Flamme, Grim sah ein Gesicht darin, eine Gestalt – es war die Feenkönigin. Sie hielt die Augen geschlossen, Zorn flackerte über ihre Züge. Abrupt hob sie den Kopf, sie schaute in Grims Richtung. Schon sah Grim dunkles Feuer hinter ihren Lidern aufflackern, ein tödliches Lächeln stahl sich auf ihr Gesicht. *Seht sie nicht an.* Grim hörte ein Flüstern, sein Name klang durch den Raum, doch es war nicht die Königin, die ihn rief. Mia war es. Entschlossen riss er den Blick los – gerade als die Lider der Fee sich öffneten und schwarzes Licht aus ihren Augen auf ihre weiße Haut fiel.

Da kreischte die Fee mit ohrenbetäubender Lautstärke und wollte sich auf Mia stürzen, doch Theryon war schneller. Mit geschmeidiger Bewegung sprang er der Fee in den Weg, die umgehend zurückwich. Für einen Moment meinte Grim, etwas wie Erstaunen im Gesicht der Königin ablesen zu können.

»Dann ist es also wahr«, hörte er ihre Stimme und wusste, dass sie zu Theryon sprach. »Du lebst.«

Theryon rührte sich nicht, aber Grim sah die Abwehr in seinem Gesicht, gepaart mit einem dunklen Schleier der Verachtung. »Nicht überall vergeht die Zeit in schwarzen Stunden und Minuten«, erwiderte er. »Es überrascht mich nicht, dass die Ewigkeit dich nicht verändert hat.«

Die Fee bewegte sich langsam auf Theryon zu. Sie lächelte sanft und betörend. »Es ist lange her«, flüsterte sie und strich beinahe zärtlich über seine Wange.

Grim glaubte, etwas wie Sehnsucht in Theryons Augen zu erblicken. Doch dann wurde der Blick des Feenkriegers kalt. »So ist es«, flüsterte er und hob langsam die linke Hand. »Aber nicht lange genug!«

Donnernd schlug seine Stimme gegen die Wände, als er den Zauber sprach. Goldene Schnüre flogen durch die Luft und wickelten sich um die Königin, bis sie unter markerschütterndem Geschrei auf eine faustgroße Flamme schrumpfte. Schnell stülpte Theryon ein rußgeschwärztes Glas über sie, entfachte ein Silberfeuer zwischen den Fingern und überzog das Gefängnis mit dessen Flammen. Grim schauderte, als er die Schreie der Fee hörte, die langsam verstummten. Im nächsten Moment sog Mia die Luft ein und öffnete die Augen. Grim strich ihr über die Stirn, das Fieber wich rasch aus ihrem Körper.

»Was ist passiert?«, fragte sie heiser und trank einige Schlucke von dem Wasser, das Theryon ihr reichte. In knappen Worten berichtete der Feenkrieger, was geschehen war.

Mia richtete sich auf. »Ich habe sie geschützt?«, fragte sie ungläubig. »Durch mich können sie in dieser Welt bleiben? Aber Jakob ...«

Theryon nickte kaum merklich. »Vermutlich befindet er sich noch immer in der Gewalt der Königin.«

»Ich dachte, die Fee wäre jetzt ... tot«, sagte Remis und schaute auf den schwarzen Glasbehälter.

Theryon lächelte. »So einfach ist es leider nicht«, erwiderte er. »Das, was ich gefangen habe, war nur die Macht, die sie in die Scherbe gelegt hat.«

Grim zog die Brauen zusammen. Düster schaute er auf Mias

Brustkorb, in dem noch immer das glitzernde Stück Eis steckte, doch ehe er etwas sagen konnte, schüttelte Theryon den Kopf.

»Ich habe den Einfluss der Königin aus der Scherbe verbannt«, sagte er. »Doch die Scherbe selbst kann ich nicht entfernen. Sie wird erst verschwinden, wenn …« Er hielt kurz inne, für einen Moment flackerte etwas hinter seiner bleichen Haut auf wie unheilbarer Schrecken. Dann fuhr er sich über die Augen. »Die Stärke dieser Fee reicht weiter, als ihr vielleicht glaubt. Sie hasst die Menschen seit alter Zeit, und seit damals trachtet sie danach, ihnen zu schaden. Und genau das wird sie jetzt tun.«

Mia setzte sich ein wenig auf. »Aber wie? Was hat sie vor? Und wer ist sie?« Sie hielt kurz inne. »Du redest, als würdest du sie kennen.«

»Ja«, flüsterte Theryon, als hätte er nicht die Kraft, dieses Wort lauter auszusprechen. »Ich kenne sie. Und nicht nur ich.« Er hob den Blick und sah Remis an, der sich gerade auf Mias Schulter niedergelassen hatte und vorsichtig über ihr Haar strich. »Sie ist die Frostsängerin, die ihr Kobolde in euren Liedern besingt, und sie ist es, die früher den Schnee brachte in einer warmen Oktobernacht. Es schneit nicht grundlos in der Oberwelt von Paris: Das ist ihr Werk. Sie hat die Alben gerufen, und dadurch bekamen diese Kreaturen der Nacht ein Stück von ihrer Macht. Sie ist der Winter, das Eis und der Schnee, aber auch der Flug der Raben über einem brachliegenden Feld oder der Raureif, der sich über junge Rosenblüten zieht. Selbst die Menschen kennen sie, hast du das vergessen?«

Er schaute Grim an mit seinen Augen, in denen sich nichts und niemand spiegeln konnte, und Grim fröstelte, als ihm die Zeile einer Geschichte durch den Kopf ging, die er schon oft vor den Fenstern der Menschen mitangehört hatte. Da beugte Mia sich vor und zitierte die Zeilen aus dem Märchen von Hans Christian Andersen, die Grim gerade durch den Sinn gingen.

»*Manche Mitternacht fliegt sie durch die Straßen der Stadt und blickt* zu den Fenstern hinein, und dann frieren die gar sonderbar und sehen wie Blumen aus«, flüsterte sie.

Theryon nickte langsam. »Früher tat sie das oft, damals, als sie noch ein Teil dieser Welt war. *Und sie flog mit ihm, flog hoch hinauf auf die schwarze Wolke, und der Sturm sauste und brauste; es war, als sänge er alte Lieder. Sie flogen über Wälder und Seen, über Meere und Länder; unter ihnen sauste der kalte Wind, die Wölfe heulten, der Schnee knisterte; über demselben flogen die schwarzen, schreienden Krähen dahin; aber hoch oben schien der Mond so groß und klar, und dort betrachtete Kay die lange, lange Winternacht. Am Tage schlief er zu den Füßen der Schneekönigin.*«

Grim schauderte, und er wusste nicht, ob die Kälte, die er gerade empfand, von den Worten Theryons auf seine Schultern gezaubert worden war oder doch von dem rußgeschwärzten Glas herrührte, das einen Teil der Macht gefangen hielt – einen Teil der Macht der Schneekönigin.

»Was hat sie vor?«, fragte Mia und fuhr mit der Hand zu der Stelle, an der die Scherbe steckte.

Theryon öffnete den Mund, um etwas zu sagen, doch in diesem Augenblick zerriss ein gewaltiger Knall die Luft. Grim sah noch, wie das Glas des schwarzen Behälters zerbrach und ein graues, schattenhaftes Licht auf Theryon zuraste. Der Feenkrieger fuhr herum, mit brennender Kraft schnitt sein Feuerzauber das Licht mittendurch, doch während die eine Hälfte in der Luft zerstob, setzte die andere ihren Weg fort. Mia schrie auf, und Grim sah mit Entsetzen, wie das Licht Theryons Brust durchschlug. Er hörte das Brechen der Rippen und roch das schwarze Blut der Feen. Für einen Moment blieb Theryon stehen, das Licht hinter ihm löste sich auf. Grim meinte, ein eisiges Lachen zu hören. Dann sackte Theryon nach vorn. Grim fing seinen Sturz ab. Er fühlte, wie der Feenkrieger in tiefe Ohnmacht abglitt, schon wurde sein Körper eiskalt. Mia sprang auf, sie schwankte kurz, aber in ihren Augen lag wilde Entschlossenheit.

»Vraternius!«, rief sie verzweifelt. »Wir müssen ihn rufen! Theryon wird sterben, wenn ihm niemand hilft!«

Vorsichtig legte Grim den Feenkrieger auf das Bett. Theryons Kraft rann aus seinem Körper wie Wasser aus einem zerbrochenen Gefäß. »Ich hole Vraternius«, sagte er angespannt. Er warf Mia einen Blick zu, Angst und Sorge machten ihr Gesicht blass. Dann wandte er sich ab, stürzte aus dem Gebäude und erhob sich in die Luft. In seinem Kopf hallte ein Lachen wider, das ihn bis ins Mark erschütterte – das kalte Lachen der Schneekönigin.

Kapitel 12

Theryon atmete nicht. Mia wusste, dass er seine Kräfte schonte, indem er auf frische Luft verzichtete, sie wusste auch, dass er als Feenkrieger nicht sterben musste, nur weil er das Atmen unterließ. Aber sein Gesicht war von wächserner Blässe, die Adern unter seiner durchscheinenden Haut färbten sich zusehends schwarz, und ein feines Rinnsal aus Blut lief aus seinem linken Auge, als würde er weinen. In seiner Brust klaffte eine tiefe Wunde. Mia vermied es, sie anzuschauen, aber sie wusste, dass Theryons Blut die Laken des Bettes tränkte, an dem sie kniete und seine Hand hielt.

Hinter ihr an der Wand standen mehrere Thoronmenschen. Sie waren ins Zimmer geschlichen, lautlos und geduckt, und schauten mit ängstlichen Gesichtern auf Theryon. Nur Milo war an sein Bett getreten und verharrte regungslos, den Blick unverwandt auf Theryons Augen gerichtet. Mia spürte seine Verzweiflung, und sie hätte ihm gern etwas Tröstendes gesagt, aber jedes Wort wäre eine Lüge gewesen. Sie zwang sich, die Hoffnung in sich wachzuhalten, die Hoffnung darauf, dass Theryon nicht sterben würde. Sie erinnerte sich an ihre erste Begegnung. Sie hatte Angst vor ihm gehabt, damals auf dem Friedhof. Dann hatte er um Jakob geweint, sie sah ihn vor sich, diesen fremden, schönen Krieger mit den rätselhaften Augen, sie begrüßte ihn noch einmal in seinem Versteck in der Engelsburg und wurde noch einmal von ihm in Magie unterwiesen. Und sie weinte erneut zu seinen Füßen, weinte, da er sie zu sich selbst geführt hatte, und war hinterher befreit und ruhig.

Mia spürte, dass ihr Tränen in die Augen stiegen, und sie legte ihr Gesicht auf seine Hand. Und da, als hätte er diese Berührung gefühlt, bewegte er die Finger. Sie hob den Blick. Für einen Moment ging ein Bild durch seine Augen, die ansonsten stets die Ebene mit dem roten Mond zeigten: Mia schaute sich selbst ins Gesicht, sah sich, wie sie an Theryons Bett saß und weinte. Im nächsten Augenblick drängte Nebel von den Rändern seiner Augen, schwarze Schleier, die das Bild mit sich nahmen und Mia in undurchdringliche Finsternis blicken ließen. Sie biss sich auf die Lippe. Theryon war ein Krieger. Er würde nicht sterben – nicht jetzt, nicht einfach so. Sie umfasste seine Hand und sprach in Gedanken zu ihm, und auch wenn er nicht antwortete, wusste sie doch, dass er ganz in ihrer Nähe war. Er hörte ihr zu aus der Dunkelheit, in die ihn die Königin geschleudert hatte, und trank das Licht, das an ihren Worten haftete.

Endlich hörte sie Grims schwere Schritte auf dem Gang. Sie sah ihn mit Remis hereinkommen, dicht gefolgt von Vraternius. Ernst nickte der Gnom den Anwesenden zu und eilte zu Theryons Krankenbett. Milo wich zurück, und auch Mia trat zur Seite. Ihre Kleider waren mit Theryons schwarzem Blut befleckt, ebenso wie ihre Hände, und ein Zittern lief über ihren Körper, das sie nicht unterdrücken konnte. Grim ging zu ihr und zog sie an sich. Seine Nähe vertrieb die Kälte von ihren Schultern, aber die Angst und die Anspannung konnte auch er ihr nicht nehmen.

Vraternius bewegte seine linke Hand über Theryons Wunde. Mit angehaltenem Atem sah Mia zu, wie schwarze Funken von seinen Fingern rieselten und zischend auf Theryons Körper fielen. Beißender Qualm stieg auf, doch sein Fleisch begann zu heilen, es bildete neue Fasern und Muskelstränge und zarte, durchscheinende Haut. Murmelnd setzte Vraternius seine Arbeit fort, immer wieder bewegte er die Hände über der Wunde.

Mia spürte einen Luftzug hinter sich und sah, dass zwei Nornen an ihr vorbeischritten. Nornen, die Heilerinnen Ghrogonias, spürten es, wenn jemand mit dem Tod kämpfte, und oft konnten sie demjenigen mit ihrer Macht beistehen. Mia hatte schon oft Nornen gesehen, und doch empfand sie jedes Mal von Neuem etwas wie Ehrfurcht, wenn sie diese ätherischen Wesen betrachtete. Beide waren in lange Tuniken gehüllt, der Stoff ließ die Arme frei und umschmeichelte die großen, wohlgewachsenen Körper wie Seide. Helles Licht schimmerte auf der Haut der Nornen, als würden sie vom Mond beschienen, und ihre Haare, die bei der einen kastanienbraun waren, bei der anderen flachsblond, waren zu kunstvollen Locken aufgesteckt. Während die Blonde an der Tür stehen blieb, trat die Dunkelhaarige ans Kopfende von Theryons Bett. Ihr Gesicht war ebenmäßig wie das einer griechischen Statue und ihre Augen von flirrendem Gold. Sie besaß keine Pupillen, was ihrem Blick etwas Unheimliches verlieh und Mia stets an die rätselhaften Augen einer Sphinx denken ließ. Lautlos legte die Norne ihre Hände an Theryons Wangen, und ihre Augen veränderten sich. Erinnerungen, Gedanken, Träume flogen hindurch wie ein flatternder Schmetterling. Mia wusste, dass sie nachforschte, wie es um Theryon stand, wo er sich auf dem Weg zwischen Tod und Genesung befand. Atemlos sah sie in das reglose Gesicht der Norne. Ganz kurz flackerten deren Augen in blauem Licht – dann wurden sie schwarz. Gleichzeitig fuhr Vraternius fluchend zurück. Die Funken, die er über Theryons Wunde ausgegossen hatte, erloschen auf dem Fleisch, die gerade genesenen Stellen kehrten in ihren vorherigen Zustand zurück. Erneut trat Blut aus der Wunde. Mia sah Theryons Hände zucken, ihr schien es, als wollte er nach ihr greifen.

»Seine Lebenszeit …«, sagte die Norne mit hauchfeiner Stimme und schaute Mia direkt an. »Sie schwindet schnell.«

Ein erschrockenes Raunen klang aus den Reihen der Thoronmenschen, als hätten sie die Norne verstanden. Mia sah zu ihnen hinüber, aber sie standen nur da, eine reglose Wand aus menschlichen Leibern mit dunklen Augen voller Angst. Milo trat zu ihnen, seine Lippen zitterten, als wollte er etwas sagen, doch auch er blieb stumm.

Vraternius fuhr sich über die Haare. »Mein Zauber kann nicht seine volle Kraft entfalten«, murmelte er. »Ich konnte die Macht der schädlichen Magie vernichten, aber eine Heilung will mir nicht gelingen.«

»Es ist die Welt der Menschen«, flüsterte Mia. »Seht euch seine Wunde an: Es ist, als würde eine böse Macht ihn aufzehren. Jetzt, da er verwundet wurde, setzt diese Welt ihm so stark zu, dass er sich nicht gegen sie wehren kann.«

Grim warf Vraternius einen Blick zu. »Kannst du ihn nicht schützen?«

Der Gnom schüttelte den Kopf. »Ich habe keine Erfahrung mit der Heilung einer Fee. Er muss sich selbst helfen – keine Medizin könnte einer Fee das Leben retten, außer ihre eigene: Feenmagie.«

Das Wort traf Mia wie ein Schlag ins Gesicht. »Er braucht das Licht!«, rief sie. »In der Engelsburg habe ich gesehen, wie er in das Licht gegangen ist, und es hat ihn geheilt! Wir müssen seinen Saal finden, den Saal mit dem Pentagramm!«

Grim trat auf die Thoronmenschen zu, die sich erschrocken zusammendrängten. »Wo ist dieser Raum?«, fragte er, und Mia konnte hören, dass er sich zwingen musste, um ruhig zu sprechen. Sie lief zu ihm, flehend sah sie in die ängstlichen Gesichter und erschuf wortlos ein Hologramm von dem Pentagramm, wie sie es in Erinnerung hatte. Ein Raunen ging durch die Reihe, und Milo nickte kaum merklich.

»Helft uns«, flüsterte sie behutsam und ging auf ihn zu. »Wenn ihr uns nicht sagt, wo der Raum ist, wird Theryon sterben!«

Da setzte Milo sich in Bewegung. Mit schlaksigen Bewegungen

lief er zur Tür und schaute abwartend zurück. Unbeholfen deutete er den Gang hinab und sagte etwas, das Mia nicht verstand.

»Los«, sagte sie. »Er wird uns hinführen!«

Grim hob Theryon auf seine Arme, es sah aus, als würde er einen Toten tragen. Mia spürte ihren Herzschlag wie einen fleischigen Brocken in ihrer Kehle, als sie hinter Milo hereilte, quer durch alchemistische Räume und Schlafsäle, bis sie endlich vor einer schwarzen Metalltür stehen blieben. Zögernd deutete Milo darauf. Mia öffnete die Tür – und stieß einen Laut der Erleichterung aus, als sie die Öffnung in der Decke sah, die sich über einem Pentagramm auf dem Boden erhob. Vereinzelte Fackeln an den Wänden erhellten das ovale Zimmer mit mehreren Holztischen, dessen Wände bis hinauf zur Decke von reich verzierten Bücherregalen verdeckt wurden. Drei Türen zweigten von dem Raum ab, ebenso wie ein schmaler Gang, dessen Wände ebenfalls mit Büchern und Schriftrollen bedeckt waren. Doch Mia hatte für diese kunstvolle Bibliothek keinen Blick übrig. Auf ihr Zeichen hin legte Grim Theryon in dem Pentagramm nieder. Der Feenkrieger sah aus wie ein gefallener Held.

Mia griff nach Grims Arm, angespannt schaute sie auf Theryons Gesicht. Und da brach Licht durch die Öffnung in der Decke, warmes, goldenes Licht, das sanft auf Theryons Körper fiel. Es hob ihn in die Luft, Mia spürte den Wind in ihrem Haar, doch anders als bei ihrer ersten Begegnung mit diesem Wirbel wurde kein Sturm daraus, und das Licht fraß Theryon nicht das Fleisch von den Knochen. Behutsam ließ es den Krieger in seinem Schein schweben.

»Vor dem Fall in den Abgrund des Todes wurde er bewahrt«, raunte Vraterius und deutete auf die Wunde in Theryons Brust, die langsam zu heilen begann. »Doch niemand weiß, wann er den Weg zurück ins Leben gehen wird – und ob er es überhaupt tut.«

Kaum hatte er die Worte ausgesprochen, bildete sich aus dem Licht eine halb durchscheinende Gestalt. Es war eine Fee in einem langen Kleid, das sich wie in sanftem Wind bewegte. Langes, dunkles

Haar umrahmte ein schmales, beinahe zartes Gesicht. Geisterhaft legte die Fee ihre Arme um Theryons Hals, und er lehnte seinen Kopf an ihre Schulter, als wäre sie mehr als goldenes Licht.

»Wer ist das?«, flüsterte Mia fasziniert.

Da trat Milo neben sie. Ein warmer Glanz war in seine Augen getreten, als er die Szene betrachtete, und als er Mia ansah, glitt ein Lächeln über sein Gesicht – wie das Lächeln von jemandem, dem dieses Anzeichen der Freude noch ungewohnt erschien. Er bewegte die Lippen, Mia sah, dass sich ein Wort auf seiner Zunge bildete. Er kämpfte mit ihm, und dann sprach er es aus, klar und deutlich: »Liebe.«

Erstaunt sah Mia zu, wie Theryons Augen sich öffneten. Das Schwarz in ihnen wich einem dunklen Blau.

»Er schwebt zwischen unserer Welt und einer anderen«, sagte Grim leise. »Die Fee wartet auf ihn, doch sie drängt ihn zu nichts. Und auch wir warten, dass er zu uns zurückkehrt.«

Mia schaute in das Gesicht der Fee, die sie über Theryons Schulter hinweg betrachtete, und auf einmal spürte sie etwas wie Mitgefühl mit dieser Fremden. Sie fühlte, dass sie Theryon liebte, dass sie ihn immer geliebt hatte und aus irgendwelchen Gründen seit langer Zeit von ihm getrennt war. Und auf einmal kannte Mia ihren Namen: Aradis. Reglos schaute die Fee sie an, etwas glitzerte in ihren Augen, während ihr Name wie ein Flüstern durch den Raum klang. Mia sah Theryons lebloses Gesicht und seine Hände, die sich wie unter Wasser bewegten, und ihre Kehle zog sich zusammen.

»Es ist meine Schuld«, flüsterte sie und erschrak ein wenig, als sie erkannte, dass sie ihren Gedanken laut ausgesprochen hatte.

Grim sah sie an. »Was meinst du damit?«

»Er hat mir das Leben gerettet, weil ich in die Falle der Schneekönigin gelaufen bin. Ich habe Jakob gesehen. Ich wollte ihn retten, ich wollte, dass er wieder bei mir ist. Aber stattdessen habe ich den Feen ermöglicht, in dieser Welt zu bleiben. Wer weiß, was die Schneekönigin vorhat. Jakob ist immer noch in ihrer Gewalt. Ich habe diese verfluchte Scherbe in meiner Brust und ich …«

Grim wollte sie an sich ziehen, doch sie wich vor ihm zurück. Sie wusste, dass sie ihm Unrecht tat, und doch meinte sie für einen Moment, seine Gedanken hören zu können: *Du bist nur ein Mensch. Du bist schwach.* Sie spürte, dass in diesem Augenblick etwas in ihr wuchs, das kälter war als die Scherbe aus Eis in ihrer Brust. Drei kleine Worte waren es, und doch brachten sie etwas in ihr zum Erzittern, drei Worte, die ihr den Boden unter den Füßen wegzogen und sie sich fühlen ließen wie ein hilfloses Boot im Sturm: Sie hatte versagt.

Sie spürte, dass Aradis sie ansah, regungslos und mit rätselhaftem Ausdruck auf dem Gesicht, als würde sie ihr etwas sagen wollen, das Mia noch nicht verstand. Nachdenklich ging sie zu einem der Regale und strich über einen Buchrücken. Goldener Staub blieb mit leisem Klingen an ihren Fingern haften. »Die Bücher der Feen«, murmelte sie und dachte daran, wie oft sie neben Theryon vor diesen Kunstwerken gestanden und für ihre Lektionen in ihnen gelesen hatte. Wie oft war sie an ihren Übungen verzweifelt, wie oft waren ihr Zauber misslungen. *Es gehört zum Leben eines Menschen, zu taumeln und zu fallen,* hörte sie Theryons Stimme in ihren Gedanken, und sie meinte, Aradis vor ihrem geistigen Auge lächeln zu sehen. Für einen Moment war sie versucht, sich zu dem Wirbel aus Licht umzudrehen, um zu prüfen, ob Theryon womöglich wirklich mit ihr sprach, ob Aradis tatsächlich lächelte. Doch sie vermutete, dass es nichts als Erinnerungen und Illusionen waren, die da durch ihren Kopf huschten. Erinnerungen an Theryon, ihren Mentor, und an all das, was er sie gelehrt hatte. *Doch es gehört zum Leben eines Helden, sich wieder aufzurappeln.*

Entschlossen griff sie nach einem Buch mit silbernen Beschlägen und wandte sich zu den anderen um. »Die Schneekönigin hat versucht, Theryon zu töten«, sagte sie mit fester Stimme. »Nun braucht er Zeit, um sich zu heilen, aber ich werde in der Zwischenzeit nicht untätig herumsitzen. Die Königin hat nicht nur Jakob in ihrer Gewalt, sie hat auch die Alben über die Menschen gebracht und mich selbst mit ihrer verfluchten Scherbe verwundet. Aber vor allem hat sie Theryon verletzt. Er ist mein Lehrer und mein Freund. Ich werde herausfinden, warum sie ihm nach dem Leben trachtet und was sie in dieser Welt vorhat.«

Eilig flog Remis zu einem der Regale. Der grüne Schein seines Körpers fiel auf die goldenen Rücken der Bücher. »Hier liegt das Wissen des Guten Volkes«, flüsterte er ehrfurchtsvoll. »Das Wissen der Feen. Wenn wir etwas über ihre Königin herausfinden wollen – dann müssen wir es hier suchen.«

Grim öffnete den Mund, um etwas zu erwidern, doch im selben Moment gaben Mias Beine unter ihr nach. Erschrocken griff sie nach dem Regal, das Buch rutschte ihr aus der Hand, doch ehe es auf dem Boden aufkam, war Grim bei ihr, fing es auf und stützte sie. Schwarze Schatten zogen an ihren Augen vorüber, auf einmal schlug ihr Herz rasend schnell.

»Du musst dich ausruhen«, stellte Grim fest und half ihr zu einem Stuhl. »Du musst dich von dem Zauber erholen, den die Königin auf dich gelegt hat, und …«

Mia schüttelte den Kopf – und bereute es sofort. Ein zäher Schwindel legte sich auf ihre Stirn und verformte die Regale an den Wänden, als würden sie von Zerrspiegeln gezeigt.

»Grim hat recht«, sagte Vraternius streng, und Remis nickte mit besorgter Miene. »Niemandem ist geholfen, wenn du dich überforderst. Und darüber hinaus wärst du hier vermutlich ohnehin keine große Hilfe.«

Vraternius warf Remis einen auffordernden Blick zu, woraufhin der Kobold von einem Ohr zum anderen grinste und ein kleines Buch aus dem Regal zog. Eilig schlug er es auf und legte seine Hand auf die erste Seite. Er schloss die Augen, und sein Gesichtsausdruck veränderte sich in rasender Geschwindigkeit. Zuerst lachte er, dann zeigte er Furcht, dann Missfallen.

»Er liest«, erklärte Grim, als Mia ihn erstaunt ansah. »Kobolde können nie lange genug still sitzen, um ein Buch in gewöhnlicher Geschwindigkeit zu lesen, vermutlich haben sie daher diese Fähigkeit. Remis wird Theryons Bibliothek in wesentlich kürzerer Zeit durchforsten, als es ein sterbliches Auge jemals könnte.«

Der Kobold ließ das Buch sinken und nickte. »Das ist wahr – und als jedes steinerne noch dazu!«

Er kicherte leise, doch Grim achtete nicht auf ihn. »Du solltest dich ausruhen«, sagte er eindringlich und griff nach Mias Hand. »Oder willst du heute Abend auf der Ausstellung zusammenbrechen?«

Mia holte tief Luft. Die Ausstellung erschien ihr auf einmal so weit entfernt wie eine vergessene Erinnerung. Sie nickte nur, ehe sie sich leicht schwankend erhob. Noch einmal schaute sie Theryon in seine reglosen blauen Augen. Er hatte sie ausgebildet, ebenso wie Jakob – und beide hatten all ihre Hoffnung auf eine geeinte Welt in sie gesetzt. Sie würde sich ihrer Aufgabe als Hartidin als würdig erweisen.

Wenigstens das wollte sie tun.

Kapitel 13

Grims Augen steckten wie Walnüsse in seinem Kopf. Seit Stunden hockte er nun mit Remis über diesen verfluchten Büchern, es war ein Wunder, dass er noch keinen Staub angesetzt hatte. Mit der Morgendämmerung war er gezwungen gewesen, seinen steinernen Körper zugunsten der menschlichen Gestalt aufzugeben, und abgesehen von den unzähligen Geräuschen dieses Menschenkörpers, an die er sich wohl niemals gewöhnen würde – das Blut rauschte in seinen Ohren wie ein Sturm auf hoher See –, tat ihm jeder verdammte Knochen im Leib weh. Ihm fehlte die ruhige, gleichgültige Kühle des Steinbluts, das sonst durch seine Adern floss, und er überlegte kurz, ob er nicht wenigstens Hybridgestalt annehmen sollte – halb Fleisch, halb Stein. Doch diese Möglichkeit würde das ewige Hin und Her zwischen Gargoyle und Mensch nur noch zusätzlich intensivieren und den Riss in seiner Brust in eine brennende Narbe verwandeln. Das konnte er jetzt nicht ertragen, das wusste er. Stöhnend ließ er die Knochen knacken und beugte sich vor. Er musste herausfinden, was die Schneekönigin vorhatte, das konnte doch nicht so schwer sein, zum Teufel noch mal. Er starrte auf die goldene Schrift, die in verschlungenen Kringeln das Pergament bedeckte, das vor ihm auf dem Tisch lag. Zum hundertsten Mal murmelte er einen Übersetzungszauber, sah zu, wie die Kringel zu gewöhnlicher Schrift wurden, und überflog die Zeilen. *Dies sind die Chroniken König Filgars, zweiter Thronfolger der siebten*

Epoche nach der Ersten Zeit ... Grim seufzte tief. Wieder nichts. Missmutig warf er Remis einen Blick zu, der vor einem Stapel Bücher hockte, einen abgegriffenen Folianten auf den Knien, und die linke Hand konzentriert auf die Seiten presste. Jetzt öffnete der Kobold die Augen.

»Hast du gewusst, dass Feen nahezu immun sind gegen herkömmliche Magie?«, fragte er und warf einen anerkennenden Blick auf die Seite, die er gerade gelesen hatte.

Grim seufzte. »Eine Fee kann nur von einer Fee bekämpft werden, heißt es in den Lehrbüchern der OGP. Ganz so ist es zwar nicht, aber ihre magischen Fähigkeiten übertreffen die der meisten Anderwesen bei Weitem.«

Remis nickte nachdenklich und vertiefte sich seufzend wieder in das Buch.

Grim fuhr sich mit der Hand über die Augen. *Sie ist der Winter, das Eis und der Schnee, aber auch der Flug der Raben über einem brachliegenden Feld oder der Raureif, der sich über junge Rosenblüten zieht.* Theryons Stimme klang so klar in seinen Gedanken wider, dass er den Kopf wandte und zum Feenkrieger hinübersah. Noch immer schwebte Theryon in dem goldenen Licht, den Blick nach innen gekehrt, und ließ sich von den Strahlen heilen, durch die hin und wieder der Körper von Aradis sichtbar wurde. Er hatte sich kaum bewegt, seit Grim und Remis an dem hölzernen Tisch Platz genommen hatten, und auch jetzt schaute er regungslos auf eines seiner Bücherregale. Fast schien es, als würde er etwas Bestimmtes im Auge haben.

Grim sprang so abrupt auf, dass Remis erschrocken den Folianten fallen ließ, trat mit schnellen Schritten vor das Regal und überflog die Buchrücken, die Theryon zu betrachten schien. »Er ist nicht so weit fort von uns, wie wir dachten«, murmelte er. »Sieh hin. Sieh, wohin er schaut!«

Remis schwirrte neben ihn, blickte von Theryon zum Regal und wurde kreidebleich unter seiner grünen Haut. Wortlos zog Grim ein Buch aus dem Regal, schlug es auf und hielt es Remis hin. Angespannt beobachtete er, wie der Kobold das Buch zu lesen begann, und als Remis schweigend den Kopf schüttelte, legte Grim das Buch auf den Tisch und nahm ein neues zur Hand. So wühlten sie sich durch alle Bücher, die in Theryons Blickfeld lagen, bis Remis schließlich auch bei dem letzten enttäuscht den Kopf schüttelte.

»Nichts«, sagte er leise. »Ein Kochbuch für Feen, das ist alles.« Er schwirrte noch einmal an dem nun leeren Regalbrett vorbei, und da sah Grim an der Stelle, an der er gerade das letzte Buch herausgezogen hatte, etwas schimmern. Er beugte sich vor und tastete mit der Hand durch die Dunkelheit, bis er über einen glatten runden Knopf strich. Sofort ging ein Klacken durch die Wand. Grim und Remis fuhren erschrocken zurück und sahen zu, wie sich das Regal ein winziges Stück weit aufschob. Fahles graues Licht fiel ihnen entgegen.

Grim wechselte mit Remis einen Blick. »Darf ich vorstellen«, murmelte er düster. »Polizeipräsident der OGP, Anführer der Spürnasen – und die größten Hornochsen, die jemals eine Bibliothek betreten haben.«

Remis schaute zu Theryon hinüber und hob entschuldigend die Schultern. Dann schob Grim das Regal auf, das sich wie eine Tür öffnete, und betrat einen lang gezogenen Raum mit niedriger Decke und endlosen Reihen aus Folianten und Ordnern. Er fühlte sich wie in einem der Archive tief unter dem Hauptgebäude der OGP, in dem uralte Berichte und Protokolle gesammelt wurden. Unheimlich war es in den endlosen Gängen, und nicht nur einmal hatte Grim Mühe gehabt, aus diesem Labyrinth wieder hinauszufinden. Schaudernd erinnerte er sich an das Flüstern zwischen den Regalen, die staubgeschwängerte, abgestandene Luft und den Windhauch, der wie ein eigenständiges Wesen dort unten hauste und immer dann in Gesicht oder Nacken fuhr, wenn die Lampen an der Decke anfingen zu flackern. Doch das Archiv, in das er nun geraten war, schien anders zu sein, denn als Grim näher an eine Ordnerreihe trat, sah er flimmernde Bilder zwischen den Deckeln und fühlte den sanften Hauch von Magie.

»Erinnerungen«, flüsterte Remis ehrfurchtsvoll. »In meinem Volk gibt es Gerüchte über die Feen, die besagen, dass das Gute Volk alles sammeln konnte: Gedanken, Sehnsüchte – und eben Erinnerungen.« Der Kobold schloss für einen Moment die Augen und flüsterte dann: »*Grim.*«

Grim zog die Brauen zusammen, als plötzlich Nebel aus den Reihen der Folianten hervorkam. Er hörte das rasche Schlagen der Seiten eines Ordners und sah noch, wie ein Bild auf ihn zuschwebte – es war eine Zeichnung seines Gesichts. Im nächsten Moment verlor er den Boden unter den Füßen, flog durch die Luft und landete hart auf steinernem Grund. Remis knallte mit voller Wucht auf seinen Brustkorb und ließ ihn husten. Mit finsterer Miene kam Grim auf die Beine – und fand sich in einer leicht flirrenden Illusion wieder. Er war in einem kleinen Raum von Theryons Wohnanlage gelandet. Der Feenkrieger stand neben Mia an einer Staffelei. Grim wusste, dass sie seit einiger Zeit lernte, ihre Zeichenkünste mit ihrer Magiefähigkeit zu verbinden.

»Schließe deine Augen«, forderte Theryon sie gerade auf. »Sammle deine Magie. Und dann zeichne, indem du die Hand etwa fingerbreit über die Leinwand bewegst, das Geschöpf, an das du gerade denkst.«

Neugierig trat Grim hinter Mia. Die Illusion sah so echt aus, dass er meinte, er könnte sie berühren. Nur wenn er sich vorbeugte, sah er die feinen flirrenden Magiefunken, die die Szene entlarvten. Remis schwirrte neben der Staffelei auf und ab und sah, was Mia malte – es war Grims Gesicht. Ein Lächeln glitt über die Lippen des Kobolds, als Mia nach kurzer Zeit die Augen öffnete.

»Das war nicht schwer«, sagte sie leise. »Ich denke so oft an ihn.«

Grim spürte das Lächeln, das auf sein Gesicht flog, und während die Erinnerung Theryons langsam verblasste, hob er leicht die Schultern. »Meine Augen sind aber nicht so dunkel«, sagte er verlegen, als Remis ihn mit hochgezogenen Brauen ansah. Im nächsten Moment war das Bild um sie herum verschwunden. Sie stürzten aus scheinbar großer Höhe und landeten erneut auf hartem Grund. Grim kam auf die Beine und fand sich im Raum mit den Folianten wieder.

»Ich muss also den Begriff aussprechen, über den ich mehr erfahren möchte«, sagte er und sah Remis an, der eifrig nickte. »Und schon gelange ich in Theryons Erinnerung?«

Der Kobold zuckte die Achseln. »Meist sammeln die Feen nur wesentliche Dinge – so wie das, was wir gerade gesehen haben.« Er grinste von einem Ohr zum anderen. »*Ich denke so oft an ihn* – uuuh!«

Grim verzog das Gesicht zu einer Grimasse. »Lass uns weitermachen«, grollte er und räusperte sich. Als Remis merkte, dass er es offensichtlich ernst meinte, schwirrte er auf seine Schulter.

»*Die Schneekönigin*«, raunte Grim. Wieder drang der Nebel aus den Reihen, dicht gefolgt von einem heftigen Windstoß, der Grim auf der Stelle von den Füßen riss. Doch statt zu fallen, wurde er durch die Luft gerissen, flackernde Bilder rasten auf ihn zu, die er wie Hologramme durchschlug, bis die Luft um ihn her plötzlich kalt wurde – eiskalt wie in einem Schneesturm. Dann wurde Grim zurückgerissen, und er spürte, dass er fiel. Er griff nach Remis und versuchte, ihren Sturz abzufangen. Krachend landeten sie auf hart gefrorenem Boden.

Grim rappelte sich auf und fand sich auf einer weiten weißen Ebene wieder. Schneeflocken fielen aus der Dunkelheit des Nachthimmels und tanzten im Wind durcheinander, der in eiskalten Böen über die Winterlandschaft fegte. Endlos schien die Fläche zu sein, nur vereinzelt ragten verkrüppelte Bäume aus der Wüste aus Eis und Schnee, die sich an den Rändern in schleierhaften Nebeln verlor.

»Wo zum Teufel sind wir?« Grim wischte sich den Schnee von den Armen und ließ es zu, dass Remis auf seiner Schulter Platz nahm. Die Augen des Kobolds waren tellergroß wie immer, wenn er aufgeregt war, und seine Zähne schlugen vor Kälte heftig aufeinander. Grim setzte sich in Bewegung und stapfte einen kleinen Hügel hinauf, bis er unter sich die warmen Lichter von Menschensiedlungen erblickte. Rauch stieg aus den Häusern auf, Grim roch den heimeligen Duft von frisch gebackenem Brot. Angestrengt lauschte er durch das Schneetreiben und hörte die Stimmen der Menschen. »In Norwegen«, murmelte er nachdenklich. »Vor ein paar Hundert Jahren.«

Remis starrte ihn fassungslos an, doch er kam nicht dazu, etwas zu erwidern. Denn plötzlich erbebte die Erde wie unter den Tritten unzähliger schwerer Schlachtrösser. Grim wandte sich um und sah, wie sich Gestalten in silbernen Rüstungen aus dem Nebel schoben. Fast schien es, als würden sie vom Nebel selbst gebildet, so hell war ihre Erscheinung. Zuerst dachte Grim, dass es Menschen oder Geister wären, doch dann erkannte er die besonderen Augen, die nichts und niemanden spiegelten, und die bleiche, durchscheinende Haut. Es waren Feen.

In mehreren Schlachtreihen zogen sie über die Ebene, es waren so viele, dass sie sich zu den Seiten im Nebel verloren. Einige ritten auf schneeweißen Pferden, andere marschierten zu Fuß, allesamt in voller Rüstung. Grim sah die kunstvollen Schilde, die silbernen Harnische und die Helme, von denen lange Rosshaare auf die Rücken ihrer Träger hinabfielen. Majestätisch kam das Heer auf Grim und Remis zu, doch keine der Feen schien sie zu bemerken. Es war, als wären sie unsichtbare Beobachter, und kaum, dass Grim das gedacht hatte, ließ die Kälte um ihn herum ein wenig nach.

Gleich darauf blieb das Heer stehen, und ein Reiter preschte aus den Reihen nach vorn. Er trug eine schimmernde Rüstung, Eisblumen zogen sich darüber hin wie eine dünne Haut aus Kälte. Weißes, langes Haar fiel auf den Rücken des Reiters, doch erst als dieser den Kopf wandte, sah Grim, um wen es sich handelte: Es war die Schneekönigin. Die Konturen ihres Gesichts wurden von einem filigran gefertigten Helm mit Wangen- und Augenschutz nachgezeichnet, der ihr Antlitz umfasste wie ein kostbares Juwel.

Da flammte der Himmel auf. Grüne und blaue Nordlichter entzündeten sich am Firmament und warfen ihren Schein auf die Rüstungen der Feen. In öligen Schleiern zogen sie darüber hin und verwandelten das Heer in ein Mosaik aus gebrochenen Farben. Die Schneekönigin schloss kurz die Augen, vollkommen regungslos saß sie da, als wollte sie sich wappnen für das, was sie gleich darauf sehen würde. Es war ein Bild stiller Anmut, gepaart mit einer Unruhe, die wie ein flackernder Schatten hinter den Lidern der Königin vorüberzog. Dann hob sie den Blick, die Feen taten es ihr gleich, und als Grim die Lichter genauer betrachtete, die dort oben den Himmel zum Brennen brachten, erkannte er Gestalten darin, wunderschöne, tanzende Figuren mit durchscheinender Haut und rätselhaften Augen. Es waren Feen in kostbaren Gewändern, die mit den Lichtern in den Himmel aufstiegen und dort tanzten, als würden sie fliegen in der sternklaren Nacht. Sie wurden kleiner, ihre Konturen verwischten, bis Grim klar wurde, dass sie die Welt verlassen hatten, dass sie an einen anderen Ort gereist waren. Sie waren in die Feenwelt gegangen.

Sein Blick fiel auf die Königin, die noch immer die Lichter betrachtete, und er sah etwas wie Wehmut in ihren Augen, das ihr Gesicht ganz weich machte. Für einen Augenblick konnte er nicht mehr begreifen, wie er sie als kalt oder abweisend hatte empfinden können. Für diesen Moment hatte er das Gefühl, noch niemals etwas so Schönes gesehen zu haben wie ihr Gesicht.

»Mein Volk flieht«, flüsterte sie. Fast meinte er, ihre Gedanken durch den Sturmwind hören zu können: *Die Menschen haben es vertrieben.* Und da, als sie den Blick auf die Häuser im Tal richtete, wusste Grim, dass sie gekommen war, um die Menschen zu töten. Der Schreck ließ ihn schwanken, Remis atmete hektisch ein. Gerade hob die Königin den Arm, um ihr Heer weiterzuführen, als

Grim ein Rauschen in der Luft hörte – das Schlagen von mächtigen Schwingen. Die Feen wandten die Köpfe, und da brach ein Greif durch den Nebel, weiß wie der Schnee unter ihm. Ein Raunen ging durch die Reihen, als der Greif direkt vor der Königin landete. Zwei Feen sprangen von seinem Rücken, Schneeflocken stoben in weißen Wolken unter ihren Füßen auf.

Grim sog die Luft ein, als er Theryon erkannte. Er trug eine schwarze Rüstung mit silbernen Beschlägen – es sah aus, als trüge er den Nachthimmel am Körper, während ein weiter Umhang seine Arme bedeckte. Sein Begleiter war eine Frau mit langen dunklen Haaren. Auch sie trug eine Rüstung, und ihr zartes, schmales Gesicht wirkte zerbrechlich in dem schwarzen Glanz ihres Harnischs. Doch in ihren Augen, die pechschwarz waren wie ihr Haar, lag ein Kampfgeist, den Grim bis auf den Hügel hinauf spüren konnte wie eine Welle aus Licht. Er hatte diese Frau schon einmal gesehen. Sie war es, die in dem Lichtkegel als geisterhaftes Wesen in Theryons Nähe war – es war Aradis. Angespannt sah Grim, wie Theryon auf das weiße Ross der Schneekönigin zuschritt und kurz davor stehen blieb. Seine Begleiterin hielt sich hinter ihm, während die Königin beide mit kaltem Blick maß. Hochmütig legte sie den Kopf ein wenig zurück.

»Das darfst du nicht tun!«, rief Theryon, und seine Stimme klang warm und kraftvoll über die Ebene. »Du darfst die Menschen nicht vernichten!«

Mit einem Satz sprang die Schneekönigin von ihrem Pferd. Ein dunkler Schatten schob sich unter ihrer Haut zu ihren Augen, Zorn flackerte über ihr ansonsten regloses Gesicht.

»Die Menschen!«, zischte sie. »Ihretwegen verkommt die Welt zu einer leblosen Wüste, in der niemand mehr existieren kann außer ihnen selbst! Du hast es gesehen – du hast die Qualen deines Bruders erlebt!«

Und als hätte ihre Stimme den Befehl dazu gegeben, flammte ein

Bild am Himmel auf. Es war, als hätten die Worte der Königin es sichtbar gemacht. Grim sah ein Krankenzimmer, ein riesiges Bett stand unter einem Fenster, hinter dem Schneeflocken fielen, als wollten sie die Welt unter sich begraben. Grim sah ein Feenkind in dem Bett liegen, es war ein Junge von vielleicht zwölf Jahren, sein farbloses Haar klebte an seiner fiebernassen Stirn, und seine Haut war so durchscheinend, dass Grim die geschwollenen Adern darunter sehen konnte. Er spürte die Kälte des Feldes nicht mehr, sondern roch nun den bedrückenden, kalten Hauch des Todes, der über den Jungen hinstrich wie Herbstwind über faulende Blätter. Neben dem Kind saß die Königin. Grim sah ihr Gesicht nicht, da ihr das Haar in die Stirn gefallen war, doch er erkannte ihre Hände, die ruhig die rechte Hand des Kindes hielten, und er fühlte ihre Tränen, die sich funkelnd wie Kristalle auf der Bettdecke sammelten.

»Sie haben uns krank gemacht«, hörte Grim ihre Stimme und wusste, dass es nicht die Königin des Bildes war, die da sprach. Es war die Königin, die kalt und grausam auf Theryon zuschritt, und ihre Worte zischten wie fliegende Schwerter durch die Luft, als sie fortfuhr: »Die Menschen haben unsere Welt zerstört und unser Volk geschwächt. Wir mussten ins Exil gehen und jene, die sich weigerten, die Menschenwelt zu verlassen – jene, die glaubten, sie hätten noch Zeit – wurden eines Besseren belehrt!«

Da hob sich die Brust des Jungen, er riss die Augen auf und schaute Grim mit all der Finsternis des Himmels ins Gesicht. Grim erschrak, er fühlte, wie dieser Blick ihn durchbohrte, dieses haltlose Erstaunen, diese hilflose, hoffnungsvolle Sehnsucht, und dann der Tod, der die Kehle des Kindes zusammenschnürte und es mit sich riss wie ein Blütenblatt im Sturm.

Die Stille, die auf den letzten Atemzug folgte, leckte mit glühender Zunge über Grims Gesicht. Die Königin saß regungslos. Sie weinte nicht mehr, doch Grim spürte die Kälte, die in diesem Augenblick in ihr wuchs, fühlte den Zorn und den Hass, der sich wie eine rasch wachsende Rose durch ihr Herz bohrte, und er erschrak kaum, als sie den Kopf hob und er ihr Gesicht sah – ein Gesicht aus Eis. Einen Moment lang sah sie ihn an, er empfand ihre Trauer, ihren Zorn, ihren Hass und füllte damit den Riss in seinem Inneren. Es war ihr Kind gewesen, das gerade in ihren Armen gestorben war, es war erstickt an der Welt, die die Menschen errichtet hatten. Dann zerbrach der Moment, Grim hörte ihn bersten und sah, wie die Splitter des Bildes um ihn niederfielen.

Theryon stand regungslos, Grim erkannte schwarze Tränen in seinen Augen. Das Kind war Theryons Bruder gewesen und er – der Sohn der Schneekönigin. Doch Grim blieb keine Zeit, diese Erkenntnis zu verdauen, denn jetzt hob der Feenkrieger den Blick. »Du irrst dich«, sagte Theryon. »Die Welt verändert sich. Sie ist die Welt der Menschen geworden, die Feen haben keinen Platz mehr darin. Doch eines Tages ...«

Da lachte die Schneekönigin auf, es war ein Lachen wie ein Flug durch tausend scharfe Klingen. »Du bist ein Narr, Theryon«, sagte sie kalt. »Es wird nie wieder eine geeinte Welt geben. Unser Volk flieht. Aber ich – ich werde nicht fliehen!«

Sie umfasste Theryon mit eisigem Blick, und für einen Moment erschien es Grim, als gäbe es keinen Unterschied zwischen ihnen – als wären diese beiden vollkommen gleich. Doch dann schüttelte Theryon den Kopf, fast dachte Grim, dass diese Geste eine Antwort wäre auf seine Gedanken. »Sie wissen es nicht besser«, erwiderte der Feenkrieger leise. »Ich bitte dich: Erinnere dich an die Freundschaft, die einst zwischen ihnen und uns bestanden hat – erinnere dich daran, wie du mir von ihnen erzählt hast, von ihrem Lachen, ihren Träumen, ihren Wünschen und von dem Licht, das sie in sich tragen. Noch ist es nicht zu spät – noch kannst du deinen Weg ändern. Ich bitte dich als dein Sohn: Töte sie nicht!«

Für einen winzigen Moment wurde das Gesicht der Königin weich. Grim sah, dass etwas durch ihre Augen ging, das sanft und gut war. Doch gleich darauf kehrte die Kälte in ihren Blick zurück. »Es ist mir gleich, ob sie nicht wissen, was sie tun«, flüsterte sie, doch jedes ihrer Worte klang wie ein Schrei an Grims Ohr. »Sie tun es – das ist alles, was zählt. Sie haben einen meiner beiden Söhne getötet – und dafür werden sie bezahlen. Diese Welt gehört uns ebenso wie ihnen. Und ich werde sie ihnen nicht kampflos überlassen. Ich werde sie vernichten – sie alle. Dann wird die Welt wieder zu blühen beginnen, der Zauber wird zurückkehren und unser Volk gesunden lassen.«

Grim spürte, dass er den Atem anhielt. Er starrte Theryon an, der reglos dastand. »Nein«, erwiderte der Feenkrieger ruhig. »Das werde ich verhindern.«

Ohne ein weiteres Wort riss er den rechten Arm empor, der Ärmel seines Umhangs glitt zurück. Grim riss die Augen auf, als er das Zepter der Gargoyles an Theryons Arm aufflammen sah. Doch ehe der Feenkrieger den Mund für einen Zauber öffnen konnte, sprang die Schneekönigin vor. Eine goldene Peitsche schoss aus ihrer Hand, rasend schnell wickelte sie sich um den Hals von Aradis. Mit einem einzigen Zug riss die Königin sie zu sich heran, drehte sie mit dem Gesicht zu Theryon und krallte ihre spitzen Nägel in das Fleisch ihrer Gefangenen.

Grim sah den heillosen Schrecken, der über Theryons Gesicht flackerte, doch die Königin ließ ihm keine Zeit, sich darin zu verlieren. »Du wirst mir folgen«, sagte sie kalt. »Du wirst mein Heer anführen, den ganzen weiten Weg durch die Länder der Menschen, von Norden bis Süden, von Osten nach Westen. Hier wird es beginnen: Hier im Norden wird das erste Blut fließen. Und du wirst es sein, der es vergießt!«

Atemlos sah Grim zu, wie die Königin mit ihrer freien Hand einen waagerechten Kreis in die Luft zeichnete. Sofort schmolz der Schnee, der darunter am Boden lag, und schwarze Flammen stiegen von der nackten Erde an den Rändern des Kreises auf.

»Wenn du dich weigerst«, sagte die Königin lauter, »dann sollst du erfahren, wie es sich anfühlt, das Liebste zu verlieren, das man in der Welt hat.« Sie packte Aradis im Nacken und schleuderte sie durch die Flammen in die Mitte des Kreises. »Eine falsche Bewegung von dir – und sie ist tot!«

Ein Wimmern drang aus Aradis' Kehle. Sie sah Theryon an und schüttelte den Kopf, doch die Königin achtete nicht darauf. Sie fixierte Theryon mit ihrem Blick, der wie unter einem Schlag zusammenzuckte. »Sie wird verbrennen«, flüsterte die Königin. »Die Flammen meiner Kälte werden ihr Fleisch in Fetzen reißen, es wird ein qualvoller Tod sein, dessen kannst du gewiss sein.« Sie machte eine kleine Pause. Theryon atmete schnell. Das Haar war seiner Geliebten ins Gesicht gefallen, doch Grim sah ihre schwarzen Tränen, die als glitzernde Kristalle zu Boden fielen. Hilflos schaute sie Theryon an, sie sprach kein Wort, und doch erkannte Grim, dass sie den Feenkrieger mehr liebte als ihr Leben – dass diese zwei auf eine Weise füreinander bestimmt waren, wie es selbst unter unsterblichen Geschöpfen wie den Feen nur sehr selten vorkam.

»Gib mir das Zepter«, zischte die Königin und streckte die Hand aus.

Da schrie Aradis auf, sie rief etwas in der Sprache der Ersten Feen, das Theryon Tränen in die Augen trieb. Sie wollte nicht, dass er das Zepter freigab, das wusste Grim, und er spürte die Kluft in Theryons Brust, als wäre es sein eigener Schmerz. Für einen Moment war es, als würde Mia in dem Kreis liegen, als ginge es um ihr Leben. Grim hätte nicht gezögert. Er hätte sich ebenso entschieden wie Theryon.

Ein Zittern lief über den Körper des Feenkriegers, als er vor die Königin trat. »Lass sie gehen«, sagte er tonlos. »Ich folge dir.«

Aradis schluchzte auf, doch Theryon wandte sich nicht um. Lautlos löste er das Zepter von seinem Arm und gab es der Königin. In einem Augenblick grenzenlosen Triumphs blickte diese ihren Sohn an. Sie schnippte mit den Fingern. Der Bannkreis öffnete sich,

Aradis taumelte ins Freie. Hinter ihr loderten die Flammen auf, sie stürzten sich auf die Erde und den Schnee, als müssten sie sich Ersatz beschaffen für die Beute, die ihnen entgangen war. Schwankend ging Aradis auf Theryon zu und blieb dicht vor ihm stehen. Grim sah die schwarzen Tränen, die ihr über die Wangen liefen, und als sie sich vorbeugte und ihn küsste, da wusste er, dass sie es zum letzten Mal tat. Er brüllte, als sie sich umwandte, doch Theryon hörte seinen Schrei nicht. Noch einmal sah Aradis zu ihm zurück. Dann sprang sie auf den Bannkreis zu – und stürzte sich in die Flammen.

Mit einem Schrei warf Theryon sich vor, doch er konnte sie nicht mehr retten. Binnen weniger Augenblicke war sie zu einem Nebel aus Asche verbrannt. Die Flammen schmolzen zu kleinen züngelnden Lichtern zusammen. Theryon fiel auf die Knie, es sah aus, als hätte man ihm einen Schlag versetzt. Grim konnte sein Gesicht nicht erkennen, aber er sah die Schatten, die sich unter seiner Haut bewegten, und fühlte das tiefe Grollen, das sich schließlich aus seiner Kehle in die Nacht ergoss. Theryons Schrei brach wie Feuer aus seiner Lunge, er entfachte die Flammen, die sich in rasender Geschwindigkeit vermehrten, wie entfesselt über die Ebene rasten und in rotem Schein den Mond verfärbten.

Außer sich sprang der Feenkrieger auf die Füße und stürzte sich auf die Schneekönigin. Grim atmete nicht, als Mutter und Sohn gegeneinander kämpften, er sah nur den Schmerz in Theryons Augen und die Trauer, die auch heute noch in jeder seiner Bewegungen fühlbar war. Die Schneekönigin fiel rücklings zu Boden, Theryon entriss ihr das Zepter. Mit voller Stimme brüllte er einen Zauber, das Licht des Artefakts flammte auf und errichtete eine Grenze in der Dunkelheit der Nacht, die den Schein der Nordlichter sammelte und sich den Sturm untertan machte. Schon riss er am Körper der Königin, sie schrie auf, als dunkle Worte aus Theryons Mund quollen. Hasserfüllt wollte sie sich auf ihn stürzen, doch da wurde sie vom Sturm erfasst, ebenso wie ihre Krieger. Tosend trieb er sie durch die Lichter der Grenze, bis sämtliche Feen aus der Welt der Menschen verschwunden waren – bis auf eine.

Grim schaute Theryon an, der auf der kargen Ebene stand, die Rüstung vom Sturm zerrissen, und einen Bannzauber auf das Zepter legte. Die Farben der Grenze verwischten, der Mond strahlte in rotem Licht, während die letzten Flammen des Feuers erloschen, die die Ebene verkohlt hatten. Da wandte Theryon den Blick. Grim spürte, wie die Illusion um ihn herum verblasste, und doch: Das Bild der trostlosen Ebene brannte sich so überdeutlich in sein Bewusstsein, dass er erst durch den Sturz auf den Boden merkte, dass er in den Raum mit den Folianten zurückgekehrt war. Es war die Ebene, die Theryon in seinen Augen trug.

Remis schüttelte den Kopf. »Das …«, begann er, aber offensichtlich fehlten ihm die Worte.

»Die Schneekönigin wollte die Menschheit vernichten«, murmelte Grim nachdenklich. »Damals wurde sie daran gehindert – nun ist sie zurückgekehrt, um ihren Plan zu vollenden.«

Remis zuckte mit den Schultern. »Sie kann nicht mit zweihundert Feen und Alben die Menschheit auslöschen. Diese Kreaturen mögen mächtig sein, aber …«

Grim starrte ihn an, die Erkenntnis flutete ihn wie eisiges Wasser. »Sie braucht die Feenmagie«, raunte er. »Nur so kann sie ihre Kräfte vollends entfalten. Und sie braucht eine Armee – ein Heer wie damals.«

»Aber alle anderen Feen sind in ihrer eigenen Welt«, erwiderte Remis. »Ich dachte immer, die Feen selbst hätten sie unüberwindbar gemacht. Nun war es also Theryon. Er hat die Grenze mit der Macht des Gargoyle-Zepters errichtet und anschließend einen Bann auf das Artefakt gelegt, damit sie mit ihm niemals wieder eingerissen werden kann. Es gibt keine Waffe, die es mit dem Zepter aufnehmen könnte, außer …«

Remis' Augen wurden groß wie Untertassen. Jede Farbe wich aus seinem Gesicht, japsend holte er Atem. »Der Fortgang der Feen aus dieser Welt ist lange her«, flüsterte er kaum hörbar. »Damals konnte Theryon nicht wissen, dass es noch ein Artefakt gibt – ein Artefakt mit derselben Kraft wie das Machtinstrument der Gargoyles.«

Mit einem Satz sprang Grim auf die Füße. Schnell klammerte Remis sich an seiner Schulter fest, ehe Grim in rasender Geschwindigkeit aus dem Raum stürzte. »Das Zepter der Menschen«, grollte er, als er sich in die Nacht Ghrogonias warf. »Das ist alles, was die Schneekönigin braucht, um die Grenze einzureißen und ihre Pläne umzusetzen.«

Und dieses Artefakt wurde gerade in diesem Moment auf Mias Ausstellung den Menschen präsentiert.

Kapitel 14

Die Hall Napoléon war ein Meer aus Lichtern. An den Seiten der Treppe brannten Kerzen, ebenso auf den Stufen, den Theken und Informationsschaltern und rings um das Podest, auf dem ein Mikrofon auf einen Redner wartete. Die Gäste hatten sich an ebenfalls mit Kerzen versehenen Stehtischen zusammengefunden, deren Decken bis zum Boden reichten, und unterhielten sich leise bei einem Glas Sekt.

Mia ließ den Blick von der Empore, auf welche die Treppe führte, durch den Saal gleiten, und spürte für einen Moment so etwas wie Befriedigung. Monatelang hatte sie auf diesen Abend hingearbeitet, hatte Artefakte gesammelt, Ideen für Werbung und Marketing entwickelt und unzählige Gespräche mit besorgten Anderwesen geführt, die Zweifel daran hegten, ob die Menschen tatsächlich mit anderweltlichen Artefakten in Kontakt kommen sollten. Mia holte tief Luft. Sie hatte es geschafft. Schon jetzt war die Eingangshalle des Louvre sehr gut besucht, und immer noch kamen neue Gäste. Ihr lief ein Schauer über den Rücken, als sie in die Halle hinabschaute, die wie ein funkelnder Kristall wirkte. Noch vor Kurzem war sie geduckt und in Todesangst hindurchgelaufen, und keiner der Menschen dort unten ahnte auch nur etwas davon. Mehr noch: Vielleicht würden sie niemals davon erfahren, auch nicht von den Schattenflüglern, die vor wenigen Stunden in diesen Mauern gestorben waren, niedergemetzelt von Alvarhas und seinen Schergen.

Zwei hatten überlebt – zwei von vierzehn. Auch jetzt waren Gargoyles anwesend, regungslos standen sie als Statuen getarnt in der Eingangshalle des Louvre. Mia sah, wie die Menschen sie anschauten, immer wieder schnappte sie Gesprächsfetzen darüber auf, aus welchem Zeitalter diese Arbeiten wohl stammen mochten. Ja, die Menschen schauten die Gargoyles an, aber sie erkannten sie nicht – und nicht nur aufgrund des Zaubers des Vergessens, sondern weil sie gar nicht auf die Idee kamen, etwas anderes hinter der steinernen Fassade zu vermuten als das, was ihnen bekannt war. Die Menschen waren blind, das hatte Mia immer gefühlt, und doch tat es ihr weh, jedes Mal, wenn sie sich dessen bewusst wurde.

»Ausgezeichnet«, sagte eine dunkle, angenehme Stimme hinter ihr. Sie hob den Blick und sah, dass Lyskian zu ihr ans Geländer trat. Er trug einen dunkelroten Samtmantel, der bis zum Boden reichte und von bronzefarbenen Knoten geschlossen wurde. Sein Haar fiel in sanften Wellen auf seinen Rücken, und sein Blick glitt wie ein seidenes Tuch über die Köpfe der Menschen. In der Hand hielt er ein Glas Rotwein – auf den ersten Blick. Seine Wangen glühten ein wenig, als er den Arm um sie legte und lächelte.

»Du solltest deine dunklen Gedanken für heute Nacht verbannen«, sagte er sanft.

Sie spürte die Kälte, die von seinem Körper ausging, und lächelte ein wenig. Sie machte sich nichts vor. Er war es gewohnt zu bekommen, was er wollte, und ihr Blut gehörte eindeutig dazu. Sicher: Lyskian war Grims Freund, und sie wusste, dass er auch sie mochte – sofern ein solches Gefühl von Vampir zu Mensch überhaupt möglich war. Aber gleichzeitig war er der Prinz der Vampire, ein Blutsauger, der Jahrhunderte überlebt hatte – und das gewiss nicht nur mit Konserven aus Blut. Sie hörte allerlei von wilden Festen in den Villen der vampirischen Oberwelt von Paris, und mehr als einmal schon war es vorgekommen, dass sie Lyskian durch eine unbedachte Berührung oder plötzliche körperliche Nähe aus dem

Konzept gebracht hatte. Dann hatte das tiefe Schwarz seiner Augen sich in etwas anderes verwandelt, etwas, das sie aus den Blicken großer Raubkatzen kannte, kurz vor der Fütterung: eine mächtige, haltlose Gier, die nach Entfesselung schrie. Lyskian war ein charmanter, hochintelligenter Verführer, aber er war auch ein Mörder. Mia wusste, dass sie das im Umgang mit ihm niemals vergessen durfte.

Lächelnd legte er ihre Hand auf seinen Arm. »Bereit?«, fragte er leise.

Sie holte tief Luft und nickte. »Bereit.«

Gemeinsam schritten sie die geschwungene Treppe hinab. Lyskian verursachte keinerlei Geräusch, und obwohl Mia normalerweise beim Treppensteigen immer auf die Stufen schaute, um nicht hinzufallen, richtete sie nun den Blick auf die Menschen unten im Saal. Sie fragte sich, ob Lyskian sie mit vampirischer Geschwindigkeit auffangen würde, wenn sie auf einmal das Gleichgewicht verlöre, und musste über diese Vorstellung lächeln.

Ich bin ein Kavalier der ersten Stunde, hörte sie Lyskians Stimme in ihrem Kopf. *Natürlich würde ich das.*

Seufzend stieß sie die Luft aus und errichtete einen Schutzwall um ihre Gedanken. Genau so etwas hatte sie gemeint. Wenn man nicht aufpasste, war man Lyskian schneller verfallen, als man *Blut* sagen konnte. Sie erreichten das Podest, und während Lyskian ans Mikrofon trat, begannen die Menschen im Saal zu klatschen.

»Willkommen«, begann Lyskian, und seine Stimme umhüllte die Gäste wie warme Schleier. »Willkommen bei der Ausstellung *Magische Träume*, während der ich Ihnen einige exklusive Stücke meiner privaten Sammlung zeigen werde. Jene unter Ihnen, die mich bereits kennen, wissen schon, dass ich kein Freund vieler Worte bin. Ich lasse lieber Taten sprechen, und jedes der Artefakte, die meine hochgeschätzte Mitarbeiterin Mia Lavie und meine Wenigkeit zusammengestellt haben, ist eben dieses: eine Tat – und eine Frage, die da lautet: Was ist die Wirklichkeit?«

Mia spürte den Schauer, den Lyskians Worte ihr über die Haut schickten, und sie sah den Glanz in den Augen der Menschen, als sie zu ihm aufsahen. Was hätte sie darum gegeben, in diesem Moment in ihren Köpfen sein zu können! Vielleicht hätte sie sich dann weniger allein gefühlt.

»Es gibt Menschen«, fuhr Lyskian fort, und nur Mia fiel die besondere, beinahe zärtliche Betonung auf, mit der er das letzte Wort hervorhob, »die tatsächlich noch klüger sind als ich.« Gelächter flog über die Reihen wie ein unbekümmerter Vogel. Lyskian lächelte geduldig. »Einer dieser Menschen ist Zhuāngzǐ, ein chinesischer Philosoph und Dichter um dreihundert vor Christus. Folgendes ist von ihm überliefert: *Einst träumte Zhuāngzǐ, dass er ein Schmetterling sei, ein flatternder Schmetterling, der sich wohl und glücklich fühlte und nichts wusste von Zhuāngzǐ. Plötzlich wachte er auf: Da war er wieder wirklich und wahrhaftig Zhuāngzǐ. Nun weiß ich nicht, ob Zhuāngzǐ geträumt hat, dass er ein Schmetterling sei, oder ob der Schmetterling geträumt hat, dass er Zhuāngzǐ sei, obwohl doch zwischen Zhuāngzǐ und dem Schmetterling sicher ein Unterschied ist. So ist es mit der Wandlung der Dinge.*« Vereinzelt erklangen Laute der Anerkennung und des Staunens, und Lyskian wartete einen Augenblick, ehe er fortfuhr: »Die Welt ist im Wandel, und die Wirklichkeit verändert sich, je nachdem, wo man steht. Wir sollten es halten wie Zhuāngzǐ in seinem Traum: den Wandel durchlaufen vom Menschen zum Schmetterling, ohne uns fangen zu lassen. Nicht nur einmal werden Sie, meine Damen und Herren, bei der Betrachtung einzelner Gegenstände dieser Ausstellung den Eindruck haben, etwas Unwirklichem, Magischen auf die Spur gekommen zu sein. Doch vergessen Sie nicht: Die Magie lässt sich nicht erkennen. Sie müssen sie – erfühlen! Ähnlich dem Schmetterling, der sich auf eine sonnendurchwärmte Rosenknospe setzt und nichts ahnt von dem Habicht, der ihn bereits im Blick hat. Denn das, meine Damen und Herren, ist die wahre Freiheit des Menschen: der Glaube daran, dass alles möglich ist. In diesem Sinne lade ich Sie herzlich ein, sich mit mir vom Zauber der teilweise jahrtausendealten Artefakte berühren und möglicherweise – wer weiß? – verwandeln zu lassen. Mögen die Träume beginnen!«

Mia applaudierte mit den anderen und hakte sich anschließend bei Lyskian ein, um mit ihm in den Ausstellungsraum zu gehen. Sie lächelte ein wenig. Es war schwer zu glauben, dass ein Untoter mehr von den Menschen begriff als diese selbst.

Sie erreichten den Raum und Mias Herz machte einen Satz. In gläsernen Schaukästen lagen die Artefakte, die sie über so lange Zeit gesammelt hatte, von mehreren unsichtbaren Magienetzen und den steinernen, als Statuen getarnten Wächtern geschützt, die reglos an den Wänden standen und von einigen Gästen ebenfalls für Ausstellungsstücke gehalten wurden. Nun würden die Menschen sie sehen – zum ersten und vielleicht auch letzten Mal in ihrem Leben.

Mia ließ Lyskian mit einigen wichtigen Leuten aus der Politik sprechen und setzte ihren Weg durch den Raum allein fort. Für eine kurze Weile genoss sie die Blicke der Menschen, die sich staunend auf die Artefakte legten, und sie empfand fast so etwas wie Stolz darauf, dass es ihr gelungen war, diese Ausstellung auf die Beine zu stellen. Sie spürte, dass die Menschen sie anschauten, dass sie ein schwarz gekleidetes Mädchen sahen mit ungewöhnlich grünen Augen. Ja, die Menschen sahen sie an – aber sie erkannten sie nicht, und manchmal, wenn sie allein war und darüber nachdachte, wie ihr Leben früher gewesen war, vor Grim und der Anderwelt und der Magie, dann wurde ihr bewusst, dass sie dieselbe Sehnsucht und Einsamkeit noch immer in sich trug, die sie damals in die Dunkelheit getrieben hatte. Sie wollte, dass die Menschen sie erkannten, wollte es mit einer Inbrunst, dass sie manchmal selbst davor erschrak, und hatte gleichzeitig vor nichts auf der Welt solche Angst.

Wie gern hätte sie Jakob an diesem Erlebnis teilhaben lassen. Ein Schmerz durchzog ihre Brust, als sie an ihren Bruder dachte, ein kühler, stechender Schmerz, und sie wusste nicht, ob er von der verfluchten Scherbe herrührte oder von der Sorge, die sie für Jakob empfand. Wieder sah sie sein Gesicht vor sich und hörte seine Stimme – jene Stimme, mit der die Schneekönigin sie dazu gebracht hatte, die Feen in dieser Welt zu schützen. Gedankenverloren schüttelte Mia den Kopf. Mit Leichtigkeit hatte die Königin sie manipulieren können. Jakob hätte sich nicht täuschen lassen. Und ausgerechnet in ihren Händen lag nun das Erbe der Hartide, während ihr Bruder sich in den Klauen der Schneekönigin befand und sie selbst nichts, gar nichts dagegen tun konnte.

Unruhig schaute sie auf ihren Pieper, doch Grim hatte sich noch nicht gemeldet. Ob er und Remis schon etwas herausgefunden hatten? Mia wandte sich zu Lyskian um. Der Vampir bewegte sich unter den Menschen wie ein Fürst inmitten des gemeinen Pöbels. Erhabenheit und Anmut umgaben ihn wie eine gläserne Wand, und die Menschen schienen das zu spüren – immer wieder schauten sie neugierig und bewundernd zu ihm hinüber. Aber in ihren Augen lag kein Anflug von Erkenntnis, und während Lyskian mit dieser Tatsache spielte, sie scheinbar sogar genoss, spürte Mia ein Gefühl wie Enttäuschung in ihrer Brust, als sie die Menschen und den Vampir beobachtete.

Seufzend wandte sie sich ab und ging auf die größte Vitrine zu, jenen Glaskasten, der von so vielen magischen Netzen umgeben war, dass Mia sie flirren hören konnte. Die Menschen hielten dieses Geräusch vermutlich für eine durchbrennende Glühbirne, und ihnen wäre nie aufgefallen, dass sich in diesem Raum gar keine Glühbirnen befanden. Sie trat hinter die vorderste Reihe der Gäste, die sich dicht gedrängt um die Vitrine versammelt hatten. Leise murmelnd betrachteten sie das Zepter der Yartholdo, und Mia überkam ein Glücksgefühl, als sie die faszinierten und staunenden Stimmen der Menschen hörte. Erneut wünschte sie sich, diesen Augenblick mit Jakob teilen zu können. Sie betrachtete die kunstvollen Verzierungen des Zepters, sah, wie die Lichter des Artefakts über die Gesichter der Menschen flackerten, jener Menschen, die auf der anderen Seite der Vitrine standen – und erstarrte.

Sie spürte, dass sie nicht mehr atmete, aber ihr Körper reagierte nicht auf ihren Befehl, Luft zu holen. Wie gelähmt stand sie da und starrte durch den Schaukasten auf denjenigen, der ihr gegenüberstand. Reglos sah er sie an, mit tiefen, dunklen Augen und wirrem blonden Haar und mit einem Schatten im Blick, der ihr die Kehle zudrückte.

Jakob, flüsterte sie in Gedanken.

Ein schwaches Lächeln huschte über sein Gesicht, und für einen Moment verschwand der Schatten aus seinen Augen. Nur Traurigkeit lag noch darin und eine haltlose, schreiende Verzweiflung. Im nächsten Augenblick kehrte der Schatten zurück. Jakobs Gesicht wurde hart – und dann ging alles ganz schnell. Mia sah, wie Jakob die Hand hob, wie er die Faust mit einem Flammenzauber überzog und die Menschen erschrocken vor ihm zurückwichen. Sie hörte sich schreien, spürte, wie die Schattenflügler aus ihrer Starre erwachten und Lyskian seine Kälte lähmend durch den Raum schickte. Dann stieß Jakob die Faust vor, und der Glaskasten zersprang in tausend Scherben.

Mia fiel auf die Knie, die Splitter blieben in ihren Haaren hängen. Sie sah die Lichtportale, die auf einmal zwischen den Glaskästen erschienen, und die Feen in voller Rüstung, die aus ihnen in den Raum traten. Jetzt huschten Alben vorüber, Mia hörte das kalte, durchdringende Lachen von Alvarhas. Die Schreie der Menschen erfüllten die Luft, als die Feen ihre Fäuste vorstreckten und die magischen Netze um das Zepter zerrissen. Fauchend wie Peitschen aus Feuer zischten sie durch den Raum und rissen drei Menschen von den Füßen. Die Schattenflügler stürzten sich auf die Alben und Feen, Mia fühlte, wie Lyskian sie von der Vitrine fortzog. Sein Körper war kälter als Eis. Sie begann zu zittern, doch sie spürte es kaum.

Sie sah Jakob über Lyskians Schulter hinweg, sah ihren Bruder, der die flammende Hand hob und das Zepter der Menschen ergriff. Einen Lidschlag lang schien die Zeit stillzustehen. Mia spürte, wie ihr Tränen in die Augen schossen, denn jetzt trat der Schatten aus Jakobs Blick heraus, sie sah eine Gestalt in Weiß hinter ihrem Bruder auftauchen – es war die Schneekönigin.

Jakobs Augen verdrehten sich nach oben, lautlos brach er zusammen. Mia schrie auf, als die Königin das Zepter über ihren Kopf hob. Sie öffnete den Mund, um einen Zauber zu sprechen. Doch da zerriss ein Tosen die Luft, so gewaltig und dröhnend, dass es in Mias Innerem widerhallte. In Lyskians Armen fuhr sie herum und sah, wie mehrere Gestalten durch die gläserne Pyramide in die Eingangshalle sprangen. Sie sah Mourier, Kronk – und Grim in Begleitung der besten Krieger der Anderwelt, die in rasender Geschwindigkeit auf sie zustoben. Lyskian riss Mia zur Seite, sie landete halb auf seiner Brust und sah gerade noch, wie Grim sich der Königin entgegenstürzte.

Dann begann der Kampf.

Kapitel 15

Grim sprang über zwei Vitrinen, der steinerne Boden splitterte unter seinen Füßen, als er in der Menge landete, doch er verlor keine Zeit. Mit einem Brüllen entließ er den Zauber in seiner Faust, der als flammende Sichel über mehrere Schaukästen auf die Königin zuschoss. Blitzschnell riss sie die Hand in die Höhe. Ein gleißend grüner Schutzwall errichtete sich dicht vor ihrem Körper und warf Grims Zauber so rasend schnell zurück, dass er ihm nicht mehr ausweichen konnte. Er hörte noch die Funken, die auf die schreienden Menschen niederfielen, die panisch versuchten, sich in Sicherheit zu bringen. Dann traf ihn die Feuersichel vor die Brust, riss ihn von den Füßen und katapultierte ihn ein ganzes Stück weit rücklings durch die Luft, ehe er auf dem Boden aufschlug.

Der steinerne Grund war kühl an seinen Klauen, die Wucht des Zaubers lähmte seine Glieder. Blut rann aus der Wunde in seiner Brust, sein Heilungszauber kam nur langsam gegen die fremde Magie an. Er hörte den grellen Schrei der Königin, schon fühlte er den Nebel, den sie um seine Kehle wickelte wie eine Schlinge aus Gift. Knisternd liefen Eiskristalle von dem Zauber aus über seine Haut. Es war, als würden tausend Klingen sein Fleisch in Fetzen schneiden, und ein seltsamer Schwindel kroch durch seine Stirn und vernebelte ihm den Blick. Wie durch dichte Tücher nahm er die Gestalten der Kämpfenden um sich herum wahr, Alben, die sich auf Schattenflügler stürzten, und die Schwingungen mächtiger Zauber auf beiden Seiten. Grim stöhnte, als er versuchte, seine Magie zu sammeln, doch die Schlinge der Königin raubte ihm die Kraft. Nebelhaft sah er sie näher kommen, er spürte ihren grausamen Blick über seinen Körper wandern.

In ihrer Hand hielt sie einen funkelnden Eiskristall – einen Zauber, der ihm das Fleisch von den Knochen reißen würde, wenn sie seine Farben entließe. Er spürte die flackernden Lichter des Zaubers an seinem Hals. Die Königin würde ihm die Kehle durchbrennen. Er hörte die Schreie der Menschen um sich herum, die panisch am Boden kauerten, da die Alben ihnen mit einem Wall vor dem Eingang eine Flucht unmöglich gemacht hatten. Er fühlte die heftigen Hiebe der Schattenflügler, die gegen die Feen kämpften, und er spürte Mias Herzschlag, der den Lärm durchdrang wie ein unzerstörbares Flüstern. Entschlossen ballte er die Klauen. Nein, so würde es nicht enden – so nicht!

Er rief seine höhere Magie und ließ sie gegen den Zauber der Fee anrennen, der sich mit scharfen Zähnen in sein Fleisch fraß. Er zwang sich, nicht auf den Schmerz zu achten. Diese Fee würde ihn nicht umbringen, so viel stand fest. Seine Magie flutete seinen Körper als Meer aus Licht und Wärme, der Bann der Königin bekam Risse. Gerade bündelte sie die Farben ihres Kristallzaubers, um dessen Macht zu verstärken, als ein Schrei den Schleier vor Grims Blick zerriss. Die Schneekönigin fuhr herum, der Kristall in ihrer Hand zerbarst, und der Bann ihrer Schlinge wurde so schwach, dass er unter Grims Zauber zersprang. Hustend kam Grim auf die Beine und sah, wie Mia sich der Königin entgegenstellte: Sie war es gewesen, die geschrien hatte – um ihn zu retten. Jetzt stand sie mit wutsprühenden Augen vor der Fee, riss die rechte Faust nach vorn und schleuderte der Königin einen Sturmzauber entgegen. Die Fee wich zurück. Ein Mensch mit einer solchen Magiefähigkeit war ihr selten begegnet, das konnte Grim sehen. Schon stürzte Mia sich vor und wollte ihrem Zauber eine Hitzewelle hinterherschicken. Doch noch ehe sie die Hände zusammenschlagen konnte, raste ein Schatten von links heran. Grim erkannte den Alb, den er als Mörder gesucht hatte. Mit wutverzerrtem Gesicht stürzte dieser sich auf Mia und riss sie mit sich ins Kampfgewühl.

Grim wollte ihnen nachstürzen, doch da hob die Königin die Faust und sprach mit lauter Stimme einen Zauber. Sofort tauchten mehrere Feen aus der Menge und schirmten die Königin mit mächtigen Schutzwällen ab, während diese durch die schimmernden Zauber zu Grim herübersah. Sie lächelte voller Triumph. Schon begannen die Streben des Zepters zu glühen. Grim stieß ein Grollen aus, das den Boden zum Erzittern brachte. In wenigen Augenblicken würde die Königin das Zepter mit sich verbunden haben und so über seine Macht gebieten. Er musste ihr das Artefakt abnehmen – sofort.

Eilig fuhr er herum, entdeckte Mourier und Kronk im Kampfgewühl und rief sie mit schnellem Gedankenzauber zu den Wällen. Wortlos stürzten sie sich auf die Feen, die den Schutz um die Königin aufrechterhielten. Grim hörte die Flammen auf Mouriers brennendem Fell und das Zischen in der Luft, als der Löwe mit seinen Pranken nach den Feen ausholte. Kronk stand beinahe regungslos, doch seine Augen sprühten Funken, und aus seinen Händen schossen schwarze und grüne Peitschen aus flüssigem Erz, mit denen er tiefe Kerben in die schimmernden Wälle schlug. Grim sah Mia, wie sie sich den Alb mit einem Wasserzauber vom Hals hielt, der sie wie ein durchsichtiger Strudel umgab, doch er fühlte, dass ihre Kräfte nachließen, und das grausame Blitzen im Blick des Albs zog ihm den Magen zusammen. Im nächsten Augenblick waren sie hinter zwei Schattenflüglern verschwunden, die angestrengt gegen eine Fee ankämpften. Da hörte Grim das Splittern der ersten Wälle. Entschlossen ballte er die Fäuste und rief Walli und Vladik zu sich, die gleich darauf aus der Menge auftauchten und mächtige Flammenzauber gegen die Wälle schickten. Grim zögerte nicht. Lautlos erhob er sich in die Luft, raste durch Feuer und Peitschen auf den splitternden Wall zu – und durchschlug ihn mit donnerndem Gebrüll. Er landete direkt vor der Königin. Niemals würde er ihr Gesicht vergessen – diesen halb empörten, halb fassungslosen Ausdruck auf ihren Zügen, als er nach dem Zepter griff. Doch sie reagierte schnell. In letzter Sekunde riss sie das Artefakt an sich, breitete die Arme aus und sprang rücklings in die Luft. In rasender Geschwindigkeit bewegte sie sich von Grim fort. Alben, Feen und Gargoyles prallten von ihr zurück. Gerade wollte Grim ihr nacheilen, als sie die Hand vorstreckte und einen glimmenden Zauber zwischen ihren Fingern bildete. Sofort spürte Grim dessen Kälte, sah den schneeweißen Raureif, der sich blitzschnell von dem Zauber ausbreitete und sich auf die Kämpfenden legte, und starrte wie gebannt auf den nebelschwitzenden Zauber in der Hand der Königin. Jetzt zerbarst er in einen gewaltigen Schild flirrender Eissplitter, nur schemenhaft war die Gestalt der Fee dahinter noch zu erkennen. Grim sah silberne Fäden, die den Zauber durchliefen wie ein Fischernetz. Weißer Nebel stieg von seinen Rändern auf, während er seinen Umfang vergrößerte, bis er beinahe den gesamten Raum ausfüllte – und glitt dann vor. Grim hörte die Stimme der Schneekönigin, er sah sich selbst, wie er die Schwingen ausbreitete und auf den Zauber zuraste, und fühlte gleichzeitig die Schreie der Menschen und Schattenflügler, die von dem silbernen Schild getroffen wurden. Lautlos glitt er durch sie hindurch – und zerschnitt ihre Körper mit den feinen Maschen seines Netzes.

Außer sich sprang Grim dem Zauber entgegen und schlug seine Klauen in den Schild. Ein stechender Schmerz durchfuhr seine Finger, als die Magie sich in sein Fleisch grub, doch er zwang sich, nicht darauf zu achten. Er würde nicht zulassen, dass die Königin Menschen und Anderwesen tötete – niemals. Geisterhaft erkannte er die Gestalt der Schneekönigin auf der anderen Seite des Schildes und sah, wie sie das Zepter emporhob und die Streben sich langsam auf ihren Arm zuschoben. Grim spürte, wie sein Blut über seine Klauen und Arme lief, und ließ die höhere Magie durch seinen Körper rasen. Sie setzte seine Augen in Flammen und fuhr als flüssiges Gold aus seinen Klauen in die Streben des Zaubers. Ein Knacken wie das Bersten dicker Eisschichten durchzog den Raum, als Grims Zauber in die Magie des Schildes eindrang, die Kälte zwischen glühenden Pranken verdampfte und den todbringenden Zauber zum Innehalten zwang.

Für einen Moment schien die Zeit stillzustehen. Grim spürte die Erschöpfung in seinen Gliedern, vereinzelt hörte er noch das stöhnende Knistern des Eises, das er überwältigt hatte. Hinter dem Schild, der nun golden schimmerte, sah er die dunklen Augen der Schneekönigin. Dann riss er die Fäuste hoch, und mit einem gewaltigen Krachen zerbrach der Zauber in tausend Funken.

Grim sprang durch die niederrieselnden Flammen wie durch Regen aus Feuer, stürzte auf die zurückweichende Königin zu und stieß die rechte Klaue vor. Das goldene Feuer in seinen Fingern verbrannte ihr die Hand, als er das Zepter umfasste und es ihr entriss. Ehe die Königin etwas hätte tun können, ballte er die Faust und richtete sie auf das Herz der Fee. Er hielt ihren Blick gefangen, als er den Zauber sprach, der den Schutz von den Feen nahm – den Zauber, den Mia gewirkt hatte und der die Feen vor der Menschenwelt schützte. Die Worte schmeckten hart und bitter auf Grims Zunge, ein greller Blitz traf die Brust der Königin mit dumpfem, entsetzlichen Geräusch und zerfetzte den Schutzzauber auf ihrer Haut.

Die Königin wurde bleich wie durchsichtiges Wachs, ihre Augen waren zwei Abgründe, gefüllt mit Nacht und Sternen. Sie stolperte rückwärts und fiel zu Boden, halb rappelte sie sich auf, doch die Kraft schien aus ihren Gliedern zu fließen wie Wasser. Schaudernd hörte Grim die Schreie der Feen um sich herum, es klang wie das wilde Heulen sterbender Wölfe, und er roch den Gestank von verbrennendem Fleisch. Er schaute der Königin in die reglosen Augen, doch er sah, wie sich die Haut ihres Körpers schwarz verfärbte, wie sie anfing zu kohlen und kleine Flämmchen über ihre Arme liefen. Sie gab keinen Ton von sich, aber in ihrem Blick lag etwas, das Grim bis ins Innerste erschütterte. Er sah keinen Zorn mehr in ihrem Gesicht, keine Gier und keinen Hass – nur Verzweiflung war darin, eine tiefe, brennende Sehnsucht nach etwas, das unwiederbringlich verloren war.

»Schluss damit!«

Die Stimme durchbrach die Schreie der Feen wie ein Feuerstoß. Grim fuhr herum – und erstarrte.

Vor ihm stand der fremde Alb, und in seinen Klauen hing Mia. Er hielt sie von hinten umfasst, Grim konnte die Furcht in ihren Augen sehen. Kalt glühend hatten sich die Arme des Albs um ihren Körper geschlungen, und er zog ein silbernes Messer langsam über ihren Hals, bis er an der Schlagader innehielt. Grim konnte Mias Pulsschlag an der Waffe sehen und hörte auf zu atmen.

»Errichte den Schutz neu«, flüsterte der Fremde in Mias Ohr, aber er redete nicht mit ihr. Er sprach mit Grim. »Sofort!«

Grim spürte die Blicke der Schattenflügler auf seinem Gesicht, den Blick Mouriers, der mitten im Kampf innegehalten hatte wie all die anderen. Eine seltsame, brodelnde Stille lag über den Köpfen, als Grim den Zauber sprach.

»Lass sie gehen«, grollte er, während der Fremde sich mit Mia zur Schneekönigin bewegte, die schwer atmend auf die Beine kam. Die Fee fuhr sich übers Gesicht, Teile ihrer Haut blieben an ihren Fingern haften. Grim fröstelte, als er sie ansah, das Fleisch und die Muskeln, die unter der zerfetzten Haut ihrer linken Wange sichtbar wurden, und die tiefschwarzen Augen, die weit in die Höhlen zurückgetreten waren. Nichts war mehr von der Anmut der Schneekönigin übrig geblieben, bis auf die Dunkelheit in ihrem Blick – und vielleicht war sie es, die Grim das Gefühl zurückgab, dass die Fee noch immer schön war. Jetzt trat sie auf Mia zu, sie ließ ihren Blick über deren Gesicht gleiten, reglos und kalt, und ein Lächeln huschte über ihr entstelltes Antlitz, das nun langsam begann, sich zu heilen.

»Gib es mir«, sagte sie leise, doch ihre Stimme traf Grim wie ein Dolchstoß. »Gib mir das Zepter, oder sie wird sterben.«

Sofort senkte der Fremde sein Messer tiefer in Mias Hals, Blut quoll aus dem feinen Schnitt in ihrer Haut. *Nein*, hörte Grim Mias Stimme in seinem Kopf. *Das darfst du nicht tun. Du …* Er blendete ihre Worte aus, denn er sah ihr in die Augen, sah ihre Angst, auch wenn sie diese mit flammender Wut zu überdecken versuchte. Und er fühlte die Dunkelheit in seinem Inneren bei dem Gedanken daran, jetzt zu zögern – bei dem Gedanken, sie zu verlieren. Er ignorierte das hektische Keuchen Mouriers, die scharfen Blicke der Gargoyles. Lautlos hob er den Arm und reichte der Königin das Zepter.

Um ihn herum war es totenstill. Grim sah, wie der Fremde das Messer von Mias Hals nahm, wie er sie in die reglose Menge stieß, wo sie in Lyskians Armen landete. Er spürte sein Herz in seiner Brust – sein Menschenherz.

Der Kampf war beendet. Um ihn herum lagen gefallene Schattenflügler und verwundete Menschen. Die Feen standen aufrecht, kein Alb war mehr verletzt. Grim wollte sich zu Mia umdrehen, doch er konnte es nicht. Vor ihm stand die Schneekönigin. Sie hielt seinen Blick gefangen. Sieben Schutzschilde flackerten vor ihrem Gesicht, doch Grim wusste, dass sie keines Schutzes mehr bedurfte. Sie hatte gesiegt.

Die Königin lächelte. Es schien ihm, als führe sie ihm mit eisigen Händen über das Gesicht. »Du«, raunte sie und glitt auf ihn zu, lautlos wie eine Schlange. »Du beschützt die Menschen, weil du glaubst, dass du so bist wie sie. Aber du irrst dich. Sieh in ihre Gesichter – sieh hin! Für sie wirst du immer ein Monster sein, genau wie ich.«

Grim wollte etwas erwidern, doch ihre Augen mit dem schwarzen Sternenhimmel verwandelten jeden seiner Gedanken in leblose Zapfen aus Eis.

»Mit uns hast du mehr gemein als mit ihnen«, flüsterte sie und trat so nah an ihn heran, dass er die feinen Eiskristalle auf ihrer Haut sehen konnte. Theryons Stimme hallte durch seinen Kopf. *Und sie flog mit ihm, flog hoch hinauf auf die schwarze Wolke, und der Sturm sauste und brauste; es war, als sänge er alte Lieder.* Grim spürte die Kälte, die in ihn eindrang, doch sie schmerzte ihn nicht, im Gegenteil: Sie kühlte seine Stirn und die Unruhe, die in der Kluft seines Inneren darauf lauerte, ihn zu verschlingen.

»Sieh hin«, fuhr sie fort, und er spürte, wie er gezwungen wurde, ihrem Blick zu folgen, der über die Menschen glitt. Er sah das Entsetzen in deren Augen, die Furcht – und schwarz und klein den Hass, mit dem sie ihn betrachteten. Ja, sie schauten nicht die Schneekönigin an – auf ihm ruhten ihre Blicke, als wären sie Schafe und er der ausgehungerte Wolf.

»Die Menschen«, zischte die Königin, und ihre Stimme umhüllte ihn wie ein Tuch aus weichem, schwarzen Samt. »Sie fürchten dich, wie sie uns fürchten. Sie sind blind und taub, und sie verdienen die Welt nicht, die sie sich untertan gemacht haben. Ich sage dir: Du stehst auf unserer Seite, nicht auf ihrer. Entscheide dich für die Welt, in die du gehörst, die Welt, die dich geboren hat. Entscheide dich für die Anderwelt, der du ein Fremder geworden bist, ein Fremder und ein … Menschenfreund …«

Grim spürte, wie das Wort mit eisigen Klauen über seine Lippen strich. Unendlich langsam beugte die Königin sich vor. Noch immer klaffte die Wunde in ihrer linken Wange, doch Grim sah sie kaum noch. Ihr Haar strich über sein Gesicht, es war, als fielen Schneeflocken auf seine Haut.

»Folge mir«, flüsterte sie sanft. »Folge mir nach Svalbard, zu meinem Schloss im Norden, mein magisches Reich in dieser Welt. Dort werden wir warten, bis alles bereit ist für unsere Schlacht, und dann …« Sie hielt inne und lächelte. »Ich kenne deinen Zwiespalt, den Riss in deiner Brust – genau hier.« Lautlos legte sie die linke

Hand auf sein Herz, das sich für einen Moment krampfhaft zusammenzog. »Du bist krank. Und ich ... ich kann dich heilen.«

Sie zog sich ein wenig zurück. Noch immer lächelte sie, ihr Gesicht war wie ein Kristall mit wunderschönen, dunklen Augen. Für einen Moment wollte er den Kopf neigen, er wollte der Stimme der Königin folgen, diesem lockenden, rätselhaften Klang, der den Abgrund in seiner Brust mit einem einzigen Wort verschließen konnte.

Doch er tat es nicht.

Stattdessen zwang er sich, auf Mias Herzschlag zu hören, diesen schwachen, menschlichen Ton, der die Kälte um ihn herum zerriss und die Dunkelheit in seinem Inneren wie ein zärtliches Flüstern erhellte.

»Nein«, sagte er leise.

Er sah Zorn und Enttäuschung über das Gesicht der Königin flackern, dicht gefolgt von etwas, das ihm naheging – ein Flüstern in seinem Kopf. Noch einmal lächelte sie, doch diese Geste hatte jede Wärme verloren. Sie war nicht mehr als eine Maske, eine trügerische Decke aus Schnee über einem gerade zugefrorenen See. Dann wandte sie sich ab.

»Ich bin die Königin der Feen«, sagte sie und legte genussvoll den Kopf zurück, als einige Menschen erschrocken aufschrien. »Und ich bin gekommen, um das Geburtsrecht meines Volkes zurückzufordern. Lange vor euch haben wir in dieser Welt gelebt – lange vor euch haben wir Kriege geführt und Schlachten geschlagen. Euretwegen haben wir die Welt verlassen. Ihr habt uns vertrieben. Doch seht euch an! Seht hin! Schaut auf die Welt, die ihr erschaffen habt!«

Sie hielt inne.

Grim fühlte das Brennen ihrer Wut auf seinem Körper und konnte nicht verhindern, dass es langsam wie kleine schwarze Flämmchen in seinen Brustkorb sank.

»Eine Wüste habt ihr euch geschaffen«, fuhr die Schneekönigin fort. »Eine Ödnis, in der kein Geschöpf der Freude und des Lichts existieren kann. Ihr ahnt nicht, wie kalt die Welt sein wird, die ihr errichten wollt! Lange hat mein Volk zugesehen, wie ihr die Welt abgehäutet und vernichtet habt. Lange haben wir euch erduldet. Doch nun –«, sie riss das Zepter der Yartholdo in die Höhe, das sich mit ihrem Arm verbunden hatte. Ein Schrei ging durch die Reihen der Menschen, Grim sah die heillose Panik, die deren Gesichter seltsam jung machte. »Nun ist das vorbei!«

Grim hörte die durchdringenden Worte des Zaubers – jene Worte, mit denen die Königin die Grenze zur Feenwelt zum Einsturz bringen würde. Ein tiefes Grollen drang durch die Erde, ein Geräusch von solcher Tiefe, dass die Luft vibrierte. Es war, als würde eine uralte, dunkle Macht aus einem gefrorenen Meer aufsteigen, als würde sie durch einen Kosmos aus Dunkelheit und Kälte reisen, ehe sie mit einem gewaltigen Krachen die Eisdecke durchschlagen konnte. Das Beben wurde stärker und schließlich so heftig, dass Grim auf die Knie fiel. Dann hörte er die Schreie. Es waren Schreie aus tausend unmenschlichen Kehlen, Schreie, die etwas in ihm erschütterten, von dem er bislang nicht gewusst hatte, dass es überhaupt da war. Gleich darauf ging ein Ton durch die Klänge wie das Zerreißen eines gewaltigen Pergaments, gemischt mit dem Zischen von brennendem, nassen Holz. Grim spürte Wind auf seinem Gesicht, er hörte ein Stöhnen, das aus vielen Kehlen an sein Ohr drang – von der Erde, der Luft, dem Wasser, dem Feuer, von Steinen und Gebäuden, von Tieren und Pflanzen, ein Laut des Erwachens und Wiedererwecktwerdens. Grim kannte das Gefühl, das nun in ihm entbrannte: Er spürte es jedes Mal nach einem Schlaf im steinernen Körper, doch nun war es unendlich viel stärker. Dieser Ton, der nun die Welt durchdrang, war der Laut des Wandels und des Neuanfangs – der Schrei des Phönix, der aus der Asche zu neuem Leben auferstand.

Vor ihm stand die Schneekönigin. Sie hatte ihren Zauber beendet. Grim sah zu ihr auf und wusste, dass es kaum mehr als wenige Tage dauern würde, bis die Grenze vollständig gefallen war. Dann würde die Feenmagie mit aller Macht zurück in die Welt strömen, die Armee der Königin konnte ihrer Herrin folgen – und die Menschheit würde vernichtet werden. Grim sah in die dunklen Augen der Fee, und er meinte, ein Lächeln auf ihren Lippen zu erkennen, ein Lächeln ohne Kälte und ohne jeden Triumph.

Dann begann ihr Körper zu leuchten, sanfter Silberschein flammte über ihre Haut. Grim sah die flirrenden Lichter der Feenkörper, als sie sich um die Königin scharten, und die dunklen, flammenden Leiber der Alben ringsherum. Die Königin griff nach Jakob und hielt ihn in ihren Armen. Er sah aus wie eine leblose Puppe, während das Licht um die Feen immer heller wurde. Wieder flüsterte die Königin etwas und stieß gleich darauf einen Schrei von solcher Macht aus, dass Grim der Atem stockte. Etwas Gleißendes zerriss die Luft wie ein Blitz, als die Königin in rasender Geschwindigkeit mit ihrem Gefolge durch die Decke brach und verschwand.

Die Wände zitterten unter der mächtigen Magie. Grim wich vor den fallenden Gesteinsbrocken zurück, doch schon traf ihn etwas am Kopf. Er spürte die dunkle Flut der Ohnmacht, die ihn mit sich riss, und hörte noch die Stimme der Schneekönigin in seinem Kopf: *Die Menschen*, flüsterte sie. *Sie sind es nicht wert.* Dann wurde Grim schwarz vor Augen.

Kapitel 16

Mia fiel neben Grim auf die Knie. Eisblumen zogen über sein Gesicht, sein Atem ging flach und war kaum mehr als ein lautloser Hauch aus Kälte. Die Wunde an seiner Stirn, die ein Teil der Decke ihm geschlagen hatte, schloss sich langsam, doch sein Heilungszauber kostete ihn zu viel Kraft. Wieder bebten die Wände, Mia zog den Kopf ein. Die Menschen wurden von den Schattenflüglern nach draußen geführt, fassungsloses Gemurmel zog durch das steinerne Stöhnen des einstürzenden Louvre .

»Grim«, flüsterte Mia und beugte sich über ihn. »Wach auf.« Sanft küsste sie ihn, seine Lippen waren eiskalt, und flüsterte einen Heilungszauber. Sie spürte, wie ihre Kraft seinen Rachen hinabglitt, und fühlte die wiederkehrende Wärme seiner Haut. Lyskian ging neben ihr in die Knie.

»Wir müssen diesen Ort verlassen«, sagte er ruhig, doch Mia hörte die Anspannung in seiner Stimme. Selbst für einen Vampir gab es Angenehmeres, als von tonnenschweren Steinlasten erschlagen zu werden.

Grims Lider flatterten, als er die Augen öffnete. Stöhnend fuhr er sich an die Stirn, doch Mia hielt seine Klaue zurück. Die Wunde schloss sich schnell, aber sie war noch nicht vollständig verheilt.

»Was zum Teufel …«, grollte Grim und kam mit Lyskians Hilfe auf die Beine. Zusehends kehrten seine Kräfte zurück, und der unheimliche Schatten, der auf seiner obsidianschwarzen Haut gelegen hatte, verschwand.

Sie folgten den Menschen und Schattenflüglern in die Hall Napoléon. Mia stockte der Atem. Die gläserne Pyramide war eingestürzt. Nun lagen ihre Scherben in der Eingangshalle des Louvre, glitzernd wie Schollen aus Eis. Mia schauderte, als sie an die Schneekönigin und Alvarhas dachte. Wieder fühlte sie seine Klinge an ihrem Hals und seine Gier, sie zu töten. Doch er unterstand der Schneekönigin, und er hielt sich an sein Wort. Grim hatte das Zepter hergegeben, um sie zu retten – nur deshalb war sie mit dem Leben davongekommen.

Sie hatten beinahe die obersten Stufen der Treppe erreicht, als ein Dröhnen durch die Halle ging, dicht gefolgt von dem Stöhnen sich verbiegenden Metalls. Grim packte Mia am Arm.

»Schnell!«, brüllte er, fasste Lyskian am Kragen, breitete die Schwingen aus und sprang von der einstürzenden Treppe auf festen Grund.

Sie landeten der Länge nach auf dem Vorplatz zum Louvre. Atemlos kam Mia auf die Beine. Sie hatte sich die Knie aufgeschlagen, aber sie spürte es kaum. Stattdessen fühlte sie die Kälte, die in schwarzgrauen Schleiern über den Napoleonhof kroch, hinüber zum Ostflügel des Louvre. Lautlos flogen die Schleier über das Gemäuer, und Mia schaute fassungslos auf den Richelieu-Flügel, dessen heller Stein sich zusehends schwarz verfärbte, als würde er in rasender Geschwindigkeit faulen. Die Prachtfassade mit ihrer Ornamentik schlug Blasen, und der reiche Figurenschmuck fiel in sich zusammen wie verbrennendes Papier. Splitternd stürzten die filigranen Überdachungen der Innenhöfe ein, die Fenster zersprangen wie bei einer Detonation und schossen prasselnd ihre Scherben in die Nacht. Zusehends fiel der Louvre in sich zusammen und wirkte nach wenigen Augenblicken wie ein Geisterschloss auf dem Meeresgrund. Vereinzelt liefen Eiskristalle über die Fassade, Mia fröstelte, als sie es sah.

Sie wandte sich zu Grim um, der ebenso fassungslos wie sie selbst dastand und die marode Front des Richelieu-Flügels betrachtete. Um sie herum standen Menschen, einige murmelten etwas, aber die meisten starrten das Gebäude an, das im Zeitraffer alterte und verfiel. Sie bemerkten nicht einmal die Schattenflügler, die in nächster Nähe darauf warteten, die Erinnerungslöschungen vorzunehmen. Mia fuhr sich über die Augen und schaute zu der Stelle, an der noch vor Kurzem die Pyramide des Louvre gestanden hatte. Nun klaffte dort ein tiefer Abgrund. Moos wuchs in raschem Tempo über die Schlucht wie Schorf über eine Wunde.

»Was geschieht hier?«, flüsterte sie.

»Die Magie der Feen kehrt zurück«, erwiderte Grim leise. »Und sie verwandelt die Welt. Nicht grundlos wird sie in den Legenden der Anderwelt als Magie der Wünsche bezeichnet. Sie gibt der Welt den Zauber wieder, den diese einst verloren hat, und zerstört, was die Menschen erschufen.«

Mia sah ihn an. Etwas Dunkles hatte sich in seinen Blick geschlichen, das sie die Brauen zusammenziehen ließ. Gerade wollte sie etwas erwidern, als ein Grollen durch das Erdinnere zu ihren Füßen lief wie das Toben eines wild gewordenen Drachen. Der Vorplatz rings um die einstige Pyramide begann in sich zusammenzufallen: Polternd stürzten die Steine in die unterirdischen Räume des Louvre, es war, als schüttete man Sand und Schutt über ein gewaltiges Labyrinth, das sich immer weiter fortsetzte und viel größer war, als Mia geahnt hatte. Wie gelähmt starrte sie auf den aufbrechenden Boden, der wie von einem dahinwühlenden gewaltigen Maulwurf aufgeworfen wurde, um dann in die Tiefe zu stürzen. Schon schlug ihr Staub ins Gesicht, doch erst als Grim sie packte und mit sich riss, setzte sie sich in Bewegung. Sie hörte die Menschen um sich herum, ihre Schreie wurden von einer seltsamen Atemlosigkeit getragen, fast so, als gäbe es keine Worte, keine Fragen mehr für das, was gerade geschah.

Gefolgt von Lyskian rannte Mia neben Grim auf den Arc de Triomphe du Carrousel zu – und hörte erst jetzt das durchdringende Hupen der Autos, die in dem vorgelagerten Kreisverkehr liegen geblieben waren. Mit weit aufgerissenen Augen standen Menschen daneben, einige saßen noch angeschnallt in ihren Fahrzeugen, und sahen zu, wie diese in sich zusammenfielen. Rost fraß sich durch den Lack, die Reifen wurden von der Luft verzehrt, Kotflügel lösten sich aus ihrer Verankerung und fielen auf die Straße, während sich grüne Ranken durch das Pflaster bohrten und sich geschmeidig wie Schlangen um Sitze, Türen und Kofferräume wanden. Mia sah die Schleier, die hoch über ihnen durch die Luft tanzten und schließlich verschwanden. Die Schneekönigin war über den Platz geflogen, ihre Anwesenheit hatte an diesem Ort den Verfall beschleunigt, der bald über die gesamte Menschenwelt hereinbrechen würde. Grim hatte recht: Die Welt begann sich zu verwandeln.

Mit zitternden Knien ging Mia neben Grim und Lyskian durch den Jardin des Tuileries, den einstigen Barockpark mit seinen weißen Statuen. Viele Menschen folgten ihnen. Es war, als hätten sie in schweigender Übereinkunft beschlossen, zusammenzubleiben, instinktiv wie Schafe sich aneinanderdrängen, wenn Wolfsgeheul erklingt. Mia griff nach Grims Klaue, als die Büsche und Hecken ihre Zweige wie Finger nach ihr ausstreckten, und nicht nur einmal fing sie ein nachtschwarzes Lächeln von einer der Statuen auf.

Da flackerten Nordlichter am Himmel auf, die Menschen blieben stehen und schauten zu den Schleiern hinauf, die wie gewandete Geister miteinander tanzten. Mia spürte, wie eine seltsame Ruhe sich um ihre Schultern legte, ein unerklärliches Gefühl des Ankommens und Befriedigtseins, als sie die Lichter betrachtete, und sie hörte hingerissene Rufe des Staunens von den Menschen, als wären sie Kinder und würden zum ersten Mal sehen, wie es schneit. Mia löste den Blick vom Himmel. Auf den Gesichtern der Menschen lag eine zerbrechliche Ahnung von Frieden.

Sie sog die Luft ein, und erst da bemerkte sie, wie kalt es auf einmal geworden war. Grim zog sie an sich, ein seltsames Dröhnen rollte auf sie zu, und dann zerriss ein Blitz die Nacht, so hell und gleißend, dass jegliche Umrisse und Bilder verglühten wie ein Tropfen Wasser in heißer Sonne.

Geblendet fuhr Mia zusammen, der Park versank in schneeweißem Licht, und sie sah in Hunderte, nein, Tausende und Abertausende reglose Gesichter. Feen waren es, das wusste sie, und sie trugen silberne Rüstungen. In ihren Händen hielten sie Schwerter und Speere, viele saßen auf Pferden, und alle schauten Mia an. Sie wusste, dass sie gerade einen Blick in die Feenwelt warf, dass sie das sehen konnte, was hinter der Grenze lag. Dieses Heer wartete darauf, dass der Wall endgültig fallen würde – und dann würden die Feen kommen und die Menschen töten, die bereits jetzt vor ihnen zurückwichen, ängstlich und ahnungslos, aber tief in ihrem Inneren fühlend, dass eine grausame Macht darauf wartete, einen Fuß in ihre Welt zu setzen.

Dann erlosch der Blitz, und mit ihm verschwanden die Nordlichter. Stattdessen begann es zu schneien, und Nebel zog auf, weißer, klebriger Nebel. Mia hörte die panischen Rufe der Menschen, die sich zerstreuten und im Nebel untertauchten, der zusehends dichter wurde. Schon reichte er Mia bis zur Brust, dann war sie vollkommen darin verschwunden. Sie hielt Grims Klaue fest und spürte Lyskians Kälte neben sich, doch ihre Augen waren blind geworden. Sie sah nichts als endloses Weiß.

»Grim«, flüsterte sie und spürte einen Schauer der Erleichterung, als er mit sanfter, ruhiger Stimme antwortete. »Sie werden uns töten, nicht wahr?«, fragte sie. »Uns alle.«

Grim schwieg für einen Moment. »Sie brauchen nichts als das Zepter, um die Grenze einzureißen«, sagte er dann. »Sobald das geschehen ist, werden sie es vernichten und die Menschheit auslöschen. Die Königin hasst dein Volk seit langer Zeit. Doch wir …«

In diesem Moment wurde Mia durch ein heftiges Beben von den Füßen gerissen. Sie flog ein ganzes Stück weit durch die Luft und prallte mit dem Rücken gegen eine Statue. Benommen fiel sie auf die Knie. Eine weiße Hand streckte sich ihr entgegen, es war ein steinerner Minotaurus mit tiefblauen Augen, der ihr mit leichter Verbeugung auf die Beine half. Mia brachte ein Lächeln zustande, ehe der Minotaurus, ohne ein Wort zu sprechen, im etwas lichter gewordenen Nebel verschwand. Sie fuhr sich über die Augen, schemenhaft konnte sie ihre Hand erkennen und die vagen Umrisse einiger Sträucher.

»Grim!«, rief sie und hörte, wie ihre Stimme vom Nebel verschluckt wurde.

Keine Antwort. Stattdessen hörte sie ein Husten, es war ein angestrengter, heiserer Laut ohne jeden Klang, und doch wusste Mia, von wem er stammte: Jakob. Sofort schlug ihr das Herz bis zum Hals. Sie sah eine Gestalt nicht weit von ihr, einen Menschen auf der Flucht. Vorsichtig folgte sie ihm durch den Nebel, bis sie den kleinen Jahrmarkt der Tuileries erreichte. Gespenstisch hob sich das Riesenrad im Nebel ab, die Buden waren verlassen. Geistergleich drehte sich ein Karussell mit hölzernen Pferden, und Mia nahm den Geruch von gebrannten Mandeln und Popcorn wahr. Blitzschnell sammelte sie einen Feuerzauber in der rechten Hand. Der Jahrmarkt war geschlossen. Sie stand mitten in einer Illusion – einer Falle. Und Jakob, er war ...

»Mia«, flüsterte es neben ihrem Ohr.

Mit einem Schrei fuhr sie herum, schleuderte ihren Zauber und wurde von dessen Wucht rücklings zu Boden geworfen. Schwarzer Rauch durchzog den Nebel, und vor ihr stand – Alvarhas. Hoch aufgerichtet schaute er auf sie herab, die Arme auf dem Rücken verschränkt. Er legte keinen Bann auf sie, er sammelte keinen Zauber. Er wusste, dass sie keine Chance hatte gegen ihn. Mia stürzte in die kristallene Finsternis seines gesunden Auges und fühlte den

Blick des anderen mit glühender Kälte auf ihrer Haut. Einen Moment lang war sie fest davon überzeugt, dass er sie töten würde. Doch dann sah sie das Lächeln auf seinen Lippen, dieses grausame, gierige Lächeln, das sein Gesicht in eine Maske verwandeln konnte, die jedes Gefühl hinter sich verbarg. Langsam kam er auf sie zu, seine Schritte verursachten nicht das geringste Geräusch auf dem Boden. Er streckte seine Hand aus und bot sie ihr an. Mia wollte sie wegschlagen oder ausspucken, sie spürte unbändigen Zorn in sich. Doch stattdessen bewegte sich ihre rechte Hand nach vorn, sie tat es gegen ihren Willen, es war, als hinge sie an Schnüren, die Alvarhas mit seinem Blick bewegte. Etwas in ihr schrie laut und unmenschlich, als sie ihre Hand in die des Albs legte. Seine Finger waren warm auf ihrer Haut.

Schweigend half er ihr auf und deutete an ihr vorbei zu einer der Buden. Wind wehte um die Bretter, Mia roch den modrigen Duft von verfaulendem Holz. Kälte flog sie an, als eine Gestalt durch den Nebel trat. Für einen Moment blieb Mias Herz stehen.

»Jakob«, flüsterte sie.

Er war es, eindeutig, ihr Bruder stand vor ihr mit seinen blonden, zerzausten Haaren und den dunklen Augen voller Verzweiflung. Er öffnete den Mund, sie sah die Tränen, die über seine Wangen liefen. Langsam streckte er die Hand aus, aber als Mia zu ihm laufen wollte, spürte sie Alvarhas' Arm, der sich um ihre Schultern legte. Jakob trat einen Schritt auf sie zu, doch im selben Augenblick tauchte eine Gestalt hinter ihm aus dem Nebel. Sie war weit entfernt, aber Mia erkannte sie dennoch: Es war eine Frau ganz in Weiß – die Schneekönigin.

Jakob hielt inne, es war, als zöge die Fee ihn zurück. Mia spürte die Fesseln, die die Königin um seine Brust geschlungen hatte, sie sah den Kampf in seinen Augen, das Ringen mit einem fremden Willen, das er nicht gewinnen konnte. Schweißperlen traten auf seine Stirn. Durch seinen Blick flackerte etwas von der alten Schwärze, die keine Furcht kannte und keinen Zweifel. Doch dann wurde sein Gesicht kalt, und Mia spürte den eisigen Hauch, der nach Jakob griff und ihn durchdrang, bis er sich abwandte und Schritt für Schritt auf die Schneekönigin zuging. Regungslos blieb er neben ihr stehen und sein Blick war so leer, dass Mia Tränen in die Augen traten.

Da strich Alvarhas' Atem über ihre Wange. »Einfältiges Menschenkind«, flüsterte er, und ihre Tränen gefroren zu funkelnden Tropfen aus Eis. »Wir bekommen euch alle. Theryon, der Narr, konnte zwar den Bann der Königin von dir nehmen – aber die ureigene Macht der Scherbe, die du in dir trägst, konnte er nicht brechen.«

Als hätten seine Worte einen Zauber gesprochen, durchzog ein heftiger Schmerz Mias Brustkorb, und lähmende Kälte strömte von der Scherbe in ihren Körper. Sie schaute durch den Nebel, spürte Jakobs Blick, der hilflos und verzweifelt an ihr hing, und sah in die kalten, gleichgültigen Augen der Schneekönigin.

»Nur ihr Tod«, raunte Alvarhas, doch für einen Augenblick war es Mia, als würde die Fee selbst zu ihr sprechen. *Nur mein Tod*, flüsterte der Wind, der über den Boden kroch wie ein lebendiges Wesen und Mia das Haar zurückriss, als wollte er ihr die Kehle durchschneiden.

»Der Tod derer, die sie erschaffen hat, könnte die Scherbe vernichten«, fuhr Alvarhas fort. »Unaufhaltsam wird sie ihrem Fluch folgen und zu deinem Herzen wandern, und wenn sie es erreicht hat ... dann wirst du sterben.«

Mia spürte ihr Herz nicht mehr. Nur noch Kälte war in ihr, eine gleichgültige, betäubende Kälte, die der Blick der Königin und Alvarhas' Worte in sie pflanzten. Mit sanfter Geste strich der Alb ihr über die Wange.

»Keine Sorge«, flüsterte er. »Deinem Bruder kann die Scherbe nichts anhaben, die in seinem Herzen steckt – denn er ist ja bereits tot ... oder so etwas Ähnliches. Nur der Wille der Königin hält ihn in dieser Welt, doch wenn es ihr beliebt, kann sie ihn fortschicken – weit fort, bis in das Reich, in das er gehört … das Reich der Toten, aus dem es keine Wiederkehr gibt.«

Da riss Mia ihren Blick von der Königin los. Noch einmal schaute sie Jakob an, dann fuhr sie herum, sodass Alvarhas vor ihr zurückwich. Die Kälte brach von ihrem Körper ab wie verkrustetes Blut, als sie auf ihn zutrat. Dicht vor ihm blieb sie stehen und starrte in sein diamantenes Auge. »Ihr seid nichts als Schatten aus Eis«, sagte sie und spürte den Nebel, der wie Gift von seinem Körper ausströmte. Die Luft in ihrer Lunge wurde so kalt, dass ihre Worte kaum mehr waren als ein Flüstern. »Und ich werde euch mit allen Feuern der Welt verfolgen, wenn ihr meinem Bruder etwas antut!«

Mit diesen Worten stürzte sie sich vor, hinein in die kristallene Dunkelheit seines Inneren. Wieder hörte sie seine Stimme, wie sie sie bereits in der Einkaufspassage des Louvre vernommen hatte, und wieder war sie sanft und zart ohne jede Spur von Hass. Doch dieses Mal ließ sie sich nicht aus seinem Inneren verbannen. Sie spürte, dass er einen mächtigen Zauber sammelte, einen Zauber, der jeden Knochen in ihrem Leib zu Staub zermahlen konnte. Doch sie wandte sich nicht ab. Entschlossen kämpfte sie mit den Schleiern aus gleißendem Licht, bis sie ein Kind sah – ein weinendes Kind neben einem Toten. Es war ein Junge von vielleicht fünf Jahren, sein Haar war schwarz, und er lag auf der Brust des Toten, als wollte er ihn mit seinen Tränen wieder zum Leben erwecken. Im nächsten Moment riss Alvarhas sich los. Mia spürte einen heftigen Schlag vor die Brust, sie taumelte rückwärts und schlug mit dem Kopf auf dem Boden auf. Benommen hob sie den Blick.

Alvarhas war vor ihr zurückgewichen, er wandte sich ab und schritt auf die Königin zu. Auf halbem Weg blieb er stehen und schaute zu ihr zurück. »Du bist schwach«, raunte er, und Mia hörte die Erregung in seiner Stimme wie das Vibrieren einer zu stark gespannten Saite. »Vielen habe ich bereits genommen, was du noch besitzt, und auch du wirst es verlieren – früher oder später. Und dann wirst du nicht mehr als ein Schatten sein – wie ich!«

Mit diesen Worten setzte Alvarhas seinen Weg fort, für einen Moment schien es Mia, als liefe er vor ihr davon. Sie spürte den Blick der Schneekönigin, die noch immer am Ende des Jahrmarkts stand und sie betrachtete. Die Scherbe in ihrer Brust schob sich durch ihr Fleisch, ein unmenschlicher Schmerz raste als gewaltige Welle durch ihren Körper, doch sie wandte sich nicht ab. Langsam zog die Königin sich mit Alvarhas und ihrem Gefangenen zurück. Das Letzte, das Mia sah, war Jakobs Gesicht, ehe es im Nebel verschwand.

Kapitel 17

Der Senatssaal war überfüllt. Überall auf den Rängen aus weißem Marmor drängten sich die Anderwesen Ghrogonias in ihren üblichen Grüppchen: Die konservativen Gargoyles waren ebenso anwesend wie die gemäßigten und die revolutionären Hybriden, die Kobolde hatten sich wie gewöhnlich die Ränge über dem säulenumrahmten Eingangsportal gesichert, und die Gnome und Waldschrate besetzten den linken Flügel neben dem Thron des Königs, auf dem Mourier bereits Platz genommen hatte. Selbst die Vampire waren gekommen. Von mehreren Blutsaugern umgeben, saß Lyskian so nah am Eingang wie möglich, als wollte er jeden Augenblick aufstehen und gehen.

Noch immer strömten weitere Senatoren in den Saal, schritten über das riesige Mosaik in der Mitte und suchten ihre Plätze in den Rängen auf. Grim hatte ihnen den Rücken zugekehrt. Er stand an einem der langen grün schimmernden Fenster, die den Schwarzen Dorn seit dem Umbau im obersten Stockwerk zierten, und sah das Mosaik vor seinem inneren Auge, dieses kunstvolle Gebilde aus weißen und schwarzen Kristallen, das Ghrogonia als schwebende Stadt zeigte. Hoch über den Schluchten strahlte sie wie ein schwarzer Stern. Dieses Bild sollte die Bewohner Ghrogonias daran erinnern, wie kostbar ihre Stadt war und wie schön sie wieder werden konnte: ein Juwel, in der Luft gehalten von den Träumen ihrer Bewohner und dem Ziel, gemeinsam für eine strahlende Zukunft zu kämpfen.

Vor noch nicht allzu langer Zeit waren nur steinerne Stimmen im Senat erklungen, der damals ein dunkler Raum in einem anderen Gebäude der Stadt gewesen war. Nach Mouriers offizieller Ernennung zum König hatte er als erste Amtshandlung die Pforten des Senats für alle Bewohner Ghrogonias geöffnet und den Sitz in die Spitze des Schwarzen Dorns verlegt als Symbol dafür, dass in der Stadt aller das Volk regieren sollte. Nun saßen Kobolde neben Vampiren, Gargoyles neben Hybriden, und Grim ließ sich von ihren Stimmen durchströmen wie von warmem Regen.

Er wandte den Blick und sah Mia an, die neben Pheradin, dem Sprecher der Mutanten, auf der gegenüberliegenden Seite von Mouriers Thron saß. Instinktiv fuhr er sich mit der Klaue an die Brust. *Die Scherbe wird mich töten*, hatte Mia geflüstert, als er sie im Nebel gefunden hatte, und ihn dabei angesehen, als würde sie ihre Worte bereuen, als wollte sie ihm diese Wahrheit ersparen. *Sie wird zu meinem Herzen wandern, und wenn sie es erreicht hat, werde ich sterben – es sei denn, die Königin stirbt vor mir.* Mia bemerkte seinen Blick, sie lächelte, doch die Geste blieb blass in ihrem angespannten Gesicht. Grim holte Atem und wandte sich wieder dem Fenster zu. Er war dagegen gewesen, dass sie an dieser Sitzung teilnahm, doch als Botschafterin der Hartide war es ihr Recht, bei Versammlungen des Senats anwesend zu sein, und selbstverständlich hatte sie trotz ihrer noch immer geschwächten körperlichen Verfassung auf diesem Recht bestanden. *Es geht um die Menschen*, hatte sie gesagt, und Grim sah ihren entschlossenen Blick im Spiegelbild des Fensters wie eine Erinnerung. *Es geht um Jakob. Ich werde nicht im Bett liegen, während der Senat über sein Schicksal entscheidet.*

Die Tore des Senatssaals wurden geschlossen, steinerne Saaldiener nahmen ihre Positionen neben den Säulen ein und schauten regungslos geradeaus. Grim schritt durch die Reihen, warf Remis einen kurzen Blick zu, der wie üblich auf der Lehne seines steinernen Sessels Platz genommen hatte, und setzte sich neben Mourier.

Der Löwe nickte ihm zu, dann erhob er sich würdevoll und ließ seinen Blick über die Reihen der Anwesenden schweifen. Die Gespräche verstummten. Aufmerksam schauten die Senatoren zu ihrem König auf.

»Die schreckliche Mordserie in der Oberwelt von Paris wurde aufgeklärt«, begann Mourier mit ruhiger, hoheitsvoller Stimme. »Schattenalben waren es, die zahlreiche Menschen töteten, um ihre Kräfte für eine bevorstehende Schlacht zu stärken. Mithilfe der Alben gelangten einige Feen in die Oberwelt und brachten in der vergangenen Nacht das Zepter der Yartholdo an sich, mit dem sie den Einriss der Grenze zu ihrer Welt einläuteten. In wenigen Tagen wird der Wall gefallen sein. Dann wird eine Armee, die es leicht mit der Anderwelt aufnehmen kann, die Menschheit auslöschen, und die Veränderungen, die sich schon jetzt vielerorts in der Menschenwelt bemerkbar machen, werden sich vollends entfalten: Technische Errungenschaften wie Automobile oder Fabriken versagen dann flächendeckend ihre Dienste, Straßen und Bauwerke der Menschen stürzen in sich zusammen, und wilde, ungezügelte Natur wird zu neuem Leben erweckt. Die moderne Zivilisation wird wieder fruchtbar, die Kontrolle der Menschen über die Welt wird gebrochen. Wir sind zusammengekommen, um darüber zu beraten, wie unsere Reaktion auf diese Aussichten und Ereignisse ausfallen soll. Zunächst erteile ich dem Polizeipräsidenten der Stadt das Wort.«

Grim erhob sich. Er spürte die Blicke der Senatoren und sah Mia klein und zerbrechlich in ihren Reihen sitzen. Pheradin wirkte neben ihr wie ein gewaltiger steinerner Engel mit seinen schwarzen Schwingen und den regungslosen, unergründlichen Augen.

»Ghrogonier«, begann er und ließ seine Stimme über die Ränge branden wie schäumende Wellen. »Wir stehen vor einer Schlacht. Nicht genug damit, dass die Schattenalben die Oberwelt von Paris wochenlang in Atem hielten, bestialische Morde an den Menschen begingen und damit den Zauber des Vergessens gefährdeten. Mit ihrer Hilfe sind Feen in unsere Welt zurückgekehrt, und wie unser König bereits sagte, haben sie unter ihrer grausamen Herrscherin, der Schneekönigin, das Menschenzepter an sich gebracht. Während dieser Tat und bereits zuvor griffen sie und die Alben Menschen und Anderwesen an, töteten sie oder verwundeten sie schwer. Auch Theryon, uns allen als der letzte Feenkrieger unserer Welt bekannt, wurde von ihnen so stark verletzt, dass er in diesen Minuten mit dem Tod ringt. Doch damit nicht genug: Die Schneekönigin will die Menschheit auslöschen und damit die Lebensgrundlage der Gargoyles vernichten: die menschlichen Träume. Noch ist die Grenze nicht gefallen – noch können wir die wenigen Feen, die durch die Alben in diese Welt gelangt sind, zurückschlagen. Doch wir müssen schnell handeln. Die Schneekönigin und ihre Schergen sind der Macht der Grenze entgangen, da sie durch die Zwischenwelt in die Welt der Menschen kamen. Doch wenn die Grenze neu errichtet wird, dann wird sich ihr Zauber auch auf die Schneekönigin auswirken und auch sie – ebenso wie alle anderen Feen – in ihre Welt zurücktreiben. Denn dafür wurde die Grenze einst errichtet: um Feen- und Menschenwelt für immer zu trennen. Wie gesagt: Noch ist es nicht zu spät. Wir müssen das Zepter der Yartholdo zurückerlangen, um die Feen wieder in ihre Welt zu schicken. Doch das wird nicht einfach sein. Feen und Alben haben sich in das Schloss der Schneekönigin hoch im Norden zurückgezogen, ein Gebiet von höchster magischer Kraft, das es einzunehmen gilt. Daher fordere ich euch auf, für einen Feldzug gegen die Feen abzustimmen – eine Schlacht für die Freiheit unserer Welt!«

Applaus erklang von den Rängen, Grim hörte begeisterte Pfiffe aus den Reihen der Kobolde.

»Durch die verfluchte Feenmagie haben sich die Wurzeln der Bäume im Bois de Bologne in unsere Wohnhöhlen gegraben und viele von ihnen eingerissen«, rief ein gelockter Waldschrat mit leuchtend rotem Bart, der ohne Mouriers Einwilligung das Wort ergriffen hatte. Sofort fing er sich einen tadelnden Blick vom König ein und ließ sich zurück auf seinen Platz fallen, doch das hinderte ihn nicht daran, die Faust zu recken und sie aufgeregt zu schütteln. »Schicken wir sie dorthin zurück, woher sie gekommen sind!«

»Ja«, kreischte ein Gnom mit dürren, ockerfarbenen Armen und glänzender Glatze. »Was haben die hier überhaupt zu suchen? Haben sich vor Jahrhunderten abgesetzt, und jetzt auf einmal wollen sie die Menschheit umbringen!«

Da erhob sich ein Gargoyle aus den Reihen der Konservativen und verschränkte die Arme vor der Brust. Sein Körper war menschlich, doch auf seinem Hals saß ein Wolfskopf, und seine Augen blitzten listig zu Grim herauf. »Noch vor einem Jahr galt das Zepter der Menschen als vernichtet«, sagte er mit düsterer Miene. »Offensichtlich war es nötig, um die Grenze einzureißen –, und vor wenigen Stunden wurde es in beeindruckender Naivität der Oberwelt präsentiert. Lasse ich einmal die Einwände außer Acht, die ich und andere aus diesen Reihen gegen diese ominöse Anderweltausstellung vorgebracht haben, die Zweifel, ob ein solches Risiko eingegangen werden sollte und die Hinweise darauf, dass dies aus unserer Sicht nicht nur eine sinnlose, sondern auch eine gefährliche Zeitverschwendung wäre. Eines steht jetzt fest: Auf diese Gelegenheit haben die Feen gewartet.«

Grim sah Mia zusammenzucken, doch ihre Augen glühten vor Zorn. Langsam erhob sie sich, und Mourier erteilte ihr das Wort.

»Keinesfalls war die Ausstellung der Artefakte sinnlos«, sagte sie, und Grim war erstaunt über den klaren, vollen Klang ihrer Stimme, der so gar nicht zu ihrem geschwächten Äußeren passen wollte. »Einst lebten Anderwesen und Menschen in einer geeinten Welt. Aus eigenem Verschulden heraus lastet nun der Zauber des Vergessens auf meinem Volk, und die Welten wurden getrennt. Doch es ist mein Ziel, dass dies nicht bis in alle Ewigkeit so bleibt. Ich weiß, dass viele

Menschen sich nach der Anderwelt sehnen, selbst wenn sie es noch gar nicht wissen, und ich weiß auch, dass es vielen Anderwesen umgekehrt ebenso geht. Ihr Gargoyles seid das beste Beispiel: Ihr stehlt uns Menschen die Träume und redet unsere Lebensweisen klein – aber gleichzeitig bewahrt ihr kostbare Güter unserer Kultur in euren Prachtbauten und lauscht menschlicher Musik. Habe ich nicht neulich einen Rembrandt in Eurem Domizil gesehen, Senator Irdas?«

Der wölfische Gargoyle kniff die Lippen zusammen, während Gelächter durch die Reihen flog. Sein Blick umfasste Mia mit unverhohlener Missachtung. »Menschen sitzen in unseren Reihen«, zischte er, und Grim hörte ein dumpfes, zustimmendes Murmeln, das ihm einen Schauer über den Rücken schickte. Er sah, wie Mia die Luft einsog, doch sie erwiderte Irdas' Blick unverwandt, als der Gargoyle fortfuhr: »Und Menschen sind es, die von den Feen bedroht werden. Was geht es uns an? Warum sollten wir uns darum kümmern, ob die Feen die Menschen auslöschen oder nicht? Vermutlich sind sie ohnehin für Jahrhunderte beschäftigt, wenn man bedenkt, wie schnell sich die Menschen vermehren und überall auf der Welt verteilen.«

Mia setzte zu einer Entgegnung an, doch da ergriff Pheradin das Wort. Majestätisch erhob er sich und legte eine Hand auf ihre Schulter. »Die Menschen sind euch gleichgültig«, sagte er mit seiner kühlen, von Alter und Weisheit getragenen Stimme. »Aber ihr vergesst, dass ein Mensch euch vor weniger als einem Jahr das Leben rettete. Dieses Mädchen zog für euch in die Schlacht. Sie riskierte ihr Leben für euch. Und was ist euer Dank dafür? Ihr begegnet ihr mit Abscheu und Missfallen – glaubt nicht, dass sie eure Blicke nicht bemerken würde! Denn sie ist klug, klüger als die meisten von euch, und wenn sie für eine freie, eine geeinte Welt kämpft, tut sie das nicht nur für sich und ihr Volk. Erinnert euch! In früheren Zeiten lebten wir alle in Freiheit! Niemand musste sich im Untergrund verbergen aus Angst vor den Menschen, wie wir es jetzt tun!«

Ein Raunen ging durch die Reihen, Grim hörte vereinzelten Applaus. Doch Irdas schüttelte den Kopf. »Die Zeiten ändern sich«, erwiderte er kalt. »Und Menschen sind tückisch. Heute noch sind sie dein Freund – und morgen schlagen sie dich nieder mit tödlichen Waffen. Wir Gargoyles haben den Menschen gegenübergestanden in den blutigsten Schlachten, die diese Welt jemals erlebt hat! Wir wissen, wozu sie fähig sind! Daher sage ich: Lasst die Feen kommen! Lasst sie die Menschen wegwischen, wie wir es vor langer Zeit selbst hätten tun sollen!«

Schrille Pfiffe zerrissen die Luft, aufgebrachte Zwischenrufe polterten die Reihen hinab. Es gab Widerstand gegen diese Auffassung, lautstark wurde er kundgetan. Doch Grim sah auch die verschränkten Arme vor steinernen Brüsten und die mürrischen, ablehnenden Gesichter unter den Anderwesen, die Irdas zustimmten. Ein Schatten bemächtigte sich seiner, eine Unruhe, die er die ganze Zeit über vorausgesehen hatte und die nun über ihm schwebte wie eine drohende Wolke aus Gift.

Da erhob sich ein Hybrid. Er hatte hinter der Reihe der Mutanten Platz genommen. Sein braunes Haar fiel ihm in weichen Locken in die Stirn, seine dunklen, sonst so sanften Augen blickten nun aufgebracht und zornig über die Reihen. Grim fixierte ihn mit seinem Blick. Das war Morl, der junge Hybrid, der Mia vor Seraphin gerettet und jahrelang im Untergrund Ghrogonias gelebt hatte. Inzwischen war er Senator geworden und vertrat die Interessen der gemäßigten Hybriden, wodurch er in ständigem Konflikt stand mit den konservativen Gargoyles und den radikalen Anhängern seines eigenen Volkes.

»Vermutlich ist es zu viel verlangt, dass ein Gargoyle jemals etwas wie Mitgefühl für die Menschen zeigen kann«, sagte er mit dunkler Stimme. »Aber vergesst eines nicht: Unzählige Menschen haben durch den Überfall auf den Louvre Anderwesen gesehen. Gerade in diesem Moment verändert sich ihre Welt durch einströmende Magie. Es ist nur eine Frage der Zeit, bis sie der Anderwelt und damit auch uns auf die Spur kommen. Darüber hinaus habt ihr Gargoyles ein zusätzliches Eigeninteresse daran, dass die Menschen am Leben bleiben: Habt ihr die Vernichtung der Traumsammelstation im vergangenen Herbst so schnell vergessen? Wahnsinnig sind viele von euch geworden, und noch immer können einige Gargoyles nicht furchtlos an den gläsernen Schloten vorübergehen aus Angst, von den Träumen geflutet zu werden, die gleichzeitig ihre Existenz begründen!«

Irdas stieß die Luft aus. »Ja, die Station wurde zerstört – durch Hybriden wie dich!«

Da sprang Mourier auf. Selten äußerte er sich als König zu den Diskussionen im Senat, und daher verstummte jedes Gemurmel sofort, nun, da er es tat.

»Genug!«, rief er, und Grim hörte den Zorn in seiner Stimme. »Es ist wahr: Wir, die Gargoyles, haben nach den Vorkommnissen im vergangenen Herbst und zahlreichen Rebellenübergriffen in den Jahren davor allen Grund, einigen Hybriden zu misstrauen – andere hingegen haben an unserer Seite gekämpft. Sie haben ebenso wie die Mutanten ihr Leben riskiert, während viele von uns – darunter auch Ihr, Senator Irdas – willenlos auf den Ebenen vor der Stadt herumstanden. Es überrascht mich nicht, immer noch Hass in unseren Reihen zu spüren, doch vergesst eines nicht: Schon einmal hat er uns, gepaart mit Furcht und Neid, in die Irre geführt. Ghrogonia soll eine Stadt des Friedens sein – die Stadt aller! Ich werde weder Hetzreden noch Hassgefühle in diesen Hallen dulden. Niemals! Ist das klar?«

Grim sah die erstarrten Gesichter der Senatoren und hätte für einen Augenblick beinahe laut gelacht. Wie die Kinder saßen sie vor ihrem König, diesem Löwen, der noch vor knapp einem Jahr eine träge, steinerne Katze gewesen war. Seinen Hang zu albernen Uniformen und seltsamen Feierlichkeiten hatte Mourier sich bewahrt, aber er war ein hervorragender König geworden, und seine Worte legten sich steinschwer auf die Köpfe der Anwesenden. Irdas zog die Schultern an und nickte kurz. Grim konnte den Groll hinter seiner Stirn beinahe fühlen, so brennend war er, doch der Senator senkte den Blick und setzte sich. Auch Mourier nahm wieder Platz und erteilte Morl erneut das Wort.

»Die Gargoyles brauchen die Menschen, das steht außer Frage«, fuhr dieser fort. »Aber das ist doch nicht alles! Wir alle hier streben nach einem Ideal – gerade hat unser König uns daran erinnert: das Ideal einer freien Welt. Und zu dieser Welt gehören auch die Menschen. Wollt ihr etwa so sein wie die Schlimmsten unter ihnen und auslöschen, was euch nicht gefällt?«

Nachdenkliches Murmeln ging durch die Reihen, doch da erhob sich ein Hybrid aus dem extremen Lager. Er trug schmutzige schwarze Kleidung und erinnerte Grim an die Zeiten, in denen die Hybriden in der Kanalisation und in den unerforschten Gebieten der Katakomben gehaust hatten. Grim kannte ihn, es war Tulor, ein früherer Rebell aus den Katakomben Ghrogonias, dessen Hass auf die Gargoyles nie abgeklungen war, der jedoch ebenso die Menschen der Oberwelt mit glühender Verachtung betrachtete. Sein helles, schulterlanges Haar wurde von einem Lederband zusammengehalten, und sein Kinn war von Bartstoppeln übersät.

»Unser Misstrauen ist groß«, begann er mit rauer Stimme. »Die Gargoyles haben uns als Sklaven gehalten, noch immer begegnen uns viele von ihnen mit Geringschätzung, und wir Hybriden können kein Vertrauen haben zu Kreaturen, die uns über Jahrhunderte behandelten wie den letzten Dreck. Immer stand mein Volk zwischen den Welten: Von den Gargoyles wurden wir kleingehalten, von den Menschen jedoch wurden wir gehasst. Sie haben mein Volk ausgeschlossen und verbannt, weil wir nicht so waren wie sie – weil sie alles fürchten, was anders ist. Ja, sie hassen Geschöpfe wie uns. Und jetzt trifft unser Hass sie. Die Erinnerungen der Besucher des

Louvre wurden gelöscht, oder nicht? Die Menschen werden die Anderwelt niemals finden – dafür sind sie viel zu verbohrt. Natürlich verändert die Feenmagie die Welt – die Menschen werden schon Erklärungen dafür finden, sie können immer alles erklären, was sie nicht in ihre winzigen Köpfe kriegen. Bis sie so weit sind, dass sie wahre Magie dahinter vermuten, ist die Grenze gefallen, und sie werden alle tot sein. Wir, die unbeugsamen Hybriden, werden ihnen gegen die Feen nicht beistehen. Die Anderwelt hat kein Interesse an den Menschen, mit Ausnahme der Gargoyles – und diese werden ein Auskommen finden mit den Feen, denn sie brauchen die Menschen.«

Irdas lächelte boshaft. »Keine *freien* Menschen. Vielleicht könnte man sie in Käfige sperren, wie sie es selbst mit ihren Tieren tun – eine Art Traumlegefabrik, wie wäre das?«

Eiskaltes Lachen glitt durch die Reihen, als hätte jemand einen gelungenen Scherz gemacht. Aber Grim spürte die Boshaftigkeit in jedem Ton, und er sah, wie Mia sich auf ihren Platz sinken ließ.

Da ergriff erneut Morl das Wort. »Die Gargoyles sind nicht die Einzigen, die auf die Menschen angewiesen sind«, rief er gegen das Gelächter an und brachte es zum Verstummen. »Was ist mit den anderen Kreaturen unserer Welt, die nur existieren können, solange es die Menschen gibt?«

Wie auf einen unsichtbaren Befehl hin wandten sich die Köpfe der Anwesenden dem Eingang zu, und auch Grim betrachtete Lyskian, den Prinzen der Vampire, der sich nun langsam erhob. Grim zog die Brauen zusammen. Lyskian wirkte bleich und ausgezehrt, und als er Grims Blick erwiderte, wurden seine Augen noch eine Spur dunkler. Ein seltsamer Ausdruck lag darin, eine fühl- und haltlose Dämmerung, die Grim noch nie in dieser Intensität im Blick des Vampirs gesehen hatte und die sie voneinander trennte wie eine durchsichtige Mauer.

»Ich bin ein Vampir«, sagte Lyskian und richtete den Blick auf alle.

»Und als solcher habe ich vor langer Zeit meinen Respekt vor den Menschen verloren. Zu oft habe ich in die Abgründe ihrer Seelen geschaut, zu intensiv ihre Gedanken gelesen und zu viele von ihnen getötet, ohne dass es mir noch etwas bedeutet hätte, sie in meinen Armen sterben zu sehen. Und doch gab es immer wieder Ausnahmen auf meinem Weg, schillernde Figuren wie aus einem Märchen, die in mein Leben traten und meine Unsterblichkeit mit einem Hauch Farbe durchströmten – Menschen wie Mia Lavie, die mir in den vergangenen Monaten eine Freundin wurde, wenn dies überhaupt im Rahmen des Möglichen liegt: eine Freundschaft zwischen Unschuld und Verdorbenheit.«

Grim warf Mia einen Blick zu, die regungslos zu Lyskian hinüberschaute. Ihr Gesicht war noch blasser als zuvor, und trotz des kaum merklichen Lächelns auf ihren Lippen war es ihm unmöglich zu erraten, was sie dachte.

»Jederzeit würde ich mein Leben für sie riskieren«, fuhr Lyskian fort. »Ebenso wie für ihren Bruder, der sich in diesen Augenblicken in der Gewalt der Schneekönigin befindet und den Schatten ihrer Grausamkeit bereits seit einiger Zeit auf seinen Schultern fühlen muss. Ich würde für Menschen wie diese beiden die Ewigkeit aufgeben – denn sie bedeuten das Leben, sie verheißen Veränderung und Hoffnung.« Er hielt kurz inne und ließ seinen Blick für einen Moment auf Mia ruhen. Dann wandte er den Kopf und sah Grim an. »Aber ich stehe nicht vor euch als Lyskian, der Menschenfreund«, sagte er leise, und das letzte Wort streifte Grims Wange wie ein Atemzug. »Ich bin hier als Prinz der Vampire. Ich trage die Verantwortung für mein Volk – und es gibt in der Gesellschaft der Vampire größere Mächte als die meine.« Lyskian sog die Luft ein, Grim schauderte, als er die Schatten unter der Haut des Vampirs sah wie eine unheilvolle Krankheit. »Mir wurde unmissverständlich mitgeteilt, dass ich unter keinen Umständen für die Menschen in die Schlacht ziehen darf«, fuhr er fort. »Die Vampire werden sich mit den Feen einigen. Sollte ich diesen Anweisungen zuwiderhandeln, werde ich damit nicht nur mein eigenes Leben auslöschen, sondern auch das derjenigen, an deren Seite ich kämpfen werde. Diesen Befehl erhielt ich von der höchsten Autorität meiner Welt – von Bhragan Nha'sul, dem Lord der Vampire mit Sitz in der Goldenen Stadt.«

Grim spürte die Kälte, die auf einmal bei der Nennung dieses Namens durch den Saal kroch, und ein Schauer glitt über seinen Rücken, als Lyskian sich ohne ein weiteres Wort auf seinem Platz niederließ. Grim schaute zu Mia hinüber. Ihre Augen waren wie tiefgrüne Seen, die jede Empfindung in sich verborgen hielten.

Da reckte ein Kobold die Hand. Er trug einen kostbaren Gehrock und knielange, waldgrüne Hosen. Sein Gesicht war faltig, doch seine Augen blitzten listig unter zusammengekniffenen Lidern. Framus war sein Name, Grim kannte ihn aus zahlreichen Diskussionen als sachlichen Senator mit ausgesprochenem Gerechtigkeitssinn. Er war ein alter Mentor von Remis, und Grim sah, wie der Kobold nun auf seiner Lehne ein Stück weit nach oben rutschte, als befände er sich noch immer in der Ausbildung und müsste vor seinem Lehrer Haltung annehmen.

»Ich wünschte, dass ich etwas anderes sagen könnte«, begann Framus mit einer Stimme wie knarrendes Holz. »Im vergangenen Jahr habe ich einige Menschen kennengelernt, die es wert sind, so bezeichnet zu werden: als Menschen. Da ist Mia Lavie, unsere Retterin der ersten Stunde, die sich aufopfernd um eine geeinte Welt bemüht, oder ihre Mutter Cécile, die trotz des Zaubers des Vergessens ohne Furcht Ghrogonias Straßen durchschreitet, und ihre Tante Josi, die ebenfalls von dem Zauber beeinflusst wird und dennoch stets bemüht ist, das wahre Wesen der Dinge zu erkennen. Doch es gibt auch andere Menschen, und sie sind es, von denen ich sprechen möchte.« Er hielt kurz inne. Grim spürte sein Herz in den Schläfen. »Die Menschen, von denen ich sprechen will, haben nicht nur den Gargoyles und Hybriden Leid angetan. Uns Kobolde haben sie gesteinigt, verbrannt und gefoltert, sie haben unsere getrockneten toten Körper als Glücksbringer missbraucht und mit unseren Haaren ihre Spiegel geputzt. Nicht umsonst sind wir ins Verborgene geflohen, und ich weiß, dass es vielen hier ähnlich ergangen ist. Was ist mit euch Gnomen, deren Höhlen ausgebrannt und deren Häuser dem Erdboden gleichgemacht wurden? Und ihr Waldschrate, die ihr den Menschen niemals Böses antun wolltet, wurdet in unzähligen Feuern verbrannt, weil diese Menschen, von denen ich spreche, dumm und blind sind – ja, nichts weiter sind sie.« Er schaute zu Mia hinüber, die regungslos auf ihre Hände blickte. »Es gibt Ausnahmen«, sagte er leise. »Da stimme ich unserem Prinzen der Vampire zu. Aber viele sind es nicht. Leider.« Dann holte er tief Atem und wandte sich an alle. »Die Gargoyles und die Vampire werden sich mit den Feen einigen, da bin ich mir sicher. Dem Guten Volk lag selten daran, mit der übrigen Anderwelt in Streit zu geraten.«

Da sprang Grim auf. Wut pochte in seiner Kehle, und er spürte, wie seine Augen in schwarzem Feuer loderten. »Das *Gute* Volk will keinen Streit mit den Anderwesen?«, grollte er, und seine Stimme donnerte die Reihen hinab wie ein gewaltiges Gewitter. Übelkeit stieg in ihm auf, als er die sturen Gesichter sah, und er legte eine Verachtung in seine Worte, die bitter auf seiner Zunge schmeckte. »Was ist mit den Schattenflüglern, die getötet und verletzt wurden, als sie gegen die Alben und Feen kämpften? Was ist mit Theryon, der noch immer mit dem Tod ringt?«

Irdas schnaufte verächtlich. »Die Schattenflügler wurden verletzt, weil sie sich in Dinge einmischten, die sie nichts angingen«, sagte er mit einer Gleichgültigkeit, die Grim das Blut aus dem Kopf zog. »Und Theryon – ja, der Feenkrieger mit seinen Thoronmenschen! Schon lange hätten wir diese Kreaturen aus unserer Stadt vertreiben sollen! Was haben die hier zu suchen? Was wird geschehen, wenn sie eines Tages beschließen, an der Oberwelt leben zu wollen? Was, wenn sie den Menschen dann von uns erzählen? Seht ihr nicht die

Gefahr, die von ihnen ausgeht? Unser Polizeipräsident sicher nicht – immerhin liebt er eine Menschenfrau, nicht wahr? Und seine Zuneigung geht so weit, dass er bereit wäre, das Leben mehrerer Anderwesen – *unser* Leben! – für sie zu riskieren! Doch das ist noch nicht alles: Er ist selbst ein halber Mensch. Nach den Worten, die er nun zu uns spricht, könnte man sich fragen, auf wessen Seite er eigentlich steht!« Mourier setzte sich auf, ein scharfer Blick glitt über die Köpfe der Anwesenden zu Irdas hinüber. Das genügte, um den Gargoyle die Stimme senken zu lassen. »Jedenfalls wurde auch Theryon verletzt, weil er einer Menschenfrau das Leben rettete, wenn ich mich nicht irre. Da seht ihr es – die Menschen bringen nichts als Ärger und Tod! Nicht die Feen sind das Problem, die Menschen sind es!«

Das Gemurmel, das nun einsetzte, presste die Luft aus Grims Lunge wie ein Schraubstock. Er ließ sich auf seinen Platz sinken. Remis schwirrte auf sein Knie und schaute ihn aus dunklen Augen an. Grim wollte Irdas und seine gleichgültige Überheblichkeit ein für alle Mal in den Erdboden rammen – doch die Gedanken tosten durch sein Hirn, und er rührte sich nicht. Stattdessen schaute er Remis in die Augen und erkannte sein eigenes Gesicht darin, das seine Empfindungen spiegelte: Hinter den hassgeschwärzten und von blinder Angst verfärbten Worten Irdas' lag die Wahrheit. Die Anderwesen waren den Menschen fremd geworden, und die wenigen, die sie nicht hassten, fürchteten sich vor ihnen. Er spürte Framus' Blick auf seiner Stirn und sah auf. Der Kobold legte leicht den Kopf schief, unverhohlenes Bedauern spiegelte sich in seinen Zügen.

»Noch sind es wenige«, sagte Grim und bemühte sich, mit aller Entschlossenheit zu sprechen, die er besaß. »Es wäre ein Leichtes für die Anderwelt, die Feen und die Alben zu bezwingen. Sie sind zwar mächtig, doch wenn wir uns zusammentun, können wir das Zepter zurückerlangen und die Königin töten. Mia wird sterben, wenn wir es nicht tun! Die verfluchte Scherbe in ihrer Brust wandert zu ihrem Herzen und ...«

»Hier geht es um mehr als einen einzelnen Menschen«, drang Irdas' Stimme durch die Reihen. »Wie viele von uns würden fallen in einer Schlacht gegen die Feen? Es heißt, dass ihre magischen Kräfte jede Art gewöhnlicher Magie an Stärke übertreffen, so mancher behauptet sogar, dass sie nur von ihresgleichen zu bezwingen sind! Habt ihr etwa den Feenblick vergessen, die Nacht, die hinter den Masken ihrer Augen liegt?« Ein unheilvolles Raunen ging durch den Raum, und Irdas hob die Stimme, als er fortfuhr: »Erinnert euch an die Mythen, die sich um das Volk der Feen ranken, um die Legenden aus der Ersten Zeit, da die Feenkrieger noch Angst und Schrecken über Ander- und Menschenwelt brachten! Eines haben uns die frühen Kriege zwischen den Völkern gelehrt: Ein einziger Blick in die Schwärze des Inneren einer Fee genügt, um jeden von uns um den Verstand zu bringen! Noch dazu befinden sie sich in diesem Augenblick hoch im Norden, in ihrem Reich, zusätzlich geschützt durch die Schattenalben! Eine Schlacht würde für viele von uns den Tod bedeuten, denn in einem hat unser Polizeipräsident recht: Sie *sind* mächtig.«

Grim starrte ihn unter zusammengezogenen Brauen an. »Dann wollt ihr nichts tun? Ist das euer Ernst? Die Pläne der Königin bedrohen in diesem Moment den Zauber des Vergessens und damit unsere Welt!«

Da schüttelte Framus den Kopf, langsam und zögernd, als täte er es unter Schmerzen. »Nein, mein Junge«, sagte er leise. »Es ist nicht unsere Welt. Es ist die Welt der Menschen.«

Dunkles Gemurmel setzte ein, und Grim hörte deutlich Irdas' Stimme: »Und vielleicht holt die Königin der Feen sie uns zurück. Denn im Ernst, verehrter Präsident der Polizei, weithin bekannt als Menschenfreund: Glaubst du an eine geeinte Welt? Glaubst du wirklich daran, dass die Menschen sich eines Tages ändern werden?«

Grim spürte Mias Blick, er sah sie an, als hätte sie ihm die Frage gestellt. Er öffnete den Mund, um Irdas sein spöttisches Grinsen vom Gesicht zu schlagen, suchte nach Worten, die den Zweifel der Anderwelt fortwischen würden – doch er fand keine. Der Riss in seiner Brust loderte in schwarzer Dunkelheit und durchzog ihn mit einem anhaltenden, brennenden Schmerz. Langsam senkte er den Blick. Im selben Augenblick brach der Tumult aus. Die Senatoren riefen durcheinander, Mourier fiel es schwer, für Ruhe zu sorgen. Grim hörte die Stimmen kaum, sie prallten von ihm ab wie Hagelkörner. Als er den Blick hob, um Mia anzusehen, war ihr Platz leer.

»Kommen wir zur Abstimmung«, rief Mourier und brachte mit seiner durchdringenden Stimme auch die letzten Anwesenden zum Schweigen. »Jene, die dafür sind, gegen die Feen in die Schlacht zu ziehen, heben die Hand – jetzt!«

Grim hörte das Geräusch sich hebender Arme. Einige Anderwesen stimmten dem Antrag zu, Grim sah Kobolde unter ihnen, Gnome, Hybriden, Mutanten und sogar Gargoyles, doch es waren nicht genug. Der Antrag wurde abgelehnt. Nun gab es keine Chance mehr, die Schneekönigin vor dem Grenzeinfall zu bezwingen, keine Möglichkeit, das Zepter vor seiner Vernichtung zurückzuerlangen – und keine Aussicht darauf, Mias Leben zu retten. Wie in Trance kam Grim auf die Beine, das Gemurmel legte sich.

»Ihr habt eure Entscheidung gefällt«, sagte er leise, doch seine Stimme war schneidend und scharf. »Als Präsident der OGP und Einwohner dieser Stadt muss ich sie akzeptieren – aber folgen werde ich ihr nicht. Ich werde die Menschen nicht dem Tod überantworten, so viel steht fest. Ich werde herausfinden, mit welchen Mitteln die Königin der Feen zu bezwingen ist, und dann werde ich sie töten – mit oder ohne eure Hilfe. Doch dafür brauche ich Zeit.« Er holte tief Atem. »Da nach den neuen Gesetzen jeder Einsatz des Zepters der Gargoyles vom Senat Ghrogonias genehmigt werden muss, bringe ich hiermit einen neuen Antrag ein. Um den Einsturz der Grenze aufzuhalten, erbitte ich die Erlaubnis, für einen entsprechenden Zauber das Zepter verwenden zu dürfen.« Er sah, wie Irdas Luft holte, und fuhr fort: »Aufgrund des Banns, der auf ihm lastet, können wir die Grenze mit ihm zwar nicht neu errichten – aber durch das Verlangsamen des Verfalls würden wir Zeit gewinnen. Ich weiß, dass einige unter euch den Menschen nicht helfen wollen. Doch ihr könnt nicht außer Acht lassen, dass es zumindest einen Menschen gibt, der vor nicht allzu langer Zeit sein Leben für euch riskiert hat. Ich wiederhole es noch einmal: Mia wird sterben, wenn die Schneekönigin nicht getötet wird. Doch die Chancen, gegen sie zu bestehen, sind schon jetzt kaum mehr vorhanden, und sie werden immer geringer, je mehr Feenmagie in diese Welt strömt, denn mit jedem Quäntchen davon wird die Königin stärker. Aber wir haben viel Wissen über das Volk der Feen in Theryons Bibliothek gefunden, das uns möglicherweise weiterhelfen kann – und mit Theryon selbst steht zumindest eine Fee auf unserer Seite.«

»Ich dachte, er ringt mit dem Tod?«, rief Irdas und stieß verächtlich die Luft aus. »Liegt er nicht in tiefer Bewusstlosigkeit, und niemand weiß, wann er daraus erwachen wird – und ob er es überhaupt tut?«

Grim ballte die Klauen zu Fäusten. »Er wird erwachen«, grollte er. »Seine Heilung schreitet voran, und mit seinem Wissen über die Feen werde ich einen Weg finden, um die Königin zu bezwingen. Doch mir läuft die Zeit davon! In wenigen Tagen, vielleicht schon in wenigen Stunden wird die Grenze fallen. Dann wird das Heer der Feen die Menschen vernichten, und die Königin wird zu voller Stärke erblühen, ehe sie das Zepter zerstören und eine erneute Grenzerrichtung für immer unmöglich machen wird! Stimmt meinem Antrag zu – euch erwächst kein Nachteil daraus!«

Da hob Framus den Blick. »Ich mochte die Menschen nie sonderlich«, sagte er mit einem schelmischen Lächeln. »Sie haben merkwürdige dünne Haut, immerzu Flausen im Kopf und sind außerdem viel zu groß. Aber *einen* Menschen habe ich gern – sehr gern sogar, und das nicht nur, weil ich dieses Mädchen als tapferes, mutiges Geschöpf kennenlernen konnte. Ich habe auch gesehen, wie sie euch betrachtet – ja, euch alle, die ihr hier sitzt. Sie liebt die Anderwelt, hört ihr? Und wenn sie an unserer Stelle wäre, würde sie nicht zögern. Sie würde für jeden von uns in die Schlacht ziehen. Das haben wir ihrem Volk heute versagt. Doch sie werde ich nicht im Stich lassen, und auch ihr, die ihr an den Menschen zweifelt und ihnen einen Denkzettel wünscht, solltet eines niemals vergessen: Werdet nicht wie die, die ihr verachtet!« Mit diesen Worten streckte Framus die Hand in die Höhe. »Ich stimme dafür!«

Atemlos sah Grim zu, wie eine Hand nach der anderen nach oben schnellte, bis seinem Antrag zugestimmt worden war. Erleichtert warf er Mourier einen Blick zu und nahm das Zepter in Empfang. Mit klopfendem Herzen sprach er den Zauber, sanfte Wellen aus Licht strömten von dem Artefakt aus, füllten den Raum und drangen durch die Wände des Schwarzen Dorns wie durch Nebel. Gleich darauf ging ein Seufzen durch den Saal, es hörte sich an wie das Stöhnen eines langsam zum Stehen kommenden Zuges. Grim löste das Zepter von seinem Arm und reichte es Mourier. Sein Zauber lag auf der Grenze zur Feenwelt und verlangsamte ihren Verfall – doch aufhalten konnte er ihn nicht.

»Verurteile die Ghrogonier nicht für ihre Furcht vor den Menschen«, raunte Mourier leise, während er sich das Zepter wieder anlegte und im Saal Gemurmel aufbrandete. »Hätten die Sterblichen in der Vergangenheit von unserer Existenz erfahren – wir wären allesamt vernichtet worden. Zumindest hätte es Krieg gegeben und zahlreiche Verluste auf allen Seiten. Du weißt, dass viele hier derlei Erfahrungen mit den Menschen bereits machen mussten. Dennoch ...« Er beugte sich zu Grim herüber, und auf einmal war das Flackern in seinen Augen zurück, das ihn als den Löwen zu erkennen gab, der mit Grim Seite an Seite um die Freiheit Ghrogonias gekämpft hatte. »Ich weiß, dass es Ausnahmen gibt, und Mia gehört ganz sicher dazu. Sollte es also zu einem Kampf kommen, in dem ein Löwe gebraucht wird – dann wisst ihr, wo ihr mich findet.«

Gerade hatte er die Sitzung beendet, als ein Ton die einbrechende Unruhe durchzog. Grim fuhr zusammen, es war, als hätte ihm jemand einen Dolch in den Nacken gestoßen. Schreie erklangen um ihn herum, die Senatoren fielen auf die Knie und hielten sich die Hände vor die Ohren. Der Ton wurde lauter, es war ein langer, durchdringender Klagelaut von solcher Tiefe, dass er Grims Knochen zum Erzittern brachte. Niemals hatte Grim ein solches Geräusch gehört, doch er hatte von ihm gelesen – von diesem sehnsuchtsvollen, geisterhaften Weinen, in dessen Angesicht die Gesänge der Sirenen nur blasse Schatten waren. Remis holte scharf Luft und für einen Moment setzte Grims Herzschlag aus.

»Banshees«, flüsterte er. »Die Todesbotinnen der Feen.«

Grim sprang auf die Beine. So schnell er konnte, breitete er seine Schwingen aus und raste gemeinsam mit Remis über die Köpfe der Senatoren hinweg aus dem Saal.

Theryon lag im Sterben.

Kapitel 18

Mia saß auf einer der marmornen Bänke vor dem Senatssaal, als die Gesänge begannen. Sie waren laut und durchdringend wie das heisere Schreien von Krähen über schneebedeckten Feldern. Mia presste sich die Hände gegen die Ohren, doch die Stimmen der Todesfeen drangen durch ihr Fleisch und wühlten sich mit schneidenden Schreien durch ihr Inneres. Mit zitternden Lippen flüsterte sie einen Schutzzauber, der sich wie eine flackernde Hülle über ihren Körper legte und die Gesänge dämpfte. Theryon hatte ihr von den Banshees erzählt, jenen Feen, die nach irischem Volksglauben einen bevorstehenden Tod innerhalb einer menschlichen Familie ankündigten, in Wahrheit aber Todesbotinnen waren und für zahlreiche Wesen ihre Lieder sangen. Manchmal waren die Gesänge sanft und tröstend, manchmal wütend und schrill und mitunter so sehnsuchtsvoll, dass sie jeden Sterblichen, der ihnen zuhörte, auf der Stelle töteten. Nur der Sterbende selbst hörte die Stimmen der Banshees nicht, so hieß es. Für gewöhnlich geleitete eine einzelne Banshee den Toten aus der Welt der Lebenden. Nur bei ihresgleichen erschien ein gewaltiger Chor aus Todesbotinnen, der eine sterbende Fee nach Alvloryn geleitete – in das Reich der Toten in der Welt der Feen. Die Erkenntnis überkam Mia gerade in dem Moment, da sie Grim und Remis aus dem Senatssaal stürzen sah.

»Theryon«, flüsterte sie gegen den Strom der Senatoren an, die mit angespannten Gesichtern aus dem Saal eilten und sich die Ohren zuhielten. Grim sah sie sofort. Er hörte ihre Stimme aus dem größten Lärm heraus, manchmal schien es ihr, als wüsste er instinktiv, an welchem Ort sie sich befand. Mit ausgebreiteten Schwingen raste er auf sie zu.

»Schnell«, grollte er, als er vor ihr landete und sie die Arme um seinen Hals legte. »Wir müssen uns beeilen.«

Sofort erhob er sich wieder in die Luft, schwang sich aus einem der Fenster und flog über die Dächer Ghrogonias in Richtung Cylasterwald. Remis krallte sich an Mias Schulter, und sie hörte die Gesänge der Banshees wie durch Glas. Sie brachten ihren Schutzzauber zum Vibrieren und flogen in rauschenden Wellen über die Häuser der Stadt. Atemlos sah sie, wie die Gebäude ihre Farbe verloren, und ein milchiger grauer Schleier legte sich auf die gerade noch schwarzen Türme und Paläste. Die Blätter der fluoreszierenden Bäume, die zahlreiche Straßen flankierten und auf vielen Plätzen zu finden waren, verloren zuerst ihren Schimmer und zogen sich dann zu grauglänzendem, ledrigen Laub zusammen. Remis sog die Luft ein, als die ölig schwarzen Spitzen des Cylasterwaldes unter ihnen dahinrasten: Auch hier schien es, als saugten die Gesänge der Banshees den Bäumen das Leben ab.

Mia kniff die Augen im Gegenwind zusammen und erkannte dicht vor ihnen die Wohnanlage Theryons. Doch wie hatte sie sich verändert! Grau waren die Wände des Gebäudes geworden, die Erde war verdorrt, und die Blumen in den zahlreichen Gärten hatten ihre Blüten verloren. Grim landete in dem größten Innenhof, und als Mia von seinem Rücken rutschte, sah sie die Banshees. Sie zählte zwölf von ihnen in flatternden grünen Gewändern, die mit geschlossenen Augen zwischen den Säulen standen und sangen. Gesandte aus der Totenwelt der Feen waren sie, Geisterwesen mit durchscheinenden, nebelhaften Körpern, die einen Angehörigen ihres Volkes zur ewigen Ruhe führen wollten. Ihre langen Haare umwehten ihre ebenmäßigen Gesichter wie in einem Sturm, und als Mia mit Remis auf der Schulter hinter Grim durch das Eingangsportal trat, spürte sie die Blicke der Banshees, die ihr durch geschlossene Lider folgten.

Grim stieß die Tür zur Bibliothek auf, die krachend gegen die Wand schlug – und blieb wie erstarrt stehen, den Blick auf Theryons Lichtkegel gerichtet. Mia drängte sich an ihm vorbei und stieß einen Schrei des Entsetzens aus.

Die Bibliothek sah aus wie nach einem schweren Brand. Die einst goldenen Bücher waren schwarz geworden, eine ganze Reihe zerbröckelte, als ein leiser Windhauch sie streifte. Das Licht, das Theryon heilen sollte, hatte sich schmutzig verfärbt. In grauen Schleiern umtoste es den Feenkrieger, der kaum wiederzuerkennen war: Seine Augen lagen tief in ihren Höhlen, blutende Wunden klafften überall an seinem Körper, an einigen Stellen konnte Mia bleiche Knochen erkennen. Das Licht fraß sich in sein Fleisch, sein schwarzes Blut rann ihm aus Mund und Augen und tränkte das lichtdurchflutete Kleid von Aradis, die seinen Kopf in ihrem Schoss hielt. Mia riss den Blick von seinem Gesicht fort und sah die Fee an. Auch ihr Schein hatte sich verdunkelt, nur schwach schimmerte noch das goldene Licht aus ihrem Inneren. Ihr langes Haar umwehte sie, während sie Theryon zärtlich über die Wangen strich.

»Das war die Schneekönigin«, grollte Grim und trat ins Zimmer.

Jetzt sah Mia die Eisblumen, die sich über den Boden zogen, und sie meinte für einen Moment ein höhnisches Lachen zu hören.

»Sie hat die heilende Magie des Strahls ins Gegenteil verkehrt. Nun tötet das Licht Theryon, statt ihn zu retten.« Grim ging auf eines der Regale zu und öffnete es lautlos. Dahinter lagen lange Reihen von Ordnern und Folianten, die wie welke Blätter zusammenfielen und farblosen Rauch ausstießen.

Mia spürte ihr Herz im ganzen Körper, als sie auf den Lichtkegel zutrat. Ruckartig hob Aradis den Kopf, in den Augen nichts als zornigen Sturm, und als Mia die Hand ausstreckte und das Licht berührte, verbrannte sie sich die Finger.

»Wer außer Theryon soll uns helfen, die Schneekönigin aufzuhalten?«, flüsterte Remis. »Wenn er diesen Anschlag nicht überlebt, war alles umsonst und die Menschen …«

»… werden sterben«, beendete Mia seinen Satz. Ihre Stimme klang heiser, doch jedes Räuspern verklang in den Gesängen der Todesbotinnen, die sie umdrängten wie erstickende Kissen. Sie schaute Theryon ins Gesicht, dieses fremdartige, schöne Gesicht. Niemals würde sie vergessen, wie er ihr auf dem Friedhof Montmartre begegnet war – und wie er um ihren Bruder geweint hatte. Sie spürte Tränen in ihre Augen steigen. *Er ist noch nicht bereit.* Im ersten Moment glaubte sie, ihre eigenen Gedanken zu hören, doch gleich darauf fühlte sie den warmen, silbernen Klang einer fremden Stimme in sich widerhallen und wusste, noch ehe sie den Kopf hob und Aradis ansah, dass es die Fee war, die zu ihr sprach. Mia spürte Grims Blick, als er verstand, was vor sich ging, aber sie wandte sich nicht von Aradis ab.

Mia, flüsterte die Fee beinahe zärtlich. *Theryon hat oft von dir erzählt in meinem Licht. Ich habe es ihm geschenkt, damals, als ich selbst nach Alvloryn geschickt wurde. Durch mich konnte er in der Welt der Menschen bleiben, ohne zu sterben. Wir haben beide ein Opfer gebracht, das ein Mensch niemals ermessen kann. Doch seine Zeit ist noch nicht gekommen. Seine Aufgabe ist noch nicht beendet.* Sie hielt kurz inne und strich über Theryons Wange. Ihre Finger hinterließen schwarzblutige Striemen auf seiner Haut. *Ich wusste, dass ihr kommen würdet. Er ist euer Freund. Noch könnt ihr ihn retten. Doch ihr müsst euch beeilen. Ihr müsst einen Albenfunken finden, der ihm das Leben zurückgibt.*

»Einen Albenfunken? Was …«, begann Mia, doch Grim unterbrach sie.

»Aus den Alben wurden die Zwerge, Dämonen, Elfen und Feen«, murmelte er. »Die Ältesten ihrer Art tragen einen Funken der Ersten

Stunde in sich: einen Albenfunken, jenes Licht, das bereits die Túatha Dé Danann in sich bargen – das Göttergeschlecht, aus dem die Alben entsprangen. Sie gaben den Funken an ihre Kinder weiter, und er erinnert die ältesten Elfen, Feen, Zwerge und Dämonen daran, dass sie einst aus demselben Licht und Blut erschaffen worden sind.«

Remis sah ihn mit steiler Falte zwischen den Brauen an. »Die Ältesten ihrer Art – soll das heißen, dass wir einen von denen finden müssen?« Grim nickte langsam, und Remis fuhr fort: »Aber wo ...« Er hielt inne, als würde ihm plötzlich die Luft abgedrückt. »Nein«, flüsterte er. »Nicht noch einmal. Das kannst du ...«

Doch Grim beachtete ihn nicht weiter und trat auf Aradis zu. »Gib ihn mir. Ich weiß, wohin ich gehen muss.«

Lautlos beugte Aradis sich über Theryon und küsste ihn. Das Licht ihres Körpers verließ sie und legte sich als schwach flackernder goldener Zauber über den Feenkrieger. Blut blieb an ihren Lippen haften, als sie sich aufrichtete. Sie hob die Hand, strich einmal durch die Luft und öffnete den Lichtkegel. Grim hob Theryon auf seine Arme, nickte Aradis kurz zu und eilte, dicht gefolgt von Remis, aus dem Saal. Mia sah die Tränen, die sich in den Augen der Fee sammelten, und das Blut, das ihr wehendes Gewand aus Licht besudelt hatte.

Ich danke dir, sagte sie lautlos.

Da lächelte Aradis, es war ein trauriges Lächeln voller Schmerz. *Menschenkind*, flüsterte sie, und dieses Mal klang ihre Stimme, als würden die Samen einer Pusteblume über Mias Gesicht fliegen. Langsam neigte Aradis den Kopf wie bei einer Verbeugung. Dann lief Mia Grim nach, doch sie sah noch, wie Aradis die Hände vors Gesicht schlug und ein Schluchzen ihren Körper durchdrang, ein Weinen von solcher Tiefe, als wollte es sie in Stücke reißen.

Die Banshees hatten ihre Augen geöffnet, als Mia aus dem Gebäude kam, und starrten sie aus spiegelloser Schwärze an, während sie ihre Gesänge intensivierten. Mia spürte kalten Wind auf ihrem

Gesicht, als Grim sich mit ihr in die Luft erhob, und hörte Remis' hektischen Atem an ihrem Ohr. Sie ahnte, an welche Wesen Grim sich wenden wollte, und ihre Vermutung wurde bestätigt, als er auf dem Platz vor dem Schwarzen Dorn landete und zielstrebig durch das Portal des Turms eilte. Sie liefen die Marmortreppe hinab, die in prunkvollen Kreolen abwärtsführte, vorbei an flackernden, grünfeurigen Fackeln. Nur vereinzelt begegneten ihnen Lakaien des Königs, doch Mia achtete kaum auf sie. Ihr Blick hing an Theryon. Noch hielt der Zauber der Fee den Tod zurück, doch Theryons geschundener Körper saugte den goldenen Glanz auf wie trockene Erde das Wasser. Sie mussten sich beeilen.

Sie erreichten das Ende der Treppe und eilten einen langen, gewundenen Gang hinab, von dem zahlreiche Türen abzweigten. An seinem Ende lag ein prunkvolles, mehrfach magisch gesichertes Portal, und davor saß ein Gargoyle in Bibergestalt hinter einem steinernen Tresen und schaute ihnen entgegen.

»OGP, das ist ein Notfall«, grollte Grim und drückte seinen Daumen auf das rot leuchtende Schild neben dem Portal. Der Biber musterte Theryon kurz, dann sprang er auf und fuhr mit einem leuchtenden Stab vor Grim durch die Luft. Auch Remis wurde auf verbotene magische Substanzen untersucht, ebenso wie Mia.

»In Ordnung, Herr Präsident«, sagte der Biber eilfertig, und Mia hätte über Grims zerknirschtes Gesicht gelacht, wenn sie nicht in Sorge um Theryon gewesen wäre. Schnell presste auch der Biber seinen Daumen auf das Schild, worauf die Doppeltür des Portals sich lautlos öffnete und gleich hinter ihnen wieder schloss.

Sie gelangten in einen riesigen sechseckigen Raum. Die Wände und die Decke wurden von wabenförmigen diamantenen Käfigen gebildet. Ohne zu zögern, betrat Grim einen der Gänge, die vom Hauptraum abzweigten. Mia beeilte sich, ihm zu folgen. Auch der Boden bestand aus gläsernen Käfigen, sodass sie sich vorkam wie in einem gewaltigen Bienenstock aus Kristall. Wirre Farben schlugen gegen die Diamanten, als sie ihre Füße daraufsetzte, und oft meinte sie, dunkle und betörende Stimmen zu hören, die wie durch dichte Tücher zu ihr drangen. Sie bemühte sich, ruhig zu atmen, doch es gelang ihr nicht. Sie befanden sich im Hochsicherheitstrakt der OGP, an jenem Ort, an dem seit Jahrhunderten die gefährlichsten Feinde der Gargoyles gefangen gehalten wurden: die Dämonen.

Vereinzelt meinte Mia, Gesichter in den diamantenen Käfigen zu erkennen, in denen die Gefangenen im Feuer lagen. Nicht alle Dämonen waren bösartig, und selbst die gefährlichen stellten nicht unbedingt eine Bedrohung für die Anderwelt dar, sodass sie auf gewöhnliche Weise von der OGP reglementiert werden konnten. Doch die Dämonen in diesem Gefängnis waren ein anderes Kaliber. Grim hatte Mia von gewaltigen Schlachten erzählt, in denen es den Dämonen immer wieder beinahe gelungen war, die Herrschaft über die Anderwelt an sich zu bringen, auch weit nach jenem Kampf um Prag, in dem die Gargoyles die Machtposition über die Anderwelt errungen hatten. Grim selbst hatte gegen die Dämonen gekämpft und die Letzten und Mächtigsten ihrer Art in einer Reihe von Schlachten niedergestreckt, um sie in diese Diamanten zu stecken. Immer wieder hörte Mia ein hasserfülltes Kreischen wie aus weiter Ferne, und ihr wurde klar, dass Grim nicht nur einen Feind hatte unter den Dämonen. Doch er ließ sich nicht beunruhigen. Scheinbar unbewegt marschierte er durch die Gänge und öffnete immer wieder vielfach gesicherte Portale in weitere Bereiche, die vor allem eines signalisierten: Der Dämon, zu dem sie auf dem Weg waren, musste gefährlicher sein als all die anderen.

Mia sah zu, wie sich ein weiteres Portal öffnete, und wusste im nächsten Moment, dass sie ihr Ziel erreicht hatten. Sie standen in einem pechschwarzen, ebenfalls sechseckigen Raum. Nur ein diamantener, von schimmerndem goldenen Licht erfüllter Käfig schwebte in der Mitte des Zimmers. Ringsherum bildeten geschliffene Diamanten die Wände, die bei auch nur einer falschen Bewegung des Dämons ihre Flammen entlassen würden. Mia sah die goldenen Schleier, die sich im Inneren des faustgroßen Diamanten auf und ab warfen, und trat nicht ohne Faszination näher.

»Verus Crendilas Dhor«, flüsterte sie, als sie den Namen gelesen hatte, der an der Seite des Diamanten eingraviert war.

Grim legte Theryon vorsichtig auf den Boden. Noch bedeckte eine dünne Schicht aus goldenem Glimmer die Haut des Feenkriegers, doch er stöhnte leise, als würde ihm die Luft aus der Lunge gepresst. Seine Hände verdrehten sich wie unter Krämpfen, und Mia sah die Schatten, die hinter seinen Lidern flatterten.

»Schnell«, sagte sie und griff nach Grims Arm.

Er nickte, aber sie sah eine Unruhe in seinem Blick, die ihr Angst machte. Wortlos trat er auf den Diamanten zu. Einen Augenblick hielt er inne, dann legte er beide Klauen um den Käfig. Dunkel brachen sich die Worte seines Zaubers an den Wänden. Das goldene Licht im Inneren des Diamanten flackerte auf wie eine Flamme im Sturm, dann bildete sich ein Gesicht heraus, das Mia kaum erkennen konnte, so schemenhaft war es.

»Grim, alter Freund«, klang eine samtweiche Stimme aus dem Stein. »Welch freudige Überraschung! Ich hätte nicht gedacht, dass wir uns so schnell wiedersehen. Was verschafft mir die Ehre deines Besuchs?«

Mia sah, dass Grim in Gedanken mit dem Dämon sprach, doch dieser wollte von Geheimniskrämerei offenbar nichts wissen.

»Nun«, sagte er gedehnt, als Grim geendet hatte. »Meine Hilfe ist kostbar – und wie alles Kostbare ist sie vor allem eines noch dazu: teuer. Doch lass uns später über Vergütungen sprechen. Zunächst wirst du mich aus diesem Kerker holen, denn selbst wenn mir dank deiner großzügigen Bezahlung die Qualen des Feuers erlassen wurden, ist es doch ein wenig – nun ja, sagen wir: eng.«

Remis zuckte sichtlich zusammen und schwirrte in einem Wahnsinnstempo auf Mias Schulter. Grim achtete nicht darauf. Mit zusammengezogenen Brauen murmelte er etwas, doch nichts als ein fröhliches Lachen war die Antwort.

»Du bist zu mir gekommen«, erwiderte der Dämon, und Mia konnte hören, dass er lächelte. »Also spielst du nach meinen Regeln. Keine Sorge: Die verfluchten Diamanten an der Wand werden mich schon daran hindern, dein armseliges Leben zu beenden. Oder fürchtest du dich, mir ohne alchemistische Beschützer gegenüberzustehen, mir, einem alten ... Freund?«

Grim zögerte und Mia rechnete schon damit, dass er sich umdrehen und sie fortschicken würde. Tatsächlich hob er den Blick und sah sie an. Entschlossen schüttelte sie den Kopf, während Remis beinahe eilfertig in die Luft flog, um sich auf den Weg zur Tür zu machen. Grims Miene verfinsterte sich, doch als Theryon schmerzerfüllt aufschrie, wandte er sich wieder dem Dämon zu. Er schloss die Augen, murmelte den Zauber – und wurde wie von einem unsichtbaren Hieb mit voller Wucht gegen die geschlossene Tür geschleudert. Mia wich zurück, als goldener Nebel aus dem zerbrochenen Diamanten drang, und Remis krallte seinen Finger so fest in ihre Schulter, dass es wehtat. Mit einem Summen entfachten die Diamanten an den Wänden ihre Kraft, die freigesetzte Dämonenmagie hatte sie geweckt. Mit grellen Lichtern brannten sie ein Pentagramm in den Boden. Mia sah grüne, schwarze und rote Lichter und nahm den rauchigen Gestank von verbrennendem Stein wahr. Sie erschrak, als mehrere Explosionen goldene Funkenregen in den Raum schossen. Geblendet fuhr sie zurück und spürte Grims Klaue beruhigend kalt auf ihrer freien Schulter. Sie wollte sich ihm zuwenden, doch in diesem Moment verdichtete sich der Nebel über dem Diamanten, und eine Gestalt schob sich aus dem Licht, wie Mia sie noch nie zuvor gesehen hatte.

Auf den ersten Blick glaubte sie, einem Engel gegenüberzustehen, einem Engel mit goldener Haut und geschlossenen Augen, einem Engel ohne Flügel, aber mit einem Lächeln, das Welten in

Brand setzen konnte. Sein Licht war so strahlend, dass es eigentlich ein Schatten war: Es verdrängte jede Vorstellung von Helligkeit, die Mia besaß. Sie versuchte, seine Gestalt zu erfassen, doch ihr Verstand hatte keine Chance. Es gab keine Vergleiche mehr, keine Erinnerungen, mit denen sie dieses Wesen hätte begreifen können. Es war, als hätte sie nie etwas anderes gesehen als ihn, und mehr noch: als wäre es vollkommen gleichgültig, ob sie jemals wieder etwas sah, nun, da sie ihn betrachtet hatte. Sie spürte, dass das, was sie sah, nicht erschaubar war – zwar konnte sie das Gesicht des Dämons beschreiben, seine seidene Haut, seine grazile Gestalt und das sanfte Lächeln auf den schön geschwungenen Lippen. Sie spürte auch die Wärme der Sonnenstrahlen, die aus seinem weichen Haar drang, und sah die feingliedrigen, marmorgleichen Hände mit den zarten Fingern. Und doch sah sie ihn nicht. Das, was er war, lag in einem Bereich des Verborgenen, der nur erfühlbar war, der alle Sinne durchströmte und über sie hinausging, bis Mia glaubte, sie wäre ganz und gar in der Gestalt des Dämons aufgegangen. Sie sah sein Lächeln und wusste, dass er sie erkannt hatte – bis in die dunkelsten Tiefen ihres Selbst. Es war ihr gleichgültig, mehr noch, sie wollte ihm noch mehr von sich sagen, er sollte alles, alles von ihr wissen. Gerade wollte sie sich von Grims Klaue lösen, als der Dämon die Augen öffnete.

Mia wich zurück, ihr Atem wurde aus ihrem Körper gepresst wie unter einer tonnenschweren Last. Sie schaute dem Dämon in die Augen, diese schwarzen, mandelförmigen Augen, die vollkommen ausgefüllt wurden von einer undurchdringlichen Finsternis, und da wusste sie, wen sie vor sich hatte. Die Schatten im Blick des Dämons züngelten mit tausend Zungen, Mia meinte fast, ihr Gift auf ihren Lippen zu schmecken. Nein, kein Engel war es, der da vor ihr stand, sondern mehr, viel mehr als das: Hier war der Abgrund, der jeden Engel verschlingen konnte, und die Zeilen Rilkes gingen ihr durch den Kopf: *Denn das Schöne ist nichts als des Schrecklichen Anfang … und wir bewundern es so, weil es gelassen verschmäht, uns zu zerstören.*

Unverwandt schaute sie den Dämon an und sah an seinem feinen Lächeln, dass er ihre Gedanken gehört hatte. Für einen Augenblick ruhte sein Blick auf ihr. Dann spürte sie Grims Klaue auf ihrer Schulter, die sie sanft nach hinten zog, und der Dämon wandte sich ab. Mit schweren Schritten trat Grim vor.

»Dämon«, grollte er. »Ich bin nicht um meinetwillen gekommen. Ich ...«

»Oh, ich weiß«, sagte Verus, ohne sein Lächeln zu verlieren. »Auch wenn ihr Kinder das nie begreifen werdet, weil ihr glaubt, dass meinesgleichen auf einer Stufe steht mit den Dämonen niederer Kasten: Ich habe Augen, verstehst du?« Er trat vor, bis er dicht vor der Linie des Pentagramms stand. Jetzt sah Mia die leise flackernden Flammen, die gierig nach Verus ausschlugen, ohne ihn zu erreichen, und sie spürte die Macht des Bannkreises. Wenn der Dämon nur ein winziges Stück weiter an die Grenze heranginge, würde das Feuer ihm unerträgliche Schmerzen zufügen. Doch Verus schien nicht das Bedürfnis zu haben, eine derartige Erfahrung zu machen. Regungslos blieb er stehen, wo er war, und ließ seinen Blick über den sterbenden Körper Theryons gleiten.

»Es ist lange her, dass ich eine Fee sah«, flüsterte Verus beinahe hingegeben. »Sie sind schön, nicht wahr? Besonders im Tod.«

Da trat Grim einen Schritt näher. »Wir sind nicht gekommen, um deine Gier nach Tod und Verzweiflung zu befriedigen«, grollte er.

Verus hob den Blick von Theryon wie von einer welkenden Blume und lachte wie ein Kind. »Nein, natürlich nicht. Ihr seid gekommen, damit ich euch den Tag rette – soll das zur Gewohnheit werden, mein Lieber?«

Mia spürte den Zorn, der eiskalt über Grims Nacken kroch, und Remis auf ihrer Schulter presste die Zähne vor Anspannung so fest zusammen, dass sie knirschten.

»Er wird sterben, wenn wir ihm nicht helfen«, sagte Grim leise. »Du könntest sein Leben retten – mit deinem Albenfunken.«

Ein Flackern ging durch Verus' Blick und für einen Moment erkannte Mia die Grausamkeit des Dämons in ihrer ganzen Kraft. Doch gleich darauf überzog die Heiterkeit sein Gesicht wie eine Maske aus Jugend und Sorglosigkeit. »Ich weiß, was außerhalb meines Kerkers vor sich geht«, sagte er tückisch. »Und eines sage ich euch: Ihr habt keine Ahnung, mit welchen Kräften ihr es zu tun bekommen könntet. Die Feen – sie sind von meiner Art. Ist es nicht so? Und ihr seid hilflos – wie die Kinder.«

Grim schwieg, aber Mia wusste, dass er den Dämon am liebsten gepackt und in die Feuer des Bannzaubers geworfen hätte. Da schrie Theryon auf. Erschrocken sah Mia, wie sich der goldene Zauber über seiner Hüfte zurückzog. Seine Haut darunter wurde grau wie faulendes Fleisch.

»Schnell!«, rief sie und stürzte auf Verus zu. »Ich bitte Euch! Ihr müsst uns helfen! Er …«

»Er stirbt«, erwiderte der Dämon, doch seine Worte klangen beiläufig, fast so, als würde er intensiv nachdenken, während er seinen Blick in grausamer Langsamkeit über Mias Gesicht gleiten ließ. Dann nickte er kurz. »Ich werde euch helfen.«

Grim zog die Brauen zusammen, sein Misstrauen war spürbar. »Was verlangst du dafür?«

»Nichts«, erwiderte Verus fast flüsternd. Noch immer ruhte sein Blick auf Mia. »Bis auf eine winzige Kleinigkeit.« Ruckartig riss er den Blick von ihr los und sah Grim an. »Ich verlange einen Gefallen – von dir, alter Freund.«

Mia griff nach Grims Arm. Sie wusste, dass Gefallen in der Anderwelt wie eine Währung gehandelt wurden – und sie wusste auch, was das bedeutete: Eines Tages würde Verus Grim um etwas bitten können – und dieser würde es erfüllen müssen, ganz gleich, was es war. Andererseits befand Verus sich in einem Gefängnis, und sollte er seine Freilassung fordern wollen, hätte er es bereits jetzt tun können. Und würde er seinen Gefallen dennoch dafür verwenden – Grim würde sich etwas einfallen lassen, beispielsweise einen doppelten Käfig, um den Dämon hinters Licht zu führen. Dennoch war es ein Risiko, denn Mia war der Funke nicht entgangen, der tückisch und boshaft in Verus' Augen lauerte, als wüsste der Dämon etwas, von dem sie noch nichts ahnte.

»Das ist ein Pakt mit dem Teufel«, zischte Remis besorgt. »Er ist ein Seelenfresser. Niemand kann wissen, was er von dir verlangen wird!«

Grim ließ Verus nicht aus den Augen, der ihn mit verschlagenem Lächeln beobachtete. »Es müsste ein ziemlich armseliger Teufel sein, wenn er nicht einmal einen eigenen Körper besitzen würde«, erwiderte er und genoss sichtlich den Ärger, der im Blick des Dämons aufflammte. »Denn du bist nichts als Verdorbenheit, Verus, und deine goldene Hülle, die du dir mit deiner grausamen Macht erschaffen hast, kann nicht darüber hinwegtäuschen, dass du eines nicht bist: ein Wesen, das Leid oder Liebe kennt.« Er hielt kurz inne, Mia sah den Zorn gefährlich greifbar in Verus' Augen aufflammen. »Ich bin einverstanden«, sagte Grim dann. »Wenn du Theryon das Leben rettest, schulde ich dir einen Gefallen.«

Verus neigte den Kopf wie bei einer Verbeugung, schloss für einen Moment die Augen und murmelte einen Zauber. Mit einem Keuchen krümmte er sich zusammen. Mia sah, wie sich etwas durch seinen Körper schob, etwas gleißend Helles, das mit knackendem Geräusch durch Verus' rechten Arm kroch, bis es als Flamme aus seiner Handfläche brach. Grim wollte die Klaue nach dem Albenfunken ausstrecken, doch gerade als er ihn berühren wollte, zog Verus die Hand zurück. Wieder schrie Theryon auf, Mia spürte, wie ihr das Blut aus dem Kopf wich. Doch der Dämon rührte sich nicht.

»Vertrauen ist gut«, sagte er leise. »Kontrolle ist besser. Du wirst unseren Pakt besiegeln – mit ihrem Blut!«

Er deutete auf Mia, doch Grim stieß die Luft aus. »Niemals! Ihr

Blut gibt dir die Kontrolle über ihr Leben! Du wirst sie töten können mit nicht mehr als einem Gedanken!«

Verus nickte, und zum ersten Mal war jedes Lächeln von seinem Gesicht verschwunden. »Ja«, erwiderte er leise. »Wenn du dein Versprechen brichst, wirst du verlieren, was du am meisten liebst.«

Mia sah die Wut und die Abwehr in Grims Gesicht, aber dann riss Theryon die Augen auf. Nichts als Finsternis war mehr in seinem Blick, und Mias Stimme überschlug sich, als sie schrie: »Tu es! Er stirbt, wenn wir noch länger zögern!«

Für einen Moment schaute Grim sie an, seine Augen waren zwei Höhlen aus Dunkelheit. Doch auch er sah, wie der goldene Zauber von Theryons Körper zurückwich, auch er hörte das Keuchen, das wie der letzte Atemzug aus Theryons Lunge entwich. Mit zitternder Klaue griff er nach Mias Arm und strich mit einem seiner Nägel über ihr Handgelenk. Ein brennender Schmerz durchzog sie, Blut drang aus der Wunde. Grim fing einen Tropfen in einem schwarzen Lichtschein auf, in dessen Mitte das Blut zu schweben begann. Gleichzeitig streckten er und Verus die Hände aus und vollzogen den Pakt. Verus' Blick war regungslos, aber Mia erkannte es deutlich: das dunkle Versprechen tief hinten in der Verschlagenheit seiner Finsternis, das darauf wartete, eingelöst zu werden.

Grim umfasste den Albenfunken, ließ sich neben Theryon auf die Knie fallen und hob vorsichtig dessen Kopf an. Lautlos flüsterte er den Zauber und ließ den Funken in den geöffneten Mund des Feenkriegers gleiten. Mia sah, wie sich das Licht durch Theryons Kehle schob, sie hörte ein Geräusch wie das Brechen vieler Knochen und erschauderte. Dann drang ein Stöhnen aus Theryons Mund, und das Licht barst in seinem Inneren in tausend Funken, die in jede Faser seines Körpers vordrangen. Er begann innerlich zu glühen, als er sich wenige Fußbreit in die Luft erhob, helles Licht schoss aus seinen Augen und Fingern. Mia hielt den Atem an, sie fühlte das Licht wie Gold auf ihrem Gesicht. Dann sank der Feenkrieger zu Boden. Flammen tanzten über seine Haut, die rasch heilte.

Mia schlug sich die Hand vor den Mund, Remis sank ausatmend auf ihrer Schulter zusammen. »Er wird wieder gesund«, flüsterte sie und griff nach Grims Klaue. »Er …«

»Ja«, sagte eine Stimme hinter ihnen. »Ich habe noch niemals ein Versprechen gebrochen. Denn eines, meine Freunde, sind Dämonen meiner Art nicht: Lügner.«

Verus stand noch immer so da, wie er ihr Blut in Empfang genommen hatte. Gefangen im schwarzen Leuchten des Lichtkranzes, schwebte es als winziger Tropfen über seiner geöffneten Handfläche. »Eines noch, bevor ich in meinen Käfig aus Licht zurückkehre«, flüsterte er und sah Mia mit leicht geneigtem Kopf und einem undurchsichtigen Glanz in den Augen an, der ihr einen Schauer über den Rücken jagte. »Eines noch, Menschenkind, das einer eurer Dichter einst sagte, John Ashbery ist sein Name.« Mia spürte, wie Grim sie zurückzog, doch sie konnte sich nicht abwenden. Alles, was sie sah, war Verus, und sie hörte seine Worte wie Gedanken in ihrem Kopf: *Vielleicht sieht ein Engel wie all das aus, was wir vergessen haben; ich meine vergessene Dinge, die nicht bekannt dünken, wenn wir ihnen wieder begegnen, verloren jenseits allen Sagens, und die einst die unseren waren.*

Kapitel 19

Theryon lag in tiefem Schlaf. Sein Körper schien vollkommen genesen, doch er atmete nicht. Grim wusste, dass das kein Grund zur Sorge war: Theryon hatte ihm oft genug erklärt, dass Feen ihre Kräfte auf anderen Wegen erhalten konnten als gewöhnliche Wesen. Er musste lächeln, als er daran dachte, wie der Feenkrieger das Wort *gewöhnlich* in diesem Zusammenhang aussprach: ohne jede Spur von Herablassung und dennoch mit einer Selbstverständlichkeit, die Grim zu Beginn ihrer Freundschaft immer wieder den Zorn in die Wangen getrieben hatte. Inzwischen lächelte Theryon mit leisem Spott, wenn er sein Volk in Grims Gegenwart mit anderen Geschöpfen verglich, und Grims Wut hatte sich längst in milde Gelassenheit verwandelt. Theryon war ein Feenkrieger – bis vor Kurzem der Letzte seines Volkes in dieser Welt. Vielleicht lag es auch an dieser Tatsache, dass Grim sich ihm verbunden fühlte. Er fuhr sich an die Brust, dunkel flammte die Kluft in seinem Inneren auf. Auch er war schließlich heimatlos zwischen den Welten und einsam, in gewisser Weise – der Einzige seiner Art, abgesehen von Seraphin, seinem Bruder, dem er den Tod gebracht hatte.

Grim bewegte die Schultern und schreckte Remis auf, der schlaftrunken an seinem Mantelkragen gelehnt hatte. Mit müden kleinen Augen schwirrte der Kobold in die Luft und flog zu einem Tisch in Theryons Krankenzimmer, um sich etwas zu trinken zu holen. Das Zimmer war klein und lichtdurchflutet, dünne Vorhänge wehten vor den bis zum Boden reichenden Fenstern im Wind, und an den Wänden neben dem Kamin standen leuchtend rote Bücherregale. Es war still im Raum, Grim hörte seinen eigenen Herzschlag in der tiefen Kühle seines Steinkörpers. Ausatmend schob er seinen Stuhl zurück und erhob sich, um einige Schritte durchs Zimmer zu gehen. Mia hielt Theryons Hand umfasst, ihr Kopf war neben seinem Arm aufs Bett gesunken. Sie schlief. Ihr dunkles Haar lag wie ein Schatten auf dem hellen Laken. *Wenn du dein Versprechen brichst, wirst du verlieren, was du am meisten liebst.* Grim wusste, dass Verus nicht zögern würde, seinen Worten Taten folgen zu lassen, denn in einem hatte er recht: Dämonen von seinem Rang waren keine Lügner. Das hatten sie einfach nicht nötig.

Vorsichtig strich Grim Mia eine Haarsträhne aus der Stirn. Es war nicht oft vorgekommen, dass er in seinem langen Leben ein Versprechen gegeben hatte, und noch nie hatte er eines davon gebrochen. So würde es auch dieses Mal sein. Er schuldete Verus einen Gefallen, und er würde sich nicht widersetzen, wenn der Dämon kam, um ihn einzulösen. Aber wenn Verus auf den Gedanken kommen sollte, ihn hinters Licht zu führen, und Mia auch nur ein Haar krümmte, würde er es für den Rest seines ewigen Lebens bereuen. Der verfluchte Mistkerl würde sich in die grausamen Flammen des Diamantfeuers zurücksehnen, er würde sich geradezu nach ihnen verzehren, denn sie wären für ihn wie ein Urlaub in dämonischen Gefilden verglichen mit dem, was Grim ihm antun würde.

Er kehrte zu seinem Stuhl zurück und betrachtete schweigend Theryons regloses Gesicht. Er hatte keine andere Wahl gehabt, Mia hatte recht: Der Feenkrieger wäre gestorben, wenn er sich nicht auf diesen Handel eingelassen hätte. Grim ließ die Knöchel seiner linken Klaue knacken, während Remis mit einem winzigen Becherchen Koboldtee zu Theryons Bett flog. Der Duft von wilden Brombeeren und Holunderblüten zog durch den Raum. Grim hörte, wie Remis schmatzend einen Schluck trank, und zog die Brauen zusammen, um sich mit aller Wut, die in ihm war, auf die Schneekönigin zu konzentrieren. Es musste eine Möglichkeit geben, sie zu bezwingen – und wenn sie noch so winzig war.

Als hätte er seine Gedanken gehört, öffnete Theryon plötzlich die Augen. Remis stieß einen Schrei aus, warf die Arme in die Luft und schleuderte seinen Teebecher quer durch den Raum. Erschrocken fuhr Mia aus dem Schlaf, und Grim hielt den Atem an, als Theryon für einen Augenblick wie tot an die Decke starrte. Dann sog der Feenkrieger die Luft ein, langsam und fließend. Erleichtert ließ Grim sich auf seinen Stuhl sinken, Remis landete kreidebleich auf seiner Schulter, und Mia fiel Theryon mit einem Laut der Erleichterung in die Arme. Er lachte leise und ließ seinen Blick zu Grim hinübergleiten.

»Du hast uns einen gewaltigen Schreck eingejagt«, sagte Grim mit einem Lächeln.

Remis schnaubte durch die Nase. »Allerdings! Mich anzustarren wie ein erleuchteter Lich, also wirklich!«

»Verzeiht mir«, sagte Theryon, als Mia ihn losgelassen hatte, und setzte sich ein wenig auf. »Ich kann mir vorstellen, dass mein Zustand für euch beängstigend ausgesehen haben muss.«

Grim verzog den Mund zu einem Grinsen. »Ja«, erwiderte er. »Für uns *gewöhnliche* Wesen war es alles andere als schön, dir beim Sterben zuzusehen.«

Theryon erwiderte sein Lächeln, doch dann wurde er ernst. »Ihr braucht mir nichts von dem zu berichten, was geschehen ist. Ich habe mich bereits in Kenntnis gesetzt. Dennoch möchte ich euch danken. Ihr habt beide ein großes Opfer gebracht, um mein Leben zu retten.«

Mia strich ihm über die Hand. »Ich habe Aradis gesehen«, sagte sie leise. »Ich habe mit ihr gesprochen. Euer Opfer ist nicht kleiner als unseres.«

Theryon nickte langsam. Wie in Gedanken fuhr er sich mit der

Hand an die Brust. »Aradis ist immer bei mir«, sagte er kaum hörbar. »Sie ist wie ein Licht in meiner Finsternis.«

Grim senkte den Blick. Er erinnerte sich daran, wie Aradis ihn angeschaut hatte, mit diesem verzweifelten, sehnsuchtsvollen Ausdruck. Sie hatte Theryon gehen lassen, damit er seinen Weg beenden konnte, und dabei nicht an sich selbst gedacht. Eines Tages, das wusste Grim, würde auch Theryon nach Alvloryn gehen, und dann würde er ihr selbst von Angesicht zu Angesicht danken können für das, was sie für ihn getan hatte.

Theryon umfasste Mias Hand und neigte sorgenvoll den Kopf. »Das, was Alvarhas dir über die Scherbe in deiner Brust gesagt hat, ist wahr«, sagte er. »Sie wird zu deinem Herzen wandern und dich töten, wenn diejenige nicht vernichtet wird, die sie geschaffen hat – die Schneekönigin.«

»Und Jakob ...«, begann Mia, doch Theryon schüttelte den Kopf.

»Auch was ihn betrifft, hat Alvarhas die Wahrheit gesagt.« Theryons Haut wurde eine Spur durchscheinender, als sie es ohnehin schon war. Für einen Moment sah er schwach aus, fast zerbrechlich. Dann wurde sein Blick hart. »Gleichzeitig seid ihr jedoch weniger angreifbar durch die Magie der Feen, da ihr durch die Scherbe, die ja aus nichts anderem besteht, von Feenmagie umgeben seid. Es ist kaum mehr als ein Hauch, selbst für mich nur schwer fühlbar – aber diese dünne Hülle wird dich ebenso wie Jakob schützen, wenn es zum Kampf kommen sollte. Rein theoretisch könntest du auch selbst Feenmagie wirken, indem du deine eigene Magie durch die Scherbe schickst und sie so in Feenmagie verwandelst – wie bei einem Prisma, das weißes Licht zu einem Regenbogen bricht. Damit würdest du deinen Zauber um ein Vielfaches stärken, denn eines ist sicher: Feenmagie übertrifft seit jeher die Macht gewöhnlicher Magie. Doch jedes Mal, wenn du die Kraft der Scherbe benutzt, beschleunigt sie ihren Weg zu deinem Herzen. Aber ...« Ein schwaches Lächeln zog über sein Gesicht. »Alles Böse kann auch zum Guten genutzt werden, nicht wahr?«

Mia nickte, aber sie war so blass, dass ihre Augen wirkten wie zwei dunkle Tümpel.

»Was sollen wir jetzt tun?«, fragte Grim und musste sich bemühen, seine Unruhe kleinzuhalten. »Die Königin der Feen wird tun, was sie sagt – und sie wird es schon sehr bald tun.«

»Sie ist nicht die wahre Königin der Feen«, erwiderte Theryon wie in Gedanken. »Schon lange vor dem Zauber des Vergessens herrschte Rhendralor, der Vielfarbige, über mein Volk. Er war ein guter und gerechter König, dem niemals der Sinn nach Krieg und Zwietracht stand. Und als die Gefährdung seines Volkes durch die zunehmende Zerstörung des Ersten Lichts lebensbedrohlich wurde, verließ er die Menschenwelt und setzte eine Frist, in der sein Volk ihm in die Feenwelt folgen sollte. Die meisten hielten sich an sein Wort, doch einige wenige Rebellen weigerten sich, ihre Heimat ohne Gegenwehr aufzugeben. Sie nannten sich die Kazhai, die Zornigen in der Sprache der Ersten Feen, und dieser Name passte zu ihnen, denn sie entluden ihre Wut in jeder ihnen zur Verfügung stehenden Macht auf die Menschen. Doch sie blieben wenige, denn Rhendralors Einfluss war auch in der Menschenwelt noch immer groß, und die Stärke der Feenkrieger – jener magisch und militärisch ausgebildeten Kämpfer seines Volkes, die sich seit jeher wie ihr König der Verbundenheit zwischen den Völkern verpflichtet hatten – hielt die Kazhai im Zaum. Doch dann …« Theryon holte tief Atem, für einen Augenblick flackerte ein Schatten über sein Gesicht. »Dann wandte die Schneekönigin sich an Rhendralor. Nach dem Tod ihres Sohnes war ihr Schmerz übermächtig, und sie flehte ihn an, ihrem Wunsch nach Vergeltung zu entsprechen, gegen die Menschen, denen sie die Schuld an ihrem Verlust gab, in den Krieg zu ziehen und die einstige Heimat der Feen zurückzuerlangen. Rhendralor wies ihre Bitte zurück, woraufhin sie sich auf ewig von ihrem einstigen Herrscher abwandte und sich in der Welt der Menschen im Volk der Feen zur Königin ausrufen ließ. Ihr Schloss aus Eis auf Spitzbergen wurde zum Königssitz, und ihr gelang es, die zuvor unorganisierten Kazhai zu einer gefährlichen Armee zu formen, mit der sie gegen die Menschen in den Krieg ziehen wollte. Sie glaubte, mit den ersten Siegen über das ihr verhasste Volk zahlreiche von Rhendralors Getreuen auf ihre Seite zu ziehen, und es wäre ihr vermutlich sogar gelungen – wenn ich nicht von ihren Plänen erfahren und sie mitsamt ihren Anhängern in die Feenwelt getrieben hätte.« Er hielt inne, eine Falte bildete sich zwischen seinen Brauen, während er nachdachte. »Ich hatte gehofft, dass sich ihr Zorn legen würde«, murmelte er gedankenvoll. »Ich glaubte, dass Rhendralors Güte und Weisheit sie auf den richtigen Weg zurückführen würden. Doch ich habe mich geirrt, und mehr noch: Ich habe die Armee gesehen, die auf der anderen Seite der Grenze darauf wartet, in die Menschenwelt zu stürmen – wenn die Grenze erst einmal gefallen ist, werden wir keine Möglichkeit mehr haben, sie aufzuhalten. Denn mein Volk ist mächtig, mächtiger als die meisten anderen Völker dieser Welt, und noch dazu haben sie Schattenalben auf ihrer Seite – teuflische, bösartige Kreaturen, hochmagisch und kaum zu bezwingen. Aber niemals hätte die Schneekönigin zur damaligen Zeit über eine solche Streitmacht verfügt. Und niemals hätte Rhendralor ihr gestattet, unter seiner Herrschaft einen solchen Plan in die Tat umzusetzen, wie sie ihn nun verfolgt.«

Ohne ein weiteres Wort schlug er die Decke zurück. Seine Bewegungen waren so geschmeidig und fließend, als hätte er gerade einen ausgiebigen Urlaub genossen und nicht mit dem Tod gekämpft. Er hüllte sich in einen schweren Samtmantel, der über einem Sessel gelegen hatte, und schaute angespannt von einem zum anderen. »Etwas muss in der Feenwelt geschehen sein«, sagte er kaum hörbar. »Etwas, das diese Schrecknisse erst möglich gemacht hat. Und wir werden herausfinden, was es war.«

Damit griff er in die Tasche seines Mantels, zog ein Stück Kreide heraus und zeichnete ein verschlungenes Zeichen auf den Boden. Lautlos ließ er sich auf die Knie nieder, schnippte zweimal mit den Fingern und ließ rasselnd undurchsichtige schwarze Vorhänge vor den Fenstern herunterfallen. Remis zuckte von dem flatternden Geräusch zusammen, und Grim hörte gleich darauf das Zischen eines sich entfachenden Feuers im Kamin. Die Flammen waren blau und erhellten den nun sehr dunklen Raum gerade bis zum Kreidezeichen.

Schweigend ließ Grim sich neben Theryon nieder, Mia und Remis hockten sich neben ihn. Kaum hatten sich ihre Blicke auf das Zeichen gesenkt, glomm es in weißer Glut auf. Theryon schaute eindringlich von einem zum anderen. »Durch den Einriss der Grenze habe ich die Möglichkeit, euch und mich selbst in die Feenwelt zu bringen. Allerdings ist das nicht ganz ungefährlich.«

Remis schaute ihn an, als hielte er das letzte Wort für die größte Untertreibung, die er sich vorstellen konnte.

»Wir müssen unsere Körper hier zurücklassen«, fuhr Theryon fort. »Ich werde euch mit meinem Zauber in die Feenwelt führen, ihr werdet kaum merken, dass ihr eure leibliche Hülle hinter euch gelassen habt. Dennoch besteht ein Risiko, denn während unser Bewusstsein unsere Körper verlässt, fallen diese in tiefe Ohnmacht. Kehren wir nicht rechtzeitig zurück, werden wir sie nicht wieder in Besitz nehmen können, da unser Geist sich weigern wird, nach dem Erlebnis der Freiheit erneut in eine körperliche Hülle gesperrt zu werden. Vermutlich hört es sich für euch verworren und merkwürdig an …«

»Allerdings«, murmelte Remis und wurde ein wenig rot unter seiner grünen Haut, als er merkte, dass er seine Skepsis laut ausgesprochen hatte.

»Es ist der einzige Weg«, sagte Theryon. Seine Stimme hatte einen dunklen, schweren Klang angenommen, der Grim einen Schauer über die Haut schickte.

»In Ordnung«, grollte er und warf Mia einen Blick zu, die zustimmend nickte.

Theryon bewegte die Hand über der Glut des Kreidezeichens. Vereinzelt flackerten zarte Flammen auf, und Lichtstrahlen brachen durch die Glut, die suchend wie Scheinwerfer über die Decke des Zimmers flackerten.

»Nehmt euch an den Händen«, sagte Theryon und fasste nach Grims Klaue.

Kaum hatten sie den Kreis geschlossen, loderten die Flammen auf und wurden gleich darauf von grellen Lichtstrahlen verschluckt, die aus dem Zeichen hervorbrachen. Geblendet kniff Grim die Augen zusammen und fühlte, wie das Licht über sein Gesicht tanzte und sich warm und weich auf seinen Körper legte. Gleich darauf fuhr ein Windhauch über sein Gesicht, der Boden erbebte unter ihm.

»Haltet die Augen geschlossen«, hörte er Theryons Stimme. Dann traf ihn ein gleißender Strahl aus Licht an der Brust. Er flog durch die Luft und spürte flammende Funken um sich herumtanzen, die zischend auf seiner Haut erloschen. Er hatte Theryons und Mias Hände nicht losgelassen, und er hörte an Remis' Kreischen, dass auch der Kobold sich noch in ihrem Kreis befand. Für einen Augenblick schienen sie zu schweben. Grim sah rote und goldene Lichter hinter seinen Augenlidern, er fühlte sich seltsam losgelöst. Dann wurde es dunkel. Grim öffnete die Augen und fand sich zu seinem Erstaunen an der Zimmerdecke wieder. Noch immer hielt er Theryons und Mias Hände, doch ein geisterhaftes Flimmern überzog ihre Haut, und dort, tief unter ihnen, kippte gerade sein Körper zur Seite und fiel in tiefen Schlaf. Mia stieß einen Laut des Erstaunens aus. Auch Remis starrte mit weit aufgerissenen Augen auf seinen schnarchenden Koboldkörper dort unten, und als Theryon dunkel und konzentriert seinen Zauber sprach, sah er Grim an, als könnte dieser etwas für die plötzliche Vergeistigung seines Selbst.

Grim holte tief Atem. Er fühlte sich leichter, aber ansonsten schien es kaum einen Unterschied zu seinem Dasein mit Körper zu geben. Er musste daran denken, dass Gargoyles, die einen Arm oder ein Bein verloren hatten, noch Jahre später über Gefühle in diesen verschwundenen Gliedmaßen sprachen, und auch von Menschen hatte er Ähnliches schon gehört. Nachdenklich betrachtete er seinen reglosen steinernen Leib, während Theryons Zauber ihn fortzog in einen dunklen, tunnelartigen Gang.

Sie wurden von einer unsichtbaren Macht umschmeichelt, als würden sie im Strom eines Flusses dahintreiben. Schneller und schneller ging es vorwärts, Grim musste aufpassen, Mias Hand nicht zu verlieren, die verschwindend klein in der seinen lag. Strudel aus grünem und blauem Licht umtosten ihn, immer wieder stieß er gegen die Wände des Tunnels, die sich bei jeder Berührung ein wenig zusammenzogen und schimmernde Bläschen wie Perlenreihen ausstießen. Theryons Stimme war nichts als ein dunkles Murmeln im Hintergrund von Grims Bewusstsein, bis der Feenkrieger plötzlich seine Klaue fester umgriff und laut einige Worte in die Dunkelheit schleuderte. Sie trafen Grim wie Kugeln aus dünnem, magischen Glas, die splitternd durch seinen geisterhaften Körper flogen. Im nächsten Moment wurde es hell, und sie rasten von der Decke eines hell erleuchteten Saals auf den Boden zu. Schnell breitete Grim die Schwingen aus, doch Theryon flüsterte schon einen weiteren Zauber, der sich wie eine dicke Schicht aus durchsichtigem, zähflüssigen Brei ein ganzes Stück weit über dem Boden ausbreitete und sie sanft auffing.

Staunend sah Grim sich um, während sie langsam zu Boden sanken. Noch nie, so glaubte er, war er in einem solchen Saal gewesen. Er schien aus Elfenbein zu bestehen und strahlte aus sich selbst heraus, als würden ihn sanfte Ströme aus goldenem Licht durchfließen. Säulen und Zwischenwände wie aus Spitze hielten die Decke, Mosaike in Silber, Gold und Purpur bedeckten die Wände, und bis zum Boden reichende Fenster ließen den Blick frei auf gewaltige Berge, die mit fruchtbarer Vegetation bedeckt waren. Grim sah den violetten Himmel, über den bunte Vögel dahinzogen, und hörte das wilde Rauschen eines Meeres in der Ferne. Dann bemerkte er die Gestalten und den prachtvollen Thron, der an der Kopfseite des Saales stand. Geschöpfe in langen Gewändern aus den edelsten Materialien umstanden den Herrschersitz. Grim sah ihre durchscheinende Haut und die reglosen Augen und wusste, dass sie in der Welt der Feen waren.

Lautlos kamen seine Füße auf dem Boden auf, er spürte den warmen Marmor und wie Theryon die Hand aus seiner Klaue zog, doch sein Blick fiel auf das Wesen, das in einiger Entfernung auf dem Thron saß – und augenblicklich nahm Grim nichts anderes mehr wahr. Es war eine männliche Fee mit farblosem Haar, das nebelgleich auf den kostbaren Mantel hinabfiel, und einem mannsgroßen, schmalen Stab in der rechten Hand, an dessen Ende ein funkelnder Stern prangte. Auf den ersten Blick wirkte der Fremde wie ein Mensch, aber gleich darauf spürte Grim, dass es nicht der Saal war, der aus sich heraus strahlte – es war dieser König, dieser Herrscher der Feen. Tief in ihm schien ein leuchtender See zu liegen, ein Wunder, das sich ohne sein Zutun seinen Weg durch seine beinahe transparente Haut brach und sie schimmern ließ wie Tau im Licht der Sonne.

Grim folgte Theryon, der langsam auf den Thron zuging, ohne den Blick von dem Herrscher abzuwenden, und als er dicht vor ihm stand, konnte er sein Gesicht erkennen. Es war das Antlitz eines Kindes und gleichzeitig eines sehr alten Mannes, ein Maskengesicht, das nicht wusste, was eine Maske überhaupt war, ein farbiger Schleier über einem Abgrund aus Schwärze und ein Schatten auf einem kristallenen Meer. Grim wusste, dass er aufgehört hatte zu atmen, und für einen Moment fragte er sich, ob es nicht vollkommen irrsinnig war, dass er sein Bewusstsein, das losgelöst von seinem Körper in der

Weltgeschichte herumspazierte, zum Atmen zwang. Dann richtete sich der Blick des Feenkönigs auf ihn und löschte jeden Gedanken in ihm aus.

Blau.

Das war alles, was Grim durch den Kopf ging, aber nicht als Wort oder fassbarer Begriff, sondern als Funken einer Idee, als Ahnung von Meer und All. Auch diese Augen spiegelten nichts, denn es waren die Augen einer Fee, und doch – als Grim in dieses Blau schaute, meinte er für einen Moment, sich selbst anzusehen. Er sah sich als jungen Gargoyle, wie er über die brennende Erde des Ätnas gestolpert war, sah sich im Flug während seiner Ausbildung zum Schattenflügler, sah sich neben seiner alten Mentorin Moira in den Gassen von Rom oder während seiner ersten Nacht in Paris, frierend und heimatlos, und er sah Jakob und Mia und Seraphin – und sein eigenes Gesicht, wie es jetzt war. Doch er erblickte nicht das Antlitz eines Gargoyles, eines Menschen oder eines Hybriden. Er schaute in das staunende, verletzliche Gesicht eines Kindes, das nichts wusste von Stein oder Fleisch, sondern nur eines war: ein Kind, das auf nichts weiter lauschte als auf den eigenen Herzschlag. Dann spürte er das Lächeln, das dieses Bild durchdrang wie ein sanfter Wärmeschauer, und langsam, kaum merklich, kehrte er vor den Thron zurück und schaute zu dem Feenkönig auf.

»Rhendralor«, sagte Theryon ehrerbietig und legte die rechte Faust auf die linke Brust. »König der Freien Feen, Herrscher über das Tal Nafrad'ur und aller Kreaturen, die den Schatten die Stirn bieten und keinen von ihnen fürchten.«

Grim folgte Theryons Beispiel und sah, wie auch Mia und Remis dem König ihren Respekt erwiesen. Rhendralor betrachtete sie regungslos. Er saß da wie eine Figur aus kostbarem Stein, und Grim bemerkte mit unerklärlichem Befremden, dass der König nicht atmete.

»Theryon«, sagte Rhendralor, und Grim spürte, wie die dunkle, meertiefe Stimme des Feenkönigs ihm das Haar zurückstrich. *Welches Haar*, fragte sich eine Stimme tief in ihm. *Das Haar deines Körpers, der hilflos in der Menschenwelt liegt? Oder das Haar, das dein Bewusstsein sich erträumt? Dein Haar ist aus Stein – hast du das vergessen?*

»Ich habe euch erwartet«, fuhr der König fort. »Dein Ruf eilte die Hänge Ir'dhalars hinauf, er zielte nach den Sternen an meinem Sonnenhimmel und erstürmte die Festungen des Schnees tief in den Wäldern der Schleierdryaden.«

Theryon ließ die Faust von seiner Brust sinken. Grim sah, dass er schnell atmete. Noch nie hatte er den Feenkrieger in einem Zustand solcher Anspannung erlebt.

»Ich …«, begann Theryon, doch statt eines weiteren Wortes drang nichts als ein Keuchen aus seiner Kehle. Erschrocken griff Grim nach seinem Arm, Theryon packte seine Klaue, als wollte er sie zu Staub zermahlen. Niemals hätte Grim eine solche Kraft in diesem durchscheinenden Körper erwartet.

»Was ist los?« Mia stürzte an Theryons Seite, hilflos strich sie ihm über den Rücken.

Da griff Theryon sich an die Kehle. Mit Entsetzen sah Grim, wie seine Fingerkuppen aufplatzten und anfingen zu bluten und Theryons Augen – Grim stieß einen Schreckenslaut aus, als er sie sah. Schwarz waren sie geworden, als hätte sie jemand ausgebrannt. Zugleich fühlte er die Kälte, die aus Theryons Mund drang, und er hörte ein Lachen – eisklar und tödlich.

»Sie ist es«, flüsterte Mia, doch ehe Grim etwas hätte erwidern können, sprang Rhendralor von seinem Thron und stieß ihn zurück.

Keuchend griff Grim sich an die Brust, dorthin, wo der Hieb des Königs ihn getroffen hatte. Auch Mia war zurückgeschleudert worden. Sie lag am Boden und sah zu Rhendralor auf, der Theryon mit einem Arm umfasst hielt, während er mit dem anderen seinen Stab in die Höhe riss. Grim stockte der Atem. Der König sah aus wie ein Krieger, sein Körper war zum Sprung bereit, und seine Augen glommen in tödlichem Feuer. Sein Hofstaat stand regungslos wie zuvor, doch Grim sah die Anspannung in den Gesichtern der Feen, während Rhendralor den Stab von einer Seite des Raumes zur anderen bewegte, langsam und konzentriert, als suchte er jemanden, der sich im Licht dieses Zimmers verbarg.

Theryon hustete an Rhendralors Brust. Schwarzes Blut ergoss sich auf den Mantel des Königs, doch Rhendralor achtete nicht darauf. Stattdessen ging ein Ruck durch seinen Körper, ein schwerer, dunkler Zauber rollte über seine zu blassen Narben verzogenen Lippen. Dann sprang er in einen Ausfallschritt, streckte eine Hand nach hinten, um Theryon mit einem Schutzzauber vor dem Fall zu bewahren, und stieß mit der anderen den Stab vor.

Ein Geräusch wie das Bersten einer gewaltigen Steinmauer zerriss die Luft. Grim spürte das Beben, das den Boden durchzog und weit hinten im Tal das Meer aufwühlte. Atemlos sah er zu, wie sich die Luft in der Mitte des Raumes grau färbte, bis er gegen einen steinernen Wall schaute. Er sah Gesteinsbrocken, die zu Boden fielen und sich in Rauch auflösten, und den faustgroßen Spalt, den Rhendralors Stab in die Mauer gebrochen hatte. Und durch diesen Spalt erblickte er – die Schneekönigin.

Sie stand in Theryons Zimmer in Ghrogonia, ihr Blick ruhte fest auf Theryon. Graue Pfeile zischten durch den Schild, den der Feenkrieger um ihre reglosen Leiber gezogen hatte, und verwundeten Theryons Körper immer wieder schwer.

Rhendralor packte den Stab mit beiden Händen, und während Theryon langsam zu Boden sank, brüllte der König einen Zauber. Ein gleißend heller Strahl schoss aus der Sternspitze durch den Riss in der Mauer. Grim hörte das hemmungslose Kreischen der Schneekönigin, als Rhendralors Licht sie umfasste. Der König hob sie mit einer winzigen Geste seines Stabes empor und stieß sie in rasender Geschwindigkeit auf das Loch in der Wand zu, das viel zu klein für sie war. Donnernd schlug ihr Körper dagegen. Steine splitterten heraus, blutige Striemen überzogen ihr Gesicht, als sie durch den Riss brach und mit einem heftigen Stoß zu Boden geschleudert wurde.

Grim trat einen Schritt vor, aber er tat es wie in Trance. Mia hatte sich neben Theryon gekniet, der unter ihrem Heilungszauber langsam wieder zu sich kam, doch auch sie starrte bewegungslos zur Schneekönigin hinüber, die auf allen vieren hockte. Ihr weißes Gewand war blutbesudelt, und als sie langsam den Kopf hob und Rhendralor anstarrte, der über ihr stand, erinnerte sie Grim an ein wildes, verwundetes Tier.

»Skorpa«, sagte der König und stellte seinen Stab neben sich. Unruhig flackerte das Licht in seinem Stern. »Wirst du noch so genannt, Königin des Schnees?«

Die Fee richtete sich auf, aber in ihren Bewegungen lag keine Grazie mehr. Selbst in ihrem weißen Gewand erschien sie Grim vor diesem Herrscher der Freien Feen wie eine zerrupfte Krähe. »Rhendralor«, zischte sie, und für einen Augenblick dachte Grim, sie würde ausspucken. Doch sie wischte sich nachlässig mit dem Handrücken über den Mund, Blut blieb an ihrer Wange haften wie verschmierter Lippenstift. »Was mischst du dich in Dinge ein, die dich nichts mehr angehen?«

»Theryon geht mich etwas an«, erwiderte Rhendralor, und zum ersten Mal hörte Grim etwas wie Zorn in seiner Stimme. »So war es stets. Er war mein Schüler, ich habe geschworen, ihn zu beschützen. Und im Gegensatz zu dir neige ich nicht dazu, meinen Schwur zu brechen.«

Da lachte die Königin auf, hart und rau. »Nein«, erwiderte sie und trat auf den König zu. Grim hielt den Atem an, als sie den Kopf vorschob und mit blutiger Hand über Rhendralors Wange streichen wollte. Kurz davor hielt sie inne, Schatten tanzten über ihr Gesicht, es war, als würde sie innerlich mit etwas ringen. Der Blick des Königs war regungslos, doch Grim spürte die Kälte, die von ihm ausging und gegen die jeder Eiszauber der Königin nichts weiter war als ein sachter kühler Hauch. Es war ein Kampf, der hier zwischen den beiden tobte, und auch wenn Grim ihn nicht begreifen konnte, sah er doch, wie Rhendralor den Blick der Schneekönigin niederzwang. Sie atmete heftig, als sie den Kopf neigte, und als ihre blutverschmierte Hand über den Mantel des Königs strich, sah Grim Tränen in ihren Augen. »So war es stets«, flüsterte sie tonlos. »Du kennst den Schatten nicht. Du standest immer auf der Seite des Lichts. Doch dieses Mal bist du im Unrecht – selbst dein Volk hat dich verlassen, wenn man von ein paar törichten Narren absieht, die dir aus Sentimentalität die Treue halten!« Sie kniff die Augen zusammen, ihre Züge nahmen einen schlangenhaften Ausdruck an. »In den Finsternissen dieser Welt habe ich gehaust, bis deine einstigen Anhänger mit eigenen Augen gesehen haben, wie die Menschen ihre ehemalige Heimat zerstörten und das Erste Licht vernichteten – und immer größer wurde ihr Zorn, hatten sie doch ihre Welt nur unter der Voraussetzung verlassen, eines Tages dorthin zurückkehren zu können – eines Tages, wenn die Menschen sich geändert hätten! Aber das taten sie nicht, im Gegenteil, und der Zorn darüber trieb dein Volk in meine Arme! So kam es, dass ich die Königin wurde über die Welt der Feen, und das bin ich noch!« Sie war außer Atem und hielt kurz inne. »Theryon gefährdet meine Pläne«, zischte sie dann. »Das werde ich nicht dulden. Ich werde ihn töten und niemand – *niemand* wird mich daran hindern. Hörst du das – Vater?«

Grim sog erstaunt die Luft ein, als die Königin bei ihrem letzten Wort den Blick wieder hob. Ein wütendes Flackern war in ihre Augen getreten, Grim fühlte den Zauber in ihrer Faust schon, bevor sie ihn entließ. Doch Rhendralor schien nichts davon zu spüren. Er sah die Schneekönigin an, regungslos wie zuvor, und öffnete den Mund, um etwas zu sagen. Da stieß die Fee ihre Faust vor, knisternde Flammen schlugen wie Tierkrallen nach Rhendralors Wange und gruben drei tiefe Kratzer in sein Fleisch.

Sofort schlug der König ihr seinen Stab vor die Brust. Strahlend helles Licht entfachte sich zu einem flammenden Schild, der die Königin durch die Luft schleuderte. Ehe sie auf dem Boden aufkam, richtete Rhendralor erneut die Sternspitze auf sie, ließ sie auf die Wand zurasen und schlug sie mit voller Wucht dagegen. Noch im Sturz ballte die Königin die Fäuste, ein gewaltiger Eiszauber schoss in sieben giftgetränkten Zapfen aus ihren Händen. Sie rasten so schnell auf Rhendralor zu, dass Grim nichts weiter sah als grelle Blitze, doch der König wirbelte seinen Stab wie ein Schwert vor seinem Körper herum, bis alle Zapfen in funkensprühendem Feuerwerk zerschnitten waren. Er warf eine Fessel aus Licht nach der Königin, doch diese wich ihr aus, schlug mehrfach in die Hände und schuf kristalline Schollen in der Luft, über die sie mit wehendem Kleid auf ihren Vater zusprang. Scherben aus Eis flogen aus ihren Händen, dicht gefolgt von einer gewaltigen, tosenden Wolke aus flirrendem Schnee.

Grim hörte das metallische Klirren der Flocken, er wusste, dass bereits ein einziges dieser dolchscharfen Geschosse tödlich war. Angespannt sah er, wie Rhendralor die Scherben in rasender Geschwindigkeit abwehrte, doch schon schoss die Wolke heran und hüllte den König der Freien Feen ein. Grim hörte, wie die Splitter durch seinen Körper jagten und ihn zerfetzten. Mit einem Brüllen stürzte er sich vor und stieß die Schneekönigin zu Boden, die gerade vor Theryon gelandet war. Kreischend flog sie gegen den Thron des Königs und überschlug sich mit ihm.

Grim packte Theryon und Mia am Kragen und riss sie in die Höhe. »Wir müssen verschwinden«, keuchte er. »Sie wird …«

Doch es war zu spät. Schon fühlte er den Kältezauber, der als drohende Welle auf ihn zuraste, und dann wurde er zu Boden gerissen. Es gelang ihm noch, Mia an sich zu pressen, doch Theryon glitt ihm durch die Finger, und gleich darauf stand die Schneekönigin über ihm, das Gesicht zu einer Maske aus Hass und Wahnsinn verzerrt.

»Du«, rief sie mit kreischend hoher Stimme. »Wie oft willst du mir noch in die Quere kommen, du verfluchter …«

Da bohrte sich plötzlich ein Lichtstrahl durch ihren Körper, ein gleißend heller Stab, auf dessen Spitze ein Stern prangte. Grim sprang auf die Füße und taumelte mit Mia rückwärts. Sie hatte sich in seinen Mantel gekrallt, und er spürte ihr Herz rasen, als die Schneekönigin den Blick zu ihrer Brust sinken ließ und ungläubig auf den funkelnden Stern schaute. Blut rann über ihr Kleid und färbte es schwarz.

»Du hast dich geirrt«, sagte Rhendralor, der nun hinter ihr auftauchte. Sein Gesicht zeigte einige blutige Kratzer, die jedoch in rasender Geschwindigkeit heilten. Das Blau seiner Augen war fast schwarz geworden. »Ich kenne den Schatten. Doch ich habe mich für das Licht entschieden, lange bevor es dich gab. Ich werde diesen Pfad niemals verlassen – und daran wirst auch du nichts ändern können.«

Er hob seinen Stab in die Höhe, die Königin keuchte, als sich das Licht ihren Brustkorb emporfraß.

»Geh zurück in die Schatten, die du so liebst«, fuhr er fort, und seine Stimme war von tödlicher Kälte. »Doch eines sage ich dir: Solltest du Theryon in meinem Reich noch einmal zu nahe kommen, werde ich dich jagen. Ich werde dich hetzen wie ein Tier, und wenn ich dich gefunden habe, wirst du weder im Schatten noch im Licht Gnade finden vor meinem Zorn.«

Mit diesen Worten riss er den Stab zurück und schoss eine gewaltige Feuersbrunst aus dem Stern. Krachend traf sie die Königin in den Rücken und schleuderte sie mit solcher Wucht gegen die Mauer zwischen den Welten, dass sie hindurchbrach und kreischend im dahinter liegenden Nebel verschwand.

Fassungslos stand Grim da, und auch Mia schien für einen Moment nicht zu wissen, was soeben geschehen war. Rhendralor hatte die Königin am Leben gelassen.

»Warum zum Teufel …«, begann Grim, doch da trat Theryon hinzu und hob abwehrend die Hand.

Rhendralor fuhr sich mit der Rückseite der rechten Hand über die Stirn, stellte mit einem Fingerzeig seinen Thron wieder auf und ließ sich darauf nieder. Einen Moment lang saß er schweigend. Dann hob er den Kopf und sah Theryon an.

»Nein«, sagte er, als hätte der Feenkrieger ihm eine Frage gestellt. »Du weißt, dass alles wahr ist, was ich gerade sagte: Ich werde dich in meinem Reich immer beschützen. Und du weißt, dass du hier bei uns einen Platz hast – einen Platz bei deinem Volk. Doch wenn du zurückkehrst in die Welt der Menschen, wenn du den Weg weiter beschreitest, für den du dich vor langer Zeit entschieden hast, dann bist du auf dich gestellt. Denn wir …« Er hielt inne, als kostete es ihn Kraft, die Worte auszusprechen. »Wir werden dir nicht helfen.«

»Was?«

Es war nicht Grim gewesen, der dieses Wort mit Wucht und einiger Lautstärke über die Lippen gebracht hatte, obwohl es sich für ihn einen Augenblick lang so anfühlte. Nein, Mia stand vor dem Thron des Königs und schüttelte den Kopf. Grim wusste, dass sie ihrer Fassungslosigkeit jeden Moment nachhaltig Ausdruck verleihen würde. Doch wieder hob Theryon die Hand. Grim konnte sein Gesicht nicht sehen, denn er hatte sich dem König zugewandt, aber etwas an der Art, wie er Mia zum Schweigen aufforderte, ließ ihn die Luft anhalten.

»Früher habt Ihr für die Menschen gekämpft«, sagte Theryon mit zur Ruhe gezwungener Stimme. »In Eurer Jugend habt Ihr sie als Feenkrieger vor den Schatten der Anderwelt verteidigt, und nicht nur einmal haben wir im Kampf Seite an Seite gestanden und …«

Das Kopfschütteln des Königs erstickte seine Worte. »Wir kämpften für die Gerechtigkeit, mein Kind«, sagte er beinahe sanft. »Wir kämpften nie für die Menschen. Und das werden wir auch jetzt nicht tun. Wir haben uns vor langer Zeit von den Belangen anderer zurückgezogen. Sieh, was die Menschen getan haben – sieh, was sie noch immer tun. Ich unterstütze deine Mutter nicht bei ihrem Krieg, da eine Welt, die auf Mord und Verzweiflung gegründet wird, nicht besser ist als das, was die Menschen errichtet haben. Aber ich verstehe sie. Ich verstehe auch ihren Hass. Wohin soll es kommen mit der Welt, wenn die Herrschaft der Menschen nicht gebrochen wird? Ich weiß, dass auch du dir diese Frage stellst.«

Grim sah das Muskelspiel in Theryons Schläfen, er hörte seine angestrengten Atemzüge. »Ich habe den Glauben nicht verloren«, erwiderte der Feenkrieger nicht ohne Zorn. »Ihr habt ihn mir geschenkt. Ihr wart es, der einst an die Menschen glaubte!«

Rhendralor nickte leicht. »Das ist wahr – und lange her. Damals waren es andere Zeiten, damals wären einige von uns dir gefolgt, dessen bin ich sicher. Damals gab es noch …« Er hielt inne und ließ den Blick zum Fenster hinausschweifen. Grim hörte das Rauschen des Meeres wie aufgebrachte Gedanken, bis der König Theryon wieder ansah. »… Hoffnung«, flüsterte er und ließ das Wort über seine Lippen fliegen wie einen goldenen Schmetterling. »Nicht wahr? Doch heute ist das vergessen. Selbst die Menschen haben den Glauben verloren – denn sie wissen nicht mehr, was sie sind. Vielleicht brauchen sie eine Fee, die es ihnen zeigt.«

Theryon neigte den Kopf und wandte sich halb zurück. Grim sah unbändige Wut in seinem Blick, pechschwarze Wolken zogen über der Ebene seiner Augen dahin.

»Aber sie brauchen keine Fee, die ihnen das Leben nimmt«, sagte Theryon, um Fassung bemüht.

»Nein«, erwiderte Rhendralor, und zum ersten Mal hörte Grim die Traurigkeit, die in seinem Blick lag, in seiner Stimme. »Das haben sie bereits selbst getan. Sie sind mit sich selbst nicht weniger grausam als mit ihren Mitgeschöpfen. Doch sie wissen nichts davon.« Er hielt kurz inne und wiederholte dann kopfschüttelnd und wie zu sich selbst: »Nein. Sie wissen nichts davon.«

Da hob Theryon den Blick. »Nicht immer war es wie jetzt«, sagte er eindringlich. »Einst haben die Feen mit den Menschen gemeinsam gegen das Böse gekämpft.«

Ein Flackern ging durch Rhendralors Blick. »Das ist wahr«, raunte er langsam, als erinnerte er sich selbst gerade in diesem Augenblick wieder an etwas, das tief in seiner Erinnerung vergraben lag. »Aber es ist lange her, dass die Menschen für das Gute kämpften – als Krieger des Lichts.«

Die letzten Worte brandeten wie eine Welle aus Sonnenstrahlen durch den ohnehin schon hellen Saal. Grim spürte, wie die hilflose Anspannung, die sich während der Unterhaltung von Theryon und Rhendralor auf seinen Körper gelegt hatte, davongespült wurde und ein flackerndes, unruhiges Brennen seine Brust durchzog. Er wusste nicht, was dieser Name bedeutete, aber er spürte, dass allein sein Klang Veränderung bewirken konnte.

Rhendralor lächelte. »In dir brennt die Flamme, die ich einst an dich weitergab«, sagte er zu Theryon. »Und manchmal wünschte ich, dass ich sie noch besitzen würde. Vielleicht werden die Menschen den Weg des Lichts niemals wiederfinden. Vielleicht werden sie von der Bedrohung, die deine Mutter über ihre Welt bringen wird, dahingerafft. Die meisten hier glauben das. Aber eines sage ich dir: Wenn sie es eines Tages schaffen, zu ihrer wahren Stärke zurückzukehren – wenn sie fähig werden, den richtigen Weg ebenso zu erkennen wie das, was wirklich da ist –, dann erreichen sie es mit deiner Hilfe.«

Theryon neigte den Kopf. Grim wusste, dass er in Gedanken zu Rhendralor sprach, und als der Feenkrieger sich umwandte und ihn ansah, lag kein Zorn mehr in seinem Blick.

»Der Krieger des Lichts«, murmelte Theryon, während er den Zauber sprach, der sie in ihre Körper zurückbringen würde.

Grim zog die Brauen zusammen. »Ich habe noch nie von ihm gehört. Wer ist das?«

Da hob Theryon den Kopf, er sah Grim an, und gleichzeitig schien es, als würde er in eine endlose, schwarze Ferne blicken. »Eine Legende«, flüsterte der Feenkrieger. »Ein Mythos aus den Annalen meines Volkes, ein Held und ein Krieger, der die grauen Nebel der Vorzeit durchstreifte und sein Blut durch die Zeiten schickte, um Schatten und Dunkelheit zu vernichten. Ja … Er ist eine Legende – und unsere einzige Chance.«

Kapitel 20

Mia fröstelte, als sie hinter Grim und Theryon in den Raum der verbrannten Bücher trat. Das Gesicht der Schneekönigin ging ihr nicht aus dem Sinn, ihre besinnungslose Stimme aus Hass und Verzweiflung und ihr Blick, mit dem sie ihren Vater betrachtet hatte, als wollte sie ihn umbringen dafür, dass er sie allein in die Schlacht ziehen ließ. Und hatte Rhendralor ihr nicht recht gegeben? Dunkel klangen seine Worte in Mia wider. *Selbst die Menschen haben den Glauben verloren – denn sie wissen nicht mehr, was sie sind. Vielleicht brauchen sie eine Fee, die es ihnen zeigt.* Und dann dieses Wort, dieses unscheinbare, winzige Wort, das sie innerlich zum Zittern brachte, weil es dem grausamen Wicht namens Zweifel in ihrer Brust die Krone aufsetzte. *Hoffnung.* Wie flüchtig dieses Wort aus Rhendralors Mund geklungen hatte, und wie spöttisch sie selbst oft darüber nachdachte, heimlich und nur für sich, um nicht die Kraft zu verlieren weiterzumachen. Und doch – selbst Theryon, der Feenkrieger, kannte den Zweifel an den Menschen. Sie hatte seinen Zorn gesehen und seine Gedanken gehört, in denen er nicht anders gekonnt hatte, als dem König der Feen recht zu geben. Und dennoch kämpfte er für die Menschen, während sie selbst sich von den Worten eines Feenherrschers verunsichern ließ. Entschlossen ballte sie die Fäuste. Jakob hätte nicht gezweifelt.

Theryon strich mit der Hand über die verkohlten Buchrücken, doch es lag keine Wehmut in seinem Blick. Stattdessen lächelte er, hob die Hände und schlug sie mit lautem Knall zusammen. Sofort fielen sämtliche Bücher in sich zusammen. Theryon murmelte einen Zauber, heiter und leicht flog er durch die Asche, als wäre er ein Schmetterling auf der Suche nach einer Blüte. Noch einmal schlug Theryon in die Hände – und im nächsten Moment erhob sich die Asche in die Luft. In einem gewaltigen Sturm aus verkohltem Papier und Pergament formten sich die Bücher neu, die Asche färbte sich von Schwarz zu Gold, und bald standen die Bücher in ihren Regalen, als wären sie nie zerstört worden.

»Manche Dinge«, sagte Theryon mit geheimnisvollem Lächeln, als er Mias erstauntes Gesicht sah, »können nicht vernichtet werden. Und Gedanken zählen dazu.«

Mia musste lächeln. *Die Gedanken sind die einzige Freiheit des Menschen.* Das hatte Grim ihr einmal gesagt, und jetzt, da er sie mit undurchdringlichem Blick ansah und plötzlich lächelte, wusste sie, dass auch er gerade daran gedacht hatte.

Theryon schritt die Regale entlang, die Finger seiner linken Hand tanzten über die Buchrücken, bis er vor einem dicken, ein wenig abgegriffenen Werk mit rot glänzendem Titel stehen blieb. Er zog es aus dem Regal, legte es auf den runden Tisch in der Ecke des Zimmers und forderte sie auf, neben ihm Platz zu nehmen.

»Der Krieger des Lichts ist eine Legende«, sagte er, während seine Finger vorsichtig über das Buch strichen. »Sie liegt tief begraben in den Annalen meines Volkes, und ihr werdet sie nur verstehen, wenn ihr die Zusammenhänge kennt, in denen sie sich zugetragen hat.« Er sah sie der Reihe nach an. »Was wisst ihr über die Anfänge meines Volkes? Was wisst ihr über die Geschichte der Feen?«

Mia spürte, wie Theryons Blick an ihr hängen blieb. Seit vielen Monaten bildete er sie in Kampfkunst und Magie aus, doch seine Lektionen hatten sich auch auf Bereiche der anderweltlichen Geschichte ausgedehnt. Es war aufregend, jahrtausendealte magische Artefakte aus der Anderwelt in den Händen zu halten – doch noch viel spannender war es, die Hintergründe dieser Gegenstände zu erfahren. Daher hatte sie jede Gelegenheit genutzt, um mehr über die Vergangenheit der verschiedenen Völker der Anderwelt herauszufinden, und auch Theryons Volk war ihrer Neugier nicht entkommen.

»Die Feen haben diese Welt vor langer Zeit verlassen«, begann sie. »Aber es ist nicht leicht, etwas über dieses Volk zu erfahren.«

Grim lächelte ein wenig. »Die Anderwelt schützt ihre Geheimnisse – ganz besonders vor wissbegierigen Hartiden.«

»Die Erfahrung habe ich in letzter Zeit ziemlich oft gemacht«, erwiderte Mia mit einem Seufzen. »Aber die Anderwesen scheinen ohnehin nicht besonders viel über die Feen zu wissen, und da ich einen Lehrer habe, der zwar einerseits über großes Wissen verfügt, dem aber andererseits vor allem daran gelegen ist, die – ich zitiere – *Fähigkeit des Nachforschens und eigenständigen Urteilens ausgehend vom eigenen Weltbild* seiner Schülerin auszubilden, habe ich auf der Suche nach dem Hintergrund der Feen bei den Legenden und Mythen der Menschen angefangen. Ironischerweise habe ich so einiges über das Erbe der Feen herausgefunden.«

Remis hob nachdenklich die Brauen. »Obwohl doch die Menschen der Grund dafür waren, aus dem die Feen diese Welt verließen.«

Mia nickte. »Die Menschen mögen sich durch den Zauber des Vergessens nicht mehr bewusst an die Feen erinnern – aber in ihren Sagen und Märchen, die jahrhundertelang mündlich überliefert wurden, ehe man sie schriftlich fixierte, sind sie noch immer ein fester Teil ihrer Kultur. Wenn man den Feen auf die Spur kommen will, ist eine der fruchtbarsten Quellen *Das Buch der Invasionen*, das von der Besiedelung Irlands erzählt – dem Ursprungsland der Feen. Dieses Buch hält fest, dass in grauer Vorzeit gespenstische Dämonen die Insel beherrschten: die Fomori.«

Remis schluckte hörbar. »In meinem Volk gibt es ganze Bibliotheken über die Gräueltaten dieser Schreckgestalten«, flüsterte er. »Monstren mit nur einem Arm, einem Bein und einem Auge, Kräfte des Chaos und des Todes, die sich jeder Ordnung widersetzten.«

»Sie herrschten lange über die Grüne Insel«, sagte Mia und beobachtete, wie Remis fröstelnd die Arme um den Körper zog. »Zwar heißt es, dass nach der Sintflut mit der Enkelin Noahs und ihren Gefährten die ersten Menschen kamen, doch sie blieben ohne Nachkommen, und auch spätere Besiedelungsversuche anderer Menschen wurden letzten Endes immer durch blutige Kriege mit den Fomori verhindert. Erst dem mythischen Volk der Firbolg gelang es, mit den Fomori in Frieden zu leben, doch auch ihnen sollte keine lange Regentschaft beschieden sein: Nach wenigen Jahren wurden sie von den Túatha Dé Danann überrannt.«

Theryon holte tief Atem, und für einen Moment glaubte Mia, er würde etwas erwidern. Doch er lächelte nur, als hätte der Name dieses Volkes ihm mit sanfter Geste über die Wange gestrichen, und nickte langsam.

»Die Túatha Dé Danann stammten von der mächtigen Adlergöttin Dana ab«, fuhr Mia fort. »Sie besiegten die Firbolg in der ersten Schlacht von Moytura. Nur wenige Firbolg überlebten diese Niederlage und flohen nach Westen, um sich auf den Aran-Inseln niederzulassen. Unter großen Verlusten gelang es den Túatha Dé Danann später, in der zweiten Schlacht von Moytura auch die Fomori zu schlagen. Lange lebten sie daraufhin in Frieden, und mit der Zeit wurden aus dem Urvolk der Túatha Dé Danann die Sídhe – die Alben, aus denen dann die Lichtalben wurden, die später wiederum die Elfen und die Feen hervorbrachten, und die Dunkelalben, aus denen sich die Zwerge und die Dämonen entwickelten. In ihren Anfängen lebten diese Völker, die damals in ihrer Gesamtheit häufig noch Túatha Dé Danann genannt wurden, auf der Grünen Insel friedlich unter der Herrschaft der Feen. Nach offizieller Geschichtsschreibung sollen dann die Milesier auf die Insel gekommen sein und in blutigen Schlachten die Túatha Dé Danann unterworfen haben.«

Theryon setzte sich vor und lächelte geheimnisvoll. »So sagen es die Legenden. Doch ganz so ist es nicht gewesen – hier sind wesentliche Aspekte den Folgen des Zaubers des Vergessens zum Opfer gefallen. Für gewöhnlich spreche ich nicht über mein Volk und seine Geschichte. Es bereitet mir zu viele ... Schmerzen, die Gründe müssen euch nicht kümmern. Doch heute werde ich euch mitnehmen in die Vergangenheit der Feen.«

Mit feierlicher Geste schlug er das Buch auf. Die Seiten waren mit kunstvollen Zeichnungen versehen, rote und schwarze Buchstaben liefen in verschlungenen Linien über das Papier. Mia entdeckte winzige Kobolde, die vereinzelt neben den Text gezeichnet worden waren, und sie lachte leise, als diese sich bewegten. Theryon blätterte die Seiten um, und Mia sah Blumenranken, die aus der Mitte des Buches entsprangen und knisternd in wunderschönen Mustern die Schrift umrahmten, und sie meinte sogar, die Farne und Gräser zu hören, die sich am unteren Rand einer Seite aus einigen Buchstaben erhoben und sich wie in einem Windzug bewegten. Während ihres Unterrichts bei Theryon hatte sie einige dieser lebendigen Bücher gesehen, doch es versetzte sie jedes Mal aufs Neue in Erstaunen, wenn sie winzige Elfen über die Seiten springen oder den Kopf eines Zwergs aus dem Inneren des Papiers zwischen den Buchstaben hervorbrechen sah. Auch Grim und Remis schienen sich vor dem Zauber dieses Buches nicht verschließen zu können. Der Kobold hockte mit großen Augen auf einem heruntergebrannten Kerzenstummel, und während Theryon die Seiten umschlug, flackerten die lebenden Bilder in Grims schwarzen Augen auf.

»Wie Mia bereits gesagt hat, führen uns die Mythen meines Volkes und die Legende des Kriegers des Lichts in ein fernes Land«, begann Theryon und ließ die Hände neben das Buch sinken. Die Seiten zeigten ein Meer aus grauen Wolken. Mia beugte sich vor und da – sie wusste nicht, ob es wirklich geschah oder ein Zauber des Feenkriegers war – hörte sie das Rauschen von Wellen. Wind fuhr ihr ins Gesicht, die Seiten des Buches schienen größer zu werden, bis sie nichts mehr wahrnahm als die düsteren Wolken, aus denen feiner Nieselregen fiel. Plötzlich verlor sie den Halt, der Tisch war verschwunden. Stattdessen stürzte sie in die Wolken. Kalter Wind schlug ihr ins Gesicht, und sie spürte, dass sie fiel, doch sie fürchtete sich nicht. Das Buch hatte sie eingesogen, wie Feenbücher es häufig taten. Es würde nicht erlauben, dass ihr etwas zustieß.

Sie hob die Hand vor die Augen und erkannte, dass ihr Körper kaum mehr war als flirrender Staub. Jetzt sah sie auch Grim und Remis, die ganz in ihrer Nähe durch den Nebel fielen, und als sie lachte, klang ihre Stimme kaum hörbar durch das Donnern der Wolken. Sie durchbrach die Wolkendecke, ihr Flug verlangsamte sich und ließ sie abwärtsschweben. Unter ihr toste ein Meer in schwarzen und grünen Farben, Schaum brandete auf den Wellen und Blitze zuckten am Horizont auf. Doch all das sah Mia wie durch einen Schleier. Ihr Blick hing an der Insel, die wie ein grüner Edelstein in dem wütenden Meer lag. Gebirge umfassten das Eiland an seinen Küsten, und sie sah fruchtbare Ebenen in seinem Inneren wie Wellen aus kostbarer grüner Seide.

»Die Smaragdinsel«, flüsterte Remis neben ihr. Mia sah ihn an, seine Augen flirrten in dunklem Licht. »So hat mein Volk dieses Land schon vor langer Zeit genannt. Und passt der Name nicht gut zu ihm?«

Mia nickte, während sie erneut durch eine dicke Wolkenschicht sanken, die in weißen Nebel überging. Sie spürte nasses Gras an ihren Füßen, und kaum dass der Regen ihr Gesicht berührte, lächelte sie. Noch nie hatte Regen sich so angefühlt – es war, als liefen winzige Irrlichter mit nackten Füßen über ihre Haut.

»Irland«, sagte sie und sog die Luft ein.

Sie war noch nie in diesem Land gewesen, aber sie hatte nicht nur selbst schon viel darüber gelesen, sondern auch von Theryon einiges darüber gehört, vor allem über die vielfältige Anderwelt, die sich auf der Grünen Insel geschützt vor den Entfaltungen der Festlandmenschen entwickelt hatte. Sie hob die Hand, Nebelfäden blieben an ihren Fingern hängen wie zarte Schleier. In einiger Entfernung schienen Gestalten durch den Nebel zu schreiten. Mia kniff die Augen zusammen, um besser sehen zu können, aber die Konturen blieben verschwommen, sodass sie nicht mit Sicherheit sagen konnte, ob die Wesen, die sie zu sehen meinte, wirklich da waren oder nur ihrer Einbildung entsprangen.

Sie dachte daran, was Theryon ihr von den Menschen dieser Insel erzählt hatte. Am Rand der damals bekannten Welt des Abendlandes gelegen, blieb die Grüne Insel nicht nur von der Herrschaft der Römer verschont, sondern auch von den Wirren der Völkerwanderung. So konnte sich die keltische Kultur ungestört entfalten und wesentlich länger halten als auf dem Festland – und mit ihr auch eine besondere Beziehung zu den Anderwesen. Viele Menschen hatten sich noch immer den Glauben an Kobolde, Feen und Irrlichter bewahrt, und mehr als das: Sie hielten ihn lebendig, indem sie die Geschichten über die Anderwesen als hohes Gut schätzten wie zu Zeiten der Geschichtenerzähler. Mia spürte den Nebel wie einen Zauber auf ihrem Gesicht. In diesem Augenblick hätte es sie nicht gewundert, eine Horde Zentauren durch den Dunst brechen zu sehen oder die Flöte eines Fauns zu vernehmen, der möglicherweise in den nahe gelegenen Hügeln wohnte.

Mia hörte Grim leise einatmen. Seine Konturen zeichneten sich mit dunklem Flirren vor dem Nebel ab, während Remis als grüner Schemen auf seiner Schulter saß. Sie sah, dass beide lächelten, und fühlte es selbst: Irgendetwas lag in der Luft, ein kaum spürbarer Duft, der kühl und geheimnisvoll in ihre Lunge strömte und sie wissen ließ, dass sie noch nie an einem solchen Ort gewesen war: Sie befand sich auf einer Insel der Magie.

»Es entspricht der Wahrheit«, klang Theryons Stimme durch den Nebel und schien mit den geisterhaften Erscheinungen zu tanzen, die sich noch immer in einiger Entfernung bewegten, »dass die Milesier auf die Insel gelangten und die Herrschaft forderten, und es kam zu einer Reihe blutiger Schlachten – auf der einen Seite standen die Menschen, auf der anderen die Alben unter der Vorherrschaft der Feen. Waren es auf menschlicher Seite der Druide Amergin und sein Herr Mil, die ihren Gegnern zusetzten, war es auf der Seite der Feen insbesondere die Urfee Morrígan, die bald von den Menschen gehasst und gefürchtet wurde. Doch entgegen den heutigen Legenden der Menschen kam es nicht zur Niederlage der Túatha Dé Danann. Nach unzähligen Schlachten und schmerzlichen Verlusten beschlossen Menschen und Alben, gleichberechtigt nebeneinander zu regieren: Die Zwerge führten die Unterwelt, die Feen die anderweltliche Oberwelt, und die Menschen standen ihrer eigenen Gesellschaft vor. Die Beziehungen untereinander waren freundschaftlich, es gab regen Austausch zwischen den Kulturen – und damit meine ich nicht nur das Auftreten von Wechselbälgern. Doch nicht alle Feen waren mit der Teilung der Herrschaftswürde einverstanden.«

Mia hörte Schreie aus einiger Entfernung, die ihr jede Verzauberung aus den Knochen zogen: Es waren Schreie in Todesangst. Sie griff nach Grims Arm, ein Prickeln lief über ihre Finger, als sie seine flirrende Haut berührte. Mit angehaltenem Atem sah sie, wie dunkle Gestalten durch den Nebel kamen, einige zu Fuß, andere zu Pferd. Sie schwangen magisch glühende Keulen und Schwerter, rasend schnell preschten sie auf die schemenhaften Erscheinungen zu, die sich ängstlich zusammenkauerten. Mia spürte die Hufe der Pferde, die den Boden zum Erzittern brachten, und hörte das Zischen der Schwerter, die mit metallenem Geräusch durch die Körper der wehrlosen Geschöpfe glitten. Eine schwarz gewandete Gestalt riss eines der Wesen zu sich aufs Pferd, beugte sich kurz über ihr Opfer und riss dann die Faust gen Himmel. Mit geisterhaftem Rauschen zog sich der Nebel zurück, er strömte auf die Faust der Gestalt zu und verschwand in ihren Fingern, bis nichts mehr von ihm übrig war als klebrige Schwaden, die sich um die Beine des Pferdes wanden. Jetzt konnte Mia die Gestalt deutlich erkennen: Es war eine Fee, die in einen pechschwarzen, mit Federn besetzten Mantel gehüllt war. Ihr langes, schwarzes Haar wehte lautlos im aufkommenden Wind und umrahmte ein schmales, durchscheinend weißes Gesicht. Sie hielt die Augen geschlossen, doch Mia sah das Blut, das als feines Rinnsal von ihren Lippen ihren Hals hinablief. In ihren Händen, die mit ihren langen Fingern und den spitzen schwarzen Nägeln vielmehr an Klauen erinnerten, hielt sie eine junge Fee in einem zerrissenen hellblauen Gewand, deren toter Körper zusehends in sich zusammenfiel wie Asche im Wind. »Morrígan«, raunte Theryon, und Mia fuhr zusammen, so plötzlich drang seine Stimme an ihr Ohr. »Doch dies ist nur einer ihrer Namen. Morrígu, Mor-Ríoghain, Rigani oder Morgana sind andere. Sie gehört zu den ersten Túatha Dé Danann, in zahlreichen Legenden wird sie als Urfee bezeichnet – sie ist die älteste existierende Fee dieser Welt, und unzählige Mythen ranken sich um ihre gewaltige Macht. So heißt es sogar, dass Morrígan die Gebieterin sei über Leben und Tod. Ihr Name bedeutet in der Keltensprache der Menschen *Große Königin* ebenso wie *Terror*, und häufig trifft beides zu. Denn sie ist eine wilde und grausame Fee, die seit jeher einen tiefen Hass auf alle Menschen verspürt.«

Da öffnete die Fee die Augen. Auf der Stelle fühlte Mia sich von eisigen Klauen gepackt. Sie spürte, wie sich der Blick aus den schwarzen, kleinen Vogelaugen Morrígans in ihren Kopf bohrte, wie diese Augen anfingen, ihre Gedanken aufzusaugen, als wären sie gierige Egel. Die Schwärze aus Morrígans Blick, die Finsternis, die scheinbar alles war, was sich hinter der blütenweißen Haut der Fee verbarg, sammelte sich in einem grausamen Lächeln. Mit dem Schrei einer Krähe riss Morrígan die Arme in die Höhe, ungeachtet ihres Opfers, das als dunkle Asche zu Boden fiel, und erhob sich in die Luft. Für einen Augenblick verharrte sie reglos, dann lachte sie so tosend und laut, dass es Mia schien, als wäre sie in einen gewaltigen Vogelschwarm geraten. Sie zog den Kopf ein, als sie das Schlagen von Schwingen hörte, und sah im letzten Moment die Krähe, die in schnellem Flug auf sie niederstürzte. Rasch duckte sie sich und spürte dennoch den schwarzen Hauch von Kälte, der ihr Haar berührte, als die Krähe über sie hinwegflog.

»Die Urfee Morrígan«, sagte Theryon, während Mia der Krähe hinterherschaute, die mit boshaftem Krächzen im Dämmerlicht verschwand. »Sie wollte sich nicht mit dem Frieden zwischen Alben und Menschen abfinden. Sie sammelte Anhänger um sich, und es gelang ihr in einem hinterhältigen Putsch, den damaligen Feenkönig zu stürzen. Viele Feen und Zwerge, die größten und mächtigsten Albenvölker Irlands, unterwarfen sich daraufhin aus Angst vor ihren blutrünstigen Truppen, doch einige verweigerten ihr die Anhängerschaft. Krieg zog über das Land der Grünen Insel, und schließlich kam es zu einer letzten großen Schlacht auf den Ebenen Taras, bei der Zwerge und Feen Morrígans Truppen gegenüberstanden.«

Mia hörte den Klang eines silbernen Horns, während eine bleiche Sonne durch das Zwielicht brach. Jetzt stellte sie fest, dass sie sich auf einer Anhöhe befand. Unter ihr lag eine Ebene, über die schlangenhafte Nebelschleier krochen. Ein gewaltiges Schloss brach schemenhaft durch den Nebel, Mia erkannte Zinnen und Türme aus kostbarsten Steinen. Davor stand ein Heer aus Zwergen und Feen in prachtvollen Rüstungen. Mia sah die magischen Waffen, sie fühlte die Zauber, die in den Körpern der Krieger darauf warteten, sich zu entladen, und ein Schauer lief über ihren Rücken, als sie in ihre Gesichter schaute. Sie las keine Verzweiflung darin, keine Furcht, sondern nichts als unbeugsame Entschlossenheit.

Da zerriss der Ruf einer Krähe die Luft, es war ein leises, heiseres Geräusch, und doch zuckte Mia zusammen, als hätte ihr jemand eine

Peitsche über die Wange gezogen. Sie spürte ihr Herz in der Kehle, als sie die Erde unter unzähligen Hufen erbeben fühlte, und hörte das Herannahen der Feinde wie das Grollen eines fernen Gewitters. Atemlos schaute sie auf die Hügel, die die Ebene auf der linken Seite begrenzten, und stieß einen Laut des Entsetzens aus, als Morrígans Truppen am Horizont erschienen. Dicht an dicht schoben sich die Leiber voran. Es waren Tausende – viel zu viele für das Heer der Zwerge und Feen. Die Armee Morrígans würde über sie kommen wie eine Welle aus Finsternis über den letzten Stern der Nacht.

Da spürte Mia eine Bewegung hinter sich. Erschrocken fuhr sie herum und schaute in das Gesicht eines blonden bärtigen Mannes mit eisblauen Augen. Lachfältchen hatten sich in sein noch junges Gesicht gegraben, doch nun lag reglose Anspannung auf seinen Zügen, als er den Truppen Morrígans entgegensah. Mia wandte sich nach Grim und Remis um, doch statt ihrer erblickte sie ein menschliches Heer. In voller Rüstung standen zahlreiche Krieger auf der Anhöhe und schauten auf die Ebene hinab.

»Die Menschen wollten sich unter ihrem Anführer Kirgan an der Schlacht beteiligen«, hörte sie Theryons Stimme. »Doch Feen und Zwerge wiesen sie zurück. Wie, so dachten die Parteien damals, hätten die magieunfähigen Menschen ihnen in diesem Kampf nützlich sein können? Die Menschen waren Krieger der Sterne und des Lichts, wie sie von den Zwergen teils liebevoll, teils spöttisch genannt wurden, da sie im Gegensatz zum Erdvolk an der Oberfläche, also unter dem Sternenhimmel oder bei Tageslicht, umherwandelten – nicht weniger, aber auch nicht mehr.«

Mia betrachtete Kirgans Gesicht, die pechschwarze Rüstung mit den kunstvollen Verzierungen, die er trug, und seine Hand, mit der er das Schwert umfasst hielt, als wollte er sich jeden Moment den Abhang hinabstürzen. Es war ein altes, ein wenig schäbiges Schwert mit einem Rubin auf dem Knauf, doch seine Finger hielten es mit einem Stolz, der wie eine glänzende Hülle aus Licht über seinen

Körper floss. Sie schaute in seine Augen, die noch immer das Herannahen der Feinde beobachteten. Unbändige Wildheit lag in seinem Blick, gepaart mit Klugheit und einem unbeugsamen Willen. Sie sah das Licht der blassen Sonne, deren Strahlen sich in diesen Augen verfingen, und erkannte auf einmal, dass die Augen Kirgans nicht blau waren, sondern schwarz – wie das Gefieder Morrígans in ihrer Krähengestalt. Doch dann lichteten sich die Schatten in seinem Blick. Jetzt meinte sie fast, sein Lachen zu hören, so klar und unbeschwert wirkten seine Augen, die nun wieder eisblau waren. In raschem Wechsel flackerten die Farben von hell zu dunkel, vom Schatten zum Hellen, bis Mia begriff, dass Kirgans Augen beides waren: Licht und Dunkelheit wie er selbst.

Sie hörte, wie die Schlacht begann, doch sie wandte sich nicht von Kirgan ab. Sie sah das Blut in seinen Augen, das Blut der Feen, das Morrígans Truppen mit wollüstigen Schreien über der Ebene ausschütteten, und sie hörte das Keuchen der Zwerge wie durch Kirgans Ohren. Sein Gesicht blieb regungslos, während seine Anhänger immer wieder die Köpfe neigten oder sich stöhnend abwandten. Er ließ seine Feinde nicht los, und nie während der gesamten Schlacht – nicht einmal, als Morrígan mit Triumphgebrüll die letzten Widerstände niederstreckte und die Köpfe ihrer Feinde durch die Luft schleuderte – erlosch die Flamme in seinem Inneren, die ihn das Schwert umklammern ließ. Mia hörte Grims Stimme in ihren Gedanken. *Es ist ein Licht, heller als ich mir die Sonne denken kann.*

Die Stille drang unbarmherzig vom Schlachtfeld den Abhang hinauf und ließ Mia den Blick wenden. Für einen Moment stockte ihr der Atem. Die Ebene war ein Meer aus Blut, Gedärmen und rohem Fleisch. Sie sah Gliedmaßen, die in seltsamen Stellungen aus verstümmelten Körpern ragten, abgeschlagene Köpfe und halb herausgerissene Eingeweide. Vereinzelt drangen die Schreie der Sterbenden über das Schlachtfeld, und zwischen all dem Tod und der Vernichtung schritt die Armee Morrígans voran. Die Hufe ihrer

Pferde traten auf tote und sterbende Gefallene wie auf modrigen Boden, ihre Füße versanken in blutigen Gedärmen, ohne dass sie auch nur den Blick gesenkt hätten. Morrígan ritt ihnen voran. Ihr schwarzer Mantel schleifte über die Körper ihrer Feinde und sog deren Blut auf, während die Hufe ihres Pferdes Knochen brechen ließen wie Äste im Wald. Mia zuckte bei jedem Bersten zusammen. Sie sah zu, wie Morrígan mit ihren Truppen auf das Schloss zuschritt, um es als Herrschaftssitz einzunehmen. Kaum waren die Feinde im langsam heraufziehenden Nebel verschwunden, setzte Kirgan sich in Bewegung und eilte den Abhang hinab. Seine Truppen folgten ihm ohne ein Wort. Mia musste sich beeilen, um mit ihm Schritt zu halten, und als sie das Schlachtfeld erreichten und ihr der Geruch von Metall, Magie und Blut entgegenschlug, wurde ihr für einen Moment ungeheuer übel. Doch Kirgan zögerte nicht. Zielstrebig überquerte er das Schlachtfeld, bis er vor einem im Sterben liegenden Zwerg stehen blieb.

Der Zwerg trug eine Rüstung aus rotem Metall mit dem Zeichen eines goldenen Dornblatts auf der Brust. Am Mittelfinger der rechten Hand prangte ein Ring mit einem leuchtend blauen Stein, das Zeichen der Königswürde im Zwergenvolk, wie Mia wusste. Er lag inmitten von sieben feindlichen Feen, sie alle hatte er erschlagen. Doch in seiner Brust klaffte ein Riss. Mia hörte, dass er kaum noch Luft bekam, und ihr wurde kalt, als sie dem Zwerg ins Gesicht sah. Er hatte braunes, lockiges Haar und ebenso braune Augen, die glommen wie ein Feuer in einer tiefschwarzen Nacht. Mia sah die goldenen Ringe im rechten Ohr des Zwergs, und sie wusste plötzlich, dass er gerne sang und tanzte, obwohl er beides in keinster Weise konnte. Er liebte es, den Met der Menschen zu trinken, und er saß gern an den Feuern seines Volkes, um den Kindern Geschichten von tapferen Helden zu erzählen und sie manchmal mit einem besonders bösen Ungeheuer zu erschrecken. Sie konnte ihn lachen hören, sie wusste, dass seine Augen dann leuchteten wie zwei Kastanien im Feuer, und sie sah ihn vor sich, wie er sich auf die Schenkel klopfte und seinem Sitznachbarn auf die Schulter schlug, während sein Gesicht vor Lachen rot wurde. Sie sah die Wärme im Blick dieses Zwergs und spürte die Herzlichkeit, die in jeder Faser seines Körpers steckte. Jetzt griff der Tod nach seinem Leben, und da er ohne Zweifel ein Krieger war, der es wert war, so genannt zu werden, schaute er ihm ohne Furcht ins Angesicht. Mia spürte ihr Herz im ganzen Leib, als sie sah, wie Kirgan vor dem Zwerg auf die Knie fiel und seine Hand auf dessen Brust legte.

»Die unbeugsamen Feen und Zwerge wurden besiegt«, sagte Theryon an Mias Ohr. »Selbst Iglaron, der König der Feen, und Bromdur, der Zwergenherrscher, wurden tödlich verwundet. Seit langer Zeit war Bromdur ein Freund Kirgans, und nun, da er im Sterben lag, hatte Kirgan ihn gefunden. Lange saß er bei dem Zwergenherrscher auf diesem Feld aus Blut, in das die Hügel Taras durch den Tod der letzten freien Feen und Zwerge verwandelt worden waren. Doch ehe Bromdur starb, umfasste er Kirgans Schwert.«

Mia sah, wie sich die Faust des Zwergenkönigs um die Klinge schloss, sah auch das Blut, das zäh an ihr hinabfloss, und hörte seine tiefe, dunkle Stimme, die einen grollenden Zauber auf Zwergisch über seine vom Tod gezeichneten Lippen brachte. Die Erde erbebte unter ihrem Klang, lodernde Flammen brachen aus den Körpern der Gefallenen und verbanden sich zu einem rauschenden, von Todesschreien tosenden Feuernebel. In unzähligen Strömen verbanden sie sich zu einem gewaltigen Wirbel über den Hügeln Taras. Mia konnte den Blick nicht von diesem Bild abwenden, es war, als würden sich die Gefallenen zu einem blutigen Meer zusammenschließen, getragen von ihrem Zorn, ihrer Verzweiflung und ihrem Hass auf ihre Feinde.

Sie hielt den Atem an, als Bromdur die letzte Silbe seines Zaubers sprach. Mit ohrenbetäubendem Knall raste der Wirbel in die Höhe, durchschlug die Wolken, die krachend zusammenstießen und blaue und grüne Blitze über den Himmel schickten, und raste zurück zur Erde. Mit gewaltigem Donnern schlug er in das Schwert ein, das für einen Augenblick gleißend hell wurde und das Schlachtfeld in silbernes Licht tauchte.

»Als Bromdur starb, legte er die Wut und die Flüche der Gefallenen aus ihrem Blut in Kirgans Schwert. Von nun an sollte sich ihr Zorn in den Händen Kirgans gegen all jene Zwerge und Feen richten, die den Frieden zwischen den Völkern bedrohten«, raunte Theryon, und Mia sah, wie der Zwerg mit letzter Kraft Kirgans Hand um das Schwert legte und fest zudrückte. Kirgan rührte sich nicht, als sein Blut die Klinge hinabrann. Er ließ den Blick seines sterbenden Freundes nicht für einen Moment los. »Der Herrscher der Zwerge verband Kirgans Blut untrennbar mit dieser Waffe und legte damit die Macht über den Zorn der einst Gefallenen in seine Hände: Von diesem Zeitpunkt an lag es in seinem Ermessen, den Frieden zwischen den Völkern zu bewahren und jene in die Knie zu zwingen, die in seinen Augen gegen selbigen aufbegehrten. Bromdur war bewusst, dass es eine große Macht und Verantwortung war, die er Kirgan übertrug, und er gab seinem Freund das Schwert mit den Worten …«

»Fa'rrol Oghram«, grollte Bromdurs Stimme an Mias Ohr, und sie schauderte, als sie die Tränen sah, die aus den Winkeln seiner braunen Augen und über seine Wangen liefen. »Khergur Ifnatram.«

»Für das Licht«, flüsterte Theryon kaum hörbar. »Ritter der Sterne.«

Lautlos trat eine helle, rot flackernde Flamme aus seinem Körper und versank unter einem leisen Zauberwort in Kirgans Brust.

»Bromdur gab seinem Freund die Kraft, auch ohne sein Schwert über Magie zu gebieten«, sagte Theryon leise. »Er schenkte ihm die Zauberkraft der Zwerge – sein Feuer der Magie. So wurde aus Kirgan der Erste Krieger des Lichts.«

Mia sah, wie die Wärme in Bromdurs Augen aufflammte, und

noch einmal meinte sie sein Lachen zu hören in den großen, steinernen Hallen seines Volkes. Dann wurde sein Blick kalt, ein heiseres Keuchen drang aus seinem Mund, ehe seine Hand von Kirgans Schwert glitt und lautlos in seinem Blut landete. Mia schnürte es die Kehle zu, als Kirgan sich vorbeugte und seinem Freund die Augen schloss. Sie sah, dass er weinte, doch er rührte sich nicht dabei. Die Tränen flossen einfach aus seinem Körper, kristallen und still. In diesem Moment, das wusste Mia, war Kirgan der einsamste Mensch auf der Welt.

Schließlich hob der Krieger des Lichts den Kopf. Für einen Moment saß er regungslos. Dann sprang er auf die Füße, riss das Schwert in die Höhe und stieß es mit einem Brüllen in den Himmel, dass die Wolken von einem gleißend hellen Strahl aus Feuer zerrissen wurden. An ihrer Stelle entzündeten sich Flammen am Firmament, Stürme aus Glut fegten darüber hin, und als die dunklen Truppen Morrígans vom Lärm getrieben aufs Schlachtfeld zurückkehrten, stieß Kirgan das Schwert vor. Mia sah Morrígan in vorderster Reihe, sie lächelte voller Hohn, als sie die Menschen sah, die sich ihr zum Kampf stellten. Doch dann brüllte Kirgan einen Zauber, und die Flammen schossen vom Himmel auf die Erde nieder. Sie verwandelten sich in Feen und Zwerge, Mia sah Bromdur in ihren Reihen, wie er eine gewaltige Axt schwang. Flammende Schleier stoben von Kirgans Schwert in die Höhe und trugen die Gefallenen zu ihren Mördern. Morrígan riss die Arme in die Luft, doch ihre Zauber wurden von den Schreien der Toten erstickt, die flammenden Waffen zerrissen die Luft und trieben ihre Anhänger zurück. Viele von ihnen wurden in Stücke gerissen, Mia sah, wie Bromdur die fliehende Morrígan in Vogelgestalt erfasste und mit gewaltiger Kraft in den Himmel schleuderte, wo ihr Körper in unzählige Splitter zersprang. Ein Schatten glitt aus den Scherben, hinter dem sich ein schwarzer Riss auftat und ihn verschluckte.

»Morrígan entzog sich der Vernichtung, indem sie sich auf ewig von ihrem Körper trennte«, sagte Theryon, als die letzten Feen verschwunden oder tot waren. »Doch Kirgan gelang es mit der Kraft der Gefallenen, Morrígans Geist zu verbannen. Ihre Schergen wurden besiegt, und der Kampf auf den Hügeln Taras ging als Kirgan-Schlacht in die Geschichte ein.«

Mia sah, wie die Hügel sich im Zeitraffer verwandelten. Die Gefallenen verschwanden, fruchtbares Gras wuchs über den Hängen, und Kirgan erschien in strahlender Rüstung, das Schwert zum Himmel gereckt.

»Langsam erholten sich die wenigen verbliebenen Zwerge und Feen«, sagte Theryon. »Und Kirgan gründete den Orden der Sternenritter, bestehend aus Menschen und Zwergen – und verschrieb sein Leben als Krieger des Lichts dem Kampf gegen das Böse und für die Freiheit aller Wesen der Grünen Insel.«

Nebel zog über die Hügel und hob Mia sacht empor, um sie aus der Geschichte hinauszutragen. Sie schaute ein letztes Mal in Kirgans Augen, diese flammenden Schatten, dann verschwand er im Nebel der Zeit, und Mia fand sich an Theryons Tisch wieder. Nachdenklich schaute sie auf die Nebel des Buches, die nun wieder die Seiten bevölkerten.

»Über eine sehr lange Zeit waren die Sternenritter unter Kirgans Führung und später unter der Leitung seiner Nachfahren als gute und gerechte Ritter in Ander- und Menschenwelt bekannt«, fuhr Theryon fort. »Während in den meisten Teilen der übrigen Welt die Gargoyles die Herrschaft über die Anderwelt errangen, fiel diese Würde in Irland den Zwergen zu. Die Menschen herrschten über die Oberwelt, während die Feen nach der Schlacht gegen Morrígan kein Interesse mehr an politischer Einflussnahme hatten und sich unabhängig von jeglicher regierenden Autorität in die Hügel der Insel zurückzogen. So kam es bereits damals – lange vor dem Zauber des Vergessens – zu einer Teilung Irlands in die reale Welt der Menschen und die Anderswelt oder auch das Reich der Geister, wie sie damals bezeichnet wurde. Die Krieger des Lichts dienten mit ihrem Orden als Ritter zwischen den Welten. Kirgan vererbte seine Gabe – die ihm innewohnende Magiefähigkeit sowie die Kraft, sein Schwert zu führen und dessen Macht zu entfalten – an das älteste seiner Kinder, und so führten seine Erben den Orden bis zuletzt.«

Ein Schatten legte sich auf Theryons Gesicht, und Mia spürte, wie sich etwas in ihr zusammenzog. »Soll das heißen …«, begann sie, doch ein Blick in Theryons Augen genügte, um ihren Gedanken zu bestätigen.

»Der Orden zerbrach«, sagte der Feenkrieger fast lautlos. »Und mit dem Zauber des Vergessens geriet er ins Reich der Legenden. Ich weiß nicht, welche Umstände seinen Untergang herbeiführten. Es existieren unzählige Mythen darüber, doch mein Volk hat sich von Menschen und Zwergen entfernt – zu früh, als dass es noch etwas über das Ende des Ordens wissen würde. Aber es gibt ein Volk, das mehr über den Orden weiß. Die Zwerge sind davon überzeugt, dass das Erbe des Kriegers des Lichts unsterblich ist und noch heute besteht.«

Mia holte tief Atem. »Wenn das wahr ist, dann gibt es irgendwo auf der Welt einen Nachkommen Kirgans. Er verfügt über die Kraft, sein Schwert zu führen – jene Waffe, die schon einmal die Freiheit und den Frieden der Völker bewahrte.«

Grim nickte düster. »Kirgan war ein Krieger. Mit der Kraft seines Schwertes hat er die Feen und Zwerge besiegt, die sich um Morrígan scharten. Mit einem Helden von seiner Art könnten wir die Schneekönigin in ihre Welt zurücktreiben. Aber abgesehen davon, dass wir einer Legende auf der Spur sind – wo sollen wir den Krieger des Lichts finden? Er könnte überall sein.«

»Uns bleibt keine Wahl«, erwiderte Theryon. »Wir müssen uns an jenes Volk wenden, das seit jeher eng mit dem Krieger des Lichts und seinen Rittern verbunden war – bis zu dem Tag, an dem der Orden unterging. Bis heute haben sie ihre Herrschaft über die

Grüne Insel verteidigt, und möglicherweise gibt es unter ihnen jemanden, der mehr über das Schicksal des Kriegers des Lichts weiß, vielleicht sogar einen Zeitzeugen, denn eines ist sicher: Zwerge werden ziemlich alt.«

Grim seufzte leise. »Die Zwerge werden nicht begeistert sein, einen Steinkopf wie mich in ihren Reihen begrüßen zu dürfen. Aber das macht nichts.« Ein verschwörerisches Lächeln stahl sich auf seine Lippen. »Unser Weg führt uns auf die Smaragdinsel«, grollte er. »Wir reisen zu den Zwergen Irlands.«

Kapitel 21

Der Wind kroch eiskalt über den Square des Innocents. Schwarze Wolken rasten lautlos über den Himmel, der Mond warf sein Licht gleichgültig auf die Häuser, die den Platz säumten. Fluoreszierende Pflanzen hatten die Fassaden erklommen und ließen die Gebäude in geisterhaftem Schein glimmen. Das Volk der Feen nannte sie Bhor Lhelyn – die Blumen der Wünsche. Sie waren das Symbol der Feenmagie, die in die Welt der Menschen zurückkehrte – und obwohl sie sich wie ein Netz aus rätselhaftem dunklen Licht bereits in der gesamten Stadt ausgebreitet hatten, waren ihre Auswirkungen doch nirgendwo so stark wie im Bereich des Louvre, in dem die Schneekönigin und ihr Gefolge den Sturz der Grenze eingeläutet hatten. Gewaltige Banyanbäume waren aus den Ruinen des Richelieu-Flügels gewachsen und hatten mit ihren Wurzeln den Asphalt zahlreicher Straßen aufgebrochen. Beinahe das gesamte erste Arrondissement war von den Menschen abgeriegelt und für den Straßenverkehr gesperrt worden. Der Verkehrslärm, der scheinbar untrennbar zu Paris gehört hatte, war in diesem Bezirk fast vollständig verstummt, und es war schwer, die unwirkliche Stille zu ertragen, die aus der Dunkelheit der Straßenzüge über den Platz wehte. Nur vereinzelt waren menschliche Schritte zu hören, aber sie verklangen in den Häuserschluchten und verliehen dem Bezirk noch viel mehr den Anschein eines Arrondissements der Geister. Mitunter flackerten die Lichter in den Wohnungen der Menschen unkontrolliert und erinnerten Grim unwillkürlich an das Zucken eines versagenden Herzens.

Remis klapperte auf seiner Schulter mit den Zähnen, und Mia ging unruhig vor der Fontaine des Innocents, diesem uralten Renaissancebrunnen, auf und ab. Das Wasser war schwarz geworden. Gurgelnd sprudelte es aus der Quelle und sprang über die Stufen bis hinab ins Becken, wo es matt schimmerte wie eine giftige Lauge. Zwei Nächte waren vergangen, seit die Feenmagie weltweit damit begonnen hatte, in die Zivilisation der Menschen zu strömen, und schon jetzt waren die Auswirkungen weitreichend. Zwar hielten sich die Veränderungen der Welt, abgesehen von den Bhor Lhelyn und vereinzelt versagenden Kraftfahrzeugen, noch in Grenzen. Doch die Menschen an sich veränderten sich – selbst wenn sie den Grund für diese Wandlung nicht erkannten. In üblicher Manier hatten sich unzählige Fernsehteams, Radiosender, Zeitungsredakteure und Schaulustige um den verwandelten Louvre versammelt, und obgleich sie scheinbar mit gewohnt ignoranter Kurzsichtigkeit auf die Veränderungen starrten, schienen sie doch zu spüren, dass mehr dahintersteckte, als sie in ihren eingeschränkten Weltbildern ermessen konnten. Grim hatte die Berichte der Schattenflügler von Menschen gehört, die auf einmal mitten auf den Plätzen von Paris angefangen hatten zu tanzen – mit einem Lächeln auf den Gesichtern, und er wusste, dass die Sterblichen noch nie so intensiv geträumt hatten wie in den vergangenen Nächten. Es war die Feenmagie. Sie flutete die ausgetrockneten Täler und Seen in den Finsternissen des menschlichen Unterbewusstseins, sie füllte die grauen Wüsten mit Farbe und Licht. Die Menschen würden Zeit brauchen, um mit dem umzugehen, was sie da erfüllte und gesund machte, ohne dass sie es merkten. Doch Zeit hatten sie nicht – und sie ahnten auch nicht, dass das, was sie mit hanebüchenen Pseudoerklärungen bedachten, in Wahrheit ein Geschenk an sie war, da es einen Prozess der Genesung einleiten konnte.

Doch die Menschen waren nicht die Einzigen, die aufgrund der Feenmagie Veränderungen durchliefen. Immer mehr Anderwesen sahen in dem Auftritt der Feen und den ersten Veränderungen der Oberwelt einen Freifahrtschein dafür, mit den Menschen zu tun, was sie wollten und nebenher allen Anderwesen das Leben schwer zu machen, die sie daran hinderten – vorzugsweise den Mitgliedern der OGP. Während Grims Abwesenheit würde Mourier seine Aufgaben als Polizeipräsident übernehmen, und damit hatte er vermutlich einiges zu tun. Denn selbst ängstliche Anderwesen wagten sich seit dem Eintritt der Feenmagie in die Oberwelt, streiften ohne besondere Vorsicht durch die Straßen und machten sich einen Spaß daraus, die Menschen zu erschrecken. Grim schien es, als würde sich eine lang angestaute Wut in Spott und Spielerei entladen, ein Zorn, den nur Geschöpfe empfinden konnten, die den Großteil ihres Lebens hinter Gittern gelebt hatten und auf einmal in die Freiheit entlassen worden waren. Er hatte immer gewusst, dass zahlreiche Anderwesen unter der Wahrung des Zaubers des Vergessens litten, doch nie hätte er erwartet, eine solche Sehnsucht nach Freiheit und der Oberwelt bei ihnen zu finden.

Ein Schatten legte sich auf sein Gesicht, als ihm bewusst wurde, dass die Anderwelt durch die Magie der Feen befreit werden könnte – doch diese Freiheit hatte ihren Preis. Sie würde die Menschen das Leben kosten, alle Menschen, ganz gleich, ob sie gut oder schlecht waren, schön oder hässlich, dumm oder klug oder wie die ganzen absurden Kategorien der menschlichen Gesellschaft auch heißen mochten. Die Schneekönigin würde sie alle vernichten, weil sie eine freie Welt mit den Menschen für unmöglich hielt.

Nachdenklich schaute Grim zu den Fenstern hinauf, deren Lichter immer wieder anfingen zu flackern, und hörte die Stimme der Königin in seinem Kopf widerhallen. *Die Menschen … Sie sind es nicht wert.* Und hatte sie da wirklich unrecht? Grim fuhr sich mit der Klaue an die Brust. Dieser Gedanke, dieser Zweifel schien ihm einen Stachel ins Herz zu treiben, einen hartnäckigen Splitter, der wie Mias Scherbe immer tiefer in sein Fleisch drang, je länger er ihn in seinem Kopf duldete, und der gleichzeitig mit eiskaltem Flüstern die Dunkelheit der Kluft in seiner Brust zum Schweigen brachte.

Das Geräusch von schnellen Schritten auf Pflastersteinen ließ ihn aufsehen. Cécile Lavie, Mias Mutter, kam die Rue des Innocents entlang, dicht gefolgt von Josi und Vraternius. Sie trugen allerhand Gepäck, und Grim entdeckte Falifar auf Josis Schulter, der von Weitem eine verteufelte Ähnlichkeit mit einem ungewöhnlich hässlichen Kanarienvogel hatte. Grim erhob sich und konnte fast die Steine hören, die Mia vom Herzen fielen, als sie ihre Familie kommen sah. Sie umarmte ihre Mutter und Josi und lächelte Vraternius dankbar an.

»Seid ihr problemlos hergekommen?«, fragte sie leise, aber ihre Stimme hallte dennoch über den Platz und ließ Remis zusammenzucken.

»Ab und zu haben wir ein Grollen gehört«, erwiderte Cécile fast flüsternd. »Wie von einem Ungeheuer oder …« Sie hielt inne, als fürchtete sie, jeden Augenblick einen Dämon aus den dunklen Straßenzügen auftauchen zu sehen.

Grim lächelte ein wenig, als er die Neuankömmlinge begrüßte. »Es ist gut, dass ihr Vraternius in die Unterwelt folgt. Bei ihm in Ghrogonia werdet ihr sicher sein, bis euch durch die Feen keine Gefahr mehr droht.«

Josi nickte nachdenklich. »Ein Leben im Verborgenen«, murmelte sie. »Ein Leben im Geheimen, um nicht verraten zu werden. Ein Leben in relativer Sicherheit, während die Menschen an der Oberwelt mit jeder Minute, die vergeht, ihrer Vernichtung näher kommen. Die Feen werden keine Gnade zeigen, nicht wahr?«

Grim legte ihr die Hand auf die Schulter und schickte einen Strom aus Wärme in ihren Körper, der sie lächeln ließ. »Das müssen sie auch nicht, denn so weit werden wir es nicht kommen lassen.

Wir werden sie aufhalten. Und ehe ihr eure Sachen in Vraternius' Bruchbude ausgepackt habt, könnt ihr schon zurückkehren in die Oberwelt, da bin ich mir sicher.«

Der letzte Satz war eine Lüge, und Josi wusste das, denn sie lächelte gutmütig und strich ihm flüchtig über die Wange. Sie hatte Grim vom ersten Augenblick an gemocht, da Mia ihn ihr vorgestellt hatte, und diese Zuneigung beruhte auf Gegenseitigkeit. Auch Cécile war Grim in der Zeit, da sie sich kannten, ans Herz gewachsen. Er mochte ihre liebevolle, sanfte Art und den entschlossenen Ausdruck, den ihre Augen annahmen, wenn sie für eine gerechte Sache eintrat. Diesen Ausdruck hatte auch Mia in ihrem Blick.

»Vraternius wird auf euch aufpassen«, sagte Mia und umarmte ihre Mutter und Josi ein letztes Mal.

Der Gnom nickte überzeugend. »Darauf könnt ihr euch verlassen. Und auch wenn einige hier wahre Gemütlichkeit mit einem unpassenden Ausdruck wie Bruchbude bezeichnen, wird es euch bei mir gut gehen, das verspreche ich.«

Grim grinste über den Seitenblick des Gnoms und sah zu, wie dieser drei kleine Schnapsbecher aus der Jackentasche zog. »Alle Welt denkt, dass wir Gnome kein Benehmen hätten«, murmelte er, während er sie mit Brunnenwasser füllte, einen Zauber über ihnen sprach und jeweils einen Josi und Cécile reichte. »Aber ganz so ist es nicht. Und wenn man schon magisches Wasser mit Algengeschmack trinken muss, dann doch wenigstens aus vornehmen Bechern. Ein Schluck genügt! Ich warte drüben auf euch.«

Damit trank er seinen Becher in einem Zug leer – und verschwand. Mia lachte leise, als Cécile erstaunt die Hand an der Stelle durch die Luft zog, an der Vraternius gerade noch gestanden hatte. Beinahe hätte Grim gelächelt. Er hatte Cécile zwar von dem Teleportzauber erzählt, der Geschöpfe nach Ghrogonia bringen konnte, wenn sie das Wasser der Wallacebrunnen oder der Fontaine des Innocents tranken – doch jetzt, da blaue Fünkchen über den Becher hinliefen, schienen ihr doch Zweifel zu kommen. Gerade wollte Grim etwas sagen, als Josi den Becher Falifar hinhielt, der einen Schluck nahm und ihn im Mund behielt, bis Josi den Becher an die Lippen setzte. Sie verschwanden im selben Moment. Da holte Cécile tief Luft.

»In Ordnung«, murmelte sie und sah Mia noch einmal an. »Vergiss nicht, dass ich stolz auf dich bin«, sagte sie kaum hörbar. »Auch Lucas wäre stolz auf dich und ... Jakob.«

Grim sah, wie sich Tränen in ihren Augen sammelten. Mia hatte ihr mit keinem Wort von Jakob erzählt, um sie nicht in Unruhe zu versetzen, das wusste er, und er wusste auch, dass sie es jetzt bereute, da sie ihre Mutter so dastehen sah mit dem winzigen Zauberbecher, der ihr Angst machte, inmitten der sich verwandelnden Stadt. Schweigend sah er zu, wie Cécile den Becher leerte. Kaum war sie verschwunden, zog eiskalter Wind über den Platz. Grim legte Mia einen Arm um die Schultern, doch ehe er sie an sich ziehen konnte, hörten sie helle Schritte näher kommen.

Mia versteifte sich in seinem Arm, er spürte, wie sie die Luft anhielt. Schnell schickte er einen Flammenzauber in seine Faust, denn er rechnete damit, jeden Augenblick die Gestalt von Alvarhas aus den Straßenzügen auftauchen zu sehen. Langsam schob er sich mit Mia und Remis rückwärts, um in der nächstgelegenen Gasse unterzutauchen, doch kaum, dass er sich bewegt hatte, brachen die Schritte ab. Atemlos blieb Grim stehen und lauschte, doch er hörte nichts als leisen Wind – und den kühlen Atemhauch, der plötzlich seine Wange streifte. Blitzschnell fuhr er herum, riss die Faust in die Luft – und konnte den Zauber im letzten Augenblick entkräften.

»Verflucht, was denkst du dir?«, grollte er und packte Lyskian am Kragen, der dicht vor ihm stand.

Der Vampir lächelte, doch er war noch immer so blass, dass Grim ihn mit finsterer Miene losließ. »Ich dachte mir, dass ihr ein wenig Ablenkung gebrauchen könntet, während ihr im Dunkeln herumsteht und wartet.« Er lachte leise, aber seine Stimme klang hohl und wie gebrochen, als würde er durch tausend verschlossene Türen mit ihnen sprechen.

»Du solltest dich nicht in unserer Nähe zeigen«, sagte Grim leise. »Ich kenne die Späher des Lords – und die Folgen, die eine Anklage wegen Hochverrats nach sich ziehen kann.«

Lyskian nickte kaum merklich. Seine rechte Hand ruhte wie immer auf seinem Spazierstock, und er stand vollkommen regungslos, doch Grim bemerkte das Muskelspiel an seinen Schläfen. Für einen Augenblick erschien ihm sein Freund beinahe menschlich. Abrupt hob Lyskian den Kopf.

»Nein«, flüsterte der Vampir sanft. »Nicht mehr.«

Grim seufzte. Wann lernte er es endlich, in Lyskians Gegenwart seine Gedanken zu verbergen?

»Grim hat recht«, sagte Mia. Sie war blass geworden, als sie Lyskian erkannt hatte, und Grim dachte an die Verlassenheit und Enttäuschung, die im Senatssaal in ihrem Blick gelegen hatte. »Du darfst dein Volk nicht in Gefahr bringen – genauso wenig wie dich selbst. Warum bist du hierhergekommen?«

Lyskian lächelte ein wenig. »Mia Lavie«, sagte er sanft. »Schon oft bist du dem Tod aus den Klauen gerissen worden oder hast dich selbst aus seiner Umarmung befreit – und auch wenn sich das aus dem Mund eines Mörders möglicherweise merkwürdig anhört: Ich hätte gern, dass das so bleibt. Aus diesem Grund habe ich dir etwas mitgebracht – ein Geschenk.«

Er griff in die Tasche seines Mantels und zog einen schwarzen Samtbeutel daraus hervor. Lautlos öffnete er ihn und schüttelte einen sechseckigen Kristall auf seine Handfläche. Rot flackerndes Licht brach sich in seinem Inneren, und Grim meinte für einen Moment, ein tiefes Grollen wie von einem fernen Gewitter zu hören. Mia nahm den Kristall von Lyskians Hand und drehte ihn vor ihren Augen.

»Was ist das?«, fragte sie fasziniert.

Lyskian bewegte die Finger über dem Kristall, schon verfärbte sich das Licht erst blau und dann schwarz. »Der Zorn des Baal«, erwiderte er. »Ein Dämonenzauber, benannt nach dem Dämon oder dem Gott, der angeblich über die Macht verfügte, jene unsichtbar zu machen, die ihn anriefen. Nach manchen Dämonologen ist seine Kraft im Oktober am stärksten.«

Er streckte die Hand nach dem Kristall aus, hielt in der Bewegung inne und warf Grim einen Blick zu. Mit düsterer Miene sah Grim den Vampir an. Es ging ihm gewaltig gegen den Strich, einen Dämonenzauber mit sich herumzuschleppen – noch dazu einen, der alles andere als von geringer Kraft war. Dämonen waren tückisch und verschlagen, und was für sie selbst galt, traf auch auf ihre Zauber zu. Andererseits hatte Lyskian sein Verständnis für dämonische Magie bewiesen, er war sein Freund – und in seinen Augen lag eine Dunkelheit, die Grim einerseits beunruhigte, ihm andererseits jedoch eines ganz klar machte: Er würde Mia niemals schaden. Langsam nickte er und sah zu, wie Lyskian seine Finger um Mias Hand schloss.

»Dieser Zauber hat die einmalige Kraft, dich unsichtbar zu machen«, sagte der Vampir leise. »Benutze ihn, wenn es keinen anderen Ausweg mehr gibt. Er wird dich vor feindlichen Blicken verbergen, wo auch immer du dich gerade befindest, sobald du folgende Worte sprichst: Bh'afyn Lhega Torrn.«

Mia nickte und schien kaum überrascht, als Lyskian ihre Hand losließ und der Kristall darin auf einmal wieder in seinem schwarzen Beutel steckte. Wortlos schob Mia ihn in ihre Tasche, hob den Kopf und sah Lyskian eindringlich an.

»Warum gibst du mir einen so mächtigen Zauber?«

Lyskian erwiderte ihren Blick. Es schien, als fiele es ihm schwer, ihr in die Augen zu schauen. »Du bist nur ein Mensch«, sagte er mit ungewohnt brüchiger Stimme. »Das dachte ich, als wir uns kennenlernten. Aber jetzt ... Du bist mehr als das, Mia, viel mehr, als du selbst jemals begreifen wirst. Du hast mich zum Staunen gebracht, immer wieder – und du hast etwas in meine Ewigkeit getragen, das ich bereits vergessen hatte. Noch habe ich keine Worte dafür, aber ich fühle es bereits durch tausend wehende Tücher. Ich werde wohl nie wieder ein Menschenfreund werden wie Grim, aber *dein* Freund bin ich – jetzt und für alle Zeit.«

Grim sah das Lächeln, das kaum merklich über Lyskians Lippen huschte, sah auch die Schatten, die in seinen Augen lagen und seinem Gesicht für einen Moment eine düstere Tragik verliehen. Dann neigte der Vampir den Kopf, warf Grim einen letzten Blick zu – und war verschwunden.

Remis verschränkte die Arme vor der Brust. »Weiß der Teufel, wie die Blutsauger es schaffen, sich so schnell zu bewegen«, murmelte er. Mit leicht unzufriedenem Ausdruck auf dem Gesicht hob er die Brauen. »Ob heute noch mehr Überraschungsbesuche kommen, jetzt, da wir hier offenbar unser Lager aufschlagen werden?« Er schüttelte sich vor Kälte und nieste mehrfach hintereinander. »Theryon hätte schon längst hier sein sollen.«

Mia hob den Kopf und deutete zum Himmel. »Man kann die Sterne sehen«, flüsterte sie. »Ist das nicht seltsam?«

Grim folgte ihrem Blick und lächelte. Sie hatte ein Gespür dafür entwickelt, wie man nörgelnde Kobolde ablenken konnte, so viel stand fest. Tatsächlich stieß Remis ein bezaubertes Seufzen aus, als die Wolkendecke über ihnen gänzlich aufriss und ein Meer aus Sternen sichtbar wurde, dessen Schein im Bereich des Louvre nun nicht mehr durch die geballte Kraft greller Lichter übertüncht wurde.

»Für die Menschen wird es noch seltsamer sein als für uns«, murmelte der Kobold. »Sie wissen nicht, warum die Lichter plötzlich ausfallen und gleich darauf wieder angehen, warum ihre Glühbirnen auf einmal in schwarzem und grünem Licht erstrahlen. Sie wissen nicht, was hier vor sich geht.«

Grim stieß leise die Luft aus. »Ihr habt die Schlagzeilen ihrer lächerlichen Gazetten doch gelesen. Sie finden immer Erklärungen. Und sie scheinen noch nicht einmal zu merken, wie haarsträubend ihre Argumente sind.«

Remis kicherte leise.»Das ist wahr.Vom Klimawandel über Veränderungen der Sonnenoberfläche bis hin zu einem möglichen bislang unentdeckten Meteoritenabsturz ist alles dabei.«

Da befreite Mia sich aus Grims Umarmung und trat zurück.»Ihr tut so, als wären die Menschen dumme Kinder, die es nicht besser wissen«, sagte sie ärgerlich.»Und ja, vielleicht habt ihr damit sogar recht – aus eurer Sicht. Aber habt ihr euch mal überlegt, was ihr an der Stelle eines Menschen tun würdet, der plötzlich mit für ihn unerklärlichen Dingen konfrontiert wird? Seht euch um! Denkt ihr, für die Menschen ist das leicht hinzunehmen?« Sie hielt inne und schaute hinauf zu den Sternen.»Ich habe die Blicke der Menschen gesehen«, fuhr sie ruhiger fort.»Ich habe Angst und Fassungslosigkeit darin gefunden, natürlich, aber da war noch etwas anderes, ein zaghaftes, helles Leuchten, wie Kinder es in den Augen haben, wenn sie zum ersten Mal in ihrem Leben einen geschmückten Weihnachtsbaum sehen. Ich habe Menschen gesehen, die mitten auf der Straße standen, neben ihren gerade zusammengebrochenen Autos, und den Himmel anstarrten, über den Polarlichter tanzten wie Märchengestalten. Ich habe Kinder gesehen, die auf dem farbigen Wasser der Rinnsteine hier in der Nähe Papierboote schwimmen ließen, und Erwachsene, die von den fluoreszierenden Pflanzen an den Fassaden der Häuser bezaubert wurden. Noch suchen die Menschen die falschen Erklärungen für das, was um sie herum passiert, aber so ist es ihnen möglich, den Zauber zu akzeptieren – und ihn zu fühlen.«

»Sie akzeptieren ihn nicht«, erwiderte Grim.»Täten sie das, bräuchten sie keine Erklärungen mehr.«

Mia zuckte die Achseln.»Es ist nicht leicht, das hinzunehmen, was unfassbar erscheint. Die Menschen haben Angst, den Boden unter den Füßen zu verlieren. Doch vielleicht werden sie eines Tages gelernt haben zu fallen, vielleicht kann ich ihnen dabei helfen. Und dann werden sie erkennen, dass sie Magie in ihrem Leben brauchen, um nicht an sich selbst zu ersticken.«

Grim schaute sie an, und in diesem Moment strahlte etwas in ihr so hell, dass es ihn wärmte.

»Noch heute Nacht reisen wir nach Irland«, sagte sie mit einem Lächeln. »Dort wartet der Krieger des Lichts darauf, von uns gefunden zu werden. Die Zwerge werden uns bei der Suche helfen und uns zu einem Menschen führen, der insgeheim schon immer gespürt hat, dass er anders ist – wie ich selbst. Erinnert ihr euch noch daran, als meine Hartidfähigkeiten sich zeigten?«

Grim verdrehte die Augen, und Remis grinste in sich hinein. »Allerdings«, kicherte der Kobold. »Du hast einen Eiszapfen nach Grim geworfen und ihn an der Wange verletzt. Du hättest ihn hören sollen, er dachte, du wolltest ihn umbringen! Er …«

Da durchzog plötzlich ein Ton die Nacht, der Remis unterbrach. Es war das Kratzen schwerer Pranken auf Stein. Gleich darauf schoss ein blaues Licht direkt auf Grim zu. Er sprang hoch in die Luft, doch das Licht folgte ihm, und ehe er ihm hätte ausweichen können, schlug es zischend in seiner linken Schulter ein. Grim brüllte vor Schmerz, als er einen fingerdicken Pfeil aus seinem Fleisch riss, und starrte angestrengt in die Finsternis der Straße, aus der das Geschoss gekommen war. Doch er konnte keinen Angreifer ausmachen. Dafür spürte er, wie das Gift der Pfeilspitze seinen linken Arm und die Schwingen lähmte, und das war noch nicht alles: Etwas näherte sich aus den umliegenden Straßen – etwas Großes mit scharfen Krallen. Fluchend murmelte er einen Heilungszauber und griff nach Mias Arm.

»Schnell«, raunte er. »Weg hier!«

Sie hasteten über die Rue Berger, vorbei an moosüberwachsenen Autos und durch die Kraft der Bhor Lhelyn umgestürzten Straßenlaternen. Grim hörte Mias Atem und fühlte die schnellen Sprünge von Großkatzen, die ihnen nacheilten – lautlos wie Schatten. Er zählte fünf von ihnen, und als sie in die Nähe des Forum des Halles gelangten, stießen sieben weitere aus dunklen Straßenzügen hinzu. Sie erreichten eine stockfinstere Seitengasse, schnell zog Grim Mia hinein und presste sich gegen eine Wand. Remis konnte gerade noch sein Licht dämpfen, als auch schon der schattenhafte Umriss einer Großkatze an ihnen vorbeijagte, ohne sie zu bemerken. Grim warf einen Blick in den Himmel. Seine Schwingen hingen wie vertrocknetes Laub von seinem Rücken, an einen Flug war nicht zu denken. Verflucht, wo war Theryon, wenn man ihn brauchte?

»Wir müssen uns verstecken«, flüsterte er kaum hörbar. »Auf den Straßen sind wir leichte Beute, wir ...«

Weiter kam er nicht. Die riesige Pranke einer Katze tauchte aus dem Nichts auf und hieb nach seinem Gesicht. In letzter Sekunde riss Grim Mia und Remis zur Seite und raste mit ihnen die Straße hinab. Die Katze sprang ihnen so schnell nach, dass Grim ihren dunklen Körper bei einem Blick über die Schulter nur undeutlich erkannte, und zerbrach den Asphalt unter ihren Pranken. Mit einem Brüllen schleuderte Grim einen Flammenzauber hinter sich. Er roch verbranntes Fell und hörte ein wütendes Fauchen, als die Katze die Flammen durchsprang, doch sie ließ ihre Beute nicht entkommen. Grim riss mit Gewalt an seinen Schwingen, doch es war zwecklos, sie waren nicht zu gebrauchen. Gleichzeitig hörte er das Fauchen weiterer Katzen, die ihnen nacheilten. *Sie wollen uns nicht fangen*, dröhnte es in Grims Kopf wie aus tausend betrunkenen Mündern. *Sonst hätten sie es schon längst getan, und sie wollen uns auch nicht fressen – das soll jemand anderes erledigen.* Diese Bestien trieben sie vor sich her wie Wölfe die Lämmer.

»Saint-Eustache«, keuchte Mia und warf sich gegen die Tür der Kirche, die sie in diesem Moment erreichten. Polternd flog das Portal auf. Grim folgte Mia und Remis ins Innere der Kirche und verriegelte die Tür mit einem mächtigen Schutzzauber. Gleich darauf krachten mehrere Katzen dagegen und stießen ein schmerzerfülltes Fauchen aus. Grim starrte in die Finsternis, er hörte, wie die Katzen das Gebäude umkreisten und wie einige von ihnen auf das Dach sprangen. Ihre Krallen klangen wie das Kratzen von Nägeln auf einem Sargdeckel. Grim spürte Mias Hand in seiner Klaue, Remis bohrte ihm seine Finger in die Schulter und keuchte wie kurz vor einem Erstickungsanfall. Mia sammelte einen Eiszauber in ihrer Hand, Grim konnte seine Macht fühlen. Er selbst wickelte brennende Schnüre um seinen linken Arm. Sollten sie ruhig einen Weg hineinfinden – sollten sie kommen! So leicht würden sie es ihnen nicht machen. Etwas ruhiger sah er sich um.

Die kühle, abgestandene Luft der Kirche umgab ihn wie unsichtbarer Rauch. Er roch den Duft der Kerzen, die vor wenigen Tagen entzündet worden waren, und die dunkle, schwere Trägheit von Alter, die in diesen Mauern herrschte.

Dann vernahm er ein Geräusch, ein kaum hörbares Dröhnen, das schwere Körper machen, wenn sie durch die Luft springen und auf altem Stein oder Holz landen. Grim fühlte, wie Mias Hand sich in seiner Klaue verkrampfte. Ihre Verfolger konnten es nicht sein, sie hatten noch keinen Weg hineingefunden. Wieder erklang das dumpfe Geräusch, näher dieses Mal – tödlich nah.

Grim wandte den Blick und starrte in die Dunkelheit der Decke, dorthin, wo eine leichenblasse Säule sich erhob. Er kniff die Augen zusammen – und erstarrte. Dort hockte ein Panther, groß wie ein Damhirsch. Mit mächtigen Pranken hatte er sich in den Stein gekrallt, sein Schwanz peitschte unruhig durch die Luft und schlug Gesteinsbrocken aus der Säule, wenn er sie traf. Lederne Schwingen schmiegten sich an seinen Körper, und anstelle eines Fells besaß er ölige, narbenübersäte Haut. Grim sah in seine Augen, sie waren grau wie eine sternenlose Nacht, doch nun, da der Panther wusste, dass er erkannt worden war, entzündeten sie sich in weißem Licht.

Grim zog Mia an sich. Er wandte den Kopf und entdeckte im Licht der weißen Augen weitere Panther, alle von ähnlichem Äußeren wie der erste, wenn auch nicht ganz so groß. Sie lauerten auf den hölzernen Bänken, krallten sich in Wände und Säulen wie in weichen Lehm und ließen vereinzelt ein tiefes, gieriges Grollen aus ihren Kehlen aufsteigen. Grim kniff die Augen zusammen, doch er konnte in der Finsternis am Ende des Ganges nichts erkennen außer …

Ein Fauchen ließ ihn zusammenzucken. Der Panther an der Säule war dicht hinter ihm auf den Gang gesprungen und trieb ihn vorwärts. Jetzt sah Grim die Fäden, die den Leib des Untiers an zahlreichen Stellen zusammenhielten, und bemerkte knisternde Leiber, die sich unter dessen Haut durcheinanderwälzten. Er zog Mia enger an sich. Remis atmete hektisch auf seiner Schulter, als die übrigen Katzen ebenfalls ihre Plätze verließen und sie vorwärtstrieben. Jetzt waren ihre Pranken lautlos auf dem steinernen Boden. Gleich darauf spürte Grim die Kälte. Wispernd kroch sie vom Altar den Gang hinunter. Ein Gesicht flackerte vor seinem inneren Auge auf, er hielt den Atem an, als drückten zwei Totenhände gegen seine Brust. Abrupt blieb er stehen. Im selben Moment entzündete sich ein Licht am Ende des Gangs. Eine Gestalt erschien vor dem Altar, die Gestalt eines Jägers.

»Alvarhas«, flüsterte Mia kaum hörbar, und der Name fuhr wie eine eiskalte Klinge an Grims Kehle.

Der Alb lächelte regungslos, ehe er sich in Bewegung setzte. Dicht vor Grim blieb er stehen, umfasste ihn mit der Grausamkeit seines diamantenen Auges und raunte sanft: »Ich habe auf euch gewartet.«

Grim hob verächtlich den Blick. Er spürte den Zauber in seiner Hand, die Schnüre schnitten sich in sein Fleisch. »Du scheinst dich danach zu sehnen, verprügelt zu werden«, grollte er und sah zu seiner Befriedigung den Anflug von Ärger auf dem sonst reglosen Albengesicht.

»Ihr mischt euch in Dinge ein, die euch nichts angehen«, erwiderte Alvarhas kalt. »Das kann die Königin des Schnees nicht dulden. Aus diesem Grund bat sie mich, dafür zu sorgen, dass ihr unschädlich gemacht werdet. Und selbstverständlich werde ich ihrer Bitte nachkommen.« Er wandte sich von Grim ab und fixierte Mia mit seinem Blick. »Ich habe viele Augen gesehen in meinem langen Leben«, flüsterte er und hob langsam die Hand, um Mias Wange zu berühren. »Aber ein Paar wie deines fehlt noch in meiner Sammlung.«

Ehe seine Finger ihre Haut erreichten, stieß Grim seine Faust vor und schlug sie krachend gegen Alvarhas' Brustkorb. Der Alb flog durch die Luft und landete rücklings vor dem Altar. Sofort sprang er auf die Beine und stürzte mit wutverzerrtem Gesicht auf Grim zu, der schnell einen Schutzwall um Mia, Remis und sich selbst errichtete. Alvarhas riss sein Rapier in die Höhe. Grim sah noch das schwarze Funkeln, ehe es auf seinen Schild niederkrachte und ihn splitternd in zwei Hälften teilte. Im nächsten Moment hatte der Alb ihn an der Kehle gepackt und raste mit ihm durch die Luft. Mit voller Wucht schlugen sie gegen das Rosettenfenster, Grim fühlte die Scherben des Bleiglases von seinem Körper abprallen wie Funken aus Licht. Eiseskälte drang durch Alvarhas' Hände und machte es Grim schwer, seine Magie zu sammeln. Verschwommen sah er Mia und Remis, die sich rücklings zum Altar schoben. Die Panther glitten ihnen wie todbringende Schatten hinterher. Grim riss den Blick von ihnen fort und starrte Alvarhas in sein gesundes Auge.

»Verflucht«, zischte Grim und zwang die Kälte aus seinem Körper. »Das ist es, was du bist!«

Damit riss er den Arm hoch und presste den Daumen in Alvarhas' Auge. Goldene Flammen schossen aus Grims Klaue, der Alb schrie auf vor Schmerz und raste rücklings durch die Luft. Grim fiel zu Boden, seine Klauen hinterließen einen Abdruck im Stein. Keuchend raste er auf Mia zu, doch schon stürzte Alvarhas ihm nach. Sein gesundes Auge loderte in goldenem Licht, eine stechend schwarze

Pupille starrte ihn an. Wie die Erinnerung an einen Albtraum sah Grim seinen Feind für einen Moment wieder als nebelumwobenes Skelett inmitten der eigenen Asche sitzen. Er riss einen Schutzwall in die Höhe, doch er wusste, dass er Alvarhas nicht aufhalten konnte. Dieser Alb würde von den Toten zurückkehren, er würde ihn umbringen, wenn er nicht …

Ein ohrenbetäubender Knall schleuderte Grim den Gang hinauf. Gesteinsbrocken flogen ihm um die Ohren, er rappelte sich benommen auf – und erstarrte. Die Hälfte der Südfront der Kirche war verschwunden, ebenso Teile des Dachs, durch die nun die Sterne ihr Licht auf die matt glänzenden Katzenkörper warfen, die verwirrt die Köpfe reckten. Alvarhas lag unter einem tonnenschweren Säulenstück begraben, sein Brustkorb war zerschmettert, aber Grim wusste, dass er sich schon bald wieder erheben würde. Er wandte den Blick – und in dem Riss in der Wand schwebte – in silbernem Licht wie ein Blitz vor dem Himmel der Nacht – ein riesiger Hippogryph.

Feine silberne Federn bedeckten seinen Adlerkopf, und seine Vogelklauen waren so groß, dass sie mit Leichtigkeit die Brust eines erwachsenen Mannes hätten umfassen können. Sein Hinterleib jedoch war der eines weißen Pferds, und sein Schweif peitschte wie ein seidener Schleier durch die Luft. Grim erkannte Theryon auf seinem Rücken. Der Feenkrieger trug seine schwarze Uniform aus Brokat, sein Haar wehte im Wind. Dann stieß der Hippogryph einen Schrei aus, zog die Beine an den Körper – und schoss direkt auf Mia zu.

Die Panther sprangen fauchend zurück, als Theryon Mia und Remis zu sich hinaufzog. Der Hippogryph fuhr herum, flügelschlagend kam er vor Grim zum Stehen, bäumte sich auf den Hinterbeinen auf und schlug mit den gewaltigen Adlerklauen durch die Luft. Seine Augen waren aus Kristall, Grim sah goldene Funken darin wie entfachte Flammen, und er begriff, dass dieser Hippogryph mit seinem

Blick durch alle Masken der Welt blicken konnte, ohne auch nur einmal zu zwinkern.

Alvarhas' Schrei riss Grim in die Wirklichkeit zurück. Er packte Theryons Arm und schwang sich auf den Rücken des Hippogryphen.

»Es hat ein wenig länger gedauert«, sagte Theryon beiläufig, als sie durch den Riss in der Wand davonstoben, ohne Alvarhas auch nur eines Blickes zu würdigen, der gerade die Säule von seinem noch halb zerschmetterten Körper stemmte.

»Ein wenig …«, murmelte Grim fassungslos und stieß die Luft aus, da ihm kein auch nur einigermaßen elegantes Wort einfiel, das seine Gemütslage beschrieben hätte.

»Ich habe versprochen, ein Reittier aufzutreiben«, erklärte Theryon mit zum Wahnsinnigwerden ruhiger Stimme. »Und das habe ich getan. Dies ist Asmael. Er ist ein Ritter vom Hof König Lorpors, des Herrschers über das Volk der Hippogryphen, und stammt von den höchsten Gipfeln des Riesengebirges. Seit Langem sind wir einander freundschaftlich verbunden, und nun ist er gekommen, um uns nach Irland zu tragen. Hippogryphen sind hochintelligente Geschöpfe, die keine bösen Absichten in sich tragen. Allerdings erachten sie nur die wenigsten Kreaturen als wertvoll genug, um mit ihnen zu sprechen. Wundert euch also nicht, wenn er in eurer Gegenwart schweigt.«

Grim schnaufte verächtlich, aber Mia lächelte. »Ihr seid genau im richtigen Augenblick gekommen.«

Sie legte Grim die Hände auf die Stelle, an der ihn der Pfeil getroffen hatte, und schickte einen Heilungszauber durch seinen Körper. Grim schloss die Augen. Er hörte Asmaels Schwingen wie das Rauschen von Wäldern, während sie über die Stadt dahinflogen. Seine Bewegungen waren fließend, als durchschwömme er einen unsichtbaren Fluss. Vorsichtig bewegte Grim die Schwingen.

»Wir dürfen keine Zeit mehr verlieren«, grollte er. »Die Nacht wird nicht ewig dauern, und zumindest einer von uns ist auf die Dunkelheit angewiesen, was seine Flugkünste betrifft. Und ich hasse es, nicht selbst zu fliegen.«

Mit diesen Worten ließ er sich von Asmaels Rücken gleiten und schwang sich auf seinen noch schmerzenden Schwingen durch die Luft. Doch Mias Zauber war stark gewesen, er spürte die Heilung wie flüssiges Gold in seinem Körper.

Remis ließ sich auf seiner Schulter nieder, ein schelmisches Grinsen lag auf seinem Gesicht. »Und du meinst, dass du schnell genug sein wirst?«, fragte der Kobold mit verschmitztem Zwinkern. »Schnell genug, um es mit einem Hippogryphen aufzunehmen?«

Gerade wollte Grim ihm statt einer Antwort eine Lehrstunde in rasend schnellen Kobold-Loopings geben, als ein Brüllen die Nacht durchdrang. Erschrocken sah Grim zurück und erkannte drei dunkle Gestalten mit ledernen Schwingen, die über die Dächer von Paris hinwegjagten.

Alvarhas folgte ihnen.

Kapitel 22

Drei Alben auf geflügelten Panthern hetzten ihnen nach, allen voran Alvarhas, dessen kristallenes Auge Mia umfasst hielt, während er eine goldene Flammenpeitsche über seinem Kopf wirbelte. Sein Panther riss das Maul auf und brüllte, dass die Luft erzitterte, und Mia sah gerade noch, wie Alvarhas' Schergen Eisgeschosse aus ihren Fäusten schleuderten, ehe Asmael auf Theryons Befehl die Schwingen an den Körper legte und auf den Boden zuraste. Grim flog über sie hinweg, Mia spürte die Hitze des Flammenzaubers, den er wirkte, und sah Remis, der schreckensbleich in seiner Manteltasche verschwand. Kurz über der Erde bremste Asmael ihren Sturz ab und schoss über ein gefrorenes Feld vor den Toren der Stadt dahin. Mia warf einen Blick zurück. Die Luft brannte in grünem Feuer, Grim erhob sich zwischen seinen Flammen wie ein Racheengel und erwartete die Alben mit brennenden Fäusten. Doch diese zerschlugen seine Flammen mit gleißenden Peitschen, und während Alvarhas sich Grim zum Kampf stellte, jagten die anderen Alben Asmael hinterher.

Mit schreckgeweiteten Augen sah Mia die aufgerissenen Mäuler der Panther, hörte ihr geiferndes, gieriges Keuchen und das Zischen ihrer glühenden Krallen in der Luft. Im nächsten Moment raste ein blaues Geschoss an Mias Gesicht vorbei, traf ihre Wange und zerstob über Asmaels Kopf in glühende Funken. Blut rann über Mias Wange, sie fühlte, wie sich ihr Magen um sich selbst drehte, als Asmael beinahe senkrecht in die Luft schoss. Theryon schleuderte einen Hitzezauber zurück, doch die Reiter setzten hindurch, als wären die Flammen nichts als eine Wand aus kühlem Nebel. Schon schlug der vorderste Panther nach Asmaels Flanke. Theryon sprang auf den Rücken des Hippogryphen, fuhr herum und entfachte zwei glühende magische Degen in seinen Händen. Flackernd zerschnitten sie die Luft, als er nach dem Panther stach, doch das Wesen war schnell und wich ihm immer wieder aus.

Mia krallte sich mit beiden Händen an Asmaels Rücken fest, schwang die Beine auf die linke Seite und drehte sich um, sodass sie rücklings auf ihm saß. Mit fester Stimme beschwor sie ihre Magie und schickte zwei grüne Blitze an Theryon vorbei auf die Panther zu. Krachend schlugen die Zauber in die Tiere ein, grüne Schübe aus Licht zuckten über ihre Körper. Die Panther brüllten vor Schmerzen, schon stürzte der erste in die Finsternis unter ihnen. Von ferne hörte Mia, wie Grim und Alvarhas sich mit Feuerzaubern zusetzten. Die roten und goldenen Magieschübe flackerten am Himmel wie Wetterleuchten.

Da stieß der verbliebene Panther einen Schrei aus. Sein Reiter trieb ihm ein Messer ins Fleisch, schwarzes Blut quoll aus der Wunde, doch der Panther riss die gerade noch vor Schmerz verdrehten Augen auf und tat einen Satz nach vorn. Theryon hob noch die Arme, um ihn abzuwehren, aber es war zu spät. Der Panther prallte gegen Theryons Schutzwall, doch noch im Fall schlug er nach Asmaels Flanke und grub seine Krallen tief ins Fleisch des Hippogryphen. Asmael stieß einen schrecklichen Schrei aus, der Panther stürzte mit seinem Reiter auf die Erde nieder, ein langsam erlöschendes Licht in der Dunkelheit. Dann sah Mia, wie schwarze Adern aus Gift über Asmaels Körper liefen, sie breiteten ein Netz des Todes über ihm aus. Theryon ging in die Knie, er schien die Schwankungen und die Windböen nicht zu spüren, die seinen sicheren Stand erschwerten. Seine Hand legte sich auf Asmaels Rücken und hinterließ einen goldenen Abdruck, der sich jedoch sofort wieder schwarz färbte. Mia fühlte Gedanken auf sich einprasseln, wilde, freie Gedanken, sie klangen wie vom Sturm getragen. Noch ehe sie wusste, dass es Asmael war, der in seiner schönen und fremden Sprache mit ihr redete, bäumte der Hippogryph sich auf und sackte gleich darauf in sich zusammen. Theryon sprang vor, packte Mia an der Hüfte und riss sie von Asmaels Rücken. Sie sah noch den gefrorenen Boden, der wie eine todbringende Mauer auf sie zuraste. Dann rief Theryon einen Zauber. Für einen Augenblick wurde die Erde von goldenem Licht durchflutet. Mia entglitt Theryons Griff, sie schlug auf dem Boden auf – und sank in ihn ein wie in Wasser. Gleich darauf wurde sie emporgezogen, schon verfestigte sich die Erde wieder. Eine Hand griff nach Mias Arm und riss sie auf eiskalten Grund.

Schnell rappelte sie sich auf. Theryon rannte an ihr vorbei zu Asmael, der zusammengesunken in einiger Entfernung lag. Sein gerade noch schneeweißer Körper war bereits zur Hälfte vom Netz des Panthers überzogen. Es würde den Hippogryphen in die Tiefe reißen, das wusste Mia, es würde ihn töten. Kaum hatte sie das gedacht, zerriss ein Blitz den Himmel über ihr. Erhellt von grün flackerndem Licht sah sie Grim und Alvarhas, die sich im Kampf gegenüberstanden, der Alb auf seinem Ungeheuer von einem Panther und Grim mit nichts als seinen flammenden Fäusten – und seiner höheren Magie. Mia hielt den Atem an, als Grim die Arme ausbreitete und die Augen schloss. Seine Schwingen hielten ihn beinahe regungslos in der Luft, während Alvarhas ihn mit seinem Raubtier umkreiste, als wollte er sich jeden Augenblick vorstürzen. Mia wusste, dass Grim die Magie in sich rief, fast meinte sie, deren goldene Schleier selbst zu spüren, die sanft und glühend Grims Körper durchzogen. Sie hörte die Panther der anderen Alben, die sich keuchend über die Erde schoben, und taumelte auf Theryon zu, um einen Schutz um sie zu bilden. Doch den Blick wandte sie nicht von Grim und Alvarhas ab.

Schon sah sie, wie sich die Muskeln des Panthers spannten, sein Maul öffnete sich, und sie sah Alvarhas, der plötzlich den Blick senkte und sie ansah. Sie erstarrte in ihren Bewegungen, es war, als hätte er sie mit Messern an eine unsichtbare Wand gefesselt. Alvarhas streckte die Hand vor, der Panther setzte zum Sprung an. Mia schrie, und im selben Moment riss Grim die Augen auf. Feuer loderte aus seinem Blick, doch diese Flammen verblassten gegen das Inferno, das aus seinen Fäusten brach, als er Alvarhas und den Panther im Sprung packte und seine höhere Magie in gewaltigen Schüben in ihre Körper schickte. Mia atmete nicht mehr, sie konnte es nicht. Dort oben in der Luft schwebte Grim, umlodert von seinen goldenen Flammen, und hielt Alvarhas und sein Untier an den Kehlen, um ihnen das Leben herauszupressen.

Da hörte sie wieder das Keuchen der anderen Panther, sie waren nah, viel zu nah. Mit einem Schrei fuhr sie herum, ließ drei Scherben aus Eis aus ihren Fingern schießen und traf einen der Panther im Gesicht. Heulend warf er sich herum, sein Reiter wurde zwischen dem Tier und dem Boden eingequetscht. Mia sprang vor, sie war über ihren Feinden, ehe diese auf die Beine kamen. Blitzschnell zog sie schwarze Schnüre um deren Körper und schickte Eisregen durch ihre Adern. Sie spürte, wie das Leben aus ihnen wich, fühlte, wie das Blut in ihren Leibern gefror und ihre Augen dumpf und farblos wurden. Sie hörte das Keuchen kaum hinter sich, als Theryon den zweiten Panther mit einer Feuerschleife abwehrte und ihm dabei den Kopf vom Körper trennte. Der Reiter flog durch die Luft, er landete knapp neben Mia, doch schon war Theryon bei ihm und schickte einen heftigen Hitzezauber durch seinen Körper, der ihn auf der Stelle verkohlte.

Schwer atmend beendete Mia ihren Zauber und spürte erst da, dass goldene Funken auf sie niederfielen. Sie schaute zum Himmel auf. Grim riss seine Gegner noch einmal in die Luft. Dann schleuderte er sie zu Boden, wo sie mit dumpfem Geräusch aufkamen, und landete schwingenrauschend neben Mia. Sie fiel ihm in die Arme. Sein Herz schlug heftig gegen ihre Wange. Er hatte seine Kraft verbraucht, das spürte sie, und auch sie selbst hatte nicht mehr viel davon übrig. Hustend stob Remis aus Grims Tasche. Seine Haare standen von seinem Kopf ab wie die zu lang geratenen Borsten einer Wurzelbürste.

»Sind sie tot?«, fragte Mia und warf einen Blick auf Alvarhas, dessen Körper mit dem Gesicht nach unten auf dem Boden lag. Seine Glieder waren verdreht, und sein Kopf lag seltsam flach auf der gefrorenen Erde. Schwarzes Blut rann unter ihm hervor. Theryon war zu ihm hinübergegangen, nachdem er auch seine Gefährten kurz untersucht hatte. Er hielt die Hand über Alvarhas Kopf, für einen Augenblick verzog sich sein Gesicht wie unter Schmerzen. Dann nickte er.

»Das ist nur eine Frage der Zeit«, grollte Grim düster. »Wir müssen verschwinden, sonst ...«

Da zerriss ein Stöhnen die Stille. Erschrocken fuhr Mia herum und sah Asmael, der inzwischen beinahe völlig von dem schwarzen Netz bedeckt wurde. Theryon ließ sich neben ihn fallen. Sein Gesicht zeigte keine Regung, aber in seinen Augen war es Nacht geworden. Erst einmal hatte Mia diesen Ausdruck in Theryons Augen gesehen – vor wenigen Tagen, als er selbst im Sterben gelegen hatte. Atemlos sah sie zu, wie der Feenkrieger sich die Ärmel hochkrempelte und mit lautloser Geste dreimal über seinen linken Unterarm strich. Blut rann aus dem Schnitt, den er sich zugefügt hatte, schwarzes Feenblut. Mia schauderte, als Theryon mit der rechten Hand über Asmaels Hals strich und auch dort eine Wunde aufklaffte. Schnell presste der Feenkrieger seinen Arm gegen den Riss und legte den Kopf in den Nacken.

Mia stand regungslos. Sie hörte Remis' angespannten Atem und spürte Grims Klaue auf ihrer Schulter. Er schwankte leicht, so viel Kraft hatte ihn der Kampf gegen Alvarhas gekostet. Sie sah, wie das

Blut aus Theryons Körper wich, und bemerkte gleichzeitig, dass das schwarze Netz begann, sich, von der Wunde ausgehend, golden zu verfärben und langsam in Asmaels Körper einzusinken. Sie lächelte atemlos, als sie den Herzschlag wahrnahm: Zuerst waren es zwei Herztöne, die das Feld zum Beben brachten, dann nur noch einer. In dumpfen, ruhiger werdenden Klängen durchzog er die Nacht. Theryon verwandelte den Fluch, den der Panther auf Asmael gelegt hatte. Er schenkte ihm sein eigenes Blut, und dafür bekam er ein wenig vom Blut seines Freundes. Mia sah Theryon ins Gesicht, sie schaute in seine Augen. Und zum ersten Mal, seit sie ihn kannte, sah sie, wie sich etwas darin spiegelte: Die Sterne des Nachthimmels lagen in seinem Blick.

»Reizend.«

Die Stimme packte Mia an der Kehle und drückte zu. Sie fuhr herum, ebenso wie die anderen – und stieß einen Schrei aus, als sie Alvarhas vor sich sah. Graue Nebelfäden zogen über seinen Körper, Mia hörte das knackende Geräusch der sich in rasender Geschwindigkeit regenerierenden Knochen, und sie sah mit Grauen, wie sich der zertrümmerte Schädel des Albs mit leisem Knirschen wieder zusammenfügte. Auch sein Panther kam auf die Beine, und aus den Schatten des Feldes kamen die Schergen heran, als wären die vergangenen Augenblicke gar nicht geschehen. Mia fühlte sich, als würde sie rücklings eine Häuserschlucht hinabfallen, ohne sich umwenden oder schreien zu können. Sie hatte erlebt, wie die Alben im Kampf gegen die Schattenflügler im Louvre scheinbar mühelos ihre Verletzungen geheilt hatten, und Grim hatte ihr von den Fähigkeiten der Alben erzählt, den Tod bezwingen zu können – aber nun, da sie es in dieser Ausprägung mit eigenen Augen sah, stockte ihr der Atem. »Wie ist das möglich?«, flüsterte sie fassungslos.

Alvarhas verzog den Mund, sein Kiefer knirschte unter seinem Lächeln, als würde er noch einmal zerbrechen. Im nächsten Moment sah sie seinen Schatten auf sich zurasen. Grim sprang Alvarhas in den Weg, doch der Alb schlug ihm mit aller Heftigkeit vor die Brust und schleuderte ihn durch die Luft. Dann packte Alvarhas Mia an der Kehle und riss sie hoch. Sein Gesicht war ihr ganz nah, sie fühlte seinen Atem kalt und betäubend auf ihren Lippen wie bei ihrer ersten Begegnung.

»Menschenkind«, flüsterte er beinahe zärtlich, während er ihr die Kraft nahm. »Hast du es denn vergessen?« Er hielt kurz inne, kalte Grausamkeit glitt über seine Züge. »Alles ist möglich – eines Tages.«

Da schrie Mia, sie schrie so laut, dass ihre Stimme sich überschlug und die Luft ihre Brust zerriss wie ein flatterndes Stück Papier. Alvarhas lachte in ihren Schrei hinein. Sie fühlte die Kälte seiner Hand an ihrer Kehle, ihre Stimme versagte und fiel wie ein lebloser Stein zurück in den tiefen Brunnen, der sie geworden war. Aus den Augenwinkeln sah sie, wie die Panther auf Asmael zustürzten und ihn umkreisten, sah auch, wie Theryon von den Schergen Alvarhas' bedrängt wurde. Graue Schleier glitten an ihren Augen vorüber, der Alb hatte ihr die letzte Kraft genommen. Nur ein winziger Rest ihrer Magie hielt sie noch bei Bewusstsein. Da zerriss ein Brüllen die Luft. Sie hörte das Brechen von Knochen. Im nächsten Moment war sie frei und schlug mit dem Rücken auf dem Boden auf. Sie sah Grim, der mit Alvarhas über das Feld flog, sie überschlugen sich mehrfach und sprangen in einiger Entfernung auseinander.

Mia kam auf die Beine. Sofort landete Remis auf ihrer Schulter und starrte angespannt zu Grim hinüber. Alvarhas bewegte sich mühelos und geschmeidig wie eine seiner Katzen und trat mit lauernder Grausamkeit auf Grim zu. Grim hingegen schwankte leicht, Mia sah das Blut, das aus seinem Mund lief. Er konnte keinen Zauber mehr wirken, und wenn er es dennoch versuchte, würde er sterben. Sie begann zu rennen und rief ihre Magie, doch Alvarhas hatte ihr kaum etwas davon gelassen. Panisch sah sie, wie er die Hand hob, Grim im Nacken packte und Kälteschauer in dessen Körper schickte.

»Mia!«, rief Remis auf ihrer Schulter in heilloser Angst. »Er wird ihn umbringen!«

Außer sich wandte sie im Lauf den Blick zu Theryon, doch Alvarhas' Schergen hatten ihn in einen Kampf verwickelt. Da durchdrang seine Stimme ihre Gedanken, flüsternd und sanft. *Alles Böse kann auch zum Guten genutzt werden, nicht wahr?* Mia griff sich an die Brust, dorthin, wo die Scherbe der Schneekönigin danach gierte, ihr Herz zu erreichen, um sie zu töten. *Feenmagie übertrifft seit jeher die Macht gewöhnlicher Magie.* Mia holte tief Atem. Sie konnte Feenmagie wirken. Kaum hatte sie das gedacht, murmelte sie auch schon den Zauber.

Ströme aus Eiswasser flossen durch ihre Adern, kaum dass der Zauber über ihre Lippen gekommen war, und sie spürte, wie ihre Magie in ihrer Brust durch die Scherbe fuhr und zu einem flackernden Strom aus Farben wurde. Sie hob den Arm, ihr Körper zitterte von der Kraft des Zaubers, der sich in ihrer Hand sammelte. Sie spürte Grims Herz, für einen Moment meinte sie, seinen Atem an ihrem Haar zu fühlen. Dann stieß sie einen Schrei aus. Krachend schlugen weiß glühende Flammen aus ihren Fingern, sie verwandelten sich in Speere aus Feuer und Eis. Die Wucht der Magie warf sie auf den Rücken, doch sie sah, wie ein weißer Speer auf Alvarhas zuraste und mit knirschendem Geräusch zwischen seinen Schulterblättern in seinen Körper eindrang. Der Alb schrie auf vor Schmerz, schwarze Blitze schossen aus seinen Fingern und zuckten unkontrolliert über den Himmel. Seine Schergen und die Panther wurden ebenfalls von Mias Zauber getroffen, auch in ihre Körper bohrten sich die Speere aus Feenlicht bis zu ihren Herzen.

Mia taumelte vor, ein schrecklicher Schmerz zerriss ihren Brustkorb. Remis schwirrte in die Luft, besorgt sah er sie an, doch er konnte ihr nicht helfen. Die Scherbe schob sich voran, das wusste sie – aber sie würde noch nicht sterben. Nein, sie würde Grim erreichen und dieses Feld verlassen, und dann würde sie den Krieger des Lichts finden und die Welt der Menschen vor dem Untergang bewahren. Das war ihr Plan – und sie hasste es, einen Plan zu ändern.

Entschlossen presste sie sich die rechte Hand gegen die Brust und taumelte mit Remis zu Grim hinüber. Alvarhas war auf die Knie gefallen, während Mias Lähmungszauber seinen Körper außer Gefecht setzte. Gerade hatte sie Grim erreicht, der langsam auf die Beine kam, als Alvarhas sie ansah. Hinter ihr preschten Theryon und Asmael heran, aber Mia konnte sich nicht vom Blick des Albs lösen. Mit sanfter Gewalt zog Grim sie fort, doch sie sah Alvarhas' Gesicht noch, als sie längst über den Wellen des Meeres in Richtung Irland dahinflogen, und sie hörte seine Worte, die er in Gedanken zu ihr gesprochen hatte, wieder und wieder in ihrem Kopf.

Du weißt nicht, gegen wen du kämpfen willst – doch ich werde wiederkehren von den Toten, und dann ist es gleich, wo du dich versteckst: Ich werde dich finden.

Kapitel 23

Sturmwolken zogen über den Himmel, und heftige Windstöße verwandelten die Irische See in einen Kessel mit hexengrünem Wasser. Grim musste sich anstrengen, um nicht wie ein mickriges Blatt von den Böen durch die Luft gewirbelt zu werden, während Asmael mit Theryon und Mia auf seinem Rücken so sicher über das brodelnde Meer dahinflog, als wäre herrlichstes Wetter. Nebelschwaden geisterten durch die Luft, und Grim wollte gerade ausholen und eine von ihnen mit einem Klauenhieb zerreißen, als Remis auf seiner Schulter auf die Beine kam. Der Kobold stach ihm seine froststarrenden Haare in den Hals und deutete nach vorn.

In einiger Entfernung flammten die Lichter Dublins in trübem Schein durch den Nebel. Es sah aus, als läge die Stadt hinter einem zu Eis erstarrten Schleier. Gleichzeitig spürte Grim, wie sich etwas auf seine Sinne legte, ein kühler und lähmender Hauch der Magie, der ihnen von der Insel entgegenströmte wie ein Willkommen. Er nahm den zarten Duft uralter Wesen wahr, die sich tief in den Gebirgen und Wäldern, in den Seen und Flüssen und auch in den Städten der Menschen verbargen, Geschöpfe, die bereits seit Jahrhunderten auf dieser Insel lebten und die Erde mit ihrem Zauber getränkt hatten. Irland, das spürte Grim deutlich, war ein Traum aus feinem Regen, Grün und Märchen, ein Gedanke an Sonnenstrahlen, die sich im ersten Tau des Morgens brachen, und auf einmal verstand er die Gedichte der Liedermacher, die er über diese Insel gehört hatte und die alle von einer unbestimmten Sehnsucht sprachen, gegen die sich selbst gestandene Anderwesen nur schwer wehren konnten. Er sog die Luft ein, sie durchrieselte ihn wie prickelnde Tropfen aus süßem Meerwasser. Er war noch nie in Irland gewesen, und doch schien es ihm auf einmal, als würde ein Teil von ihm auf dieser Insel auf ihn warten, als würde er zu sich selbst zurückkehren mit jedem Schlag seiner Schwingen.

Sie flogen über Dublin hinweg. Grims Wangen brannten unter den eisigen Hieben des Windes, aber jetzt, da er tiefer sank und Asmaels dunkle Silhouette durch die Wolken glitt, vergaß er für einen Augenblick die beschwerliche Reise, die er hinter sich hatte. Nebelfäden blieben an Asmaels Schwingen haften, doch der Hippogryph zerriss den Schleier, der sich über Dublin gelegt hatte, und warmes Licht aus unzähligen winzigen Fenstern strömte zu Grim herauf wie ein Fluss aus Sonnenstrahlen. Die alte Dame Liffey durchzog die Stadt, der Fluss, der Dublin in Nord- und Südhälfte teilte und nun die silbernen Lichter vereinzelter Straßenlaternen auf seinem Wasser tanzen ließ. Grim schaute über die verwinkelten Gassen und Straßen der Stadt, über deren Pflaster sich wie in Paris bereits vielerorts die glimmenden Blumen der Wünsche zogen. Vereinzelt waren Autos und Busse liegen geblieben und von den Bhor Lhelyn überwuchert worden. Doch auch ohne diese noch sehr zaghaften Zeichen der Feenmagie lag etwas Düsteres, Geheimnisvolles in jedem Stein dieser Stadt, und ihm schien es, als wäre er in eines der verwunschenen Menschenmärchen geraten, die Mia ihm erzählt hatte. Diese Stadt war etwas Besonderes, das fühlte er – wie ein aufgeschlagenes Buch mit halb verbrannten Seiten, dessen Buchstaben so dunkel waren, dass man durch sie in eine andere Welt fallen konnte.

Sie überflogen die kopfsteingepflasterten Gässchen von Temple Bar, dem lebhaftesten Viertel der Stadt, das sogar unter den besonderen Umständen und zu dieser späten Stunde Musik und ein Gewirr aus Stimmen in die Nacht sandte. Lautlos landeten sie in einem kleinen Hinterhof, und während Asmael sich umgehend wieder in die Luft erhob, nahm Grim rasch Menschengestalt an. Sofort fühlte er die Müdigkeit hundertfach verstärkt in seinen Schläfen, und der Riss in seiner Brust rief sich mit grausamer Kälte in Erinnerung. Aber ihm blieb keine Wahl: Auch die Menschen Irlands würden sich vermutlich über einen wandelnden Steinriesen in ihrer Hauptstadt wundern. Und so musste er seine Maske anlegen, die ihnen vorgaukelte, dass er ein Mensch wäre wie sie – er, der in Wahrheit doch nichts anderes war als ein untalentierter Tänzer auf dem Seil zwischen den Welten.

Remis schüttelte sich einige Male. Der Kobold sah zerzaust aus wie eine aufgeplusterte Kohlmeise, aber in seinen Wangen glühte das Feuer des Abenteuers, in das sie sich begeben hatten. Er holte noch einmal tief Luft, dann verschwand er in Grims Manteltasche. Theryon zog eine Sonnenbrille aus seiner Tasche und überzog seine durchscheinende Haut mit einem magischen Film aus vornehmer Blässe. Grim musste lächeln. In diesem Aufzug wäre der Feenkrieger in der Welt der Menschen ohne Weiteres als verrückter Künstler durchgegangen. Wortlos erwiderte Theryon Grims Lächeln und trat hinaus auf eine der belebten Gassen Temple Bars.

Unzählige Kneipen und Bars reihten sich aneinander, Menschen standen trotz der Kälte in kleinen Grüppchen vor den Türen, Straßenkünstler musizierten in den Hauseingängen, und auch aus den Fenstern der Pubs drang Musik, so lebhaft und leidenschaftlich, dass Grim fast meinte, sie sehen zu können. Er hatte erwartet, zumindest Anspannung in den Gesichtern der Menschen zu erkennen in Anbetracht der rätselhaften Veränderungen, die ihre Welt durchlief, doch stattdessen fand er nichts als flirrende Erwartung angesichts des Unbekannten, die sich unter dem Mantel scheinbar alltäglicher Gespräche und Gesten verbarg. Neugierige Blicke trafen ihn, doch die meisten glitten sofort weiter zu Theryon, der sich hocherhobenen Hauptes durch die Menge schob und schließlich vor einem winzigen Pub stehen blieb. Die hölzerne Tür hing etwas schief in den Angeln, und überhaupt wirkte das Haus, als wäre es an der rechten Seite in weichem Sand eingesunken. Aus hutzeligen Fenstern schaute es auf Grim herab und schien mit seiner kleinen rot bemalten Tür zu lächeln.

Ohne zu zögern trat Theryon ein, und Grim roch ihn sofort – diesen eigentümlichen Duft aus abgestandener Luft, Alkohol und freundlichen Gesichtern, durchzogen von farbenfroher, unbeschwerter Musik. Hölzerne Bänke standen in den Nischen eines von massiven Balken gehaltenen Raumes, auf einer kleinen Bühne musizierte ein Akkordeonspieler. Menschen saßen und standen an rustikalen Eichentischen, ihre Stimmen hüllten den Raum in einen Kokon der Gemütlichkeit, als wäre in den vergangenen Tagen nichts Außergewöhnliches in der Welt passiert oder als würde dieses Unerklärliche in der Gemeinschaft seinen Schrecken verlieren und zu einem rätselhaft-schönen Wunder werden, das noch keiner Erklärung bedurfte. Beiläufig hoben einige die Köpfe, schauten zur Tür, als ob sie Freunde erwarteten – und lächelten Grim und den anderen herzlich zu.

Langsam schob Grim sich hinter Mia und Theryon durch den Raum auf den Tresen zu. Noch nie war er auf diese Weise von Menschen angesehen worden. Es schien ihm, als würden sie durch seine Maske schauen, nicht forschend und kühl, sondern mit der absichtslosen Neugier eines Kindes, um dahinter zu erkennen, was er wirklich war, ihm freundlich zuzunicken und mit einem Lächeln zu sagen: *Es hat lange gedauert, dass du gekommen bist. Setz dich, wer oder was auch immer du sein magst. Du bist willkommen.* Er spürte, wie sich ein Lächeln auf seine Lippen legte. Die Kälte und Erschöpfung der Reise flogen davon, und stattdessen legte sich ein heller Schleier aus Wärme über den Riss in seiner Brust und gab ihm ein Gefühl, das er selten zuvor in seinem Leben gespürt hatte: ein Gefühl wie nach Hause kommen.

Während Theryon am Tresen mit der rotwangigen Barfrau sprach und sie bat, den Besitzer des Pubs zu holen, beendete der Akkordeonspieler sein Lied. Das Gemurmel der Menschen wurde von freundlichem Beifall unterbrochen, ehe ein Ton den Raum durchdrang. Zitternd wie ein schwacher Lichtstrahl flackerte er über die Köpfe der Anwesenden, und als Grim den Blick wandte, sah er einen Mann mit grauen, wirr vom Kopf abstehenden Haaren, der in einem einfachen schwarzen Anzug steckte und auf einer Geige spielend durch die Menge trat. Lachfältchen hatten sich um seine außergewöhnlich blauen Augen gebildet, über denen die Brauen sich im Takt in die Höhe schoben, und ein goldener Ring zierte sein rechtes Ohr. Die Hose seines Anzugs war ein wenig zu kurz und ließ leuchtend grüne Socken sehen. Die Menschen lachten, als sie ihn sahen, und begrüßten ihn mit seinem Namen, den Grim erst verstand, als der Geiger ihn wiederholte.

»Tomkin, mein Name«, rief er und verbeugte sich mit weit von sich gestrecktem Instrument, ehe er mit dem Spielen fortfuhr, um seine Worte mit einigen Strichen auf der Geige zu untermalen. »Nennt mich Zauberkünstler, Barde, Geschichtenerzähler – wundert euch, staunt und phantasiert! Seht in mir den Magier, den Narren, den Hütchenspieler, und merkt nicht einmal, wie ich euch den Sand aus den Augen spiele! Die Welt ist im Wandel, ihr habt es längst bemerkt, auch wenn ihr es euch nicht erklären könnt!«

Grim stockte der Atem, als Tomkin sich durch die Menge auf ihn zubewegte, er sah die gespannten Gesichter der Menschen, die den Barden beobachteten, und spürte Tomkins Blick eindringlich auf sich ruhen.

»Wunder sind gekommen«, flüsterte der Barde und zog seinen Bogen so sanft über die Saiten, dass die Musik wie ein Seufzen klang. »Nicht alle von euch können sie sehen, wie sie wirklich sind – aber sie sind da, waren es immer schon – waren uns immer schon ganz nah. Oder irre ich mich?«

Ein Lächeln lag auf seinen Lippen, als er Grim ansah, als erwartete er eine Antwort, und ein wissender Funke flammte in seinen Augen auf, wie Grim es bislang nur einmal erlebt hatte. Die Stimme eines kleinen Pfarrers klang in ihm wider, die Stimme seines Freundes Monsieur Pité, den er als erstes menschliches Wesen in sein Herz geschlossen und vor langer Zeit verloren hatte. Monsieur Pité hatte Grim erkannt, er hatte gefühlt, was Grim war, ohne ihn zu sehen – und dieser Barde betrachtete ihn mit demselben Blick. Kaum merklich schüttelte Grim den Kopf, und der Barde schenkte ihm ein Lächeln voller Wärme, ehe er sich abwandte.

»Ich bringe euch Lieder«, sang er und ließ Grim an jene Geschichtenerzähler der Ersten Zeit denken, die auf der Suche nach Geschichten die Welt der Menschen bereist und sogar die Anderwelt erkundet hatten – lange vor dem Zauber des Vergessens war das gewesen. »Ich erzähle euch von Wundern, von denen ihr nichts ahnt, ich verpacke sie in Verse, Geschichten und Balladen – wenn ihr mir zuhören wollt, teile ich sie mit euch!«

Grim sah die Erwartung in den Gesichtern der Zuhörer, er fühlte selbst den Zauber, den Tomkins Worte über ihnen ausgeschüttet hatten. Eifrig nickten sie und forderten ihn auf fortzufahren, woraufhin er ergeben den Kopf neigte.

»So hört nun ein Gedicht«, sagte er und räusperte sich. »Es stammt aus lang vergessener Zeit, und da es nicht von mir ist, reimt es sich sogar. Ein berühmter Dichter hat es einst geschrieben, sein Name – sein wahrer, selbst gewählter Name – war Novalis.« Tomkin holte tief Atem, ehe er den Bogen an die Geige legte und erst leise, dann immer durchdringender sang:

»Wenn nicht mehr Zahlen und Figuren
Sind Schlüssel aller Kreaturen,
Wenn die, so singen oder küssen,
Mehr als die Tiefgelehrten wissen,

*Wenn sich die Welt ins freie Leben
Und in die Welt wird zurückbegeben,
Wenn dann sich wieder Licht und Schatten
Zu wahrer Klarheit werden gatten,
Und man in Märchen und Gedichten
Erkennt die wahren Weltgeschichten,
Dann fliegt vor einem geheimen Wort
Das ganze verkehrte Wesen fort.«*

Grim hielt den Atem an, die Worte, die Tomkin mit seiner Stimme und Musik direkt in sein Innerstes getragen hatte, durchströmten ihn wie Schleier aus Licht. Dieser Barde war ein Zauberer, ohne dass er auch nur einen Funken Magie gewirkt hatte – das war Grim klar, und als die Menschen ihm Beifall zollten und Remis hingegeben in seiner Tasche seufzte, lächelte er.

Gerade fuhr Tomkin mit seinem Vortrag fort, als Theryon Grim am Arm fasste. Vor dem Feenkrieger stand ein Mann von ungewöhnlich geringer Körpergröße. Sein massiver Körper war in eine samtene Joppe mit silbernen Knöpfen gehüllt, darunter trug er ein weites Fischerhemd und eine derbe Cordhose. Sein lockiges, blondes Haar fiel auf seine Schultern hinab, und sein Bart reichte bis zu seinem dicken Bauch. Grim hustete, als er erkannte, dass er keinen Menschen vor sich hatte, sondern einen Zwerg. Auf einmal drang Tomkins Gesang nur noch wie durch Watte an sein Ohr. Der Zwerg starrte ihn aus aufgerissenen grünen Augen an. Grim seufzte leise. Irgendwo hatte er einmal gehört, dass die ersten Sekunden bei einem Kennenlernen über Sympathie und Antipathie entscheiden würden – aber dieser Zwerg hier hatte ihn schon vor seiner Geburt verabscheut, ohne ihn zu kennen, das fühlte er. Mouriers Worte gingen ihm durch den Kopf. *Zwerge mögen keine Gargoyles. Und umgekehrt gilt meist dasselbe. Dem Steinernen Volk ist es nie gelungen, die Macht der Zwerge auf der Smaragdinsel zu brechen, aber die Gargoyles haben es lange versucht – und Kriege waren noch nie geeignet, Frieden und Freundschaft zwischen den Völkern zu säen.* Grim erinnerte sich daran, dass er erwidert hatte, kein Gargoyle zu sein, sondern ein Hybrid, aber Mourier hatte nur müde gelächelt. *Umso schlechter stehen die Chancen, dass sie dich in ihr Herz schließen*, hatte er entgegnet. *Denn die Menschen im Allgemeinen können viele Zwerge Irlands auch nicht leiden, und Gargoyle und Mensch in einer Person – das sieht kein Zwerg gern.* Grim erwiderte den Blick des Zwergs so freundlich wie möglich und sah zu, wie dessen Miene mehr und mehr versteinerte.

Da legte Theryon sich die Hand auf die Brust, neigte leicht den Kopf und sagte etwas in einer fremden Sprache. Sie hörte sich gurgelnd und kehlig zugleich an, und Grim erkannte sie als Fhorko – die Sprache der Zwerge.

Der Zwerg sah Grim noch einmal durchdringend an. Dann drehte er sich auf dem Absatz um und eilte in schnellen Schritten durch eine schmale Tür in den hinteren Teil des Pubs. Sie folgten ihm in ein winziges Büro mit breitem Schreibtisch und unzähligen Bücherregalen an den Wänden. Gerade wollte Grim die Tür hinter sich schließen, als der Zwerg sie mit kräftiger Handbewegung zuwarf. Auf der Stelle war jedes Geräusch aus dem Schankraum wie abgeschnitten.

»Was wollt ihr?«, fragte der Zwerg wenig freundlich und verschränkte die Arme vor der Brust.

Theryon ließ die Sonnenbrille in seine Tasche gleiten und verbeugte sich nach Feenart: Er stellte den rechten Fuß vor und führte den rechten Arm in geschmeidigem Bogen fast bis zum Boden, ehe er sich wieder aufrichtete. »Mein Name ist Theryon Amlydar aus dem Hause Harmentys Bhagal. Aus den Kammern des Lichts grüße ich Euch, Sohn der Dunkelheit, und erinnere an die Göttin des Adlers, deren Blut ebenso meines ist wie das Eure – Bruder.«

Grim sah, wie der linke Mundwinkel des Zwergs dessen Bart zum Zucken brachte, während er Theryon anstarrte, der ihn mit der offiziellen Begrüßungsformel der Alben herausgefordert hatte. Dem Zwerg blieben nur zwei Möglichkeiten: Entweder besann er sich auf ihre gemeinsamen Wurzeln und schloss sich der Huldigung der Göttin Dana an – oder er riskierte es, Theryon zu beleidigen, und wandte sich ab.

Einen Moment lang rührte der Zwerg nicht einmal mehr seinen Mundwinkel. Dann setzte er seinen linken Fuß vor, riss die linke Hand in zackiger Bewegung nach unten und schnellte für einen winzigen Augenblick zusammen wie ein Klappmesser, ehe er wieder aufrecht vor ihnen stand. Grim musste lächeln. Kaum zu glauben, dass so unterschiedliche Geschöpfe wie Feen und Zwerge in den Reihen der Alben dieselben Ahnen besaßen.

»Phorkus Iplon der Dritte«, erwiderte der Zwerg in angemessener Weise. »Sohn des Kravdeos, Enkel des Olko, zugehörig zum Haus der Schwertschleifer, achtzehnte Generation. Aus den Hallen der Dunkelheit erwidere ich Euren Gruß, Sohn des Lichts, und huldige wie Ihr der Göttin Dana und dem Volk der Túatha Dé Danann, deren Blut in meinen Adern fließt ebenso wie in Euren – Bruder.«

Das letzte Wort klang aus seinem Mund ungefähr so herzlich wie der Fluch eines Trolls mit Zahnschmerzen, aber Theryon lächelte und beendete die Begrüßung mit hoheitsvollem Nicken.

»Wir sind gekommen, um die Weisheit der Zwerge zu erbitten«, sagte der Feenkrieger und Phorkus lächelte geschmeichelt hinter seinem Bart. Doch gleich darauf hatte er sich wieder im Griff und kniff die Augen zusammen, als könnte er auf diese Art Theryons Gedanken lesen.

»Ihr begehrt Einlass in unser Reich«, sagte er ohne jede Gefühlsregung. »Ihr wollt in unsere Hauptstadt Imradol. Ihr wollt zum Baron.«

Theryon bestätigte diese Vermutung mit einem kaum merklichen Nicken. »Unheil bedroht die Welt«, erwiderte er. »Düsternisse aus der Vergangenheit unserer Völker, die großes Leid über uns alle bringen werden. Wir wollen uns ihnen entgegenstellen, doch Rätsel liegen auf unserem Weg, die wir nicht durchdringen können. Lange ist es her, dass eine Fee diesen Satz zu einem der Euren aussprach, doch nun ist es so weit: Wir brauchen die Hilfe der Zwerge.«

Phorkus stand da wie ein Gartenmännchen der Menschen, regungslos und mit diesem starren, unbeugsamen Blick, als würde jeder Hammer, der versuchte, ihn in die Erde zu rammen, an seinem Dickschädel zerbersten. Dann hob er das Kinn, musterte Grim und Mia mit unverhohlenem Missmut und presste die Lippen zusammen.

»Ein Steinkopf in Menschengestalt«, murrte er und ließ seinen Blick zu Mia hinüberschweifen. »Eine Menschenfrau. Dem Baron wird es nicht gefallen, wenn ich jene in unser Reich lasse. Die Zwerge unterhalten keine Freundschaft zu Menschen und Gargoyles.«

Theryon nickte. »Dies ist uns bewusst. Doch jetzt ist nicht die Zeit für Feindschaften, die in der Vergangenheit begründet liegen. Ich bin ein Alb, genau wie Ihr es seid, und ich verbürge mich für diese beiden.«

Es blitzte kurz in Phorkus' Augen auf. Dann nickte er kurz, lief zum Kamin, stemmte sich seitlich dagegen – und schob ihn beinahe mühelos beiseite. Dahinter lag ein Schacht in der Wand mit einer Art hölzernen Rutsche, die abwärtsführte. »Bitte sehr«, sagte der Zwerg mit höhnischem Lächeln. »Dieser Weg führt euch ins Reich der Zwerge unterhalb dieser Stadt.«

Misstrauisch trat Grim näher und stellte fest, dass die Rutsche sich nach einem kurzen Stück in der Finsternis verlor.

»Es ist der einzige Weg«, fügte der Zwerg scheinbar beiläufig hinzu, doch Grim hörte deutlich die Genugtuung in seiner Stimme.

»Und wie kommst du von dort unten hier herauf?«, grollte er düster, denn er schätzte es nicht, für dumm verkauft zu werden. »Hast du in Wahrheit Flügel?«

Der Zwerg lächelte überheblich. »Nicht jeder kann so groß sein, um aus Dachrinnen saufen zu können«, sagte er schlicht. »Meine Lore ist für euch zu klein. Entscheidet euch. Ich habe noch zu tun.«

Theryon trat vor. Noch immer lag das freundliche Lächeln auf seinem Gesicht, und als er sich vor dem Zwerg in vollendeter Form verbeugte, bewunderte Grim zum wiederholten Mal seine Gemütsruhe. Wortlos schwang der Feenkrieger sich auf die Rutsche und war sogleich in der Dunkelheit verschwunden. Mia folgte ihm zögernd, und als Grim die Beine durch den Schacht steckte, spürte er ein krampfhaftes Zucken im Inneren seiner Tasche. Er warf Phorkus noch einen Blick zu, der die Arme vor der Brust verschränkte wie einen Abwehrpanzer. Dann schob er sich vor – und sauste die Rutsche hinab.

Kühler Wind schlug ihm entgegen, er hörte Remis in seiner Tasche schreien, aber er selbst spürte ein erhebendes Gefühl in seinem Magen wie bei einem rasanten Looping. Vielleicht sollte er anregen, solche Rutschen auch in Ghrogonia einzuführen. Dem einen oder anderen verknöcherten Senator schadete es überhaupt nicht, einmal ordentlich in Fahrt zu kommen. In einiger Entfernung wurde es hell, Grim raste durch den letzten Rest eines Tunnels. Dann verlangsamte sich seine Fahrt, und er kam in einer länglichen Höhle zum Stehen.

In regelmäßigen Abständen lagen die Enden ähnlicher Rutschen nebeneinander, ebenso wie Loren zum Aufwärtstransport, die vor roten und grünen Ampeln warteten. Zwerge in robuster Kleidung eilten auf die Loren zu, nur vereinzelt musterten sie die Eindringlinge mit einem abschätzigen Blick. Lautlos nahm Grim Gargoylegestalt an. Neugierig schwirrte Remis aus seinem Mantel, und Mia griff nach seiner Klaue und hielt sie fest. Ihr blasses Gesicht verriet keine Spur von Angst, aber Grim bemerkte, mit welchem Misstrauen die Zwerge sie ansahen, und er konnte sich vorstellen, wie beklemmend diese Erfahrung für Mia sein musste. Aufmunternd lächelte er ihr zu, während sie Theryon folgten, doch sie wandte sich bereits der Kleidung der Zwerge zu, die trotz ihrer Robustheit aus kostbaren Materialien bestand, und betrachtete sie mit verzaubertem Gesichtsausdruck. Ein Lächeln huschte über Grims Lippen. Manchmal vergaß er, dass sie ein Mensch war, der noch vor nicht allzu langer Zeit nichts von der Anderwelt geahnt hatte. Wie überwältigend mussten ihr Orte wie dieser erscheinen, wenn bereits er, ein jahrhundertealtes Anderwesen, von ihnen verzaubert wurde, und das auch noch gegen seinen Willen? Er strich ihr eine Haarsträhne aus der Stirn, und ein Schauer flog über seinen Rücken, wie immer, wenn sie ihn mit diesem weltentrückten, glücklichen Ausdruck ansah. Er hatte Augenblicke wie diesen vermisst.

Schweigend folgten sie Theryon einen Gang hinab, dessen Wände und Decken mit stabilem Metallgeflecht versehen waren, um Geröll zurückzuhalten. Überhaupt kam es Grim so vor, als wäre er in einem Bergbau gelandet. Überall hingen Lampen herum, Schienen verliefen auf dem Boden, und je weiter sie über Treppen und metallene Aufzüge ins Innere des Zwergenreichs vordrangen, desto mehr fühlte er sich in ein gewaltiges Netzwerk aus Höhlen, Stollen und Schächten versetzt. Mitunter drang das dumpfe Klopfen eines Hammers durch die dicken Steinschichten, doch nach und nach veränderten sich die Gänge, wurden prunkvoller und größer, und schließlich nahm Grim den geheimnisvollen, kühlen Duft jener uralten Gesteine wahr, die in den tieferen Regionen der Erde vorherrschten.

Bald tauchten zu beiden Seiten der Gänge die ersten Wohnungen mit bunt bemalten Türen auf. Grim roch den Duft von gebratenem Fleisch, der aus gemütlichen Restaurants drang, und das Aroma wilder Blumen. In einer Höhle, aus der verschiedene Schächte hinausführten, überquerten sie einen lebhaften Basar, auf dem alles feilgeboten wurde, was auch auf den Märkten Ghrogonias zum Verkauf stand, und unzählige Kinder liefen zwischen den Ständen herum. Sie spielten mit merkwürdig altertümlichen Gegenständen wie Reifen und Stöcken, aber auf den ersten Blick hätten sie fast als Menschenkinder durchgehen können. Doch sie waren etwas stämmiger gebaut, und in ihren Augen lag eine Weisheit, die auch in den Blicken der alten Zwerge wohnte und die kein Mensch jemals erlangen konnte.

Kurz darauf durchquerten sie die Gänge des Handwerksviertels, in denen sich hinter prunkvollen Türen die Betriebe verbargen. An jedem Geschäft prangte das Wappen einer der Gilden, welche die Gesellschaft der Zwerge gliederten. Steinmetze waren besonders zahlreich vertreten, und Grim erinnerte sich daran, dass das Volk der Zwerge die größten Steinbildhauer der Anderwelt hervorgebracht hatte. Noch heute verdankten einige sehr alte Gargoyles ihre steinernen Körper der Hand eines Zwergs. Grim dachte an den Apollo von Belvedere, der von den Menschen für eine antike Marmorstatue gehalten wurde, in Wahrheit jedoch Gargoyleblut in den Adern trug und seine herausragend schöne Gestalt einem Zwerg aus den Pyrenäen verdankte. Inzwischen würde kaum ein Zwerg mehr auf die Idee kommen, einem Gargoyle einen Körper zu schenken. Zu viele Zerwürfnisse hatten die Völker in den vergangenen Jahrhunderten entzweit.

Nicht ohne Ehrfurcht ließ Grim den Blick über die unzähligen Handwerksbetriebe gleiten, die sie passierten. Er hatte zwar gewusst, dass die Zwerge keineswegs nur Steinmetze und Krieger waren, sondern sich allgemein als ausgezeichnete Handwerker verdingten – doch die Fülle der Gilden, die er hier sah, hätte er nicht erwartet. Barbiere fanden sich neben Buchbindern (in der Tat hatte Grim bereits einiges über Philkombra gehört, die sagenhafte Bibliothek der Zwerge in den Alpen, die jedes Buch beherbergen sollte, das jemals geschrieben worden war), Gerber neben Goldschmieden, und nicht nur einmal begegneten Grim Tischler und Sattler in ihrer traditionellen Kluft.

Ein seltsamer Zauber lag über der Stadt und ihren Bewohnern, die emsig durch die Gänge eilten und sich sogar von den merkwürdigen Gästen nicht in ihrem Tagewerk aufhalten ließen, eine Klarheit, die Grim noch nie auf diese Art erlebt hatte. Er hatte einmal gelesen, dass es kein ehrlicheres Wesen gab als einen Zwerg, und nun, da er durch die Gänge und Stollen dieser Stadt ging, begann er zu begreifen, dass die Einfachheit und der Stolz, den diese Wesen in sich trugen, mit keiner Eitelkeit der Welt aufzuwiegen waren. Grim seufzte leise. Er hätte gern ein freundliches Wort, einen herzlichen Blick von diesen Geschöpfen empfangen, denen er sich plötzlich auf so seltsame Art verbunden fühlte. Aber sobald sie ihn ansahen, wurden ihre Augen kälter als der Granit, aus dem zahlreiche ihrer Gänge bestanden. Für sie war er ein Koloss aus Stein mit einem menschlichen Herzen. Er gehörte nicht hierher.

Endlich blieb Theryon vor einer Tür aus weißem Marmor stehen. Ein junger Zwerg in grüner Uniform stand davor und verschwand durch die Tür, nachdem Theryon ihm etwas zugeflüstert hatte. Kurz darauf kehrte er zurück und rief aus Leibeskräften: »Baron Folpur der Siebte, Sohn des Amas, auch genannt Flamme der Luft, Herrscher der Zwerge Irlands seit dem Zeitalter der Roten Glut, heißt die Besucher Imradols willkommen!«

Sie traten ein und fanden sich in einer Höhle aus geschliffenem schwarzen Marmor wieder. Gezackte Säulen trugen die Decke, ein breiter Kamin prangte wie ein aufgerissenes Löwenmaul an einer Wand. Grim bemerkte filigrane Meißelarbeiten und farbige Mosaike mit Szenen aus der Mythologie der Zwerge, die den Boden bedeckten, doch sein Hauptaugenmerk lag auf etwas, das er an diesem Ort niemals erwartet hätte: Mitten in der Höhle stand, aufgebockt auf drei massiven Pfosten, ein Flugschiff aus Papier.

Es war mindestens so groß wie eine Lokomotive und verfügte neben drei Segeln und Masten auch über mehrere Ruder zu beiden Seiten. Schräg über dem Steuerrad schwebte ein leuchtend roter Ballon, und daran baumelte, mit einem schwarzen Gürtel befestigt, ein Zwerg. Er trug einen Maleranzug, der ebenfalls wirkte wie aus

Papier, und fügte mit einer Pinzette einige winzige Papierfetzen in ein Loch am Steuerrad. Seine Haare standen in flammendem Rot von seinem Kopf ab, und sein langer Bart war mit einem Stift zu einem wirren Knäuel zusammengedreht worden. Auf seiner Nase saß eine Brille mit runden Gläsern, die so dick waren, dass die braunen Augen des Zwergs dahinter aussahen wie Murmeln unter einem Fischaugenobjektiv.

»Einen Augenblick«, sagte der Zwerg leise, ohne den Blick zu heben, und klebte mit konzentrierter Miene den letzten Schnipsel auf das Loch. Zufrieden ließ er die Pinzette in eine Tasche an seinem Anzug gleiten und wandte sich seinen Besuchern erstmals zu.

Unverhohlenes Staunen ging durch seinen Blick, und für einen Moment glaubte Grim, seine Augen würden durch die Gläser seiner Brille treten, so weit riss der Zwerg sie auf. Er vermutete, dass der Herrscher über das Zwergenreich Irlands eine ähnlich kühle Beziehung zu den Gargoyles unterhielt wie der Rest seines Volkes, und als der Zwerg eine Halterung an seinem Ballon betätigte und langsam auf sie zuschwebte, fühlte er sich unter dessen aufmerksamem Blick durch die dicken Brillengläser wie unter einem Mikroskop. Er bemerkte, wie Theryon die Faust auf die Brust legte und den Kopf zur obligatorischen Verbeugung neigte, und tat es ihm schnell gleich.

Der Baron löste die Schnalle seines Gürtels und landete direkt vor ihnen. Der junge Zwerg in der Uniform flüsterte ihm etwas ins Ohr und entfernte sich rasch. Gleich darauf lachte der Baron, es war ein helles, warmes Lachen, das Grim aufsehen ließ. »So was«, sagte Folpur, und ein verschmitztes Lächeln flog über sein Gesicht. »Das hätte ich mir nicht träumen lassen. Ein Mensch, ein Feenkrieger, ein Kobold – und ein Gargoyle in meinem Reich.« Er verzog den Mund hinter seinem Bart zu einem Grinsen, während er von einem zum anderen schaute. Dann blieb sein Blick an Grim hängen, ein Zucken lief über sein linkes Auge. »Nein«, murmelte Folpur und kam einen Schritt auf Grim zu. Scharf sog er die Luft ein und lachte noch einmal. »Oh nein. Kein Steinkopf, auch wenn es auf den ersten Blick so scheinen mag.« Er zog den Kopf zurück und tippte sich leicht mit dem Zeigefinger gegen die Nase. »Mögen die Elfen die Mächte der Natur beherrschen und die Feen und Dämonen die Welt der Magie – kein anderer Alb übertrifft einen Zwerg, wenn es um eine gute Nase geht, mein hybrider Freund!«

Grim bemühte sich, respektvoll zu nicken und sich bewusst zu machen, dass dieser Zwerg über weitaus größere Mächte verfügte als seinen Geruchssinn. Er hatte von den Kräften gehört, die ein ausgewachsener Zwerg im Kampf entfalten konnte, von den Knochen in seinem Körper, die angeblich niemand zu brechen vermochte, und von den dunklen Zaubern, die zwergische Alchemisten tief im Inneren der Erde bereiteten und die sich durchaus mit der schwärzesten Dämonenmagie messen konnten. Aber das Lächeln Folpurs war so herzlich, dass es Grim schwerfiel, das wahre Ausmaß solch dunkler Kräfte hinter den freundlichen Augen zu erahnen.

»Verzeiht uns, dass wir Euch ohne Ankündigung aufsuchen«, ergriff Theryon das Wort. »Es lag nicht in unserer Absicht, Euch zu stören.«

Folpur hob fragend die Brauen. »Stören? Ach so, deswegen meint ihr?« Er deutete auf sein Flugschiff und lachte. »Nein, Unsinn, das ist eben eine Spielerei von mir, eine Grille, wie die Menschen in früheren Zeiten sagten, nicht wahr?« Er sah Mia freundlich an. »Eines Tages wachte ich auf und dachte mir: Warum sollen Zwerge eigentlich nur im Inneren der Erde beheimatet sein? Was ist mit der Luft, mit den Wolken, was mit den Stürmen, die in Herbstnächten über die Welt ziehen? Immer schon waren Zwerge herausragende Konstrukteure, und … Nun, was wäre, wenn es uns gelänge, die Luft zu erobern?« Er zwinkerte hinter seiner Brille. »Aber ich will euch damit nicht langweilen. Ihr seid gewiss nicht grundlos gekommen, oder irre ich mich?«

Theryon nickte ernst. »Wir brauchen dringend Eure Hilfe. Mein Name ist …«

Der Baron legte ihm die Hand auf den Arm. »Ich weiß, wer du bist, Theryon Adlersohn, und ich heiße dich und deine Gefährten willkommen. Dein Großvater war ein guter Freund von mir, ehe er sich aus dieser Welt zurückzog. Er teilte meine Leidenschaft für die Geheimnisse der Luft, musst du wissen. Folgt mir und erzählt, was euch zu mir führt.«

Grim wechselte mit Mia einen Blick. Sie hatte wieder etwas Farbe bekommen, aber noch immer hörte er ihr Herz, das aufgeregt gegen ihre Rippen schlug. Gemeinsam folgten sie Folpur zum Kamin und ließen sich auf steinernen Schemeln nieder, die sich auf einen Fingerzeig des Barons aus dem Boden geschoben hatten.

»Ihr wisst, dass die Feenkönigin in die Welt der Menschen eingedrungen ist«, begann Theryon.

Folpur nickte ernst. »Ich hörte davon. Lange ist es her, dass Gerüchte über die Königin des Schnees zu mir drangen, und auch wenn ich vermutete, dass es Umstände dieser Art sein würden, wenn ihr Name aus der Dunkelheit ins Licht tritt, ist es doch eine Überraschung, dass es auf diese Weise geschah. Sie brachte das Zepter der Menschen an sich, nicht wahr? Und sie leitete den Sturz der Grenze ein.«

Grim nickte düster. »Nicht mehr lange und sie wird ihren Plan von der Vernichtung der Menschheit in die Tat umsetzen. Doch wir können sie nicht aufhalten. Sie …«

»Ja«, unterbrach ihn Folpur. »Niemand kann eine Fee aufhalten, die Böses im Sinn hat.« Ein Funkeln ging durch seinen Blick, als er Grim ansah.

Grim zog die Brauen zusammen. Hatte der Zwerg seine Gedanken gelesen? Er fixierte Folpur mit seinem Blick, doch der Baron verbarg jedes Geheimnis hinter der Maske des freundlichen Zwergenherrschers.

»Ich ahne, aus welchem Grund ihr gekommen seid«, fuhr er fort. »Ihr habt von jenem gehört, der einst die böse Fee Morrígan und ihre Schergen auf dem Blutfeld von Tara besiegte – von jenem Menschen, der Hoffnung zu Zwergen und Menschen zurückbrachte und beide Völker einte – für eine sehr lange Zeit.«

»Der Krieger des Lichts«, flüsterte Remis ehrfurchtsvoll und zog alle Blicke auf sich, was er mit verlegenem Husten überspielte.

Theryon wandte sich wieder dem Baron zu und nickte. »Aus diesem Grund sind wir gekommen. Er ist der Einzige, der die Macht hat, die Feen zu bezwingen. Doch seine Spur verliert sich in den Nebeln der Zeit. Die Zwerge Irlands waren seit jeher eng mit dem Orden der Sternenritter und ihrem Anführer verbunden. Wir hofften, dass Ihr uns etwas über seinen Nachfahren berichten könnt und darüber, wo wir ihn finden können.«

Folpur lächelte ein wenig. »Ihr glaubt an ihn?«, fragte er kaum hörbar.

Grim spürte, wie sein Blut in seinen Ohren anfing zu rauschen. Der Blick des Zwergs brannte auf seiner Stirn, er wusste, dass der Baron ihn prüfte, und er hörte, wie Mia den Atem anhielt, als Folpur seinen Blick auf sie richtete.

»Menschenkind«, sagte der Zwerg, und plötzlich lag eine ungewohnte Kälte in seiner Stimme. »Glaubst du an die Legenden der Zwerge?«

Mia erwiderte seinen Blick, aber ihre Hände hatte sie in ihrem Schoß so fest ineinander verkrampft, dass ihre Knöchel weiß hervortraten. »Ich glaube an die Hoffnung«, erwiderte sie leise.

Folpur stieß die Luft aus, hart und schneidend. Grim sah, wie sich die Wärme aus seinen kastanienbraunen Augen zurückzog, wie seine Haut grauer wurde und seine Hand sich fest um seinen Schemel schloss. Plötzlich schien er ebenso blass und farblos zu sein wie das Flugschiff, an dem er baute. Nur seine Haare flammten in wildem Feuer wie zuvor. »Hoffnung«, murmelte der Baron. »Wie kannst du als Mensch dieses Wort in den Mund nehmen? Du weißt nicht, was es bedeutet.« Sein Blick glitt zu Boden, er schien in Gedanken zu versinken.

»Ich weiß, was es bedeutet, keine Hoffnung zu haben«, erwiderte Mia, und ihre Stimme war so klar und fest, dass Grim für einen Moment kein anderes Geräusch mehr wahrnahm. Er sah sie von der Seite an, ihr dunkles Haar, ihr bleiches, schmales Gesicht und ihre Augen – diese außergewöhnlich grünen Augen, die wirkten wie das Meer bei einem Gewitter. Er kannte sie, das hatte er zumindest bisher geglaubt. Doch in diesem Moment kam es ihm so vor, als sähe er sie zum ersten Mal – als fiele ihm zum ersten Mal der Schatten auf, der hinter ihrer Haut lauerte und nur darauf wartete, jedes Licht in ihr zu verschlingen. Kälte ging von ihr aus wie von Gargoyles im Todesschlaf, und ein Schauer flog über Grims Rücken, als es ihm bewusst wurde. Auch Theryon betrachtete Mia eindringlich, und Remis schwirrte beunruhigt in die Luft. Folpur hingegen saß regungslos, und als Grim ihn ansah, schien es ihm, als würde weißer Putz vom Gesicht des Barons abbröckeln. Dahinter lag das Antlitz eines Greises, der das Altern verlernt hatte, die Augen eines uralten, mächtigen Zwergs, der die Kriege der Ältesten erlebt hatte und die Sehnsucht nach einem Ende des Blutvergießens kannte. Dieser Herrscher, das wusste Grim plötzlich, war trotz seiner steinharten Knochen mehr als nur einmal gebrochen worden, und er hielt den Schmerz fest, als wäre dieser das Leben selbst. Vielleicht, schoss es Grim durch den Kopf, war der Schmerz in Folpurs dunkelsten Stunden alles, was er besaß, und vielleicht wollte er sich gerade deswegen in die Luft erheben – um die Schwere seines Inneren zu verlieren. Da neigte der Baron den Kopf, und der Zauber war vorbei.

»Verzeih mir«, sagte er leise. »Die Menschen sind meinem Volk fremd geworden.«

»Ich bin eine Hartidin«, erwiderte Mia. »Ich werde die Hoffnung nicht aufgeben, dass die Zeit des Friedens, die einmal zwischen unseren Völkern bestand, eines Tages wiederkehrt. Und der Krieger des Lichts …«

Folpur lächelte traurig. »Kirgan, der Krieger des Lichts«, raunte er. »Ja, er war ein strahlender und verzweifelter Held, wie es sich für einen Menschen gehört. Einst blühte sein Orden auf, viele Nachfahren führten sein Erbe in seinem Sinne weiter. Doch wisst ihr nicht, was dann geschah?« Er hielt inne und sah Grim an, als würde er langsam die Hand ausstrecken und ein tödliches Gift in dessen Körper injizieren. »Die Zeiten änderten sich. Kennt ihr nicht diesen Namen: Pedro von Barkabant – den Blutkönig der Menschen?«

Grim hustete, auf einmal war seine Kehle wie zugeschnürt. Eine Gestalt tauchte vor seinem inneren Auge auf, eine schwarz gekleidete, menschliche Gestalt am Rande des Höllenflusses Gjöll, die Hand halb zum Gruß erhoben, die Augen mit Abschied gefüllt wie mit Tränen. Ein brennender Schmerz durchzog Grims Brust, und sein Herz krampfte sich zusammen. Er hatte Pedro von Barkabant als seinen Vater kennengelernt – und so dachte er an ihn, auch heute noch, ein Jahr nach den Erlebnissen im Riss der Vrataten, ein Jahr nach ihrem Abschied in der Hölle. Er bemerkte, dass Folpur ihn ansah, aufmerksam und mit einem wachsamen Blick, der alles bedeuten konnte.

»Zur Zeit dieses Königs«, fuhr der Baron fort, ohne Grim aus den Augen zu lassen, »jener Zeit also, da viele Menschen mit der Anderwelt auf Kriegsfuß standen, gierte auch der König der Menschen in Irland nach Macht. Er begann einen Krieg gegen mein Volk, der Orden der Sternenritter geriet zwischen die Fronten und auch innerhalb des Ordens soll es zu Zerwürfnissen zwischen Zwergen und Menschen gekommen sein. Kurz vor dem Zauber des Vergessens kam es darüber hinaus zu einer schrecklichen Schlacht. Einigen Anhängern Morrígans gelang es mit einer List, dem damaligen Krieger des Lichts sein Schwert und einen Blutstropfen abzunehmen. Mit ihnen befreiten sie Morrígan aus ihrer Verbannung, und obwohl der Orden sich ihr und ihren Schergen entgegenstellte, hatten die tapferen Krieger ohne das Schwert Kirgans keine Chance. Morrígan tötete sie alle – bis es ihrem Anführer mithilfe seines letzten überlebenden Ritters gelang, sein Schwert zurückzuerlangen und Morrígan erneut zu verbannen. Doch der Krieger des Lichts fand dabei den Tod.«

»Was soll das heißen?«, fragte Grim grollend und spürte, wie ihm das Blut aus dem Kopf wich. »Hatte er Nachfahren?«

Folpur neigte leicht den Kopf. Dann nickte er.

»Was geschah mit ihnen?« Theryons Stimme klang ruhig wie immer, doch Grim sah die Anspannung in seinen Zügen wie ein Netz aus glühenden Fäden.

»Mein Volk brachte sie in die Welt der Menschen«, erwiderte der Baron. »Dort verlor sich ihre Spur. Denn obwohl die Gabe des Kriegers des Lichts weitergegeben wurde, trat nie wieder einer von ihnen in Erscheinung. Das Schwert Kirgans wurde von meinem Volk an einem geheimen Ort verwahrt, für niemanden erreichbar außer für den Krieger des Lichts – und so ist es bis heute. Nur er kann seine Macht entfesseln – die Stärke von Jahrhunderten, und mit ihr die Feen zurücktreiben, wie ihr es vorhabt.« Grim holte Atem, doch Folpur schüttelte den Kopf. »Das Schwert allein nützt euch gar nichts. Darüber hinaus: Ich weiß nicht, wo es sich befindet – nicht genau jedenfalls. Und selbst wenn ich es wüsste: Ich würde es euch nicht verraten. Der Eid eines Zwergs ist härter als jeder Diamant. Niemals werdet ihr es erleben, dass ein Zwerg einen Schwur bricht, den er einst geleistet hat.«

»Es ist also wahr«, sagte Mia nachdenklich. »Kirgan hat existiert.«

Folpur nickte. »Und solange seine Klinge nicht zu Staub zerfallen ist, befindet sich auch sein Erbe noch in dieser Welt. So sagen es die Legenden meines Volkes.«

»Großartig«, murmelte Grim. »Legenden über Legenden. Und

wie sollen wir den Krieger des Lichts jemals finden? Wir wissen nicht einmal, wie wir ihn erkennen können.«

»Wer hat die Nachfahren Kirgans in die Menschenwelt gebracht?«, fragte Mia leise, mehr zu sich selbst. Dann hob sie den Kopf und sah Folpur direkt an. »Wer hat das getan?«

Der Baron erwiderte ihren Blick, doch sie wandte sich nicht ab. »Seid vorsichtig, worauf ihr eure Hoffnungen setzt«, erwiderte er. »Menschen sind schwach. Selbst der Krieger des Lichts war schwach. Er hat sich sein Schwert und sein Blut rauben lassen – einem Zwerg wäre das nicht passiert.«

Mia lachte leise auf. »Ach nein? Und wer verlor seine Tarnkappe an einen Menschen? Ich dachte, dass das ein Zwerg gewesen sei. Alberich war sein Name, oder irre ich mich?«

Folpur schnaubte. »Eine Legende, nichts weiter«, murmelte er, doch Grim sah deutlich das nervöse Rot, das ihm in die Wangen stieg.

Da lächelte Mia. »Baron der Zwerge«, sagte sie leise. »Glaubt Ihr an die Legenden der Menschen?«

Folpur sah sie an, etwas wie Erheiterung flackerte über sein Gesicht. »Menschenkind«, erwiderte er dann. »Die Legenden deines Volkes sind alles, was uns bleibt.« Für einen winzigen Moment lächelte er und wirkte jung wie eines der Zwergenkinder in den Gängen seiner Stadt. Gedankenverloren strich er durch sein Haar. »Nicht alle von uns haben die Menschen vergessen«, sagte er mit seltsam weicher Stimme. »Nicht alle von uns haben sich in Hass und Enttäuschung ergeben. Und auch der Orden der Sternenritter ging nicht vollends unter – noch immer lebt der Letzte Ritter, jener, mit dessen Hilfe der letzte Krieger des Lichts Morrígan verbannen konnte. Er war es, der dessen Kinder in die Menschenwelt brachte. Bei ihm verliert sich ihre Spur.«

Der Baron murmelte einen Zauber, der Stift glitt aus seinem Bart, sodass sich das Rot seiner Haare wie eine Flamme über seiner Brust ergoss, und begann, in feinen Linien etwas in die Luft zu schreiben. Grim hob die Brauen, als unter dem Stift des Zwergs ein Stück Papier entstand. Remis flog dichter heran und nickte beeindruckt, als er den Zwerg mit der Kraft der Gedanken schreiben sah. Als Folpur seine Notiz beendet hatte, nahm er sie zwischen zwei Finger und reichte sie Mia. Grim erkannte einen Namen und eine Adresse in der Alten Zwergensprache darauf.

»Sucht den letzten Krieger des Lichts«, sagte der Baron und betrachtete Mia durch die Gläser seiner Brille mit merkwürdig dunklen Augen. »Geh und folge der Hoffnung, Menschenkind. Vielleicht wirst du lernen, was sie bedeutet.«

Kapitel 24

Asmael landete in einer schmalen, verlassenen Gasse in den Liberties, und trotz der Bhor Lhelyn, die auch hier hin und wieder als filigranes Netz über Kopfsteinpflaster und Häuser liefen, sah Mia als Erstes nichts als Backsteine und Farben. Die meisten Gebäude bestanden aus nicht mehr als drei oder vier Stockwerken und sie waren alle aus roten Steinen errichtet worden, auf die vereinzelte Laternen ein sanftes Licht warfen. Keines der Häuser war auch nur annähernd prunkvoll, im Gegenteil: Sie wirkten regelrecht armselig und heruntergekommen. Doch während ihre schlichten Backsteinfassaden höchstens mit kleinen gusseisernen Balkonen verziert waren, boten die Eingangstüren, die *Georgian doorways,* zahlreiche Details und Dekorationen: Einfache oder doppelte Säulen mit ionischen oder dorischen Kapitellen rahmten sie ein, über dem Türsturz befanden sich nicht selten halbrunde Fenster mit fächerförmiger Verzierung, und die Messingelemente wie Klopfer, Briefschlitze, Namensschilder und Beschläge waren allesamt auf Hochglanz poliert. Die Türen selbst waren in kräftigen Farben lackiert, keine ähnelte einer anderen. Sie sahen aus wie Portale in andere Welten, wie Zaubertüren, die Verwunschenheit und Magie im Inneren der scheinbar armseligen Häuschen verborgen hielten.

»Die Liberties«, murmelte Theryon und ließ Mia den Blick heben. »Früher war dieses Viertel eine Handwerkergegend und noch immer leben hier die einfachen Leute.«

Remis sog die Luft ein. »In Reichweite der Guinness-Brauerei, würde ich meinen.«

Grim lachte leise. »Du solltest durch die Nase atmen«, sagte er mit spöttischem Grinsen. »Sonst bist du betrunken, bevor du *Pint* sagen kannst.« Er warf einen Blick über die Schulter. »Wir sollten nicht zu lange hier bleiben. Die Wolken hängen tief, es riecht nach Schnee. Mein Gefühl sagt mir, dass noch einige unliebsame Überraschungen auf uns warten, wenn wir diesen ... diesen Zwerg nicht bald finden.«

Mia zog den Zettel Folpurs aus der Tasche ihres Mantels. »Hortensius Palmadus Fahlon, Buchbinder«, las sie. Die Alte Sprache der Zwerge, in die Theryon sie während ihrer Hartidausbildung eingeführt hatte, lag auf ihrer Zunge wie ein schwerer glatter Stein. »Er wohnt in der Ardee Street.«

Theryon schaute ihr über die Schulter. »In der Anderwelt auch Schummergasse genannt«, sagte er und schritt ohne ein weiteres Wort geradeaus.

Mia wechselte mit Grim einen Blick. Gemeinsam eilten sie dem Feenkrieger über das Kopfsteinpflaster nach, das an zahlreichen Stellen von einem Netz eisblauer Farne überwuchert wurde.

»Woher kommt es eigentlich, dass du so viel über diese Stadt weißt?«, fragte Grim.

Theryon lächelte, während sein Blick über die Fassaden der Häuser strich wie eine Feder über nackte Haut. »Es gibt keinen Alb auf der Welt, der nicht viel über sie weiß«, erwiderte er leichthin. »Wir alle wurden auf dieser Insel geboren, und wir alle lebten einst in Frieden mit den Menschen – lange bevor das Gedächtnis der Welt zum Historienschreiber wurde. Wir sind mehr als Figuren aus Märchen, wisst ihr das nicht? Unsere Geschichte wurde zerrissen, doch noch immer steckt sie in diesen Häusern, in den Straßen und Bäumen dieser Stadt wie Fetzen eines zerschlissenen Kleides, die der Wind nicht davonwehen kann. Und wenn ihr genau hinseht, fühlt ihr den Zauber, den meine Ahnen in die Welt trugen, noch immer in den Augen der Menschen von Irland.«

Mia erinnerte sich an die gleichmütige Art, mit der die Bewohner dieser Stadt, die sie in Temple Bar gesehen hatte, mit den Veränderungen der Welt umzugehen schienen, und hörte im selben Moment einen Brauereiwagen über das Kopfsteinpflaster der Straße rumpeln, die die Gasse kreuzte, auf der sie sich gerade befanden. Grim wollte sich in die Luft erheben, doch Theryon hielt ihn zurück. Regungslos sahen sie, wie der hölzerne Wagen, der von einem fleckigen Kaltblut gezogen wurde, über die Straße rollte. Ein alter Mann saß zusammengesunken auf dem Kutschbock, den Kopf tief zwischen die Schultern gezogen. Die ersten Flocken fallenden Schnees landeten auf seinem breitkrempigen Hut, und Mia konnte die Atemwolken sehen, die aus seinem Mund in die Nacht stiegen. Er war schon fast hinter dem nächsten Häuserblock verschwunden, als er den Kopf wandte und sie erblickte. Mia hielt den Atem an, sie spürte, wie Grim zusammenfuhr. Erstaunen flackerte durch den Blick des alten Mannes, doch dann lichteten sich seine Augen – es war, als wäre ein Funken in ihn hineingefallen und hätte tief in seinem Inneren ein Feuer entfacht. Ein Grinsen überzog seinen Mund, er lachte auf, zahnlos und rau. Dann hob er die Hand an die Krempe seines Hutes und grüßte freundlich. Im nächsten Augenblick war er hinter der Häuserwand verschwunden. Die Hufe seines Pferdes klackerten auf dem Kopfsteinpflaster wie Morsezeichen aus einer anderen Zeit.

Theryon lachte über Grims verwundertes Gesicht. »Der Zauber, der noch immer in den Menschen von Irland wohnt«, murmelte er und setzte seinen Weg fort.

Sie brauchten nicht weit zu gehen. Bereits wenige Seitenstraßen weiter blieb Theryon vor einem zweigeschossigen Backsteinbau mit einer flackernden Laterne neben sich stehen. Dieser wirkte ein wenig windschief mit seinem winzigen Schornstein und den kleinen Fenstern, in denen sich an den Rändern die schneenasse Straße spiegelte. Ein mattes grünes Licht glomm hinter schweren Vorhängen und ließ das Häuschen von außen wirken wie ein düsterer Lampion. Mia spürte, wie ihr Atem schneller ging. Hinter dieser Tür wohnte der letzte Ritter des Sternenordens und ihre einzige mögliche Verbindung zu dem, den sie suchten.

Theryon legte seine Hand auf Asmaels Hals. Der Hippogryph neigte kurz den Kopf, dann stieß er einen heiseren Schrei aus und erhob sich in die Luft. Theryon sah Mia an, offensichtlich wartete er darauf, dass sie den glänzenden Klopfer gegen die Tür schlug. Sie holte tief Atem. Das Messing fühlte sich seltsam warm an unter ihren Fingern und verfärbte sich rasch dunkelblau. Schnell klopfte sie an und zog ihre Hand zurück.

Für einen Augenblick war es still. Dann hörte Mia hektisches Poltern im Inneren des Hauses, das Scharren eines schweren Gegenstands, der über Holzdielen gezogen wurde, und eilige Füße, die zur Tür liefen. Gleich darauf wurde die Tür aufgerissen, und ein Junge erschien im Rahmen. Er war ungefähr dreizehn Jahre alt und hatte pechschwarzes Haar, das ihm in allen Richtungen vom Kopf abstand. Seine Augen jedoch waren von ungewöhnlich klarem Blau und standen in merkwürdigem Kontrast zu seiner bronzefarbenen Haut und den dunklen Haaren. Er trug ein weißes Hemd mit ausgestellten Ärmeln unter einer schwarzen Weste, das er in seine ebenfalls schwarze Hose gestopft hatte. Um seinen Hals hing ein silbernes Amulett mit dem zwergischen Wappen der Buchbinder. Erstaunt sah er von einem zum anderen, und Mia erwartete, dass er jeden Augenblick schreiend davonlaufen würde, doch stattdessen atmete er erleichtert aus, wischte sich über den Mund und winkte sie herein.

Sie betraten einen Raum mit niedriger Decke, von dem eine Tür in den hinteren Teil des Hauses führte. In der Mitte stand eine große Werkbank, auf der sich zahlreiche Werkzeuge aus Holz und Messing, eine hölzerne Heftlade und verschiedene Hobel und Pressen befanden. Der breitschultrige Vergoldeschrank, vor dem ein Planierhammer auf dem Schlagblock lag, mehrere Leimtöpfe, Papierstapel, Pergamentrollen und nicht zuletzt ein Regal, das sich unter der Last prachtvoller Bücher bog, rundeten das Bild einer alten Buchbinderei ab. Dennoch war es unverkennbar, dass in diesem Raum nicht nur gearbeitet wurde. Eine ehemalige Werkbank stand links neben der Tür und war zur Küche umfunktioniert worden, und neben dem Kamin, der fast die gesamte gegenüberliegende Wand einnahm, standen ein schmales Holzbett, unter dem sich unzählige zerlesene Bücher stapelten, sowie ein alter, gemütlicher Sessel. Sogar ein winziger Fernseher hing an einem metallenen Halter von der Decke, auch wenn der Besitzer dieser Unterkunft ansonsten offenbar nicht viel Wert auf Modernität legte – und auf dem Fernseher saß, die Augen zu zwei leuchtenden Kreisen aufgerissen, ein faustgroßer Drache aus farbigem Nebel.

Mia hob die Brauen, als sie den Drachen bemerkte, der erschrocken zurückfuhr, mit den Hinterbeinen über die Kante des Fernsehers rutschte und hektisch mit den Vorderpranken versuchte, sich festzuhalten. Da hob der Junge die Hand, schnippte mit dem Finger – und der Drache verpuffte in knisternden Funken.

»Master Hortensius ist gerade nicht da«, sagte er mit verlegenem Lächeln. »Da nutze ich die Zeit gern, um meine Zauber zu vervollkommnen.« Er zog drei Klappstühle unter der großen Werkbank hervor, gruppierte sie um den Kamin und deutete darauf. »Mein Meister wird aber jeden Augenblick zurück sein. Wenn Ihr so lange auf ihn warten wollt ...«

Abwartend schaute er von einem zum anderen und machte dabei ein derart routiniertes Gesicht, als würden jeden Tag ein Gargoyle, ein Feenkrieger und ein Mensch in Koboldbegleitung bei seinem Meister einfallen. Schließlich durchbrach Grim das überraschte Schweigen.

»Wie ist dein Name?«, fragte er, während er sich vorsichtig auf einem der Stühle niederließ.

»Carven, Sir«, erwiderte der Junge und verschränkte die Arme auf dem Rücken. »Ich bin Lehrjunge bei Master Hortensius, Sir, er lehrt mich die Kunst der Buchbinderei – und Alchemie und Zauberkunst.«

»So«, sagte Grim und lächelte mit leicht geneigtem Kopf. Mia setzte sich wie Theryon und Remis neben Grim und beobachtete ihn gespannt. Sie kannte dieses Lächeln genau: Dann stahl sich ein Glitzern in seine Augen, das eines ganz klar machte: *Ich weiß etwas über dich, das du lieber für dich behalten hättest.* Carven schien das nicht entgangen zu sein. Unruhig nickte er und wischte sich noch einmal über den Mund.

»Vielleicht sollte er dich zunächst lehren, keine Spuren zu hinterlassen, wenn du dich an seinen Vorräten vergreifst, was?« Grim lachte leise und deutete auf ein Stück Schokoladenpapier, das auf dem Boden neben der Küchenwerkbank lag. Carven riss das Papier an sich und zerknüllte es eilig. Er hatte gerade den Mund geöffnet, um etwas zu sagen, als harte Schritte über das Pflaster der Straße näher kamen.

»Bitte«, flüsterte Carven und sah Grim eindringlich an. »Verratet mich nicht. Sonst muss ich die alten Leimtöpfe polieren, bis mir die Finger abfallen, und ...«

Da polterte es an der Tür, und ehe Carven sie öffnen konnte, wurde sie mit einem heftigen Ruck aufgerissen. Herein kam ein Zwerg mit einem gewaltigen Zylinder auf dem Kopf, unter dem graues Haar hervorquoll wie Rauch aus einem Schornstein. Pechschwarze Augen saßen über einer von der Kälte rot gewordenen Nase, und ein kurzer, akkurat rasierter Bart umrahmte einen ärgerlich zusammengepressten Mund. Auf den ersten Blick sah der Zwerg aus wie ein Miniatur-Weihnachtsmann, dem irgendjemand gehörig auf den Fuß getreten war. Für einige Sekunden schaute er in die Runde. Mia spürte seinen Blick wie einen Nadelstich. Dann stieß er die Luft aus, machte laut: »Hm!« und riss sich den Hut vom Kopf, woraufhin jede Menge geschmolzenes Schneewasser in den Raum flog.

Carven eilte zu ihm und ließ sich den Hut in die Hände drücken. »Verzeiht, Master Hor…«, begann er, doch der Zwerg brachte ihn mit verächtlichem Schnauben zum Schweigen.

»Wenn ich jedes Mal eine Pint trinken würde, wenn du einen Satz mit diesen Worten beginnst, würde Alkohol statt Blut in meinen Adern fließen, so viel ist sicher.« Hortensius bedachte Carven mit einem missbilligenden Blick, während er seinen Mantel auszog. Darunter trug er eine ähnliche Tracht wie sein Lehrling, nur dass die Knöpfe an seiner Weste aus glänzendem Gold bestanden, ebenso wie das Amulett mit dem Wappen der Buchbinder, das er um den Hals trug. Ein breiter Gürtel wand sich um seinen Leib. »Du hast wieder gezaubert«, murmelte er, nachdem er prüfend die Luft eingesaugt und wieder ausgestoßen hatte. »Und wie oft habe ich dir gesagt, keinen ungebetenen Besuch in mein Haus zu lassen?«

Carven hob entschuldigend die Arme, doch da schüttelte Grim den Kopf. »Es ist unsere Schuld«, sagte er höflich. »Wir haben Euren Lehrling genötigt, uns einzulassen, da wir nicht in Kälte und Schnee auf Euch warten wollten. Und was hätte er gegen uns schon ausrichten sollen? Er ist nur ein Mensch.«

Da stieß Hortensius die Luft aus, es klang wie ein kurzes, keuchendes Lachen. »Ein Mensch!«, rief er und ging zum Kamin, um seine vor Kälte rot gewordenen Hände am Feuer zu wärmen. »Woher kommt ihr, aus Dummsdorf am Torenteich? Dieser Nichtsnutz hier ist ein Wechselbalg, so ist das. Und wenn er, statt Schokolade zu essen und Geschichten zu lesen, seine Formeln lernen würde, wie ich es ihm aufgetragen habe – und nicht wieder und wieder diesen albernen Drachen formen würde –, hätte er die Tür schon lange vor euch verriegeln können. Er hat das theoretische Wissen, selbst über höhere Magie zu gebieten, also lasst euch von seinem harmlosen Äußeren nicht täuschen.«

Mia zog die Brauen zusammen und betrachtete Carven genauer, der verlegen auf seine Schuhe starrte. Sie hatte sich Wechselbälger immer ungeheuer hässlich und alt vorgestellt.

»Menschen«, murmelte Hortensius, denn er hatte ihren Blick offensichtlich bemerkt. »Von denen da draußen erwarte ich nicht, dass sie sein wahres Ich erkennen. Aber ihr als Anderwesen hättet es spüren müssen. Gerade du, Fee!«

Theryon sah Hortensius mit undurchsichtigem Ausdruck an. Mia kannte dieses Lächeln auf seinen Lippen und diesen rätselhaften, leicht verhangenen Blick, den er immer dann aufsetzte, wenn er die Maske des kühlen Kriegers über seine empfindsamen Züge legte.

Der Zwerg schnaubte durch die Nase. »Und du«, sagte er und deutete auf Mia. »Bist du nicht eine Seherin?«

Sie hob leicht die Schultern. »Schon, aber ...«

Hortensius ließ sie nicht aussprechen. »*Schon, aber ...* Die Lieblingsworte der Menschen, wie mir scheint! Rechtfertigen alles, erklären alles, halten alles und jeden zum Narren.« Er schüttelte für einen Augenblick gedankenverloren den Kopf. Dann besann er sich offenbar darauf, dass sein ungebetener Besuch noch nicht beschlossen hatte, wieder zu gehen, und deutete mit dem Daumen auf Carven. »Ein Wechselbalg ist er – der Bastard einer Elfe und eines Menschen, von einer unsteten Mutter in die Wiege eines Säufers gelegt. Mit acht lief er von zu Hause fort, ich fand ihn, als er am Bahnhof die Pennys aus dem Rinnstein angelte. Seither dient er mir als Schreiber und Gehilfe, und vor einiger Zeit begann ich mit seiner Ausbildung zum Buchbinder und ... Wie auch immer. Jedenfalls verfügt er über geringe Albenmagie, und da er als Balg nicht vom Vergessenszauber betroffen ist, aber dennoch menschlich aussieht, kann ich ihn gut für Botengänge brauchen. Eines Tages wird er mein Geschäft übernehmen, wenn er sich anständig aufführt. Nicht wahr, mein Junge?«

Mia hob überrascht die Brauen, denn bei den letzten Worten hatte sich ein warmer Unterton in Hortensius' Stimme geschlichen, der gar nicht zu seiner zuvor so ruppigen Art passen wollte. Carven nickte eilig und entblößte eine gewaltige Zahnlücke zwischen den Schneidezähnen, als er grinste.

»Aber jetzt Schluss mit dem Gewäsch.« Hortensius fuhr so schnell herum und baute sich vor der Gruppe auf, dass Mia auf ihrem Stuhl zusammenfuhr und Remis einen leisen Schrei ausstieß. »Was habt ihr hier zu suchen?«

Er hatte offensichtlich mit allen gesprochen, aber er schaute nur Mia an. Sie spürte seine kleinen schwarzen Augen wie glühende Perlen auf ihrem Gesicht.

»Hortensius Palmadus Fahlon, Buchbinder«, brachte sie heraus und entlockte dem Zwerg ein ungeduldiges Schnauben.

»Vielen Dank, dass du mich mir vorgestellt hast«, erwiderte er. »Wie wäre es, wenn ich jetzt langsam mal erfahren würde, mit wem ich es zu tun habe?«

Mia schluckte. »Dies ist Grim, ein Hybrid aus Ghrogonia, und Remis, ein Moorkobold. Theryon, ein Feenkrieger … und ich bin Mia, eine Hartidin. Wir sind gekommen, um …«

Hortensius wischte mit der Hand durch die Luft, als wollte er sie zum Schweigen bringen, was ihm auch gelang. Mia wechselte mit Grim einen Blick, der offensichtlich auch nicht wusste, was der Zwerg vorhatte. Dieser lief eilig zu seiner Werkbank, zog eine quietschende Schublade heraus und entnahm ein giftgrünes Fläschchen mit offensichtlich magischem Inhalt. Mia hörte, wie Carven die Luft einsog, und Remis schaute ehrfürchtig auf den Nebel, der sich in der Flasche auf und ab wälzte.

»Moorschleim«, flüsterte er und schluckte hörbar.

Hortensius nickte anerkennend. »Scheinbar hat der Kleinste unter euch den größten Verstand«, murmelte er und brachte Remis dazu, vor Freude rot zu werden. »Moorschleim wird verwendet, um die

Wahrheit zu erfahren«, erklärte der Zwerg. »Einen Tropfen auf die Stirn und schon …«

»… schon sind wir willenlos wie Marionetten und können nicht einmal mehr einen lausigen Zauber wirken«, grollte Grim. Er ließ die Knöchel seiner Faust knacken. »Wir haben keine Zeit für solche Sperenzchen. Die Lage ist ernst, und unsere Aufgabe ist es noch mehr. Der Baron des Zwergenvolkes hat uns gesandt, um …«

Hortensius hob gelangweilt die Brauen. »Das kommt öfter vor«, erwiderte er. »Kein Grund, nervös zu werden. Und kein Grund für mich, von meinen Prinzipien abzuweichen. Wenn ihr etwas von mir wollt – und so sieht es für mich eindeutig aus –, dann befolgt ihr meine Regeln. Wenn ihr gehen wollt – dort ist die Tür!«

Theryon hob die Hände. »Verzeiht uns«, sagte er. »Es lag nicht in unserer Absicht, Euch zu beleidigen. Wir sind aus einem bestimmten Grund hier, der … Nur zu. Bindet mein Wort an den Moorzauber, ich habe nicht vor, Euch zu belügen.«

Ohne seine ungebetenen Gäste aus den Augen zu lassen, drückte Hortensius die Flasche mit dem Zauber Carven in die Hand. Schnell huschte der Junge zu Theryon hinüber, öffnete die Flasche, tunkte den Zeigefinger in den grünen Nebel und strich vorsichtig damit über die Stirn des Feenkriegers. Für einen Moment verzog Theryon das Gesicht, als hätte er Schmerzen. Dann entspannten sich seine Züge, und er nickte.

Hortensius kniff leicht die Augen zusammen. »Also noch einmal: Warum seid ihr gekommen?«

»Wir sind auf der Suche nach dem Krieger des Lichts«, erwiderte Theryon mit seltsam monotoner Stimme. »Folpur, der Baron der Zwerge, verwies uns an Euch, den letzten Ritter des Ordens …«

Noch ehe er den Satz beenden konnte, riss Hortensius die Faust in die Luft. Mit einem Brüllen schlug sein Zauber direkt vor Mias Füßen ein. Sie sprang auf, doch sie konnte sich nicht von dem Zwerg abwenden, dessen Gesicht sich in eine Maske aus Zorn verwandelt hatte. Seine Augen waren nicht mehr als zwei nadelfeine Punkte in einem eingefallenen Gesicht, sein Mund stand offen wie bei einem Toten.

»Hinaus!«, brüllte Hortensius wutentbrannt und ließ mit einem Fingerzeig die Tür auffliegen. »Ich will von diesem verfluchten Orden nichts mehr hören!«

Theryon trat vor, doch der Zwerg richtete einen weiteren Zauber auf ihn. »Kein Wort mehr!«, zischte er. »Oder ich trenne dir den Kopf vom Hals, Feenmann!«

Für einen Moment schien die Zeit stillzustehen. Mia sah, wie Grim die Klauen ballte, sie hörte Remis hektisch Atem holen und spürte ihr eigenes, wild schlagendes Herz. Hortensius stand regungslos, aber in seinen Augen tobte ein Kampf, der das Feuer im Kamin mit einem Schlag löschte. Schnee stob zur geöffneten Tür herein und wirbelte um ihn herum wie um einen uralten Baum. Mia glaubte, ein Glitzern im Blick des Zwergs zu sehen, doch gleich darauf wurden seine Augen schattenschwer, und er starrte Theryon an, als wollte er ihm das Herz aus dem Leib reißen. Der Feenkrieger erwiderte seinen Blick, und dann, wortlos und erhaben, neigte er den Kopf und ging hinaus. Mia schien es, als wäre ein Zauber von ihrem Körper genommen worden. Sie packte Grim an seinem Mantel und stürzte hinter Remis aus dem Haus. Krachend flog die Tür hinter ihnen ins Schloss.

Stimmen drangen die Straße herauf und ließen ihnen keine Zeit, sich zu besinnen. Schnell eilten sie in eine verlassene Seitengasse. Für einige Momente sagte keiner von ihnen etwas. Dann stieß Remis ein Seufzen aus. »Das hätte besser laufen können«, sagte er und entlockte Grim ein Schnauben.

»So langsam habe ich von unfreundlichen Zwergen genug«, grollte dieser und spähte vom Rand der Gasse zu Hortensius' Haus hinüber. »Wir werden jetzt zu Folpur zurückkehren und uns einen Erlass von ihm unterschreiben lassen, der uns ermächtigt, Hortensius' Hilfe zu erzwingen. Immerhin geht es hier um mehr als zwergische Sturheit. Es interessiert mich nicht, wieso dieser Kerl mit seinem ehemaligen Orden nichts mehr zu schaffen haben will, wir müssen ...«

Da schnellte Theryons Hand vor und zog Grim ins Dunkel der Gasse zurück. *Still,* hörte Mia die Stimme des Feenkriegers in ihren Gedanken. *Sie sind da.*

Noch ehe sie begriffen hatte, wen er meinte, spürte sie die Kälte, die wie ein unsichtbares Tier die Straße heraufkroch. Schritte klangen auf dem Pflaster wider, harte, eiskalte Schritte, die ihr Herz zum Rasen brachten. Vorsichtig spähte sie durch einen Riss in der Mauer und erkannte mehrere dunkle Gestalten, die eilig auf Hortensius' Haus zuschritten. Angespannt sah Mia zu, wie sie sich dem Lichtkreis der Laterne näherten, und hätte beinahe geschrien, als sich ein Gesicht aus der Dunkelheit schob. Es war ein schneeweißes, ebenmäßiges Gesicht mit einem Mund, der sich zu einem spöttischen Lächeln verzogen hatte. Anstelle des linken Auges saß ein schwarzer Edelstein, während das rechte Auge hell und klar wie ein gesprungener Diamant die Finsternis der Gasse zerschnitt.

Alvarhas.

Mia presste sich die Hand vor den Mund, als der Alb mit seinen Schergen vor Hortensius' Tür stehen blieb und langsam den Kopf halb zurückwandte, als hätte er ihren Herzschlag gehört. *Ich werde wiederkehren von den Toten,* klang seine Stimme in ihr nach, *und dann ist es gleich, wo du dich versteckst: Ich werde dich finden.*

Mia spürte Grims Klaue auf ihrer Schulter, doch sie konnte sich nicht von Alvarhas abwenden. Er lächelte – grausam und boshaft. Dann riss er sein Rapier in die Luft und stieß es in Hortensius' Tür. Sofort begann sie in gleißendem Licht zu strahlen, Risse mit schwarz lodernden Flammen zogen sich hindurch. Dann brach sie mit gewaltigem Knall auseinander.

Brennende Überreste flogen die Straße hinab. Mia sah gerade noch, wie die Alben durch das Loch in der Wand ins Innere des

Hauses sprangen. Sie hörte Hortensius' Stimme, dicht gefolgt von einer mächtigen magischen Detonation, die das Dach vom Haus fetzte und weißen Rauch auf die Straße hinaustrieb. Gleich darauf drangen entfernte menschliche Stimmen zu ihnen herüber, offenbar war der Lärm nicht unbemerkt geblieben.

»Die Alben haben unsere Spur verfolgt«, flüsterte Mia atemlos. »Sie wissen, dass wir von Hortensius Informationen über den Krieger des Lichts bekommen wollten.«

Ein markerschütternder Schrei zerriss die Luft. Mia hörte Carven einen Zauber rufen, dicht gefolgt von Alvarhas' grausamem Lachen.

Remis schwirrte auf ihre Schulter. »Sie werden ihn umbringen! Und den Jungen gleich dazu!«

Grim zog die Brauen zusammen. »Da habe ich auch noch ein Wörtchen mitzureden«, grollte er. Und ehe ihn jemand hätte aufhalten können, breitete er die Schwingen aus und raste über die Gasse direkt auf den Rauch zu.

Theryon griff nach Mias Arm und zog sie in geduckter Haltung die Straße hinab. Er brauchte sie nicht daran zu erinnern, dass die Scherbe in ihrer Brust den Weg zu ihrem Herzen beschleunigen würde, wenn sie noch einmal Feenmagie wirkte. Aber sie hatte fünf Alben gezählt. Das waren zu viele, als dass Grim sie allein bezwingen konnte. Theryon pfiff hell durch die Zähne, von ferne antwortete ihm Asmael mit heiserem Ruf. Mia presste sich mit dem Rücken gegen die Hauswand und zog einen Schild um ihren Körper, der sie vor dem beißenden Rauch schützte. Sie spürte Grims Magie, die wie gewaltige Wellen von der anderen Seite gegen die Wand schlug, und hörte die verschlungenen Zauber der Alben, die ihn schon bald in die Knie zwingen würden.

»Schnell«, raunte Theryon und legte einen Arm um ihre Hüfte. »Halt dich fest!«

Und schon erhob sich der Feenkrieger in die Luft und landete mit Mia und Remis, der sich atemlos an ihrem Arm festhielt, auf der halb eingestürzten Hausmauer. Sie gingen in die Knie und spähten durch die größtenteils eingefallene Decke hinunter zu den dunklen Gestalten, die sich im Erdgeschoss durch den Rauch bewegten. Zwei Alben lagen regungslos unter der zerbrochenen großen Werkbank, zwei weitere hielten Hortensius in Schach, der sie mit mächtigen Zaubern und einem gewaltigen Streitkolben daran hinderte, näher zu kommen. Ein Schauer flog über Mias Rücken, als sie den Zwerg im Kampf sah, und für einen Augenblick erschien es ihr, als würde er die Verkleidung eines Buchbinders tragen, in der in Wirklichkeit ein Krieger steckte. Carven war nirgends zu sehen.

Grim wirbelte durch den Raum, die flammende Faust hoch erhoben, und schlug nach Alvarhas, der wie eine Heuschrecke von ihm fortsprang und mit allen vieren an der Wand landete. Mia konnte sein Gesicht nicht deutlich erkennen, aber sie spürte den starren Blick seines toten Auges durch den Qualm wie glühendes Pech auf ihrer Haut. Angespannt warf sie Theryon einen Blick zu, der auf seine Hände schaute und konzentriert einen Zauber sprach. Goldene Fäden bildeten sich zwischen seinen Fingern und legten sich in mehreren Schichten über seine Arme, wo sie sich zu einem dichten Netz verwoben. Remis flog ehrfürchtig näher an den Zauber heran.

»Das Netz der Najade«, flüsterte der Kobold.

Mia wusste, wovon er sprach. Der Sage nach hatte einst in einem Tümpel eine wunderschöne Najade gelebt, eifersüchtig bewacht von ihrem Gatten, einem bösartigen Wassermann. Viele Jünglinge versuchten, die Najade aus dem Tümpel zu befreien, doch der Wassermann fing sie alle in einem goldenen Netz und ertränkte sie. Eines Tages jedoch kam ein Faun und gewann die Liebe der Najade, der es daraufhin gelang, den Zauber des Netzes so zu schwächen, dass er dem Geliebten nichts anhaben konnte. So gelang es dem Faun, sie zu retten und mit ihr zu entkommen.

»Nimm dieses Ende«, raunte Theryon ihr zu und gab ihr einige Fäden des Netzes in die Hand. Dann bedeutete er ihr, regungslos sitzen zu bleiben, und huschte lautlos über die Mauern auf die andere Seite des Hauses.

Mia hielt den Atem an, als sie sah, wie Alvarhas leuchtende Speere auf Grim schleuderte, der sich nur mit Mühe gegen sie verteidigen konnte. Eines der Geschosse traf ihn an der Schulter, außer sich packte Grim ein weiteres im Flug und schleuderte es Alvarhas mit solcher Wucht entgegen, dass es dem Alb krachend vor die Brust schlug. Mia spähte auf die andere Seite und sah, dass Theryon ihr das Zeichen gab. Angespannt murmelte sie den Zauber, sprang hoch in die Luft und warf das Netz zu beiden Seiten aus. Zischend entfalteten sich die Fäden und hinterließen goldene Schnüre in der durchschnittenen Luft.

Grim!, rief Mia in Gedanken. *Schnell!*

Mit einem Brüllen fuhr Grim herum, wich einem Flammenzauber Alvarhas' aus und erblickte das Netz über sich. Blitzschnell stürzte er auf Hortensius zu und ergriff den Zwerg gerade in dem Moment am Kragen, als das Netz sich auf die Kämpfenden niedersenkte. Doch während die Fäden Alvarhas und seine Gefährten mit lodernden Flammen bedeckten und sich tief in ihr Fleisch gruben, wurden sie auf Grims Haut ebenso wie auf dem Körper des Zwergs zu silbernem Nebelgarn, das mühelos zerriss, als Grim sich in die Luft erhob.

Schwer atmend landete er neben Mia. Hortensius war schneeweiß geworden, sein Blick richtete sich unverwandt auf die vor Schmerzen brüllenden Alben. Grim streckte seine Schwingen, Mia sah das Blut, das aus der Wunde an seiner Schulter lief, und sie hörte den Heilungszauber, der leise über seine Lippen kam.

»So ist das also«, flüsterte Hortensius kaum hörbar und riss den Blick von der Szene in seinem einstigen Heim los. »Mich rettet ihr, weil ich euch nützlich sein kann, aber Carven ist nur ein Knirps, bei dem es niemanden stört, wenn er in Flammen und Magie den Tod findet, was?« Er starrte Grim mit solcher Wut an, dass dieser ein Stück zurückwich. Mia sah die Schwärze in Grims Augen, die unverhohlenen Zorn ausdrückte, und sie hörte das Knacken seiner Gelenke, als er die Klauen ballte. »Typisch für euch«, zischte der Zwerg. »Ihr ...«

Da packte Grim ihn am Kragen. »Eins wollte ich schon immer gern mal wissen«, grollte er, und seine Stimme klang gefährlich rau durch die Schreie der Alben. »Wie viel haltet ihr Zwerge eigentlich aus?«

Hortensius verzog das Gesicht zu einer Grimasse. »Mehr als du, so viel ist ...«

»Gut«, erwiderte Grim, ohne ihn aussprechen zu lassen. Dann grinste er düster, hob Hortensius über die Außenmauer – und ließ ihn fallen.

Mia stieß einen Schrei aus, doch schon fuhr Grim herum und stürzte sich ein zweites Mal in den Rauch. Krachend durchschlug er die Küchenwerkbank, unter die Carven geflüchtet war, und trug den Jungen hinaus aus den Flammen. Vorsichtig setzte er Carven bei Mia ab, doch gerade als er neben ihnen landen wollte, zerriss ein markerschütternder Schrei die Luft. Mia zog Carven in die Knie, doch Grim wurde von dem mächtigen Eiszauber getroffen, den Alvarhas in seine Richtung geworfen hatte, und landete rücklings auf der Straße.

Mit wutverzerrtem Gesicht raste Alvarhas mitsamt dem Netz in die Luft, die einzelnen Schnüre schnitten tief in sein Fleisch, doch dann zerrissen sie mit zischendem Laut und schlugen durch die Luft wie die Leiber geköpfter Schlangen. Mia riss Carven mit sich von der Hauswand, atemlos landete sie neben Hortensius, der gerade wieder auf die Beine gekommen war. Sie sah noch, wie Alvarhas Grim hinterherstürzte, der die Schwingen ausbreitete und die Straße hinabjagte. Dann spürte sie heftiges Flügelschlagen in der Luft.

Im nächsten Moment landete Asmael neben ihr. Theryon saß auf seinem Rücken und zog sie zu sich hinauf, doch während Carven eilig hinter ihr auf den Hippogryphen kletterte, verschränkte Hortensius die Arme vor der Brust.

»Ihr werdet sterben, wenn Ihr nicht mit uns kommt«, sagte Mia eindringlich. »Die Alben …«

Weiterer Worte bedurfte es nicht, denn plötzlich stürzten zwei der Alben aus dem Haus und schleuderten Hitzewellen in ihre Richtung. Hortensius warf die Arme in die Luft, ergriff Theryons Hand und konnte sich gerade noch auf Asmaels Rücken ziehen, ehe sie sich in die Luft erhoben.

Mia sah die Detonationen, die Grim und Alvarhas auf ihrem Weg durch die Liberties hinterließen, ebenso wie die Flammen mächtiger Zauber. Menschen waren aus ihren Häusern gekommen, fassungslos standen sie auf der Straße und starrten auf die flackernden Lichter über den Dächern ihres Viertels. Gerade war Grim auf einer breiten Straße gelandet, und Alvarhas stand vor ihm wie ein Schurke in einem Western.

Mia hörte, wie Theryon Asmael antrieb, während sie selbst einen Zauber in ihre rechte Hand schickte. Da sprang Alvarhas vor. Mit einem Schrei schlug er Grim einen Hitzezauber vor die Brust – und katapultierte ihn direkt durch das riesige Tor der Guinness-Brauerei, vor dem sie gestanden hatten. Krachend landete Grim auf dem Rücken, und Alvarhas riss die Faust in die Luft, doch in diesem Moment hatte Asmael ihn erreicht. Der Hippogryph legte sich schräg in den Wind, Carven und Hortensius krallten sich an seinem Leib fest, während Mia mit einer Hand nach Theryons Arm griff und sich dem Erdboden entgegenlehnte. In heftiger Bewegung stieß sie die Faust vor, silbern schoss eine Peitsche aus Flammen aus ihren Fingern und umwickelte Alvarhas' Körper. Ein ganzes Stück weit zerrte sie ihn übers Pflaster, vorbei an erschrocken schreienden Menschen, bis Asmael sich in die Nacht erhob. Mia spürte, wie der Alb am anderen Ende der Flammenpeitsche gegen eine Hauswand prallte, dann löste sie den Zauber auf und zog sich zurück auf Asmaels Rücken. Erschöpft fuhr sie sich über die Stirn und sah erleichtert, dass Grim mit schnellen Schwingenschlägen zu ihnen aufschloss.

»Wer zum Teufel …«, murmelte Hortensius, als er sich zu den Alben umschaute, die tief unten in den Gassen der Liberties zurückblieben.

»Von den Menschen dort unten erwarte ich nicht, dass sie diese Wesen erkennen«, grollte Grim neben ihm und bedachte den Zwerg mit einem verächtlichen Blick. »Aber Ihr aus dem Volk der Zwerge, dessen Ahnen die Alben sind, solltet es besser wissen. Es sind Schattenalben. Sie stehen unter dem Befehl der Schneekönigin, und sie werden die Welt zerstören, wenn Ihr weiterhin so stur seid, wie es sich für Euer Volk gehört, und uns nicht dabei helfen wollt, den verfluchten Krieger des Lichts zu finden. Er ist der Einzige, der die Vernichtung aufhalten kann – aber wenn wir uns nicht beeilen, werden sie ihn vor uns finden, und dann werden sie ihn töten, so viel steht fest. Euch ist das vermutlich egal. Aber was habe ich erwartet? Ihr seid eben ein Zwerg.«

Über Hortensius' Gesicht glitt ein Schatten wie ein Nebel über Ruinen. Mia sah die Traurigkeit in seinem Blick, umgeben von etwas, das wie Verzweiflung wirkte – oder wie Resignation. Nachdenklich zog sie die Brauen zusammen. Hortensius kämpfte gegen etwas in seinem Inneren, gerade in diesem Augenblick, und er barg einen Schmerz in sich, von dem niemand etwas ahnte – nicht einmal er selbst, das fühlte sie. Sein Blick traf den ihren, und sie spürte das Geheimnis, das ihn umgab, wie ein wehendes Seidentuch auf ihrer Haut. Langsam nickte er. Die Geste erschien ihr wie eine Antwort auf ihre Gedanken. Dann lachte Hortensius auf, ein klares, warmes Lachen war es, das jeden Schatten vertrieb und sein Gesicht für einen Moment ganz jung machte.

»Ganz recht«, sagte er entschlossen. »Ich bin ein Zwerg. Und als ein solcher werde ich den Teufel tun und zusehen, wie diese Bastarde von Alben Jagd auf unschuldige Wesen wie mich und meinen

Jungen machen!« Ein schwarzes Funkeln ging durch seinen Blick. »Niemand legt sich ungestraft mit Hortensius an, so viel ist mal sicher. Den Kerlen dort unten wird es noch leidtun, mir begegnet zu sein. Und wenn das bedeuten soll, dass ich einen halben Steinkopf ertragen muss, dann soll es eben so sein.« Er fuhr Carven durchs Haar und lächelte ein wenig. »Was sagst du dazu, mein Junge? Dein alter Meister begibt sich auf ein Abenteuer. Machen wir uns auf die Suche nach dem Krieger des Lichts!«

Kapitel 25

Grim stieß die Luft durch die Nase aus, dass die Schneeflocken vor seinem Gesicht durch die Luft gewirbelt wurden. Selten hatte er derartig miese Laune gehabt, so viel stand fest, und wenn er vor einigen Stunden noch geglaubt hatte, dass diese Nacht nicht noch schlimmer werden konnte, so war er sich da inzwischen ganz und gar nicht mehr sicher.

Er hockte zwischen Mia und Theryon an einem mickrigen gelben Feuer mitten auf den Hügeln von Tara, umgeben von einem schwach glimmenden Flammenkreis und dem widerwärtigen Geruch gefrorener Schafexkremente. Obgleich Schnee die Kuppen und Steine bedeckte, hatten sich in unregelmäßigen Abständen junge Eichen aus dem Erdreich geschoben. Ihre Stämme schimmerten leicht in der Dunkelheit, und Grim wusste, dass die Kraft der Feenmagie sie wachsen ließ. Zarte Farne der Bhor Lhelyn bewegten sich leicht im Wind und versprühten immer wieder ganze Schleier glitzernder Kristalle, die sich auf ihren Blättern umgehend neu bildeten. Grim spürte, wie der Anblick dieser Pflanzen ihn besänftigte, und wandte sich rasch ab. Schlimm genug, dass er auf diesem Feld herumhocken musste, weil es einem bösartigen Zwerg so gefiel – wenigstens seine Wut wollte er sich nicht nehmen lassen. Irgendwo in der Ferne funkelten die immer wieder erlöschenden Lichter eines Dorfes durch den aufziehenden Nebel. Raben umflogen krächzend den Kirchturm des nahe gelegenen Friedhofs, und ein unbarmherziger Wind fuhr in regelmäßigen Abständen in Grims Gesicht, als wollte er ihm sagen: *Du brauchst gar nicht zu versuchen, nicht zu frieren. Ich werde dir das letzte bisschen Wärme abjagen, und du kannst nichts dagegen tun!* Remis zitterte auf Mias Knie vor sich hin, und Hortensius und Carven saßen ihnen in trostlosem Schweigen gegenüber. Sie hatten sich in lange Mäntel gehüllt, die der Schnee langsam mit einer dünnen Schicht überzog. Hortensius hielt mit der linken Hand seinen Streitkolben aus schwarzem Stahl umfasst, dessen Waffenkopf mit scharfen Klingen und Dornen besetzt war, und wirkte in seiner Reglosigkeit wie ein Krieger kurz vor der Schlacht. Über ihnen zog Asmael seine Kreise und stieß ab und zu einen heiseren Schrei aus. Der Ruf des Hippogryphen verwandelte die ohnehin schon bedauernswerte Stimmung in eine Szene totaler Melancholie.

Mürrisch warf Grim Hortensius einen Blick zu. Der Alte hatte sich standhaft geweigert, ihnen zu verraten, aus welchem Grund sie um weit nach Mitternacht hier herumhocken mussten, und er hatte offenbar nicht vor, sein Schweigen so bald zu brechen. *Kein helles Feuer, das lockt die Menschen aus dem Dorf an, gerade jetzt, da die Feenmagie alles verwandelt* – das war alles gewesen, was er gesagt hatte, und nach einem Blick auf Grims Nase hatte er hinzugefügt: *Vielleicht solltest du dich in einigem Abstand zum Feuer hinsetzen, sonst bläst du es bei dem riesigen Zinken noch aus. Bei Kolossen aus Stein und Blut weiß man ja nie.* Grim hatte das alles hinuntergeschluckt, er hatte akzeptiert, dass sie die einzige Chance, mehr über den Krieger des Lichts zu erfahren, nutzen mussten, und wenn das bedeutete, eine Nacht lang nach der Pfeife eines griesgrämigen alten Zwergs zu tanzen, würde er es tun. Aber dass Hortensius darauf bestanden hatte, den Jungen mitzunehmen, setzte dem Ganzen eine Krone auf, die Grim nur schwer hinnehmen konnte. Gerade waren sie diesen verfluchten Alben entkommen – mit Glück, wie jedes Mal bisher –, und der wandelnde Meterdreißig hatte nichts Besseres zu tun, als ein Kind in dieses Abenteuer zu verwickeln. Ein Kind, das außer mickrigen

Albenkräften nichts gegen ihre Verfolger ausrichten konnte und vor allem eines hatte: Angst. Grim konnte seine Furcht riechen, sie legte sich auf seine Schultern wie ein lähmender Schleier. Der Junge war bei dieser Mission eine Belastung für sie alle, so viel stand fest, und als wenn das nicht schon schlimm genug wäre, starrte er immer wieder heimlich zu Grim herüber. Vermutlich hatte er noch nicht sonderlich viele Hybriden oder Gargoyles gesehen, aber das gab ihm noch lange nicht das Recht, so zu gucken, als wäre Grim eine Gestalt aus einem Märchen.

Düster starrte Grim zurück und brachte Carven jedes Mal dazu, rot zu werden und den Blick zu senken. *Ein Wechselbalg ist er – der Bastard einer Elfe und eines Menschen, von einer unsteten Mutter in die Wiege eines Säufers gelegt. Mit acht lief er von zu Hause fort, ich fand ihn, als er am Bahnhof die Pennys aus dem Rinnstein angelte.* Hortensius mochte den Jungen, obwohl er es hinter seiner rauen Schale gut verbarg – das hatte Grim vom ersten Augenblick an geahnt, und spätestens seit dem Auftritt des Zwergs auf der Mauer seines Hauses war es ihm endgültig klar geworden. Für Hortensius war Carven wie ein Sohn, selbst wenn er ihm das niemals zeigen würde, und auch wenn das die Sache nicht besser machte, konnte Grim verstehen, warum Hortensius den Jungen nicht allein zurückgelassen hatte. Carven war schon einmal verlassen worden – vermutlich wusste der Zwerg, dass das für den Jungen schlimmer war als jede andere Gefahr.

Unauffällig betrachtete Grim den Jungen über die Flammen hinweg. Er hatte ein schmales Gesicht, und in seinen Augen lag etwas, das Grim bekannt vorkam, ohne dass er es benennen oder sich erklären konnte. Er hatte es schon einmal gesehen, damals vor etwa einem Jahr, als er auf dem Grund des Sees von Bythorsul die Hölle überwunden und jenes Menschenkind getroffen hatte, dessen Herz er in seiner steinernen Brust trug. Unwillkürlich fuhr er sich mit der Hand an die Narbe über seinem Auge, und er spürte den Riss in seinem Inneren wie eine brennende Wunde. Für einen Moment stand Grim wieder am Ufer des Höllensees und sah zu, wie das Wasser Bythorsuls um die Knöchel des Kindes strich, das ihm das Leben gerettet hatte. Wieder hob er die Klaue, und wieder sah er zu, wie das Kind Schritt für Schritt in den See hinabstieg, sich ein letztes Mal umwandte, lächelte – und dann in den Fluten versank. Ein Schmerz durchzog Grims Herz, als er es sah. Mit jedem Schritt des Kindes, so schien es ihm, flammte eine Erinnerung in ihm auf an etwas, das sich in die Finsternis seiner steinernen Brust zurückgezogen und dessen Namen er vergessen hatte. Grim sah sich an einem Abgrund stehen, das Kind des Sees auf der anderen Seite, und der Riss seines Inneren flackerte in grausamer Dunkelheit zwischen ihnen und trennte sie.

Grim räusperte sich und drängte dieses Bild zurück. Auf einmal war seine Kehle wie zugeschnürt, und er stellte fest, dass er in zwei klare, blaue Augen schaute, ohne es gemerkt zu haben. Carven betrachtete ihn, als hätte auch er gerade am Ufer des Sees gestanden, und auf seinen Lippen lag ein Lächeln, als wollte er sagen, dass er Grim gern dorthin begleitet hatte. Schnell wandte Grim sich ab. Dieser Junge war ein Wechselbalg, und auch wenn Hortensius behauptete, dass er nur schwache Albenmagie beherrschte, war er dennoch ein Geschöpf des Zwielichts. Jederzeit, so hatte Grim es in den Geschichten über Wechselbälger gehört, konnten sie andere Wesen durch Übermut, Leichtsinn und Boshaftigkeit ins Unglück stürzen. Grim nickte kaum merklich vor sich hin. Sobald sie von diesem verfluchten Feld hinunterkamen, würde er unter vier Augen ein ernstes Wort mit Hortensius reden. Sie konnten den Jungen nicht bei sich behalten – es war zu gefährlich, für beide Seiten.

Er streckte die Glieder und wollte sich gerade erheben, um eine Runde ums Feuer zu drehen, als Hortensius ihn mit zusammengekniffenen Augen zum Sitzenbleiben zwang.

»Jeder bleibt an seinem Platz«, sagte der Zwerg bestimmt. »Und zwar bis alles vorbei ist.«

Grim zog die Brauen zusammen. »Wie wäre es, wenn du jetzt endlich mit der Sprache rausrücken würdest, wozu wir hier sitzen? Sonst könnte es passieren, dass ich mit meinem riesigen Zinken auf einmal niesen muss, und dann – hoppla – ist das Feuer aus, das willst du doch nicht, oder?«

Er unterdrückte ein Lächeln, als er die Zornesröte sah, die in Hortensius' Wangen aufstieg. Er hatte sich abgewöhnt, den Zwerg in der Höflichkeitsform anzureden – wenn dieser schon glaubte, dass ein Hybrid nichts war als ein Klotz aus Blut und Stein, dann konnte Grim ihn in diesem Irrglauben ruhig noch ein wenig bestärken.

Hortensius neigte den Kopf. Die Lichter der Flammen flackerten über sein Gesicht und warfen tiefe Schatten in seine Augenhöhlen, dass es Grim für einen Moment so vorkam, als säße ihm ein Toter gegenüber.

»Die Geschichte des Kriegers des Lichts reicht weit zurück«, begann Hortensius. Er nahm einen Stock zur Hand und stocherte damit im Feuer herum, sodass Funken ausstoben und sich wie flammende Glühwürmchen in die Nacht warfen. »Der Erste ihrer Art hieß Kirgan, und er war ein Held ohne Furcht. Viele seiner Nachfahren sind seinem Beispiel gefolgt, doch eines Tages …« Er hielt inne, und etwas Drängendes und Sehnsüchtiges trat in seinen Blick, das Grim fast glauben ließ, dass Hortensius weitersprechen würde. Doch dann schüttelte der Zwerg den Kopf. »Nein«, sagte er bestimmt. »Ich habe einen Eid geschworen, und niemals wird einer von euch erleben, dass ein anständiger Zwerg sich gegen das oberste Gesetz seines Volkes auflehnt und einen Schwur bricht.« Er holte tief Atem. »Ich werde versuchen, euch zum Krieger des Lichts zu führen. Doch dafür müssen wir die Nacht hier verbringen. Mehr kann ich euch nicht sagen. Noch nicht.«

Grim verdrehte die Augen. Er wusste, dass die Gesellschaft der Zwerge von zahlreichen Gesetzen bestimmt wurde, die in typischer Zwergenmanier mit einem Trotz eingehalten wurden, der für jemanden wie ihn ausgesprochen schwer nachzuvollziehen war. Seit jeher hatte er problemlos jede Regel gebrochen, deren Existenz er für absurd hielt – und er wusste, dass er sich neben unzähligen anderen Aspekten besonders in diesem Punkt grundlegend von einem Zwerg unterschied. Mit keiner Waffe der Welt würde er Hortensius zum Reden bringen können, das war ihm klar.

Remis seufzte herzerweichend. »Aber wo sind wir denn hier überhaupt?«

Hortensius warf ihm einen tadelnden Blick zu. »Von einem Kobold der vierzehnten Generation sollte man größeres Geschichtswissen erwarten können«, entgegnete er.

Remis verzog beleidigt den Mund. »Ich weiß, ich weiß«, murmelte er. »Tara hier, Tara dort – Anderwesen, die im Mondschein tanzen, nackte Menschen, die hier Zauberkräfte zu spüren meinen, und die legendären Feste der Elfen aus lang vergangener Zeit …«

Carven hob den Blick, ein aufgeregter Glanz lag in seinen Augen. »Und der Kampf Jhurmal Thronnegars gegen den Hexer von Balvquist, der auf diesen Hügeln stattgefunden haben soll!« Mit beinahe nachlässiger Geste strich er mit zwei Fingern über seine Handfläche, auf der gleich darauf der farbige Zauberdrache entstand, den Grim bereits bei ihrer ersten Begegnung auf Hortensius' Fernseher bemerkt hatte. Mit gewichtiger Miene sah er sich in der Runde um und stieß eine kleine Rauchwolke aus, die sich in die goldene Gestalt des Elfenherrschers verwandelte. Mia lachte leise, und Remis setzte sich gespannt auf ihrem Knie auf. Grim stöhnte unmerklich. Hatte er gerade noch geglaubt, den Tiefpunkt dieser Nacht schon erreicht zu haben, musste er jetzt auch noch die Phantasien eines Kindes über sich ergehen lassen.

Carven bewegte leicht die Finger, woraufhin die Figuren sich in die Luft erhoben und sich angriffsbereit umkreisten. »Jhurmal Thronnegar zog ein flammendes Schwert und forderte den Hexer heraus, der seit langer Zeit in den Reihen der Elfen gewütet hatte wie kein zweiter Gespiele der Schatten zuvor.« Tatsächlich hob der goldene Illusionszauber zeitgleich mit den Worten Carvens sein Schwert. Der Drache setzte eine betont finstere Miene auf und entzündete seine Augen in rotem Feuer. Unter den Fingerbewegungen Carvens gingen sie aufeinander zu – und verwickelten sich gleich darauf in einen aufsehenerregenden Kampf. »Ohne Furcht kämpfte der Elfenherrscher gegen die Finsternis des Bösen, drängte die Schatten zurück und bohrte sein Schwert tief in das hasserfüllte Herz des Hexers!« Mit weit aufgerissenen Augen stieß Carven durch seinen goldenen Zauber dem Drachen das Schwert in den geisterhaften Leib, und Grim verdrehte die Augen, als Remis auf Mias Knie ergriffen die Luft einsog und anfing zu klatschen.

»Nett«, grollte Grim und bedachte erst Carven, dann den soeben niedergestreckten Drachen mit einem Blick unter hochgezogenen Brauen. Der Drache kniff wütend die Augen zusammen, ehe er das Schwert seines Gegenspielers beiseiteschlug und diesen mit einem gierigen Haps verschlang. Er funkelte Grim noch einmal böse an, dann verpuffte er mit einem dumpfen Laut.

»Ich habe viele Geschichten über Jhurmal Thronnegar und den Hexer von Balvquist gelesen«, murmelte Carven beinahe entschuldigend. »Er war ein Held wie ...« Er hielt kurz inne, und Grim hoffte inständig, dass er nicht aussprechen würde, was er die ganze Zeit seit seinem Kampf gegen Alvarhas in den Augen des Jungen gelesen hatte. Für einen Moment schwieg Carven, und Grim glaubte schon, dass der Junge seine Gedanken für sich behalten würde. Doch dann sah Carven ihn an, lächelte unsicher und fügte hinzu: »Wie du.«

Grim schnaubte unwillig. »Du weißt nichts über mich, Carven Narrenkind, und noch viel weniger über Helden. Glaubst du wirklich, dass auch nur einer von uns gerade darauf erpicht ist, den Märchen eines Kindes zuzuhören?«

Carven senkte den Blick, als hätte Grim ihm vor die Füße gespuckt, und sah auf einmal so klein und armselig aus wie ein getretener Hund. Grim spürte Mias ärgerlichen Blick, er rechnete damit, jeden Moment einen bitteren Kommentar von ihr zu hören, und sah sein eigenes schlechtes Gewissen auch in den anderen Augenpaaren gespiegelt. Er dachte an die zerlesenen Bücher, die Carven unter seinem Bett gesammelt hatte. Er hatte noch nie ein Händchen für Kinder gehabt. Aber, verflucht noch eins: Das Letzte, was er jetzt brauchte, waren die bewundernden Blicke eines Wechselbalgs. Hortensius öffnete unter wütendem Kopfschütteln den Mund, doch ehe er etwas hätte erwidern können, ergriff Remis das Wort.

»Ich für meinen Teil mag Heldengeschichten«, stellte er mit einem angriffslustigen Seitenblick auf Grim fest. »Und ich glaube, dass es den meisten so geht – auch wenn manche es nicht zugeben können. In Wahrheit sind es doch gerade diese Leute, die irgendwelche Probleme mit sich herumtragen und tatsächlich Narrenkinder sind.«

Grim stieß die Luft aus, beschloss aber, sich nicht auf eine Diskussion mit einem aufsässigen Kobold einzulassen. Remis schickte noch einen kleinen Zornesfunken in seine Richtung, dann ließ er den Blick erneut über die Hügel Taras schweifen. »Wie gesagt – ich weiß einiges über dieses Gebiet. Früher sollen hier die Hochkönige gelebt haben – und die Feen mit ihrem gewaltigen Schloss …«

Theryon lachte leise. »In der Tat waren die Hügel Taras für sehr lange Zeit die größte Siedlung meines Volkes in dieser Welt. Nicht grundlos sprießen Eichen, seit jeher die am meisten geliebten Bäume der Feen, durch den Einfluss der einströmenden Magie so zahlreich an diesem Ort, ebenso wie die glimmenden Bhor Lhelyn. Unter unseren Füßen erstrecken sich die A'ng Dh'ùmiel – ein weitläufiges Reich mit prunkvollen Gewölben, Hallen und Sälen, die bis zur Tempelstadt Alfrhandhar im Boyne-Tal reichen. Ja – lange lebten wir auf und in den Hügeln Taras. Seht ihr den Stein dort hinten, der sich gegen die Schatten der Nacht stemmt? Man nennt ihn auch den Lia Fáil oder Schicksalsstein – in ihm bündelte sich einst die Macht aller Feenorte dieser Welt, und nun … Nun wird er zu alter Stärke zurückkehren. Hier erhoben sich die Mauern des Schlosses Fynturil, seit jeher der einzig wahre Königssitz der Feen in dieser Welt. Ganz in der Nähe, in Alfrhandhar, waren die Tempel der Túatha Dé Danann ebenso zu finden wie die Gräber der hohen Familien und Helden früherer Zeit. Die Gebäude dieser Stadt waren aus den kostbarsten Materialien und …«

Remis seufzte leise. »Ja«, sagte er mit entschuldigendem Lächeln. »Ich habe von der Tempelstadt der Feen gehört, und ich kenne auch die Geschichten und Legenden über Tara. Aber …«

»Aber die Wahrheit«, raunte Hortensius, »die Wahrheit kennst du nicht?«

Er lächelte auf tückische Art, und Grim zog unwillkürlich die Brauen zusammen. Ihm stand nach Carvens Märchenstunde nicht auch noch der Sinn nach Zwergengeschichten, aber vielleicht würde sich Hortensius' Zunge lockern, wenn er erst einmal ins Reden gekommen war.

»Wir sitzen auf dem Feld der Verdammten«, flüsterte Hortensius. »Hier ist der Ort, an dem der letzte Krieger des Lichts fiel.«

»Ihr wart dabei, nicht wahr?«, fragte Mia leise. »Bei der Schlacht?« Sie schaute Hortensius mit diesem Blick an, der Grim regelmäßig dazu brachte, seine geheimsten Gedanken preiszugeben. Er unterdrückte ein Lächeln, als er sah, wie der Zwerg unbehaglich hin und her rutschte.

»Ja«, erwiderte Hortensius. »Das war ich.«

»Erzähl uns davon«, forderte Grim ihn auf. Er hatte freundlich gesprochen, doch Hortensius warf ihm einen Blick zu, als hätte er gebrüllt.

»Narren«, murmelte er. »Wir sitzen auf verfluchter Erde, und ihr wollt Geschichten über den Krieg hören, als wärt ihr Menschenkinder in sicheren Betten.« Er schüttelte den Kopf und schien nachzudenken. Mia zog die Arme um ihren Körper, und auch Grim fühlte den eiskalten Wind, der auf einmal um ihr Feuer strich, lautlos und gierig wie ein todbringender Schatten. Hortensius erzitterte unter der Berührung des Luftzugs. Etwas ging über sein Gesicht wie eine Erinnerung, die ihm den verhärmten Ausdruck nahm und ihn stattdessen jung aussehen ließ – und traurig. Dann hob er den Blick und schaute einem nach dem anderen in die Augen. »Wir sitzen auf verfluchter Erde«, wiederholte er. Seine Stimme klang rau und geheimnisvoll wie die eines Abenteurers, der einen langen Marsch durch finstere Wälder und gefährliche Steppen hinter sich gebracht hatte und nun für eine Mahlzeit und ein warmes Feuer seine Geschichten erzählte.

Grim musste lächeln. Er erinnerte sich noch gut an jene lang vergangenen Zeiten, in denen Geschichtenerzähler noch kein Mythos gewesen waren. Langsam sog er die Luft ein. Aus irgendeinem Grund hatte er auf dieser Insel das Gefühl, als würden diese Erinnerungen durch einen seltsamen Zauber wiedererweckt, mehr noch, als wäre die Vergangenheit an diesem Ort noch nicht verloren – als könnte tatsächlich jederzeit ein Geschichtenerzähler über ein schneebedecktes Feld oder aus dem Nirgendwo kommen, an die Tür eines Hauses klopfen und um Unterkunft ersuchen – und niemand würde sich darüber wundern. Er dachte an Tomkin, den Barden, und war sich sicher, dass dieser eine solche Wanderung schon mehrmals hinter sich gebracht hatte – lange bevor die Magie der Feen begonnen hatte, die Welt zu verwandeln.

Schweigend betrachtete Grim den Zwerg über das Feuer hinweg und sah zu, wie aus Hortensius, dem Buchbinder, ein Geschichtenerzähler wurde mit einer Stimme voller Zauber, die Grim einlullte und wehrlos machte wie ein kleines Kind. Auch Mia schaute gespannt zu dem Zwerg hinüber, ebenso wie Remis, dem nur ein Tütchen Erdnüsse gefehlt hätte, damit er aussah wie in einer der Nächte, in denen er mit Grim auf einem Häuserdach gesessen und die Filme der Menschen angeschaut hatte. Grim seufzte leise. Remis entwickelte sich mehr und mehr zu einem Konsumkobold, so viel stand fest. Carven schaute in die Flammen, aber Grim sah, dass er gespannt darauf wartete, was sein Meister erzählen würde. Nur Theryon saß regungslos, den Blick in die Ferne gerichtet, als wartete er auf etwas Unheilvolles, das jenseits ihres Flammenkreises lag.

»Ja«, fuhr Hortensius fort. »Und ihr fühlt den Fluch dieser Erde, wenn ihr Finger und Zehen tief in sie hineinbohrt.« Wie zur Veranschaulichung grub er seine rechte Hand in die Erde, hob sie dicht übers Feuer und ließ ein feines Rinnsal aus Sand in die Flammen fallen. Grim hob die Brauen, als die Flammen sich schwarz verfärbten und der Sand in wilden grünen Funken in die Nacht sprang. Hortensius zog die Hand zurück. Langsam rieselten Sand und Erdklumpen zu Boden. Im Schein des Feuers wirkte beides wie Fleisch und Blut. Grim wollte sich abwenden, aber da hörte er die Schreie, die plötzlich über das Feld drangen. Er wusste, dass es eine Illusion war, und doch starrte er wie gebannt auf die Erde in Hortensius' Hand, hörte die Sterbenden und roch Blut, Metall und Tod.

»Hier wurden Schlachten geschlagen«, sagte der Zwerg mit dunkler Stimme. »Kriege tobten hier zwischen Feen und Menschen, Zwergen und Dämonen, Elfen und uralten Alben. Hier war es, wo Kirgan die Macht Bromdurs empfing – hier fiel der letzte Krieger des Lichts, nachdem er die älteste noch lebende Fee in die Verbannung zurückgeschickt hatte.«

Da hob Carven den Kopf und flüsterte ein Wort, einen Namen, der Grim einen Schauer über den Rücken schickte. »Morrígan …«

Theryon sog die Luft ein, doch er regte sich nicht. Er hatte einen Punkt am Horizont fixiert, eine seltsame Kälte ging auf einmal von ihm aus. Grim berührte ihn an der Schulter, doch der Feenkrieger lächelte abwesend und wandte nicht den Blick.

Hortensius stieß seinen Stock heftig in das Feuer. Die Flammen loderten auf, Mia und Remis fuhren erschrocken zurück.

»Morrígan, die Große Königin, die dem Tod ihre Hand verweigert«, sagte Hortensius düster. »Angehörige der Túatha Dé Danann –

eine Fee des Zwielichts. Sie erscheint als Schönheit oder als Ungeheuer und wird beidem gleichermaßen gerecht. Häufig nimmt sie die Gestalt einer Krähe an, denn diese ist ihr Zeichen.«

Er zog den Stock aus den Flammen und zeichnete rasend schnell eine glühende Krähe in die Luft. Für einen Moment meinte Grim, die roten Augen aus Feuer schwarz aufflackern zu sehen. Mit zusammengezogenen Brauen sah er zu, wie die Feuerschnüre zu Boden fielen und erloschen.

»Lange kämpfte sie gegen die Herrschaft der Menschen auf dieser Insel – bis Kirgan sie verbannte«, fuhr Hortensius fort. »Besonders die Unschuld der Kinder, nach der sich ihr erkenntnisstarres Herz heimlich sehnte, verfolgte sie mit blutiger Hand, und viele Sagen berichten davon, wie Morrígan ihre Opfer bei lebendigem Leib verschlang, ehe sie in tiefen, todesähnlichen Schlaf fiel. Die Unschuld der Kinder, so steht es in den Schriften der Alten, soll ihr diesen Schlaf gewährt haben – denn für gewöhnlich schlafen Feen niemals.«

Remis schluckte hörbar. »Soll das heißen«, flüsterte er und zwinkerte ängstlich in Richtung der Flammen, »dass sie Kinder gefressen hat?«

Theryon nickte langsam. »Ich habe euch von der Sehnsucht der Feen erzählt«, erwiderte er. »Von der Sehnsucht nach dem Ersten Licht. Und es ist, wie ich sagte: Für Außenstehende ist es nur schwer zu ermessen, wie kalt ein Leben in der Dunkelheit des Geistes ist – und wie verheißungsvoll die Aussicht auf ein wenig Linderung, die die Unschuld verspricht. Nichts anderes ist ja das Erste Licht: Unschuld, Poesie, das Ewig-Kindliche, und in keinem Geschöpf dieser Welt findet man es in reinerer Form als in den Kindern der Menschen. Je älter eine Fee ist, desto größer wird die Dunkelheit in ihrem Inneren und desto brennender ihre Sehnsucht – oder ihre Gier. Und Morrígan ist sehr alt.«

Kaum hatte er das gesagt, flackerte ein Licht über den Himmel, bläulich schimmernd wie ein Nebel aus Farben, und verschwand gleich darauf.

»Ein Nordlicht«, flüsterte Mia.

Theryon legte den Kopf in den Nacken. Sein Gesicht hatte einen angespannten Ausdruck angenommen. »Samhain steht bevor«, sagte er leise wie zu sich selbst. »Jene Nacht, in der fremde Welten sich uns leichter nähern können, eine Nacht voller dunkler Magie und uralter Geheimnisse. Nicht selten kommt es zu rätselhaften Phänomenen, Nordlichter ziehen über den Himmel, Hagelkörner fallen an einem sonnigen Tag. Und die Verbannten nähern sich unserer Welt. Dämonen, Alben … und Feen.«

Kaum hatte er das letzte Wort ausgesprochen, wehte ein lang gezogener Klagelaut über die Hügel zu ihnen herüber. Er kam weder aus der Richtung des Dorfes noch vom Friedhof, und die Krähen waren plötzlich ebenso verstummt wie der Wind oder die heiseren Schreie Asmaels. Es war, als hätte sich eine Glasglocke über sie gestülpt, unter der nur bestimmte Geräusche hörbar blieben.

Angespannt folgte Grim Theryons Blick, der wie gebannt hinaufschaute zu dem höchsten Hügel Taras, auf dem plötzlich eine weibliche Gestalt erschien. Sie trug ein langes, hellgrünes Kleid, das in dem geisterhaften, lautlosen Wind flatterte wie in einem Orkan. Lange rote Haare wehten um ihre Schultern und Hüfte, als sie den Hügel hinabglitt – sie glitt tatsächlich, ihre bloßen Füße berührten den Boden nicht. Grim stockte der Atem, als er erkannte, dass sie drei Köpfe hatte, die einander vollkommen glichen. Reglos starrten sie zum Feuer herüber wie die Gesichter von Toten unter dünnem Eis.

»Was zum Teufel …«, murmelte er, doch Hortensius lachte leise.

»Nein, mein Freund«, erwiderte er und schaute mit düsterer Miene zu der geisterhaften Gestalt hinüber, die immer näher kam. »Diese Erscheinung hat mit dem Teufel nichts zu tun.«

Damit erhob er sich, befestigte seinen Streitkolben am Gürtel, zog einen kleinen Lederbeutel aus seiner Tasche und öffnete ihn. Leise murmelnd griff er hinein und begann, grünen Sand in den Flammenkreis zu streuen. Noch war der Schutzzauber nicht vollends entfacht worden, doch in dem Sand lag bereits jetzt eine Macht, die Grim selten in einem Schutzkreis gefühlt hatte. Unruhig setzte er sich auf und schaute zu der Gestalt hinüber, die in einiger Entfernung stehen geblieben war.

»Es ist, wie euer feeischer Freund soeben gesagt hat«, murmelte Hortensius düster. »Die Lichter des Nordens sind das Zeichen der Feen. Sie kamen auch, als die Grenze eingerissen wurde, war es nicht so? Seht!«

Er deutete zum Horizont, der kurz in nebelweißem Licht aufflammte, das dann wie eine zähe Welle auf das Feuer zukroch, sich zerteilte und nach und nach Figuren bildete – Gestalten aus schattenhaften Träumen, Wesen aus Märchen voller Angst und Verzweiflung. Grim spürte, dass er aufgehört hatte zu atmen, während er diesen Wesen entgegenschaute. Sie alle trugen fließende, nebelhafte Gewänder in dunklen Farben wie Rot, Blau oder Grau, ihr meist langes Haar wehte im lautlosen Wind, und ihre Gesichter schoben sich zart und durchscheinend aus der Dunkelheit. Grim wusste, dass es Feen waren, die sich ihnen näherten – Feen aus der Zwischenwelt oder von einem anderen Ort der Verdammten, Feen, die von ihrem eigenen Volk ausgeschlossen oder von anderen mächtigen Wesen verbannt worden waren, Feen, die ihrer Körper beraubt worden waren oder sie für den Fluch der ewigen Verdammnis hinter sich gelassen hatten. Ohne Ausnahme waren sie wunderschön, und doch befiel Grim bei ihrem Anblick eine Unruhe, die er sich erst erklären konnte, als die ersten Gestalten den Schutzkreis fast erreicht hatten und ihre Gesichter vom Feuer erhellt wurden. Mit Ausnahme des rätselhaften Windes, der sie begleitete, wirkten sie wie gewöhnliche Feen, die durchscheinende Haut, die rätselhaften, geheimnisvollen Gesichter – doch ihre Augen waren anders. Zwar spiegelten sie nichts, wie es für das Volk der Feen üblich war, aber sie waren schwarz wie verkratzte Steine und mit feinen, meertiefen Rissen übersät, in denen nichts lauerte als Frost und Einsamkeit.

Grim zog Mia an sich, denn er spürte die Kälte, die von diesen Wesen ausging. Mit rätselhaftem Lächeln hielten sie Abstand, aber sie umschlichen den Sandkreis wie Raubtiere ihr geschwächtes Opfer. Grim schien es, als warteten sie auf etwas. Kaum hatte er das gedacht, ging eine Erschütterung durch die Erde, ein Beben von solcher Tiefe, dass es fast wie ein Herzschlag klang. Grim kam auf die Beine, Mia umfasste seine linke Klaue und erhob sich mit ihm. Etwas brachte die Luft zum Erzittern wie die Rotorblätter eines gewaltigen Hubschraubers, aber es war kein Laut zu hören bis auf... Grim hielt inne. Donner.

Da stieß Hortensius einen Schrei aus. Blitzschnell schlug der Zwerg die Hände zusammen, rief den Zauber und entzündete den Schutzkreis um sie herum. Flackernd schossen grüne Flammen in die Höhe, die Feen wichen mit grellen Schreien zurück. Im selben Moment brach der Himmel auseinander – die Wolken über ihnen wurden von einer gewaltigen Macht zerfetzt, und dahinter, erhellt von schwarz flackerndem Licht, schoss eine Gestalt auf das Feuer zu. Instinktiv zog Grim Mia zu Boden, auch Carven, Remis und Hortensius gingen in Deckung. Nur Theryon schaute der Gestalt entgegen, regungslos wie eine Statue, den Mund zu einem staunenden Ausdruck verzogen. Grim folgte seinem Blick und sah die Fee, die auf sie niederstürzte. Sie trug ein dunkles, wehendes Kleid, ihre schwarzen Haare umflatterten sie wie ein Krähenschwarm, und ihre Augen glühten in goldenem Feuer. Grim roch den Duft ihres Blutes wie das Salz in der Luft über dem Meer. Die Fee riss den Mund auf, und ein Schrei zerfetzte die Nacht, der Grim ins Gesicht fuhr wie ein Fausthieb. Die Flammen des Schutzkreises schossen weiter empor, wölbten sich über ihren Köpfen und griffen nach der Fee, die schmerzerfüllt aufschrie, als das Feuer ihre ausgestreckte Hand erfasste. Eilig fuhr sie zurück und entfernte sich ein Stück weit von dem Schutzkreis. Sofort zogen auch die Flammen sich zurück.

Grim kam auf die Beine. Sämtliche Feen hatten sich rings um das Feuer versammelt. Sie bildeten einen nebelhaften Kreis der Geister, doch keine schaute zu den Flammen. Sie alle betrachteten jene Fee, die den Himmel zerrissen hatte. Hoch aufgerichtet stand sie da, seitlich zu den Flammen und den Kopf ein wenig geneigt. Die verletzte Hand hielt sie vor ihren Mund, sodass riesige Augen darüber hin in Grims Richtung schauten. Noch nie hatte er solche Augen gesehen. Gerade noch hatte er geglaubt, dass sie golden waren, doch in Wirklichkeit waren sie schwarz wie ein Stück Nachthimmel mit kaum sichtbaren, haarfeinen Rissen. Er trat etwas näher an die Flammen heran, er wollte sehen, ob diese Augen anders waren als die der übrigen Feen – ob sie etwas spiegelten. Er spürte, wie Mia die Hand nach ihm ausstreckte, doch er streifte sie ab wie einen Fetzen Papier. Er hörte das Zischen der Flammen, doch er sah nichts mehr als das Gesicht der Fee. Unverwandt schaute sie ihm entgegen, und für einen Moment sah er sich selbst in ihren Augen. Doch es war kein Spiegelbild. Es war ein Gefängnis. Kaum hatte er das gedacht, wurden die Risse in den Augen der Fee größer und brachen auseinander. Goldenes Licht quoll aus ihnen hervor, glühend heiß und tödlich warf es sich Grim entgegen und erlosch zischend in den Flammen des Schutzwalls. Im selben Moment ließ die Fee die Hand sinken und gab den Blick frei auf messerscharfe schwarze Zähne. Ihr Mund hatte sich zu einem Lachen verzogen, Blut wälzte sich darin auf und ab.

»Schnell!«

Grim spürte den Hieb von Hortensius an seinem Arm wie durch dicke Tücher.

»Legt euch das um.« Der Zwerg drückte jedem von ihnen ein verrostetes Amulett in die Hand, das sie sich um den Hals legten. »Setzt euch auf den Boden, schaut in die Flammen – nirgendwo anders hin, habt ihr verstanden? Für gewöhnlich kommen sie nicht so nah, sie sind heute gefährlich, wir ...«

Statt seinen Satz zu beenden, kniete er sich nieder und begann, mit einem Ritual den Zauber des Schutzwalls zu verstärken. Angespannt zog Grim Mia zu Boden. Auch Theryon und Remis setzten sich dicht ans Feuer. Ein leises Wispern ging durch die Luft, Grim fühlte den Lockruf der Feen wie zuckende Blitze auf seiner Haut. Mehr als einmal war er versucht, den Blick zu heben und aufzuschauen. Doch er fixierte die Flammen, sah, wie sie sich als tanzende Körper ineinanderschoben, und hörte auf das leise Murmeln von Hortensius. Plötzlich fuhr der Zwerg herum und zog Grims Blick auf sich. Seine Lippen formten einen Namen, und noch ehe er ihn aussprach, spürte Grim, wie das Blut aus seinem Kopf wich.

»Carven«, flüsterte Hortensius kaum hörbar und sah sich mit wirrem Blick in ihrem Schutzkreis um.

Der Junge war verschwunden.

Grim sprang auf die Füße, ebenso wie Theryon, der dicht an die äußeren Flammen herantrat und die Hügel mit seinem Blick absuchte.

»Seht!«, sagte der Feenkrieger angespannt. »Dort ist er!«

Grim sah die geisterhaften Gestalten der Feen, sah auch Morrígan, die sich auf einen Hügel in einiger Entfernung zurückgezogen hatte – und da, nur noch wenige Schritte von ihr entfernt, war Carven und ging langsam auf sie zu. In der Hand hielt er das rostige Amulett, das Hortensius ihm gegeben hatte – er musste es abgelegt haben. Morrígans Ruf war zu mächtig gewesen.

»Nein«, grollte Grim, doch seine Stimme klang brüchig und seltsam fremd. Wie durch Watte hörte er Hortensius' Stimme.

»Sie wird ihn töten, er ist ein Kind, ich muss ...«

Hortensius trat auf die Flammen zu, Grim wusste, dass er, ohne zu zögern, hindurchgehen und sich den Feen zum Fraß vorwerfen würde bei dem Versuch, den Jungen zu retten. Schnell packte er den

Zwerg im Nacken und schickte einen Lähmungszauber in seinen Körper, um jede Gegenwehr zu unterbinden. Jeden, der jetzt den Schutzkreis verließ, würden die lauernden Verbannten als Beute betrachten, so viel stand fest. Grim sah Carvens kleine schmächtige Gestalt, er sah das zerzauste Haar, das im eisigen Wind wehte, und plötzlich fühlte er die Flammen des Schutzkreises dicht an seiner Haut. Er war ein Schattenflügler, er war ein Gargoyle und ein Mensch. Er würde nicht zulassen, dass vor seinen Augen ein Kind den Tod fand, ob Wechselbalg oder nicht – niemals und unter keinen Umständen.

Er spürte das Blut wie Feuer in seinen Adern, als er den Kreis durchschritt. Sofort umtoste ihn eisiger Sturm, die Feen begannen zu singen, und ihre Stimmen schrien in seinen Ohren wie die Rufe der Sirenen auf hoher See. Er fühlte, wie sie ihm ins Fleisch schnitten, schon schwebten die ersten Gestalten zu ihm heran. In der Ferne hörte er Mia schreien, doch er drehte sich nicht um. Morrígan stand auf dem Hügel wie eine Königin des Schreckens, und ihr Opfer hatte sie fast erreicht. Schon streckte Carven die Hand nach ihrem Kleid aus, die Fee lächelte grausam, als sie sich zu ihm niederbeugte. Sie konnte ihn nicht fressen, denn sie besaß keinen Körper – doch es gab andere Wege, jemandem das Leben zu rauben. Sie würde ihn töten, das stand außer Zweifel.

»Scheusal!«, brüllte Grim und zerfetzte mit dem Zorn seiner Stimme die Körper der ersten Feen, die ihn fast erreicht hatten. Morrígan warf den Kopf in den Nacken, etwas Wildes stand in ihren Augen, doch auch Carven wandte den Blick. Für einen Moment erstarrte die Welt um Grim herum. Die nebelhaften Gestalten der Feen, die mit hassverzerrten Gesichtern auf ihn zurasten, das flatternde Gewand Morrígans, ihr zum Schrei aufgerissener Mund – nichts bewegte sich mehr bis auf Carvens Gesicht, das Staunen in seinen Augen und dann das Lächeln, das sich wie ein Geschenk auf seine Lippen legte.

Da schoss etwas durch die Stille, ein blutiger, schwarz brennender Speer. Grim sprang zurück, doch der Speer traf ihn an der Hüfte und flutete seinen Körper umgehend mit dunklem Gift. Wuterfüllt packte er die Waffe und riss sie aus seinem Fleisch. Die höhere Magie strömte durch seine Glieder, während er mit gewaltigen Schwingenschlägen auf Morrígan zuraste. Die Feen um ihn herum griffen nach seinen Armen und Beinen, ihre geisterhaften Krallen hinterließen tiefe Kratzer in seiner Haut, doch er fühlte es kaum. Noch kämpfte sein Zauber gegen Morrígans Gift, noch hatte sie ihn nicht besiegt. Er fühlte, wie sich Müdigkeit auf seine Schläfen legte, doch da sprang Morrígan vor und riss Carven mit einer magischen Schlinge an sich. Gebückt starrte sie Grim entgegen. Sie erwartete einen magischen Angriff, sie hatte die höhere Magie längst gespürt und würde jeden von Grims Zaubern mit boshaftem Lachen in der Luft zerreißen. Für sie war es ein Spiel in der Düsternis ihrer Verdammnis, eine Abwechslung in ihrem endlosen Einerlei der Nacht. Grim sah Carvens Gesicht, plötzlich bleich und angstverzerrt, und er sah, wie sich Morrígans Zauber in das Fleisch des Jungen grub, bis Blut kam. Mit einem Brüllen schoss Grim heran und entließ die Attrappe von einem Zauber aus seinem Handgelenk ins Leere. Gleich darauf riss er die Faust in die Luft, umgab sie mit gleißend hellem Licht und blendete Morrígan, sodass die Fee zurücktaumelte.

Dann zog er Carven aus ihrem Zauber und raste mit ihm zum Feuer zurück. Hinter ihnen stieß Morrígan einen Schrei aus. Grim wurde von einem heftigen Feuerzauber getroffen, der ihn zu Boden warf, doch er schützte Carven mit seinem Körper, als sie auf harter Erde aufschlugen. Keuchend kam Grim auf die Beine, er spürte, wie glühende Flammen über seinen Rücken leckten. Es war uralte, mächtige Magie, er konnte sie nicht bezwingen. Taumelnd schlug er einen Schutzzauber um den Jungen und packte ihn an beiden Schultern.

»Lauf!«, grollte er, doch seine Zunge lag schon schwer in seinem

Mund. Carvens Augen waren riesengroß, zwei Stücke des Himmels. Grim sah noch, wie der Junge den Mund öffnete und schrie. Dann fühlte er, wie er nach vorn fiel, ein schrilles Lachen zerriss die Luft. Finsternis umdrängte ihn, er stürzte mitten hinein in den eiskalten Riss in seiner Brust. Gleich darauf zogen ihn Wellen auf den Grund eines Meeres. Er war wieder im See von Bythorsul, doch dieses Mal umschlangen tödliche Fesseln seinen Körper. Vor ihm stand ein Junge, er hatte seinen Namen vergessen, doch sein dunkles Haar wurde von den Wellen hin und her getragen. Grim wusste, dass der Junge fliehen musste, er wusste nicht warum, nur dass es so war, aber der Junge blieb stehen und schaute ihn an, unverwandt wie ein Wunder aus einem Märchen. Dann lächelte der Junge, streckte wie selbstverständlich die Hand aus, berührte eine der brennenden Fesseln um Grims Brust und zerriss sie, als wäre sie nichts als ein Faden aus Nebel. Grim konnte wieder Atem holen, und er kam auf die Beine, als wäre alle Kraft in seinen Körper zurückgekehrt.

Das Meer war verschwunden, stattdessen glitten Feen über ihn hinweg. Carven stand neben ihm, Grim spürte die Reste des Heilungszaubers, der von den Fingern des Jungen ausströmte, wie Funken aus Feuer auf seiner Haut. Carven zitterte und war starr vor Angst, aber er floh nicht, er blieb, auch jetzt, da Morrígan durch die Menge ihrer Anhänger stob wie ein brennender Pfeil, der Schwaden aus Nebel zerriss.

Grim packte Carven an der Schulter und schob ihn hinter sich. Er konnte die Hitze des sicheren Feuerkreises fast schon fühlen, der Junge würde es schaffen, wenn er Morrígan aufhielt – und das würde er. Entschlossen ballte er die Klauen, die höhere Magie setzte sie in Flammen. Dann stieß er die Faust vor – doch gerade, als er seinen Zauber entließ, wurde er von einem heftigen Schlag zurückgeschleudert. Er sah noch, wie sein Zauber sich Morrígan entgegenwarf und sie behinderte, und spürte gleich darauf, wie er am Kragen gepackt wurde. Mit beeindruckender Kraft und in wahnsinniger Geschwindigkeit schleifte Hortensius ihn über die Ebene zum sicheren Feuer. Gemeinsam mit Carven durchbrachen sie die Flammen, dicht gefolgt von Morrígan, die funkensprühend gegen den Schutz prallte und ihr schönes Gesicht für einen Augenblick zur Schreckensfratze verzerrte.

Schwer atmend sank Grim neben das Feuer. Remis sauste auf seinen Arm, Mia ließ sich neben ihm fallen und griff besorgt nach seiner Klaue. Theryon legte eine Hand auf seine Hüfte, mit geschlossenen Augen murmelte er einen Heilungszauber, der das Gift der Fee aus Grims Körper vertrieb. Hortensius zog Carven an sich, kurz nur und flüchtig, aber so heftig, dass der Junge husten musste.

Da zerriss ein Schrei die Luft, markerschütternd und schrill. Grim richtete sich auf und sah, wie die Feen mit Morrígan an ihrer Spitze über den Himmel tanzten, ehe sie in den Strahlen der Morgensonne verschwanden. Rasch nahm er Hybridgestalt an und erhob sich.

»Die Nacht ist vorbei«, sagte er und ließ es zu, dass Remis erleichtert auf seine Klaue flog. Verwundert sah Grim, dass feine blaue Funken über seine Finger tanzten. Auch die Hände der anderen wurden in blaues Licht gehüllt.

»Jetzt seid ihr bereit«, sagte Hortensius mit seltener Hingabe in seiner Stimme. »Jetzt seid ihr würdig, an jenen Ort zu gelangen, zu dem ich euch führen werde: zum Grab von Aldrir – dem letzten Krieger des Lichts.«

Kapitel 26

Das erste Licht des Tages fiel durch die hohen Fenster der Christ Church Cathedral und zauberte Schattenspiele auf den mit bunten Mosaiken bedeckten Boden. Mia roch den Rauch erloschener Kerzen, und ein Gefühl von Anspannung legte sich auf ihre Schultern, als sie hinter Hortensius die Stufen zur Krypta hinabstieg. Mit einem Flüstern entzündete der Zwerg eine von vier mit gläsernen Zylindern umgebenen Kerzen, die er an metallenen Schlaufen in der Hand trug.

Remis sog leise die Luft ein. »The cold smell of sacred stone«, flüsterte er und fing Mias überraschten Blick mit schelmischem Zwinkern auf. Sie musste lächeln. Niemals hätte sie erwartet, einen Moorkobold aus *Ulysses* zitieren zu hören. Grim hingegen schaute so finster vor sich hin, dass seine Augen vollständig in dunklen Schatten lagen.

»Deswegen mussten wir also auf diesem verfluchten Feld herumsitzen«, grollte er neben ihr, ohne auf die Lautstärke seiner Stimme zu achten. Unheimlich hallte sie in den finsteren Gewölben wider, die sich weitläufig in der Dunkelheit verloren. Er hielt seine Hände in die Luft, über die flirrende Funken dahinzogen. »Nur so konnten wir diesen Zauber erlangen, der uns Zugang gewähren wird zum Grab des letzten Kriegers des Lichts. Aber was haben wir dort zu suchen? Wir brauchen einen lebendigen Helden, keinen toten!«

Sie sah ihn an. Viel hätte nicht gefehlt, und er hätte mit seinem zornigen Blick ein Loch in Hortensius' Rücken gebrannt, der zielstrebig vor ihnen herlief. »Geduld«, sagte sie leise. »Wir werden es erfahren.«

Sie lachte, als Grim verächtlich die Luft ausstieß. Er hatte viele Talente im Überfluss – aber Geduld gehörte nicht dazu. Wütend schnaubte er durch die Nase. »Das ist …«

Da fuhr Hortensius herum, baute sich vor Grim auf und stach mit dem Zeigefinger in Richtung seines Gesichts. »Ihr befindet euch in einer der größten Krypten in Irland und England«, sagte der Zwerg ärgerlich, und das Echo seiner Stimme irrte eine Weile wie ein Flüstern durch die Gewölbe. »Sie trägt das gesamte Gewicht der Kathedrale und des Hauptturms, und sie versteht sich darauf, lärmende Eindringlinge für immer in sich einzuschließen. Da, seht selbst!« Er deutete auf eine Vitrine an der Wand, in der eine Katze und eine Ratte ausgestellt wurden – beide in mumifiziertem Zustand. »Die beiden wurden im Jahr achtzehnhundertsechzig in einer Orgelpfeife gefunden. Offensichtlich waren sie bei einer lärmenden Verfolgungsjagd stecken geblieben. Was ich damit sagen will: Einer Kirche wie dieser dürfte es ein Leichtes sein, einen grölenden Halbgargoyle zur Raison zu bringen. Alles klar?«

Mia unterdrückte ein Lachen, als Hortensius Grim einen wütenden Blick zuwarf, aber Remis kicherte leise. Erst als Grim ihn düster ansah, presste er die Lippen aufeinander und hielt die Luft an, bis ihm die Röte in die Wangen stieg, um seine Heiterkeit bei sich zu behalten. Schweigend setzten sie ihren Weg fort, vorbei an grob gehauenen Steinpfeilern, bis Hortensius vor einer Wandnische stehen blieb. Eine von der Zeit zerfressene Statue stand in einer Ecke, kurz meinte Mia, sie hinter ihrem halb aufgelösten Gesicht lachen zu hören. Neben der Statue erhob sich ein steinernes Portal – der Eingang zu einer Gruft. Ornamente liefen über die Steinblöcke hin, die es umfassten. Hortensius entzündete die anderen Kerzen. Zwei davon reichte er Theryon und Mia, eine gab er Carven.

»Bleibt zusammen«, sagte er gedämpft. »Diese Gruft ist ein magischer Ort, und auch wenn wir in friedlicher Absicht kommen, ist unser Eindringen hier nicht ungefährlich. Legt eure Hände auf die Statue.«

Schweigend taten sie, was er ihnen sagte, und Mia fuhr zusammen, als die Statue plötzlich den Mund öffnete und weißer Nebel zwischen ihren Lippen hervortrat. Flüsternd glitt er über die Steine des Portals – und löste sie auf. Dahinter lag vollkommene Finsternis. Langsam zog Mia die Hand zurück. Die Dunkelheit erschien ihr wie ein lebendiges Wesen, das nur darauf wartete, sie zu verschlingen. Doch Hortensius straffte die Schultern und wollte gerade das Grab betreten, als Grim ihn zurückhielt.

»Einen Augenblick«, grollte er. »Ich habe vergangene Nacht schon einmal fast mein Leben verloren, nur weil Monsieur Klein-aberoho es nicht für nötig befunden hat, uns über die Gefahren einer Übernachtung auf den Hügeln von Tara zu informieren. Das wird mir nicht noch einmal passieren.«

Hortensius funkelte ihn wütend an. »Dann solltest du vielleicht lieber draußen warten, wie Feiglinge es tun«, erwiderte er giftig.

Ehe Grims Klaue die Kehle des Zwergs packen konnte, schob Theryon sich dazwischen. »Wir haben in der letzten Nacht genug Schrecken erlebt«, sagte der Feenkrieger ernst. »Es wird nicht nötig sein, uns darüber hinaus gegenseitig von der eigenen Schrecklichkeit zu überzeugen, indem wir uns beleidigen.«

Hortensius schnaubte leise, und Grims Gesicht versteinerte trotz seiner Hybridgestalt für einen Moment vollständig. Dann nickten sie kaum merklich.

»Dieses Grab ist ein Ort der Ersten Zeit«, sagte der Zwerg. »Und wie all diese Plätze ist es angefüllt mit mächtiger, geheimer Magie. Schon in frühester Vorzeit wurde es von Menschen und Anderwesen genutzt, selbst die Dämonen sollen hier einst Rituale für ihre Verschiedenen abgehalten haben. Mit einem solchen Ort ist nicht zu spaßen. Ich wollte nur, dass ihr vorbereitet seid. Das ist alles.«

Mia ließ den Blick über die kunstvollen Ornamente gleiten, die über die Steinblöcke liefen. »Liegen alle Krieger des Lichts hier begraben?«, fragte sie ehrfürchtig.

Hortensius schüttelte den Kopf. »Nein. Sie wurden alle verbrannt, wie es für hohe Würdenträger üblich war. Das war nach der Tradition Kirgans die einzige Art, um Freiheit im Tod zu erlangen, und bereits dem ersten Krieger des Lichts wurde die Ehre gewährt, wie ein König in die Hallen des Todes einzuziehen.«

Mia zog die Brauen zusammen. »Aber Aldrir …«, begann sie, doch Hortensius sah sie mit einem Blick an, der ihr jedes weitere Wort im Hals stecken ließ.

Remis hatte den Ausdruck in den Augen des Zwergs allerdings nicht bemerkt. »Ja«, sagte er und stemmte nachdenklich die Hände in die Hüfte. »Wieso wurde er denn nicht verbrannt?«

Da schnaubte Hortensius verächtlich und wandte sich ab. »Das werdet ihr erfahren«, raunte er. »Aber nicht jetzt.«

Ohne sich noch einmal umzudrehen, stapfte er zusammen mit Carven in die Finsternis des Grabes hinein.

»Großartig«, murmelte Grim und starrte ihm hinterher, als wollte er ihn mit bloßen Blicken erwürgen. »So langsam begreife ich, warum das Volk der Zwerge unter den Gargoyles nicht gerade für Frohsinn und Freundlichkeit bekannt ist.«

Mit diesen Worten folgte er Hortensius. Mia ging ihm nach. Sie fühlte die Kühle des Grabes auf ihrem Gesicht wie einen Schleier aus uralten, langsam zerreißenden Tüchern. Die Luft wurde beinahe augenblicklich kalt und strömte diesen erhabenen Duft aus, den sie auch in den ältesten Gebäuden Ghrogonias oder in den Katakomben Roms wahrgenommen hatte. An diesem Ort, so schien es ihr, stand die Zeit still.

Sie hob ihre Kerze höher und beleuchtete einen schmalen Gang, dessen Ende sich in der Finsternis verlor. Der trockene, mit kleinen Rollsteinen versehene Boden war mit Lehm überzogen und dämpfte jedes Geräusch, und zahlreiche Symbole schmückten die gewaltigen Steinblöcke, die Wände und Decke des Ganges bildeten. Fasziniert strich Mia über die uralten Steine. Im ersten Moment glaubte sie, dass es Wasser wäre, das da an ihren Fingern haften blieb. Nachlässig wollte sie es abwischen, näherte ihre Hand dabei dem Licht der Kerze – und schrie auf. Erschrocken fuhr Grim herum, und Carven zuckte so stark zusammen, dass er beinahe die Kerze fallenlassen hätte. Mia betrachtete ihre Finger im Schein des Lichtkranzes.

»Blut«, flüsterte sie kaum hörbar. »An den Wänden.«

Grim entfachte ein helles Licht auf seiner Handfläche, und da sahen sie, dass Blutstropfen aus den Ritzen und Spalten der Steine sickerten. Sie tropften von der Decke und zeichneten verschlungene Symbole auf die Wände, als würden unsichtbare Totenhände darüber hinfahren. Mia kämpfte die Panik in sich nieder und wischte sich die Hand an ihrem Mantel ab. Gleichzeitig hörte sie ein dumpfes Poltern vom Eingang des Grabes her. »Was hat das zu bedeuten?«, fragte sie, obwohl sie es bereits wusste: Sie waren gefangen.

Hortensius ließ den Blick über die blutigen Wände gleiten. Zum ersten Mal sah Mia in seinen Augen so etwas wie Furcht. »Wir sind bemerkt worden«, sagte er heiser. »Und wir sind nicht willkommen. Er …«

In diesem Moment bohrte sich ein steinerner Pfahl aus der Wand, schoss auf Hortensius zu und hätte seinen Brustkorb zerschlagen, wenn der Zwerg nicht in Deckung gegangen wäre.

»Verflucht, was …«, schrie Remis panisch und schwirrte in die Luft. Gleich darauf raste der nächste Pfeiler aus der Wand, dicht gefolgt von scharfen Speeren, die von der Decke auf die Eindringlinge niederstachen.

»Runter!« Grim zog Mia mit sich. Tief geduckt rannten sie den

Gang entlang, dicht gefolgt von Carven, der sich an Grims Mantel festhielt, und Remis, der wie ein verirrtes Irrlicht zwischen den gewaltigen Todeswerkzeugen hindurchflitzte. Theryon hatte einen mächtigen Schutzschild um sie gelegt, aber die Wucht der steinernen Waffen zerschlug immer wieder mühelos die Magie, und Hortensius entging mehr als einmal nur knapp einem zerschmetterten Schädel. Endlich hatten sie das Ende des Ganges erreicht und gelangten in eine trapezförmige Grabkammer, von der weitere Gänge abzweigten. Breite Steinblöcke bildeten die Wände. Die Decke wurde von Wandsteinen und schmaleren Blöcken, die mitten im Raum standen, gehalten. Für einen Moment war es totenstill. Mia hörte ihren eigenen Herzschlag überdeutlich, die Finsternis aus den Gängen schien sie anzustarren, und sie rechnete damit, dass jede Sekunde etwas Schreckliches aus der Dunkelheit springen und sie angreifen würde. Dann hörte sie den ersten Schrei.

Instinktiv griff sie nach Grims Klaue, denn dieser Schrei war der Ruf eines Sterbenden gewesen, das wusste sie. Grim zog sie in die Mitte des Raumes, die anderen folgten ihnen, ohne die Gänge aus den Augen zu lassen, denn plötzlich drang das Keuchen weiterer Todgeweihter zu ihnen herüber, ihr Weinen, ihre Schreie und ihre Verzweiflung, die sich zu einem schrillen, fulminanten Chor des Todes vereinten. Im gleichen Moment fühlte Mia, dass sich etwas näherte. Eisige, von grauem Staub durchzogene Luft strömte aus allen Gängen zugleich auf sie zu, sie hörte hektisches Atmen, das tausendfach gebrochen von den Wänden widerhallte. Grim schickte mächtige Zauber in seine Klauen, Theryon, Hortensius und Carven gingen in Angriffsstellung, und auch Mia rief ihre Magie und machte sich darauf gefasst, ihr Leben vor dem zu verteidigen, was da kam.

Mit einem Brüllen stoben Schatten aus jedem Gang in den Raum, die sich direkt über ihren Köpfen zu einem dunklen Wirbel vereinten. Dieser blieb kurz in der Luft stehen, um dann mit lautem, wahnsinnigen Lachen auf sie niederzustürzen. Mia sprang wie die anderen zurück. Atemlos starrte sie auf das, was dort vor ihnen auf allen vieren gelandet war und sich nun langsam aufrichtete.

Im ersten Moment sah es aus wie ein in schwarze Lumpen gekleideter Mensch, ein Mann, der sein Gesicht unter einer weiten Kapuze verbarg. Doch auch wenn nicht diese durchdringende Kälte von diesem Wesen ausgegangen wäre, auch wenn Mia nicht die langen, mehlig weißen Totenfinger gesehen hätte, die aus den zerrissenen Lumpen ragten, hätte sie gewusst, dass das kein Mensch war. Etwas Unheimliches ging von diesem Geschöpf aus, etwas Ruheloses, das sie noch nie zuvor gespürt hatte. Für einen Moment schien es ihr, als wäre es keine Kreatur auf zwei Beinen, die da vor ihr stand, sondern ein schwarzer Fluss, der sie mitreißen würde, täte sie nur noch einen einzigen Schritt.

Da hob der Fremde den Kopf. Sein Gesicht wurde von der Dunkelheit seiner Kapuze verborgen, doch Mia wusste, dass er sie ansah. Sein Blick griff nach ihr, als hätte er eine Klaue. Sie wich zurück und sah schaudernd zu, wie der Fremde die Hände hob. Die Ärmel seines Gewandes rutschten ein wenig hinab, das Fleisch an seinen Armen war eingefallen und vertrocknet wie bei einer Mumie. Sie starrte in die Finsternis, dorthin, wo das Gesicht dieser Kreatur sein musste. Für einen Augenblick meinte sie, ein Lachen zu hören. Dann zog der Fremde sich die Kapuze vom Kopf.

Bleiche Haut zog sich über ein zerfressenes Totengesicht wie gefrorene Tücher, die Lippen waren von den verfaulten Zähnen zurückgewichen, und Mia meinte fast, das Blut in den vertrockneten Adern riechen zu können. Doch gleich darauf füllten sich die Augen des Fremden mit Nebel, einem sanften, geisterhaften Dunst, der seinem Körper innewohnte: Schleier des Todes. Mia hätte zurückweichen müssen, das war ihr klar, aber neben der Furcht, die in ihre Glieder kroch, fühlte sie eine seltsame Benommenheit, als der Fremde auf sie zutrat. Wie durch Watte hörte sie, dass Grim einen

Zauber sprach, doch der Fremde hob nur die Hand und wehrte ihn ab, als wäre er nichts als ein vom Wind umhergewirbeltes Blatt. Mia sah aus dem Augenwinkel, wie Grim in die Knie ging. Der Fremde streckte die Hand nach ihm aus, ohne sich von ihr abzuwenden. Dicht vor ihr blieb er stehen, die Nebel in seinen Augen krochen aus ihren Höhlen und strichen ihr über die Wange.

»Es ist lange her«, wisperte der Fremde, ohne den Mund zu bewegen, »dass sich ein Mensch hierher begab. Nun bist du gekommen, hierher in meine Verdammnis, um mich zu wärmen … mich, den Niemalstoten … mit deinem … Leben …« Der Fremde lächelte, er schien ihren Herzschlag zu hören. Fleisch legte sich auf seine Wangen und seinen Hals, langsam zog sich Haut darüber, dunkles Haar wuchs auf seinem Schädel und fiel in sanften Strähnen bis auf seine Schultern hinab, bis er sich in einen Mann um die dreißig mit vollem Haar und ebenmäßigem Gesicht verwandelt hatte. Auch sein zerrissener Mantel war verschwunden. Er trug nun schwarze Kleidung aus Leder und festem Samt, und an seinem Gürtel hing ein Schwert aus lang vergangener Zeit. Nur seine Augenhöhlen zeigten noch immer nichts als den Nebel, der in seinem Inneren lauerte. »Doch zuvor sage mir«, flüsterte er, »was trieb euch dazu, meine Ruhe zu stören und euch so in die Hände des Todes zu begeben?«

Lähmend strich die Kälte seines Körpers über Mias Haut. »Wir sind auf der Suche nach dem Krieger des Lichts«, brachte sie heraus. »Die Welt steht vor dem Untergang und …«

Da lachte der Fremde, es war ein helles, klares Lachen, das seltsam unpassend klang in der Finsternis der Gruft. »Schon wieder?«, fragte er amüsiert. »Und ihr habt vor, sie zu retten? Warum?«

Mia sah, wie er die Hand nach ihrer Kehle ausstreckte, doch noch ehe er sie berührt hatte, wurde ihr der Atem abgedrückt. Sie griff nach seinem Arm, aber der Nebel lähmte ihre Sinne und ließ ihre Finger hilflos durch die Luft gleiten.

»Weil das die Aufgabe eines Kriegers ist«, drang da Hortensius' Stimme durch Mias Benommenheit.

Der Griff des Fremden löste sich abrupt, sie stolperte rückwärts und hustete. Grim zog sie an sich, der Zauber war von ihm gewichen. Atemlos sahen sie, wie Hortensius sich vor dem Fremden aufbaute, der langsam sein Schwert zog. Eben noch kaum mehr als ein verrostetes Stück Metall, verwandelte sich die Klinge nun, da sie sich auf die Kehle des Zwergs richtete, in eine gleißende Waffe. Hortensius machte keine Anstalten, sich zu verteidigen, im Gegenteil: Er streckte die Arme langsam nach beiden Seiten aus, als wollte er zeigen, dass er keine Waffen trug, wenngleich der Streitkolben an seinem Gürtel eine andere Sprache sprach.

Etwas wie Verwunderung glitt über das Gesicht des Fremden. »Du«, raunte er dann.

Das Wort hallte durch den Raum, als würde es von einem Dutzend Dämonen wiederholt.

Der Zwerg nickte. »Aldrir«, sagte er leise. »Ich bin es. Hortensius, dein Erster Ritter – und dein letzter.«

Die Augen Aldrirs verengten sich, etwas zog über seine Lippen, das Erkenntnis oder Ekel hätte sein können. Zögernd trat er näher und berührte mit der Spitze seines Schwertes Hortensius' Brust. Carven wollte sich vorstürzen, doch Theryon hielt ihn zurück. Angespannt sahen sie zu, wie Aldrir Flammen in sein Schwert schickte und das Hemd des Zwergs langsam bis zum Bauch aufschnitt, ehe er es zur Seite schob. Nicht einmal berührte er dabei Hortensius' Haut.

Auf der Brust des Zwergs klaffte eine faustgroße Narbe, direkt über seinem Herzen. Aldrir stieß einen Laut aus, der wie ein Stöhnen klang. Die Nebel in seinen Augen wurden auf einen Schlag schwarz wie die Schatten seiner Gruft. Er taumelte rückwärts, das Schwert zitterte in seiner Hand. Schwankend sank er auf einem Steinquader nieder.

»Ich bin nicht ohne Grund gekommen«, sagte Hortensius mit fester Stimme.

Aldrir nickte langsam wie in einem Traum. »Nein, das ist wahr. Du bist gekommen, um deinen Eid zu brechen.«

Hortensius schüttelte den Kopf. »Niemals wirst du es erleben, dass ein Zwerg einen Schwur bricht, den er einmal geleistet hat. Doch wie du gerade erfahren hast, bedroht großes Unheil die Welt, und nur einer kann das Unvermeidliche aufhalten.«

Aldrir neigte den Kopf, als würde auf einmal eine schwere Last auf seinen Schultern liegen. »Der Krieger des Lichts«, flüsterte er. »Derjenige, der meine Macht trägt – und mein Blut.« Er hob den Blick, Abwehr flammte über sein Gesicht.

»Er ist unsere einzige Chance«, sagte Hortensius eindringlich. »Ich …«

Da sprang Aldrir auf, riss den rechten Arm in die Luft und deutete auf den Zwerg. »Erinnere dich an deinen Schwur! Du hast ihn nicht ohne Grund geleistet, damals auf den Hügeln Taras! Du weißt, was damals geschehen ist! Erinnere dich, mein Freund! Erinnere dich!«

Hortensius sah Aldrir schweigend an. Eine Traurigkeit lag in seinem Blick, die Mia das Atmen schwer machte. »Ich habe nichts vergessen«, sagte er leise. »Und ich halte mich an meinen Schwur. Aber die Zeiten wandeln sich, und vielleicht tun sie das auch für dich, obwohl du außerhalb von ihnen stehst. Vielleicht bist du nun bereit, in den Augen deines Nachfahren das zu erkennen, was den Orden der Sterne einst begründete – etwas, das du selbst verloren hast. Vielleicht kann er den Glanz der Krieger des Lichts zurückbringen. Doch dafür brauche ich deine Hilfe. Wir können den Lauf der Dinge ändern, mein Freund – weißt du das nicht mehr?«

Aldrir sank zurück auf den Stein, als hätte Hortensius ihn mit einem Schwerthieb verwundet. Langsam trat der Zwerg näher und legte ihm die Hand auf die Schulter. Mia sah, dass Aldrir seine ganze

Kraft brauchte, um Hortensius anzusehen. Er hob die Hand, doch ehe er die Schulter des Zwergs erreicht hatte, erstarrte er in seiner Bewegung. Er schüttelte den Kopf, schwarze Tränen sammelten sich in den Winkeln seiner Nebelaugen und rannen über seine Wangen hinab wie Tinte über ein Pergament. »Nein«, flüsterte er, und der Ton seiner Stimme fuhr Mia wie ein Wispern aus toten Mündern ins Gesicht. Dann sprang er auf, stürzte sich in die Finsternis eines Tunnels und war verschwunden.

Hortensius stand da wie vom Donner gerührt. Grim öffnete gerade den Mund, um etwas zu sagen, doch ehe auch nur ein Wort über seine Lippen gekommen war, zerriss ein Donnern die Luft, begleitet von einem gleißend hellen Blitz. Mia verlor das Gleichgewicht und fiel zu Boden. Erstaunt stellte sie fest, dass sie feuchtes Gras unter den Händen fühlte, und als der Blitz erlosch, umgab sie die samtene Dunkelheit einer sternklaren Nacht. Verwirrt kam sie auf die Beine, ebenso wie die anderen, die wie sie selbst zu Boden geworfen worden waren. Sie befanden sich auf den Hügeln von Tara, die sich in weißem Nebel verloren – demselben Nebel, der in Aldrirs Augen lag. Mia hielt den Atem an, als ihr klar wurde, dass sie in einer Erinnerung gelandet waren – einer Erinnerung des letzten Kriegers des Lichts.

Kaum hatte sie das gedacht, nahm sie einen süßen, metallischen Duft wahr. Sie fuhr sich mit der Hand über die Stirn. Etwas Feuchtes blieb auf ihrer Haut haften. Der Schreck ließ sie einen Schrei ausstoßen. Entsetzt schaute sie auf ihre Hände und erkannte, dass das, was sie für Tau gehalten hatte, Blut war. Sie wich zurück, stolperte über ein Hindernis und landete der Länge nach auf dem Boden. Stöhnend wandte sie den Kopf – und schaute in die Augen eines Toten. Es war ein junger Mann, kaum älter als sie selbst. Sein rechter Arm war herausgerissen worden, eine schreckliche Wunde klaffte quer über seiner Brust, doch sein Gesicht zeigte eine beklemmende Ruhe. Sein blondes Haar klebte blutverkrustet an seiner

Stirn, jede Farbe war aus seinen Lippen gewichen, und seine Augen waren so schwarz, dass Mia sich in ihnen spiegeln konnte. Einst hatte Hoffnung in ihnen geglüht wie ein unsterbliches Licht. Er war für diese Hoffnung in die Schlacht gezogen, das fühlte sie, er hatte an etwas geglaubt und war bereit gewesen, sein Leben dafür zu geben. Nun waren seine Augen leer und kalt. Für einen Moment meinte sie, Jakob ins Gesicht zu schauen – Jakob, der sie anlächelte, Jakob, der weinte, Jakob, der starb.

Grim trat zu ihr, und als sie ihn ansah, wusste sie, dass er wie sie begriffen hatte, wo sie waren: Sie standen auf einem Schlachtfeld, das getränkt war mit dem Blut unzähliger Gefallener, die dunkel und zusammengesunken auf der Ebene lagen. Da bewegte sich eine der Gestalten. Sie hockte auf dem höchsten Hügel und hielt etwas in den Armen.

Hortensius setzte sich wortlos in Bewegung, fast schien es, als würde der Zwerg magisch von dieser Gestalt angezogen. Mia griff nach Grims Klaue, es tat ihr gut, seine Wärme zu spüren mitten auf diesem Feld der Toten. Eilig liefen sie Hortensius nach, dicht gefolgt von Theryon, Carven und Remis. Sie hatten den Hügel noch nicht erreicht, als Mia erkannte, dass es Aldrir war, der dort saß – aber es war nicht der Aldrir, den sie in der Gruft gesehen hatte. Dieser Mann war lebendig. Er hielt einen gefallenen Gefährten in den Armen, dessen Körper vom blutverschmierten Umhang des Kriegers verdeckt wurde. Mia legte Carven eine Hand um die Schulter. Er war noch ein Kind, sie war sich nicht sicher, ob er verstand, dass sie in einer Illusion gelandet waren. Auf diesem Schlachtfeld hatte Aldrir die böse Fee Morrígan zurück in die Verbannung getrieben – hier hatte der Orden der Sterne sein Ende gefunden.

Da hob Aldrir auf dem Hügel den Kopf. Seine Augen waren schwarz, und nun, da Mia genauer hinsah, erkannte sie die Schleier des Todes weit hinten in seinen Pupillen. Er sah Hortensius an, der seinen Blick regungslos erwiderte. »Ich habe vergessen, was Zeit ist«, flüsterte er. »Ich habe vergessen, was Menschen waren und Zwerge und Feen. Sogar meinen eigenen Namen habe ich vergessen in jener schrecklichen Ewigkeit, in die mein Fluch mich getragen hat. Doch eines konnte ich niemals vergessen: dieses Bild. Es ist mein Gefängnis und mein Fluch.« Sein Blick schweifte über das Feld seiner gefallenen Ritter, und für einen Moment wirkte er wie ein sehr alter Mann. »Sie sind mir gefolgt. Sie haben ihr Leben gegeben – für mich. Und ich habe sie betrogen.«

Mia zog die Brauen zusammen. Wovon sprach Aldrir? Er war der letzte Krieger des Lichts gewesen, er war auf dem Feld der Ehre gefallen – er hatte die Welt vor Morrígan gerettet.

Als hätte er ihre Gedanken gehört, schüttelte Aldrir den Kopf und sah Hortensius an. »Erzähle es ihnen«, flüsterte er. »Erzähle ihnen, was wirklich geschehen ist.«

Hortensius zögerte einen Augenblick. Dann nickte er und wandte sich halb zu der Gruppe um. Er stand da wie ein Wanderer zwischen dem Reich der Lebenden und dem der Toten. »Ihr wisst, was man sich über den Orden der Sterne erzählt«, begann er, und seine Stimme klang müde.

Grim nickte düster. »Pedro von Barkabant brachte Unglück über die Welt. Viele Menschen nahmen sich an ihm ein Beispiel und führten Krieg gegen die Anderwelt, so auch der König von Irland, der gegen die Zwerge in die Schlacht zog. Der Orden geriet zwischen die Fronten, und es gelang den Anhängern Morrígans, dem damaligen Krieger des Lichts sein Schwert und einen Blutstropfen abzunehmen. Mit ihnen befreiten sie Morrígan, die Kirgan einst in die Verbannung geschickt hatte, und obwohl der Orden sich ihr und ihren Schergen entgegenstellte, hatten die Ritter ohne das Schwert Kirgans keine Chance. Morrígan tötete sie alle, bis auf …«

»… mich«, beendete Hortensius seinen Satz. »Ja, so lautet die Geschichte. Aber nicht alles in ihr ist wahr.«

Mia sah, dass seine Hände zitterten, er atmete heftig, als er sich mit den Fingern zu der Narbe an seiner Brust fuhr. Mehrfach versuchte er fortzufahren, doch es war, als zöge etwas in seinem Inneren die Worte jedes Mal von seiner Zunge zurück.

»Zu jener Zeit«, sagte Aldrir schließlich und schaute über die Hügel, als würde er in der Dunkelheit Bilder aus vergangenen Tagen erblicken, »da die Menschen und die Anderwelt sich mehr und mehr entzweiten, erhielt ich Nachricht von Anhängern Morrígans. Sie schlugen mir vor, ihrer Herrin mithilfe meines Blutes und meines Schwertes die Rückkehr in die Welt zu ermöglichen, und boten mir als Gegenleistung die Königswürde über die Grüne Insel an. Die Zwerge, so sagten sie, sollten in Frieden leben, und Morrígan würde mit ihren Feen unter sich bleiben.« Aldrir lachte leise und bitter. »Ich wusste, dass das eine List war – dennoch ging ich scheinbar darauf ein. Denn insgeheim trachtete ich schon lange danach, den machtgierigen König von Irland von seinem Thron zu verbannen und den Krieg mit den Zwergen zu beenden. Doch eines erkannte ich dabei nicht: dass auch ich selbst zu diesem Zeitpunkt bereits von dem Wurm zerfressen war, der sich Gier nennt. Ja … Es war keine List, mit der Morrígans Anhänger an mein Blut und Schwert gelangten. Ich habe es ihnen freiwillig gegeben. Der letzte bekannte Krieger des Lichts war ein verführbarer Lügner – und kein Held.«

Mia spürte, wie diese Nachricht etwas in ihr erschütterte. Kirgans Gesicht tauchte vor ihr auf, seine ehrlichen, tapferen Augen und sein Wille, sich dem Bösen entgegenzustellen, ohne Rücksicht auf Nachteile für ihn selbst. Das Geschlecht der Krieger des Lichts war eine Linie der Helden, ein Schlag jener Menschen, die die Welt besser machen konnten entgegen aller Vorurteile, die in der Anderwelt gegenüber ihrem Volk bestanden. Sie hatten ihr Leben gegeben im Kampf für das Gute, die Gerechtigkeit und die Freiheit aller Völker – und nun sollte der letzte Krieger des Lichts alles verraten haben, was Kirgan und seine Nachfahren einst begründeten?

»Was hattest du vor?«, fragte sie heiser. Aldrir sah sie an, nur für einen kurzen Moment zwar – aber sie erkannte ihn wieder, den schwarzen Fluss, der sie in seiner Verzweiflung mitreißen würde, wenn sie zu lange hineinsah. Aldrir hielt inne, als würde er in ihrem Blick etwas erkennen, das ihn noch trauriger stimmte. Dann wandte er sich ab.

»Mein Plan war es, Morrígan mithilfe des Schwertes zu bezwingen und mit ihrer Macht den König Irlands zu stürzen, um den Krieg zu beenden und in Frieden herrschen zu können. Ich stachelte die Menschen des Ordens damit auf, dass sie es verdient hätten, endlich mehr zu sein als lausige Ritter, und den Zwergen erzählte ich, dass der blutrünstige Menschenkönig verschwinden würde. Alle folgten sie mir.« Aldrir schüttelte den Kopf, als könnte er es noch immer nicht fassen. »Sie glaubten meinem Schwur, dass ich Morrígan bezwingen könnte. Nur einer weigerte sich, mit mir zu kommen.«

Carven sah seinen Meister mit großen Augen an. »Ihr wart das, nicht wahr?«, flüsterte er ehrfürchtig.

Aldrir warf dem Jungen einen Blick zu, ein sanftes Lächeln legte sich auf seine Lippen. »Ja«, erwiderte er an Hortensius' Stelle. »Doch dein Meister folgte uns heimlich. Er sah zu, wie wir auf das Schlachtfeld Taras traten, wie ich Morrígan befreite und es mir zunächst tatsächlich gelang, ihre Kräfte und die ihrer Schergen zu bezwingen. Doch dann …« Er hielt inne und holte tief Luft. »Dann versprach sie mir ein Leben als Feenherrscher, ein Leben in Unsterblichkeit und ewiger Jugend. Ich zögerte – und diesen Moment nutzte Morrígan aus. Sie sprengte den Bann, den ich auf sie gelegt hatte, entwand mir das Schwert und tötete auf einen Schlag all meine Ritter. Gerade als sie auch mich vernichten wollte, trat Hortensius auf das Schlachtfeld.«

Carven hob die Brauen. »Aber warum habt Ihr das getan? Habt Ihr Eure Meinung geändert?«

Hortensius lächelte ein wenig. »Nein«, erwiderte er sanft. »Ich stellte mich Morrígan nicht aus Gier oder Mordlust entgegen, sondern aufgrund der Freundschaft zu meinem Herrn. Gemeinsam gelang es Aldrir und mir, Morrígan das Schwert abzunehmen. Doch in dem Moment, da Aldrir sie zurück in die Verbannung schickte, verwundete sie mich tödlich.«

Er hielt inne und presste sich die Hand auf seine Narbe. Ein Zittern lief durch seinen Körper und im selben Moment schlug Aldrir seinen Umhang zurück und gab den Blick frei auf den sterbenden Ritter in seinen Armen. Es war Hortensius. Mia fuhr sich über die Augen. Sie wusste, dass sie sich in einer Illusion befand, aber in diesem Augenblick, da sie zwischen dem einen und dem anderen Hortensius hin- und herblickte, wurde ihr dennoch schwindlig.

Aldrir schaute noch einmal über das Schlachtfeld, es war, als söge er all das Leid, das seinetwegen über seine Ritter gekommen war, in einem einzigen Atemzug in sich auf. Er beugte sich über den Sterbenden in seinen Armen und küsste ihn auf die Stirn. Dann ging ein Ruck durch seinen Körper, er riss die Arme gen Himmel und brüllte einen Zauber, der Mia wie ein Sturmwind ins Gesicht fuhr. Heftiger Donner brachte die Erde zum Beben, Blitze zerrissen das Firmament und sammelten sich in einer einzigen, mächtigen Wolke aus Licht. Atemlos schaute Mia zu dem Schauspiel auf, fühlte die Farben auf ihrer Haut – und schrak zusammen, als die Wolke sich in einem gewaltigen schwarzen Blitz in Aldrirs Brust entlud. Der Krieger des Lichts zuckte unkontrolliert, während sich um ihn herum hauchzarter Nebel bildete. Dann brach er zusammen. Blaue Funken tanzten über seine Haut, während der Nebel sich von ihm zurückzog und sich stattdessen über den sterbenden Hortensius legte. Der Nebel flackerte kurz auf. Dann zog er sich in einer Lanze aus Licht zusammen, stob hoch in die Luft – und schlug krachend in Hortensius' Brust ein. Der Zwerg wurde ein Stück weit emporgehoben, ehe er wieder auf dem Rücken landete. Für einen Moment lag er regungslos. Dann sog er die Luft ein, es kam Mia vor, als täte er es zum ersten Mal. Erleichtert atmete sie auf, als Hortensius sich erhob, doch dann sah sie Aldrir. Graue Schleier flogen über ihn hin wie Geister, die jedes Fünkchen Leben aufsaugen wollten, das in diesem Augenblick aus seinem Körper rann.

»Aldrir rettete mein Leben, indem er seines opferte«, flüsterte Hortensius neben ihr. »So kam es, dass ich überlebte – als einziger Ritter des Ordens. Ich war es, der Aldrirs Kinder in die Oberwelt brachte und dafür sorgte, dass sie zu liebevollen Menschen kamen. Und ich war es, der das Feuer Bromdurs in seinem Erstgeborenen in schwelende Glut verwandelte und ihm auf diese Weise die Gabe der Magie nahm, so weit ich es vermochte.«

Mia sah, wie der Hortensius der Illusion sich neben Aldrir fallen ließ. Tränen standen in den Augen des Zwergs, als er nach der Hand seines Freundes griff. »Niemals wieder«, begann er, und der Hortensius neben Mia sprach seine Worte flüsternd mit. »Niemals wieder soll ein anderer die Macht missbrauchen, die deiner Linie gegeben wurde. Du sollst der letzte Krieger des Lichts sein, den diese Welt zu Gesicht bekommt – ein Krieger, dessen Irrweg in meinem Herzen versiegelt bleiben soll. Niemand wird jemals davon erfahren, das gelobe ich, damit auf die Ahnenreihe deiner Vorfahren kein Schatten fällt.« Er legte die Hand des Sterbenden auf seine Schulter, hielt sie dort fest und erwiderte die Geste. »Für die Freiheit der Welt«, sagte er, und Mia hörte, dass seine Stimme zitterte, als Aldrir leise in seine Worte einfiel. »Denn dafür kämpfe ich: nicht für Mensch oder Zwerg oder Andergeschöpf, nicht für Gut oder Böse, nicht für Tag oder Nacht – nein, nur für eines: Mein Weg ist das Licht.«

Aldrir lächelte, als er Hortensius ansah, und in diesem kleinen Moment war nichts mehr wichtig als dies: die Hand seines Freundes auf seiner Schulter und die Worte des Ordens auf ihren Lippen.

Da zog ein Windhauch über das Feld, eiskalt und flüsternd. Er griff nach den Körpern der Gefallenen. Mit angehaltenem Atem sah Mia, wie sie zu Asche wurden und sich in die Luft erhoben. Auch

Hortensius wurde von dem Wind erreicht. Noch einmal lächelte der Zwerg. Dann stob der Wind ihm ins Gesicht und trug seinen Körper als Asche davon. Aldrir griff nach ihm, doch nichts als feine schwarze Flocken blieben an seinen Händen haften. Die Asche wehte um sie herum, Mia sah, dass aus ihr die Gemäuer der Gruft wurden, die sie kurz darauf wieder umschlossen.

»Ich verbannte mich selbst in die Finsternis der untoten Existenz«, flüsterte Aldrir kaum hörbar. »Ich hatte es nicht verdient, den Weg derer zu gehen, die vor mir den Titel des Kriegers des Lichts trugen.« Lautlos kam er auf die Beine und trat zu Hortensius. »Du hast mein Andenken bewahrt. Du hast deinen Schwur gehalten.«

Hortensius nickte kaum merklich. »Du hast gezeigt, wozu ihr Menschen fähig seid. Du hast den Orden in den Untergang getrieben, weil du dich selbst überschätzt und deine Gier nicht erkannt hast. Auf den ersten Blick waren deine Motive edel, doch Morrígan hat hinter die Fassade gesehen. Sie hat erkannt, dass die Gier dich bereits zerfressen hatte, nur deshalb fielen ihre schwarzen Worte auf fruchtbaren Grund. Nur deshalb hatte sie mit ihren Verführungskünsten Erfolg.«

Aldrir schwankte und ließ sich auf die Knie nieder. »Vielleicht wird es dir eines Tages gelingen, mir zu vergeben«, sagte er, ohne den Zwerg anzusehen. »Ich selbst werde das niemals erreichen. Dessen kannst du gewiss sein.«

Die Stille, die nun folgte, drängte sich mit drückender Schwere um Mias Brustkorb. *Hoffnung*, hörte sie auf einmal die Stimme Folpurs in ihrem Kopf. *Wie kannst du als Mensch dieses Wort in den Mund nehmen? Du weißt nicht, was es bedeutet.* Und dann, fast im gleichen Moment, sah sie Jakob vor sich, verzweifelt und halb gebrochen und doch mit diesem Funkeln in den Augen, das ihr deutlich sagte: *Du bist eine Hartidin. Wenn du die Hoffnung verlierst, Mia, wird die Welt der Menschen niemals von der Anderwelt erfahren, sie wird sich selbst nicht kennenlernen, und sie wird sich vernichten – ohne überhaupt zu wissen, was sie verloren hat.* Sie fuhr sich mit der Hand an ihre Brust, dorthin, wo die Scherbe tief in ihrem Fleisch steckte. Es war ein eiskalter Schmerz, der sie durchzog.

»Ihr Menschen«, sagte Hortensius mit rauer Stimme. »Ihr zeichnet euch dadurch aus, dass ihr zwei Seiten habt: eine helle und eine dunkle. Du hast dich für die dunkle Seite entschieden und alles verraten, was uns einst verbunden hat. Und dennoch …« Er holte tief Atem. »Dennoch konnte ich dich nie hassen, nicht für einen Augenblick in all den Jahren. Du bist mein Freund, das bist du immer gewesen. Und das wirst du immer sein, mit allem Licht, das du in dir trägst – und aller Dunkelheit.«

Da hob Aldrir den Kopf und legte Hortensius die rechte Hand auf die Schulter. Der Zwerg zögerte für einen Moment. Dann erwiderte er die Geste. Mia hielt den Atem an. Wie ein Standbild wirkten die beiden, wie ein Leitstern auf dem Weg zu einer freien, einer vereinten Welt.

Dann wandte Aldrir den Blick ab. Langsam erhob er sich und schritt auf einen seiner finsteren Gänge zu, als wollte er sie ohne ein weiteres Wort verlassen. Langsam schaute er sich um, ein Lächeln huschte über seine Lippen. »Ich habe den Orden in den Untergang geführt«, sagte er leise. »Und ich werde es sein, der ihn zu neuem Leben erweckt. Folgen wir der Spur meines Blutes. Sie wird uns zu dem führen, den ihr sucht. Ich werde meinen Nachfahren finden, wie es sich für einen Krieger des Lichts gehört. Vielleicht kann er der Dunkelheit mit größerer Entschlossenheit begegnen als ich in meinen letzten Tagen.«

Kapitel 27

Der Gang schien kein Ende zu nehmen. Vor Ewigkeiten waren sie dieser zerfledderten Vogelscheuche von einem Krieger des Lichts in die Finsternis gefolgt, und seitdem umdrängten sie gewaltige Steinquader von allen Seiten wie die Pforten der Verdammnis. Grim musste den Kopf einziehen, und selbst jetzt, da er Menschengestalt angenommen hatte, war er für derartige Mäusegänge einfach zu groß. Sein Nacken schmerzte, als hätte er Mühlsteine geschleppt, und die beklemmende Stille, die ihn umspülte, drückte seine Stimmung noch zusätzlich.

Doch schlimmer als all das war Aldrir, dieser schlechte Scherz von einem Krieger, der in Wahrheit nichts war als ein machthungriger, verführbarer Mensch. Von Anfang an hatte Grim ein ungutes Gefühl bei der Sache gehabt, alle Hoffnung auf einen Menschen zu setzen, den sie noch dazu nur aus Sagen und Legenden kannten. Aber sie hatten keine andere Wahl gehabt, und daran hatte sich bis jetzt nichts geändert. Grim warf Mia einen Blick zu, die schweigend neben ihm herging, die Arme um den Körper gezogen, als würde sie frieren. Er hatte gesehen, wie die Offenbarungen Aldrirs sie getroffen hatten. Sie war es gewesen, die die Hoffnung auf den Krieger des Lichts angefacht und am Leben erhalten hatte. Jetzt musste sie erkennen, dass diese Hoffnung auf sehr wackligen Beinen stand. Er schob Remis beiseite, der auf seiner Schulter hockte, und legte den Arm um Mia. Sie lächelte ein wenig, und Grim sah den Funken in ihren Augen, den er an ihr liebte: das Licht in der Dunkelheit. Vielleicht hatte sie recht. Vielleicht würden sie in dem jetzigen Krieger des Lichts tatsächlich einen Helden finden, der die Hoffnung erfüllen konnte, die sie in ihn setzten.

Langsam wurde es heller in dem düsteren Gang, und nach einiger Zeit gelangten sie in einen ovalen Raum, dessen Decke von Steinblöcken getragen wurde. Ein mit Schlachtszenen reich verzierter Sarkophag stand auf einem kleinen Podest, und in Nischen, die in den Stein der Wände geschlagen worden waren, lagen Reliquien und Grabbeigaben aus lang vergangener Zeit.

»Willkommen in meiner Gruft«, sagte Aldrir mit einem Lächeln. Er schob mühelos den Deckel des Sargs beiseite, um einen alten Dolch und einige Münzen daraus zu entnehmen. Mit einer Geste bedeutete er der Gruppe, sich auf dem Boden neben dem Podest niederzulassen, und begab sich in die Mitte des Raumes. Leise murmelnd sprach er einen Zauber über seinem Dolch, beugte sich vor – und schnitt mit der Waffe durch den steinernen Boden wie durch Butter.

Grim presste die Zähne aufeinander. Es war nicht leicht, Metall und Stein zu bezwingen, zumal dann nicht, wenn beides ein hohes Alter erreicht hatte. Aldrir schien sein Zauber jedoch keinerlei Anstrengung zu kosten, und das bedeutete, dass dieser ehemalige Krieger des Lichts über beträchtliche magische Fähigkeiten verfügte – für einen Menschen. Allerdings wäre es nicht das erste Mal gewesen, dass Untote mit der Zeit, die sie existierten, ungeheuer stark wurden.

Aldrir schnitt einen großen Drudenfuß in den Boden und umgab diesen mit verschlungenen Zeichen, ehe er einen Kreis ringsherum zeichnete. Dann stellte er sich in die Mitte seines Pentagramms, legte den Kopf in den Nacken und hob den Dolch vor seine Augen, um ihn gleich darauf loszulassen. Die Waffe blieb regungslos vor dem Gesicht des Kriegers stehen. Aldrir streckte die Arme zu beiden

Seiten vom Körper aus. Die Handflächen wiesen nach oben, in jeder erkannte Grim eine Münze.

»Ich begebe mich nun auf eine Reise in die Vergangenheit«, sagte Aldrir mit feierlicher Stimme. »Auf der Fährte meines Blutes werde ich die Spuren meiner Nachfahren verfolgen bis zum heutigen Tag. Und am Ende wird der stehen, den ihr sucht – der letzte Krieger des Lichts.«

Mit diesen Worten umfasste er den Dolch mit seinem Blick. Die Klinge der Waffe begann in fahlem Licht zu glühen. Grim hörte ein Geräusch wie von berstendem Metall, das die Stille durchdrang und die Luft in unangenehmer Vibration erzittern ließ. Die Töne wurden heller und schriller, sie drangen in Grims Gehör ein wie Speere. Schmerzerfüllt presste er sich die Hände gegen die Ohren, doch gerade als er meinte, die Klänge nicht mehr ertragen zu können, riss Aldrir den Mund auf und brüllte. Der Schrei zerriss jedes andere Geräusch. Der Dolch schoss mit einem gleißenden Schweif aus Licht in die Höhe, umkreiste Aldrir, der die Hände zu Fäusten ballte, und blieb für den Bruchteil einer Sekunde hinter dessen Rücken stehen. Grim hörte das Zischen der Münzen, die sich glühend heiß in Aldrirs Handflächen versenkten, und roch den Gestank von verbranntem Fleisch. Dann fuhr der Dolch durch die Luft und bohrte sich von hinten in das Herz des Kriegers.

Die Spitze der Waffe ragte blutverschmiert aus Aldrirs Leib, doch nur für einen Moment. Dann wurde ihr Licht heller, silberne Strahlen schossen aus Aldrirs Brust und aus seinen Händen. Sein Körper wurde von innen erhellt, das Licht dehnte sich aus, schon zogen Risse über Gesicht und Arme wie über eine halb zerbrochene Figur aus Stein – und aus ihnen brach sich das Licht seinen Weg. Grim zog Mia an sich, doch er konnte sich nicht von dem Anblick abwenden. Da hob Aldrir den Kopf und sah ihn an. Sein Körper erstrahlte in silbernen Farben, es war, als wäre er eine Gestalt aus Licht. Ein Lächeln lag auf seinen Lippen, nur seine Augen waren dunkel und nebelhaft geblieben. Dann riss der Krieger des Lichts die Fäuste über seinen Kopf, der Dolch schoss nach vorn aus seiner Brust, und sein Körper zerbarst wie eine brechende Skulptur aus Eis.

Wie in Zeitlupe flogen kristallene Splitter durch die Finsternis der Gruft. Grim fühlte die Lichter des zerbrochenen Körpers auf seinem Gesicht und sah plötzlich Bewegungen, die in den einzelnen Scherben aufflackerten. Winzige, bruchstückhafte Bilder waren es, wie die Erinnerungen der Menschen, in die er zeit seines Lebens geblickt hatte – und doch mehr als das. Was Grim in Aldrirs zerbrochenem Körper sah, waren die Gedanken, Erlebnisse und Sehnsüchte aller Krieger des Lichts, die nach Aldrir gelebt hatten. Grim sah lachende Gesichter, Wolken, die über ein spiegelglattes Meer zogen, Armut in schäbigen Baracken und Kinderfüße, die über eine Sommerwiese liefen. Ein seltsames Gefühl ergriff ihn, als er ein lachendes Mädchen in einem Zugabteil sah, einen Hund, der davonlief, und den letzten Sommertag eines Jahres vor längst vergangener Zeit. *Wie flüchtig*, ging es ihm durch den Kopf, *ist ein Menschenleben – und wie viel kostbarer als eine Existenz der Ewigkeit.* Er betrachtete Mia von der Seite, sah den Glanz in ihren Augen, als sie das Schauspiel der Scherben beobachtete, und spürte wieder einmal in ganzer Tragweite, dass sie ein Mensch war – ein Mensch, dessen Zeit begrenzt war, ein Mensch, der leicht wie ein Schmetterlingsflügel durch die Zeit glitt und verschwunden war, ehe steinerne Klauen ihn greifen konnten – ein Mensch, der sterben würde.

Kaum hatte er das gedacht, als sich die Scherben in der Mitte der Gruft sammelten. Sie bildeten einen wirbelnden Körper aus Licht und Farben, und für einen Moment schwebte Aldrir vor ihnen, wie er einst gewesen war: als strahlender Nachfahre Kirgans, ohne Zweifel, ohne Gier in seinem Blick, mit Hoffnung in jeder Faser seines kristallenen Körpers und dem Willen, für eine bessere Welt zu kämpfen, selbst wenn es das eigene Leben kosten würde. Hoch über der Erde schwebte der Krieger des Lichts, und für diesen Augenblick gab Grim sich dem Zauber hin und ließ es zu, dass ein Lächeln über sein Gesicht zog. Dann breitete der Nebel in Aldrirs Augen sich aus, überzog das soeben noch strahlende Licht und verwandelte seinen Körper in einen Totenleib, umhüllt von zerrissenen Kleidern. Aldrirs Kopf fiel nach vorn, hart stürzte er auf den kalten Boden und alle Lichter erloschen.

Hortensius wollte zu ihm laufen, doch Aldrir kam schon auf die Beine, schwerfällig und schwankend wie nach einem heftigen Kampf. Er fuhr sich an die Brust, Blut blieb an seinen Fingern haften, das sich rasch in braunen Staub verwandelte. Grim schaute auf die zu Boden fallenden Flocken, etwas Schweres setzte sich auf seinen Brustkorb, als er in Aldrirs Nebelaugen blickte. »Hast du ihn gefunden?«, fragte er leise. »Den letzten Krieger des Lichts … deinen Nachfahren?«

Aldrir sah ihn an, aber etwas lag in seinem Blick, das Grim beunruhigte. »Seht selbst«, erwiderte er mit rauer Stimme. »Seht, wen ich gefunden habe.«

Lautlos kam der Zauber über seine Lippen. Grim schmeckte Blut auf der Zunge, das warme, schwere Blut Aldrirs, das ihm ohne sein Zutun die Kehle hinabbrann. Er sah noch, wie Mia erschrocken nach seiner Klaue griff. Dann wurde ihm schwarz vor Augen.

Für einige Augenblicke wusste er nichts mehr. Er schwebte in der Dunkelheit, obwohl er fühlte, dass er in einem Bett lag, einem Bett mit dünner, zerschlissener Decke, das in einem eiskalten Raum ohne Heizung stand. Er wusste, dass er sich in der Illusion von Aldrir befand – in jenem Bild, das der Krieger am Ende seiner Reise gefunden hatte. Er war ein Menschenkind, ein Junge, und erwachte gerade aus einem unruhigen Traum. Etwas hatte ihn geweckt.

Ein lautes Poltern ließ ihn zusammenfahren, dicht gefolgt von unverständlichem Gebrüll. Erschrocken riss Grim die Augen auf und fand sich in einem kargen Zimmer wieder. Viel zu sehen gab es nicht, zwei Betten, ein klappriger Schrank und eine uralte, an den Ecken abgerissene Tapete. Grim roch den Schimmel, der in schwarzen Flecken an der Decke wucherte. Fahles Licht fiel durch die Umrisse der geschlossenen Tür. Dahinter rumpelte es, und Grim spürte bei diesen Geräuschen ein drückendes Gefühl in der Magengegend. Es fühlte sich an wie Hunger – und Angst.

Ein Schluchzen aus der Ecke des Zimmers erschreckte ihn so sehr, dass er sich den Arm am Bettpfosten stieß. Angestrengt spähte er in die Dunkelheit. Dort hockte ein kleines Mädchen mit dichten, dunklen Locken und Augen wie aus blauem Gletschereis. Instinktiv wusste Grim, dass dieses Kind in dieser Illusion seine Schwester war. Er sprang aus dem Bett und bemerkte, dass er einen dünnen, viel zu großen Schlafanzug trug. Schnell zog er seine Decke an sich, lief mit tapsendem Geräusch zu dem Mädchen und legte sie ihr um die Schultern.

»Keine Angst«, sagte er mit seltsam hoher Stimme. »Es wird alles wieder gut.«

Grim spürte die Übelkeit, die bei diesen Worten in ihm aufstieg. Nichts wurde gut, das wusste er, aber das Mädchen war zu klein, um das zu begreifen. Er hatte gerade einen Arm um sie gelegt, um sie wieder ins Bett zu bringen, als etwas gegen die Tür flog.

»Dämliche Schlampe!«, grölte ein betrunkener Mann und schlug nach einer Frau, die schluchzend an der Tür niedersank.

Grim stand da wie versteinert. Er hörte die dumpfen Schläge, seine Schwester zuckte bei jedem einzelnen zusammen. Die Frau hinter der Tür war seine Mutter, das war ihm plötzlich klar, und der Kerl, der in diesem Zustand auf sie einschlug, war sein Stiefvater, den sie vor Monaten in einer Bar aufgegabelt hatte. Grim spürte die Wut in sich aufsteigen, glühend schwemmte sie jede Furcht davon. Er schob seine Schwester wortlos zu ihrem Bett, näherte sich der Tür und riss sie auf.

Vor ihm stand ein fettleibiger Kerl mit glänzender Stirn und vom Alkohol geröteten Wangen. Er trug ein fleckiges Unterhemd, das über seine Jogginghose hing, und hielt einen seiner Schuhe in der Hand. Mit glasigen Augen starrte er zu Grim herüber, offensichtlich brauchte er einen Moment, bis er begriff, wer da die Tür geöffnet hatte. Dann trat Zorn in seinen Blick. Mit einem Satz war er bei Grim, riss ihn am Kragen seines Schlafanzugs in die Luft und schüttelte ihn wie von Sinnen. »Du Bastard«, grölte der Mann. Sein Atem schlug Grim wie ein Fausthieb ins Gesicht. »Muss ich dir zeigen, was Manieren sind? Deine Hure von einer Mutter hätte dich mit deinem Versager von Vater begraben sollen, dann wäre mir dein Anblick erspart geblieben!«

Er ließ Grim fallen, der seinen Sturz nicht abfangen konnte und mit dem Kopf auf den Boden schlug. Grim spürte, wie ihm Blut übers rechte Auge lief, doch der Blick seiner Mutter war schlimmer. Kälte lag darin und eine unnennbare Feindseligkeit. *Du bist wie er*, hatte sie ihm nach dem Tod seines Vaters gesagt, und seitdem hatte sie ihn gehasst und nie den Versuch gemacht, das vor ihm zu verbergen.

Grim kam auf die Beine, doch da holte der Kerl aus und schlug ihm ins Gesicht. Aber Grim fiel nicht noch einmal hin. Er schwankte und starrte den riesigen Mann an, als könnte er ihn mit purer Wut erwürgen.

»Willst du mich umbringen?«, lallte der Mann und lachte ein widerlich klebriges Lachen. Taumelnd griff er nach einer Bierflasche, die auf dem Tisch gestanden hatte. Sie glitt ihm aus der Hand und zerbrach auf dem Boden. Boshaft grinsend packte er den Flaschenhals. Für einen Moment stand er da wie ein wahnsinniges Tier. Dann sprang er vor und schlug mit der Flasche nach Grim, der beim Ausweichen stolperte und der Länge nach hinschlug. Schon sah er den Schatten des Mannes, er wusste, dass er ihn umbringen würde. Benommen rappelte er sich auf, doch da sauste der Arm mit der Flasche bereits auf ihn nieder.

Ein Schrei zerriss die dumpfe Stille, die sich über die Szene gelegt hatte. Grim fuhr zurück, seine Schwester hatte den Arm des Mannes gepackt und biss mit aller Kraft hinein.

»Du kleine Kröte«, brüllte der Mann, packte das Mädchen an den Haaren und schleuderte es mit voller Wucht gegen die Wand. Ihr Kopf prallte gegen den Beton, reglos fiel sie zu Boden. Grim hörte ihren Herzschlag, ihr Blick suchte nach ihm, voller Angst hielt sie sich an ihm fest. Grim fühlte sein Herz wie von eisigen Klauen umfasst. Er stürzte zu ihr, doch schon krampfte sich ihre Brust zusammen, ihre Augen drehten sich nach oben, und noch ehe er sie erreicht hatte, war sie tot.

Auf der Stelle war jedes Geräusch um Grim verstummt. Er hörte nichts mehr als seinen eigenen Atem, hilflos und verzweifelt in der unheimlichen Stille, die ihn auf einmal umgab. Es schien ihm, als würde er vor einem Abgrund aus Finsternis stehen, noch nie hatte er etwas Ähnliches empfunden. Dieser Abgrund zog ihn an, er fühlte den Wind in seinem Haar, als er sich in die Dunkelheit fallen ließ. Gleich darauf wurde die Wut in ihm übermächtig, sie durchflutete seinen Körper und riss jede andere Empfindung, jeden klaren Gedanken mit sich. Tränen schossen ihm in die Augen. Er löste sich von dem Anblick seiner Schwester, und langsam, unendlich langsam wandte er sich um. Er fühlte wie in Zeitlupe, dass er den Arm hob. Etwas Heißes schoss durch seine Adern, ein Brüllen entwich seiner Kehle wie der Schrei eines sterbenden Tieres. Im nächsten Moment brach Feuer aus seiner Hand und schlug krachend in die Brust des Mannes ein. Grim roch verbranntes Fleisch, er hörte das Brechen der Rippen. Doch alles, was er sah, war das Erstaunen im Blick des Mannes, als er ihn anschaute. Langsam wie ein gefällter Baum sank er auf die Knie und war tot, ehe sein Kopf auf dem Boden aufkam.

Grim wich zurück, bis er mit dem Rücken gegen die Wand stieß. Er fühlte sich vollkommen taub, abgesehen von dem Schrei in seinem Inneren, der wider- und widerhallte, und die Dunkelheit, in die er sich gestürzt hatte, lichtete sich nur langsam. Seine Mutter kam auf die Beine, kreischend warf sie sich auf den Mann und fing an zu heulen. Abrupt riss sie den Kopf hoch, starrte Grim an und sprang so schnell auf ihn zu, sodass er nicht zurückweichen konnte.

»Teufelsbrut«, zischte sie, dass ihr alkoholgetränkter Speichel sein Gesicht traf. »Du Dämon von einem Sohn!«

Grim atmete nicht mehr, denn in diesem Moment erkannte er sein Gesicht im Spiegel ihrer Pupillen – das Gesicht des Kriegers des Lichts. Er war ungefähr acht Jahre alt und hatte pechschwarzes Haar, das ihm in allen Richtungen vom Kopf abstand. Seine Augen jedoch waren von ungewöhnlich klarem Blau und standen in merkwürdigem Kontrast zu seiner bronzefarbenen Haut und den dunklen Haaren.

»Carven«, flüsterte Grim und fand sich im nächsten Augenblick in seinem eigenen Körper wieder. Atemlos kam er auf die Beine, ebenso wie die anderen. Sie alle starrten den Jungen an, der zusammengesunken und mit tränenbefleckten Wangen in einer Ecke der Gruft saß.

»Du«, grollte Grim und hob ungläubig die rechte Klaue. »Du bist der Krieger des Lichts?« Er warf Hortensius einen Blick zu. »Und du wusstest davon?«

Der Zwerg war wachsbleich hinter seinem Bart. Nicht eine Sekunde lang ließ er Carven aus den Augen. »Nach dem Untergang des Ordens bin ich in der Welt der Menschen geblieben«, sagte er mit heiserer Stimme. »Ich ertrug es nicht, unter den Zwergen zu leben – meinen Brüdern, die ich belügen musste, obgleich Ehrlichkeit eines der obersten Gesetze meines Volkes ist. Die Menschen wussten nicht, wer oder was ich bin. Sie hielten mich für eine kleinwüchsige Ausgabe ihrer eigenen Spezies, sie haben eben ein ziemlich gewöhnliches Gehirn in Anbetracht ihrer außergewöhnlichen Größe, da kann man nichts anderes erwarten. Sie stellten mir keine unbequemen Fragen, sie ließen mich in Ruhe. Doch der wahre

Grund für mein Leben in der Oberwelt waren immer die Krieger des Lichts.«

Er schwankte und musste sich an der Wand der Gruft festhalten. Carven starrte ihn an, Grim schien es, als würde der Junge nur noch aus Augen bestehen.

»Ich brachte Aldrirs Nachfahren in die Menschenwelt«, fuhr Hortensius fort. »Ich sorgte dafür, dass sie in liebevollen Familien aufwuchsen. Ich beobachtete sie, ich wurde Zeuge, wie sie wiederum Nachfahren bekamen, und so begleitete ich Generation um Generation von Kriegern des Lichts. Keiner von ihnen fiel der Anderwelt jemals auf, denn …« Er stockte. »Ich habe ihre Magiefähigkeit geschwächt, indem ich das Feuer Bromdurs in ihnen dämpfte. Große Macht birgt große Gefahr in den Händen eines Menschen, das habe ich erfahren. Niemals wieder sollte ein Krieger des Lichts seine Macht entfalten – und sie möglicherweise missbrauchen. Aus diesem Grund habe ich Aldrirs Nachfahren die Fähigkeit genommen, ihre Magie voll zu entfalten – was nötig wäre, um das Schwert Kirgans zu finden und seine Kraft zu nutzen. Mitunter jedoch flammte ihre Magie dennoch in ganzer Stärke auf und suchte sich über meinen Bann hinaus ihren Weg – wie bei Carven in dieser einen Nacht. Kurz nach diesem Vorfall lief er davon, und ich fand ihn, wie ich es euch beschrieben habe … bettelnd und frierend. Ich führte ihn in die Anderwelt ein und erzählte ihm, dass er ein Wechselbalg sei. Seitdem hat er seine Magie nie wieder in solcher Stärke genutzt.« Hortensius holte Atem. Grim wusste, dass der Zwerg den Jungen um Verzeihung bat, lautlos und in Gedanken.

Carven erwiderte seinen Blick, für einen Moment kam es Grim so vor, als würde er noch einmal in dem Körper des Jungen stecken und dieselben Gefühle haben wie dieser: Angst, Verzweiflung – und Hass auf sich selbst, ebenso wie eine brennende Zerrissenheit und Einsamkeit, die aus der Kluft in seinem Inneren entsprang wie ein tödliches Gift. Er spürte den Blick Carvens auf seinem Gesicht, diesen hilf- und haltlosen Blick, der aussah, als würde der Junge rückwärts in eine tiefe Finsternis stürzen. Langsam schüttelte Carven den Kopf. Dann sprang er auf, und in einer Geschwindigkeit, dass selbst Grim ihn nicht aufhalten konnte, rannte er durch den langen Gang der Gruft davon.

Kapitel 28

Dunkelheit lag über den Dächern der Stadt, eine schwere, kalte Finsternis war es, die Mia frösteln ließ. Suchend schweifte ihr Blick über die Straßen rund um das Jurys Inn, auf dessen Dach sie standen, doch Carven war nirgendwo zu sehen. Er hatte die Kathedrale fluchtartig verlassen und war in die Nacht Dublins abgetaucht wie ein Kiesel, der ins Meer geworfen wurde. Zuerst hatten sie sich aufgeteilt, doch weder Hortensius und Theryon auf den Straßen noch Grim und sie selbst in der Luft hatten den Jungen gefunden. Er konnte überall sein. Remis suchte noch immer in den Straßenzügen rings um die Kirche nach ihm, doch bislang schien ihn seine Spürnase nicht auf die richtige Fährte geführt zu haben. Aldrir, der die Umgebung der Kathedrale nicht verlassen konnte, bemühte sich mit einem Zauber, Carven aufzuspüren, aber bislang hatte auch er keinen Erfolg gehabt, und selbst Asmael, der die Gassen mit seinem scharfen Blick absuchte, hatte ihn nicht gefunden und ließ aus der Ferne mitunter einen heiseren Schrei über die Dächer hallen.

Regungslos schaute Mia nach Wood Quay nahe der Liffey hinüber. Ein Geflecht aus Schlingpflanzen der Bhor Lhelyn hatte die Bürogebäude der Stadtverwaltung beinahe vollständig eingesponnen. Teilweise ragten die Strukturen der einstigen Wikingersiedlung durch den Beton, die von ihren Erbauern um das Jahr 841 errichtet und vor noch nicht allzu langer Zeit unter den Verwaltungsgebäuden begraben worden war. Nun eroberte sie sich unter dem Einfluss der Feenmagie ihren Platz zurück wie ein Geist, dem neues Leben eingehaucht wurde, so wie auch einige andere Plätze und Gebäude der Stadt, die langsam zu früherem Zauber zurückkehrten. Vereinzelt liefen Menschen zu dieser späten Stunde durch die Nacht. Mia sah ihre teils betörten, teils verunsicherten Gesichter, wenn sie an den schimmernden Pflanzen vorübergingen, und wünschte sich für einen Moment die Ahnungslosigkeit dieser Menschen in ihre eigenen Gedanken. Sie wussten nicht, was hinter der Veränderung ihrer Welt steckte – sie ahnten nichts von der Gefahr, die sie alle töten konnte.

Mia fuhr sich über die Augen. Warum zum Teufel hatte sie Carven nicht aufgehalten? Sie hätte wissen müssen, dass er mit einer solchen Nachricht nicht umgehen konnte, aber sie hatte nur dagesessen, selbst geschockt und überrascht von den Neuigkeiten, und nicht schnell genug reagiert. Und nun standen sie zu viert auf dem Dach dieses verfluchten Hotels gegenüber der Kathedrale und starrten in die Nacht.

»Der Krieger des Lichts ist ein Kind«, murmelte Grim nach einer Weile. Es waren die ersten Worte seit Carvens Flucht, die überhaupt jemand sprach. »Er, ein kleiner Junge, soll die Schneekönigin bezwingen.«

Mia wollte etwas erwidern, irgendetwas, das ihr selbst die Zuversicht zurückgeben konnte, die sie die ganze Zeit über in den sagenumwobenen Krieger des Lichts gesetzt hatte – doch was sollte sie Grim entgegnen? Sie dachte an Jakob und versuchte sich vorzustellen, wie er an ihrer Stelle denken und fühlen würde. Lautlos stieß sie die Luft aus. Er würde an Carven glauben. Doch wie sollte sie das? Wie konnte ein Junge, der noch schwächer war als sie selbst, gegen eine so mächtige Fee wie die Schneekönigin ankommen? Ihre eigenen Worte hallten dumpf in ihr wider. *Noch schwächer als sie selbst.* War sie das nicht – schwach? War es nicht ihre Schuld, dass die Feen in den Besitz des Zepters gekommen waren? Hatte sie die Königin und ihre Schergen nicht in blinder Sehnsucht nach Jakob mit einem Zauber vor der Menschenwelt geschützt?

»Vermutlich hat er sich irgendwo verkrochen«, fuhr Grim fort. »Er hat die Hose gestrichen voll, so viel steht fest. Aber selbst wenn er kein schwaches Kind wäre, sondern der Held, den ich erwartet habe – er hätte trotzdem keine Möglichkeit mehr, seine Macht zu nutzen, weil dieser Dummbeutel von einem Zwerg ihm seine Magiefähigkeit genommen hat.«

Hortensius warf ihm einen wütenden Blick zu. »Niemand vermag es, einem anderen eine Gabe zu nehmen, die er von Geburt an besitzt«, erwiderte er giftig. »Auch ich nicht. Ich konnte die Magiefähigkeit schwächen, das ist alles. Carvens wahre Kräfte schlummern in ihm als die Glut des Feuers, das Bromdur seinen Ahnen einst schenkte und das in ihm zwar nicht mehr brennt, dessen Asche aber noch immer in schwelender Glut steht. Es gibt Möglichkeiten, dieses Feuer neu zu entfachen. Auch aus diesem Grund habe ich Aldrir aufgesucht. In ihm, dem Verfluchten und Untoten, wohnt dasselbe Feuer, das auch in Carven als schwache Glut schwelt. Aldrir könnte diese Glut mit seinem eigenen Feuer entfachen und Carven so seine Kräfte zurückgeben, die er braucht, um das Schwert Kirgans zu erlangen und es mit Erfolg gegen die Feen zu führen.«

Grim zog die Brauen zusammen. »Dafür müssten wir ihn erst einmal finden. Aber er ist geflohen. Verflucht, wir brauchen einen Krieger und keinen Kann-Nichts auf der ganzen Linie!«

Hortensius verschränkte die Arme vor der Brust. »Du kennst Carven nicht«, erwiderte er zornig. »Du bist wie alle Steinköpfe: Du siehst nur, was du sehen willst!«

»Ich sehe, dass Carven ein Kind ist«, erwiderte Grim dunkel. »Ein Kind, das sich schon einmal von seinem Zorn mitreißen ließ!«

Hortensius schüttelte voller Verachtung den Kopf. »Carven verfügt über eine Stärke, die jeder Dunkelheit gewachsen ist.« Er wandte den Blick von Grim ab, nur für einen Moment, sah Mia an und fügte hinzu: »Wie manche Menschen.«

Später wusste Mia nicht mehr, was es gewesen war, das auf einmal die Kälte von ihren Schultern vertrieben hatte: Hortensius' Worte, sein Blick – oder der gleißende Funke in seinen Augen, der in diesem Moment in ihr Innerstes fiel und die Dunkelheit darin mit warmem Licht erhellte. Auf einmal spürte sie eine Verbundenheit mit dem Zwerg, wie sie es selten zuvor erlebt hatte. Es schien ihr, als hätte er ihr ein Geschenk gemacht, für das es keine Worte gab und dem sie nur mit ihren Taten begegnen konnte.

»Hortensius hat recht«, sagte sie entschlossen und sah Grim an. »Auch du bist wohl kaum vom Tag deiner Geburt an ein Schattenflügler gewesen. Ja – der Krieger des Lichts ist noch ein Kind, und er steht allein vor einer gewaltigen Aufgabe, weil niemand an ihn glaubt. Aber eines steht fest: Ich werde ihn nicht im Stich lassen. Ich will daran glauben, dass mehr in ihm steckt, als wir sehen können – eine Kraft, die Hortensius schon erkannt hat.«

»Menschen sind schwach«, sagte Grim und schüttelte den Kopf. »Die Hoffnung allein wird keinen Helden aus Carven machen.«

»Du warst es doch, der einst von Zuversicht geredet hat«, erwiderte Mia. »Hast du unser Gespräch damals im Kolosseum schon vergessen? Ich weiß, dass du an Carven glauben willst, daran, dass Gutes in ihm steckt, dass er stark ist und auf der richtigen Seite steht. Aber gleichzeitig bist du ein Anderwesen, nicht wahr? Deine Zweifel an den Menschen sind groß und jahrhundertealt, und noch dazu bist du kein gewöhnlicher Hybrid! Du trägst eine Zerrissenheit in dir, die du nicht aushältst! Deine menschliche Seite wird der Anderwelt in deinem Inneren immer fremd bleiben, und deswegen lehnst du sie ab, wann immer es dir möglich ist! Ich dachte, du wärst der Königin nicht gefolgt, als sie dich aufforderte, dich auf die Seite der Anderwelt zu stellen, aber das ist nicht wahr.«

Grim wollte etwas erwidern, aber sie ließ ihn nicht zu Wort kommen. »Warum scheust du dich noch immer, menschliche Gestalt anzunehmen? Weil du Angst davor hast, dich zu meinem Volk zu bekennen, ihm näherzukommen, dich mit ihm auf eine Stufe zu stellen – und dich damit noch viel stärker in die Position zwischen den Welten zu katapultieren! Was, wenn die Menschen versagen, wenn sie tatsächlich so schwach sind, wie dein anderweltliches Ich es fortwährend behauptet? Dann hast du, das Zwischengeschöpf, keine Welt mehr. Deswegen folgst du dem Zweifel des Anderwesens, das du für so lange Zeit gewesen bist. Du …«

Da stieß Grim die Luft aus und unterbrach sie. »Ich habe einen Krieger gesucht, und was habe ich gefunden?«

»Kein Krieger der Welt kann dir deinen Zweifel und deine Zerrissenheit nehmen«, erwiderte sie eindringlich. »Das musst du selbst tun! Aber es ist so viel leichter, dein menschliches Ich zu verleugnen und dem zu folgen, was du jahrhundertelang warst: dem Anderwesen, das den Menschen fremd bleibt. Es ist so viel leichter zu zweifeln, als sich der Hoffnung hinzugeben, nicht wahr?«

Grim sah sie an, und sie erkannte eine Kälte in seinem Blick, die sie seit langer Zeit nicht mehr darin gesehen hatte. »Tu nicht so, als würdest du nicht zweifeln«, grollte er dunkel. »Aufgrund deines Zweifels wolltest du Jakob in diese Welt zurückholen – damit er dir zurückgeben kann, was du Stück für Stück verlierst, genauso wie ich! Auch du hast Angst, Mia, Angst davor, dass du deine Aufgabe als Hartidin niemals erfüllen wirst. Und vielleicht …« Er hielt kurz inne, und für einen Moment wünschte sie sich, dass er nicht aussprechen würde, was sie in seinen Augen bereits lesen konnte. »Vielleicht hast du mit deinem Zweifel recht.«

Sie wich vor ihm zurück. Langsam schüttelte sie den Kopf. »Du wirst niemals eine Heimat finden, solange die Welt ebenso zerrissen ist wie das, was du in dir trägst. Ist es unser Traum nicht wert, dass du an ihn glaubst?«

Grim antwortete nicht. Er sah sie nur an aus seinen tiefschwarzen

Augen, fern und fremd wie damals, als sie in Monsieur Pités Zimmer geraten war – so als hätte er eine Mauer um sich gezogen, die niemand durchdringen konnte, nicht einmal er selbst. Sie schlang die Arme um den Körper und wandte sich ab.

Da hob Theryon die Hände. »Carven ist derjenige, den wir gesucht haben. Ein großes Erbe liegt auf seinen Schultern, und es ist wahr: Er ist noch ein Kind. Wir müssen ihn finden und ihm helfen, seine Aufgabe anzunehmen und zu bewältigen. Wir ...«

Weiter kam er nicht. Mia sah noch den grellen Blitz, der Theryons Rücken traf. Dann fühlte sie einen heftigen Schlag am Kopf und ging zu Boden. Instinktiv legte sie einen Schutzschild über die anderen und sich selbst, doch er wurde sofort wie eine Seifenblase von flammenden Pfeilen zerfetzt. Sie spürte Grims Klaue an ihrem Arm, er zog sie auf die Beine und umgab sie mit dem goldenen Schild höherer Magie. Noch halb benommen schickte sie einen Eiszauber in ihre Hand, richtete den Blick zum Himmel, dorthin, wo der Blitz hergekommen war – und erstarrte. Dort schwebte eine pechschwarze Gestalt auf einem geflügelten Panther, die Mia nur zu gut kannte: Alvarhas. Sieben Alben waren sein Gefolge, allesamt saßen sie auf schwarzen Untieren, die nun die Mäuler aufsperrten und gierig brüllten. Alvarhas lachte laut und durchdringend, als er mit seinem Panther im Sturzflug auf sie niederschoss, dicht über ihren Köpfen abdrehte und tiefe Kratzer in ihrem Schild hinterließ.

»Krieger des Lichts!«, brüllte er, dass seine Stimme in den Straßen widerhallte. »Ich weiß, dass du mich hören kannst! Komm heraus und spiel mit mir – oder ich halte mich an deine Freunde!«

Mia hörte, wie unter ihnen im Hotel die Fenster geöffnet wurden und Menschen aus den umliegenden Häusern auf die Straße traten. Fassungslos und wie träumend schauten sie zu Alvarhas auf, der ihnen einen kalten Blick zuwarf.

»Seht her«, flüsterte er mit grausamem Lächeln. »Seht auf zu jenen, die euch töten werden!«

Dann riss er den Kopf herum und trieb seinen Panther an. Noch im Flug sprang er von dessen Rücken, landete auf dem Dach des Hotels und streckte sein Rapier in die Luft. Seine Schergen taten es ihm gleich, mit rauschenden Schwingen rasten die Panther heran.

Mia presste die Zähne aufeinander. Alvarhas hatte sie belauert und die erstbeste Gelegenheit genutzt, um zuzuschlagen. Er würde Carven zwingen, aus seinem Versteck zu kommen – und dann war alles verloren.

Schon stürzte Alvarhas über das Dach vor. Mia hörte die erschrockenen Stimmen der Menschen, Grim baute sich schützend vor ihr auf, doch der frei laufende Panther des Albs ergriff ihn mit seinen Pranken und schleuderte ihn quer über das Dach. Ohne auf Mia zu achten, setzte Alvarhas hinterher, doch Grim schickte ihm einen glühenden Pfeil entgegen, traf ihn an der Schulter und schleuderte ihn zu Boden. Wutentbrannt sprang Alvarhas auf die Füße, riss sein Rapier in die Höhe und stürzte sich auf Grim. Gleichzeitig raste Theryon gemeinsam mit Hortensius heran. Sie trugen ein goldenes Netz zwischen sich, sprangen wie auf Kommando auseinander und wickelten einen Alb samt Panther in das tödliche Geflecht. Gleich darauf zerriss der heisere Schrei Asmaels die Luft. Die Menschen auf den Straßen schrien auf, als der Hippogryph über sie hinwegflog und sich auf einen der Alben stürzte. Doch sofort sprang dessen Panther ihm ins Genick und grub seine Zähne in sein Fleisch.

Etwas zischte an Mias Kopf vorbei, sie sah das höhnische Grinsen des Albs, der in einiger Entfernung auf seinem Panther saß, nun langsam in Trab verfiel und auf sie zukam. Mia ballte die Fäuste, riss die Hand in die Luft und schoss ihren Eiszauber in Richtung des Albs. Die grell leuchtende Kugel, die ihrer Faust entsprungen war, zerbarst in eine Mauer aus Eis, die sich mit lautem Knistern und messerscharfen Kristallen durch die Luft zog. Mia sah noch, wie der Panther seinen Lauf abbremste, doch es war zu spät. Krachend schlug er mit dem Kopf gegen die Mauer, die Kristalle schnitten durch seinen Körper wie durch Butter und erwischten auch den Alb, der nicht mehr rechtzeitig abspringen konnte. Als blutige Klümpchen fielen die gerade noch so furchterregenden Krieger zu Boden, und Mia spürte die Genugtuung beinahe so heftig wie ihr Herz, das nach diesem mächtigen Zauber in ihrer Brust raste. Für einen Moment wurde ihr schwarz vor Augen – und dieser Moment war zu viel.

Noch ehe sie wieder klar sehen konnte, hörte sie das Fauchen eines weiteren Panthers und spürte gleich darauf dessen Krallen in ihrem Fleisch. Er schleuderte sie durch die Luft, sie landete auf dem Rücken. Ein stechender Schmerz ging durch ihre Lunge. Sie konnte kaum atmen, und doch schickte sie einen Zauber in ihre Hand. Aber der Panther war schneller. Schon sprang er auf ihre Brust und riss in wildem Triumphgeheul den Kopf in den Nacken. Mia keuchte, ihre Hände begannen zu glühen. Sie bekam keine Luft und schlug in hilfloser Panik nach den Augen des Untiers. Zischend grub sie ihren Daumen in sein linkes Auge, der Panther heulte, aber er ließ nicht von ihr ab.

»Krieger des Lichts!«, rief Alvarhas erneut. »Sieh her – ich habe sie alle gefangen!«

Der Panther packte Mia im Nacken, sie spürte seine Zähne und sah wie durch Schleier Theryon und Hortensius, die regungslos unter ihrem eigenen Netz lagen, das sich mit grausamem Zischen in ihr Fleisch nagte. Asmael stieß einen Schrei aus unter den Schlingen, die in den Händen eines Albs lagen und seinen Körper fesselten. Mia keuchte, als Grim vor ihr auftauchte – sein Körper wurde von mehreren flammenden Bannzaubern umgeben, eine tiefe Wunde klaffte in seiner Brust. Verzweifelt wehrte sie sich gegen den Panther, doch als er sie losließ, landete sie ungebremst mit dem Kopf auf dem Dach. Sie hörte Alvarhas lachen und in diesem Augenblick wusste sie: Die Alben hatten nie vorgehabt, sie zu töten – sie hatten mit ihnen gespielt, und der, den ihr Zauber in Stücke geschnitten hatte, war vermutlich bereits samt Panther wiederauferstanden. Alvarhas wollte den Krieger des Lichts. Erst dann würde er sich die Freude gönnen, ihnen das Leben aus dem Leib zu pressen.

»Sieh her«, rief er jetzt, warf Grim zu Boden und packte seinen Kopf von hinten. Langsam führte Alvarhas sein Rapier an Grims Kehle. Mia sah, wie Grim sich gegen die Bannzauber wehrte, aber er hatte keine Chance. »Sieh, Krieger des Lichts!«, brüllte Alvarhas. »Nun wird der Erste von ihnen sterben!«

Er wartete einen winzigen Augenblick, in dem Mia die atemlosen Stimmen der Menschen auf der Straße hörte und Grims Blick auffing – einen Blick, der ihr die Tränen in die Augen trieb. Für diesen Moment gab es keine Missverständnisse mehr zwischen ihnen, keinen Zorn, keine Ferne. Für diesen Moment gab es nur noch sie. Hilflos kam Mia auf die Beine und taumelte auf Alvarhas zu, doch schon nach wenigen Schritten fiel sie entkräftet zu Boden. Sie spürte den Schmerz in den Knien, sah, wie das Rapier in die Luft gerissen wurde – und hörte einen markerschütternden Schrei.

»Nein!«

Mia fuhr herum und sah Carven, wie er aus der Lord Edward Street auf sie zurannte. Remis schwirrte aufgeregt hinter ihm her und landete schwer atmend auf seiner Schulter. Carvens Wangen waren fleckig von Tränen, und er war bleich wie ein Toter, aber in seinem Blick stand eine Wut, die Mia auf der Stelle neue Kraft gab. Sie stieß die Faust vor und traf Alvarhas mit einem schwachen Zauber an der Wange. Wütend fuhr er herum und umfasste sie mit einem tödlichen Blick, doch gleich darauf erreichte Carven das Hotel. Die Menschen auf der Straße wichen vor ihm zurück. Sie sahen ihn an, als wäre er eine Gestalt aus einem Märchen. Ein seltsamer Zauber lag über der Szene, als der schmächtige Junge sich durch die Menge schob, und als Mia das ungläubige Staunen in den Augen der Menschen sah, fühlte sie es auch: Mochte Carven ein Kind sein, mochte er Angst haben und an sich selbst zweifeln – in diesem Augenblick war er der Held, den Alvarhas gerufen hatte: der Krieger des Lichts.

Vor dem Hotel blieb Carven stehen und fixierte Alvarhas mit seinem Blick. »Hier bin ich!«, brüllte er aus Leibeskräften.

Alvarhas stieß Grim zu Boden und trat näher an den Rand des Dachs. Eilig streckte er die Hand aus, umfasste Carven mit einem Sturmwind, vor dem die Menschen zurückwichen, und hob ihn zu sich aufs Dach. Remis zitterte am ganzen Leib, doch er verließ nicht seinen Platz auf der Schulter des Jungen. Carvens Stirn war schweißnass, als er zu Alvarhas aufsah.

»Du bist es?«, fragte der Alb mit ungläubigem Lächeln. »Du willst der Krieger des Lichts sein?«

»Nein«, sagte Carven, und Mia war überrascht, wie entschlossen seine Stimme klang. »Aber ich bin es! Und eines sage ich dir: Du wirst auf diesem Dach niemanden töten!«

Alvarhas verzog den Mund zu einem Grinsen. »Ach nein?«, fragte er gedehnt. »Willst du mich etwa daran hindern?«

Da spürte Mia den leisen Hauch von Magie. Er flog aus den Portalen der Christ Church Cathedral, sanft und flüsternd wie ein Frühlingsahnen, und schwemmte über das Dach des Hotels hinweg. Grim wandte den Blick, Theryon und Hortensius hoben die Köpfe, und nun, langsam und angespannt, drehte auch Alvarhas sich um. Mia folgte seinem Blick und sah, dass Aldrir auf einer Zinne des Kirchturms stand. Der Schein der Sterne lag auf seinem Körper, sanfter Nebel stieg um ihn herum auf. Er breitete die Arme aus, fast meinte Mia hören zu können, wie er Atem holte.

»Ich nicht«, erwiderte Carven leise. »Aber er!«

Im selben Moment riss Aldrir die Arme wie bei einer Beschwörung zum Horizont, und da brach ein Licht aus dem Phoenix Park, so golden und hell, dass Mia die Hand vor die Augen hob. Gleich darauf riss sie eine gewaltige Druckwelle von den Beinen, aber sie sah, wie sich das goldene Licht in einen Phönix verwandelte. Kraftvoll durchzogen seine Schwingenschläge die Luft, und als er sie fast erreicht hatte, sah sie ihm in die Augen. Blau waren sie wie ein Stück vom Himmel. Da glitt sein Schatten über die Alben hinweg – und sobald er ihre Körper berührte, verwandelten sie sich ebenso wie ihre Untiere in Gold. Alvarhas wich vor dem Schatten zurück. Er stieß einen Schrei aus, erhob sich in die Luft und sprang in langen Sätzen auf Aldrir zu. Der Phönix eilte ihm nach, doch Alvarhas war schneller. Er riss sein Rapier in die Luft – und stieß es in Aldrirs Herz. Mia sah die Nebel, die Alvarhas durch seine Waffe in Aldrirs Körper schickte, und fuhr zusammen, als Theryon neben ihr die Luft einsog.

»Die Nebel der Zwischenwelt«, flüsterte der Feenkrieger kaum hörbar. »Die Nebel, die all jene vernichten, die weder tot noch lebendig sind.«

Gleich darauf zog der Phönix über Alvarhas hinweg und dort, wo sein Schatten den Alb berührte, erstarrte dieser zu Gold. Im letzten Moment riss Alvarhas den Kopf herum und schaute zu Grim herüber. Etwas Seltsames lag in seinem Blick, ein boshafter Schatten, der Mia frösteln ließ. Dann glitt der Phönix über Alvarhas hinweg und verwandelte ihn gänzlich in Gold. Schwarz wie Pech steckte Alvarhas' totes Auge in dem goldenen Leib, als er zu Boden stürzte.

Mia sah, wie Aldrir kurz auf der Zinne des Turms stehen blieb. Eine Wunde klaffte in seiner Brust, doch auf seinen Lippen lag ein Lächeln. Dann brach er zusammen.

Später wusste Mia nicht mehr, wie sie es geschafft hatte, sich auf Grims Rücken zu schwingen, um den Kirchturm zu erreichen. Aber sie erinnerte sich daran, wie sie neben Carven und Remis gesessen hatte, den Blick auf Aldrir gerichtet, erinnerte sich auch an Theryons leise Gesänge, an den heiseren Schrei Asmaels über ihren Köpfen und an die Augen des Kriegers des Lichts, aus denen jeder Nebel gewichen war. Blau waren seine Augen – blau wie die Augen des Phönix als ein Stück vom Himmel. Aber besonders deutlich erinnerte Mia sich an Hortensius, wie er sich lautlos neben seinem Freund fallen ließ. Der Zwerg hatte seine Hand genommen, sie sich auf die Schulter gelegt und dann wortlos diese Geste erwidert.

»Du hast uns alle gerettet«, hörte Mia den Zwerg sagen. »Mit allem Licht, das du in dir trägst – und aller Dunkelheit.«

Und sie vernahm die Worte, die Aldrir sprach, als er starb. »Für die Freiheit der Welt«, sagte er, und Mia hörte, dass seine Stimme zitterte. »Denn dafür kämpfe ich: nicht für Mensch oder Zwerg oder Andergeschöpf, nicht für Gut oder Böse, nicht für Tag oder Nacht – nein, nur für eines: Mein Weg … ist das Licht.«

Es waren die letzten Worte des Kriegers des Lichts, die der Wind über die Dächer der Stadt davontrug.

Kapitel 29

Grim fröstelte unter den eisigen Fingern des Windes, der über die Hügel fegte und wie ein ungezogenes Kind an seinem Mantel riss. Mia hockte neben ihm am schneebedeckten Boden, auch Theryon und Carven hatten sich neben Asmael auf der kalten Erde niedergelassen. Nur Remis flog ruhelos durch die Luft, die Arme um den Körper gezogen. Die jungen Eichen ließen den Wind wie ein Klagelied durch ihre Blätter wehen, und die Blumen der Wünsche schienen in dunklerem Licht zu glimmen, als würden auch sie wissen, was Aldrirs Tod bedeutete. Grim holte tief Atem. Aldrir hatte sie gerettet – doch mit ihm hatten sie gleichzeitig die einzige Möglichkeit verloren, das magische Feuer Carvens neu zu entfachen. Ohne dieses Feuer war der kleine Krieger des Lichts hilflos wie ein Welpe. Niemals würde er das Schwert Kirgans finden, und die Schneekönigin könnte ihn mit einem einzigen Blick zermalmen, sobald sie ihn in die Finger bekam. Und das würde sie – es war nur eine Frage der Zeit.

Grim fuhr sich über die Augen. Es musste eine Lösung geben, irgendetwas, an das er bisher nicht gedacht hatte, aber sein Kopf war wie leer gefegt. Immer wieder sah er den goldenen Phönix, hörte Aldrirs letzten Atemzug und sah Hortensius mit dem toten Körper seines Freundes in der magischen Gruft der Kathedrale verschwinden. Nach Ewigkeiten war der Zwerg mit einer steinernen Urne wieder aufgetaucht, und nun stand er allein auf dem höchsten

Hügel Taras und vollführte ein uraltes Ritual des Ordens für seinen Freund. Zum wiederholten Mal schaute Grim zu ihm hinüber und sah, wie er die Asche Aldrirs auf den Hügeln seiner letzten Schlacht zu Lebzeiten verteilte. Mia kam auf die Beine, als sie die Anspannung bemerkte, die durch Grims Körper ging, und die anderen folgten ihrem Beispiel. Remis ließ sich auf ihrer Schulter nieder, und sie beobachteten, wie Hortensius die Arme ein wenig hob und tief Luft holte. Es sah aus, als würde er einen ehernen Ring um seinen Brustkorb sprengen, und Grim spürte die Helligkeit, die mit diesem Atemzug auch in ihn selbst zurückkehrte.

Hortensius schaute suchend über die Hügel, erfasste die Gruppe mit seinem Blick und setzte sich in Bewegung. Kraft lag in seinen Schritten, eine unnachgiebige Entschlossenheit, die Grim lächeln ließ. In Momenten wie diesen war ihm der Zwerg richtig sympathisch – er war ein Ritter, ein Kämpfer, der niemals aufgab und noch aus seinem Leid die größte Stärke gewinnen konnte. Doch kaum dass Hortensius bei ihnen ankam und dieses streitbare Funkeln in den Augen hatte, war der Moment vorüber.

»Was macht ihr alle für Gesichter?«, fragte der Zwerg unwirsch und stemmte die Fäuste in die Hüfte. »Ihr seht aus, als wäre euch der Himmel auf den Kopf gefallen mit all seinen Engeln und Wolken und was sich da oben sonst noch so herumtreibt!«

Mia lachte, aber Grim zog die Brauen zusammen und verschränkte die Arme vor der Brust. »Mir war nicht klar, dass unsere Lage momentan Anlass zur Freude bietet«, grollte er. »Aldrir ist tot und mit ihm ...«

Hortensius nickte vehement. »... mit ihm ist ein großer Krieger gefallen, so ist es«, vollendete er Grims Satz.

»Ja«, sagte Mia leise. »Und die einzige Möglichkeit, Carvens Feuer zu entfachen. Nur mit ihm könnte er seine Magie nutzen und das Schwert Kirgans finden, und jetzt ...«

»Jetzt wird er genau das tun.« Hortensius sah so entschlossen von einem zum anderen, dass in einem Augenblick totaler Fassungslosigkeit keiner widersprach.

»Ach ja?«, sagte Grim dann, denn er spürte, wie ihm langsam die Hutschnur platzte. »Und wie soll er das anstellen? Kann Aldrir von den Toten zurückkehren oder wie?«

Der Zwerg verdrehte die Augen, als hätte er in seinem ganzen Leben noch nie eine so beschränkte Frage gehört. »Nein«, sagte er sanft wie zu einem besonders einfältigen Tier. »Aldrir kann uns nicht mehr helfen. Aber es gibt noch einen anderen Weg, Carvens Feuer wieder zu entfachen. Hierfür brauchen wir nichts weiter als den Ursprung aller Magie: die Flamme des Prometheus, die in der Welt der Götter lodert.«

Grim starrte den Zwerg an und fühlte, wie ihm bei dessen Worten eiskalt wurde. »Die Flamme des Prometheus«, raunte er. »Ich dachte, sie wäre eine Legende.«

Verächtlich schüttelte Hortensius den Kopf. »Du solltest es besser wissen – gerade du, der du die Schwarze Flamme in dir trägst, die dir Zugang zur Götterwelt gewährt! Weißt du denn nicht, wie man diese Flamme in den Schriften der Alten Zeit nennt?« Er hielt inne und senkte die Stimme zu einem geheimnisvollen Raunen. »Sie ist ein Teil der Ersten Magie, und man nennt sie auch den Funken des Prometheus.«

Ein Windhauch strich Grim übers Gesicht, er wusste nicht, woher er gekommen war, und fuhr zurück.

»Unser Ziel ist die Welt der Götter«, fuhr Hortensius fort. »Wir brauchen die Erste Flamme. Nur mit ihr können wir das Feuer Carvens zu neuem Leben entfachen. Allerdings ist es nicht ungefährlich, in die Welt der höheren Magie zu reisen, um genau zu sein, es ist gewöhnlichen Geschöpfen schlichtweg unmöglich. Aber wir haben einen unter uns, der alles andere als gewöhnlich ist. Nicht wahr?«

Der Zwerg starrte ihn an, und Grim konnte sich nicht erinnern, jemals so viel Ironie in zwei winzigen Wörtern gehört zu haben.

»Du bist ein Kind des Feuers«, sagte Hortensius, ohne ihn aus den Augen zu lassen. »Du trägst einen Funken der Flamme in dir, die wir brauchen. Er wird dich durch die Götterwelt führen, er wird es dir ermöglichen, die Flamme des Prometheus aufzunehmen und mit ihr Carvens Feuer neu zu entfachen.«

Für einen Moment spürte Grim die glühenden Schleier der Hölle auf seinem Gesicht, und er hörte Hels Stimme in seinem Kopf. *Der Wandel beginnt mit der Sehnsucht – und die liegt in den Herzen der Wesen, in einigen schwach, in anderen stärker – und in manchen so strahlend und hell, dass sie sich eines Tages ihren Weg brechen wird: so wie bei dir. Du bist ein Kind des Feuers – des Wandels – der Veränderung, und du kannst die Flamme weitergeben, wenn sie lichterloh in dir brennt. Es gibt nicht viele Wesen, die diese Gabe haben: die Welt aus den Angeln zu heben. Du hast sie. Du trägst den Samen in dir, und wenn er aufgeht, wird der Mond in anderen Farben strahlen und die Sonne in anderem Licht. Du wirst aus den Schatten treten – und die Welt wird sich wandeln. Du wirst brennen – Kind des Feuers.*

Schweigend sah Hortensius ihn an. In den Augen des Zwergs lag ein dunkles Glühen, das Grim schaudern ließ. »Du bist der Einzige, der die Flamme des Prometheus aus der Welt der Götter holen kann«, sagte Hortensius leise.

Grim erwiderte seinen Blick, doch für einen Augenblick tauchte Alvarhas vor seinem inneren Auge auf, und er erinnerte sich daran, wie der Alb sich nach ihm umgewandt hatte, kurz bevor er Aldrir den tödlichen Streich versetzte – er erinnerte sich an Alvarhas' Blick, diesen boshaften, tückischen Ausdruck in seinem gesunden Auge, der ihm jetzt das Gefühl gab, dass der Alb ihn genau an diesen Punkt hatte bringen wollen – und dass Aldrir nur deswegen gestorben war.

Unwillig fuhr er sich über die Augen. Er dachte schon genauso wirres Zeug wie gewisse Zwerge. Entschlossen drängte er die Gedanken an Alvarhas beiseite und holte tief Luft. Er, das einzige Kind des Feuers weit und breit, musste wieder einmal die Kohlen aus dem Feuer holen. Das war ja klar gewesen. Grundsätzlich hatte er nichts dagegen, auserwählt zu sein – aber war es wirklich nötig, dass er jedes Mal derjenige sein musste, der als Einziger die Drecksarbeit erledigen konnte? Und das alles nur, weil dieser Wichtigtuer von einem Zwerg die Magie der Krieger des Lichts geschwächt hatte. Grim wusste, dass er ungerecht wurde, und schaute wütend zum Nachthimmel hinauf, über den die Wolken dahinzogen wie Fetzen aus Papier. Hortensius hatte aus edlen Motiven gehandelt, und seine Entscheidung war vermutlich richtig gewesen. Aber trotzdem war Grim wieder einmal der Dumme. Irgendwo musste es jemanden geben, der dafür verantwortlich gemacht werden konnte – und wenn der ihm eines Tages über den Weg laufen sollte, würde er ihm einmal gehörig den Marsch blasen, so viel stand fest.

»Ich soll also in die Welt der Götter gehen«, grollte er und umfasste Carven mit seinem Blick. Er spürte, wie der Junge zusammenschrak, aber er wich nicht zurück, und er wandte auch nicht den Blick ab, obwohl Grim kleine schwarze Flämmchen in seine Augen schickte. »Ich soll mein Leben riskieren, um dein Feuer zu entfachen – damit du die nächstbeste Gelegenheit nutzt, um davonzulaufen – vor deiner Vergangenheit, vor bösen Alben, vor sonstiger Gefahr – wie Feiglinge es eben so machen.«

Das war eine ziemlich ungerechte Provokation, das wusste Grim, und er spürte Mias wütenden Blick und hörte Remis empört die Luft ausstoßen. Aber hier ging es um mehr als Gerechtigkeit. Hier ging es um ein Kind, das gerade erfahren hatte, dass es ein Held sein musste – und das lernen musste, dieser Rolle gerecht zu werden.

Carven biss die Zähne zusammen, dass Grim es knirschen hörte. »Ich bin weggelaufen, weil ich Angst hatte«, sagte der Junge mit fester Stimme. »Und die habe ich immer noch. Ich möchte dich mal sehen, wenn du auf einmal erfährst, dass du von einem Tag auf den anderen ein Krieger sein musst, einer von denen, die du bisher nur aus Büchern kennst und immer bewundert hast – obwohl du selbst bisher höchstens … na ja, gegen ziemlich große Spinnen in Master Hortensius' Vorratskammer gekämpft hast.« Carven holte tief Luft. »Aber ich bin zurückgekommen, oder etwa nicht? Und wenn es wirklich so ist, dass ich der Einzige bin, der diese Kerle aufhalten kann, dann werde ich die Aufgabe annehmen. Genau das ist es nämlich, was Helden tun.« Er hielt kurz inne, streckte das Kinn vor und maß Grim mit einem prüfenden Blick. »Ich laufe nicht weg«, sagte er entschlossen. »Aber was ist mit dir?«

Grim unterdrückte das Lächeln, das sich auf seine Lippen stehlen wollte. Er erinnerte sich daran, wie Carven durch die Menschenmenge vor dem Jurys Inn gegangen war, den Kopf hocherhoben und den Blick auf Alvarhas gerichtet, seinen Feind. Der Junge hatte nicht ausgesehen wie ein Kind – in diesem Augenblick war er der Held gewesen, den sie brauchten. Grim schaute Carven an und erkannte erneut in diesem suchenden, neugierigen Blick die Bewunderung, die der Junge für ihn gefasst hatte und die er doch so gut es ging geheim zu halten suchte. Carven wollte kein Feigling sein, das spürte Grim, er wollte der Aufgabe gerecht werden, auch wenn er noch nicht ahnen konnte, was das für ihn bedeutete. Der Junge war noch ein Kind und von erschreckender Naivität, aber er besaß auch einen Willen, der in wildem Feuer aus seinen Augen loderte und Grim nicken ließ.

Ohne ein weiteres Wort wandte er sich ab, entfernte sich einige Schritte von der Gruppe und sprach gemeinsam mit Hortensius den Zauber. In knisterndem Funkenregen bildete sich vor ihm in der Luft ein goldenes Portal – ein Tor zur Götterwelt.

»Die Welt der Götter ist gefährlich«, sagte Hortensius angespannt, und Grim sah aus dem Augenwinkel, wie Mia besorgt näher kam.

»Ihr seht mich an, als würde die Hölle auf mich warten«, sagte er mit einem Lächeln. »Aber die habe ich schon kennengelernt, also besteht kein Grund zur Sorge. Eine Frage habe ich allerdings: Woher weiß ein Zwerg eigentlich, dass die Welt der höheren Magie gefährlich ist?«

Hortensius presste die Zähne aufeinander, dass Grim das Spiel seiner Muskeln an den Schläfen sehen konnte. »Das ist Allgemeinbildung«, erwiderte der Zwerg düster.

Grim hob die Brauen und nickte grinsend, dann wurde er wieder ernst. »Wir sollten keine Zeit verlieren mit sinnlosem Geschwätz. Nicht mehr lange, und die verfluchten Bastarde von vergoldeten Alben werden den Bann des Phoenix durchbrechen.« Er holte tief Atem und sah Mia an. Blass stand sie neben Theryon, aber in ihren Augen lag noch immer die Wut über ihren Streit, die ihn davon abhielt, sie zu berühren. »Schützt das Portal«, sagte er leise. »Ich bin bald zurück.«

Dann wandte er sich ab und tat den ersten Schritt. Die goldenen Lichter knisterten auf seiner Haut. Er spürte, wie ihre Energie in ihn eindrang, als wäre sein Körper nichts als eine Schicht aus Nebel. Warm fluteten sie seine Adern und verbanden sich mit seiner eigenen Magie, sodass er für einen Moment meinte, von innen heraus zu leuchten. Dann hatte er das Portal überwunden und fand sich in einem hellen, weißen Raum wieder, dessen Wände sich zu allen Seiten im Nirgendwo verloren.

Die Helligkeit tat seinen Augen weh, fast umgehend begannen sie zu tränen. Er wollte seinen Weg fortsetzen – und stieß mit dumpfem Geräusch gegen eine Wand. Tastend schob er die Klauen über die unsichtbare Mauer, die kaum wenige Fingerbreit von ihm entfernt lag und seinen Körper umschloss wie ein Kokon. *Gefangen.* Dieses Wort hallte in der scheinbaren Unendlichkeit des Raumes wider, rollte über Grim hinweg und zog sich mit eiskalten Schlingen um seine Kehle. Er schlug gegen die Mauer, doch es war zu eng, als dass er hätte ausholen können, und während das Geräusch seiner Hiebe zunehmend leiser wurde, nahm die Lautstärke seines Herzschlags beständig zu. Er bemühte sich, ruhig zu bleiben, aber schon raste sein Puls mit donnernden Schlägen durch sein Hirn, während er sich mit wachsender Panik bemühte, sich aus dem Kerker zu befreien – und je mehr er das versuchte, desto größer wurde seine Furcht. Kaum hatte er das gedacht, hielt er inne. Mit Gewalt zwang er seine Gedanken zur Ruhe und stand regungslos da. Sein Atem wurde von der Wand direkt vor ihm zurückgeworfen und fuhr ihm über das Gesicht, sein Herzschlag hämmerte laut gegen seine Rippen.

»Verflucht«, grollte er und ballte die Klauen. »Wer wagt es, mir Fesseln anzulegen in dieser Welt – mir, einem Kind des Feuers?«

Mit einem Brüllen stieß er die Fäuste vor – und die Wände zerbrachen mit leisem Klirren wie dünnes Glas. Wie in Zeitlupe sah Grim die Scherben aus Licht niederfallen, sah auch die Dunkelheit, die hinter dem weißen Raum lag und die Rückseite der Wände bedeckte wie Schleier aus Asche. Da stürzte der Boden unter ihm ein, er fiel durch undurchdringliche Finsternis und spürte zischende Funken wie Sterne auf seinem Gesicht. Es wurde heller, mit einem Ruck breitete er seine Schwingen aus und sank in sanften Spiralen tiefer.

Unter ihm lag eine endlose Wüste mit gewaltigen Dünen aus schwarzem Sand, stellenweise verkrusteter Erde und dunklen, verkrüppelten Bäumen. Ein pfeifender Wind raste über die Dünen hinweg, wirbelte den Sand zu geisterhaften Schleiern auf und schien immer wieder in hohles, wahnsinniges Gelächter auszubrechen. Inmitten der Wüste lag eine Stadt mit abendländischen Türmen und Zinnen, stolzen Herrschaftsgebäuden und breiten Straßen. Grim hielt auf diese Stadt zu, landete auf einem verwaisten Platz und schaute sich um.

Einst musste dieser Ort ein Juwel prachtvoller Architektur gewesen sein, doch nun fegte der Sand der Wüste durch die Gassen, schwarzer Ruß hatte die Gebäude verfärbt, und nichts war zu hören als die geisterhafte Stimme des Windes. Grim trat an eines der Häuser heran, die am Rand des Platzes standen, und streckte die Klaue nach der Fassade aus. Doch kaum hatte er sie berührt, wurde das Schwarz der Mauer aufgewühlt, als bestünde es aus Wasser, und Gesichter formten sich aus der Asche wie die Figuren eines Gemäldes. Grim meinte zuerst, es wären Menschen, die er erblickte, doch kaum hatte er das gedacht, veränderten sie ihr Aussehen, wurden zu Faunen, Echsen, Greifen und Kreaturen, von denen Grim noch nie etwas gehört hatte. Die Asche bildete ihre Gesichter in einem stetigen Herumwirbeln, und ihre Augen flirrten in einem trüben Wirrwarr aus Schwärze. Grim zog seine Klaue zurück, die aufgewühlte Asche legte sich nieder, und die Gesichter versanken in der Dunkelheit.

Nachdenklich wandte er sich ab, und kaum dass er den Kopf gedreht hatte, traf ihn ein Lichtstrahl, der durch den trüben Dunst des Himmels drang wie von einem Spiegel reflektierte Sonnenstrahlen. Grim spürte, wie das Licht durch seinen Körper hindurch in sein Innerstes fuhr und etwas in ihm dieser Helligkeit Antwort gab. Er wich zurück, doch der Strahl erlosch nicht. Er sank zu Grims Füßen nieder, und Grim erkannte, dass er aus einem der höchsten Türme kam. Kaum dass er einen Schritt in seine Richtung getan hatte, zog der Strahl sich ein Stück zurück, als wäre er ein Faden mit einem Stück Speck, das eine Maus hinter sich herlockte. Grim folgte ihm über rußgeschwärzte Plätze, durch leer stehende Häuser und verwaiste Hinterhöfe, bis er schließlich eine gewundene Treppe aufwärtslief und das oberste Zimmer des Turms erreichte, aus dem das Licht ihn geblendet hatte.

Der Raum war ganz und gar leer wie alle Häuser dieser seltsamen Stadt, und die schmalen langen Fenster waren von außen stellenweise mit schwarzem Sand verklebt. Dennoch war das Zimmer in gleißendes Licht gehüllt, und als Grim die letzte Stufe der Treppe betrat, sah er auch, aus welchem Grund. Der Lichtstrahl lief rattenschnell über den Boden von ihm fort – und ging in einer Flamme aus weißem Licht auf, die regungslos mitten im Raum in der Luft schwebte.

Grim wusste, dass er den Atem anhielt, aber er spürte es kaum. Er fühlte nur das Licht dieser Flamme auf seinem Gesicht, diesen sanften und gleichzeitig tödlichen Schein, der ihn die Klaue heben ließ. Er wollte dieses Feuer berühren, wollte spüren, wie sich die weißen Funken auf seine Haut ergossen und in sein Fleisch sanken, um ihn auszufüllen, wie es die höhere Magie zuvor getan hatte. Diese Flamme, das wusste er, war älter als die Zeit. Es war die Flamme des Prometheus.

»Ich warne dich«, sagte eine Stimme hinter ihm.

Überrascht wandte Grim sich um. Er hatte niemanden kommen hören und fühlte die gewaltige magische Präsenz erst, als er den Fuchs erblickte, der reglos auf dem obersten Treppenabsatz saß. Es war ein Schneefuchs mit wolkenweißem Fell. Nur seine Nase und seine Barthaare waren schwarz wie die Asche, die die Stadt überzogen hatte – und seine Augen, die klug und wachsam zu Grim aufschauten. Eine graue Maske um den Mund ließ den Fuchs lächeln.

»Du bist Grim«, sagte der Fuchs.

Grim hob die Schultern. Er wusste nicht, was er auf diese scharfsinnige Bemerkung erwidern sollte, doch der Fuchs erwartete offensichtlich gar keine Antwort.

»Du bist gekommen, um die Flamme des Prometheus an dich zu bringen«, fuhr er fort. »Das ist nicht weiter schlimm. Niemand wird dich daran hindern, denn du kannst sie niemandem stehlen. Sie ist ihrerseits auch immer nur ein Teil des großen Ganzen, verstehst du? Du nimmst sie – und sie ersteht von Neuem gerade an dem Fleck, von dem du sie entfernt hast. Diese Flamme kann niemals sterben. Sie ist der Anfang und das Ende und sie kennt beides nicht. Vielleicht wird sie deswegen vom Tod gemieden.«

Der Fuchs hielt inne. Seine tiefschwarzen Augen wanderten forschend über Grims Gesicht, und eine Ruhe ging von ihnen aus, die Grim die Anspannung von den Schultern nahm. Er lächelte ein wenig. Soweit er sich erinnerte, hatte er noch nie mit einem Schneefuchs gesprochen. Aus irgendeinem Grund amüsierte ihn dieser Gedanke.

»Wer bist du?«, fragte er interessiert.

Der Fuchs neigte den Kopf wie bei einer Verbeugung. »Mein Name ist Rhu«, sagte er höflich. »Ich empfange die Kinder des Feuers, wenn sie die Welt der Götter betreten.«

Grim sah sich um. »Ich bin in keiner Welt«, erwiderte er. »Ich bin in einer Stadt in der Wüste, die keine Bewohner hat.«

Der Fuchs blinzelte listig. »Oder du bist in einer Welt, die aussieht wie eine Stadt in der Wüste, dessen Bewohner du nicht siehst. Es liegt alles im Auge des Betrachters, mein Freund. Sieh dir die Flamme an.«

Grim tat, was der Fuchs ihm gesagt hatte, und fühlte erneut die gewaltige Anziehungskraft des Feuers.

»Siehst du«, sagte der Fuchs. »Es ist nur eine Flamme. Und gleichzeitig ist sie das Einzige, das noch zählen wird, wenn du sie auch nur einen Moment zu lange anschaust. Du bist ein Kind des Feuers, du trägst einen mächtigen Funken dieser Flamme in dir. Doch das ist nicht dasselbe. Der Funke in deinem Inneren ist wie das Kind einer Mutter, das niemals erwachsen wird. Niemals wird es die Macht derjenigen erreichen, die es erschaffen hat. Die Flamme des Prometheus ist die Mutter aller Magie. Deswegen bist du gekommen. Du willst das Feuer in einem Menschenkind zu neuem Leben entfachen. Dafür brauchst du diese Flamme.«

Grim senkte den Blick. Carven tauchte vor seinem inneren Auge auf, und er nickte.

»*Kind des Feuers*«, raunte der Fuchs. »Du weißt nicht, was das bedeutet. Du ahnst nichts von der Bestimmung, die du finden wirst, nichts von denen, die vor dir kamen.«

Grim zog die Brauen zusammen. »Was meinst du damit?«

Der Fuchs lächelte rätselhaft. »Kinder des Feuers bringen Veränderung«, sagte er wispernd. »Sie tragen große Macht in sich, eine Macht, die nicht selten eines Tages stärker wird als sie selbst. Denn als Kind des Feuers stehst du nicht auf der Seite des Lichts, auch wenn der Name dies vermuten ließe, und auch nicht auf der Seite der Dunkelheit. Du bist ein Zwischenwesen, mein Freund – mehr, als du ahnst –, und die Bedeutung dieser Worte wird dich eines Tages ereilen. Dann wirst du fallen – in die eine oder in die andere Finsternis. Großes Unheil ist bereits von deinesgleichen über die Welt gebracht worden. Ihr habt eure Grundsätze, eure edlen Ziele. Doch eines Tages geschieht etwas, das euch schwanken lässt, und dann genügt eine Winzigkeit, um euch zu Fall zu bringen.« Er hielt inne, und für einen Moment sah es so aus, als würde er wachsen, als verwandelte er sich in einen echsengleichen Menschen mit schuppiger Haut und glänzenden, gelben Augen, der sein Gesicht zu Grim vorschob und leise flüsterte: »Du hast die Welt noch nicht brennen sehen, mein Freund. Doch dieser Tag wird kommen – wie die Feuer der Letzten Stunde, die Feuer, die du legen wirst.«

Grim fuhr zurück und stand nun wieder dem Fuchs gegenüber. Ärgerlich ballte er die Klauen. »Was soll das?«, grollte er. »Warum erzählst du mir das?«

Der Fuchs erhob sich und trat einige Schritte auf ihn zu, bis sie wieder dieselbe Entfernung trennte wie zuvor. »Ich warne dich«, wiederholte er kaum hörbar. Auf einmal ging sein Atem rascher, als säße ihm eine namenlose Furcht im Nacken. »Die Flamme des Prometheus ist eine gewaltige Macht. Du musst sie in dich aufnehmen, um sie von hier fortschaffen zu können. Du kannst sie in dir versiegeln, aber eines Tages … Ich sage dir: Eines Tages wirst du ihre Macht nutzen, und dann kann weder Himmel noch Hölle dich vor dem retten, der du werden sollst.«

Grim wandte sich ab und betrachtete die weiße Flamme. Eine Flamme war es, nichts weiter, eine Flamme, die sich nicht wesentlich von den Feuern unterschied, die er aus sich selbst geboren hatte, und dennoch … Die Worte des Fuchses jagten ihm einen Schauer über den Rücken. Er holte tief Atem.

»Ich bin ein Kind des Feuers«, sagte er, und es erschien ihm in diesem Moment, als hätte er diese Worte noch nie zuvor auf diese Weise ausgesprochen. »Und ich werde mich nicht verführen lassen.«

Mit diesen Worten trat er vor, und ehe der Fuchs noch etwas hätte sagen können, griff er nach der Flamme. Im ersten Moment spürte er nichts als ein scharfes Brennen, als sich das Feuer in seine Haut fraß, und er hörte die Stimme des Fuchses neben seinem Ohr.

»Der Tag deiner Bestimmung wird kommen«, flüsterte Rhu. »Warte, mein einsamer Freund. Warte nur.«

Grim wandte sich zu dem Fuchs um – doch dieser war verschwunden. Im nächsten Augenblick war alles Schmerz. Er spürte, wie seine Eingeweide von tausend flammenden Zungen zerfetzt wurden, fühlte die Funken, die zischend und brennend seine Adern durchsiebten, und glaubte, seine Knochen würden in der Glut zu Asche verbrennen. Dann ließ der Schmerz nach. Grim wollte Atem holen und merkte zu seinem Schrecken, dass er seinen Körper verlassen hatte. Reglos lag sein Leib unter ihm in dem rußgeschwärzten Zimmer, das Licht der Flamme flackerte aus Rissen in seiner Haut, seine Augen lagen in tiefen Schatten wie in einem Totenschädel.

Mit einem Geräusch, das wie ein ausgelassenes Lachen klang, stob das Feuer auf Grim zu, hüllte ihn vollständig ein und bildete einen neuen, flammenden Körper um ihn herum. Er spürte das Lachen des Feuers in seiner Lunge, es ließ seinen Körper zucken und tanzen, bis er selbst lachte, laut und dröhnend. Noch nie hatte er sich so befreit gefühlt, so angefüllt mit Licht und Wärme. Ausgelassen breitete er seine flammenden Schwingen aus, riss die Arme über den Kopf und stob durch das Dach des Turms, als bestünde es aus Papier. Er wollte Farben sehen, einen goldenen Himmel über blauer und purpurfarbener Erde. Mit diesem Gedanken raste er über die Dächer der Häuser, streckte die Klauen aus und griff nach dem Schleier aus

Ruß, der sich zwischen seinen Fingern anfühlte, als wäre er nichts als ein riesiges schwarzes Tuch. Mit einem Schrei stob Grim hoch in die Luft und riss den Schleier aus Dunkelheit von den Gebäuden der Stadt. Darunter lagen silberne Häuser, Türme aus schimmerndem Perlmutt und Straßen mit marmorweißen Pflastersteinen.

Grim raste über die Wüste dahin, als der gewaltige Schleier in seinen Klauen zu Funken zerbarst, die zischend auf die schwarzen Dünen niederfielen und sie in Wasser verwandelten – schweres, grünes Wasser, das zu einem Meer aus Farben wurde. Tosend umspülten die Fluten die Stadt, die sich stolz im Licht der Sonne erhob, die jetzt durch die Wolken brach. Grim hob den Blick, um der Sonne ins Angesicht zu schauen – und erkannte, dass er selbst es war, der goldene Strahlen auf Meer und Stadt hinabschickte. Er war die Sonne.

Er sah purpurfarbene Wälder am Horizont aufragen, Wiesen aus sattem Blau und Flüsse wie schillerndes Sternenlicht. Er dachte daran, wie gern er den Gesang von Vögeln hören würde, und im selben Moment flogen Aras wie bunte Juwelen über die Wellen des Meeres auf die Wälder zu. Er spürte wieder das Kribbeln in seiner Brust, das Glücksgefühl, das die Flamme des Prometheus in ihm entfacht hatte, und drehte einen irrwitzigen Looping. Etwas pochte tief hinten in seinen Gedanken, er wusste, dass es die Erinnerung an etwas sehr Wichtiges war, das er vergessen hatte – nein, er hatte es nicht vergessen, er würde gleich wieder daran denken. Aber zuerst wollte er diesen Augenblick genießen, diesen vollkommenen Moment in dieser Welt, die er erschaffen hatte, als wäre er ein Gott. Und war er das nicht? Er breitete die Arme aus und spürte den sanften Wind des Himmels auf seiner Haut – eines goldenen, vollkommenen Himmels – *seines* Himmels. In weiten Spiralen sank er tiefer, flog dicht über die Wasseroberfläche dahin – und fuhr mit einem Schrei des Entsetzens zurück.

Dort im Meer schwamm ein Dämon aus Feuer, ein Ungeheuer, das ihm ein grausames Bild vor Augen rief, eine Erinnerung, die er mit aller Macht beiseitedrängte. Doch für einen Moment war er zurück: Seraphin, sein Bruder, der in schwarzen Flammen vor ihm stand, da er sein inneres Feuer nach außen hatte treten lassen, um die Welt zu vernichten. Grim griff sich an die Kehle, auf einmal war ihm viel zu heiß. Er fuhr herum, sein Blick glitt zur Stadt zurück, die noch immer hell und strahlend aus dem Meer aufragte, und plötzlich erkannte er Gestalten auf den Mauern und Zinnen, Wesen, die keinem Volk zuzuordnen waren, da sie mehr waren als jede äußere Gestalt. Sie schauten ihn an mit reglosen Gesichtern, er wusste, dass sie auf ihn warteten. Für einen Moment hielt er inne, seine Schwingen durchzogen die Luft mit trägen Schlägen.

»Nein«, grollte er dunkel. »Noch nicht.«

Mit diesen Worten erhob er sich in seinen Himmel, der um ihn herum in einem gewaltigen Funkenregen zersprang. Mit einem Schrei streckte Grim die Klauen aus und riss das Feuer von seinem Leib. Sein steinerner Körper war zurück, als strahlende Flamme zog sich das Feuer in seiner Faust zusammen. Er starrte in ihr Licht, als wollte er es mit seinem Blick niederzwingen. Die Flamme brannte sich in seine Hand, doch sie tat ihm nicht weh. Lautlos drang sie in seinen Körper ein, heilte seine Wunden und zog sich an den Ort seiner Magie zurück. Grim hatte sie gebannt. Von nun an würde sie ihm gehorchen und ihre Macht nur dann entfalten, wenn er sie rief.

Langsam hob er den Blick und fand sich in dem gleißend hellen Zimmer wieder, dessen Wände sich scheinbar im Nirgendwo verloren. Der Fuchs war nirgends zu sehen, doch als Grim durch das goldene Portal trat, um die Welt der Götter zu verlassen, hörte er deutlich seine Stimme.

Du hast die Welt noch nicht brennen sehen, mein Freund. Doch dieser Tag wird kommen – wie die Feuer der Letzten Stunde, die Feuer, die du legen wirst.

Kapitel 30

Die Oberfläche des Portals kräuselte sich, als würden Karpfen die goldene Schicht mit ihren Flossen aufwühlen. Mia spürte den sanften Hauch von Magie. Dann trat Grim durch das Licht. Anspannung lag auf seinem Gesicht, doch als er sie ansah, glitt ein Lächeln über seine Lippen. Für einen Moment wollte sie ihn umarmen und ihren Streit vergessen. Aber etwas hielt sie davon ab, eine bohrende Stimme in ihrem Inneren, die Grims Worte wie Schüsse zurück in ihr Gedächtnis zwangen. *Auch du hast Angst, Mia, Angst davor, dass du deine Aufgabe als Hartidin niemals erfüllen wirst. Und vielleicht hast du mit deinem Zweifel recht.* Sie hörte wieder die Kälte in seiner Stimme, und nun, da sie in ihrer Bewegung innehielt, wurden seine Augen eine Spur dunkler, und die Mauer um ihn herum kehrte zurück. Er senkte den Blick, und erst jetzt fiel ihr das sanfte Glimmen in der Mitte seiner Brust auf. Es leuchtete in einem warmen, tiefgoldenen Schein und durchdrang seinen Obsidianleib, bis er lautlos einen Zauber murmelte. Rasch zog sich steinerne Haut darüber hin, doch Mia fühlte sie noch immer – die vibrierende, sich langsam beruhigende Macht der Ersten Flamme.

»Du hast es geschafft«, sagte Hortensius, doch es klang eher wie eine ungläubige Frage.

Grim lächelte ein wenig. »Eine sehr scharfsinnige Feststellung für einen Zwerg«, erwiderte er freundlich. Dann trat er zu Carven. »Bist du bereit?«

Der Junge nickte. »Das bin ich«, sagte er schnell, aber seine Stimme war kaum mehr als ein Flüstern.

Grim legte ihm die Klauen auf die Schultern. »Keine Angst«, sagte er, und seine Stimme klang so sanft, dass Mia überrascht die Brauen hob. Noch nie hatte sie Grim auf diese Art zu jemandem sprechen hören – außer zu ihr selbst, und das auch nur dann, wenn sie krank oder verwundet gewesen war. »Dein Meister wird jetzt einen Kreis um uns ziehen. Er wird ein Bannfeuer dreifacher Stärke entfachen, um die Magie zu kontrollieren. Und dann werde ich mit der Kraft der Ersten Flamme das Feuer Bromdurs in dir entzünden, damit du deine Magie nutzen und uns den Weg zu Kirgans Schwert weisen kannst.«

Atemlos sah Mia zu, wie Hortensius einen Kreis um Grim und den Jungen zog und mit einem Fingerschnipsen blaue Funken darauf warf. Flackernd loderten die Flammen auf. Carven zuckte leicht zusammen, doch Grim verstärkte seinen Griff und zwang den Jungen, ihn anzusehen.

»Was auch immer geschieht«, sagte er eindringlich. »Schau mich an. Du brauchst keine Angst zu haben, dir wird nichts passieren, solange ich bei dir bin – hast du verstanden?«

Carven nickte unsicher.

Grim bewegte für einen Moment seine Finger, dann hielt er den Jungen fest, neigte den Kopf und fixierte seine Augen. »Und ihr anderen«, grollte er leise, »haltet euch fern.«

Instinktiv wich Mia zurück. Sie hörte den Zauber, den Grim sprach, und sah dann, wie Carvens Augen glasig wurden. Seine Lider zitterten, aber er hielt Grims Blick stand, auch dann noch, als dessen feiner, kristallener Atem sich auf sein Gesicht legte. Mia hörte das Säuseln des Zaubers, der sich in goldenen Schlieren um Grims und Carvens Körper legte.

Leise murmelte Grim die Abschlussformel des Zaubers und setzte seine Augen in goldene Flammen. Das Licht in seiner Brust wurde heller, sein Körper begann zu glühen, Funken sprühten aus seinem Blick und schossen auf die Augen des Jungen zu. Mit einem Zischen drang das Licht in Carvens Körper ein. Im selben Moment wurden Grim und der Junge von den goldenen Schlieren in die Luft gehoben, die ihre Körper in wilden Kreolen umwirbelten. Mia sah, wie Grim den Mund öffnete und ein winziger, goldener Funke aus seinem Inneren zu den Lippen des Jungen sprang. Kaum hatte Carven den Funken in sich aufgenommen, riss er wie unter Schmerzen die Arme zurück. Grim packte seinen Kopf, um seinen Blick nicht zu verlieren. Carvens Augen wurden von flackerndem Licht durchzogen, das sich gleich darauf in goldenen Strömen durch seine Adern schob. Dann riss der Junge den Kopf zurück, ein Schrei drang aus seiner Kehle wie in Todesfurcht. Im nächsten Augenblick brach er zusammen. Grim fing ihn auf, gemeinsam sanken sie zu Boden. Mia konnte sich nicht von dem Bild abwenden, das sich ihr bot. Dort saß Grim als nachtschwarzer Engel, und in seinen Armen lag Carven, von goldenem Schein erfüllt wie ein Geschöpf aus Licht. Beide trugen sie in diesem Augenblick ein helles Glimmen in der Brust. Sanft strich Grim Carven übers Haar, und als der Junge die Augen öffnete und ihn ansah, lächelte er.

»Es fühlt sich warm an«, sagte Carven mit kindlichem Staunen, als er sich mit der Hand an die Brust fuhr.

Hortensius durchbrach den Bannkreis mit der Stiefelspitze und ließ sich neben dem Jungen nieder. »Jetzt hast du bekommen, was ich dir verweigerte«, sagte der Zwerg leise. »Jetzt kannst du das Leben führen, das dir bestimmt ist.«

Carven lächelte. »Ich habe nichts vermisst in meinem Leben«, erwiderte er. »Jedenfalls nicht, solange ich bei Euch war.«

Hortensius neigte den Kopf, er lächelte hinter seinem Bart, und dann, flüchtig und unsicher, fuhr er Carven mit der Hand über die Wange. Mia hob den Blick, denn sie spürte, dass Grim sie ansah. Er lächelte ein wenig, und sie erwiderte seine Geste.

Da stieß Asmael einen heiseren Schrei aus. Theryon trat vor. »Wir sollten uns beeilen«, sagte er mit einer seltenen Anspannung in seiner Stimme. »Ich fühle eine große Unruhe in der Energie Taras, die ich mir nicht erklären kann. Wir sollten herausfinden, wo sich das Schwert befindet – und das schnell.«

Grim erhob sich und zog auch Carven auf die Beine.

Hortensius holte tief Atem. »Das Schwert Kirgans ist ein Teil von dir«, sagte er ernst und legte Carven beide Hände auf die Schultern. »Ihr seid untrennbar miteinander verbunden, da ein Teil seiner Kraft in dir liegt. Du wirst sie spüren, wenn du in dich hineinhorchst – nun, da deine Magie in voller Stärke erwacht ist. Früher oder später würde das Schwert dich rufen, in deinen Gedanken vielleicht oder in deinen Träumen, denn auch wenn ich es den Kriegern des Lichts vorenthielt, hat es doch nur einen Zweck: dir im Kampf gegen die Dunkelheit beizustehen. Aber wir können nicht warten, bis du von allein auf seine Fährte kommst. Daher werde ich dir dabei helfen, seinen Ruf zu hören.«

Carven nickte und ließ es zu, dass Hortensius seine Hand auf seine Brust legte und einen Zauber murmelte. Mia hörte noch die letzte Silbe der verschlungenen Zwergensprache. Dann bäumte sich der Boden unter ihr auf, sie wurde durch die Luft geschleudert und landete gleich darauf neben Theryon auf hartem, glatten Grund. Sie hörte, dass auch die anderen aus großer Höhe zu Boden fielen, und fühlte den Aufprall ihrer Körper wie Steinschläge. Keuchend kam sie auf die Beine. Sie hatte sich den rechten Arm aufgeschlagen, warmes Blut lief über ihre Hand. Schnell murmelte sie einen Heilungszauber, hob den Blick – und hätte beinahe die letzten Worte ihrer Formel vergessen.

Sie befand sich in einer gewaltigen Halle aus Stein. Säulen, die so hoch waren wie Kathedralen, hielten eine Decke aus leuchtendem Lapislazuli, während der schwarze Marmor des Bodens die Flammen der Wandfackeln so klar spiegelte, als wäre er eine reglose

Wasseroberfläche. Zahlreiche mit Gold umrahmte Türen führten zu zwei Seiten aus der Halle hinaus. Die gesamte Frontseite hingegen wurde von steindurchwirkten Sprossenfenstern verziert, hinter denen rote Lichter flammten wie Schleier aus Abendrot. Die Halle war so groß, dass Mia für einen Moment meinte, sie wäre von Riesen erbaut worden.

Da schob Carven sich an ihr vorbei, und ein weißes Licht flammte in der Mitte der Halle auf, ein Leuchten, in dessen Schein Mia erst nach einem Augenblick ein kostbares Schwert erkannte. Es bestand aus glänzendem Metall, und an seinem Knauf prangte ein funkelnder Rubin. Wie verzaubert schaute Mia auf das Schwert, und auch Hortensius' Augen glänzten bewundernd, als er es betrachtete.

»Hier ist es also«, murmelte der Zwerg. »Nach dem Niedergang des Ordens übergab ich es unserem Baron, auf dass seine Gelehrten einen Ort finden sollten, der ihnen sicher genug erschien für eine solche Waffe. Doch dass sie es hier verstecken würden ...«

Grim zog die Brauen zusammen. »Was soll das heißen? Wo sind wir?«

»Seht«, raunte der Zwerg und deutete zu der breiten Fensterfront. »Seht hinaus!«

Mia folgte seinem Fingerzeig und trat zu einem der Fenster. Sie spürte den leichten Hauch von Magie. Offensichtlich wurden die Fenster von der anderen Seite durch einen Tarnzauber vor neugierigen Augen geschützt. Berge erhoben sich in der Ferne, gewaltige Zinnen aus Stein, und als sie den Blick zu den Füßen des Gebirges sinken ließ, in dem sie sich offensichtlich befand, schaute sie in ein Meer aus glühenden Schleiern. Zuerst meinte sie, in einen glutroten Sonnenuntergang zu blicken oder in die Hitze eines riesigen Feuers. Dann kniff sie die Augen zusammen und erkannte, dass es Rosen waren – unendlich viele Rosen in einem gewaltigen Garten. Sie bildeten verschlungene Hecken, zogen sich an Bäumen empor, blühten in allen Rottönen und verströmten einen zarten und zugleich schweren Geruch aus Süße und Traurigkeit.

Hortensius trat neben sie. »In lang vergangener Zeit, da Riesen und Zwerge die Täler der Alpen bevölkerten, herrschte im Inneren des Berges, den wir heute Rosengarten nennen, Zwergenkönig Laurin über ein unterirdisches Reich. Bis heute ranken sich unzählige Legenden in Menschen- und Anderwelt um diesen König meines Volkes. Seine Rüstung erstrahlte in hellem Gold, seinen Helm zierte eine edelsteinbesetzte Krone, er ritt auf einem zierlichen weißen Pferd, das nicht größer war als ein Reh, und trug, wenn er zum Kampf ritt, einen Speer, an dem eine seidene, wappengeschmückte Fahne flatterte.«

Mia schaute hinab in den Rosengarten, während sie Hortensius zuhörte, und für einen Augenblick sah sie den einstigen König der Zwerge leibhaftig vor sich. Er ritt in wildem Galopp durch die Rosenpfade, sein Pferd wieherte ausgelassen, und die blauen Augen des Zwergs blitzen vor unbändiger Lebensfreude.

»Laurin besaß geheimnisvolle Kräfte«, fuhr Hortensius fort. »Seine Tarnkappe machte ihn unsichtbar, und ein juwelengeschmückter Gürtel gab ihm die Stärke von zwölf Männern. Doch sein ganzer Stolz war ein wunderschöner Garten vor dem Tor seiner Felsenburg, in dem das ganze Jahr hindurch unzählige Rosen blühten und ihren Duft verströmten. Dieser Garten war nur durch eine goldene Pforte zu betreten. Der König wachte streng über die Unversehrtheit seines Gartens. Wer mutwillig einbrach und auch nur eine der Rosen pflückte, verlor zur Strafe die linke Hand und den rechten Fuß. Eines Tages beschloss Laurin, wieder einmal durch die Lande zu reisen, und er erblickte auf einem Blumenanger vor der Burg zu Steier Kühnhilde, die Tochter des Schlossherrn, und verliebte sich in sie. Er schlich sich an Kühnhilde heran, nahm sie schnell unter seine Tarnkappe und entführte sie in sein Reich. Sofort zogen tapfere Ritter aus, unter ihnen auch Dietrich von Bern, um sie zurückzuholen. König Laurin stellte sich zum Kampf. Als er sah, dass er trotz seines Gürtels verlor, zog er sich die Tarnkappe über und sprang, unsichtbar wie er nun zu sein glaubte, im Rosengarten hin und her. Die Ritter aber erkannten an den Bewegungen der Rosen, wo der Zwergenkönig sich befand. Sie packten ihn, zerstörten den Zaubergürtel und führten ihn in Gefangenschaft. Laurin aber belegte den Rosengarten, der ihn verraten hatte, mit einem Fluch: Weder bei Tag noch bei Nacht sollte er jemals mehr gesehen werden. Doch er ist noch immer da, der Garten Laurins – und er führt zu dem geheimsten Ort der Zwergenwelt. Mehr kann ich euch darüber noch nicht sagen.«

Mia sog noch einmal das Bild der blühenden Rosen in sich auf. Dann wandte sie sich dem Schwert zu und sah, wie Carven darauf zutrat. Seine kleine schmächtige Gestalt wirkte hell und strahlend in der gewaltigen Halle, doch als er die Hand nach dem Schwert ausstreckte, sah Mia die Schatten, die hinter den Säulen vortraten. Zwerge waren es, allesamt in kostbare Rüstungen gekleidet. Gerade berührten Carvens Finger das Licht des Schwertes. Im selben Moment sprang einer aus den Reihen der Zwerge vor, riss eine gewaltige Axt in die Höhe und brüllte aus Leibeskräften: »Drafnuk!«

Im letzten Augenblick stürzte Grim sich vor und bewahrte Carven vor dem tödlichen Hieb. Krachend landete die Axt auf dem Boden, und gleißendes Licht brach aus dem Krater, den sie geschlagen hatte. Die gewaltige Halle zerbrach, wieder wurde Mia durch die Luft geschleudert und landete schmerzhaft auf den Hügeln Taras. Stöhnend kam sie auf die Beine.

»Da war wohl jemand nicht begeistert, uns in der Nähe des Schwertes zu sehen«, seufzte Remis und schüttelte sich den Schnee aus den Haaren.

Hortensius zuckte mit den Schultern. »Mein Volk schützt, was ihm anvertraut wurde. Und unser Ziel ist nun klar: Der Rosengarten von König Laurin. Er …«

Seine Worte gingen in plötzlichem Donner unter. Mia fühlte noch den gewaltigen Magiestrom, der über sie hinwegraste, dicht gefolgt von einem Beben im Erdinneren, das sie von den Füßen riss. Die gerade noch jungen Eichen wuchsen in rasender Geschwindigkeit zu gewaltigen Bäumen mit schwarz flammenden Blättern heran. Feuer und Blitze zerrissen den Nachthimmel, Mia hörte Grim einen derben Fluch ausstoßen. Im nächsten Moment packte er sie und zog sie auf die Beine.

»Lauft!«, brüllte er so laut, dass der Widerhall seiner Stimme ihr den Atem nahm. »Lauft um euer Leben!«

Kapitel 31

Mit ausgebreiteten Schwingen eilte Grim dicht über die Erde hinweg, den Arm fest um Mia geschlungen. Ströme aus gewaltiger Magie rasten hinter ihnen durch die Luft. Er hörte das Stöhnen in der Erde, als sich etwas durch ihr Inneres schob. Unterirdische Gesteine wurden in magischem Feuer zu Staub zermahlen, überall brachen Geysire aus Flammen aus dem Boden. Grim musste ihnen ausweichen, sprang über plötzlich aufklaffende Schluchten, aus denen glühende Erdklumpen schossen wie tödliche Waffen, und duckte sich unter zischenden Feuerklumpen. Nicht nur einmal wurde der goldene Wall getroffen, den er über sich und Mia gelegt hatte. Schwarze Risse zogen sich über den Schutz, Grim keuchte unter der Anstrengung, ihn aufrechtzuerhalten. Direkt vor ihnen sprengte ein gewaltiger Felsen die Erdkruste auf, wie ein blutender Stern schoss er in den Nachthimmel. Schnell zog Grim die Schwingen um seinen Körper, schützte Mia mit den Armen und schlug einige Male hart auf dem Boden auf. Er kam auf die Beine, eine Schramme zog sich über Mias Stirn, doch ansonsten war sie unverletzt. Schnell griff Grim nach ihrer Hand und zog sie über die gerissene Erde in Richtung des Friedhofs – dorthin, wo die Magie schwächer wurde.

Dicht hinter ihnen raste Asmael mit Hortensius, Theryon und Carven auf dem Rücken dahin. Remis krallte sich mit schreckverzerrtem Gesicht an den Arm des Feenkriegers. Schwer atmend ließ

Grim sich hinter einen der Grabsteine fallen, die durch die erste Welle der Magie durch die Luft geschleudert und am Rand der Hügel Taras liegen geblieben waren. Theryon und Hortensius sprangen von Asmaels Rücken, und während der Hippogryph sich weit in die Luft erhob, duckten sie sich mit Carven hinter einem zerbrochenen Sarkophag. Remis flog mit wirrem Blick auf Mias Schulter. Grim sah die Lichter der magischen Explosionen in seinen Augen und folgte dem Blick des Kobolds.

Die Hügel Taras waren verschwunden. Stattdessen flossen Ströme aus roter und silberner Magie an den in schwarzen Flammen stehenden Eichen vorbei über die Ebene, fauchende Spiralen aus Feuer stoben aus klaffenden Löchern in die Nacht, und der Himmel wurde von einem Chor aus tanzenden Nordlichtern überzogen. Grim erinnerte sich daran, dass auch in der Nacht, da Morrígan ihnen erschienen war, Nordlichter über den Himmel gezogen waren – sie hatten das Kommen der Feen angekündigt. Ein kalter Wind wehte über die Flammen zu ihm herüber, er spürte ihn wie eine grausame Hand an seiner Kehle und hustete. Er fröstelte, als ein Gesicht vor ihm auftauchte – das Gesicht einer Frau aus Eis und Verdammnis. Ihr Name strich über seine Lippen, doch noch ehe er ihn aussprechen konnte, ging eine Erschütterung durch den Boden, dicht gefolgt von einem Geräusch, das ihm den Atem nahm.

Es war, als würden Gebirge zerreißen. Schreie zerfetzten die Luft – Schreie aus unmenschlichen Kehlen. Grim spürte, wie sie durch sein Fleisch, seine Knochen drangen und jeden seiner Gedanken verbrannten wie einen armseligen Fetzen Papier. Wellen aus uralter, mächtiger Magie rollten auf ihn zu, sie dröhnten in seinen Ohren. Mit aller Kraft hielt er den Schutzwall aufrecht und schaute hinüber zum Lia Fáil, dem Schicksalsstein, der einst die Magie aller Feenorte der Welt in sich hatte bündeln können. Der Stein glühte in tiefrotem Licht, das rasch heller wurde und schließlich mit einem gewaltigen Knall die steinerne Kruste von einem funkelnden Kristall sprengte, der zunehmend größer wurde und unzählige Lanzen aus rotem Licht in den Himmel stach. Im selben Moment brach die Erde rings um ihn auf, und wilde Schleier aus Magie strömten in schillernden Farben in die Nacht. Und aus ihrer Mitte schob sich ein Schloss in die Dunkelheit, das den Kristall des Schicksals in sich aufnahm – ein Schloss wie aus Mondlicht.

In sanftem Schimmer erhoben sich Zinnen und Erker, Pinakel, Wehrmauern und Balustraden. Filigran gestaltete Brücken und Strebebögen verbanden die zahlreichen Türme miteinander, die sich mit kunstvollem Maßwerk in die Nacht schoben. Das Gebäude schimmerte aus sich selbst heraus, ein sanfter Nebel umgab jeden Stein, sodass es auf den ersten Blick wirkte wie eine Traumfigur. Doch Grim spürte die Magie, die von ihm ausging – kühl und mächtig strahlte sie zu ihm herüber und ließ seine Augen tränen. Für einen Moment meinte er, wieder vom dunklen Rand des Waldes auf die Lichtung zu schauen, über deren Blumenfeld der Mond prangte, und Theryons Stimme ging ihm durch den Kopf wie ein Flüstern. *Die Poesie der Welt.* Grim spürte, dass er aufgehört hatte zu atmen. Dieses Schloss war reine Magie – eine Erinnerung aus den Annalen der Ersten Zeit, da die Welt noch gewusst hatte, dass es Wunder gibt.

»Fynturil«, flüsterte er und hörte selbst die Bewunderung, die in seiner Stimme mitschwang. »Der Königssitz der Feen.«

Er spürte, wie Theryon sich neben ihm niederließ, doch er konnte sich nicht von dem Anblick abwenden, der sich ihm jetzt bot. Die Nordlichter strichen über die silbernen Mauern des Schlosses, sie schlangen sich wie Fahnen um die Zinnen und Türme und hießen den Sitz der Feen willkommen in der Welt der Menschen.

»Ja«, wisperte Theryon. »Hier regierten die Túatha Dé Danann, das Urvolk der Alben. Sie errichteten das Schloss aus Tränen und Mondlicht, so sagen es die Legenden, und übergaben es einst an die Feen, die bis heute aus beidem bestehen sollen. Vieles ist hier geschehen, in diesem Herzstück meines Volkes. Hier wurde Sintoryn geboren, der Erste König der Feen, hier ergriff Morrígan die Macht, und hier fassten die Ersten meines Volkes den Entschluss, die Welt der Menschen zu verlassen. Blutige Schlachten wurden auf den Feldern um dieses Schloss geschlagen, und obgleich später die Hochkönige der Menschen hier ihren Sitz hatten, verlor sich doch nie der Zauber der Ersten Stunde. Lange Zeit war es verborgen in der Welt der Feen. Jetzt ist es zurückgekehrt – Fynturil, das Herz des Feenvolkes aus Tränen und Mondlicht.«

Grim spürte die Ströme aus Magie, die unter der Erde in Richtung des Schlosses strömten und langsam die Risse auf den Hügeln wieder verschlossen. Bhor Lhelyn sprossen dort, wo Felsen den Boden zerschlagen hatten, und zogen sich als blau glimmendes Geflecht um die scheinbar uralten Stämme der Eichen bis hinauf zu den Mauern Fynturils.

»Die Macht Taras ist erwacht«, flüsterte Theryon, während das Licht des Schlosses als Schattenspiel über sein Gesicht huschte. »Ich sagte es euch bereits: Die Feenhügel Taras waren die größte Siedlung meines Volkes in dieser Welt, und auch wenn unsere Magie verbannt wurde und wir diesen Ort verließen, geisterten unsere Träume stets durch die kristallenen Räume unserer unterirdischen Welt. Die Gedanken und Erinnerungen meines Volkes sind mächtige Energien. Lange haben sie geruht, nicht nur an diesem, sondern an allen Feenorten dieser Welt – fühlbar nur für besondere Anderwesen und einige Menschen. Nicht umsonst wurde dieser Ort als Tanzplatz der Elfen genutzt oder von Menschen aufgesucht im Glauben an spirituelle Geschöpfe. Doch nun wurde die Kraft der Feen erweckt.«

Ein Schatten hatte sich auf sein Gesicht gelegt, und Grim spürte wieder den eisigen Wind, der nach ihm griff. In diesem Moment sah er, wie die Lichter des Himmels sich zu Gestalten formten, die langsam zur Erde niederglitten und vor dem Schloss Aufstellung nahmen. Feen in silbernen Rüstungen waren es – jene Feen, die er in den Gewölben unter dem Blutaltar der Schattenalben erblickt hatte.

Kaum hatte er das gedacht, peitschten geflügelte Panther durch die Luft, getrieben von schattenhaften Reitern. Grim schauderte, als er Alvarhas unter ihnen erkannte und zusehen musste, wie die Alben vor den Mauern des Schlosses landeten. Sie hatten sich also von ihrem goldenen Käfig befreit. Für einen Moment ließ Alvarhas den Blick über die Ebene gleiten, doch ehe er in Grims Richtung schaute, erklang ein Ton wie aus einer silbernen Fanfare, und alle Köpfe wandten sich hinauf zum Schloss.

Ein Balkon prangte an dem größten Turm. Für einen Moment flackerten Lichter darüber hin, als würden sie sich in einem Kristall brechen. Grim musste die Augen zusammenkneifen, so hell flammten die Farben auf, und dann erschien eine Gestalt inmitten des Lichts, eine Gestalt aus Eis und Finsternis.

»Die Königin der Feen«, flüsterte Mia kaum hörbar.

Grim spürte die Schneeflocken, die lautlos auf ihn niederfielen, wie tastende Fingerspitzen auf seinem Gesicht. Dunkel flammte der Blick der Königin zu ihnen herüber, und auch wenn sie ihn nicht sah, spürte Grim dennoch ihre Kälte und Grausamkeit als brennenden Gruß auf seiner Haut.

In unheimlichem Schweigen traten die Feen und Alben näher an das Schloss heran, neigten ehrfurchtsvoll die Köpfe und richteten gleich darauf die Blicke auf die Königin, die hoheitsvoll auf sie hinabschaute. Sie trug einen Mantel mit aufgestelltem, reich bestickten Kragen, der an den Ärmelenden in weichem Fell endete. Ihre Haare waren kunstvoll hochgesteckt, und auf ihrem Kopf schimmerte ihre Krone. Im Licht des Schlosses wirkte sie wie eine Figur aus geglättetem Eis.

»Fh'al Ordym«, rief sie mit dunkler Stimme, und Grim wusste, dass das die Losung der Feen war – eine uralte, fast vergessene Formel aus lang vergangener Zeit. Sie bedeutete: *das Volk der Dämmerung*. Theryon neben ihm sog die Luft ein, und auch Grim spürte den leisen Hauch der Wehmut, den diese Losung in sich trug.

»Dies ist unser Name«, fuhr die Königin fort, und obwohl der Wind zunahm und schneidend kalt wurde, klang ihre Stimme dunkel und voll zu Grim herüber. »So nannte uns die Anderwelt – und die Welt der Menschen, ehe wir sie verlassen mussten. Wir waren Kinder der Dämmerung, mächtig, stolz und wunderschön! Und das sollen wir jetzt wieder werden!«

Eindringlicher Applaus klang über die Ebene, Grim spürte die Anspannung, die durch die Reihen der Feen und Alben ging.

»Die Menschen haben uns vertrieben«, rief die Schneekönigin, und ihre Augen blitzten vor Zorn. »Sie haben diese Welt vergiftet, sie haben uns verfolgt und getötet und alles vergessen, das einst zwischen unseren Völkern bestanden hat! Ja, sie haben uns vergessen – doch damit soll nun Schluss sein! Wir werden die Menschen daran erinnern, wie es war, als sie die Stimmen unserer Banshees fürchteten, als sie Feenlichter in ihre Fenster stellten und in ihren armseligen Träumen auf unseren Festen tanzten! Wir werden sie daran erinnern, dass sie kein Recht haben, Geschöpfe wie uns aus dieser Welt zu verbannen, dass sie klein sind und wertlos und dass wir ihnen das Leben aus dem Leib ziehen können, wenn wir es nur wollen – mit einem einzigen Blick! Denn wir, meine Freunde, sind das Volk der Dämmerung! Dies ist unser Herrschaftssitz, und ihr wisst, welche Kräfte in diesem Schloss ruhen! Mit ihnen werde ich die Grenze zur Welt unseres Volkes zermalmen – Stück für Stück!«

Als hätten ihre Worte den Befehl dazu gegeben, bildete sich in diesem Moment auf der Spitze des größten Turms eine gläserne Kuppel. Ein rotes Glimmen brach aus ihrem Inneren, in lautlosen Wellen schickte es pulsierendes Licht in die Nacht. Grim wusste, dass es das Licht des Schicksalssteins war, und er musste unwillkürlich an das Schlagen eines gewaltigen Herzens denken. Er hörte die dunklen Worte des Zaubers, den die Königin sprach, sah, wie die Magie in die Kuppel eindrang und das Licht für einen Augenblick heller erstrahlen ließ, ehe es sich blutrot verfärbte. Unheilschwanger pulste der Schein zu Grim herüber.

»Längst schon wäre die Grenze gefallen«, rief die Königin mit vor Zorn funkelnden Augen, »wenn meine Pläne nicht durchkreuzt worden wären!« Sie hielt kurz inne, ihr Schweigen raste wie ein schmerzhafter elektrischer Impuls über Grims Haut, ehe sie fortfuhr: »Doch nun wird der Lia Fáil die Kraft all jener Orte wecken, die einst die unsrigen waren. Er wird die Macht der Feenorte dieser Welt freisetzen, sobald mein Zauber sich vollendet hat! Morgen Nacht wird er die Grenze auf der ganzen Welt mit Rissen übersäen – und dann wird sie beginnen: die Vernichtung der Menschheit!«

Jubel brach aus, die Stimmen der Feen fuhren Grim als kalte Schauer über den Rücken. Er spürte den schwarzen Blick der Königin unheilvoll auf seiner Haut, und er hatte das Gefühl, dass sie ihn direkt ansah.

»Niemand wird mich aufhalten«, flüsterte sie, und ihre Worte drangen Grim durch Mark und Bein, denn er wusste, dass sie ein Versprechen waren. »Dafür ist es zu spät.«

Grim sah die Königin lächeln, es war ein Lächeln von tödlicher Grausamkeit. Für einen Moment verfärbten sich ihre Lippen schwarz, die Geräusche um ihn herum verstummten, er sah das Schloss nicht mehr, die Feen, die Alben – er sah nur noch ihr Gesicht, und er hörte deutlich ihre Worte, als sie ihre Gedanken in alle Richtungen schickte: *Ich werde den Krieger des Lichts finden und jeden töten, der uns voneinander trennt.*

Grim schauderte, er wollte sich abwenden, aber der Blick der Königin hielt ihn fest, als würde sie ihn tatsächlich sehen. Sie verstärkte ihr Lächeln, es war, als bohrte sie ihm einen Dolch direkt ins Herz. Dann riss sie den Kopf in den Nacken, hob die Arme in die Luft und lachte. Wieder spürte Grim die Ströme aus Magie unter der Erde in wildem und beängstigendem Feuer. Er fühlte die Worte der Königin auf seiner Stirn ebenso wie sein eigenes Blut, das unter ihrem Zauber anfing zu glühen, und als die Magie im Erdinneren sich in Bewegung setzte, musste er sich die Nägel ins Fleisch bohren, um dem Ruf der Königin nicht zu folgen. Atemlos krallte er sich in den Grabstein, der vor ihm lag, hörte das Brüllen der Magie in den Hügeln von Tara und fühlte, wie sie sich dröhnend ihren Weg bahnte. Mit einem gewaltigen Knall brach sie aus der Erde und schoss als funkensprühender schwarzer Blitz direkt auf die Königin zu.

Mit kaltem Lachen umfasste diese die Magie mit ihrem Blick, stieß die Arme nach vorn, teilte den Blitz und lenkte ihn mit einem Schrei in den Himmel, wo er krachend einschlug. Grim fühlte, wie ihm die Luft aus der Lunge gepresst wurde bei diesem Geräusch. Die Königin ballte die Fäuste, er sah die Flammen, die aus ihren Augen loderten. Dann riss sie die Arme auseinander – und der Himmel brach entzwei.

Ein gewaltiger Riss klaffte im Firmament der Nacht über dem Schloss der Königin. Glutrotes Licht ergoss sich daraus auf die Hügel Taras und brannte auf Grims steinerner Haut. Schreckensstarr sah er die Schemen, die sich erst nebelhaft, dann immer deutlicher aus dem Riss schoben. Es waren Gestalten in Rüstungen, berittene Krieger – Feen. Grim hörte, wie der Grabstein unter seinem Griff zerbrach, doch er fühlte es kaum. Er spürte die Schritte der Feen, die über die Bahnen aus rotem Licht durch den Riss traten, den ihre Herrin in die Grenze zwischen den Welten gerissen hatte – die Schritte der Armee, die gekommen war, um die Menschen zu vernichten.

Kapitel 32

Mia spürte ihren Herzschlag in den Knöcheln ihrer Hände, so fest hatte sie ihre Finger ineinandergeschoben. Ihr Blick hing an den schimmernden Rüstungen der Feen, an ihren Streitrössern mit den wachsbleichen Augen und den reglosen, fast gleichgültigen Gesichtern der Krieger, die aus dem Riss des Himmels auf die Erde traten und in gleichmäßigen Schritten vor dem Schloss Aufstellung nahmen. Es waren viele, so viele, und immer noch kamen weitere Feen nach, bis der Strom endlich versiegte und nichts als zuckendes rotes Licht mehr in dem Riss zu sehen war. Die Schneekönigin blickte mit kaltem Lächeln auf die Armee, die sie gerufen hatte.

»Sie hat die Magie Taras freigesetzt«, flüsterte Mia. Ihr Mund war staubtrocken, und trotz des eisigen Windes spürte sie die Anspannung glühend wie Feuer auf ihrer Haut. »Mit ihrer Hilfe hat sie ein Loch in die Grenze gerissen, und ...«

Grim warf ihr einen Blick zu. Er schwieg, aber in seinen Augen las Mia, was sie selbst dachte: *Und das ist erst der Anfang.* Sie hörte die Worte der Schneekönigin wie ein tödliches Flüstern in ihrem Kopf: *Morgen Nacht wird er die Grenze auf der ganzen Welt mit Rissen übersäen – und dann wird sie beginnen: die Vernichtung der Menschheit!*

Als hätte die Schneekönigin diese Worte gehört, erhob sie in diesem Augenblick die Stimme. »Krieger der Dämmerung«, rief sie feierlich, während sie den Blick ruhig durch die Reihen der Feen schweifen ließ. »Ihr habt den Weg in diese Welt gefunden – in die Welt der Menschen, wie lasterhafte Zungen sie seit Langem nennen, in Wahrheit jedoch in die Welt der Anderwesen – *unsere* Welt, die Welt der Feen! Ihr seid meine Ersten Krieger, die besten, die es jemals in der Geschichte unseres Volkes gab. Ihr wart es, die mir damals die Treue schworen, als niemand sonst auf meiner Seite stand. Ihr wart es, die in jenen Tagen ihre Heimat verließen, um für einen gemeinsamen Traum in die Schlacht zu ziehen: den Traum von Freiheit und Gerechtigkeit für unser Volk. Und auch jetzt habt ihr eure Heimat hinter euch gelassen, und ich weiß, was das bedeutet. Denn ich kenne die Geheimnisse des Lichtermeers, auf dem einige von euch die glitzernde Stadt Thumonya bewohnten. Ich hörte die sprechenden Winde in den Hochebenen von Rafyn, und ich schmeckte die Würze Braskolons auf meinen Lippen, jener Wüste, die viele von euch geboren hat. Ja, ich weiß, dass ihr vieles hinter euch lassen musstet, um in diese Welt zu reisen – diese Welt, die einst reicher an Zauber war, an Magie, an Geheimnis und Finsternis, als jeder Traum von der Feenwelt, den ihr jemals hattet. Denn in Wahrheit ist dies unsere Heimat, meine Freunde – jeder andere Ort kann niemals mehr sein als ein Exil. Hier verlaufen die Ströme der Uralten Magie, hier ruhen die Geister unserer Ahnen in den Gebirgen, Grüften und Tempeln der Vorzeit, hier liegen die vergessenen Schätze unseres Volkes. Die Menschen haben uns unsere Welt gestohlen, und nun – nun holen wir sie uns zurück!«

Mia erschrak, als die Feen die Hände zusammenschlugen, krachend und in einer beängstigenden Gleichzeitigkeit. Donnergleich peitschten die Klänge über die Ebene, schneller und schneller, als würden sie auf ein fulminantes Finale zusteuern, das Mia nicht begreifen konnte. Sie starrte auf die Leiber der Feen, über die das blutrote Licht des Schicksalssteins flackerte, und hielt den Atem an, als die Königin den Blick hinauf zu dem Riss wandte, der über dem Schloss klaffte wie eine schreckliche Wunde.

»Wir ziehen in die Schlacht!«, rief sie und hob die Arme in die Luft. »Und er, mein Höchster Krieger, wird uns führen!«

Ein gewaltiges Donnern zerriss die Luft, Wolken schoben sich vor den Riss und wurden gleich darauf von einem schwarzen Reiter auf einem mächtigen Streitross zerfetzt, der in wildem Galopp aus dem glutroten Licht sprang. Mia konnte ihn im Flackern der Lichter nicht deutlich erkennen, doch da bäumte das Pferd sich auf. Mit ausschlagenden Hufen stand es auf den Hinterbeinen, der Reiter riss die Faust in die Luft. Blitze fegten über den Himmel, und da sah Mia sein Gesicht. Erstaunt stellte sie fest, dass der Reiter ein Junge war, fast noch ein Kind – aber kein Mensch. Risse zogen sich schwarz und tief über das schneeweiße Antlitz, tümpelgrüne Katzenaugen funkelten zu den Feen hinab, und die breiten Lippen hatten sich zu einem grausamen Lächeln verzogen.

Da öffnete der Fremde den Mund, und ein Ton kroch über seine Lippen, ein leiser, fast flüsternder Laut, der etwas in ihm entfachte – ein tödliches Glimmen unter seiner Haut, das noch nicht vollständig erwacht war und Mia dennoch eine Furcht auf die Schultern legte, die sie sich nicht erklären konnte. Niemals zuvor hatte sie einen solchen Klang gehört, einen Ton, der so rein war und gleichzeitig so grausam. Mit zunehmendem Entsetzen schaute sie dem Fremden ins Gesicht. Er war keine Fee, er war mehr als das, etwas anderes, Fremdes, das sie frösteln ließ.

»Nahyd«, flüsterte Theryon mit ungewohntem Entsetzen in der Stimme. »Nachfahre des Balor.«

Mia sah ihn überrascht an. Sie hatte von Balor gelesen, dieser Sagenfigur aus der irischen Mythologie, die auch den Beinamen *vom bösen Auge* trug, aber bisher hatte sie diese Erzählungen für Legenden gehalten.

Remis sah Theryon fragend an. »Balor war ein König des dämonischen Volkes der Fomori«, raunte der Feenkrieger, ohne den schwarz gewandeten Fremden aus den Augen zu lassen. »Er verfügte über nur ein Auge, seit er einst in einen giftigen Trank geschaut hatte. Geöffnet bot es jedoch einen solch schrecklichen Anblick, dass jeder, der es ansah, keinen Widerstand mehr leistete. Er wurde von Lugh vernichtet – Lugh, seinem Enkel, der für die helle Seite seiner Nachfahren stand. Doch es gab auch die dunkle Seite – die Seite der Nacht in Balors Blut, und sie entfaltete sich in der Linie der Philes – der Totensänger. Heute gibt es nur noch wenige in dieser Welt, die meisten von ihnen leben in … anderen Reichen. Sie nähren sich von Menschenfleisch, und ihre Gesänge sind so schrecklich, dass sie ihrem Opfer das Leben aus dem Leib ziehen.« Theryon hielt inne. »Ich dachte, Nahyd wäre in die Hallen der Toten eingezogen«, sagte er mit einem Anflug von Bitterkeit in der Stimme. »Doch offenbar habe ich mich geirrt.«

In diesem Moment riss Nahyd den Mund auf, und ein Ton drang aus seiner Kehle, hell und klar wie der Gesang eines Knaben, aber so kalt, dass er Mias Kehle umschlang wie eine todbringende Klaue. Panisch griff sie sich an den Hals, sie fühlte, wie Nahyds Stimme in ihrem Kopf zu tausend Scherben wurde, die nur darauf warteten, sie innerlich in Stücke zu schneiden. Grim fasste nach ihrem Arm, doch da brach der Ruf ab, und Mia sackte in sich zusammen. Die Feen und Alben waren außer sich geraten, frenetischer Jubel brandete über die Hügel Taras. Schwer atmend sah Mia zum Himmel auf. Nahyd packte die Zügel. Mit donnernden Hufen preschte das Pferd auf das Schloss zu und landete auf dem Balkon der Königin.

Nahyd schwang sich aus dem Sattel, lächelnd trat die Königin auf ihn zu. Mit sanfter Geste strich sie ihm über die Wange und sagte etwas, das Mia nicht verstand. Mit kaum merklichem Nicken verschwand Nahyd im Inneren des Schlosses, während die Königin sich erneut an ihre Zuhörer wandte.

»Doch eines wollen wir nicht vergessen«, fuhr sie fort. »Ohne die Menschen wären wir jetzt nicht da, wo wir sind. Ohne einen von ihnen, einen winzigen, unwichtigen Wurm zwar, aber einen Menschen, wäre es mir niemals gelungen, in diese Welt zu gelangen. Ich werde mich bei ihm bedanken, das verspreche ich euch.«

In diesem Moment tauchte Nahyd hinter ihr wieder auf. Er schob einen Menschen vor sich her, einen jungen Mann mit blonden Haaren und dunklen, unendlich traurigen Augen. Mia spürte den Schreck wie einen Dolchstoß in ihrer Brust.

Jakob.

Sie presste sich die Hand vor den Mund, um den Schrei hinter ihren Lippen zu halten, der beim Anblick ihres Bruders aus ihrer Kehle gedrungen war. Jakob schwankte, es schien, als könnte er kaum mehr allein stehen. Blutige Striemen überzogen seine Wangen, und sein Blick – dieser leere, haltlose Blick – war der eines Toten.

Die Schneekönigin trat auf Nahyd zu und nahm ihm den glühenden Strick ab, der um Jakobs Hals lag. Mia ballte die Fäuste. Sie fühlte Grims Klaue auf ihrer Schulter, als die Königin auf ihren Bruder zutrat, und brauchte all ihre Kraft, um ihre Wut kleinzuhalten.

»Jakob«, zischte die Königin, aber der Name klang fremd und kalt aus ihrem Mund und ließ Mia schaudern. »Du warst es. Du bist zu mir gekommen, zu mir, der Herrscherin über das Reich der Feen.« Sie lachte leise und schaute hinab zu ihren Zuhörern. »Er hat mich gebeten, ihn freizugeben, könnt ihr euch das vorstellen? Er brauchte meine Einwilligung, um in seine Welt zurückkehren zu können, und das wollte er mehr als alles andere … Ich ließ ihn nicht gehen, natürlich nicht. Ich nutzte ihn für meine Zwecke, und er hat sie erfüllt. Bald wird es vorbei sein, das elende Leben, das in ihm steckt – ist es nicht so?« Sie sah Nahyd an, und in diesem Moment ging ein Glimmen durch dessen Blick, eine Gier, die Übelkeit auf Mias Zunge schickte. *Sie nähren sich von Menschenfleisch.* Mia biss sich so heftig auf die Lippe, dass es wehtat.

»In der kommenden Nacht werde ich ein Fest zu seinen Ehren geben«, fuhr die Königin fort. »Die Grenze wird fallen, und das Heer der Feen wird über die Welt der Menschen fegen wie ein Sturm aus giftigem Nebel! Und wir, die wir hier stehen, werden nach Baile Átha Cliath ziehen, nach Dublin, wie die Menschen es nennen. Ja, mit dieser Stadt wollen wir beginnen – und dann bekommen die Menschen, was sie verdienen!« Sie ließ den Jubel aufbranden, ehe sie erneut das Wort ergriff: »Doch mein menschlicher Freund hat erreicht, was er wollte, oder nicht? Er ist in seine Welt zurückgekehrt. Er hat sogar den Menschen gesehen, nach dem er sich am meisten gesehnt hat, jenen Menschen, für den er den ganzen langen Weg durch mein Reich bis zu meinem Thron aus Eis gegangen ist. Seine Schwester ...«

Mia fuhr zurück, auf einmal hatte der Wind nach ihrem Gesicht gegriffen wie die Hand der Schneekönigin in diesem Moment nach Jakobs Wange.

Sie strich darüber hin und umfasste sein Kinn, um ihn zu zwingen, sie anzusehen. »Ich werde mich bei dir bedanken«, flüsterte sie, und Mia spürte, wie ihr Tränen über die Wangen liefen – nicht wegen den Worten der Schneekönigin, sondern wegen Jakobs fühllosem Blick, der ihr so fremd war. Was hatten diese verfluchten Feen mit ihm gemacht?

»Irgendwo da draußen ist deine Schwester«, flüsterte die Königin. Ein Schleier glitt durch Jakobs Augen, und dahinter lag eine Schwärze, die Mia beinahe noch mehr ängstigte als die Leere zuvor. »Und eines schwöre ich euch – auch bei ihr werde ich mich bedanken, auf meine ganz persönliche Weise.«

Da stieß Jakob einen Schrei aus, ein unmenschliches, tiefes Brüllen. Er stürzte sich vor, doch schon hatte Nahyd ihn mühelos zu Boden geworfen. Mia hörte, wie sich ein Bannzauber in Jakobs Fleisch schnitt. Sie kam auf die Beine, sie musste etwas tun, irgendetwas. Doch ehe sie genügend Halt für einen Zauber gefunden hatte, umfasste Grim ihren Körper, breitete die Schwingen aus und trug sie hoch hinauf in die Luft.

Mia weinte an seiner Brust, während er mit ihr davonflog, fort von Tara und der Schneekönigin und fort von Jakob. Die Gestalt ihres Bruders stand so leibhaftig vor ihr, als würde sie ihn noch immer auf dem Balkon der Königin sehen. Nahyd würde ihn vernichten, wenn sie ihn nicht rettete, er würde … Sie unterbrach den Gedanken, sie ertrug ihn nicht.

Leise hörte sie die Flügelschläge Asmaels hinter sich und sah zu, wie Grim auf einem verlassenen Feld landete. Schwankend ließ sie sich auf der kalten Erde nieder. Grim setzte sich neben sie, sein Blick ruhte auf ihrem Gesicht, aber sie fühlte es kaum. Sie sah nur Jakob vor sich und hörte seinen hilflosen, unmenschlichen Schrei.

Asmael landete neben ihnen, und Theryon, Hortensius und Carven sprangen von seinem Rücken. Remis schwirrte zu Grims Schulter, auch er warf Mia besorgte Blicke zu. Schweigend setzten die anderen sich zu ihnen. Mia spürte die Stille, die sich mit albtraumhafter Hitze über sie legen wollte, und hob den Kopf.

»Ich werde Jakob holen«, sagte sie, und noch während sie die Worte aussprach, wusste sie, dass sie genau das tun würde. Sie würde Jakob nicht seinem Schicksal überlassen, auch wenn sie keine Chance gegen die Schneekönigin und ihren verfluchten Höchsten Krieger hatte – sie musste ihren Bruder retten.

Grim sah sie an, sie erwartete Ablehnung in seinem Blick oder Spott – aber sie fand nichts als Sorge in seinen Augen. Langsam nickte er. »Ich weiß«, sagte er beinahe sanft und für einen Moment hätte sie gern die Hand ausgestreckt und seine Klaue berührt. Doch er wandte sich bereits ab, und sein Blick wurde kalt, als er fortfuhr: »Kommende Nacht wird sich der Zauber der Königin vollenden. Dann werden die Feen die Welt der Menschen in den Untergang treiben. Dublin wird ein Beispiel dessen sein, was zeitgleich überall auf der Welt passieren wird: Die Menschheit wird vernichtet werden. Und vorher werden die Feen Jakob töten, wenn sie niemand daran hindert. Das werden wir nicht zulassen.«

Hortensius nickte ernst. »Aber die Zeit drängt«, murmelte er. »Die kommende Nacht wird die Nacht der Feen – wenn wir es nicht verhindern.«

»Also müssen wir so schnell wie möglich das Schwert holen«, sagte Carven ernst. »Und gleichzeitig müssen wir Jakob befreien und verhindern, dass sich der Zauber der Königin vollendet. Und die Menschen Dublins können wir auch nicht einfach ihrem Schicksal überlassen.«

Theryon hob den Blick und schaute von einem zum anderen. »Es gibt eine Möglichkeit, die Pläne der Feen zu vereiteln. Doch dafür müssen wir uns in die Höhle des Löwen wagen – in das Schloss der Königin.«

Langsam holte Mia Atem und sah Grim an. Er erwiderte ihren Blick, und es schien ihr, als läse er ihre Gedanken. Ein Seufzen drang aus seiner Kehle, dann nickte er.

»Wir werden uns aufteilen«, grollte er leise. »Mia und Theryon werden sich den Plänen der Königin entgegenstellen. Und wir anderen – wir werden das Schwert Kirgans erlangen, so schnell wir nur können.«

Kapitel 33

Das Land unter ihnen war ein schweres schwarzes Tuch, das sich auf Wälder und Straßen, Städte, Flüsse und Felder gelegt hatte. Kein Lichtschein drang durch die Schneeflocken, die langsam darauf niederfielen, und Grim und Asmael blieb als einzige Orientierung der Sternenhimmel, der immer wieder durch die aufbrechende Wolkendecke schimmerte.

Seit Ewigkeiten waren sie nun bereits unterwegs. Grim konnte nicht so schnell fliegen, wie er es gern getan hätte, denn Carven zitterte auf Asmaels Rücken schon jetzt vor Kälte. Hortensius hatte ihn in seinen dicken Mantel gewickelt und diesen mit mehreren magischen Wärmeschichten umgeben, doch der schneidende Wind peitschte ihnen unbarmherzig entgegen und verstand sich darauf, jeden noch so feinen Riss im Gewebe zu finden, um Carven die Wärme aus dem Leib zu ziehen. Auch Hortensius schien schon auf angenehmere Art gereist zu sein als auf dem Rücken eines Hippogryphen. Raureif hing in seinem Bart, und seine Wangen waren vor Kälte knallrot geworden. Remis klapperte auf Grims Schulter mit den Zähnen. Die Haare des Kobolds waren steif gefroren, ab und zu nieste er herzhaft. Grim seufzte leise. Er konnte sich wahrhaft Schöneres vorstellen, als in Eiseskälte durch Wolken aus Koboldspucke zu fliegen. Aber noch immer waren die Alpen nichts als ferne Wünsche am Horizont.

Wenn man der Sage trauen konnte, lag Laurins Rosengarten

in den Dolomiten, und Hortensius hatte dieses Gerücht bestätigt. Unruhig ließ Grim seinen Blick durch die Nacht gleiten. Ihm stand nicht der Sinn danach, Ewigkeiten für den Flug zu verschwenden, während Mia auf der Grünen Insel in größter Gefahr schwebte. Ihr Gesicht tauchte vor ihm auf, der Schmerz in ihrem Blick, als sie Jakob in den Fängen der Schneekönigin gesehen hatte, und dann die Kälte auf ihren Zügen bei ihrem Abschied. Ihr Streit lag über ihnen wie eine finstere Wolke. Grim erinnerte sich an die Worte, die er Mia an den Kopf geworfen hatte. Sie schmeckten auf einmal bitter auf seiner Zunge. Dennoch bereute er sie nicht, und vielleicht war es gut, dass sie für eine Weile getrennte Wege gingen. Ein leiser Schmerz zog durch seine Brust, und als er erkannte, dass sie ihm schon jetzt fehlte, stieß er ärgerlich die Luft aus. Remis warf ihm einen erstaunten Blick zu. Grim wusste, dass der Kobold in diesem Moment die Augenbrauen bis zum Haaransatz hochzog und wissend vor sich hin nickte.

»Seht«, sagte Grim schnell, ehe Remis eine Bemerkung machen konnte, die ihn dazu gezwungen hätte, den Kobold von seiner Schulter ins Schneetreiben zu schnippen. Er deutete auf die dunklen Wipfel der Bäume, die gerade unter ihnen auftauchten.

Remis stieß einen Laut der Verzückung aus. Unter ihnen lag der L'hur Bhraka, der Schwarzwald in der Sprache der Menschen – Remis' Geburtsstätte und ein Ort der Mythen und dunklen Legenden. Grim hatte Geschichten über diesen Wald gehört, Erzählungen von gefährlichen Riesen, die im uralten Fels des Gebirges ihre Heimat hatten und nicht nur menschlichen Wanderern auflauerten, von Gestaltwandlern, die in den undurchdringlichen Hainen Schutz fanden vor sterblichen Augen, und von den goldenen Blumen, die mitunter am Rand des Weges wuchsen und jeden, der sie fand, sicher durch die Finsternis geleiteten. Sie waren Grußworte des Königs des Waldes, der niemals einem Sterblichen und nur selten einem Anderwesen leibhaftig erschien, eines Herrschers, der mehr Traumgestalt als

Legende war. Larvyn war sein Name, der König der Elfen. Grim erinnerte sich gut daran, wie er Mia einmal von diesem Herrscher erzählt hatte. Sie liebte Geschichten über die Anderwelt, ob sie nun der Wahrheit entsprachen oder nicht. Wieder spürte Grim das rätselhafte Ziehen in der Brust, doch im selben Moment bemerkte er den Nebel, der zart und geisterhaft aus der Dunkelheit des Waldes aufstieg.

Er umschmeichelte die Blätter und kroch hinauf in die Wipfel, bis nur noch die Kronen der höchsten Bäume wie Inseln aus dem Meer aus weißen Schleiern ragten. Grim spürte das Wispern, das mit zitternden, unsichtbaren Lippen über seine Haut strich, ehe er es hörte. Misstrauisch beobachtete er, wie feine Fäden sich aus dem Nebel hoben. Sie bewegten sich wie lebendige Wesen. Etwas stimmte hier nicht.

Grim gab Asmael ein Zeichen, gleichzeitig stiegen sie höher – doch es war schon zu spät. In überraschender Geschwindigkeit schossen mehrere Nebelfäden aus dem Meer unter ihnen, formten sich zu Klauen und griffen nach ihren Schwingen. Grim spürte eine eisige Hand an seinem rechten Bein, starr wie eine Pranke aus Eisen schloss sie sich um seinen Knöchel und zog ihn hinab. Asmael stieß einen heiseren Schrei aus, panisch schlug er mit den Vorderbeinen aus, als Hortensius und Carven von seinem Rücken gerissen wurden. Remis kreischte und krallte sich an Grim fest, der gerade noch sah, wie Asmael die Nebelfäden um seine Schwingen mit einem gewaltigen Tritt durchtrennte und sich in den Himmel schwang. Dann schlug der Nebel über Grims Kopf zusammen.

Außer sich schleuderte er einen Feuerzauber auf die Nebelhand, die ihn umfasst hielt. Sofort stob sie auseinander. In letzter Sekunde ergriff Grim Hortensius und Carven am Kragen und zerschlug die Klauen aus Nebel, die sie umfasst hielten. Gleich darauf traf ihn ein heftiger Hieb im Nacken, dicht gefolgt vom zischenden Geräusch fliegender Pfeile. Grim errichtete einen Schutzwall und schleuderte

Feuerlanzen in den Nebel. Immer wieder zerriss er die geisterhaften Klauen, die nach ihm griffen, doch sie bildeten sich umgehend neu, als wären sie Teil eines unsichtbaren Geistes, der sie zusammenhielt. Verzweifelt schlug Grim mit den Schwingen, doch dann traf ihn ein Schlag am Kopf. Ihm wurde schwarz vor Augen, er fühlte, wie seine Magie seinen Körper verließ. Schon spürte er den Wind auf seinem Gesicht. Sie stürzten ab. Mit letzter Kraft versuchte er, Carven und Hortensius vor den Ästen zu schützen, als sie durch die Baumkronen brachen. Remis verbarg den Kopf an seinem Hals. Da tauchte der Boden unter ihnen auf, lückenhaft überzogen von dem unheimlichen Nebel. Grim breitete die Schwingen aus und milderte ihren Sturz. Unsanft landeten sie in einem Gebüsch und kamen stöhnend auf die Beine.

Angespannt hob Grim den Blick und sah die Geisterklauen, die drohend durch die Wipfel der Bäume flogen.

»Boshafte Dryaden«, flüsterte Remis mit finsterer Miene und pflückte sich froststarrende Blätter aus den Haaren. »Ich erinnere mich daran, wie sie uns Koboldkinder in Angst und Schrecken versetzten, damals, als meine Familie noch in diesem Wald lebte. Sie sind wütend darüber, dass wir ihren Wald überqueren wollten. Es ist ungewöhnlich, dass sie friedfertigen Anderwesen so nah kommen, aber die Feenmagie hat sie übermütig gemacht. Sie werden uns nicht gehen lassen.«

Grim zog die Brauen zusammen. Wie ein Schwarm aus Geiern kreisten die Dryaden über ihnen. Er hatte schon einmal schmerzhafte Erfahrungen mit diesem Volk gemacht und nicht den Wunsch, diese zu wiederholen. Glücklicherweise waren Nebeldryaden nicht besonders klug. Bald schon würden sie die Eindringlinge vergessen haben. Aber so lange würden sie jeden Versuch ihrer Gefangenen, den Wald zu verlassen, unterbinden.

Leise knisternd fielen Schneeflocken auf einzelne trockene Blätter, und der Wind fuhr um die Bäume, wispernd wie ein lebendiges

Tier. Grim witterte, doch er nahm keine Wesen in ihrer Nähe wahr, abgesehen von zwei Eichhörnchen und allerhand Insektengetier unter den Baumrinden. Und dennoch – eine seltsame Unruhe lag in der Luft, ein abwartendes und gieriges Lauern, das Grim sich nicht erklären konnte. Düstere Bäume umdrängten sie, die gerade eben noch – das hätte Grim schwören können – um einiges weiter entfernt gestanden hatten, und auch die Bhor Lhelyn hatten Einzug gehalten. Als fluoreszierende Lianen und Waldreben durchzogen sie die Finsternis und erblühten mit schwarz glimmenden Blüten in wilder Schönheit auf den Ästen mancher Bäume.

»Wir sind in einem Zauberwald gelandet«, flüsterte Carven und sah sich mit großen Augen um.

Grim nickte düster. »Jedes Märchen hat seine Finsternis«, murmelte er. »Wir müssen vorsichtig sein.«

Hortensius wandte wachsam den Blick. »Er hat recht. Dieser Wald ist kein gewöhnlicher Wald.«

Wortlos legte Grim einen mit doppeltem Bannzauber gestärkten Schutzwall um sie.

»Wie in einer meiner Geschichten«, sagte Carven, strich über den knorrigen Ast eines meterdicken Baumes und starrte ins Unterholz, als würde er dort mehr erkennen als undurchdringliche Finsternis. Gedankenverloren streckte er die Hand aus und erschuf den kleinen Drachen aus Nebel. Dieser streckte sich wie eine Katze, schlug den Schwanz um seinen Körper und schaute mit Carven in die Dunkelheit. »Jeden Moment könnte ein Monster durchs Unterholz brechen. Ein Drache oder ...«

Grim schnaubte verächtlich. Schlimm genug, dass er in Eiseskälte in einem ihm fremden Wald herumstehen und warten musste, bis die dämlichen Dryaden aufhörten, an ihn zu denken – er hatte nicht vor, darüber hinaus auch noch den Phantasien eines Kindes zuzuhören, das den Ernst der Lage nicht begriffen hatte. »Die Drachen haben diese Welt verlassen«, grollte er mit finsterer Miene. Gleichzeitig wandten Carven und der Nebeldrache die Köpfe, und ein Schatten legte sich auf ihre Züge, der verteufelt nach Enttäuschung aussah. Doch gleich darauf zuckte Carven unbekümmert mit den Schultern. »Dann eben ein Löwe oder ein dreiköpfiger Stier oder …«

»… oder ein muffeliger Hybrid in Gargoylegestalt«, flötete Remis, ohne Grim anzusehen, und zwinkerte Carven zu.

Der Junge lachte leise, als Grim die Arme vor der Brust verschränkte und düster den Kopf schüttelte.

»Das Monster springt also aus der Dunkelheit«, fuhr Carven unbeirrt fort und zog die Arme an den Körper, um den Gang eines offensichtlich betrunkenen Untiers nachzuahmen. Grim verdrehte die Augen, doch sowohl Remis als auch Hortensius schauten den Jungen mit großen Kulleraugen an, als hätten sie nie zuvor in ihrem Leben etwas Spannenderes gesehen. »Sein Atem ist gelb, genauso wie seine Zähne, und es hat lange Krallen und borstiges Fell, und jetzt will es fressen, ja, es hat das Dorf der Menschen schon gewittert. Doch da springt der Held vor, er schwingt sein Schwert, furchtlos stellt er sich dem Ungeheuer entgegen, pariert dessen Hiebe und – zack! – durchbohrt er das Herz des Monsters mit einem einzigen Stich!«

Carven war außer Atem. Er hatte seine Worte mit erstaunlichen Kampfbewegungen choreographiert, das musste Grim ihm lassen, und nun hielt er den Arm emporgerissen, als hätte er tatsächlich eine Waffe geführt, und starrte in das Nichts über seiner Faust – dorthin, wo in seiner Phantasie der Kopf des Untiers sein musste. Grim hatte schon den Mund geöffnet, um etwas zu sagen, als ein Lachen seine Brust durchdrang – ein lautloser, nur für ihn hörbarer Ton aus den Tiefen seines Inneren. Es war das Lachen eines Kindes, das Lachen des Jungen, der in Bythorsuls See versunken war und der nun mitunter auf der anderen Seite seines Abgrunds stand und nachdenklich zu ihm herüberschaute. Genau genommen hatte Grim ihn erstmals auf der anderen Seite gesehen, seit Carven in seiner Nähe war –

Carven, das Menschenkind, das ihn an sein eigenes Menschenherz erinnerte und ihm gleichzeitig die Kluft in seiner Brust fortwährend ins Bewusstsein rief. *Du trägst eine Zerrissenheit in dir, die du nicht aushältst! Deine menschliche Seite wird der Anderwelt in deinem Inneren immer fremd bleiben, und deswegen lehnst du sie ab, wann immer es dir möglich ist!*

Unwillig drängte Grim Mias Stimme beiseite, räusperte sich und zerbrach Carvens Konzentration. Verlegen ließ der Junge die Hand sinken und rieb sich den Arm, mit dem er gerade noch ein Schwert gehalten hatte.

»Offensichtlich wurdest du in Kampfkunst unterrichtet«, stellte Grim fest und warf Hortensius einen Blick zu, der mit stolzem Funkeln in den Augen nickte. »Das mag uns noch von Nutzen sein, denn in der Anderwelt weiß man nie, wann man derartige Fertigkeiten einmal braucht. Aber eines steht fest: Wir haben keine Zeit für Kinderkram und Märchen, und nichts anderes sind diese Geschichten von funkelnden Schwertern und unheimlichen Monstern – und natürlich von Helden, allesamt mit der Kraft und dem Mut von zehntausend Männern.« Er schüttelte den Kopf, doch sein spöttisches Lachen blieb ihm im Hals stecken, als er Carven ansah. Der Junge hielt noch immer seinen Arm umfasst, doch irgendetwas war von ihm abgefallen – gerade in dem Moment, da er die Hand hatte sinken lassen und Grim mit seiner Rede begonnen hatte. Auf einmal wirkte Carven klein, fast zerbrechlich, als hätte er mit dem Sturz aus seiner Phantasie einen Panzer verloren, der ihn gerade noch stark und kräftig gemacht hatte. Nun stand er da, langsam errötend, und schaute Grim von unten herauf an wie ein getretener Hund.

Grim seufzte leise. »Du kannst es nicht wissen«, sagte er so freundlich wie möglich. »Ich habe schon einmal versucht, es dir zu sagen: Solche Helden, wie du sie aus deinen Geschichten zu kennen glaubst, hat es nie gegeben. Und du … Sieh dich an. Du bist kein Krieger, sondern ein Junge, der beschützt werden muss, was umso schwieriger ist, wenn du den Ernst der Lage nicht erkennst. Also tu uns allen einen Gefallen, und benimm dich nicht wie ein naives Kind.«

Kaum hatte Grim diese Worte ausgesprochen, verdrehte er über sich selbst die Augen. Womöglich würde der Junge jeden Moment anfangen zu heulen, so geduckt und ängstlich, wie er dastand. Remis zog ärgerlich die Brauen zusammen, und Hortensius warf Grim einen Blick zu, der ihn mit einer winzigen Portion Magie an den nächsten Baum genagelt hätte. Voller Missbilligung schüttelte der Zwerg den Kopf.

»Vergiss nicht, was ich dir immer sage«, murmelte Hortensius, doch obwohl er eindeutig mit Carven sprach, ließ er Grim nicht aus den Augen. »Und wenn die ganze Welt sich gegen dich verschworen hat – solange du weißt, dass es richtig ist, was du tust, ist alles gut. Und Steinköpfe waren noch nie für ihre Intelligenz bekannt – oder für ihr Einfühlungsvermögen.«

Grim holte Luft, um zu antworten, doch da hob der Zwerg den Zeigefinger und stach so heftig damit in seine Richtung, dass Grim fast meinte, durch die Luft hindurch getroffen zu werden.

»Carven hat Stärken, von denen du nichts ahnst«, zischte der Zwerg mit vor unterdrückter Wut bebender Stimme. »Er …«

Grim schnaubte durch die Nase und unterbrach ihn. »Sicher«, grollte er dunkel. »Der große Krieger des Lichts ist bei uns. Wir …«

Ein lang gezogener Schrei ließ ihn zusammenfahren, ein Ruf aus menschlicher Kehle. Remis deutete in die Finsternis zwischen den Bäumen. »Seht«, flüsterte der Kobold. »Ein Licht! Da ruft jemand um Hilfe!«

Grim seufzte. Als wenn diese Nacht nicht schon beschwerlich genug war, musste er nun auch noch Sterbliche vor dem Kältetod bewahren. Stöhnend nahm er Menschengestalt an – und bereute es sofort. Hatte ihn gerade noch sein steinerner Leib vor Schnee und Wind geschützt, drang die Kälte nun unerbittlich in ihn ein und kühlte ihn innerhalb weniger Augenblicke scheinbar vollkommen aus.

»Gehen wir«, murmelte er düster und schob sich durch Dünen aus Schnee auf das Licht zu. Remis schlüpfte in seine Manteltasche, Hortensius straffte die Schultern und sah in dem Schneegestöber tatsächlich aus wie ein kleiner Mensch. Carven lief in Grims Fußstapfen hinter ihnen her.

Endlich brach das Licht stärker durch die Bäume, und Grim erkannte eine Frau in dicken Wintersachen mit einem Windlicht in der Hand. Offensichtlich war sie gestürzt, denn ihr Rucksack lag einige Meter weiter, und ihr von der Kälte gerötetes Gesicht war schmerzverzerrt. Doch nun, da sie Grim sah, stieß sie erleichtert die Luft aus.

»Gott im Himmel!«, rief sie und lächelte. »Und ich dachte, dass ich die einzige Verrückte bin, die sich bei diesem Wetter vor die Tür gewagt hat!«

Grim stöhnte innerlich. Anrufungen dieser Art führten für gewöhnlich nicht dazu, dass er sich willkommen fühlte. Aber die Frau hatte warme, kastanienbraune Augen, und ihr Lachen erinnerte ihn aus irgendeinem Grund an die Frühlingstänze der Kobolde auf den Wiesen rings um Paris, zu denen Remis ihn schon oft mitgenommen hatte. Sofort legte sich ein warmes Gefühl um seine Schultern.

Freundlich erwiderte er ihr Lächeln und ging auf sie zu. »Dasselbe dachten wir auch«, erwiderte er, reichte ihr die Hand und half ihr auf. Ihr Knöchel war verstaucht, das hatte er bei der ersten Berührung ihres Körpers gefühlt. »Ich werde Ihnen dorthin zurückhelfen, woher sie gekommen sind.«

Die Frau lächelte dankbar. »Ich wohne nicht weit von hier in der alten Forsthütte. Es ist sehr freundlich von Ihnen, dass Sie mir helfen.« Ihr Blick fiel auf Carven und Hortensius, die wenige Schritte entfernt stehen geblieben waren. »Wenn wir es schaffen, mein Haus zu erreichen, mache ich uns Tee – und für den Jungen eine heiße Schokolade, einverstanden?«

Hortensius nickte höflich, doch Carven schwieg. Verwundert hob Grim den Blick – und erschrak. Carven war schneeweiß geworden, seine Augen flammten in dunklem Feuer. Langsam schüttelte er den Kopf.

»Grim«, flüsterte er kaum hörbar. »Sie ist eine …«

Ehe er den Satz beenden konnte, entwand sich die Frau Grims Griff, sprang mit einem gewaltigen Satz über den Schnee zu Carven und umfasste mit einer Hand seinen Nacken. Hortensius zog seinen Streitkolben hinter dem Rücken hervor, und Grim stieß die Faust vor, doch der Zauber prallte ebenso wie die Waffe des Zwergs von einem mächtigen Schutzschild ab. Im selben Moment wurde Hortensius von einem schwarzen Lichtstrahl in die Brust getroffen. Reglos fiel er in den Schnee, während die Frau ihre Gestalt veränderte. Schwarze Adern traten unter ihrer Haut hervor, die Lippen zogen sich von gelben Zähnen zurück, und ihre Hände wurden zu Klauen, die sich tief in das Fleisch des Jungen bohrten. Doch all das sah Grim wie in Trance. Sein Blick hing an Carven, an seinen Augen und dem wissenden, haltlosen Ausdruck darin. Schon einmal hatte Grim diesen Blick auf sich gefühlt – damals, als Jakob gestorben war. Die Frau versetzte Carven einen Stoß, sein Blick wurde glasig, und er sank reglos in den Schnee.

Der Schreck trieb Grim vorwärts, er stürzte sich auf die Frau, doch sie riss die Arme in die Luft und stob mit plötzlich geisterhaftem Körper durch Grim hindurch. Ehe er zu ihr herumfahren konnte, hörte er ihre Stimme an seinem Ohr. »Zu dumm«, flüsterte sie.

Im nächsten Moment spürte er einen stechenden Schmerz im Nacken. Blitzartig wandte er sich um, doch die Frau wich vor ihm zurück. Ihr Gesicht verzerrte sich zu einer leichenhaften Grimasse, rücklings entkam sie seinem Schlag, sprang gegen einen Baumstamm und blieb dort hocken wie eine gewaltige Spinne.

»Narr«, zischte sie, doch das Wort drang verzerrt an Grims Ohr. »Hast du geglaubt, dass du Dramdya entkommen kannst, Dramdya, der Hexe der Nacht? Meine Kinder haben dich vom Himmel gepflückt, und nun wirst du in meinen Armen sterben. Doch zuvor ... Weißt du, wen ich rufen werde? Weißt du, wer nach dem Jungen dort verlangt?«

Grim spürte, wie die Hexe ihre Konturen verlor, ihr Gesicht flackerte bereits in schwarzem Licht. Er hob die Klaue, doch sein Zauber rollte zurück in seine Kehle wie ein schwerer runder Stein. Mit aller Kraft versuchte er, die Augen offen zu halten, aber es gelang ihm nicht. Im nächsten Moment raste der Boden auf ihn zu, hart schlug er mit dem Kopf auf, und alles wurde schwarz. In wilder Panik stellte er fest, dass sein Körper gelähmt war und sich seine Gedanken ins Reich der Ohnmacht verabschiedeten. Das heisere Lachen Dramdyas drang durch seine Benommenheit, dicht gefolgt von einem einzigen Namen:

Alvarhas.

Kapitel 34

Mia schlich hinter Theryon durch einen langen finsteren Gang. Rechts und links von ihnen lagen leere Verliese, Staub bedeckte den Boden, und an der Decke sammelten sich Wassertropfen, die mit gespenstischem Widerhall in die Gewölbe niederfielen. Mit einem Ritual seines Volkes war es Theryon gelungen, einen Zugang zum Kerker des Feenschlosses zu öffnen, und nun suchten sie einen Weg in die oberen Bereiche des Gebäudes. Doch obwohl Theryon die Grundrisse aus früheren Zeiten kannte, war dies alles andere als einfach. Denn noch war das Schloss dabei, in seine ursprüngliche Gestalt zurückzukehren. Immer wieder fielen Gesteinsbrocken von der Decke, denen sie ausweichen mussten, und nicht nur einmal versperrte ihnen eine plötzlich vorgleitende Mauer den Weg. Wenigstens waren ihnen noch keine Feen begegnet – aber das war nur eine Frage der Zeit.

Mia hielt sich dicht an Theryon. Das Gemäuer stöhnte über ihrem Kopf, sodass sie immer wieder glaubte, jeden Moment unter einer Tonnenlast begraben zu werden, und sie kontrollierte zum wiederholten Mal ihren Schutzwall. Theryon hatte einen Zauber über sie gelegt, um sie vor dem Blick in maskenlose Feenaugen zu schützen, aber ihr war bewusst, dass das Schloss von mächtigen Gegnern nur so wimmelte. *Menschen sind schwach.* Ärgerlich verzog sie das Gesicht, als Grims Stimme in ihrem Kopf widerhallte. Das Letzte, was sie jetzt gebrauchen konnte, waren Erinnerungen an ihren

Streit. Sie schob die Gedanken beiseite, und stattdessen tauchte Grims Gestalt vor ihr auf, sein abwartender Blick, als er sich von ihr verabschiedet hatte. Sie hatte ihm nachgesehen, wie er langsam im Nachthimmel verschwunden war wie ein erlöschender Stern, und auch wenn sie das angesichts ihres Streits nicht gern zugab, stand eines fest: Es war ihr nicht leichtgefallen, ihn gehen zu lassen. Für einen Moment saß sie wieder auf dem verlassenen Feld und hörte Grims Worte, als sie bekundete, Jakob retten zu wollen. *Ich weiß*, hatte er gesagt – nicht mehr, und es hatte genügt. Er hatte gewusst, was in ihr vorgegangen war, und ausnahmsweise einmal genau das Richtige getan. Die Erinnerung ließ sie lächeln. Doch dann dachte sie an Jakob auf dem Balkon der Schneekönigin, an seine verhangenen, seltsam leeren Augen, und sie hörte den Schrei, den er bei der Nennung ihres Namens ausgestoßen hatte – diesen fremden, unmenschlichen Schrei, der wie ein schreckliches Erwachen aus tiefster Finsternis gewesen war. Die Schneekönigin würde ein Fest geben, das hatte sie versprochen. Es würde ein Fest werden, um Jakob zu töten, und anschließend würde sie die Menschen Dublins in einem grausamen Feldzug vernichten. Mia hörte den Gesang Nahyds in sich widerhallen, fühlte noch einmal die Schmerzen in ihrem Inneren, als die Klänge sie durchzogen. Unter seiner Führung würden die Feen die Menschen Dublins vernichten – und das würde erst der Anfang sein. Schaudernd dachte Mia an das blutrote Glimmen des Lia Fáils, das unter der gläsernen Kuppel des Turms pulsiert hatte wie ein gewaltiges Herz. Bald schon würde sich der Zauber der Königin vollenden, und dann würde der Schicksalsstein die Macht der Feenorte auf der ganzen Welt wecken und gewaltige Risse in die einfallende Grenze sprengen. Durch sie würden die Feen in die Welt strömen, und dann ... dann würden sie die Welt der Menschen mit Tod überziehen.

Mia holte tief Atem. Sie mussten sich beeilen, sie mussten die Schneekönigin aufhalten. Doch Fynturil war geradezu riesig, es würde Ewigkeiten dauern, bis sie Jakob gefunden hatten, wenn es ihnen überhaupt gelang, ehe sie entdeckt wurden. Darüber hinaus war es vermutlich alles andere als leicht, den Zauber der Königin zu unterbrechen, mit dem sie die Grenze an so vielen Stellen einreißen wollte, und die Armee der Feen, die sich auf die Menschen Dublins stürzen würde … Wie um alles in der Welt sollten sie ein derart mächtiges Heer aufhalten?

Da wandte Theryon sich zu ihr um und lächelte ein wenig. Er hatte ihr nicht verraten, wie er ihre Pläne umsetzen wollte. Aber er war ihr Mentor, er wusste, was er tat, das spürte sie, und sie würde ihm vertrauen. Er nickte kurz, als hätte er ihre Gedanken gehört, und deutete in einen der Seitengänge, die von dem Hauptkorridor abzweigten. Dort befand sich eine Tür, neblig blaues Licht waberte unter dem Falz hindurch.

Sofort begann Mias Herz schneller zu schlagen. So leise wie möglich folgte sie Theryon zur Tür und beobachtete, wie er die Hände darauf legte und sie mit einem kräftigen Ruck lautlos öffnete. Kühles Licht fiel ihnen entgegen. Eine Treppe führte aufwärts, leise Stimmen drangen zu ihnen herab. Mia schickte einen Abwehrzauber in ihr Handgelenk – für alle Fälle. Dann folgte sie Theryon die Treppe hinauf.

Sie führte in einen Saal ganz und gar aus Perlmutt – die Wände, der Boden, selbst die mit schuppenförmigen Blättern besetzte Decke bestanden aus dem schimmernden Biomineral. Hohe Maßwerkfenster säumten eine Wand des Raumes, vor denen sich ein Feuerwerk aus Farben in die Nacht ergoss. Nordlichter tanzten am Himmel, und nebelhafte, blaue Schleier umschmeichelten das Schloss und drangen geistergleich durch die Fenster ins Innere des Gebäudes ein. Sie strichen über Kratzer im Perlmuttboden, bildeten flirrende Wirbel und ließen Möbelstücke aus lang vergangener Zeit in ihrem Inneren entstehen. Mia wehrte sich vergebens gegen die Faszination, die bei diesem Anblick von ihr Besitz ergriff. Die Magie der Feen erschuf den Herrschaftssitz ihres Volkes neu, und sie tat es mit einer Anmut, die Mia gegen ihren Willen verzauberte.

Theryon lauschte kurz, dann nickte er. Eilig lief Mia neben ihm zu einer mit silbernen Beschlägen versehenen Tür, die halb offen stand. Wieder hörte sie Stimmen, ebenso wie das leise Trappeln sich entfernender Schritte. Sie warteten, bis es still geworden war. Dann schoben sie sich durch die Tür. Theryon lief so schnell, dass Mia sich anstrengen musste, um mit ihm Schritt zu halten. Aus dem Augenwinkel sah sie die prunkvollen Räume, die sie durchliefen, die Wandmalereien, die mit der unsichtbaren Hand der blauen Magie vollendet wurden, und die Fenster, die sich unter leisem Klirren zusammensetzten. Eilig stürmten sie eine breite Treppe aus Mondstein hinauf, die wie der Rest des Schlosses aus sich selbst heraus in samtenem Silberlicht erstrahlte, und wollten gerade in einen schmalen Gang einbiegen, als eine männliche Fee in weißsilberner Rüstung an dessen Ende auftauchte. Der Krieger schritt schnell aus, sein Blick ruhte auf den tanzenden Lichtern, die durch die Fensterfront zu seiner Rechten fielen, doch dann wandte er den Kopf und schaute den Gang hinab.

Keuchend drückte Mia sich neben Theryon in eine Wandnische. Der Anblick der Fee war wie ein Schlag vor die Brust gewesen. Hatte der Fremde sie gesehen? Seine Schritte klangen unverändert zu ihnen herüber, aber das musste nichts heißen. Feen waren Meister der Tarnung. Bis heute war es ihr noch niemals gelungen, aus Theryons Verhalten Rückschlüsse auf seine Gedanken und Pläne zu ziehen, wenn er es hatte verhindern wollen. Sie spürte, wie er einen Zauber in seine Finger schickte, sanft vibrierte die Luft um seinen Körper herum. Mia hielt den Atem an. Die Schritte des Kriegers kamen näher, schon spürte sie die magische Kraft seiner Rüstung und sah das leichte Flackern in der Luft, als sein Körper sich in ihr Sichtfeld schob.

Da sprang Theryon in den Gang. Er landete direkt vor dem

Fremden, und ehe dieser zurückweichen konnte, trafen die Finger des Feenkriegers ihn in rascher Folge an Stirn und Hals. Ungläubig starrte er Theryon an, erst jetzt schien er zu begreifen, was geschehen war. Er öffnete den Mund, doch ehe er seine Abwehrformel beenden konnte, zog Theryons Zauber ihn in die Bewusstlosigkeit. Er schwankte, doch Theryon packte ihn an den Schläfen und hielt ihn aufrecht.

Angespannt trat Mia näher, den Blick prüfend nach rechts und links gewandt. Niemand näherte sich. Über Theryons Finger ging ein bläuliches Flackern, dann begannen seine Fingerspitzen zu glühen, als würden sie von der anderen Seite von hellem Licht durchstrahlt. Fasziniert beobachtete Mia, wie winzige Bilder durch die beinahe transparente Haut des Fremden in Theryons Finger glitten, sich durch seine Arme in seine Schläfen schoben und für einen Moment in seinen Augen aufflammten. Dann zog Theryon seine Hände zurück, packte den Fremden am Kragen und zog ihn in die Wandnische, in der er sich mit Mia versteckt hatte. Mia murmelte einen Verhüllungszauber, der sich über die Nische legte und sie nahtlos mit der Wand verschmolz. Es war nur eine Frage der Zeit, bis der Fremde das Bewusstsein wiedererlangen würde. Sie mussten sich beeilen.

Schnell wechselte sie einen Blick mit Theryon. Er hatte die Gedanken des Fremden gelesen, das wusste sie, und er hatte herausgefunden, wo Jakob sich befand. Sie eilten den Gang hinunter. Auf einmal schien es Mia, als würden verstärkt Stimmen zu ihnen dringen, ebenso wie hektische Schritte auf Treppen und Korridoren, die nur ein Ziel hatten: sie zu finden. Sie wusste, dass ihre Anspannung ihr einen Streich spielte, und zwang sich, ihre Sinne auf sich selbst zu konzentrieren, ohne ihre Umgebung aus den Augen zu verlieren – eine Technik, die Theryon ihr zu Beginn ihrer Ausbildung beigebracht hatte. Sie hörte das Blut in ihren Adern, fühlte, wie sich ihre Muskeln spannten, als sie Treppe um Treppe aufwärtseilten, und sah das kaum wahrnehmbare silberne Licht, das ihr Schutzzauber ausströmte. Nicht nur einmal mussten sie Feen ausweichen, die ihren Weg kreuzten, und oft entgingen sie nur knapp einer Entdeckung. Sie befanden sich gerade in einem schmalen, schwarz-marmornen Gang mit mehreren Sockeln, auf denen sich unter den Fingern der blauen Nebel Statuen errichteten, als Theryon vor einer Tür aus verziertem Silber stehen blieb.

Noch ehe Mia ihn ansah, wusste sie, dass Jakob hinter dieser Tür war. Auf einmal pochte ihr Herz überlaut in ihren Ohren, die verschlungenen Ornamente auf der Tür bewegten sich in tranceähnlichen Kreisen. Wie oft hatte sie sich vorgestellt, ihren Bruder wiederzusehen, ihn umarmen und mit ihm sprechen zu können, und wie oft war sie nachts aus einem Albtraum erwacht mit der unfassbaren Angst, dass dies niemals geschehen würde. Jetzt war der Moment gekommen – und sie rührte sich nicht. Jakobs Augen standen vor ihrem Blick, diese fremden, kalten Augen voller Leere. Sie fühlte, dass Theryon sie ansah, und ballte die Fäuste. Jetzt war nicht die Zeit für Angst und Zweifel.

Schnell legte sie die Hand gegen die Tür, schloss die Augen und schickte ihre Magie durch den Raum, der dahinter lag. Sie spürte, wie ihr Zauber gegen ein Bett stieß, gegen Stühle und Ketten aus Metall. Die Flammen eines Feuers ließen ihre Magie leise flackern, sie fühlte es wie ein Nervenzucken unter der Haut. Da berührte ihr Zauber einen Körper. Es war ein Mensch. Vorsichtig ließ Mia die Magie über das Wesen gleiten, ein Gesicht bildete sich in den Schleiern, die sie vor ihrem geistigen Auge sah.

Jakob, flüsterte sie in Gedanken.

Kaum hatte der Name sich in ihrem Kopf geformt, riss ihr Bruder im Abbild ihres Zaubers die Augen auf. Erstaunen stand in seinem Gesicht – und Furcht. Schnell zog Mia ihre Magie zurück. Jakob war nicht allein.

»Dein Blut ist eine Symphonie«, sagte eine kalte, kindliche Stimme, ehe Mia Theryon hätte warnen können.

Der Feenkrieger riss abrupt den Kopf hoch. Witternd wie ein Tier schob er sich näher an die Tür und lauschte. Mia beobachtete ihn angespannt. Sie sah ein Bild in Theryons Augen auftauchen, das Bild eines Kindes, das kein Mensch war. Risse liefen tief und schwarz über das schneeweiße Antlitz, und die tümpelgrünen Augen betrachteten ihren Bruder mit einer seltsamen Mischung aus Verachtung und Gier.

Nahyd.

Mia ließ sich von Theryon hinter einen Sockel ziehen, auf dem gerade die Statue eines Fauns erschaffen wurde. Ihr Herz schlug schmerzhaft gegen ihre Rippen. Nahyd, der Totensänger. Mia erinnerte sich an das verlangende Funkeln in seinem Blick, als er Jakob auf den Balkon der Schneekönigin geführt hatte, und sie hörte die Worte der Fee in ihren Gedanken wie die Atemzüge einer Sterbenden. *In der kommenden Nacht werde ich ein Fest zu seinen Ehren geben.* Leise drang Nahyds Stimme an Mias Ohr, kaum mehr als ein Flüstern und doch schneidend genug, um ihr das Blut aus dem Kopf zu ziehen.

»Lange ist es her, dass ich einen Sterblichen verkosten durfte«, sagte Nahyd, und Mia sah ihn vor sich, wie er den breiten Mund zu einem Lächeln verzog und seine winzigen Kinderhände in grausamer Gleichgültigkeit faltete. »Es wird mir eine Freude sein, dessen sei gewiss, und ich werde mich bemühen, dich so lange wie möglich bei Bewusstsein zu halten. Immerhin ist es ein besonderer Abend für dich. Welcher Mensch erlebt schon einen Tod wie diesen?«

Er lachte wie ein Kind, und Mia spürte, dass ihr übel wurde. Theryon legte eine Hand auf ihre Schulter, ein sanfter Wärmeschauer durchzog ihren Körper.

Geduld, hörte sie seine Stimme.

Langsam nickte sie, doch ihre Muskeln waren so angespannt, dass sie meinte, sie müssten zerreißen. *Ich werde mich bei dir bedanken.* Die Schneekönigin hatte Jakob ein Versprechen gegeben, und Nahyd würde es einlösen. Er würde Jakob töten, er würde ihn fressen – bei lebendigem Leib. Sie hörte ein Flüstern, dicht gefolgt von einem verächtlichen Schnauben.

»Du wirst lernen, was Verzweiflung bedeutet«, sagte Nahyd kalt. Auf einmal hatte seine Stimme jede Leidenschaft verloren. »Das habe ich dir versprochen, erinnerst du dich? *Du wirst lernen, was Einsamkeit ist und Tod, du wirst herausfinden, wie weit ein Mensch auf dem Pfad der Dunkelheit wandeln kann, ohne den Verstand zu verlieren. Du wirst erfahren, was Furcht ist und Finsternis – und ich werde es dich lehren.* Ja, das sagte ich zu dir.« Nahyd hielt inne, und für einen Moment sah Mia ihn als Mann vor sich, als grausamen, alten Mann mit stechend grünen Augen und einem Gesicht, das der letzte Anblick für zahlreiche Unschuldige gewesen war. »Und ich habe mein Versprechen gehalten.«

Mit diesen Worten fuhr er herum, Mia hörte das Rascheln von schwerem Stoff und Schritte, die sich auf die Tür zubewegten, ehe diese mit einem Ruck geöffnet wurde. Atemlos duckte sie sich hinter dem Sockel, und Theryon sandte einen mächtigen Zauber in seine Faust. Doch Nahyd bemerkte sie nicht. Mit seltsam verhärtetem Ausdruck im Gesicht verschloss er die Tür hinter sich mit einem Zauber und schritt in die andere Richtung des Ganges davon.

Erst als seine Schritte vollständig verklungen waren, schob Theryon sich aus ihrem Versteck. Mia folgte ihm, doch ihre Knie waren weich, und sie brauchte einen Augenblick, ehe sie die Stimme des Totensängers aus ihrem Körper vertrieben hatte. Dann trat sie auf die Tür zu.

Theryon sah sie an, ruhig und abwartend wie in einer ihrer Übungsstunden, und sie wusste, dass sie die Tür selbst öffnen musste. Sie holte tief Atem und legte die Hand auf das Schloss. Mit leisem Knacken brach sie es auf magische Weise und öffnete die Tür.

Theryon schob sie ins Zimmer, die Tür fiel hinter ihnen zu, doch Mia hörte es kaum. Wie angewurzelt stand sie da und starrte auf eine Säule aus schwarzem Onyx. Dornen stachen aus dem Stein, der von rotem Feuerglanz überzogen wurde, und sie bohrten sich in Jakobs Rücken, der aufrecht an die Säule gefesselt worden war. Er trug nichts als eine weite schwarze Stoffhose. Sein Kopf war ihm auf die Brust gesunken, Blut lief über seine Haut, und die Schnüre, mit denen er gefesselt worden war, hatten sich in sein Fleisch gefressen wie Stacheldraht in den Stamm eines wachsenden Baumes.

Mia tat einen Schritt auf Jakob zu, ein heiserer Laut drang aus ihrer Kehle. Sie hörte, wie Theryon die Tür hinter ihnen mit einem Schutzzauber sicherte, aber sie sah nichts mehr als ihren Bruder, der nun langsam den Kopf hob. Sein Gesicht war aschfahl wie das eines Toten, seine Lippen schienen blutleer, und seine Haut wurde von feinen Rissen bedeckt wie gesprungenes Eis. Seine Augen waren schwarz, doch als er Mia erkannte, wallte die Dunkelheit in ihnen auf. Eine gewaltige blaue Welle umflutete seine Pupillen und riss die Schwärze mit sich, bis ein Glitzern durch Jakobs Augen ging und als kristallene Träne über seine Wange lief.

Mia, formten seine Lippen ihren Namen, und als hätte dieses Wort einen Bann von ihr genommen, setzte sie sich in Bewegung und lief zu ihm. Mit schnellen Bewegungen löste sie die Fesseln und fiel ihrem Bruder in die Arme. Er war dünn geworden, schrecklich dünn, und er klammerte sich an sie wie ein Ertrinkender. Sie spürte seinen Herzschlag nicht, sie wusste, dass er weder tot war noch lebendig, sondern untot – heimatlos zwischen den Welten. Aber sie fühlte sein weiches Haar an ihrer Stirn, und für einen Moment wurde jeder Zweifel, jede Angst von einem einzigen Gedanken überdeckt, ein Gedanke, den sie seit seinem Verschwinden unzählige Male herbeigesehnt und gleichzeitig wie Hohngelächter in ihrer Traurigkeit empfunden hatte und der nun, flügelrauschend wie ein unsterblicher Phönix, auf ihren Schultern landete: Jakob war wieder da.

Sie wusste nicht, wie lange sie so gestanden hatten, bis Jakob sich von ihr löste. Theryon half ihm, sich aufrecht zu halten, allein hätte er nicht stehen können. Eilig schickte Mia Heilungszauber durch seinen Körper.

»Du bist da«, flüsterte Jakob. Noch immer lag in seinem Blick ungläubiges Staunen, und er streckte die Hand aus, um Mias Wange zu berühren, als fürchtete er, dass sie nichts sei als eine Illusion aus Licht. »Das hätte ich nicht für möglich gehalten.«

Sie ergriff seine Hand. »Du weißt doch«, erwiderte sie leise. »Alles ist möglich – eines Tages. Hast du das etwa vergessen?«

Er sah sie an, etwas wie Erinnerung flackerte in seinen Augen auf, und eine seltsame Anspannung legte sich auf sein Gesicht. Er öffnete den Mund, um etwas zu sagen – und fuhr mit heftigem Stöhnen zusammen. Erschrocken griff Mia nach seinem Arm und verhinderte einen Sturz, doch Jakob keuchte, beide Hände an seine Kehle gelegt, als bekäme er keine Luft mehr, und sank zu Boden. Sein Körper zuckte unkontrolliert, in rasender Geschwindigkeit zog ein Geflecht aus blauen Adern über seine Haut. Seine Knochen knackten, als würden sie auseinandergerissen, und er stieß einen markerschütternden Schmerzensschrei aus.

»Jakob!«

Hilflos ließ Mia sich neben ihm fallen und umfasste sein Gesicht mit beiden Händen. Seine Augenlider flatterten, seine Finger krallten sich in ihre Arme. Dann lag er still. Atemlos beugte sie sich über ihn, doch da riss er die Augen auf – schwarze, kalte Totenaugen, und aus der Finsternis seines Blicks tauchte ein Gesicht auf: das Gesicht der Schneekönigin.

»Ich sehe euch«, flüsterte Jakob, doch es war die Stimme der Königin, die über seine Lippen kam. Mit einem Stöhnen griff er sich an die Brust – dorthin, wo sich gerade etwas Spitzes durch seine Haut drückte.

Da legte Theryon ihm die Hand auf die Augen und murmelte etwas. Mia sah, wie sich die Scherbe in Jakobs Körper zurückzog, und sie fühlte den doppelten Tarnzauber, den Theryon über sie gelegt hatte. Der Feenkrieger nahm seine Hände von Jakobs Augen, der in reglose Ohnmacht gefallen war, sprang auf die Beine und hob seinen einstigen Schützling auf.

»Ich habe uns für kurze Zeit vor ihr versteckt«, sagte er kaum hörbar, während er zur Tür eilte. »Aber wir müssen uns beeilen.«

So leise wie möglich liefen sie über den Gang, durchquerten einige Zimmer und gelangten durch eine Geheimtür in eine winzige Kammer mit einem Medusenkopf als Mosaik an der Wand. Vorsichtig legte Theryon Jakob auf den Boden. »Bald schon wird sie meinen Zauber um die Scherbe zerreißen und dann …«, Theryon hielt kurz inne. »Dann wird sie uns finden.«

Mia spürte, dass ihre Hände zitterten. Hilflos strich sie über Jakobs Stirn und fühlte das Fieber, das in heftigen Schüben durch seinen Körper pulste.

»Ich muss die Königin aus der Scherbe in Jakobs Brust vertreiben«, sagte Theryon leise. »Doch ich muss es schnell tun, und mir fehlen die Zauberpulver, die ich für gewöhnlich dafür brauche. Daher muss ich es auf anderem Weg versuchen. Für diesen Weg brauche ich deine Hilfe. Aber er ist nicht ungefährlich, es könnte sein, dass du …«

Theryon verstummte. Mia wusste, dass er Jakob liebte wie einen Bruder, und sie wusste auch, dass nicht nur sie selbst, sondern auch Jakob sterben konnte bei dem, was Theryon vorhatte. Aber es war ihre einzige Chance, der Königin zu entkommen. Ruhig hob sie den Kopf und sah Theryon an.

»Was muss ich tun?«

Kapitel 35

Grim spürte die Kälte des Bannzaubers als schneidende Fessel um seine Kehle, noch ehe er vollständig aus seiner Ohnmacht erwacht war. Rote Lichter flackerten hinter seinen geschlossenen Lidern, er hörte das Prasseln eines Feuers und roch den scharfen Duft des Betäubungszaubers, der in seinen Nacken geflogen war. Er lehnte an einer Wand und war an Armen und Beinen mit Bannschnüren gefesselt. Neben ihm, das spürte er, hockten Hortensius und Carven. Der Zwerg lag in tiefer Ohnmacht, ein starker Zauber hielt seinen Geist gefangen, doch der Junge war bei Bewusstsein, wie Grim an seiner Atmung erkannte.

Mühsam öffnete er die Augen. Das Licht des Feuers stach mit Lanzen nach ihm, tausend Funken zersprangen schmerzhaft in seinem Kopf. Er blinzelte und erkannte die Umrisse eines Zimmers. Ein Kamin stand neben einer hölzernen Tür, hohe Regale erhoben sich an allen Wänden und trugen Unmengen an Büchern und alchemistischen Utensilien. Von der Decke hingen Töpfe und Pfannen in verschiedenen Größen und ein gewaltiger Kessel. Mitten im Zimmer stand ein schwarz beschichteter Herd. Vor dem Fenster, hinter dem finsterste Nacht herrschte, hingen leere Vogelkäfige in verschiedenen Größen, und davor stand ein Tisch. Die Hexe Dramdya war nirgendwo zu sehen. Das einzige Wesen, das sich mit ihnen in diesem Zimmer befand, war eine kleine Elfe, die gerade mit einem Wischlappen einen der Käfige reinigte.

Sie trug ein rotes Seidenkleidchen mit Puffärmeln, und ihre Haut schimmerte in grüngoldenem Schein. Um ihren Hals trug sie eine vergoldete Erdnuss. Ihre großen, zu den Seiten schmal zulaufenden Augen waren hellgrün wie die ersten Blätter des Jahres, ihre Haare standen in dunkelblauen Strähnen von ihrem Kopf ab und reichten bis zu ihrer Hüfte. Ihre Haut war so zart, dass Grim das Licht ihres Blutes durch ihre Adern schimmern sah. An ihrem rechten Fuß hing eine Kette, die quer durchs Zimmer führte und an einem Haken in der Wand befestigt war. Grim spürte die Magie dieser Fessel und musste nicht das traurige Gesicht der Elfe betrachten, um eines zu wissen: Auch sie war eine Gefangene der Hexe.

Hast du geglaubt, dass du Dramdya entkommen kannst, Dramdya, der Hexe der Nacht? Grim schauderte. Bis jetzt hatte er nicht gewusst, dass sie tatsächlich existierte. Dramdya – das war nur einer ihrer Namen. In den Sagen und Legenden der Östlichen Anderwelt spielte sie häufig eine Rolle, Baba Jaga wurde sie in der slawischen Mythologie der Menschen genannt. Grim kannte sie auch als Schwanendame mit den tödlichen Schwestern, als dämonische Vogelfrau, die in den Raunächten die Wilde Jagd begleitete, oder als schreckliche Wolfswandlerin, die vorzugsweise junge Männer unter herrlichen Gesängen in die Wälder lockte, um sie dort zu fressen. Er wusste nicht, ob sie tatsächlich eine Hexe war oder sich nur als eine solche bezeichnete. Jedenfalls war sie alt, ein Geschöpf aus lang vergangener Zeit, dessen Spuren sich im Sturm des Mantikors verloren – jener Epoche, in der Bukarest unter dem gefürchteten Mantikor beinahe das Rückgrat gebrochen worden wäre, hätten die Schattenflügler die dortige Anderwelt nicht befreit. *Hüte dich vor den Wäldern,* hatten die Sagen des Ostens geflüstert. *Denn dort wartet Dramdya, die Tausendschöne, die Tausendgesichtige – und sie wird dich töten mit tausend kalten Küssen.*

Grim bewegte die Klauen, aber sofort zuckte ein stechender Schmerz durch seinen Rücken und ließ ihn stöhnen. Erschrocken fuhr die Elfe zusammen und stieß gleich darauf erleichtert die Luft aus, als sie feststellte, dass ihre Herrin noch nicht zurückgekehrt war. Sie schenkte Grim ein Lächeln und flog dann – halb zu Boden gezogen von der Schwere ihrer Fessel – zu einem mit Bechern und Tassen beladenen Regal. Eilig goss sie etwas Wasser in ein Gefäß und setzte es Grim an die Lippen.

»Trink«, flüsterte sie mit leiser Stimme. Unwillkürlich musste Grim an das Geräusch von sanftem Regen auf Waldboden denken. Höflich ließ er die paar Tropfen, die sich in dem Becher befanden, seine Kehle hinabrinnen. Carven neben ihm schüttelte abwehrend den Kopf, als die Elfe auch ihm etwas zu trinken anbot. Grim wollte etwas sagen, doch es drang nur ein heiseres Krächzen aus seiner Kehle. Er hustete. Der verfluchte Betäubungszauber hatte es in sich gehabt, so viel stand fest.

»Keine Sorge«, sagte die Elfe freundlich. »Dramdya ist fortgegangen und noch nicht zurück.«

In diesem Moment stach Grim etwas in die Magengegend und wühlte sich in einem Wahnsinnstempo durch seinen Mantel. Nach Luft japsend steckte Remis seinen Kopf ins Freie, keuchte angestrengt – und erstarrte, als er die Elfe sah, die neugierig auf ihn hinabschaute, um dann mit einem Ausdruck plötzlicher Erkenntnis die Hand vor den Mund zu schlagen. Remis riss die Augen auf, schoss hoch in die Luft, als hätte ihn eine bösartige Hummel gebissen, und hielt dicht vor der Elfe inne. Seine Augen wurden kreisrund, ein heiseres Krächzen drang aus seiner Kehle, als er fassungslos die Arme hob und sie wieder sinken ließ. Die Elfe betrachtete ihn nicht weniger entgeistert, es war, als hätten sie in dem anderen eine Gestalt aus einem Märchen erkannt, die nun leibhaftig vor ihnen aufgetaucht war. Fahrig kratzte Remis sich am Kopf, er öffnete den Mund, um etwas zu sagen, doch umgehend zerbrach ein kicksender Schluckauf die Worte auf seiner Zunge. Die Elfe nahm die Hand von ihrem Mund und führte sie langsam und mit unverhohlenem Staunen zu

Remis' Schulter. Blitzschnell tippte sie dagegen und wich ein ganzes Stück weit zurück, als hätte sie sich verbrannt, während Remis seinerseits erschrocken unter der Berührung zusammenfuhr. Langsam näherte sich die Elfe wieder und blieb dicht vor dem Kobold in der Luft stehen.

»Remis?«, fragte sie ungläubig. »Bist du es wirklich?«

Remis hielt für einen Augenblick die Luft an, um dem vermaledeiten Schluckauf den Garaus zu machen, und während sein Gesicht eine rötliche Färbung annahm, glitt ein verlegenes Lächeln über seine Lippen.

»Rosalie«, erwiderte er dann, noch immer mit dem staunenden, weltentrückten Ausdruck auf dem Gesicht. »Es ist lange her.«

Die Elfe lachte leise. »In der Tat. Als du mit deiner Familie diesen Wald verlassen hast, passte ich beinahe noch in einen Fingerhut, so jung war ich. Inzwischen hat sich das geändert, wie du siehst.«

Remis nickte und wurde noch ein wenig röter. »Früher waren wir unzertrennlich«, sagte er gedankenverloren.

Rosalie lächelte schelmisch. »Auch wenn du das vor deinen Koboldfreunden nicht zugeben konntest. Aber unsere Familien waren immerhin eng befreundet, und wir …« Sie hielt inne und wurde ernst, während sie Remis von unten herauf ansah.

»Du hast geweint, als wir den Wald verließen«, sagte der Kobold leise. »Daran erinnere ich mich. Ebenso wie an die Tänze der Trolle im Wilderbach, die wir heimlich beobachteten, oder unsere Expeditionen ins Reich unter den Höhlen. Und dann unser Kampf gegen den Schwarzfaun und den Glücksbringer, den ich dir zum Abschied schenkte …« Remis schaute auf die Erdnuss um Rosalies Hals. »Du hast ihn immer noch.«

»Ein Stückchen Gold aus den Händen eines Kobolds«, erwiderte Rosalie mit einem Lächeln. »Wer würde so etwas verlieren?«

Da stieß Grim die Luft aus. Sie hatten wirklich andere Sorgen als seltsame Verzückungen in Kobold- und Elfenherzen. Remis und

Rosalie fuhren zusammen, offensichtlich hatten sie völig vergessen, dass sie nicht allein waren. Gleich darauf verzog Remis ärgerlich das Gesicht, als hätte er Grims Gedanken gelesen, doch Rosalie seufzte unmerklich. Traurig schaute sie Remis an. »Ich weiß noch, was du sagtest, als du den Wald verlassen hast: *Wir werden uns wiedersehen, Rosalie Grünauge, das verspreche ich dir.* Wer hätte gedacht, dass es unter diesen Umständen passieren würde!« Ihr Blick verfinsterte sich, als sie sich in der Stube umsah. »Ich bin hier die Hausklavin oder auch Mücke, wie Dramdya zu sagen pflegt – aber ich nenne mich selbst noch immer Elfe des Waldes.«

»Ich kenne zahlreiche Schrecken, die im L'hur Bhraka ihr Unwesen treiben«, stellte Remis fest. »Doch dass Dramdya sich in diesem Wald niedergelassen hat, war mir unbekannt.« Er schüttelte den Kopf, als könnte er seine eigene Unwissenheit nicht fassen. »Gibt es denn keinen Weg, ihr zu entkommen? Du bist eine Elfe – du verfügst über mächtige Magie, und ...«

In diesem Moment polterte es in der Nähe des Hauses. Remis fuhr zusammen, auch Rosalie erschrak und wurde bleich unter ihrer goldenen Haut.

»Sagtest du nicht, sie sei fortgegangen?«, flüsterte Remis kaum hörbar.

»Du weißt nicht viel über die Hexe«, stellte Rosalie fest. »Ich bin eine Elfe, das ist wahr – aber hier, in diesem Haus, habe ich keine Macht. Und Dramdya kann nicht weit von hier fortgehen. Sie ist an dieses Haus gebunden.«

Remis hob verwirrt die Brauen und gab damit Grims Gefühl Ausdruck, nicht zu begreifen, wovon die Elfe da redete.

Rosalie warf einen prüfenden Blick aus dem Fenster und atmete erleichtert auf. Dann kehrte sie zu Remis zurück. »Einst war sie eine starke und gefürchtete Schwarze Hexe«, flüsterte sie. »Eine ganze Weile nach der Abreise deiner Familie kam sie als großes Unheil über diesen Wald und verbreitete Angst und Schrecken in meinem Volk.

Doch als die Feen die Welt endgültig verließen und ihre Magie mit sich nahmen, schwanden auch Dramdyas Kräfte. Sie begann sich zu stärken, indem sie sich von meinem Volk nährte. Sie sperrte uns ein, nahm uns unsere Magie, fraß uns bei lebendigem Leib. *Eure Reinheit*, soll sie damals gesagt haben, *ist mein ewiges Leben.*« Ein Schaudern lief über Rosalies Körper, ihr Gesicht verdunkelte sich wie der Himmel bei einem Gewitter. Wütend ballte sie die Fäuste. »Doch eines Tages beschloss mein Volk, sich zu wehren. Meine Ahnen formten einen mächtigen Fluch, doch als sie der Hexe gegenüberstanden und den Fluch sprachen, setzte Dramdya das Elfenfeuer frei – jenen Zauber, mit dem sie zuvor ihren Opfern die Kraft genommen hatte, um sie anschließend zu töten. Dieses Feuer entfachte sie um sich herum, und der Fluch der Elfen konnte die Flammen nicht durchdringen. Dort, wo das Feuer loderte, verlor er seine Kraft, selbst dann noch, als die Flammen längst erloschen waren. So kam es, dass Dramdya an diesen Ort gebunden wurde. Sobald sie ihn verließe, würde der Fluch der Elfen sie finden und sich an ihr vollziehen. Hier jedoch, in diesem Haus und einige Schritte ringsherum, kann keine Elfe ihre Kraft entfalten. Unsere Magie wird durch die Bosheit Dramdyas aufgezehrt. Noch immer ernährt sie sich von der Reinheit meines Volkes, denn immer wieder gelingt es ihr, einzelne Elfen zu fangen – wie mich. Mein Volk hat keine Chance, mich zu befreien. Und nun bricht auch noch die Grenze zur Feenwelt zusammen, immer mehr Feenmagie strömt in unsere Welt, und Dramdyas Macht wächst von Stunde zu Stunde, denn sie war den Feen schon immer auf besondere Weise verbunden und ihnen in magischen Dingen verwandt.«

Grim stöhnte unter der Kälte des Bannzaubers. Sie mussten eine Möglichkeit finden zu fliehen, ehe die Hexe zurückkehrte, sonst … Schritte zerrissen seinen Gedanken. Knirschend traten sie den Schnee nieder und kamen unaufhaltsam auf das Haus zu. Carven neben ihm fuhr zusammen, Remis stand stocksteif in der Luft. Rosalie starrte einen Augenblick lang schreckensstarr auf die

Eingangstür. Dann packte sie Remis, riss ihn mit sich quer durch den Raum und schob ihn ohne ein Wort hinter eines der schweren Bücher auf einem Regal. Grim sah gerade noch, wie Remis sein Leuchten abschwächte, bis es nicht mehr zu sehen war. Dann wurde die Tür aufgerissen.

Grim zog die Brauen zusammen. Vor ihm stand eine junge Frau mit langem, seidenglatten Haar in der Farbe von Ebenholz. Ihre Haut war weiß und ohne jeden Makel, ebenso wie ihr schmales Gesicht mit den mandelförmigen Augen, die Grim in ihrer Farbe an flüssigen Honig denken ließen.

»Ja«, sagte Dramdya, denn niemand anderes war es, und lächelte sanft. »Wie du siehst, mache ich meinem Namen alle Ehre: die Tausendgesichtige – so nannte man mich früher. Meine Macht wurde gebrochen durch frevelnde Hand, doch nun werde ich zu alter Stärke zurückkehren. Die Macht der Alben fließt auch in meinen Adern, wusstest du das? Sie durchströmt die Welt wieder wie ein Fluss die Wüste, und sie nährt mich und bringt mich zum Blühen – wie die Nacht bei sternklarem Mond.«

Für einen Moment ließ sie ihren Blick über Grim und Carven gleiten. »Das Kind hat mich erkannt«, flüsterte sie kaum hörbar. »Kinder konnten das schon immer. Vielleicht schmecken sie mir deshalb ganz besonders gut.«

Damit trat sie zu dem kleinen Tisch vor dem Fenster und zog einen metallenen Topf mit Deckel aus ihrer Tasche. Grim sah weißen Nebel, der unter dem Deckel hervorquoll und leise zischend über die Tischplatte zu Boden glitt. Dramdya schnippte mit dem Finger. »Mücke!«

Rosalie schwirrte eilfertig heran, doch Grim sah deutlich den Funken der Ablehnung in ihren Augen, der nur eines winzigen Luftzugs bedurfte, um in Flammen aufzugehen.

»Heute haben wir ein besonderes Festmahl vor uns«, sagte die Hexe mit grausamem Lächeln. »Es war nicht leicht, den Fresser herzustellen – aber mit diesem Zauber sollte unser Hauptgang ein Genuss werden. Er wird die Eingeweide des Zwergs herausnagen, möglichst langsam, sodass ich mich als Vorspeise an seinen Todesschreien ergötzen kann. Dann werde ich ihn mit Kastanien und Rosinen füllen – das passt hervorragend in die kalte Jahreszeit, denkst du nicht auch?«

Grim hielt den Atem an. Er rechnete damit, dass Carven jeden Augenblick eine unbedachte Bemerkung machen und die Aufmerksamkeit der Hexe auf sie ziehen würde – doch glücklicherweise hielt der Junge den Mund. Rosalie durchbohrte Dramdya in der Zwischenzeit mit ihren Blicken, aber die Hexe achtete nicht darauf. Sie war damit beschäftigt, allerlei Kochzutaten auf dem Tisch auszubreiten.

»Du schälst die Zwiebeln«, befahl sie, ohne die Elfe eines Blickes zu würdigen. »Aber sieh dich vor: Wenn du diesem Zauber in ungeschütztem Zustand zu nahe kommst, wird er deine hübschen Hände zu Asche verbrennen.«

Schaudernd wich Rosalie vor dem rauchenden Topf zurück und schwirrte hinüber zu den Zwiebeln. Dramdya wandte sich um und sah Grim an. »Mit dir hingegen«, flüsterte sie beinahe zärtlich, »habe ich andere Pläne.«

Langsam bewegte sie sich auf Grim zu. Sie verursachte dabei keinerlei Geräusch – nur ihr langes Kleid raschelte leise, als sie sich vor ihm niederließ. Grim hörte, wie Carven neben ihm die Luft einsog, aber die Fesseln um seinen Hals verhinderten, dass er den Jungen anschauen konnte. Stattdessen lag sein Blick auf Dramdya. Aus der Nähe betrachtet sah ihre Haut aus wie eine hauchdünne Schicht aus kostbarem Marmor – doch darunter, brodelnd und zerfressen, wälzte sich die Fäulnis ihrer Verdammnis auf und nieder. Ihre Augen blickten sanft und umschmeichelten Grims Wangen mit goldenen Farben, aber ihre Pupillen waren kälter als jeder Frost des Nordens, und als sie sich vorbeugte, die zartroten Lippen so dicht an Grims

Mund, dass er ihren Atem spüren konnte, roch er nicht nur die Süße ihrer Haut, sondern auch das saure Versprechen des Todes.

Er wich so weit vor ihr zurück, wie er es vermochte, aber sie lächelte nur und folgte seiner Bewegung. Grim spürte die Kälte, die über ihre Lippen kroch, und den Nebel, der in ihrem Schlund darauf wartete, sich seine Kehle hinabzustürzen, um ihn innerlich zu zerreißen.

»Scheusal«, zischte da eine Stimme.

Grim war zu überrascht, um an die Fesseln um seine Kehle zu denken. Atemlos fuhr er herum und schaute in Carvens Gesicht. Die Fesseln schnürten sich tief in Grims Fleisch, aber er merkte es kaum. Noch nie zuvor hatte er den Jungen so gesehen. Er steckte noch immer in diesem kleinen, schwachen Körper, hatte noch immer dieses bleiche Gesicht und die schwarzen, zerzausten Haare, die ihm in allen Richtungen vom Kopf abstanden. Aber seine Augen waren groß geworden, riesig geradezu – oder der Zorn, der in ihnen Funken sprühte, ließ sie so groß wirken. Grim sah Welten in diesen Augen in Flammen aufgehen, er sah Menschen, die bei lebendigem Leib verbrannten, und einen Himmel wie eine blutende Wunde über verwaisten Städten. Dann wurde Carvens Blick wieder schwarz, doch auch diese Schwärze genügte, um Grim den Atem stocken und Dramdya innehalten zu lassen.

Aber die Hexe der Nacht fing sich schnell. »Was hast du gesagt?«, fragte sie mit einer Stimme, die Grim an den Schrei einer sich verbrennenden Katze denken ließ – angespannt und nur einen Hauch davon entfernt, jegliche Kontrolle über ihre Instinkte zu verlieren.

Er sah Carven eindringlich an, doch der Junge achtete nicht auf ihn. Wild entschlossen starrte er Dramdya ins Gesicht und wiederholte sein Todesurteil: »Scheusal!«

In Dramdyas Miene zog sich etwas zusammen, es war, als würden sich die Schatten, die hinter der weißen Maske lauerten, auf einmal zu einem grauenvollen Schrecken vereinen.

»Genug!«

Grim schrak zurück vor dem Klang dieser Stimme, die er hasste und doch noch nie so gern gehört hatte wie in diesem Augenblick. Dramdya sprang rückwärts, wie sie es bereits im Wald getan hatte, und gab den Blick frei. Erst jetzt spürte Grim den eiskalten Wind, der durch die offene Tür hereinwehte, und er sah, wie Rosalie blitzschnell die Zwiebeln fallen ließ und zu Remis' Versteck hinüberraste. Und doch nahm er beides kaum wahr. Vor ihm, schwarz gewandet und mit nichts als Triumph auf den Lippen, stand Alvarhas.

»Ich wollte euer ... Stelldichein nicht stören«, sagte er mit einem zweideutigen Lächeln zu Dramdya. »Doch ich empfing deinen Ruf.«

Die Hexe nickte langsam. »Meine Gespielinnen brachten mir Kunde von Skorpa«, erwiderte sie kühl. »Sie sagten, dass es sie nach diesem Kind dort verlange.«

Alvarhas legte den Kopf ein wenig schief und betrachtete sie interessiert. Grims Miene verfinsterte sich. Diese beiden wären in der Tat ein großartiges Paar gewesen.

»Welche Belohnung wünschst du dir für deine Mithilfe?«, fragte Alvarhas beinahe liebenswürdig, doch Dramdya stieß voller Verachtung die Luft aus.

»Weder begehre ich deine Herablassung«, sagte sie scharf, »noch deine Schmeicheleien. Du bist nichts als ein Diener – das werde ich niemals sein.«

Grim schaute von einem zum anderen. Deutlich erkannte er die Wut in Alvarhas' Augen und für einen winzigen Moment war Dramdya ihm beinahe sympathisch.

»Es liegt in meinem Interesse, dass Skorpas Macht sich vergrößert«, fuhr sie fort. »Ich verlange nichts von deiner Herrin – bis auf diese zwei!«

Sie deutete mit dem Kopf auf Grim und Hortensius. Alvarhas schaute Grim einen Moment lang in die Augen, Enttäuschung flammte darin auf und die Erkenntnis, dass nicht er es sein würde, der ihn tötete. Dann zuckte der Alb mit den Achseln. »So soll es sein«, sagte er leichthin und wandte sich ab. »Gib mir den Jungen. Meine *Herrin* wartet nicht gern.«

Grim spannte die Muskeln an. Mit aller Kraft versuchte er, seine Magie zu rufen, doch nichts als ein hohler, seltsam leerer Ton antwortete ihm. Dramdya hatte ihre gesamte Kunstfertigkeit in diesen Bannzauber gelegt, so viel stand fest. Aber seinen Zorn konnte sie nicht bändigen. Außer sich riss er an den Fesseln, als die Hexe Carven an den Haaren emporzog. Der Junge schrie auf vor Schmerz, es war ein heller, klarer Kinderschrei, der in Grim widerhallte. Die Fesseln schnitten tief in sein Fleisch und benebelten ihm die Sinne, aber befreien konnte er sich nicht. Für einen Moment spürte er Alvarhas' höhnisches Grinsen auf seiner Haut und sah Carvens tiefschwarzen Blick, der ihn innehalten ließ. Er hatte erwartet, Furcht in den Augen des Jungen zu sehen oder Hilflosigkeit – doch Carven sah ihn an, als wollte er den Tod herausfordern. Er sah ihn an mit dem Blick eines Kriegers.

Atemlos musste Grim zuschauen, wie Alvarhas ihn aus der Tür schob und diese leise hinter sich schloss. Er hörte noch, wie er sich mit seiner Beute auf einen der Panther schwang, der in schnellen Sprüngen davonpreschte. Dann war es still. Nur ein Wispern drang durch die Stille wie das Summen zweier Mücken. Grim spürte Dramdyas Blick auf seinem Gesicht, ihr Lächeln duldete keine Verzögerung mehr.

»Ich werde dich nicht töten«, flüsterte sie, als sie vor ihm niederkniete. »Nicht sofort. Ich werde dich aussaugen, jede Nacht ein wenig mehr ... zuerst deine Gedanken ... dann deine Erinnerungen ... und schließlich deine Träume ... bis du nichts mehr bist als eine Hülle, die darauf wartet, mit anderem gefüllt zu werden, wie zum Beispiel ... mit *meinen* Gedanken ... Erinnerungen ... und Träumen.«

Das letzte Wort legte sich als Schleier über Grims Gesicht. Er konnte Dramdya nicht mehr deutlich erkennen, doch er spürte, wie ihre Lippen von der anderen Seite über seine Wange strichen und die Fasern des Schleiers sich zu fressenden Flammen entfachten. Sie gruben ihre Zähne in sein Fleisch, er wollte schreien, aber Dramdya fuhr mit ihrem Atem über seinen Mund und erstickte jedes Geräusch.

Grim spürte, wie ihr Feuer in ihn eindrang, er wusste, dass er bald schon anfangen würde, sich zu verändern – bis er der war, den sie wollte. Wütend stemmte er sich gegen die Flammen, und es gelang ihm, einige von ihnen mit seinem Zorn zu ersticken – doch die anderen brannten sich ihren Weg durch sein Fleisch. Schon fühlte er sie in seinen Gedanken, merkte, wie Worte und Bilder erst grau wurden und dann verblassten. Er sah Erinnerungen aus seinem Inneren auftauchen wie kostbare Blumen, die Flammen warteten nur auf sie. Mia erschien in einem Bild, sie saß auf dem Rand des Bettes, ihre bloßen Schultern waren wie Samt im Schein des Feuers. Grim erinnerte sich an diesen Moment, noch einmal nahm er den Duft von Mias Haut wahr und den Klang ihrer Stimme in jener Nacht. Dann begannen die Flammen sich durch das Bild zu brennen, Mia wandte den Blick – sie sah Grim an, und in diesem Moment raste seine Stimme durch sein Inneres wie ein Orkan aus Donner und Finsternis. Brüllend schlug sie sich ihren Weg, zerfetzte den Schleier vor seinem Mund und mündete in einem Schrei, der Dramdya rücklings zu Boden warf.

Grim atmete schwer. Mias Blick stand ihm vor Augen, dieser wachsame, durchdringende Blick, mit dem sie ihn schon damals angesehen hatte, als sie sich zum ersten Mal begegnet waren. Niemand würde ihm ihr Bild nehmen, wenn er es nicht gestattete.

Dramdya kam auf die Beine, Zorn stand in ihrem Blick. Grim rechnete damit, dass sie ihn schlagen würde – und sie tat es mit solcher Wucht, dass sein Kopf zur Seite flog. Blut schoss ihm in die

Wange, doch als sein Blick zu Remis' Versteck glitt, sah er etwas, das ihm unwillkürlich den Atem raubte.

Der Kobold flog durchs Zimmer, lautlos und mit einem Ausdruck in den Augen, der Grim unwillkürlich an einen der alten Koboldkrieger denken ließ, die einst in zahlreichen Gebieten der Wälder die Trolle unter ihre Herrschaft gezwungen hatten. Remis fixierte den Fresser, jenen Zauber, der noch immer auf dem Tisch vor sich hin dampfte. Rosalie kehrte zu den Zwiebeln zurück, doch sie schaute angespannt auf Remis.

Dramdya schien auch etwas bemerkt zu haben, denn sie zog unwillig die Brauen zusammen und wandte den Kopf halb zurück, um sich im Zimmer umzuschauen.

»Du bist es gewohnt, dir mit Gewalt zu nehmen, was du willst«, grollte Grim und umfasste sie mit seinem Blick, bis sie ihn ansah. »Aber ist es wirklich das, was du begehrst?«

Er sah das Funkeln in ihren Augen und bemerkte gleichzeitig, dass Remis den Zauber beinahe erreicht hatte. Lautlos umgab der Kobold sich mit einem Schutzwall, um den Fresser schadlos berühren zu können.

Dramdya runzelte die Stirn. »Wie meinst du das?«, fragte sie leise.

Grim sah aus dem Augenwinkel, wie Remis die Hände an den Topf legte und ihn mit einiger Anstrengung hochhob, aber er ließ Dramdya nicht aus den Augen. »Noch nie habe ich die Macht einer Hexe gespürt«, raunte er mit einem Lächeln. »Du könntest mehr sein als das hier. Und warst du das nicht – früher? Damals musstest du niemanden zwingen, dir zu Willen zu sein. Menschen wie Anderwesen sind für dich in den Tod gegangen, für ein Lächeln, ein Wort, einen Kuss. War es nicht so?«

Grim spürte, wie sein Mund trocken wurde, als er sah, dass sich Dramdyas Augen weiteten. Niemals hätte er gedacht, dass die alten Legenden über ihre Grausamkeiten wahr sein könnten – und dass das Wissen, das er darüber besaß, ihm einmal von Nutzen würde. Remis erhob sich in die Luft, er keuchte leise unter der Last des Zaubers. Ein Zucken ging über Dramdyas Gesicht, aber sie wandte sich nicht von Grim ab.

»Hexe der Nacht«, sagte er leise. »Was ist aus dir geworden?«

Da neigte Dramdya den Kopf. Sie stand da wie ein Mädchen, ein zartes, wunderschönes Geschöpf mit pechschwarzem Haar und sehnsuchtsvollen, einsamen Augen. Sie öffnete den Mund, und für einen Augenblick wollte Grim hören, was sie erwidern würde, wollte sie lachen und tanzen sehen in ihrer ganzen Schönheit und Finsternis. Doch ehe auch nur ein Laut über ihre Lippen gekommen wäre, stieß Remis einen Schrei aus und schleuderte den Fresser gegen Dramdyas Rücken. Mit unmenschlichem Kreischen riss die Hexe die Arme zurück, Grim hörte, wie der Zauber sich in ihren Körper fraß. Ein goldenes Licht sauste an die Decke, und gleich darauf schlugen die Pfannen auf Dramdyas Körper, dicht gefolgt von dem riesigen Kessel. Grim fühlte, wie die Kraft der Bannschnüre um seinen Körper erlosch. Schnell löste Remis seine Fesseln, und Grim kam taumelnd auf die Beine. Der Kobold schwirrte hoch in die Luft und schrie, als Dramdya sich unter dem Kessel bewegte.

»Flieht!«, sagte eine hohe, weibliche Stimme an Grims Ohr. Erstaunt wandte er den Blick und schaute in die hellgrünen Augen Rosalies. Die Kette umschloss noch immer fest ihren Knöchel.

Da sauste Remis auf sie zu. Jede Spur von Furcht war aus seinem Gesicht gewichen. »Ein Kobold ist ein Geschöpf von Ehre«, sagte er ernst. »Das habe ich dir schon einmal gesagt, Rosalie Grünauge, hast du das vergessen?« Damit umfasste er die Kette mit beiden Händen und wirkte den wohl stärksten Zauber seines bisherigen Lebens. Sein Gesicht wurde kurz leuchtend rot. Dann glühten seine Hände – und schmolzen die Kette unter ihrem Griff. Rosalie sah ihn an und ihr Lächeln zauberte einen Ausdruck auf Remis' Gesicht, den Grim noch nie an seinem Freund bemerkt hatte.

Gleich darauf ließ das Keuchen Dramdyas unter dem Kessel sie zusammenfahren. Schnell rief Grim seine Magie, die in wiedererwachender Freiheit in seine Faust schoss, und warf blaues Feuer auf Kessel, Töpfe und Pfannen. Er packte Hortensius und rannte hinter Remis und Rosalie aus dem Haus, so schnell er konnte. Nach wenigen Augenblicken riss ihn die Druckwelle einer gewaltigen Explosion von den Füßen, dicht gefolgt von Dramdyas Schrei.

Grim warf sich auf den Rücken, eine riesige Wolke aus Feuer stob hinter ihm in den Himmel. Teile des Hauses flogen durch die Luft, Grim sah menschliche Schädel und Hühnerknochen, die wie Geschosse an seinem Gesicht vorbeirasten. Dann donnerte es markerschütternd, das Feuer verfärbte sich schwarz, und aus den Flammen erhob sich Dramdya in einem langen, hellen Kleid. Schneeweißes Haar fiel ihr bis auf den Rücken, es wirbelte im Sturm der Flammen. Helle Blitze schossen aus der Umgebung auf sie nieder – der Fluch der Elfen erfüllte seine Bestimmung. Noch immer war Dramdyas Gesicht wunderschön, aber ihr Mund verzerrte sich vor Zorn, und ihre Augen waren finsterer als die Nacht, die sie umgab. Grim spürte ihren Blick wie Gift auf seiner Haut, als sie die Hand nach vorn streckte, als könnte sie ihn greifen. Im gleichen Moment wurde sie von mehreren Blitzen getroffen, die Dunkelheit schob sich wie ein zweiter Körper unter ihrer Haut entlang. Grim hörte das entsetzliche Brechen von Knochen, dicht gefolgt vom schnalzenden Geräusch reißender Sehnen. Dramdya krümmte sich zusammen, ihr Gesicht wurde zu einer Maske aus Schmerz.

»Verflucht seist du, Kind des Feuers!«, kreischte sie mit sich überschlagender Stimme. »Verflucht seist du, der mich getötet hat!«

Im nächsten Moment brach sich das Dunkel in ihr seinen Weg. Ihr Leib zerbarst wie eine zerspringende Vase, schwarzes Blut ergoss sich in die Flammen und färbte sie weiß. Funken aus verfluchtem Feuer schossen auf Grim zu und hätten beinahe Rosalie getroffen, wenn Remis sie nicht reaktionsschnell wie selten beiseitegerissen hätte. Gleich darauf rauschte es in der Luft. Grim duckte sich unter den Flügeln schwarzer Schwäne, die zu Hunderten auf die Lichtung strömten. Noch immer hing Dramdyas Fluch in der Luft. Voller Entsetzen sah Grim, wie die Teile ihres Körpers von den wilden Schwänen gepackt und davongetragen wurden.

Schaudernd kam er auf die Beine. Hortensius hustete trocken, langsam erlangte er sein Bewusstsein zurück. »Was zum Teufel ist passiert?«, fragte der Zwerg. Blinzelnd schaute er sich um. Dann fuhr er herum, seine Augen weiteten sich, und er erbleichte unter der Last plötzlicher Erkenntnis. »Wo ist Carven?« Mit zitternder Hilflosigkeit stürzte er auf Grim zu und packte ihn mit überraschender Kraft am Arm. »Es ist deine Aufgabe, ihn zu beschützen, wenn ich nicht da bin! Wo …«

Da ging ein Flüstern durch den Wald, ein Raunen, als hätte der Wind die Blätter am Boden aufgewirbelt und gleich darauf wieder niedergelegt. Hortensius verstummte, und Grim folgte seinem verwirrten Blick. Vereinzelt glommen Lichter in der Dunkelheit rings um die einstige Fluchstätte Dramdyas auf, und etwas trat durch die Bäume. Grim fühlte die Wärme auf seinem Gesicht, die von diesem Wesen ausging. Es war ein goldener Hirsch inmitten der Dunkelheit des Waldes. Er war größer als alle Hirsche, die Grim jemals gesehen hatte, riesig geradezu. Sein Geweih schimmerte wie Goldstaub, und seine Augen waren von tiefem, klaren Blau. Goldene Blumen wuchsen zu seinen Füßen und zogen sich langsam zu Grim hin. Sie waren Grußworte des Königs des Waldes, der niemals einem Sterblichen und nur selten einem Anderwesen leibhaftig erschien, eines Herrschers, der mehr Traumgestalt als Legende war. Der Hirsch hob den Kopf, als hätte er diese Gedanken gehört, und Grim wusste: Vor ihm stand Larvyn – der König der Elfen.

Kapitel 36

Mia stand in einem Raum aus Finsternis. In Augenhöhe vor ihr schwebte eine glitzernde Scherbe aus Eis. Sie sah nichts anderes als diesen Splitter der Königin, und sie fühlte nichts als die kühlen Lichtreflexe, die über ihr Gesicht tanzten. In Wirklichkeit, das wusste sie, saß sie noch immer neben Theryon und hielt den Kopf ihres Bruders in ihrem Schoß. Doch der Feenkrieger hatte sie in Trance versetzt, um ihre Reaktion zu schärfen: Und so befand sie sich scheinbar gerade in Jakobs Brustkorb, dicht bei seinem Herzen, und ließ die Scherbe nicht aus den Augen, die ihren Bruder töten wollte.

Immer wieder flackerte ein Gesicht in dem Splitter auf, es war das spöttische Antlitz der Schneekönigin. Sie konnte Mia nicht erkennen, sie wiegte sich in Sicherheit. Für einen Augenblick erinnerte Mia sich an Theryons Worte. *Aber er ist nicht ungefährlich, es könnte sein, dass du ...* Dass du stirbst, hatte er sagen wollen, und wieder überzog ein Schauer Mias Haut bei diesem Gedanken. Doch gleich darauf fixierte sie die Scherbe umso entschlossener. Sollte die Königin sie unterschätzen, sollte auch sie glauben, dass sie nichts war als ein schwacher, erbärmlicher Mensch. Mia lächelte kaum merklich. Sie würde die Fee eines Besseren belehren.

Ruhig und klar drangen die Worte des Feenkriegers durch die Stille, Mia wusste, dass er beide Hände über Jakobs Brust gehoben hatte und einen Zauber in der Sprache der Ersten Feen sprach. Es war eine uralte, geheimnisvolle und dunkle Macht, die Theryon beschwor, und Mia überkam eine Stimmung, die sie mitunter auch auf sehr alten Friedhöfen empfand: In seinen Worten ruhte eine Gewalt, die alles Leben vernichten oder erschaffen konnte, ein Geheimnis, das sie niemals vollständig begreifen würde. Sanft drangen sie durch die Dunkelheit und bildeten geisterhafte Schleier, die sich um die Scherbe legten, Schicht um Schicht in unzähligen Farben. Fasziniert schaute Mia auf das Schauspiel, das sich ihr bot. Da sprach Theryon das letzte Wort.

»Fharsa«, drang es durch die Stille.

Im nächsten Moment schossen die Schleier in einem prunkvollen Flirren auseinander, bäumten sich auf und wurden zu Strahlen aus Licht und Farben. Mit einem Dröhnen, das schmerzhaft in Mias Ohren widerhallte, brachen sie in die Scherbe ein. Ein Schrei drang aus dem Splitter. Mia erkannte die Stimme der Schneekönigin und spürte gleichzeitig das Glühen der Zauber in ihren Handgelenken, die auf ihre Befreiung warteten.

Da stob eine helle Gestalt aus der Scherbe, sofort wurde sie von farbigen Strahlen gefesselt. Mia kniff die Augen zusammen, sie erkannte die Königin, die sich wie unter Wasser bewegte und deren Körper in gleißend hellem Licht erglühte wie Sonnenstrahlen, die durch kristallenes Gletschereis brachen. Ihr Haar wirbelte durch die Luft, als sich zwei bunte Schlingen um ihren Hals legten. Mia wich vor ihren Strähnen zurück, zischend schlugen sie nach Mias Wange aus, doch schon wurde die Königin von den Schleiern emporgerissen, bis sie nichts mehr war als ein heller Stern, umtost von farbigen Nebeln. Mia atmete aus, aber gleich darauf durchdrang ein Schrei die Luft, der sie zu Boden warf. Sie hörte das Kreischen der Königin, die ihre Fesseln in Fetzen riss und mit ausgestreckten Klauen auf Mia niederraste.

Mia sprang auf die Beine, ihr Atem ging stoßweise. Sie zählte die Sekunden, das Gesicht der Königin eilte auf sie zu, es war schrecklich entstellt, als würde der Wind Fleischstücke aus ihren Wangen reißen, durch die helle Strahlen nach außen drangen. Da riss Mia die Fäuste über ihren Kopf.

»Afdryr!«, rief sie so laut, dass ihre Kehle brannte.

Im selben Moment schoss das Eis aus ihren Händen, glitzernd und golden wie die Sonne des Morgens. Knisternd raste es durch die Luft und bildete in wahnsinniger Geschwindigkeit ein gewaltiges Netz in der Dunkelheit. Die Königin stürzte darauf zu, Mia sah noch, wie sie die Augen in blanker Panik aufriss und mit heiserem Keuchen herumfuhr. Die Spitzen ihres Haares verfingen sich in dem Netz, funkensprühend wurden sie zu Asche verbrannt, während die Königin rückwärts in die Finsternis floh. Erneut warfen sich die Schleier der Farben auf sie, und dann, mit einem Krachen, als würde ein Meer aus Eis zerbrechen, verließ sie Jakobs Körper.

Mia atmete schwer. Sie sank auf die Knie, noch immer gefangen in der Illusion, und spürte das Licht der Scherbe auf ihrem Gesicht. Dumpf hörte sie, wie Theryon die Königin mit mächtigen Zaubern bannte und spürte kurz darauf, wie der Boden unter ihren Füßen sich auflöste. Sie fiel in die Finsternis, Funken aus Nacht und Schatten umtosten ihr Gesicht, bis sie auf hartem Grund landete. Im ersten Moment glaubte sie, dass Theryon sie zurückholte in ihren Körper – dass sie es geschafft hätten. Dann spürte sie die Hitze des Lichts.

Sie erschrak so heftig, dass sie zusammenfuhr. Sie kannte diesen Ort. Sie war schon einmal hier gewesen, damals vor etwa einem Jahr, als ihr Kampf gegen Seraphin sie beinahe das Leben gekostet hatte. Dunkelheit umgab sie. Stimmen riefen sie aus weiter Ferne, und da, wo die Stimmen waren, war auch das Licht. Sie dachte und fühlte nichts mehr, und doch konnte sie sich bewegen und auf das Licht zutreten. Ein seltsamer Frieden legte sich um ihre Schultern. Die Dunkelheit hinter ihr ging sie nichts mehr an. Sie wollte ein Teil des Lichts werden, das mit goldenen Strahlen nach ihr rief, ganz gleich, was dabei mit ihr geschehen mochte.

Da drang etwas durch die Finsternis, die sich fremd und feindlich hinter ihr auftürmte, ein Ton, der sie innehalten ließ. Etwas näherte sich, nein, nicht etwas – jemand. Mia stockte der Atem, sie erinnerte sich an Grim, an sein Brüllen von unmenschlicher Tiefe, als er sie damals gerettet hatte. Doch er war nicht da, und auf einmal wusste sie, dass die Stimmen weit hinten im Licht nicht nach ihr riefen. Sie wandte sich um und sah die Gestalt, die sich aus der Dunkelheit auf sie zubewegte. Es war Jakob.

Dicht vor ihr blieb er stehen. Sein Blick war klar, jede Schwärze war aus seinen Augen gewichen, aber die Leere war nicht verschwunden, die sich nun wie ein Mantel aus Finsternis um Mias Schultern legte, ebenso wenig wie die unsichtbare Mauer, die Jakob umgab und es Mia unmöglich machte zu ermessen, was dahinter vor sich ging. Ein Bild tauchte vor ihr auf, Jakob, der sich eine Waffe an die Schläfe hielt, Jakob, der sie auf diese besondere, unheimliche Weise anschaute – Jakob, der Abschied nahm, ehe er sich selbst tötete.

»Es war ein langer Weg durch die Welt der Feen, Mia«, sagte er leise. »Ein zu langer Weg für mich.«

Langsam schüttelte sie den Kopf. Sie hörte die Stimmen hinter sich, laut und durchdringend riefen sie Jakob zu sich. Sie spürte, dass er nicht mehr lange vor ihr stehen bleiben würde. »Wie kannst du das sagen?«, flüsterte sie.

Da wurde Jakobs Blick kalt. »Du weißt nicht, was ich gesehen habe«, erwiderte er mit einer Schärfe, die sie nicht an ihm kannte. »Die Welt der Feen ist wie ein Spiegel, durch den man Dinge sehen kann, die alles verändern, woran man jemals geglaubt hat. Ich habe in meine eigene Seele geblickt, in die Gedanken der Welt, die Träume der Menschen. Ich habe für die Menschen gekämpft. Ich habe mein Leben für sie gegeben, für das große, strahlende Ziel einer geeinten Welt. Aber ich habe mich geirrt. In all meinen Träumen habe ich mich geirrt.«

Mias Kehle zog sich zusammen, denn auf einmal begriff sie, aus welchem Grund Jakob ihr so fremd erschien, so weit entfernt, obgleich er direkt vor ihr stand. Solange sie denken konnte, hatte Jakob etwas in sich getragen, das sie immer an ihm bewundert hatte – etwas, über das Grim einmal gesagt hatte: *Es ist ein Licht, Mia, strahlender, als ich mir die Sonne denken kann. Es ist nicht mehr als ein Gedanke. Und doch hat es Menschen dazu gebracht, für ihre Freiheit zu kämpfen und dafür zu sterben, mit bloßen Fäusten gegen Panzer in den Krieg zu ziehen und an den Betten sterbender Kinder zu wachen, um sie nicht allein zu lassen in der Finsternis. Der Gedanke, von dem ich spreche, ist die Hoffnung.* Mia spürte, wie ihr Tränen in die Augen stiegen, und sie sah, dass Jakob in diesem Augenblick etwas von ihrer eigenen Trauer empfand. Er hatte das Licht verloren. Mia hatte geglaubt, dass die Schneekönigin Jakob getötet hatte, aber so war es nicht. Sie hatte ihn am Leben gehalten.

Jakob hob die Hand, er strich ihr über die Wange. Für einen Moment schloss sie die Augen, denn sie wusste, dass er Abschied von ihr nahm. Wie von ferne drang Grims Stimme durch ihre Gedanken. *Menschen, die die Hoffnung nicht aufgeben – ganz gleich, was geschieht, sind etwas ganz Besonderes – sie sind das Licht in der Dunkelheit.*

Noch ehe seine Worte verklungen waren, spürte Mia, wie sich Zorn in ihr sammelte. Entschlossen riss sie die Augen auf, schaute Jakob an und schüttelte den Kopf. »Du warst derjenige, der mir Hoffnung gegeben hat«, sagte sie und sah, wie er vor ihr zurückwich, als wollte er ihre Worte nicht hören. Langsam ging sie ihm nach. »Du warst derjenige von uns, der keinen Zweifel kannte, du warst es, der mir die Anderwelt gezeigt und mir die Aufgabe übertragen hat, die Welt als Hartidin zu verändern. Und jetzt willst du dich davonstehlen, einfach so?«

Jakob hielt inne. »Du weißt nicht, wovon du sprichst. Nur die Königin der Feen hätte mir mein Leben schenken können – nur sie. Doch sie verweigerte es mir, und so bin ich nun weder lebendig noch tot. Du hast keine Vorstellung davon, wie kalt ein solcher Zustand ist, wie dunkel und einsam es in meiner Brust aussieht, in der kein Herz mehr schlägt. Es ist alles leer, Mia. Es ist alles – nichts. Aber ich kann sterben, nein, viel mehr als das. Ich muss es sogar. Ich kann den Tod nicht besiegen.«

Mia stieß die Luft aus. »Unsinn! Du bist ihm schon einmal entkommen! Du hast die Welt der Feen durchwandert, diese Welt hat dich verändert – gut! Aber sie wird dich nicht töten, das erlaube ich nicht!« Er sah sie an und öffnete den Mund, ohne dass ein Wort über seine Lippen kam. Langsam schüttelte sie den Kopf. »Theryon kämpft um dein Leben«, sagte sie und spürte, wie die Verzweiflung ihr die Kehle zudrückte. »Er wird nur dann verlieren, wenn du ihm nicht hilfst. Willst du wirklich aufgeben und alles verraten, woran du einmal geglaubt hast? Ich kann unsere Ziele nicht allein erreichen, Jakob. Ich bin nicht wie du. Wenn du jetzt an mir vorbei in dieses Licht gehst – dann gehe ich mit. Willst du das? Willst du mich töten, nachdem du mich verlassen hast?«

Jakob schaute sie an, ein dunkles Flackern ging durch seinen Blick. Dann wandte er sich ab und ging auf das Licht zu, doch nach wenigen Schritten blieb er stehen. Er breitete die Arme aus, Mia sah, dass er tief Luft holte. Wie damals betrachtete sie die flüsternden Strahlen, hörte ihre zärtlichen Stimmen und fühlte noch einmal den Frieden, der in ihrem Licht auch auf sie wartete. Dann senkte Jakob den Blick wie bei einer Verbeugung und schüttelte kaum merklich den Kopf.

Er kam zu Mia zurück und griff nach ihrer Hand. Ein Lächeln lag auf seinen Lippen, doch in seinen Augen stand der unheimliche Schatten, der ihn ihr fremd machte. Im nächsten Moment umflutete Mia Wärme. Sie spürte, wie sie in ihren Körper zurückkehrte.

Jakobs Kopf lag auf ihrem Schoss, seine Wunden hatten sich geschlossen. Theryon stieß erleichtert die Luft aus. Gerade öffnete er den Mund, um etwas zu sagen, als der Tarnzauber zu flackern begann. Alarmiert sprang Mia auf die Beine und wollte den Zauber verstärken, doch es war zwecklos. Mit leisem Rauschen brach er in sich zusammen.

Mia hielt den Atem an. Schon spürte sie das widerwärtige Tasten eines Suchzaubers und hörte gleich darauf die Stimme der Schneekönigin in den Gängen des Schlosses widerhallen: »Die Eindringlinge befinden sich im Zimmer der Medusa. Bringt sie mir lebendig – oder tot.«

Kapitel 37

er König der Elfen stand regungslos auf den goldenen Blumen, die zu seinen Füßen aus dem Waldboden sprossen. Etwa zehn koboldgroße Elfen flankierten ihn, sein Fell schimmerte im Glanz seiner Gefährten, und etwas lag in seinem Blick, eine durchdringende Helligkeit, die Grim den Atem stocken ließ. Larvyn schaute jedem von ihnen in die Augen. Dann umfasste er Rosalie mit seinem Blick. Als hätte er ihr den Befehl dazu gegeben, schwirrte sie auf ihn zu, verneigte sich ehrerbietig und nahm einen Platz unter den anderen Elfen ein.

Da löste sich auch Remis aus seiner Starre, flog ein Stück auf den König zu und verbeugte sich in gebührendem Abstand. »Larvyn«, sagte der Kobold respektvoll. »König der Elfen und Herrscher des Waldes, empfangt meinen Gruß.«

Der König wandte sich Remis zu, es war, als zöge ein Lächeln über sein Antlitz, und er neigte ebenfalls den Kopf. »Kobold der Moore, Hüter der Pflanzen«, erwiderte er. Seine Stimme war leise wie das Flüstern der Blätter, und doch klang in jedem Ton eine Stärke mit, die Grim frösteln ließ. »Lang ist es her, seit ich deiner Geburt beiwohnte, und umso mehr freut es mich, dass du bis zum heutigen Tag Schweigen über die Freundschaft zwischen deiner Familie und mir bewahrt hast, wie ich es einst von dir verlangte – und wie jedes Andergeschöpf es mir geloben muss, das diesen Wald jemals verlässt.«

Grim warf Remis einen erstaunten Blick zu. Mitunter vergaß er, dass auch der Kobold einige Hundert Jahre alt war – und vor ihrer ersten Begegnung genügend Zeit gehabt hatte, jede Menge Geheimnisse anzuhäufen.

Remis ignorierte seinen Blick gekonnt und neigte ehrerbietig den Kopf. »Manche Rätsel müssen gelöst werden«, sagte er mit einem feierlichen Unterton in der Stimme, der klang, als rezitierte er eine magische Losung. »Andere Geheimnisse rufen nach Entdeckung. Doch es gibt Mysterien, die nur in Schweigen und Dämmerung atmen können – in der stillen Verwunschenheit des ersten Morgenlichts, fern jeder Neugier und Entzauberung.«

Grim wusste, dass er Remis anstarrte, aber er konnte nicht anders. Er kannte den Kobold nun tatsächlich schon eine ganze Weile – aber noch niemals zuvor hatte Remis so gesprochen wie in diesem Moment: mit einer Stimme wie unsichtbare Magie.

Larvyn neigte leicht den Kopf vor Remis. »Ohne jeden Zweifel bist du willkommen in meinem Reich«, sagte er sanft. »Ebenso wie du, Zwergenkrieger und Blutsbruder.«

Unvermittelt wandte der König sich Grim zu und dieses Mal hatte sein Blick jede Sanftmut verloren. Langsam trat Larvyn näher. Instinktiv wollte Grim zurückweichen, doch seine Beine gehorchten ihm nicht, es war, als hätte sich ein Zauber über ihn gelegt. Atemlos sah er zu, wie der König vor ihm stehen blieb, riesig und schillernd, und langsam den Kopf neigte. Jetzt waren seine Augen Grim ganz nah, zwei glänzende Perlen aus Eis. Er spürte, dass Larvyn ihn ansah, dass er mit diesen Augen in sein Innerstes schauen konnte, und da, wie ein Flackern in unendlicher Ferne, ging ein Riss durch Larvyns Blick und das Blau seiner Augen füllte sich mit Wärme. Eine Welle aus Licht umschloss Grim wie eine Umarmung.

»Steinblut und Menschenkind«, sagte Larvyn sanft. »Auch du sollst willkommen sein in meinem Reich.«

Wortlos neigte Grim den Kopf und fühlte, wie die Lähmung von ihm abfiel.

»Ihr habt Dramdya bezwungen«, fuhr der König fort und ließ seinen Blick auch über Remis und Hortensius schweifen. »Lange litt mein Volk unter ihrer Gegenwart, viel Leid ist über uns gekommen durch ihre Taten. Ihr habt uns von ihr befreit. Der Bann des Elfenfeuers wurde gebrochen, dieser Ort ist nicht länger ein Ort der Gefahr und des Siechtums. Nun soll er erblühen und neu entstehen als Teil meines Reiches. Der Dank meines Volkes soll euch gewiss sein.«

Grim wechselte mit Hortensius einen Blick, der unruhig in die Dunkelheit des Waldes schaute. »Dramdya war nicht die einzige Gefahr in Euren Wäldern, Eure Majestät«, sagte er. »Schattenalben standen mit ihr im Bund, sie haben ein Kind entführt, das mit uns reiste, und …«

Der König nickte kaum merklich. »Carven«, flüsterte er, als würde der Name ihm gerade vom Wind zugetragen werden. »Ein Junge mit schwarzem Haar und Augen wie ein Stück vom Himmel.«

Hortensius trat einen Schritt vor. Grim spürte die Unruhe im Zwergenkörper wie einen Funken beim Tanz auf einem Fass Sprengstoff. »Wo ist er?«, fragte Hortensius eindringlich.

Larvyn musterte den Zwerg schweigend, und Grim fiel es schwer, die Gelassenheit im Blick des Elfenkönigs zu ertragen. »Sie haben den Wald nicht verlassen«, erwiderte Larvyn dann. »Ich habe sie daran gehindert.«

Er wies zu den Wipfeln der Bäume hinauf. Grim folgte seinem Fingerzeig und erkannte erst jetzt das dünne, spinnwebartige Netz, das in schwarzen Schnüren über dem Wald lag und den leisen Hauch von mächtiger Magie verströmte.

»Schattenalben sind Wesen der Finsternis«, sagte der Elfenkönig, und zum ersten Mal konnte Grim erahnen, wie seine Stimme im Zorn klang. »Sie hatten die Wahl, und sie haben sich für den falschen Weg entschieden. Sie sind gestürzt – in Dunkelheit und Schatten, und sie weiden sich am Tod und am Leid derer, die nicht so sind wie sie. Ich dulde keine Schattenalben in meinem Wald. Keiner von ihnen betritt ungestraft mein Reich. Sie ...«

Ein gellender Schrei zerriss die Luft und ließ Larvyn innehalten.

»Carven«, flüsterte Hortensius.

Der König der Elfen hob den Kopf, zitternd sog er die Luft ein. Ein schwarzes Glimmen war in seine Augen getreten – das Feuer eines Jägers. Für einen Moment umfasste er Grim und die anderen mit seinem Blick. »Folgt mir«, raunte er leise.

Dann riss er den Kopf herum und sprang mit einem gewaltigen Satz in die Finsternis des Waldes.

Ohne zu zögern, setzte sich Hortensius in Bewegung. Niemals hätte Grim gedacht, dass der Zwerg so schnell rennen konnte. Er selbst duckte sich vor plötzlich in der Dunkelheit auftauchenden Ästen und Zweigen und behielt Larvyns Umrisse im Auge, der gemeinsam mit seinen Gefährten in einiger Entfernung vor ihnen durch die Nacht brach. Grim bemerkte, dass der Wald sich unter Larvyns Schritten wandelte. Sträucher wichen vor ihnen zurück, Bäume hoben die Äste, um ihren Weg nicht zu behindern, und sogar die Nebel der Dryaden, die noch immer vereinzelt im Unterholz lauerten, hielten Abstand, sodass Grim im Laufen die silbrig glitzernde Rinde mancher Bäume und das fluoreszierende Moos auf den Steinen sehen konnte. Er witterte. Carvens Fährte lag in der Luft wie ein unsichtbares Band aus Düften. *Gib mir den Jungen. Meine Herrin wartet nicht gern.* Was, wenn sie Carven etwas angetan hatten? Grim ballte die Klauen. Die ganze Zeit über hatte er damit gerechnet, dass die Alben Carven im Auftrag der Königin töten würden, aber das hätte Alvarhas gleich in Dramdyas Hütte erledigen können. Nein, die Herrscherin der Feen wollte den Jungen lebend, so viel stand fest. Doch aus welchem Grund?

Am Rand einer kleinen Lichtung blieb Larvyn stehen. Seine Elfen versammelten sich in der Dunkelheit zwischen den Bäumen und zogen ihre Lichter in sich zusammen, sodass sie Glühwürmchen zum Verwechseln ähnlich sahen. Grim hielt den Atem an, und da hörte er sie auch: die Stimme von Alvarhas. Gleich darauf erreichte er Larvyn und duckte sich neben Hortensius hinter einem Busch. Vorsichtig spähte er zu den Alben hinüber, die auf der Lichtung um ein schwarzes Feuer saßen. Sie hatten Carven die Arme auf den Rücken gebunden und einen Bannzauber auf seine Stirn gelegt, aber offensichtlich rechneten sie nicht damit, dass er ihnen gefährlich werden würde, denn der Zauber war schwach genug, um ihn bei Bewusstsein zu halten. Alvarhas hielt ein Kaninchen in den Händen, Grim roch das Blut, das ihm über die Finger lief. Der Alb hatte das Tier getötet – deswegen hatte Carven geschrien.

»Bist du etwa ein Angsthase?«, fragte Alvarhas gerade, doch seine Stimme klang bei Weitem nicht so abfällig, wie seine Worte es hätten vermuten lassen. »Dieses Tier hatte ein schnelles, schmerzfreies Ende, und wir haben Hunger. Wovon sollen wir uns ernähren, während die verfluchten Elfen uns in diesem Wald gefangen halten?« Er hielt kurz inne und lächelte vertraulich. »Ich weiß nicht, was für ein Bild du von uns hast. Aber wir haben nicht vor, dir ein Leid zuzufügen. Im Gegenteil – wir bieten dir die Chance auf ein anderes Leben – ein Leben als mächtiger, freier Mensch.«

Carvens Augen wurden dunkel vor Verachtung, und Grim spürte ein seltsames Gefühl in der Magengegend. Verwirrt fuhr er sich an die Brust. War es möglich, dass er stolz auf den Jungen war?

Alvarhas bereitete mit geübten Handgriffen das Kaninchen zum Braten vor. Er schien sich die größte Mühe zu geben, der ganzen Szene einen Charakter von Pfadfinderlager und Camping zu verleihen. Seine Schergen saßen regungslos wie Statuen um das Feuer, keiner von ihnen schaute den Jungen an. Sie waren zu zwölft. Grim warf Larvyn einen Blick zu. Der Hirsch verschmolz trotz seiner goldenen Färbung fast vollständig mit seiner Umgebung. Nur seine Augen waren noch sichtbar, funkelnd und wachsam. Grim biss sich auf die Lippe. Alle Wachsamkeit würde dem König der Elfen nicht helfen – gegen die Schattenalben würde auch er nichts ausrichten können.

»Sie haben dich vergessen«, sagte Alvarhas und zerriss Grims Gedanken. »Die Menschen. Du warst nie mehr als ein dünner kleiner Kerl aus einer sozial schwachen Familie. Sie hätten sich nicht darum geschert, wenn irgendein Liebhaber deiner Mutter oder einer deiner zahlreichen Stiefväter dich totgeprügelt hätte – und jetzt riskierst du dein Leben für sie? Du wärst besser damit beraten, dich auf unsere Seite zu schlagen. Ich weiß, dass du das willst – die eine, die dunkle Seite in dir. Sie spricht zu mir, weißt du das? Und sie erzählt mir von jener Nacht, da sie ihre Macht zum ersten Mal spürte. Du weißt, welche Nacht ich meine, nicht wahr? Du weißt es … Du hast ihn getötet, und du hast es genossen. Genugtuung, Rache, Macht – all das strömte durch deine Adern. Willst du das nicht wieder spüren? Du kannst es – wenn du dem folgst, der du wirklich bist. Menschen von deinem Schlag werden willkommen sein im Land des Frosts.«

Grim spannte die Muskeln an. Deutlich hatte er die Stimme der Schneekönigin gehört, die sich wie ein Flüstern um Alvarhas' Worte geschlungen hatte, und jetzt, da der Alb zu Carven hinüberschaute, meinte er, ihr Gesicht in Alvarhas' gesundem Auge aufblitzen zu sehen. In ihrem Namen hatte der Alb Carven einen Köder hingeworfen. Der Junge war ganz kurz davor anzubeißen – und Alvarhas wusste es. Er lächelte, ebenso wie die Schneekönigin in seinem Blick, und Grim sah dieses Lächeln gespiegelt in Carvens Augen. Für einen Moment befand er sich wieder in der Illusion, in der Carven seinen Stiefvater getötet hatte, sah den Jungen vor sich, fühlte die Magie, die durch seinen Körper raste, und sah die Genugtuung in seinen Augen, als der Mann starb. *Du hast ihn getötet, und du hast es genossen.* Grim sah Carven auf der Lichtung sitzen, seine Augen waren auf einmal nicht mehr klar und blau, sondern schwarz, und sein Gesicht war nicht mehr das eines Kindes. Grim erkannte den Mann, zu dem Carven einmal werden würde – den Krieger des Lichts, der die Macht haben würde, großes Leid über die Welt zu bringen.

»Nein!« Das Wort rollte wie ein Donnerschlag über Grims Lippen, als er über das Gebüsch hinweg auf die Lichtung sprang. Sofort schleuderte er einen Flammenzauber zwischen Alvarhas und Carven und umgab sich mit mächtigen Schutzwällen. Das Blut pulste durch seine Adern, als Alvarhas zurücksprang und seine Schergen drohend auf die Beine kamen. Er hörte Remis hinter sich die Luft einsaugen, Hortensius stieß einen lauten Zwergenfluch aus. Alvarhas starrte ihn an, und in diesem Moment flackerte sein Gesicht und zeigte das Antlitz der Schneekönigin, die höhnisch den Mund zu einem Lächeln verzog. Grim spürte ihren eiskalten Blick, er wusste, dass er einen Fehler gemacht hatte. Er hatte nicht warten können – er hatte die Antwort des Jungen nicht hören wollen.

Langsam kehrte das Blau in Carvens Augen zurück, die Schneekönigin verschwand. Stattdessen griff Alvarhas nach seinem Rapier – und sprang in rasender Geschwindigkeit auf Grim zu. Zischend zog er seine Waffe durch die Luft, doch noch ehe die Klinge Grims Hals berühren konnte, flog ein Schatten von rechts heran, traf das Rapier mit klirrendem Laut und schleuderte es ins Unterholz.

Atemlos fuhr Alvarhas herum, und Grim sah, dass Larvyn der Schatten gewesen war. Regungslos stand er nun in einiger Entfernung und ließ die Elfen aus der Dunkelheit des Waldes treten. Sein Blick umfasste Grim mit einer Gewalt, die ihm das Blut aus dem Kopf zog. *Verschwinde*, sagte Larvyn zu ihm in Gedanken. *Halte dich aus diesem Kampf heraus, den du nur verlieren kannst. Überlasse die Alben uns.*

Wie in Trance ließ Grim sich im Dickicht neben Hortensius fallen, der ihn ärgerlich musterte. Nur langsam löste sich die Kälte, die ihn beim Blick in Larvyns Augen überzogen hatte. Atemlos schaute er auf die Lichtung. Für einen Moment schien die Szenerie einzufrieren – rechts die dunklen, schattenreichen Alben, links die lichtdurchfluteten, farbenprächtigen Elfen, die neben ihrem König Aufstellung genommen hatten. Und dann, wie auf ein lautloses Zeichen, verwandelten sie sich in ihre wahre Gestalt.

Rasch wuchsen sie bis auf Menschengröße heran. Sie standen in bronzenen Rüstungen, die Haare zu kunstvollen Zöpfen geflochten, die schmalen Gesichter mit glänzenden Streifen bemalt zum Zeichen der Wehrhaftigkeit. Auf ein Flüstern hin wurden ihre großen, zu den Seiten hin schräg zulaufenden Augen ganz und gar silbern wie geschmolzenes Blei. Grim entdeckte Rosalie in einer schimmernden Rüstung, wie sie zwei blitzende Messer in ihren Händen drehte. Ihr Blick loderte vor Wut, und Grim wusste: Diese Wesen hatten schon zahlreiche Schlachten geschlagen – daran bestand kein Zweifel.

In ihrer Mitte stand der Elfenkönig in goldener Rüstung und mit einem reich verzierten Schwert in der Hand. Sein Gesicht war schmal mit hohen Wangenknochen und einem breiten, sanft geschwungenen Mund, der sich zu einem harten Lächeln verzogen hatte. Das schneeweiße Haar fiel offen auf seinen Rücken, und in seinen Augen lag ein Flackern, das gleichzeitig Zorn und Grausamkeit war. »Untiere der Finsternis«, sagte Larvyn und fixierte Alvarhas mit seinem Blick, der regungslos stehen geblieben war. »Unaufgefordert habt ihr meinen Wald betreten. Gebt das Kind heraus und dann verschwindet!«

Alvarhas schaute den König ungläubig an, dann lachte er und maß die Elfen mit kampferprobtem Blick. »Seit wann schert sich der König der Elfen um einen Menschen?«

Larvyn deutete auf Carven, der mit großen Augen zu ihm aufschaute. »Noch ist er ein Kind«, sagte er ruhig. »Und kein Kind wird in diesem Wald sterben, wenn ich es verhindern kann.«

»In der Tat«, zischte Alvarhas. »Dein Volk ist den Kindern der Menschen nicht unähnlich.«

Grim sah, wie sich die Muskeln an Larvyns Hals spannten. »Ich erwarte nicht, dass ein Geschöpf wie du Einsicht gewinnt in die größeren Zusammenhänge dieser Welt. Ein Geschlecht der Verdammten wie das deine wird dergleichen niemals begreifen. Und mir steht nicht der Sinn danach, meine Zeit weiter mit dir zu verschwenden. Ich fordere dich ein letztes Mal auf: Gib uns das Kind – und verschwinde!«

Alvarhas neigte den Kopf, sein Blick war starr wie der einer Schlange. »König der Elfen«, flüsterte er. »Du bist noch ebenso dumm wie damals.«

Im nächsten Moment sprang Alvarhas vor, sein Rapier flog aus dem Gebüsch in seine Hand, und er überzog es mit grünen Flammen. Gleichzeitig riss Larvyn sein Schwert in die Luft. Klirrend schlugen die Waffen zusammen, grüne und gelbe Funken sprühten in die Dunkelheit. Das war das Zeichen für die anderen Elfen. Mit einem durchdringenden Schrei stürzten sie sich auf die Alben, die die Hiebe und Schläge der glänzenden Waffen in rasender Geschwindigkeit parierten. Grim hörte auf zu atmen. Er hatte zahlreiche Schlachten erlebt in seinem langen Leben, aber noch niemals zuvor war er Zeuge eines solchen Kampfes geworden. Die Bewegungen von Schattenalben und Elfen flossen ineinander wie bei einem rätselhaften Tanz, Hell und Dunkel vermischten sich in einer betörenden Choreographie, die Grim nicht begreifen, nur erfühlen konnte und die es ihm schwer machte zu erkennen, was Licht und was Schatten war. Und inmitten der Kämpfenden standen sich Larvyn und Alvarhas gegenüber, zwei Gegensätze, die danach trachteten, einander zu verschlingen – wohl wissend, dass es sie ohne den anderen niemals in ihrer ganzen Kraft geben würde.

Wie gebannt beobachtete Grim den Kampf, sah auch, wie Larvyn sein Schwert hochriss und es in einem Augenblick vollkommener Stille in Alvarhas' Brust trieb. Grim hörte das Geräusch des Metalls, das Fleisch und Knochen durchschnitt, und er sah das schmerzverzerrte Gesicht von Alvarhas ebenso wie die reglose Miene des Elfenherrschers. Mit einem Ruck riss Larvyn sein Schwert zurück, doch der Streich, der jeden anderen auf der Stelle in die Knie gezwungen hätte, schien Alvarhas kaum zu beeinflussen. Zornig wehrte er weitere Hiebe seines Gegners ab – und statt Blut quoll grauer Nebel aus der Wunde in seiner Brust und heilte sie. Auch seine Schergen regenerierten sich unter den Fingern des Nebels, während die Elfen zunehmend an Kraft verloren.

Grim presste die Zähne aufeinander. »Die Alben sind nicht zu besiegen«, grollte er düster. »Sie heilen sich und …«

Kaum hatte er das gesagt, stieß Larvyn die Fäuste in die Luft. Ein zitternder goldfarbener Zauber glitt über die Alben hinweg und legte sich zischend auf ihre Haut. Alvarhas fuhr zusammen, der graue Nebel in seiner Brust zerriss wie eine Schicht aus nassem Papier. Sofort klaffte seine Wunde auf, dunkles Blut quoll aus ihr hervor. Den anderen Alben erging es nicht besser. Einer von ihnen schwankte, es war nur ein kurzes Zeichen von Schwäche, aber Larvyn sah es sofort. Blitzschnell schoss der König vor und bohrte dem Alb sein Schwert zwischen die Rippen.

Für einen winzigen Augenblick schaute der Alb ungläubig auf die Waffe, und Grim hörte überdeutlich, wie die Klinge aus seinen Eingeweiden herausgezogen wurde. Dann sank der Gefallene auf die Knie, schwarzes Blut lief ihm aus Mund und Nase. Mit einem gurgelnden Geräusch fiel er aufs Gesicht und blieb reglos liegen.

Alvarhas schaute auf seinen toten Gefolgsmann, etwas wie Erstaunen flackerte über sein Gesicht. Mit gehetztem Ausdruck pfiff er nach seinem Panther, der als schwarzer Schatten aus dem Unterholz brach, schwang sich auf dessen Rücken und erhob sich in die Luft. Er wartete, bis seine Schergen ihm gefolgt waren und das schwarze Netz über ihren Köpfen langsam Risse bildete. Dann fixierte er Larvyn mit seinem Blick.

»Wir sehen uns wieder«, zischte er, und seine Augen flammten vor Verachtung. »Und dann wirst du derjenige sein, der flieht!«

Er riss an den Zügeln seines Panthers. Das Tier fauchte, fuhr dann herum und sprang mit einem einzigen Satz durch den brechenden Zauber über dem Wald.

Grim hielt den Atem an, er hörte, dass die Alben sich entfernten. Schnell kam er auf die Beine. Hortensius stürzte zu Carven und band den Jungen los, doch Grim konnte sich nicht von dem toten Alb abwenden. Ungehindert sickerte sein Blut in den Waldboden, kein Nebel kam, um ihn zurück ins Leben zu holen. Stattdessen tanzten goldene Funken über seine Haut und zischten leise.

»Ist er wirklich … tot?«, flüsterte Remis und schaute zu Rosalie hinüber, die sich lautlos in ihre kleinere Gestalt zurückverwandelte.

»Nein«, erwiderte Larvyn an ihrer Stelle. »Wie jeder Schattenalb hat auch er sein Herz in die Zwischenwelt verbannt. Erst wenn dieses Herz stirbt, kann auch der Alb vernichtet werden. Bald schon wird der goldene Zauber erlöschen, mit dem ich die Welten voneinander trennte, denn er hält stets nur für eine kurze Zeit – dann haben die Alben wieder Zugriff auf ihre Lebenskraft und können sich regenerieren.«

Remis zog schaudernd die Schultern an. »Und dann wird dieser Kerl da aufstehen, als wäre gar nichts passiert.«

Grim hob den Blick und sah Larvyn in die Augen. »Ihr habt uns geholfen. Ihr habt Eure Schuld beglichen und einem Menschenkind das Leben gerettet. Ich dachte, ich wüsste, wer Ihr seid, aber jetzt …« Er hielt inne. »Woher stammt Euer Wissen über die Schattenalben?«

Da flog Rosalie näher heran. »Heute ist sein Name Larvyn«, sagte sie mit einem Lächeln. »Doch in früherer Zeit hieß er Jhurmal Thronnegar.«

Grim hob überrascht die Brauen. Für einen Moment klang Lyskians Stimme in ihm wider. *Nur mit vereinten Kräften konnten die übrigen Alben unter der Führung des Elfenherrschers Jhurmal Thronnegar die Schattenalben in die Zwischenwelt verbannen.*

»Gemeinsam mit Feen, Zwergen und Dämonen entwickelten

meine Alchemisten einen Zauber«, sagte Larvyn, als hätte er Grims Gedanken gehört. »Mit ihm gelang es uns, die Schattenalben einst zu verbannen. Seit der Alten Zeit befindet sich dieser Bannzauber im Besitz der herrschenden Feen.«

Grim erinnerte sich an das Amulett, das die Schneekönigin um den Hals getragen hatte. Larvyns Blick ruhte auf ihm, als der Elfenkönig fortfuhr: »Um die Alben zu verbannen, müsst ihr der Königin den Bannzauber abnehmen. Und um das zu tun ...«

»... muss sie besiegt werden.« Grim nickte düster. Er fuhr sich über die Augen und schaute zu Carven hinüber, der langsam auf die Beine kam. Grim lächelte, als der Junge ihn ansah, doch vor seinem inneren Auge erschien das höhnische Gesicht der Schneekönigin, und er hörte die Worte des Elfenkönigs in sich widerhallen: *Noch ist er ein Kind.* Und als hätte Larvyn seine Gedanken gehört, hob er den Kopf, schaute Grim mit düsterem Schleier über den Augen an und fügte in Gedanken hinzu: *Aber nicht mehr lange.*

Remis schlug mit der rechten Faust in seine linke Handfläche, dass es ein klatschendes Geräusch machte. »Und genau das werden wir tun«, sagte der Kobold entschlossen. »Wir werden die Königin in die Knie zwingen und die verfluchten Alben in ihre Welt zurückschicken! Die Dryaden haben unseren Weg frei gemacht – wir sollten keine Zeit verlieren!«

Grim unterdrückte ein Lächeln, als er bemerkte, dass Remis zu Rosalie hinüberschielte. Offensichtlich war er bemüht, vor der Elfe als wackerer Held dazustehen – und anscheinend machte er seine Sache nicht schlecht.

»Wartet!« Rosalie schwirrte heran und blieb dicht vor Remis in der Luft stehen. Sie umfasste die Kette, die sie um den Hals trug, mit der Faust. »Wir kennen uns schon lange. Doch erst jetzt habe ich dein Leben gerettet – und du das meine. So etwas geschieht nicht oft zwischen unseren Völkern, und daher ...« Sie löste ihre Faust von der Kette, ergriff Remis' linke Hand und strich sanft über seine

Finger. Dann schwirrte sie ein Stück weit von ihm zurück, während er mit einem Ausdruck haltlosen Staunens auf seine Hand schaute. Etwas Goldenes lag darin – es war eine Hälfte der Erdnuss, die Rosalie um den Hals getragen hatte. Die andere Hälfte hing noch immer an ihrer Kette.

Ehrfürchtig nahm Remis das Geschenk zwischen die Finger und murmelte einen Zauber, der sich als dünnes Lederband mit der Erdnuss verband. Ohne Rosalie aus den Augen zu lassen, legte er sich die Kette um.

»Ich …«, begann er, schien zu vergessen, was er sagen wollte, und umfasste die Kette mit der Faust. »Ich danke dir.«

Rosalie schaute ihn prüfend an. Dann lächelte sie. »Eines ist sicher«, sagte sie leise. »Wir werden uns wiedersehen, Remis Grünhaar – das verspreche ich dir.«

Dann flog sie auf ihn zu, so schnell, dass er nicht zurückweichen konnte, und hauchte ihm einen Kuss auf die Wange. Und ehe Remis auch nur einen Ton über die Lippen gebracht hätte, war sie in der Dunkelheit des Waldes verschwunden.

Das sanfte Rot, das gleich darauf Remis' Wangen überzog, hielt jedoch noch eine ganze Weile, und selbst als sie sich bereits lange von Larvyn und seinem Volk verabschiedet hatten und über die Gipfel der Alpen hinwegflogen, hielt der Kobold sein Geschenk noch fest umschlossen in der Hand: ein Stückchen Gold aus den Händen einer Elfe.

Kapitel 38

Mias Atem ging stoßweise. Vorsichtig spähte sie hinter der Kommode hervor und beobachtete Jakob und Theryon, die seelenruhig vor der Tür des Medusenzimmers standen und nur darauf zu warten schienen, dass die Feen sie entdeckten. Allein das leichte Flirren ihrer Augen verriet die beiden als Illusionszauber. Mia nickte zufrieden. Auch ihr eigenes Abbild war ihr gut gelungen. Regungslos verharrte ihr zweites Ich neben der Tür.

Jetzt eilten Schritte über den Gang, die Tür wurde aufgerissen. Kaum merklich bewegte Mia die Hand und formte Worte mit den Lippen, die in dröhnender Lautstärke aus dem Mund ihres Zauberdoubles drangen. Die Feen wichen vor einem gezielten Schlag Theryons zurück, die Illusionen sprangen an ihnen vorbei aus dem Zimmer und rannten den Gang hinunter. Sofort nahmen die Feen die Verfolgung auf und ließen das Medusenzimmer zurück, ohne einen weiteren Blick hineinzuwerfen.

Mia lief zur Tür, dicht gefolgt von Theryon und Jakob. Die Feen ahnten nicht, dass sie Illusionen nachjagten, doch es war nur eine Frage der Zeit, bis sie die falsche Fährte entlarven würden. Mia holte tief Atem. Am liebsten hätte sie dieses verdammte Schloss auf dem schnellsten Weg verlassen. Jakob hatte sich zwar von seinen Verletzungen erholt, aber er war noch immer erschöpft, und bei dem Gedanken an Nahyd, der sich vermutlich nichts Schöneres vorstellen konnte, als zwei Menschen und einen Feenkrieger zu verspeisen, wurde Mia eiskalt. Doch sie durfte noch nicht fliehen. Sie musste den Einsturz der Grenze verhindern, und die Menschen Dublins brauchten ihre Hilfe. Sie schaute zu Theryon hinüber, der angestrengt lauschte, und nun, da er den Blick wandte und ihr zunickte, lag eine Zuversicht in seinen Augen, die sie lächeln ließ.

Eilig verließen sie das Zimmer. Theryon führte sie zielstrebig über zahlreiche Wendeltreppen und durch geheime Gänge und verlassene Zimmer, bis er im obersten Stockwerk eines Turms stehen blieb. Eine breite, reich verzierte Tür aus Jade führte aus dem Raum hinaus. Langsam ging Theryon darauf zu und öffnete sie. Dahinter lag eine von glitzerndem Kristall überdachte Brücke. Bücherregale erhoben sich an beiden Seiten neben winzigen Fenstern. Am Ende wurde die Brücke von einem großen zweiflügeligen Tor verschlossen. Auf den ersten Blick sah es aus wie aus Glas, doch dann erkannte Mia, dass es aus Eis bestand – einem klaren, mit funkelnden Beschlägen versehenen Eis. Dahinter glomm ein rot flackerndes Licht, das seinen blutigen Schein in pulsierenden Wellen zu Mia herüberschickte. Sie spürte, wie ihr der Atem stockte. Hinter diesem Tor lag der Lia Fáil, der Schicksalsstein der Feen. Bald schon würde der Zauber der Königin sich vollenden und mit der Kraft des roten Kristalls die Macht aller Feenorte der Welt freisetzen. Schaudernd dachte Mia an den Riss, der über den Hügeln Taras geklafft hatte wie eine blutende Wunde, und an die unzähligen Feen, die mit tödlichen Absichten auf die Erde niedergefahren waren. Nicht mehr lange, und dieses Bild würde überall auf der Welt zu sehen sein – wenn sie es nicht verhinderten.

Mia spannte die Muskeln an, als sie die Stimmen hörte, die durch das Tor zu ihnen drangen, doch Theryon rührte sich nicht. Sie betrachtete ihn von der Seite, die schwarzen Haare, die in kunstvollen Zöpfen auf seinen Rücken hinabfielen, die durchscheinende Haut und das erhabene, aristokratische Profil. Er war ein Krieger, das stand außer Zweifel, und doch schimmerte in seinen Zügen eine Sanftheit und Wärme, die nicht zu einem Kämpfer passen wollte. Schon oft war Mia dieser Zwiespalt aufgefallen, und ebenso häufig war sie Zeugin dessen geworden, was nun geschah.

Theryon atmete ein, langsam und lautlos. Für einen Augenblick hielt er die Luft in seiner Lunge, dann entließ er sie in einem Zug – und mit ihr verschwand jeder Hauch von Sanftheit von seinem Gesicht. Stattdessen zog sich eine Schicht aus Eis darüber hin, eine Maske, die tiefer ging und seinen gesamten Körper bis hinein in seine Gedanken durchdrang. Mia sah Theryon in die Augen, die vollkommen schwarz geworden waren. In Momenten wie diesen wurde ihr bewusst, dass er tatsächlich eine Fee war – ein Wesen aus einer anderen Zeit, fremd und fremdartig und für einen Menschen wie sie nur so lange zu verstehen, wie er sich ihr auf eine Weise zeigte, die sie begreifen konnte. Sie hatte Geschichten gehört von den grausamen und fühllosen Feenkriegern aus der Ersten Zeit, und nicht nur einmal hatte sie erlebt, wie die Bewohner Ghrogonias vor Theryon zurückgewichen waren, wie sie ihn ehrfurchtsvoll und mit größter Demut betrachtet hatten – aber immer mit diesem Schleier im Blick, der sich Furcht nannte. Mia holte Atem, als Theryon ihren Blick erwiderte. Nichts spiegelte sich in der Schwärze seiner Augen, und sie wusste, dass sie nur noch eine dünne Schicht von der Dunkelheit in seinem Inneren trennte. Würde er die Maske vor seinen Augen fallen lassen, kostete sie ein einziger Blick in seine Finsternis ohne Schutzzauber den Verstand. In Momenten wie diesen konnte sie die Furcht der Anderwesen beinahe verstehen.

Theryon fixierte das Tor und schickte einen blauen Zauber in seine linke Faust, dessen Licht seinen Arm umhüllte wie eine Fackel. Dann setzte er sich in Bewegung. Katzengleich sprang er über die Brücke dahin. Mia rannte geduckt hinter ihm her, den Blick fest auf das Tor gerichtet. Sie hatte keine Ahnung, was sie dahinter erwartete, doch Theryon hatte sie auf Situationen wie diese vorbereitet, und auch Jakob war durch seine Schule gegangen. Wortlos verstanden sie, was er von ihnen erwartete, erreichten seine Höhe, flankierten ihn und preschten mit ihm zusammen auf das Tor zu.

Lautlos erhob Theryon sich in die Luft, lief drei Schritte wie über unsichtbare Bretter, zog die Beine an den Körper und stieß kurz vor dem Tor den rechten Fuß vor. Krachend durchschlug er das Portal mit seinem Körper und verschwand in einer Kaskade aus splitterndem Eis. Mia und Jakob pressten sich rechts und links vom Eingang gegen die Wand. Mia hörte die hektischen Rufe von mindestens fünf Feen, sie spürte die heftige Detonation von Theryons Zauber. Weißer Qualm stob aus dem zerbrochenen Tor auf die Brücke hinaus, die Reste eines Lähmungszaubers. Schnell stieß sie sich von der Wand ab und hechtete neben Jakob über die Wellen aus Rauch, um sich gleich darauf auf dem Boden abzurollen. Sofort war sie wieder auf den Beinen und spürte Jakobs Rücken an ihrem. Eilig legte Jakob einen Wall vor das Tor.

Sie befanden sich in einem gewaltigen Saal, dessen kristalline Kuppel von sieben Säulen aus Eis getragen wurde. Hinter der Kuppel lag der Nachthimmel, und der Tanz der Nordlichter warf seine Farben in den Saal. Riesige Fenster prangten an allen Seiten, und in der Mitte des Raumes erhob sich – gehalten von einem kunstvollen Ring aus glänzendem Silber – der blutrote Kristall. Mia spürte, wie sein pulsierendes Licht über ihre Haut floss, und fühlte die rätselhafte Anziehung, die dieser Stein auf sie ausübte. Im selben Moment schoss ein gleißend heller Blitz auf sie zu. Schnell riss sie einen Spiegelschild vor ihr Gesicht und schleuderte den Zauber zum Angreifer zurück, der überrascht gegen die Wand sprang. Schon sah Mia, wie er einen Schwarzbann in seiner Hand formte, er wollte ihr das Gesicht verbrennen bis auf die Knochen. Sie schickte einen Eiszauber in ihre Faust, doch da sprang Jakob vor sie. Mit einem Schrei stieß er ein magisches Schwert aus weißem Feuer in die Luft und parierte damit den feindlichen Zauber, der in schwarzen Schlingen auf ihn zugerast war. Der Feenkämpfer keuchte verächtlich, aber Jakob sprintete schon auf ihn zu, schwang in wahnsinniger Geschwindigkeit sein Schwert durch die Luft – und zog es dem Angreifer quer durch die Brust. Schaudernd sah Mia, wie der Leib des Fremden auseinanderbrach und schwarzes Blut den Boden besudelte. Doch mehr als das erschreckte sie Jakobs Blick. Kein Kampfeswillen lag darin, kein Mut – nicht einmal Hass. Die Augen ihres Bruders waren vollkommen leer.

Da riss der Schrei Theryons die Luft in Fetzen. Mia fuhr herum, sie sah, wie Theryon sich über die Köpfe von vier Feen erhob, sie mit farbigen Schleiern umwickelte und an der Wand hinauf aufwärtseilte. Kopfüber raste er über die Kuppel, seine Tritte hinterließen weiße Kratzer auf dem Kristall. In der Mitte des Saals löste er sich von der Kuppel und schwebte für einen Augenblick regungslos in der Luft. Dann flüsterte er einen Zauber, ein schwarz flackerndes Schwert erstand in seiner Hand. Ohne zu zögern, holte er aus und stieß die Klinge in die Kuppel. Sofort liefen Risse hindurch, Mia hörte das bedrohliche Knacken wie das Stöhnen eines zugefrorenen Sees – und mit einem gewaltigen Knall sprang die Kuppel entzwei.

Mia duckte sich vor den Splittern, die wie ein funkensprühendes Feuerwerk durch die Luft flogen, und sah, wie Theryon die Nordlichter des Himmels anrief. Geistergleich strömten sie auf ihn zu und rasten in flirrenden Farben in sein hochgestrecktes Schwert. Für einen Moment flammte die Waffe in überirdischem Licht. Dann riss Theryon das Schwert herunter und stob auf die Feen zu, die noch immer von den Schleiern in Schach gehalten wurden. Grelles Licht strömte aus seiner Klinge, verfärbte die Schleier und verwandelte sie ebenso wie die Feen in Gebilde aus Eis.

Schwer atmend landete Theryon neben dem Schicksalsstein. Die Funken der Kuppel fielen in Silberlichtern um ihn nieder, und für einen Moment meinte Mia, seinen Herzschlag zu hören – den ruhigen, stetigen Herzschlag eines Kriegers. Langsam hob er den Blick, und während er sie ansah, zog sich das Eis von seinem Gesicht zurück, und anstelle der Schwärze sah Mia wieder die trostlose Ebene in seinen Augen. Schweigend wandte er den Kopf und betrachtete den roten Kristall.

Mia spürte die Flammen, die im Lia Fáil loderten, sie hörte die Rufe wie aus weiter Ferne, aber sie zwang sich, ihre Lockungen an sich abprallen zu lassen. Schon einmal war sie den Rufen der Feenmagie gefolgt, und sie legte keinen Wert darauf, diese Erfahrung zu wiederholen. Sie warf Jakob einen Blick zu. Ruhig und verschlossen stand er neben ihr, seine Augen zeigten keine Regung.

»Jhor Uthyn«, sagte Theryon leise, beinahe sanft, und strich mit der Hand über den Kristall. Dort, wo seine Finger ihn berührten, bildeten sich silberne Schnüre, die sich langsam wie brechendes Eis ins Innere des Kristalls vorschoben. Gleich darauf flammten winzige Bilder an ihren Enden auf. Mia erkannte die Monolithen von Stonehenge, die Wälder von Brocéliande, einen See in den Highlands von Schottland, und sie begriff, dass es die Feenorte der Welt waren, die in diesem Kristall erschienen. »Der Lia Fáil ist das Zentrum der Feenmacht dieser Welt. Nun kehrt er zu früherer Stärke zurück, und wie in alten Zeiten verbindet er alle Feenorte dieser Welt mit seiner Macht. Sobald sich ihr Zauber vollendet hat, wird die Königin die Macht des Kristalls nutzen, jeden Feenort auf der Welt zu erreichen – und ihre Macht freisetzen. Durch die Risse werden die Feen in die Welt strömen, doch das ist noch nicht alles. Die Grenze wird diesen Angriffen nicht standhalten können – innerhalb kürzester Zeit wird sie unter den Rissen zusammenbrechen. Und sobald das geschehen ist, wird die Königin das Zepter der Menschen zerstören – und damit ist jede Möglichkeit verloren, die Feen jemals wieder in ihre Welt zu verbannen. Denn auf dem Zepter der Gargoyles liegt mein Bann, der eine erneute Errichtung der Grenze mit diesem Artefakt unmöglich macht. Wenn dieser Zauber sich vollendet ... dann hat die Königin gesiegt.«

Angespannt legte Theryon beide Hände an den Kristall, schloss die Augen und murmelte einen Zauber. Gleich darauf veränderte sich die Farbe des Steins, er wurde grau und dann schwarz. Mia erkannte, dass sie im Zeitraffer über das Antlitz der Welt dahinflog. Gewaltige Risse klafften im Firmament, und über blutrotes Licht strömten Feen in die Welt – Tausende und Abertausende von Feen. Sie stürzten sich auf die Länder der Menschen, Mia hörte das Schreien von Sterbenden – und etwas anderes, einen Klang, der ihr kalte Schauer über den Rücken jagte. Atemlos sah sie, wie die Feen Menschenkinder aus den Städten raubten, und die Kinder weinten so markerschütternd, dass Mia zurückwich. Zitternd zog Theryon seine Hände zurück. Er schwankte, als er die Augen öffnete und mit einem Anflug von Entsetzen auf dem Gesicht den Kopf schüttelte.

»Was wird sie mit den Kindern tun? Wird sie sie … töten?«, fragte Mia, aber als Theryon sie ansah, hätte sie die Frage am liebsten zurückgenommen.

Sein Gesicht war regungslos, aber seine Augen lagen dunkel in ihren Höhlen, und schwarze Schatten rasten über die Ebene dahin, die Mia frösteln ließen. »Die Königin verabscheut Menschenkinder schon seit langer Zeit«, erwiderte er tonlos. »Was auch immer sie mit ihnen vorhat – es wird schlimmer sein als der Tod.«

Mia holte tief Atem. »Was können wir tun?«

»Alles Böse hat auch eine gute Seite«, sagte Theryon mit einem schwachen Lächeln, das seine Maske zum Schmelzen brachte. »Und große Macht kann zum einen wie zum anderen verwendet werden. Ich werde die Magie dieser Orte rufen, um mit ihrer Kraft einen Bannzauber um Tara zu legen, mit dem der Riss verschlossen und die Königin mitsamt ihrer Armee hier gefangen gehalten wird – und zwar für eine sehr lange Zeit. Die Magie der Feenorte braucht anschließend eine Weile, um sich zu regenerieren, und so wird der Bann um das Schloss erst von den Feen gebrochen werden können, die nach dem endgültigen Fall der Grenze in diese Welt strömen. Nur sie haben mit vereinten Kräften die Möglichkeit, einen Zauber zu brechen, der mit der Macht aller Feenorte der Menschenwelt errichtet wurde. Aber bis die Grenze fällt, ist die Königin mit ihren Schergen gefangen, und Carven wird genug Zeit haben, um das Schwert zu erlangen und …«

In diesem Moment polterte ein mächtiger Zauber von außen gegen Jakobs Schutzwall vor dem Tor. Mia fuhr zusammen, sie sah die Schemen zahlreicher Feen.

»Schnell!« Theryon zog Mia und Jakob zu einem der Fenster und strich murmelnd mit den Händen über das Glas. Mia riss die Augen auf, als auf der anderen Seite des Fensters ein Gang entstand, glitzernd und durchscheinend, als würde er sich aus winzigen Eispartikeln zusammensetzen.

»Dieser Weg führt in die unteren Stockwerke«, raunte Theryon. »Wir müssen …«

Der Wall vor dem Tor brach funkensprühend zusammen. Mia sah eine Flammenwand auf sich zurasen, binnen eines Sekundenbruchteils wusste sie, dass dieses Feuer sie verbrennen würde wie einen Fetzen Papier. Hilflos hob sie die Hand für einen Schutzzauber, doch da packte Theryon Jakob und sie an den Armen und schleuderte sie mit überraschender Kraft durch das Fenster, das sie für einen Moment wie weicher Nebel umschloss. Gleich darauf fand Mia sich in dem kristallenen Gang wieder. Theryon stand auf der anderen Seite, die Arme weit ausgestreckt. Ein silberner Schutzwall flackerte vor seinem Körper, mit gewaltigem Krachen schlugen die Flammen dagegen, doch noch ehe sie erloschen, raste eine schwarze Feuersichel auf Theryon zu und traf ihn an der Schulter. Er wurde durch die Luft gewirbelt und schlug auf dem Boden auf. Mia konnte sein Gesicht sehen, schemenhaft erkannte sie auch die Feen, die eilig auf ihn zukamen. Theryon hob den Blick und sah sie durch die Wand hindurch an.

»Flieht«, flüsterte er.

Dann fuhr er herum und stob durch die Luft auf die Feen zu. Es waren viele – zu viele, als dass Theryon allein gegen sie bestehen konnte. Mia warf Jakob einen Blick zu, angespannt krallte er die Finger in das Mauerwerk des Fensters. Es war nur eine Frage der Zeit, bis sie in dem gläsernen Gang entdeckt würden. Sie mussten sofort fliehen, das wusste Mia. Und dennoch rührte sie sich nicht. Unverwandt betrachtete sie Theryons Gesicht, das hinter der Maske aus Eis verschwunden war, und schüttelte langsam den Kopf. Theryon war der letzte Feenkrieger der Menschen, er war ihr Lehrer und ihr Freund. Sie würde ihn nicht im Stich lassen.

Der Nebel des Fensters glitt seidenweich über Mias Gesicht, als sie sich in geduckter Haltung zurück in den Raum schob. Sie spürte Jakobs Deckung hinter sich und ließ die Feen nicht aus den Augen, die wie gewaltige Hornissen auf Theryon niederschossen und seinen Schutzschild zum Erzittern brachten.

So schnell sie konnte, rannte sie hinter eine der Säulen. Ihr Herz raste in ihrer Brust, die Zauber der Feen ließen die Luft flackern wie ein Segeltuch, und es fiel ihr schwer, sich auf ihre eigene Magie zu konzentrieren.

Langsam sog sie die Luft ein und sprach den Zauber. Sofort begann die Luft vor ihr zu flimmern, als wäre sie Wasser, auf dessen Oberfläche sich goldene Sonnenstrahlen brachen. Mia fixierte die Funken und beschwor Theryons Stimme in Gedanken. Sie erinnerte sich daran, wie er sie wieder und wieder in diesem Zauber unterrichtet hatte. Jetzt galt es, sein Leben zu retten. Sie würde ihn nicht enttäuschen. Sie sah sein Gesicht vor ihrem inneren Auge auftauchen, ihr Blick glitt über seine Haut, seine Augen, seinen Körper. Für gewöhnlich brauchte sie einen Stift, um Figuren zu malen – doch für einen Zauber wie diesen erfüllten ihre Gedanken denselben Zweck. Wie geschärfte Klingen glitten sie durch Theryons Abbild, bis es ihm aufs Haar glich. Mia hörte die Geräusche des Kampfes nur noch dumpf, auf einmal spürte sie nichts mehr als das flirrende Bild von Theryon, das sich langsam aus ihrem Körper schob und mit der goldenen Luft verschmolz. Regungslos stand Theryons Illusion vor ihr. Es war das eine, die Illusion vom eigenen Körper zu erschaffen – doch das Abbild eines anderen hervorzubringen gelang nur besonders begabten Magiern. Sie hätte gelächelt, wenn nicht plötzlich ein Keuchen durch den Raum gegangen wäre. Sie roch den Duft von schwarzem Feenblut, den sie nur zu gut kannte – Theryon war verwundet worden.

Mit klopfendem Herzen schloss sie die Augen und rief ihn in Gedanken an. Es dauerte einen Augenblick, dann erhielt sie seine Antwort. Vorsichtig lugte sie an der Säule vorbei und sah, wie Theryon gerade in diesem Moment hoch in die Luft sprang, die Hände zusammenschlug und in einer gewaltigen Nebelwolke verschwand. Das war ihr Zeichen.

Sofort sprach sie den Zauber. Die Illusion Theryons trat an ihr vorbei in den Raum und schnippte leicht mit dem Finger. Die Feen fuhren herum, gleißend helle Flammen rasten aus ihren Fäusten auf die Illusion zu. Mia duckte sich unter den Geschossen, die rechts und links in die Säule einschlugen. Ein leichtes Flackern in ihren Gedanken ließ sie aufsehen: Theryon hockte hoch oben auf den Bruchstücken der Kuppel, regungslos und kühl schaute er auf sie herab, doch in den Winkeln seiner Augen glomm ein Lächeln.

Mia!, rief Jakob in ihren Gedanken. *Beeil dich!*

Atemlos stieß Mia sich von der Säule ab und rannte auf den kristallenen Gang zu. Die Illusion folgte ihr, mächtige Zauber schlugen hinter ihren Schritten ein und brannten tiefe Krater in den Boden. Mit einem Schrei stürzte Mia sich in den Gang.

»Lauf!«, rief sie, riss Jakob mit sich und spürte, dass die Illusion ihnen nacheilte. *Kommt schon,* schoss es ihr durch den Kopf. *Folgt uns, und lasst Theryon mit dem roten Kristall allein!* Die Worte brannten hinter ihrer Stirn, während sie den Gang hinabraste. Dann hörte sie die Schritte hinter sich. Die Stimmen der Feen zerrissen die Luft und für einen Moment brach wilder Jubel durch Mias Brust. Gleich darauf wurde sie von einem heftigen Zauber beinahe von den Füßen gerissen. Jakob packte sie am Arm, doch sie sah in seinem Blick, was sie selbst dachte: Sie hatten keine Chance mehr zu entkommen.

Stolpernd erreichten sie das Ende des Ganges und wandten sich nach links. Mia schickte den Illusionszauber in die andere Richtung und hatte nur noch einen Gedanken: fort, nur weit fort von Theryon. Im Zickzack rannten sie durch mehrere Zimmer und wollten gerade durch eine geschlossene Tür brechen, als diese geöffnet wurde und mehrere Feen heraustraten. In letzter Sekunde blieb Mia stehen, ihr Atem setzte aus, als hätte sie einen Schlag vor die Brust bekommen. Die Feen hinter ihnen verlangsamten ihre Schritte, auf einmal schien es, als hätten sie jede Hast verloren. Mia spürte die Macht eines Betäubungszaubers auf sich zurasen. Schnell griff sie nach Jakobs Hand. Theryon war es gelungen, sich bei dem Kristall zu verbergen. Lange konnte es nicht mehr dauern, bis er seinen Zauber beendet hatte, und dann würde er kommen und sie retten. Sie klammerte sich an diesen Gedanken wie eine Ertrinkende an ein faulendes Holzstück. Dann traf sie der Zauber, und sie verlor das Bewusstsein.

Kapitel 39

Unter ihnen zogen die schneebedeckten Gipfel der Dolomiten dahin, sanft beschienen vom Licht der sinkenden Sonne. Grim legte die Arme um seinen Körper. Er fror erbärmlich in seiner Menschengestalt, und außerdem passte es ihm gar nicht, auf Asmaels Rücken sitzen zu müssen und nicht selbst fliegen zu können. Ein seltsames Übelkeitsgefühl befiel ihn, wenn der Hippogryph sich in Schräglage begab, und er sehnte den Augenblick herbei, da Hortensius Asmael das Zeichen zum Landen geben würde. Aber in Wahrheit war diese ungewohnte Art der Fortbewegung nicht die Hauptursache für seine miese Laune – diese hatte nämlich grüne Haare und kompensierte ihren Liebeskummer, indem sie mit tadellosem Besserwisserblick auf andere Leute herabschaute, sodass Grim nur bei dem Gedanken daran bereits schlecht wurde.

Er warf Remis einen Blick zu, der schweigend auf Carvens Schulter saß. Der Kobold hatte eine Ewigkeit gebraucht, um seine Finger von der halben Erdnuss zu lösen, die Rosalie ihm geschenkt hatte, und war anschließend in tiefes Schweigen versunken. Doch hin und wieder schaute er zu Grim herüber, und er tat es mit einem Ausdruck im Gesicht, der eines ganz klar machte: Diese Luxusreise in die Berge würde noch nicht der Tiefpunkt des Tages für Grim sein. Denn in den unergründlichen Weiten des Koboldhirns gingen Dinge vor, die nicht zu Grims Gunsten ausfielen, und wenn Grim eines genau wusste, dann war es dies: Niemals würde Remis darauf verzichten, ihm seine Gedanken um die Ohren zu schlagen, wenn er sie erst einmal durchdrungen hatte – ob er sie nun hören wollte oder nicht. Meist kleidete Remis seine wirren Überlegungen in überaus nervige Fragen, und so klein seine Finger auch waren: Sie eigneten sich hervorragend dafür, in geheime Wunden gelegt zu werden.

Gerade in diesem Moment wandte der Kobold auch schon den Blick und sah Grim an. *Zwei Fragen*, sagte Remis auf Grhonisch, ohne seine prüfende Miene fallen zu lassen. *Die erste stellst du dir selbst, das weiß ich: Welche Antwort hätte der Junge Alvarhas gegeben, wenn du nicht auf die Lichtung gesprungen wärst? Und die zweite, viel wichtigere: Warum hast du das getan?*

Grim seufzte. Er hatte es gewusst. Nervige Fragen aus den ewigen Weiten eines Koboldhirns, die erste. Sein Blick verfinsterte sich, als er an die Szene auf der Lichtung zurückdachte. *Du hast ihn getötet, und du hast es genossen.* Alvarhas hatte versucht, Carven in die Seele zu schauen – doch war es ihm gelungen? Grim hatte den betrunkenen Kerl gesehen, er hatte gefühlt, was der Junge gefühlt hatte. Eines stand fest: Wenn er an Carvens Stelle gewesen wäre, hätte er seinen Stiefvater vermutlich nicht auf so schmerzfreie Weise von seinem jämmerlichen Leben befreit. Er stieß die Luft aus. Doch um ihn ging es nicht. Er war ein Schattenflügler, ein Anderwesen, er wusste, was richtig war und was nicht. Aber wusste der Junge es auch? War ihm klar, auf welcher Seite er stehen musste, wenn er über eine Macht wie Kirgans Schwert gebot? Oder würde er Schwäche zeigen und den falschen Weg gehen – wie Aldrir vor so langer Zeit? Ein Schauer lief über Grims Rücken, als er an das Gesicht der Schneekönigin dachte, das im Blick des Albs aufgeglommen war, und er hörte noch einmal Alvarhas' Stimme: *Menschen von deinem Schlag werden willkommen sein im Land des Frosts.*

Er spürte Remis' Blick, er wusste, dass der Kobold mit eindringlicher Miene auf eine Antwort wartete. *Das weißt du genau*, erwiderte

Grim in Gedanken. *Der Junge ist ein Kind, und darüber hinaus haben wir schon einmal erlebt, dass er dunklen Gefühlen gefolgt ist.*

Remis verschränkte die Arme vor der Brust und nickte mit an Überheblichkeit kaum zu überbietendem Blick vor sich hin. *Ich wusste es*, stellte er fest. *Mia hatte recht – mit allem, was sie gesagt hat. Du willst wirklich kein bisschen an den Jungen glauben. Aber meinst du nicht, dass es langsam mal Zeit wird, die verflixten Zweifel zu vergessen und an das zu glauben, was du jedem predigst, der es nicht hören will: dass es die Hoffnung ist, die Helden hervorbringt?*

Grim schnaubte durch die Nase. *Ich habe es Mia gesagt, und ich sage es auch dir: Die Hoffnung allein wird aus dem mickrigen Kind, auf dessen Schulter du sitzt, keinen Krieger machen – und nichts anderes brauchen wir!*

Remis sah ihn mit trotzigem Ernst an, und für einen Moment glaubte Grim, dass der Kobold sich nach seinem vorangegangenen geistigen Erguss in einem argumentativen Monolog verstricken würde. Doch er sah als Kommentar nichts als zwei hochgezogene Koboldbrauen. Gleich darauf ging eine schattenhafte Traurigkeit durch Remis' Blick, die ihn wie immer aussehen ließ wie ein getretener Hund, der mit allem Mitgefühl der Welt auf ein Wesen schaute, das noch bemitleidenswerter war als er selbst. *Bist du wirklich so blind geworden?*, hörte Grim Remis' Stimme in seinem Kopf und konnte es nicht verhindern, dass sich seine Kehle zusammenzog. *Weißt du wirklich nicht, welche Stärke in Carven wohnt? Hast du die Nächte vor den Fenstern der Neugeborenen vergessen, die Abende bei den Spielplätzen der Kinder? Was war es, das sie dir so wertvoll machte, dass du jederzeit dein Leben für sie riskiert hättest – und es bis heute noch immer tust? Was war es, das dich in ihre Nähe gezogen hat? Vielleicht etwas, das du in dir selbst trägst? Etwas von großer Macht? Etwas, das fähig ist, jemanden durch die Wasser der Hölle zu führen, und das du nun von dir weist, weil du den Abgrund in deinem Inneren nicht mehr erträgst?*

Grim schauderte, als er die Wellen des Meeres Bythorsuls auf seiner Haut fühlte wie eine lähmende Erinnerung, und für einen

Moment schien es ihm, als hielte er die Hand eines Menschenkindes in der seinen: flüchtig und zart wie ein Blütenblatt. Langsam stieß er die Luft aus.

»Vielleicht könntest du aufhören, mir bei deinen inneren Selbstgesprächen andauernd in den Nacken zu schnauben«, giftete Hortensius mit einem Blick über die Schulter und unterbrach abrupt den Gedankendialog zwischen Grim und Remis. Dann beugte er sich vor und flüsterte dem Hippogryphen etwas ins Ohr. Sofort legte Asmael die Schwingen an, zog die Beine an den Körper und raste kopfüber auf die Erde zu. Grim krallte sich in sein Fell, er musste all seine Kraft aufwenden, um nicht zu schreien. Das erledigte Remis für ihn, der senkrecht zum Horizont an Carvens Schulter hing und so laut brüllte, dass seine Zunge ein zitternder rosa Lappen im Wind wurde.

Schwingenrauschend setzte Asmael auf einem Felsplateau auf. Vor ihnen erhoben sich riesige Bergzinnen, doch von einem Rosengarten im Sinne Laurins war nichts zu sehen. Grim sprang von Asmaels Rücken und streckte sich, dass seine Knochen knackten. Carven zog die Arme um den Körper, er schlotterte vor Kälte und sah seltsam verloren aus inmitten der gewaltigen Berge.

»So schlimm war mein Schnauben nun auch wieder nicht«, grollte Grim und warf Hortensius einen düsteren Blick zu. »Wollen wir hier ein Picknick veranstalten oder warum rasten wir in dieser verlassenen Gegend?«

Der Zwerg schüttelte missbilligend den Kopf. »Schlimmm genug, dass ihr Langen ständig keine Ahnung von den wichtigen Dingen des Lebens habt. Aber ihr versteht euch ja noch nicht einmal darauf, euer Unwissen zu verbergen!« Er wischte mit der Hand den Schnee von einem kleinen Felsen und ließ sich darauf nieder.

Nur mit Mühe gelang es Grim, ruhig zu bleiben. »Falls es dir entgangen ist: Uns sitzt die Zeit im Nacken. Wir müssen das Schwert Kirgans erlangen, um die verfluchte Königin aufzuhalten, dafür müssen wir den Rosengarten finden und …«

Hortensius fuhr abfällig mit der Hand durch die Luft. »Ja, ja«, erwiderte er. »Das werden wir auch, du wirst schon sehen. Wie sage ich immer zu meinem Lehrling: Sieh und staune, um zu lernen.«

Grim ballte die Hände zu Fäusten. Am liebsten hätte er diesem aufmüpfigen Zwerg jedes Barthaar einzeln ausgerissen, so sehr ging Hortensius ihm auf die Nerven. Noch nicht einmal *ansehen* konnte ihn der Kerl, wenn er mit ihm sprach! Unverwandt schaute er an Grim vorbei und betrachtete die Berggipfel, die langsam vom goldenen Licht der untergehenden Sonne veredelt wurden. »Zum Teufel, sind wir hier, um uns den Sonnenuntergang anzusehen?«, grollte er düster.

Hortensius lächelte. »Ihr erinnert euch sicher, was ich euch über Laurin erzählte. Er belegte seinen Rosengarten mit einem Fluch, sodass ihn weder bei Tag noch bei Nacht jemand erblicken konnte. Doch der König hat die Dämmerung vergessen, und so kommt es, dass der Rosengarten bei Sonnenauf- und Sonnenuntergang blüht.«

Auf einmal wurde das Licht auf den Bergen feuerrot – es sah aus, als würden die Felsen in Flammen stehen. Lautlos lösten sich glimmende Funken von den Steinen, fielen leise zischend in den Schnee und bildeten winzige Knospen, die in rascher Geschwindigkeit zu Rosenranken heranwuchsen. Staunend beobachtete Grim, wie wenige Schritte von ihm entfernt ein goldener Zaun mit verschlossenem Portal aus dem Boden wuchs, hinter dem sich ein wilder Rosengarten entwickelte. Weiße, gelbe und vor allem rote Blüten entsprangen an Büschen, Stauden und Bögen und wurden sogar zu prachtvollen Bäumen, deren Stämme von mehreren Ranken gebildet wurden. Winzige Flammen liefen über die einzelnen Blütenblätter hin.

Remis schwirrte mit verzücktem Gesichtsausdruck näher an den Garten heran – und wurde sofort von einem kräftigen Fauchen aus dem Zaun vertrieben. Grim sah gerade noch die Katze, die sich blitzschnell aus dem Gold des Portals gebildet und nach dem

Kobold ausgeschlagen hatte, ehe sie wieder mit dem Metall verschmolz. Schnell schwirrte Remis zurück auf Carvens Schulter, während Asmael nervös die Luft einsog.

»Ja«, sagte Hortensius und strich dem Hippogryphen über den Hals. »Dieser Garten ist nichts für Geschöpfe der Luft.«

Asmael stieß einen Laut der Zustimmung aus, und Grim sah deutlich das sehnsüchtige Flackern in Remis' Augen, als der Hippogryph sich auf dem Felsplateau niederlegte: Vermutlich hätte der Kobold einiges dafür gegeben, mit Asmael tauschen und vor den Toren des Gartens auf ihre Rückkehr warten zu können. Carven jedoch ließ sich von der Katze nicht beeindrucken. Er trat bis dicht vor das Portal und lächelte.

»Der Garten ist wunderschön«, sagte er und wandte sich zu Hortensius und Grim um. »Findet ihr nicht?«

Grim hätte nicht sagen können, wen von ihnen beiden diese Frage in größere Verlegenheit brachte. Rosen waren schön, natürlich, das fand er auch – aber unter Kriegern war es doch noch immer eher unüblich, sich über florale Themen zu unterhalten. »Sicher«, erwiderte er souverän und warf Hortensius einen spöttischen Blick zu. »Vor allem, weil dein Meister uns offenbar tatsächlich ans Ziel geführt hat.«

Er ignorierte das wütende Schnauben des Zwergs, schob Carven beiseite und ging auf das Tor zu. Vorsichtig näherte er sich dem Metall mit der Hand – und spürte uralte mächtige Magie. Seufzend warf er einen Blick über die Schulter und stellte fest, dass Hortensius nur darauf gewartet hatte, dass er seine Hilfe brauchen würde.

Mit verächtlichem Lächeln trat der Zwerg vor, murmelte einen Zauber und strich in rascher Geste über das Tor, das sich mit einem Klicken öffnete. »Nicht jeder beherrscht eben zwergische Magie, nicht wahr?«, fragte er und hielt Grim zurück, als dieser eintreten wollte. »Ihr kennt nur Legenden über diesen Ort«, sagte der Zwerg warnend. »Aber es steckt mehr dahinter – viel mehr. Wenn euch euer Leben lieb ist, verhaltet ihr euch still und überlasst mir alles Weitere.«

Kaum hatten sie den Garten betreten, schloss sich das Tor hinter ihnen mit unheilschwangerem Klicken. Grim seufzte leise. Für gewöhnlich war das kein gutes Zeichen. Schon hörte er ein Rascheln zwischen den Blättern, dicht gefolgt von einem heiseren Pfiff. Im letzten Moment wich er dem Hieb einer durch die Luft peitschenden Rosenranke aus und überzog die Gruppe eilig mit einem Schutzzauber. »So viel zu zwergischer Magie«, raunte er, während sie sich langsam vorwagten.

Kleine Steine knirschten unter ihren Füßen, ein Wispern lag in der Luft wie aus tausend unsichtbaren Kehlen. Grim sammelte einen Flammenzauber in seiner Hand. Sollte es noch einmal eine dieser verfluchten Ranken wagen, ihm zu nahe zu kommen, würde er sie zu Asche verbrennen, so viel stand fest.

In diesem Moment ging die Sonne unter. Grim sah, wie sich die Blüten der Rosen in die Farben der Nacht verwandelten – und wie langsam aus den Hecken und Stauden Gestalten heraustraten. Rosenranken überzogen ihre menschenähnlichen Körper, ihre Gesichter wurden von goldenen Helmen verdeckt, und in ihren Händen hielten sie schwarze Schwerter, die den letzten Schein der Sonne in sich sammelten und aufflammten.

Lautlos nahm Grim Gargoylegestalt an und räusperte sich, doch da trat Hortensius vor. »Mein Name ist Hortensius Palmadus Fahlon«, sagte er laut und baute sich vor den Kriegern auf. »Sohn des Vintius, Mitglied der Gilde der Buchbinder, Inhaber der Goldenen Lettern in der sechzehnten Generation und Ritter der Sterne.«

Aufmerksam beobachtete Grim, ob die Krieger sich von diesem Wust an Titeln beeindrucken ließen, doch offensichtlich war das nicht der Fall. Unaufhaltsam näherten sie sich der Gruppe. Grim hörte sie hinter sich, sie kamen von allen Seiten.

»Wir sind nicht in böser Absicht gekommen«, fuhr Hortensius

fort. »Ich begehre Einlass in das Reich hinter den Felsen. Lasst mich und meine Begleiter passieren! Wir suchten den Rosengarten König Laurins und …«

Grim warf ihm einen erstaunten Blick zu. Reich hinter den Felsen? Wovon zum Teufel redete der Zwerg da? Doch er kam nicht dazu, seinem Gedanken nachzugehen, denn plötzlich raunte eine Stimme direkt neben ihm: »Und jetzt …«

Grim fuhr herum und schaute in das flammende Antlitz eines gewaltigen Rosenpferdes. Leise schnaubte es durch die Nüstern und bleckte messerscharfe Zähne.

»Jetzt habt ihr ihn gefunden.«

Hortensius schaute das Pferd an, für einen Moment flatterte sein rechtes Augenlid in zitternder Nervosität. Dann drückte der Zwerg die Schultern nach hinten und reckte energisch den Kopf. Doch ehe er etwas sagen konnte, schob das Pferd den Kopf vor. »Du kennst die Gesetze«, grollte es aus tiefer Kehle. »Kein Fremder betritt das Reich hinter den Felsen – es sei denn, er wird dazu aufgefordert. Deine Begleiter sind hier nicht erwünscht. Du hast sie hierher gebracht und damit alles gefährdet, was den Pakt begründet hat. Du bist kein … Freund.«

Da bäumte das Pferd sich auf und schleuderte die Vorderbeine durch die Luft. Grim wurde von einem Huf gegen die Brust getroffen, in hohem Bogen flog er in einen Dornenbusch und zerkratzte sich die steinerne Haut. Sofort kam er auf die Beine, doch noch ehe er auch nur einen Zauber hätte wirken können, schlangen drei Rosenkrieger ihre Arme um seinen Körper. Die Dornen auf ihrer Haut drangen in sein Fleisch ein, er fühlte die Widerhaken, die sich in seine Adern drückten, und brüllte vor Schmerz. Mit aller Kraft entfachte er seine Magie. In einer goldenen Welle aus Licht schoss sie aus jeder Pore seines Körpers und schleuderte die Krieger zurück.

Keuchend fuhr Grim herum, Hortensius raste wie ein Berserker mit dem Streitkolben auf das Pferd zu, das in tödlicher Geschwindigkeit nach ihm austrat, und Carven rannte so schnell er konnte vor zwei Rosenkriegern davon. Schon schleuderten sie dürre Ranken, erfassten seine Beine und rissen ihn zurück. Grim warf ihnen einen Flammenzauber entgegen, für einen Moment wurden sie in gleißendes Licht gehüllt. Doch dann sprangen sie daraus hervor, die Blätter und Blüten waren rußschwarz geworden, aber aus ihren Händen schossen spitze Dornenklauen. Sie ließen sich auf alle viere fallen und sprangen mit keuchendem Brüllen auf Grim zu. Gleich darauf traf ihn ein gewaltiger Hieb im Rücken.

Er hörte das Wiehern des Pferdes wie aus weiter Ferne. Es schien ihm, als wäre durch diesen Tritt jeder Knochen seines Leibes auf der Stelle zu Staub geworden. Betäubt fiel er zu Boden und spürte, wie sich Rosenranken um seinen Körper wanden, tödlich wie Schlangenleiber. Ihre Dornen schickten lähmendes Gift in seine Glieder, sie umschlossen seine Magie, als wäre diese nichts als ein schwach flackerndes Flämmchen.

Grim stöhnte. Wie durch Schleier sah er Hortensius am Boden liegen. Der Gaul über ihnen wieherte erneut, es war ein Geräusch, das Grim schaudern ließ. Selbst Remis hing von zwei dornigen Blättern umschlossen an einer Staude, und Grim fühlte bereits die Klauen der Ohnmacht, die sich über seine Sinne legten, als plötzlich etwas durch die Luft auf sie zuflog. Es war ein Stein, leuchtend grüne Flammen umloderten ihn in magischer Kraft. Polternd schlug er dem Pferd gegen die Seite. Grim wandte den Blick – und sah Carven.

Der Junge stand in einiger Entfernung, hielt noch einen Stein zum Wurf in der Hand und atmete wie nach einem langen Lauf. Da wandte das Pferd den Kopf. Aus gierigen Augen stierte es Carven entgegen.

»Kinderfleisch«, kroch es aus der Kehle des Untieres. Im nächsten Moment sprang es auf den Jungen zu.

Grim brüllte, doch Carven bewegte sich nicht von der Stelle. Regungslos stand er da, und Grim sah Bilder durch seinen Blick flackern, sah, wie der Junge von dem Pferd zermalmt wurde, ehe es geschah, sah auch die Furcht, die als grässliche Fratze durch Carvens Gedanken eilte und sie lähmte, und er hörte seine eigenen Worte – tausendfach gebrochen schnitten sie Carven ins Hirn. *Du bist kein Krieger, sondern ein Junge, der beschützt werden muss.*

Kaum war das letzte Wort in Grims Gedanken verklungen, riss Carven den Kopf hoch und schaute ihn an. Das Pferd war nur noch wenige Schritte von ihm entfernt, und für einen Moment flammten die Augen des Jungen in schwärzester Nacht. *Nein*, schoss es Grim durch den Kopf. *Dieses Kind ist mehr als das.*

Er wusste nicht, ob diese Erkenntnis ihn besorgt oder froh werden lassen sollte, aber dann schrie Carven aus Leibeskräften und schleuderte den Stein auf das Pferd.

Dort, wo die Faust des Jungen den Stein umfasst hatte, verwandelte dieser sich in Gold. Grelles Licht brach aus seinem Inneren, und dann, mit einem ohrenbetäubenden Dröhnen, schlug er im Kopf des Pferdes ein. Einen Augenblick lang blieb das Untier reglos stehen. Benommen starrte Grim auf das pechschwarze Loch, das der Stein ihm geschlagen hatte, und sah, wie sich die Augen des Pferdes nach oben verdrehten. Dann brach das Licht des Steins durch seinen Körper, die Rosenranken wichen auseinander. Wie in einem plötzlichen Windstoß stoben die Blätter davon und ließen nichts zurück als wirbelnde Asche.

Grim hörte Carvens eilige Schritte auf dem Weg. Schnell legte der Junge seine Hände auf die Rosenranken, die Grim gefangen hielten. Die Dornen stachen Carven ins Fleisch, aber dort, wo sein Blut den Ast berührte, wurde dieser golden. Und als hätte Carven einen Zauber gesprochen, wichen die Ranken vor Grim zurück.

Hortensius kam auf die Beine, auch Remis wurde befreit und schaute staunend auf den Rosengarten, der sich langsam – ausgehend von der Ranke, die Carven berührt hatte – in pures Gold verwandelte. Leise raschelnd zogen sich die Pflanzen zurück und gaben einen breiten Weg frei, an dessen Ende sich ein schimmerndes schwarzes Portal im Stein des Berges befand. Ein Windhauch zog durch die Blätter, als Carven den ersten Schritt darauf zutrat, und Grim hörte sie deutlich, die Stimmen der Rosen, die den Jungen begrüßten. *Willkommen,* raunten sie in rätselhaftem Flüstern. *Willkommen im Rosengarten, Krieger des Lichts.*

»So«, sagte Hortensius mit einem erleichterten Seufzen. »Das hätten wir geschafft. Es war …«

Da packte Grim den Zwerg am Kragen und zog ihn so dicht vor sein Gesicht, dass er die Verästelungen in dessen Iris erkennen konnte. »Du hast unser aller Leben riskiert«, grollte er dunkel. »Was zur Hölle noch eins hat es mit diesem Garten auf sich? Du sagtest, dass er zum geheimsten Ort der Zwergenwelt führt – was bedeutet das? Was ist das für ein Portal? Und, zum Teufel, was ist das Reich hinter den Felsen?«

Hortensius schlug ihm so heftig gegen die Brust, dass Grim ihn fallen ließ wie einen Felsklumpen. »Ich hätte euch nichts verraten dürfen«, sagte der Zwerg mit einem Anflug von Empörung in den Augen. »Aber jetzt …« Er hielt kurz inne und schien nachzudenken. »Der Rosengarten ist mehr als eine Legende.«

Grim stieß die Luft aus. »Was du nicht sagst! Und ich dachte, die Dornen und der Kampf gerade waren nur ein Traum.«

Der Zwerg schüttelte den Kopf, als hätte er Grims Worte gar nicht gehört. »Ich erzählte euch, dass Laurin den Garten verfluchte, ehe er in die Hände der Menschen geriet – doch das stimmt nur zum Teil. Denn Laurin befreite sich von seinen Häschern und kehrte hierher zurück, um das Volk der Zwerge als König anzuführen. Niemals wieder begegnete er oder einer seiner Nachfahren seither einem Sterblichen, es sei denn, er wollte es so, und auch die Anderwelt hat ihn selten zu Gesicht bekommen. In diesem Punkt ist er

Larvyn nicht unähnlich, wenngleich sich die unzähligen Stämme der Elfen selbst verwalten und selten der Einmischung ihres Königs bedürfen. Der König der Zwerge hingegen schickt stets einen seiner Fürsten oder Barone als Vertretung, wenn seine Anwesenheit erforderlich wird, denn er hasst es, seinen Berg zu verlassen – oder seine Hauptstadt, die fremde Wesen nur mit verbundenen Augen jemals betreten durften.« Hortensius fuhr sich über den Bart, langsam und wie in Gedanken. »Unser Weg führt uns nach Svartalfrheim«, raunte er leise. »In das geheime Reich der Zwerge.«

Kapitel 40

Mia erwachte von einem stechenden Schmerz in ihrem Nacken. Stöhnend richtete sie sich auf und stellte fest, dass sie sich in einem der Verliese befand, die sie bereits bei ihrem Eindringen in das Schloss gesehen hatte. Jakob hockte neben ihr auf dem Boden, das schwache Licht einer weit entfernten Fackel erhellte sein Gesicht nur schwach.

»Jakob«, flüsterte sie und richtete sich auf. »Geht es dir gut?«

Er wandte sich ihr zu, sie konnte sehen, dass er lächelte. »Wie sollte es anders sein?«, erwiderte er sanft. »Du hast mich doch gerettet, oder etwa nicht?«

Sie erwiderte sein Lächeln, aber die Traurigkeit in seiner Stimme schnürte ihr die Kehle zu. »Habe ich das?«, fragte sie leise.

»Wenn man ein Nichts retten kann«, sagte er. »Denn das bin ich geworden, nicht lebendig, nicht tot. Täte ich einen Schritt in die Zwischenwelt, würde sie mich verschlingen, weil ich bin, was sie ist: ein graues, schattenhaftes Nichts aus Leere und Verzweiflung.« Er holte tief Atem. »Sie haben uns hier gefangen genommen. Sie werden uns töten. Und vorher wird Nahyd … Er wird …« Jakob stockte.

Mia sah ihn an, seine Worte schickten Schauer aus Eis über ihre Haut. »Woher kennst du den Totensänger? Was ist dir passiert in der Welt der Feen, dass du so … anders geworden bist?«

Sie konnte Jakobs Augen nicht sehen, die Schatten des Kerkers hüllten sie in Dunkelheit. Vorsichtig strich er ihr übers Haar, wie früher, als sie noch klein gewesen war.

»Ich hoffe, dass du das nie erfahren wirst«, sagte er.

Gerade wollte sie etwas erwidern, als Schritte über den Gang hallten. Schnell zogen sie sich ins hintere Ende des Verlieses zurück, und Mia schickte einen Flammenzauber in ihre Faust für den Fall, dass sich die Gelegenheit eines Angriffs bot. Zwei Feen erschienen vor dem Verlies, musterten Mia und Jakob kurz und schickten mit einer winzigen Handbewegung einen Bannzauber auf deren Stirnen, dass Mia keuchend in die Knie ging. Wie dumpfe Hammerschläge rasten die Impulse der Feenmagie durch ihren Schädel. Beinahe auf der Stelle waren ihre Sinne betäubt, und sie spürte kaum, wie sie an den Armen gepackt und mitgerissen wurde. Dumpf hörte sie, wie auch Jakob von den Feen mitgezogen wurde, hilflos wollte sie sich zu ihm umdrehen, aber ihr Körper gehorchte ihr nicht. Sie spürte die Nebel des Banns wie würgende Schlangen um ihre Kehle und musste sich mit aller Kraft zwingen, nicht das Bewusstsein zu verlieren. Sie musste wach bleiben, sie durfte nicht die Gelegenheit versäumen, Theryon zu helfen, wenn er käme, um sie zu befreien.

Unter ihr rasten die Maserungen des Bodens dahin. Immer wieder schwanden ihr für Augenblicke die Sinne. Dann drang Musik in ihre Ohren, betörende, lockende Musik, deren Klänge sie in einen tranceähnlichen Zustand lullten. Mit jedem Schritt, den die Feen mit ihr taten, kamen sie der Quelle dieser Töne näher. Bald erkannte Mia Scherben auf dem Boden, winzige Splitter, und als sie den Kopf hob, sah sie, dass sie direkt auf ein großes Tor aus Eis zuhielten – ein Tor, das zerbrochen war. Schwach pulsierte ein blutroter Schein über den Boden. Mia stockte der Atem. Der rote Kristall.

Die Musik drang nun klar und laut zu ihr, durchmischt mit dem Raunen vieler Stimmen. Mia spürte das Feuer von Kerzen auf ihrem Gesicht, als die Feen sie in den Raum zogen. Noch immer war die Kuppel zerbrochen, doch der Nachthimmel war wolkenfrei, und seine Sterne ließen ihr Licht weich wie flüssiges Silber auf den funkelnden Kristall sinken. Eine gewaltige Sanduhr stand vor den Fenstern, glutroter Sand rieselte in ihr hinab. Feen in festlichen Gewändern saßen an den reich gedeckten Tischen, die den Raum durchzogen, und dort, auf einem Podest inmitten ihrer Gäste, thronte die Schneekönigin auf einem Herrschersitz aus purem Eis. Neben ihr waren zwei Dornenpfähle aufgestellt worden, doch ehe Mia deren Sinn verstanden hatte, bemerkte sie die Gruppe farbenfroh gekleideter Musiker, die diese wundersamen Töne in den Raum sandten, und die Klänge zogen mit aller Macht an ihrem Bewusstsein. Es wäre so leicht gewesen, sich ihnen hinzugeben und mit ihnen in die fremden Träume des Feenvolkes abzutauchen …

Angestrengt riss sie die Augen auf. Die Blicke der Feen hingen an ihr, als die Krieger sie auf das Podest zuschoben. Reglos wie eine Figur aus Eis schaute die Schneekönigin ihnen mit kaltem Lächeln entgegen. Mia zwang sich, ihren Blick zu erwidern, während sie an einen der Pfähle gefesselt wurde. Die Dornen schoben sich durch ihre Kleidung und in ihr Fleisch, aber sie biss die Zähne aufeinander, um der Königin keinen Augenblick des Triumphs zu gönnen. Für einen Moment verstärkte diese ihr Lächeln, als wollte sie Mia sagen, wie erbärmlich ein Mensch wie sie war. Dann wandte sie sich abrupt ab und erhob sich.

»Meine Freunde«, rief sie und brachte das leise Gemurmel ihrer Gäste zum Verklingen. Nur die Musik spielte weiter, leise und gedämpft. »Dies ist ein besonderer Abend – eine besondere Nacht. Denn heute werden wir den nächsten Schritt tun, um diese Welt wieder zu der unsrigen zu machen: zu einer Welt der Feen, in der die Menschen keinen Platz mehr haben. Sobald diese Sanduhr ihr letztes Korn fallen lässt, werde ich die Mächte der Feenorte rufen, die überall auf der Welt darauf warten, meinem Ruf zu gehorchen. Dann werden wir die Grenze zerbrechen und unsere Brüder und

Schwestern zu uns holen, auf dass sie uns beistehen in dem Krieg, der uns erwartet!«

Der Applaus traf Mia wie ein Fausthieb in die Magengegend. Hilflos warf sie einen Blick auf die Uhr. Es war nicht mehr viel Sand übrig. Angespannt biss sie sich auf die Lippe. *Theryon*, flüsterte sie in Gedanken. *Beeil dich.*

»Um uns die Wartezeit zu verkürzen, begrüße ich nun einen besonderen Gast«, fuhr die Königin fort. »Nahyd, Sohn des Balor, Totensänger und – mein Höchster Krieger!«

Die Musik setzte zu einem Triumphzug an, die Feen erhoben sich ehrfürchtig, und durch den Gang schritt Nahyd, den Kopf leicht geneigt und den Mund zu einem grausamen Lächeln verzogen. Er fixierte Mia und Jakob mit seinem Blick und gab sich keine Mühe, seine Überraschung zu verbergen. Mit seltsamer Faszination schaute er zwischen ihnen hin und her. Er begrüßte die Königin formvollendet, die sich anschließend auf ihrem Thron niederließ.

»Ich danke euch allen«, sagte Nahyd und bedeutete den Feen, wieder Platz zu nehmen. »Lange ist es her, dass ich auf Festlichkeiten dieser Art als Gast geladen war, noch dazu in dieser Welt, und ich bin froh und dankbar, in dieser Nacht bei euch zu sein. Ich hatte schon immer eine Schwäche für drei Dinge: betörende Musik, hervorragende Gesellschaft und …«, er warf einen Blick auf Mia und Jakob, »gutes Essen.« Leises Lachen erklang aus den Reihen. Mia schauderte, als sie die kalten Blicke der Feen auf ihrer Haut fühlte, die sie betrachteten wie ein wertloses Stück Fleisch. »Hier ist alles in ausgezeichneter Qualität zu finden«, fuhr Nahyd fort. »Und ich muss es wissen. Erinnert euch an die Gelage von Babylon, die Zechen Konstantinopels oder die Feste in den Tundren der östlichen Welt. Immer gingen derartige Feiern Schlachten voraus, Kriegen, die die Welt veränderten, und immer hatten die Totensänger erheblichen Anteil an Sieg oder Niederlage der Anderwelt. Ist es nicht so?«

Mia sah die Feen nicken, doch zum ersten Mal erkannte sie neben der Achtung und Demut noch etwas anderes in ihren Blicken – etwas wie Furcht. Doch Nahyd schien sich nicht daran zu stören. Gerade breitete er die Arme aus, um mit seiner Rede fortzufahren, als eine Gestalt im Rahmen des gesprungenen Tores erschien, umringt von sieben Feen. Sämtliche Köpfe fuhren herum, und Mia stieß einen Schrei aus, als sie Theryon erkannte. Mit mehreren Bannzaubern gefesselt, hing er hilflos in den Armen der Feen, die ihn mitleidslos hinauf aufs Podest zogen. Die Schneekönigin erhob sich, ein Flackern ging durch ihre Augen, als sie Nahyd mit einer Geste beiseiteschob und auf Theryon zutrat.

Schweigend hob sie sein Kinn und schaute ihm in die Augen. Mia hielt vor Verblüffung den Atem an. Theryons Gesicht lag unter seiner Maske verborgen, und auf den ersten Blick gab es kaum einen Unterschied zwischen ihm und der Königin. Doch dann flammte es in seinen Augen auf, das Eis schmolz von seinen Zügen, und darunter lag ein Lächeln, das nichts war als Hohn und Verachtung. Die Königin erwiderte seinen Blick regungslos. Dann nickte sie, als hätte sie gerade eine Antwort auf eine vor unendlich langer Zeit gestellte Frage bekommen.

»Bindet ihn neben seinesgleichen«, sagte sie kalt. »Er soll sehen, was geschehen wird.«

Während Theryon neben Jakob an den Pfahl gefesselt wurde, trat Nahyd erneut an den Rand des Podestes. »Ich bin einer der Letzten meiner Art«, fuhr er fort, als hätte die Unterbrechung gar nicht stattgefunden. »Und ich bin gern bereit, euch in dieser Schlacht anzuführen. Ihr schärft eure Waffen, ehe ihr in den Krieg zieht – ich öle meine Stimme mit dem Blut derer, die ich töten werde mit meinem Gesang. Für gewöhnlich vollziehe ich dieses Ritual allein, doch heute sollt ihr meine Zeugen sein: als Zeichen einer neuen Ära dieser Welt!«

Der Applaus war verhalten, als Nahyd auf Mia zutrat. Er faltete die

Hände auf eine insektenhafte Art, die Mia an die Fangbeine einer Gottesanbeterin denken ließ, und lachte heiter wie ein ausgelassenes Kind. Dann schob er den Kopf vor, blitzschnell und witternd, und sog dicht neben ihrem Hals die Luft ein. »Gut«, raunte er mit widerlich sanfter Stimme. »Dein Blut ist noch süßer als das deines Bruders. Ein Jammer, dass nicht du es warst, die ich in der Welt der Feen gefunden habe. Ich bin sicher, wir hätten eine Menge Spaß miteinander gehabt.« Er streckte die Hand aus, um Mias Wange zu berühren, doch da stieß Jakob einen Laut aus, der ihn innehalten ließ. Mia sah zu ihrem Bruder hinüber. Er starrte Nahyd an wie ein wildes Tier.

Nahyd stand regungslos, doch nur für einen Augenblick. Gleich darauf riss er das Maul auf. Entsetzt sah Mia, wie sich mehrere Reihen spitzer Zähne aus seinem Kiefer schoben und eine lange, grüne Zunge mit schnalzendem Geräusch aus seinem Rachen schoss. Blitzschnell wickelte sie sich um Jakobs Hals und riss ihn ungeachtet seiner Fesseln zu Nahyd heran, der mit einem Gurgeln seine Zähne in Jakobs Fleisch grub. Mia schrie auf, doch schon legte sich ein neuer Bannzauber auf ihre Stirn, der ihre Sinne wie mit einem grauen Nebeltuch bedeckte. Ihr Schrei erstickte in ihrer Kehle, aber sie wandte sich nicht ab. Mit aufgerissenen Augen starrte sie Jakob an, der mit wild flatternden Lidern in Nahyds Maul hing, und hörte das gierige Schmatzen, während Nahyd sein Blut trank. Zuerst hielt dieser die Augen geschlossen, doch dann öffnete er sie, fixierte Mia mit blutdurchweichter Iris, riss den Kopf zurück und lächelte, während Fleischfasern an seinen Lippen haften blieben.

Im selben Moment erklang ein Ton, der so hell und klar war, dass er Mia im Innersten erschütterte. Instinktiv blickte sie hinüber zur Sanduhr und sah, wie das letzte Korn niederfiel.

Nahyd fuhr herum. Auf einen Fingerzeig der Schneekönigin ließ er Jakob fallen, der leblos liegen blieb.

»Gut«, sagte Nahyd mit schwerer Zunge. »Ich will mir nicht die Freude auf mein Hauptgericht verderben.« Damit schritt er neben den Thron der Königin und verharrte regungslos. Mia suchte Jakobs Blick, denn er war bei Bewusstsein, das konnte sie sehen. Doch sein Kopf sank ihm auf die Brust, als er von den Feen gepackt und erneut an den Pfahl gebunden wurde, und seine Augen waren ausdruckslos und kalt.

Die Königin trat vor. »Es ist so weit«, flüsterte sie. Hoheitsvoll schritt sie auf den Lia Fáil zu und legte beide Hände darauf. Sofort strömten Bahnen aus Licht in den Kristall, die sich zu einem Wirbel aus überirdisch schönen Farben verwoben. Mit angehaltenem Atem sah Mia, wie die Hände der Königin durch die Luft fuhren, wie sie Fetzen aus Sturm in die Abschlussformel ihres Zaubers legte und Finsternisse aus lang vergangener Zeit. Plötzlicher Wind riss der Königin die Haare zurück und ließ ihr Kleid flattern. Dunkle Feenworte rollten über ihre Lippen, während der Himmel über der zerbrochenen Kuppel sich mit Wolken bezog. Es donnerte, erst fern, dann direkt über ihnen. Blitze zerrissen das Firmament. Der Himmel begann zu flackern wie ein Leichentuch im Orkan, gleißend helle Schleier aus Licht stoben auf den Kristall zu, sie kamen von weit her, das konnte Mia fühlen. Und dann, mit einem einzigen letzten Wort, riss die Königin den Kopf in den Nacken und befreite den Zauber, der die Mächte der Feenorte wecken sollte.

»Orlemtor!«

In einer gewaltigen Explosion stoben die wirbelnden Farben aus dem Kristall in die Höhe und wanden sich in einem leidenschaftlichen Tanz umeinander. Eine Erschütterung ging durch den Raum, Mia wurde von unsichtbaren Händen gepackt und von ihren Fesseln befreit, ehe sie in hohem Bogen durch die Luft flog und auf dem Boden aufschlug. Benommen fuhr sie herum und sah, wie die Farben des Zaubers in flirrenden Lichtern auf das Schloss niedersanken.

Im nächsten Augenblick fühlte sie Theryons Atem an ihrer Wange. »Sie hat nicht ihren Zauber vollendet«, flüsterte er, und sie konnte hören, dass er lächelte. »Sondern meinen.«

Kapitel 41

Grim näherte sich dem schwarzen Portal mit einem mulmigen Gefühl im Magen. Svartalfrheim, das sagenhafte Herrschaftsgebiet der Zwerge im Erdinneren, über das unzählige Legenden existierten, lag dahinter. Manche Sagen und Mythen aus Ander- und Menschenwelt nannten es so groß, dass es im Süden bis zum Flammenland Muspelheim reichte und im Norden bis nach Niflheim, in das Gebiet der Reif- und Frostriesen. Andere Legenden behaupteten, dass magische Artefakte wie Thors Hammer Mjölnir, das Schiff Skidbladnir oder die goldenen Haare Sifs dort erschaffen worden waren, und Grim hatte zahlreiche Geschichten gehört über die magische Stadt Yphraghur – die von Erzadern umflossene Hauptstadt der Zwerge, erbaut auf einem nadelspitzen Felsen, erschaffen aus grünem Adamantkristall. Oft hatte er versucht, sich diese Stadt aus den Worten der Geschichtenerzähler heraus vorzustellen, doch es war ihm nie vollkommen gelungen. Eines stand fest: Sowohl in der Anderwelt als auch in der Welt der Menschen existierten nichts als Sagen und Legenden über das Zwergenreich, und ebenso nebelhaft blieb der derzeitige König dieses Volkes, den kaum ein Anderwesen oder gar ein Mensch jemals zu Gesicht bekommen hatte.

Manche Mythen der Menschen rückten ihn in die Nähe von Modsognir oder Durin, den ersten und mächtigsten Zwergen, die die Welt jemals gesehen hatte, einige Geschichten der Anderwelt beschrieben ihn als weiser als die ältesten Drachen. Grim kannte nur seinen Namen und die Legenden, die sich um ihn rankten. Dhunr Raz'khad Lir wurde er genannt, und Grim hatte von seinen Kämpfen gegen die Wüstendschinns von Bagdad gehört, von seinem Feldzug ins Reich der Scherben tief unterhalb von Damaskus und seinem Sieg über Homrgur, den Spiegelriesen des Schwarzen Meeres. Wenn diese Geschichten auch nur ansatzweise der Wahrheit entsprachen, verfügte der Zwergenkönig, der dort hinter dem Portal in seinem unterirdischen Reich herrschte, über Mächte, die Grim noch nicht einmal erahnen konnte. Und wenn seine Rosenkrieger bereits mit einem Zwerg so verfuhren, wie sie es mit Hortensius getan hatten, mochte Grim sich lieber nicht ausmalen, wie es ihm als Mensch-Gargoyle-Kombination im Reich dieses Zwergs ergehen würde.

Angespannt sah er zu, wie Hortensius mit raschen Bewegungen magischen Nebel auf dem Portal verteilte. Langsam löste sich der schwarze Stein auf und gab den Weg frei auf einen dahinter liegenden dunklen Gang. Hortensius warf Grim einen Blick zu, als hätte er die Anspannung gespürt, die auf dessen Schultern lag, und lächelte nicht ohne eine Spur von Spott. Dann wandte er sich ab und trat in den Gang. Finster stieß Grim die Luft aus und folgte ihm. Mochte er ein ungutes Gefühl haben oder nicht – niemals würde der Tag kommen, da er vor einem Kerl Schwäche zeigen würde, der ihm noch nicht einmal bis zum Bauchnabel reichte, so viel stand fest!

Die Luft um ihn herum war kühl und bewegte sich wie eine seit langer Zeit zum ersten Mal wieder aufgewühlte Wasseroberfläche. Sanft umschmeichelte sie Grims Gesicht und ließ ihn den Duft uralter Gesteine wahrnehmen, der ihn umgehend ruhiger werden ließ. Remis hockte mit großen Augen auf Carvens Schulter, und Hortensius ging voraus. Der Gang um sie herum war größer als jeder Tunnel Imradols, der Zwergenstadt Dublins, und verfügte über zahlreiche Nebenstollen, die in die oberen Regionen der Felsenburg führten. Der Gang hingegen grub sich beständig weiter abwärts. Grim hörte nichts als das ferne Dröhnen sich bewegender Felsmassen im Erdinneren und vereinzelt einen fallenden Wassertropfen. Mehrfach murmelte Hortensius Worte auf Zwergisch vor sich hin, und jedes Mal flammte an den Wänden des Ganges der Umriss eines Portals auf, das sie durchschritten, um anschließend nur doch wieder in einem der finsteren Gänge zu stehen. Grim glaubte schon, bis in alle Ewigkeit durch beinahe identische Tunnel wandern zu müssen, als es plötzlich heller wurde.

Aus winzigen Rissen im Gestein drang Licht in den Gang, silbern legte es sich auf seinen Körper und beschien eine Rollsteintür, die das Ende des Weges verschloss: Ein heller Stein war von der anderen Seite vor die Öffnung geschoben worden. Grim lauschte und hörte das Murmeln vieler Stimmen, er spürte die Kraft sich magisch bewegender Gegenstände und roch den Duft von Leder und geschmolzenem Metall. Hinter dieser Tür, das wusste er, lag Yphraghur – die Hauptstadt der Zwerge. Lautlos strich Hortensius mit dem Daumen über einen kaum sichtbaren Kreidestrich neben der Tür, woraufhin sich der Felsen schläfrig zur Seite bewegte. Grim holte Atem und spürte, wie sein Herz schneller schlug.

Das Erste, das er wahrnahm, war der Geruch von Feuer, und doch brauchte er einen Moment, um diesen Duft zuordnen zu können. Denn zu den gewöhnlichen Aromen, die Flammen ausströmten, die sich in Metall, Holz oder Stein fraßen, trat ein besonderer Duft von Altertum und Magie, wie ein Wispern aus vergangenen Tagen. Das Feuer, das dort hinter der sich langsam öffnenden Tür loderte, kam aus den Tiefen der Erde, es war eine Ahnung der Ewigkeit, die Grim schaudern ließ. Ungeheure Macht steckte in diesen Flammen, jenen Funken, die bereits die Drachen in ihre Nüstern gesogen haben mussten, und die Zwerge – ja, die Zwerge beherrschten dieses Feuer.

Silbrig-rotes Licht fiel in den Gang, es kroch über Grims Körper, als er Hortensius folgte, und blendete ihn für einen Moment. Er hörte, wie Remis auf Carvens Schulter nach Luft schnappte, und dann sah er es auch: Sie standen am Rand einer gewaltigen Höhle. Erzadern flossen an ihrem Grund durch pechschwarzes Gestein. In der Ferne schossen Lavaströme wie Geysire in die Höhe, und in regelmäßigen Abständen klafften Löcher und Türen in den Felswänden, von denen grünkristalline Gänge wie die Verzweigungen eines Blitzes auf die Hauptstadt der Zwerge zuführten. *Yphraghur.* Grim holte tief Atem, er fühlte den Namen auf seinen Lippen und wusste, dass er noch nie zuvor eine solche Stadt gesehen hatte.

Zuerst nahm er kaum etwas anderes wahr als das gleißend helle Licht des grünen Adamantkristalls, aus dem sie errichtet worden war, und die haarfeine Felsspitze, auf der sie ruhte. Wie eine gewaltige Fackel loderte die Stadt in der glühenden Finsternis der Höhle, und erst nach einem Augenblick erkannte Grim, dass sie aussah wie eine halb geöffnete Faust. Unzählige Gebäude aus jeder Art von Gestein zogen sich an ihren Fingern empor und bildeten die Hand wie übereinandergestapelte Kartons. Und dort auf der Fläche der Hand – wie der Kern einer Flamme in der Dunkelheit – erhob sich Falkantros: der Königssitz der Zwerge.

Grim hatte in Büchern von der Größe dieses Palastes gelesen, er hatte Märchen und Geschichten über seine Pracht gehört und durch Lieder von seiner Schönheit erfahren. Er hatte sich fest vorgenommen, nicht beeindruckt zu sein, doch nun, da er Falkantros vor sich sah, konnte er nicht anders, als ehrfurchtsvoll die Luft einzusaugen.

Das Gebäude hatte die Form einer Burg mit filigranen Zinnen und Erkern, doch in seiner Mitte ragte ein Turm auf, dessen schwarzer Stein von funkelndem Adamantkristall durchbrochen wurde und den Blick freigab auf glutrote Lava, die sich im Inneren des Turms wie eine Lebensader auf und ab wälzte und die gesamte Höhle in flackerndes Licht tauchte. Feine Lavaflüsse strömten aus zwei Öffnungen über dem Eingangsportal und stürzten in ein gewaltiges Becken unterhalb der Burg, in dem die Lava zu einem See aus Flammen wurde. Mächtige Säulen hielten die Burg über dem See, der sie umgab, und Grim erkannte die unzähligen glaslosen Fenster, die Falkantros durchzogen wie ein Meer aus Augen. Silbrige Lichter brachen durch die Fenster wie Sonnenstrahlen durch das Laubwerk eines Waldes, fielen auf die rote Glut des Sees und hüllten Falkantros in ein geheimnisvolles Licht. Rings um die Burg glitten Vögel dahin, gewaltige Falken, deren heisere Schreie hin und wieder durch die Luft zogen, und auf der Spitze des Turms wehte in den Luftströmen eine Fahne mit dem Wappen des Königs: Es zeigte eine halb geöffnete Faust, und darin saß, den Kopf mit den goldenen Augen leicht geneigt, ein schneeweißer Falke. Grim wandte den Blick nicht ab, während er hinter Hortensius und Carven durch den kristallenen Tunnel schritt, der direkt auf den Königssitz der Zwerge zuführte. Er spürte die Magie, die sie wie auf einem Laufband besonders schnell vorwärtskommen ließ. Als sie das Ende des Tunnels erreichten, erhoben sich die Gebäude der Stadt, die von Weitem noch ausgesehen hatten wie Streichholzschachteln, hoheitsvoll zu beiden Seiten Falkantros'. Rings um den flammenden See verkauften Zwerge auf einem farbenfrohen Markt verschiedene Waren, und Grim fühlte sich von den ersten Blicken getroffen, deren spontane Neugier umgehend von abweisender Kühle überdeckt wurde.

»Wir sollten uns beeilen«, murmelte Hortensius über die Schulter. »Die Bewohner dieser Stadt haben keinen Sinn für Fremde wie uns.«

Grim unterließ es, den Zwerg darauf hinzuweisen, dass er sich gerade in eine Wir-Gruppe mit einem Hybriden gesteckt hatte, und folgte ihm auf die Brücke, die den See überquerte. Er spürte sofort die Hitze der Lava an seinen Wangen, auch wenn die Flammen offensichtlich von Magie gedämmt wurden, und lenkte seinen Blick auf die gewaltigen Statuen zweier Zwerge, die sich rechts und links neben dem Eingangsportal des Turms erhoben. Sie hielten eine Axt und einen Hammer über den Köpfen und starrten ihm mit pechschwarzen Edelsteinaugen entgegen. Für einen Moment meinte er, ein Funkeln in ihren Blicken zu bemerken, doch er spürte deutlich die Kälte des Steins, die kein Leben in sich trug.

Neben ihm pfiff Hortensius durch die Zähne. Umgehend schob sich das steinerne Tor der Burg auf und gab den Blick frei auf einen prächtigen Innenhof aus Adamantkristall, in dem in regelmäßigen Abständen bewaffnete Zwerge in Uniformen standen. Regungslos ließen sie es zu, dass Grim, Hortensius und Carven mit Remis über den Hof liefen, doch Grim spürte ihre Blicke wie Feuer auf seiner Haut, und er konnte sich nicht gegen das Gefühl der Beklemmung wehren, das ihn ergriff, als er die Treppe zum Portal des Lavaturms emporstieg und Hortensius kurz mit einem der Wächter neben dem schmiedeeisernen Tor sprach, ehe dieser den Weg freigab.

»Ich glaube, dass diese Kerle mich am liebsten kopfüber in ihren See werfen würden«, murmelte Grim und entlockte Remis ein ängstliches Seufzen.

Hortensius warf ihm einen Blick zu. »Das glaube ich auch«, erwiderte er in herzerfrischender Ehrlichkeit. »Aber der Rosengarten hat dir den Zutritt gewährt, und daher darf kein Zwerg deinen Weg in dieser Stadt behindern – so sagen es die Gesetze meines Volkes.«

Grim nickte anerkennend. Er hätte nicht gedacht, dass ein Zwergengesetz auch einmal zu etwas gut sein würde. Schweigend durchschritten sie eine Eingangshalle mit mehrfach gewölbter Decke, in deren Mosaiken sich das Feuer der Lavaströme brach. Dann öffneten ihnen zwei Pagen wortlos ein doppelflügeliges Portal, und sie gelangten in einen Raum aus purem Gold. Die Säulen rechts und links des breiten Mittelganges, die Decke, der Fußboden, sogar die Kerzenständer waren aus dem kostbaren Material gefertigt worden. Nur ein gewaltiger Kamin, der auf der linken Seite des Saales prangte und in dem rotes Feuer loderte, bestand aus dunklem Stein, ebenso wie der Thron aus schwarzem Granit am anderen Ende des Ganges.

Ein riesiger schneeweißer Falke saß neben dem Herrschersitz und blickte aus goldenen Augen zum König der Zwerge auf, der darauf Platz genommen hatte.

Regungslos schaute Dhunr Raz'khad Lir ihnen entgegen, während sie über den langen Gang näher traten. Mehrere goldene Ringe steckten an seinen Fingern, einer davon mit einem leuchtend blauen Stein am Mittelfinger der rechten Hand als Zeichen der Königswürde, und sein tintenblaues Gewand, das von einem ledernen Gürtel zusammengehalten wurde, reichte bis zu seinen Knöcheln. In seiner rechten Faust hielt er eine Kugel aus geschliffenem Marmor, in der linken den Knauf einer Axt und auf seinem Kopf saß eine goldene, mit kostbaren Juwelen besetzte Krone. Sein nachtschwarzes Haar fiel in nebelhafter Glätte über seine Schultern hinab, sein Bart war zu kunstvollen Zöpfen geflochten worden, und seine Augenbrauen von der gleichen Farbe verliehen seinem Gesicht eine herbe Strenge. Seine Haut war bleich, als hätte sie noch nie das Sonnenlicht gesehen. Das Außergewöhnlichste an ihm jedoch waren seine Augen. Das rechte war fast schwarz und passte gut zu seinem dunklen Haar – das linke aber hatte die Farbe junger blauer Hyazinthen und wirkte seltsam fremd in dem strengen, unnahbaren Gesicht.

Sie erreichten den Fuß des Throns und waren kaum stehen geblieben, als Hortensius mit durchdringender Stimme rief: »König Dhunr Raz'khad Lir der Zweite, Sohn des Gor, auch genannt Faust der Schatten und Schwerter, Herrscher der Zwerge seit dem Zeitalter der Acht – wir, die Besucher Falkantros', verneigen uns vor Euch in Demut.«

Ruckartig fiel Hortensius auf die Knie und neigte den Kopf. Grim beeilte sich, es ihm gleichzutun, und auch Carven und Remis folgten seinem Beispiel. Eine Weile war es still. Dann stieß der König die Luft aus, langsam und schneidend. Grim fühlte den kalten Hauch seines Atems an seiner Wange, obwohl der Zwerg ein ganzes Stück von ihm entfernt war.

»Ihr seid nicht willkommen«, sagte König Lir mit rauer Stimme. »Doch mein Garten hat euch den Zutritt gewährt, und so ist es meine Pflicht, euch anzuhören. So sprecht! Was ist euer Begehr?«

Vorsichtig kam Grim auf die Beine und war zum ersten Mal seit dem Beginn der Reise froh, Hortensius dabeizuhaben. Regungslos wie ein Felsen stand der Zwerg vor dem König, straffte die Schultern und sagte mit kraftvoller Stimme: »Wir bringen den Krieger des Lichts zu seinem Schwert.«

Dunkle Wolken zogen sich in den Augen des Königs zusammen. Er hatte Carven noch keines Blickes gewürdigt, doch nun musterte er ihn wie ein zertretenswertes Insekt. »Menschen«, zischte er, und Grim sah zu seinem Entsetzen, dass der König eine schwarze Zunge hatte, die nun langsam und zäh über seine Lippen leckte. »Wir haben mit ihnen nichts mehr zu schaffen. Wir bewahrten das Schwert für Bromdur, unseren Ahnen – und in der Hoffnung, dass eines Tages einer käme, der es in Würde tragen würde. Doch bei den Menschen ist diese Hoffnung verloren. Die Macht des Schwertes kann missbraucht werden und das Volk der Zwerge vernichten. Kein Zwerg vertraut einem Menschen.«

Grim schauderte, als das letzte Wort des Königs ihm ins Gesicht flog wie ein kalter Lappen. Noch nie zuvor, das wusste er, hatte er ein Wesen mit solcher Verachtung über die Menschen sprechen hören – nicht einmal die Feen, deren Worte immerhin von Wut und Rachsucht getragen wurden. Doch die Stimme des Königs war kalt geblieben bei dem, was er gesagt hatte – als wären es Klänge aus einem Grab gewesen und nicht die Gedanken eines lebendigen Wesens.

»Es geht nicht darum, ob ihr ihm vertraut«, sagte Hortensius hartnäckig. Für einen Moment glaubte Grim, dass der König ihm einen Fluch entgegenschleudern würde, doch offensichtlich kannte Hortensius die Regeln genau und hatte sie noch nicht überschritten. »Die Gesetze der Zwerge besagen …«

»Ich weiß, wie die Gesetze lauten!«, rief der König und ballte die Hand über dem Knauf seiner Axt zur Faust. »Ich habe sie erschaffen, damals, als du den Duft von Feuer und Stein noch nicht einmal erahnen konntest! Aber seither ist viel passiert! Es gibt keine Freundschaft mehr zwischen Zwergen und Menschen! Du bist ein Kind meines Volkes, Hortensius Narrentum! Hast du im Ernst geglaubt, dass ich deine Gedanken nicht gehört hätte, damals, als du nach dem Tod des letzten Kriegers des Lichts zu uns kamst, um dich dem Handwerk der Buchbinderei zu widmen? Glaubst du, ich wüsste nicht, wer Aldrir, der strahlende Held, in Wirklichkeit war?«

Grim sah, wie Hortensius schwankte, doch er wandte den Blick nicht vom König ab, der sich nun langsam erhob und auf den Zwerg zuschritt. Seine Bewegungen waren weich, fast fließend, und erschienen Grim so fremdartig für ein Geschöpf wie einen Zwerg, dass er fröstelte.

Lautlos trat der König dicht vor Hortensius hin. Erstmals sah Grim die feinen Risse, die über seine Wangen liefen – wie langsam abblätternder Putz über einem toten Gesicht. »Er hat uns verraten«, flüsterte König Lir und leckte schnell mit der Zunge über seine Lippen. »Er hat das Erbe Bromdurs in den Dreck gezogen und alles, was Zwerge und Menschen einst verbunden hat. Er hätte nicht gezögert und unser gesamtes Volk auf dem Schlachtfeld der Gier geopfert! Sieh mich nicht an, als würde ich lügen – du weißt, dass ich die Wahrheit spreche! Du hast ihn geschützt, weil er dein Freund war – doch die Freundschaft zwischen Zwergen und Menschen ist vorbei! Sieh, was sie in der Oberwelt tun! Sieh, wie weit sie es gebracht haben in ihrer Unersättlichkeit! Nicht nur wir Zwerge haben uns in die Unterwelt zurückgezogen, nicht nur wir fürchten und verachten die Menschen nach allem, was sie der Anderwelt angetan haben! Hast du die Hetzjagden vergessen, die Todeszonen, die es für Geschöpfe wie uns kurz vor dem Zauber des Vergessens in der Nähe ihrer Siedlungen gab? Sie haben gehasst, was anders war – und sie tun es noch immer! Sieh hin, Hortensius, sieh dir an, was du vor meinen Thron geschleift hast in der Hoffnung, es möge das Schwert Kirgans tragen!«

Blitzartig sprang er vor Carven, der erschrocken zurückwich, doch König Lir griff in seinen Nacken und drehte ihn zu Hortensius um. »Mit dem Schwert Kirgans würde er nicht nur die Macht über die Feen erlangen, sondern auch über das Volk der Zwerge, denn es liegt in seinem Ermessen, gegen wen der Zorn der einst Gefallenen sich richten wird!« Der König schüttelte kaum merklich den Kopf. »Dieser Junge hat Angst. Er wird der Verantwortung des Schwertes nicht gerecht werden. Er ist schwach. Und du, Hortensius … du bist es auch.«

Grim sah aus dem Augenwinkel, dass Hortensius zurückwich, doch sein Blick hing an Carven. Eine Veränderung ging über das Gesicht des Jungen, eine seltsame Helligkeit schien von innen aus seinem Körper zu brechen und schmolz die Furcht von seinen Zügen wie die Strahlen der Sonne eine Kruste aus Schnee. Mit überraschender Schnelligkeit riss Carven sich los. Er atmete schwer, als er sich vor Hortensius aufbaute, aber in seinem Blick lag ein Feuer, das Grim jede Anspannung von den Schultern brannte. Noch immer war Carven der schmächtige kleine Junge, und doch schien er in diesen Augenblicken zu wachsen. Etwas schimmerte durch ihn hindurch, das größer war als alles, was Grim bisher in ihm erkannt zu haben glaubte.

»Das ist nicht wahr!«, rief Carven mit fester Stimme. Er hatte die Fäuste so fest geballt, dass seine Knöchel weiß hervortraten. »Master Hortensius hat mich aufgenommen, als niemand für mich da war, er hat mir ein Heim gegeben und ist mir ein Vater geworden, weil Ihr mich im Stich gelassen habt! Ja, ich bin ein Mensch, aber mein Platz ist in der Anderwelt – dort, wo meine Kräfte sich erklären lassen, dort, wo mein Zuhause ist! Nicht nur die Menschen sind dafür verantwortlich, wie die Welt geworden ist – Ihr seid es auch! Aber Ihr sitzt lieber in Eurem für alles Fremde verschlossenen Reich, sitzt da wie ein ... wie ein Toter!« Der König fuhr zusammen, aber Carven achtete nicht darauf. »Wie könnt Ihr wütend darüber sein, dass die Welt sich nicht ändert, wenn *Ihr* sie nicht ändert? Nicht alle Menschen sind so, wie ihr denkt. Nicht alle Menschen sind zu Hause in der Welt der Menschen.«

Die Stille war wie ein Funke kurz vor seinem Entfachen. Der König stand regungslos, dann fuhr er sich mit der Hand über die Augen, und zum ersten Mal erschien er Grim tatsächlich wie ein König der Zwerge – alt, gebrochen, aber stark in der kühlen Dunkelheit, die er in sich trug – stärker als alles Licht der Oberwelt.

»Die Menschen haben uns vergessen«, sagte er leise, und auf einmal klang seine Stimme ganz warm. »Aber nicht alle. Ist es das, was du mir sagen willst, mein Junge?«

Carven nickte kaum merklich. Noch immer stand er vor Hortensius, der ihn mit großen Augen betrachtete, und entspannte langsam seine Fäuste.

»Um das Schwert Kirgans zu erlangen«, sagte der König langsam, »müsstest du dich einer Prüfung unseres Rates unterziehen – einer Prüfung, die beweisen wird, ob du der Macht des Schwertes würdig bist.«

Carven biss die Zähne zusammen. »Ich bin bereit dazu«, sagte er entschlossen.

Der König lächelte ein wenig, und für einen Moment glaubte Grim, dass Carven sein Ziel erreicht hatte. Doch dann schüttelte der Zwergenherrscher den Kopf.

»Ich spüre Licht in dir«, sagte er leise. »Und Schatten. Du bist noch nicht bereit für eine Macht wie diese. Ich werde dir die Prüfung nicht gestatten.«

Grim spürte, wie ihm das Blut aus dem Kopf wich. Er wollte etwas erwidern, irgendetwas, das den König umstimmen würde, doch er stand da wie erstarrt und sah Carven an. Der Junge rührte sich nicht, aber der Glanz, den Grim gerade noch an ihm bemerkt hatte und der ihn größer hatte erscheinen lassen, fiel mit den Worten des Königs von ihm ab wie eine Schicht aus Flammen, bis wieder nicht mehr als der schmächtige Junge vor ihnen stand. Grim sah in die schattenschwangeren Augen Carvens, und er fühlte wieder dessen Zorn, als er seinen Stiefvater getötet hatte, wie Gift in seinen Adern.

Da schob Hortensius Carven beiseite. Grim erschrak, als er das Gesicht des Zwergs sah. Schneeweiß war es, und seine Augen flackerten in schwarzem Licht. »Ich bürge für ihn«, sagte Hortensius mit schwerer Stimme.

Der König fuhr herum, Erstaunen flammte über sein Gesicht. »Weißt du, was du da sagst?«, fragte er kaum hörbar.

Grim hielt den Atem an, als Hortensius sich ihm zuwandte – nur für einen winzigen Moment, und doch spürte Grim, dass die Worte des Zwergs auch und vor allem an ihn gerichtet waren. »Eines Tages«, sagte Hortensius leise, »wird Carven seine Stärke beweisen. Und dann werdet Ihr feststellen, dass Blindheit Euch geschlagen hat und dass in Wahrheit Ihr schwach wart.«

König Lir betrachtete ihn reglos. »Mit deiner Bürgschaft zwingst du mich, die Prüfung stattfinden zu lassen. Sollte der Junge sich als würdig erweisen, gehört das Schwert Kirgans ihm, doch wenn er versagt …« Er hielt inne.

»Dann«, fuhr Hortensius an seiner Stelle fort, »wird es mein Blut sein, das er vergießt. Das ist mir bewusst. Und ich wiederhole meine Worte: Ich bürge für den Jungen. Ich bürge für ihn mit meinem Leben.«

Kapitel 42

Mia rannte, so schnell sie konnte. Noch hatten die Feen ihre Flucht nicht bemerkt, denn sie gaben sich dem Schauspiel der flackernden Lichter hin, die das Schloss umzüngelten und es in einen Wirbel aus Farben hüllten, und ahnten nicht, dass dies nicht der Zauber der Königin war, der die Grenze einreißen würde. Doch es war nur eine Frage von wenigen Augenblicken, bis sie begreifen würden, dass sich an seiner Stelle der Bannzauber Theryons auf sie legte, der sie mit der Macht aller Feenorte der Welt im Schloss gefangen hielt. Und wenn die Feen das erkannt hätten, würden sie die jagen, die dafür verantwortlich waren, und keine Gnade zeigen.

Atemlos raste Mia den Gang hinab, der sie hinunter in die Verliese führte. Theryon lief ihr voraus, Jakob folgte ihr mit eiligen Schritten. Sein Atem ging schnell, doch ein mächtiger Heilungszauber des Feenkriegers hatte ihm einen Großteil seiner Kräfte zurückgegeben. Theryon hatte mehrere Schutzwälle hinter ihnen errichtet, um den Feen eine Verfolgung zu erschweren, und als endlich die Dunkelheit der Verliese vor ihnen auftauchte, spürte Mia ein Triumphgefühl in der Brust, wie sie es selten zuvor gefühlt hatte. Sie warf Jakob einen Blick zu, er lächelte – doch plötzlich wich jede Farbe aus seinem Gesicht. Abrupt blieb er stehen. Mia fuhr herum und sah noch, wie eine Gestalt sich aus der Finsternis der Verliese schob, die Faust vorstieß und Theryon mit unglaublicher Kraft gegen die Wand schleuderte. Im nächsten Moment lag ein mächtiger Eiszauber über dem Feenkrieger und machte ihn bewegungsunfähig. Atemlos wich Mia zurück. Sie wusste, wer da aus den Schatten auf sie zutrat, und doch entwich ihr ein Schrei des Schreckens, als sie Nahyd ins Gesicht schaute.

»Habt ihr wirklich geglaubt«, zischte der Totensänger und näherte sich mit grausamer Langsamkeit, »dass ich euch gehen lasse, nachdem ich euer Blut gerochen und gekostet habe?« Er blieb vor Mia stehen und erhob sich lautlos ein Stück weit in die Luft. »Warum fliehst du vor mir?«, zischte er dicht an ihrem Mund. »Glaubst du etwa, dein Leben sei so wichtig, dass du es retten müsstest? Du bist ein Mensch, eine erbärmliche Kreatur, die keine Ahnung hat von den Finsternissen, die in ihrem eigenen Inneren darauf warten, die Welt zu verschlingen. Du glaubst mir nicht, das sehe ich in deinen Augen – du bist deinem Bruder nicht unähnlich. Aber ich habe es ihm bewiesen und jetzt werde ich es auch dir zeigen.«

Da stieß Jakob einen Fluch aus, dunkel rollten die Worte über seine Lippen, und sein Gesicht verzerrte sich zu einer Fratze, dass Mia erschrak. Noch nie hatte sie Jakob so erlebt, so hasserfüllt und so verzweifelt, und sie spürte die Macht des Zaubers, den er Nahyd entgegenschleuderte, um ihm den Kopf vom Hals zu trennen. In rasender Geschwindigkeit schickte der Totensänger einen Bannzauber in Mias Körper, der sie zu Boden sinken ließ, fuhr herum und riss einen Spiegelschild vor seinen Körper, der den Zauber zurückwarf und Jakob mit voller Wucht vor die Brust traf. Mia schrie auf, als sie sah, wie sich die Magie in das Fleisch ihres Bruders fraß, doch Jakob wich kaum zurück. Er schloss die Augen, langsam wie bei einer Andacht, und breitete die Arme aus. Nahyd neigte den Kopf und trat näher, einen mächtigen Donnerzauber in der Faust. Mias Blick ruhte auf Jakob, der regungslos dastand – und dann mit einem geflüsterten Zauber pechschwarze Schatten auf seinem Körper entfachte. Wie Stürme aus Dunkelheit fegten sie über seine Glieder. Mia fühlte, wie der Bann über ihr flackerte, und als sie den Blick wandte und Nahyd ansah, erkannte sie die Anspannung in dessen Augen. Doch ehe sie diesen ungewohnten Ausdruck begreifen konnte, riss Jakob die Augen auf.

Im selben Moment stieß Nahyd einen Schrei aus, so klar und schneidend, dass er den Zauber von Mias Körper fegte und ihr die Luft aus der Lunge presste. Doch sie spürte es kaum. Sie sah nur Jakob und seine Augen, die sich in zwei reglose Spiegel verwandelt hatten und Nahyd fixierten wie der Blick einer todbringenden Schlange, während schwarze Nebel den Körper ihres Bruders als tausend zuckende Leiber umwanden. Mit vor Entsetzen verzerrtem Gesicht wich Nahyd zurück, als Jakob auf ihn zukam, und Mia hielt den Atem an, als ihr Bruder in dieser fremden Gestalt den Totensänger an der Kehle packte und ihn in die Luft riss. Dunkel rollte Jakobs Stimme über seine Lippen. Sofort schossen die Schatten vor und rasten wie züngelnde Schlangen über Nahyds Körper hinweg. Zischend gruben sie ihre Zähne aus Finsternis in sein Fleisch, Mia konnte Jakob lachen hören, und sie spürte eine Macht in ihm, die ihr vor Entsetzen das Blut aus dem Kopf zog. Sie hätte Zorn erwartet, Trauer oder Hass am Ende seiner Dunkelheit, in die er geschleudert worden war – doch nun, da sie ihn seinem Erzfeind gegenübersah, fühlte sie, dass da nichts mehr war: Jakob fühlte in diesem Moment, da er Nahyd mit tödlichem Gift überzog, absolut *nichts*.

Kaum hatte Mia das gedacht, ging ein Zucken über Nahyds gerade noch schreckverzerrtes Gesicht – fast so, als hätte er nur auf diesen Gedanken gewartet. Er lächelte. Gleich darauf riss er das Maul auf und sang einen einzigen schrecklichen Ton – einen Ton so grausam und wunderschön zugleich, dass Mia meinte, er müsste sie auseinanderreißen. Sie sah, wie Jakob zurückgeschleudert wurde, wie sein Schattenzauber zerfetzt wurde wie ein Nebelstreif – und sie hörte das Bersten seiner Spiegelaugen in der grellen Vibration von Nahyds Stimme. Jakob landete auf allen vieren, dunkel starrte er Nahyd an, der mit grausam verzogenem Mund auf ihn zuging.

Mia wusste, dass er Jakob töten würde – er hatte lange genug mit ihm gespielt. Atemlos kam sie auf die Beine, doch Nahyds Bannzauber hatte ihre Magie gelähmt, die nur langsam auf ihren Ruf reagierte, und sein schrecklicher Gesang ließ sie schwanken. Sie keuchte, als Nahyd Jakob im Genick packte und seine Hand auf dessen Brust legte. Lautlos glitt ein Zauber über die Lippen des Totensängers. Dann brach Licht aus Jakobs Brust und schoss in wilden Schüben über Nahyds Hand in dessen Körper. Jakob schrie gegen Nahyds Gesang an und schlug um sich wie ein tödlich getroffenes Tier. Niemals würde Mia diese Schreie vergessen, diese Laute aus tiefster Verzweiflung und Einsamkeit, das wusste sie. Mit aller Entschlossenheit stemmte sie sich gegen Nahyds Gesänge und schleuderte einen Eiszauber in seine Richtung, der mit klirrendem Geräusch an dessen Rücken zerbarst. Mit einem Schlag fuhr der Totensänger herum, sein Gesang brach ab. Jakob glitt zu Boden wie eine leblose Puppe. Mia starrte ihren Bruder an, erkannte, dass er atmete, und dieser Anblick erfüllte sie mit solcher Kraft, dass jede Kälte des schrecklichen Gesangs aus ihren Gliedern wich.

Nahyd lachte kurz und rau, als er die Fäuste ballte und sie mit seinem Blick fixierte. Sie sah, wie er den Mund öffnete, und riss einen Schutzwall vor ihren Körper, doch im nächsten Moment war er schon bei ihr, packte sie am Kragen und presste sie gegen die Wand. Sie fühlte, wie ihre Magie gelähmt und ihr Zauber unter seinem Griff wie bröckelnder Putz zermahlen wurde, und sie sah an seinem Lächeln, dass alles Vorangegangene nicht viel mehr für ihn gewesen war als ein lächerliches, harmloses Spiel. Mit beinahe zärtlicher Geste strich er über ihre Wange. Noch nie zuvor war ihr bei einer Berührung so elend geworden wie in diesem Moment.

»Wenn die Menschen auf den Grund ihres Ichs geführt werden«, flüsterte Nahyd mit verschlagenem Blick, »wenn man ihnen alles nimmt, ihre Träume, ihre Erinnerungen, ihre Hoffnung – dann bleibt nur noch eines: die Dunkelheit.«

Das letzte Wort legte sich wie ein Schleier auf Mias Sinne. Eiskalte Ströme aus Magie strichen über ihren Körper, sie spürte, dass Nahyd seine Hand auf ihren Brustkorb legte, und ein stechender Schmerz durchzog ihren Körper, als würde er ihr mit Gewalt das Blut aus dem Leib reißen. Sie fühlte, wie sie rücklings in ihr eigenes Selbst fiel, bis sie mit Nahyd in einem Raum aus Finsternis stand. Sie sah das Licht, das über seine Hand flackerte, und konnte sich doch nicht von seinen Augen losreißen. Ihr eigenes Gesicht lag darin gespiegelt wie eine Maske aus Furcht, doch gleich darauf durchdrang sie tiefschwarze Kälte, und das Bild in den Augen des Totensängers zersprang. Mia hörte ihn lachen wie aus weiter Ferne, sie fühlte, wie ihr äußerer Körper unkontrolliert zuckte, und sah Gesichter in Nahyds Augen auftauchen – erst langsam und schemenhaft, dann immer deutlicher und schließlich so klar, dass sie die Farben und Düfte dessen, was sie sah, wie flammende Schatten über ihre Haut huschen fühlte.

Sie sah die Krone eines Baumes, einer Eiche im Frühling, sie wusste, dass es die Eiche auf dem Cimetière de Montmartre war, auf dem ihr Vater begraben lag, und sie hörte das leise Wispern der jungen Blätter und fühlte ihre Stimmen wie prickelnde Luftblasen durch ihre Adern rieseln. Sie sah ihre Mutter, Tante Josi und Jakob, wie sie alle an ihrem Krankenbett saßen. Mia wusste, dass sie zehn Jahre alt war, die Masern hatte und beim Blick in den Spiegel geweint hatte – und sie lachte leise, als sie in die liebevollen Gesichter ihrer Familie schaute, die mit roten Lippenstifttupfern bemalt waren. Und sie sah Grim – ihren Engel aus Dunkelheit, roch seine steinerne und seine menschliche Haut, hörte seine tiefe, grollende Stimme und spürte die Berührung seiner Klaue an ihrer Stirn, wenn er sie im Schlaf beobachtete und ihr zärtlich eine Haarsträhne aus dem Gesicht strich. Für einen Moment war Grim ihr ganz nah, sie fühlte fast das Laken ihres Bettes an ihrer Wange, und die Kälte in ihrem Inneren war kaum mehr als ein fernes Flüstern. Grim lächelte, er streckte die Klaue nach ihr aus, und sie wollte die Hand heben und ihn berühren. Doch kaum hatte sie das gedacht, hörte sie Nahyds Stimme in ihrem Kopf, und sie spürte, wie die Kälte in ihr zunahm. Grims Bild in den Augen des Totensängers veränderte sich. Auf einmal sah Mia nicht mehr Grim, ihren Freund und Geliebten, sondern Grim, den Gargoyle, Grim, den Hybriden – Grim, das Anderwesen, und als sein Gesicht verschwand, fühlte sie keinen Verlust, noch nicht einmal Sehnsucht. Wieder sah sie ihre Familie an ihrem Krankenbett, aber sie empfand nichts mehr bei ihrem Anblick. Eine dumpfe, fühllose Kälte hatte sie erfüllt, in der die Bilder ihres Lebens wie in einem endlosen Tunnel nebeneinander aufgereiht waren, ein Kabinett der Gefühle und Sehnsüchte ohne die Möglichkeit, diese zu empfinden – ein Reigen der Bedeutungslosigkeit. Und als sie sich unter dem Blätterdach der Eiche wiederfand, sah sie nichts mehr als flirrende Blätter im Sonnenlicht. Ja, sie sah das Licht – aber sie fühlte es nicht mehr.

Diese Erkenntnis ließ sie so heftig zusammenfahren, dass jedes Bild in Nahyds Augen zerriss. Mit aller Macht spürte sie nun die Kälte, die der Totensänger ihr einpflanzte, um sie zu töten. Doch da schüttelte Nahyd den Kopf.

»Nein«, flüsterte er kaum hörbar. »Ich bin es nicht, der dich frieren lässt. Es ist deine eigene Dunkelheit, die uns umgibt und dich erfüllt. Das ist alles, was euch bleibt, wenn euch das Licht genommen wird – das Erste Licht, das euch geschenkt wurde, das euch wie ein Stern erfüllt und an dem ihr euch festkrallt, ohne überhaupt von ihm zu wissen. Deswegen jagte ich deinen Bruder – er klammerte sich mit all seiner Kraft an dieses Licht, und das war reizvoll für jemanden wie mich, der es nie, niemals selbst besitzen wird, ganz gleich, wie viel er sich davon einverleibt: Denn es ist langweilig, jemandem etwas zu nehmen, wenn es ihm nichts ausmacht, es zu verlieren. Du bist wie er ...«

Nahyd legte den Kopf schief, während das Licht aus Mias Körper pulste und sie unter der Kälte in ihrem Inneren anfing zu zittern. »Deine Bilder sind stark, viele Fesseln halten sie in dir verankert. Ich durchtrenne sie alle. Ich werde kein Licht in dir zurücklassen. Die meisten Menschen verstehen sich nicht darauf, ihr Licht festzuhalten und zu verteidigen. Sie lassen es sich rauben oder zerstören es selbst, als wäre es ein Hut oder ein Spielzeug. Sie ahnen nicht, was sie damit tun. Denn sie kennen die Leere und Dunkelheit nicht, die übrig bleibt, wenn sie das Licht in sich zerstören. Auch du glaubst, dass ich es wäre, der die Kälte in dich hineinschickt – doch du irrst dich. Diese Kälte – gehört nur dir.«

Mia sah noch, wie ein Lächeln über seine Lippen zuckte. Dann flammte ein Bild in seinen Augen auf, das Antlitz eines Mädchens, das Mia erst auf den zweiten Blick erkannte. Keuchend sog sie die Luft ein, als sie sich selbst ins Gesicht schaute – doch es war nicht mehr ihr Gesicht, es war das Antlitz einer Fremden. Ihr Blick drang durch Haut, Fleisch, Blut, Knochen, stürzte in die Finsternis hinter den Augen dieses Mädchens, das sie mit seltsam leerem Blick anstarrte, sah sich selbst als Summe ihrer Teile, ein belangloses Zusammenspiel von elektrochemischen Prozessen in einem zufällig entstandenen Körperkonstrukt, fühllos, stumm und unfähig, mehr zu sehen als all das. Sie verlor den Boden unter den Füßen, fiel in die Dunkelheit bis auf den Grund ihres Ichs und fand – nichts mehr.

»Für so ein Wesen lohnt es sich nicht zu kämpfen«, flüsterte Nahyd neben ihrem Ohr, aber es hätte irgendeine Stimme sein können. »Doch das ist alles, was ihr seid, wenn euch das Licht genommen wird. Du bist nicht anders als ich in diesem Punkt – aber wesentlich schwächer.«

Mia zwang sich, Nahyd anzusehen – sein lächelndes, eiskaltes Kindergesicht, seinen gierig verzogenen Mund und seine Augen, die nichts spiegelten als das, was in ihr lag: tiefste Finsternis. Etwas schrie in ihr, sie wusste, dass sie es selbst war, doch ihre Stimme hallte dumpf in ihr wider wie in einem endlosen Korridor der Nacht. Sie spürte, wie ihre Lider schwer wurden, schwach flackerte das letzte Licht über Nahyds Hand. Vor ihrem geistigen Auge sah sie Jakob am Boden liegen, und es war, als würde seine Reglosigkeit ihre Gedanken umspielen und mit sich ziehen in schwarze Gewässer ohne Helligkeit. *Du bist schwach*, raunte eine Stimme von irgendwoher, und obwohl sie wusste, dass Alvarhas nicht wirklich da war, meinte sie, seinen Atem an ihrer Wange zu spüren. *Vielen habe ich bereits genommen, was du noch besitzt, und auch du wirst es verlieren – früher oder später. Und dann wirst du nicht mehr als ein Schatten sein – wie ich.* Für einen Moment wollte sie sich der Müdigkeit hingeben, die aus der Dunkelheit nach ihr rief, wollte sich treiben lassen in Dumpfheit und Schwere und die Kälte ihre Gedanken lähmen lassen. Kaum hörbar war die Stimme, die durch die Finsternis zu ihr drang. Es war die Stimme eines Gargoyles … eines Hybriden … eines dunklen Engels. *Heller, als ich mir die Sonne denken kann.*

Mia spürte einen Krampf in ihrer Brust, als hätte eine steinerne Klaue ihr Herz umfasst und zugedrückt. Atemlos riss sie die Augen auf und starrte Nahyd an, der erstaunt die Brauen hob.

»Ich bin nicht wie du«, flüsterte sie angestrengt und ballte die rechte Faust. »Denn ich … bin am Leben!«

Mit diesen Worten stieß sie die Faust vor und schlug sie Nahyd mit aller Kraft ins Gesicht. Der Totensänger taumelte zurück, Blut schoss ihm aus der Nase, und er machte ein Gesicht, als wäre er noch nie im Leben auf diese Weise überrumpelt worden. Doch schon erhob er seine Stimme, und während Mia sich in die Dunkelheit ihres Selbst stürzte wie in ein schwarzes Meer, umtoste sie die Magie des Totensängers. Jede Faser ihres Körpers wurde zum Zerreißen gespannt, jeder Ton brannte sich in ihre Haut und strich mit flammenden Zungen über ihre Gedanken, bis sie nichts mehr waren als Asche und Rauch, die in der Finsternis ihres inneren Meeres auf den Wellen trieben. Nahyds Gesang spülte über ihren Körper hinweg, er lähmte ihre Glieder, ihre Gedanken ... Mit einem Ruck riss Mia den Kopf hoch. Aber nicht ihren Willen.

Dann sah sie ein Licht in der Dunkelheit aufflammen, das jeden Schatten vertrieb. Sie raste über die Wellen wie ein Vogel, ergriff das Licht – und schickte es in gewaltigen Feuerströmen auf Nahyd zu. Gleichzeitig brach das Meer auseinander und umtoste sie in einem wilden Sturm.

Für einen Moment riss der Totensänger die Augen auf. Dann wurde er von den Flammen eingehüllt. Sie fraßen ihm das Fleisch von den Knochen, doch er hörte nicht auf zu singen. Ein gewaltiger Orkan erstand aus seiner Stimme, er zerriss die Dunkelheit um Mia herum, bis sie sich auf dem Gang der Verliese wiederfand. Der Eiszauber über Theryon zerbrach, gemeinsam eilten sie zu Jakob, der langsam zu sich kam, und sahen zu, wie die Flammen Nahyd verzehrten. Als der letzte Funke erloschen war, blieb die Gestalt des Totensängers für einen Augenblick wie eine Figur aus tausend Masken vor ihnen stehen. Dann drang ein Seufzen aus seinem Mund, der letzte Ton seines Requiems, und sein Körper zerstob zu Asche.

Gleich darauf klangen Stimmen durch den Gang, dicht gefolgt von Wurfscheiben aus grellem Licht, die sich in tödlicher Geschwindigkeit ihren Weg bahnten. Atemlos rannte Mia hinter Theryon und Jakob durch die Finsternis. Immer wieder duckten sie sich vor den zischenden Scheiben, wichen Flammenzaubern aus, die ihnen nacheilten, und erreichten endlich das Ende des Ganges. Theryon brach ein Portal auf, und sie rannten auf den Bannzauber zu, der sich nicht weit von ihnen entfernt als flirrende Wand aus Licht erhob. Ein flammender Speer schoss dicht an Mias Kopf vorbei, die Stimmen der Feen kamen näher, fast meinte sie, ihren Atem im Nacken zu fühlen. Sie umfasste Jakobs Hand. Theryon eilte vor ihnen durch den Zauber, Mia stieß sich ab und sprang. Unsanft landete sie auf dem Boden und rappelte sich auf.

Vor ihr stand eine flimmernde Wand aus Farben – und dahinter, abgetrennt durch Theryons Zauber, lag Fynturil, das Schloss der Feen. Funkensprühend prasselten die Zauber ihrer Verfolger gegen den Wall, Mia sah die verzerrten Gesichter, als die Feen mit letzter Konsequenz begriffen, dass sie gefangen waren. Erleichtert stieß sie die Luft aus und zog Jakob an sich. Sie hatten es geschafft.

Kapitel 43

Mit finsterer Miene ließ Grim seinen Blick über die Sitzreihen des kristallenen Amphitheaters gleiten, das sich inmitten eines Gewirrs aus Straßen nicht weit von Falkantros entfernt erhob. Es war bis zum letzten Platz gefüllt. Die Kunde von dem Jungen, der sich der Prüfung der Krieger des Lichts unterziehen musste, hatte sich in der Stadt wie ein Lauffeuer verbreitet und neben unzähligen Zwergen auch Steintrolle und Höhlengnome angelockt, die sich auf den oberen Rängen niedergelassen hatten. Der König saß auf einem funkelnden Thron direkt über dem Eingang, während Grim neben Remis und Hortensius ganz unten Platz genommen hatte. Der weiße Sand der Arena glitzerte wie Schnee und ließ Grim die Brauen noch stärker zusammenziehen. Brauchte es wirklich noch schlechte Vorbedeutungen? Er hatte genug von dieser Stadt, genug von den argwöhnischen Blicken der Zwerge, die ihn betrachteten, als würde er sich jeden Augenblick in einen Drachen verwandeln und sie alle in einer riesigen Feuerwolke dahinraffen.

Er warf Hortensius einen Blick zu, der starr wie ein Felsen inmitten des Trubels saß und seltsam blass um die Nase wirkte. Leise holte Grim Atem. Der Zwerg hatte allen Grund, nervös zu sein. Jeden Augenblick würde ein Menschenkind dort auf dem Sand der Arena versuchen, die Prüfung eines Helden zu bestehen, und wenn es versagte … Grim presste die Zähne aufeinander, als er auf Hortensius' Hände schaute, die der Zwerg in seinem Schoß gefaltet hatte. Wenn Carven versagte, würde der Zwerg sterben, das hatte König Lir unmissverständlich klargemacht. Remis knetete seine Hände, als würde er sich gerade mit ähnlichen Gedanken herumschlagen, und schaute immer wieder sorgenvoll zu Hortensius hinüber. Angespannt hob Grim den Kopf, als er Schritte hörte – die leichten Schritte Carvens auf dem Sand der Arena.

Zögernd trat der Junge aus dem Schatten des Eingangs. Schreie und Pfiffe erklangen von den Rängen und brandeten zu ihm hinab. Grim sah ihn zusammenzucken, als wäre er von faulenden Tomaten getroffen worden. Erschrocken schaute Carven zu den Rängen hinauf, für einen Moment flackerte unverhohlenes Entsetzen über sein Gesicht. Die Zuschauer beschimpften ihn auf Zwergisch, ihre Gesichter waren zu Fratzen verzerrt, und die drohenden Gesten ihrer Fäuste ließen die Schultern des Jungen nach vorn fallen. Schweigend neigte er den Kopf und blieb an einer Markierung vor dem Thron des Königs stehen.

Hoheitsvoll erhob sich der Herrscher der Zwerge, breitete die Arme aus, um sein Volk zu beruhigen, und schaute in Würde durch die Reihen. »Heute ist ein besonderer Tag«, rief er. »Ihr wisst, wie streng bewacht unser Reich hinter den Felsen ist, ihr wisst auch, wie gefährlich und unbarmherzig die Krieger der Rosen Eindringlinge niederstrecken. Niemand hat sie seit langer Zeit bezwungen – bis auf dieses Kind!«

Grim beobachtete, wie Carven den Kopf hob und sich ein feines, kaum merkliches Lächeln in seinen Blick stahl. Die Zuschauer schienen nicht wenig beeindruckt zu sein von diesen Neuigkeiten, denn die Schimpfworte schmolzen rasch zu einem kaum wahrnehmbaren Gemurmel zusammen und verklangen schließlich ganz.

»Dieser Junge«, fuhr der König fort, »ist ein Menschenkind, das in der Tat über eine gewisse magische Begabung verfügt. Ich selbst habe sie geprüft und sage euch: Sie ist größer als so manches zwergische Talent für Zauberei, das augenblicklich in diesen Reihen sitzt – viel größer. Und eines steht außer Zweifel: Dieser Junge ist der Nachfahre Kirgans – der Nachfahre des Kriegers des Lichts.«

Wieder wurden die Stimmen der Zuschauer lauter, doch der König hob die rechte Hand und brachte sie zum Schweigen. »Er verlangt das Schwert Kirgans«, sagte er ruhig, als wäre er nichts als ein Mittler zwischen Carven und der Macht, die der Junge begehrte. »Er verlangt die Waffe des Kriegers des Lichts, um gegen die Feen zu bestehen, die die Welt der Menschen bedrohen. Er ist nur ein Kind, ein Mensch, schwach und verführbar. Aus diesem Grund lehnte ich sein Gesuch ab. Doch der Letzte Ritter des Ordens der Sterne bürgte für ihn und zwang mich so zu einer Prüfung, die wohl schon bald blutig enden wird. Hortensius Palmadus Fahlon, Sohn des Vintius, Mitglied der Gilde der Buchbinder, Inhaber der Goldenen Lettern in der sechzehnten Generation und Ritter der Sterne! Tritt vor und empfange die Macht deiner Bürgschaft!«

Remis seufzte hörbar, und Grim fing Hortensius' Blick auf, als dieser sich erhob und langsamen Schrittes zu Carven auf den Platz trat. Ein seltsamer Blick war es, voller Verzweiflung, Traurigkeit – und einer Gewissheit, die Grim den Atem stocken ließ. Eine merkwürdige Sicherheit strömte bei diesem Blickwechsel durch Grims Körper, eine Wärme, die er nicht deuten konnte. Er sah zu, wie Hortensius sich neben Carven aufstellte und wie sie beinahe gleichzeitig den Blick zum König wandten, der regungslos vor seinem Thron stand und langsam die linke Hand vorstreckte.

»Hortensius Palmadus Fahlon«, sagte er feierlich. »Knüpfst du dein Leben an das des Kindes, das hier und jetzt die Prüfung zum Krieger des Lichts bestehen soll? Bist du willig, dein Blut an dieses Kind zu binden, dein Ich – und dein Leben, wenn es versagen sollte?«

Atemloses Gemurmel erklang, gepaart mit einer fast fühlbaren Anspannung in den Augen der Zuschauer. Remis schwirrte in die Luft und knetete seine Hände so intensiv, dass Grim meinte, sie wä-

ren aus Gummi. Hortensius neigte leicht den Kopf. »Das bin ich«, erwiderte er dann.
Der König nickte, als hätte er bis zuletzt auf eine andere Antwort gehofft. Dann bewegte er die Finger der vorgestreckten Hand, ein blauer Funke tanzte darüber hin. »Nun«, sagte er leise, »so empfange die Macht deines Eides!«
Energisch streckte er die Finger vor und deutete auf Hortensius. Ein blauer Lichtstrahl schoss aus seiner Hand, ergriff den Zwerg und riss ihn wie vom Blitz getroffen ein ganzes Stück weit in die Höhe. Blaue Lichter zuckten über Hortensius' Körper, Carven schaute erschrocken zu ihm auf, und auch Grim spürte das Entsetzen in seiner Brust, als die Glieder des Zwergs unkontrolliert zuckten. Dann verebbten die Blitze, und ein sanfter Schleier aus blauem Licht ließ Hortensius zurück zur Erde sinken. Lautlos zog das Licht sich in seinen Augen zusammen und versank darin.
»Seid ihr bereit?« König Lir schaute von einem zum anderen, und Grim sah, wie Hortensius für einen Moment die Hand auf Carvens Schulter legte. Dann trat der Zwerg an den Rand der Arena, und Carven nickte. König Lir lächelte ein wenig, aber es war ein Lächeln ohne Freude. »So sei es!«, rief er und hob die Arme. »Carven, Anwärter zum Krieger des Lichts – empfange deinen Gegner!«
Unruhig setzte Grim sich auf, Remis biss sich vor Aufregung in die Hand, und zahlreiche Zuschauer erhoben sich von ihren Rängen. Nur Carven stand regungslos, aber Grim sah, dass seine Hände zitterten. Da drangen Schritte durch die Anspannung, ruhige, gemessene Schritte, die langsam näher kamen. Was für ein Monstrum hatten die Zwerge in den Tiefen ihres unterirdischen Reiches aufgetrieben, war es ein Magier, ein Dämon, war es … ein Kind? Grim riss die Augen auf, als eine kleine schmächtige Gestalt im Eingang der Arena erschien. Er zog die Brauen zusammen. Das war …
»Carven«, flüsterte Remis neben ihm.
Er hatte vollkommen recht. Der Gegner Carvens schien er selbst

zu sein – ein Abbild des Jungen stand in der Arena. Der einzige Unterschied zwischen ihnen war, dass der neue Carven ganz in Weiß gekleidet war und ein Lächeln auf den Lippen hatte, das Grim schaudern ließ, so eisig war es, und die Augen dieses Jungen waren nicht blau wie bei Carven, sondern schwarz. Für einen Moment standen sie sich reglos gegenüber, der fremde Junge mit diesem unheimlichen, schwarz lächelnden Blick, Carven unsicher, als würde er dem Bild des Anderen nicht trauen.

»Was willst du denn hier?«, fragte der Fremde da. Auch seine Stimme klang anders als die Carvens. Sie erinnerte Grim an den Schrei, der aus Carvens Kehle gekrochen war – damals in der Vision, als er seinen Stiefvater getötet hatte. Carven wollte etwas erwidern, aber der Fremde ließ ihn nicht zu Wort kommen. »Glaubst du im Ernst, dass du mich besiegen kannst?«, fuhr er mit spöttisch verzogenem Mund fort. »Du hast wohl vergessen, dass ich der Stärkere bin von uns beiden!«

Mit einem Schrei stieß er die Faust in die Luft, ein glänzendes Schwert entstand in seiner Hand, und stürzte auf Carven zu. Der wich zurück, taumelnd fiel er zu Boden, hob den Arm schützend vor sein Gesicht – und die Klinge seines Gegners prallte von dem silbernen Schwert ab, das aus seiner Faust erwachsen war. Für den Bruchteil eines Augenblicks starrte Carven auf die Waffe in seiner Hand, als hätte er diesen Trick hundertfach geübt und als wäre er ihm gerade zum ersten Mal gelungen. Dann sprang er auf die Füße und schlug in so schneller Folge nach seinem Gegner, dass Grim anerkennend die Brauen hob. Schon standen dem Anderen Schweißperlen auf der Stirn, er konnte sich kaum mehr verteidigen, stolperte rückwärts – und verwandelte sein Schwert in einen gleißenden Feuerball, den er mit Wucht in Carvens Richtung schleuderte. Im letzten Moment warf der Junge sich zu Boden, doch die Flammen verbrannten sein Haar. Grim nahm den Geruch wahr – und er sah, wie auch das Haar von Hortensius anfing zu qualmen.

»Du hast keine Macht über mich!«, rief der fremde Junge und schleuderte grelle Blitze nach Carven, der ihnen keuchend auswich. »Ich habe uns von ihm befreit! Ich war das! Du hättest ihn niemals daran gehindert, sie zu schlagen! Du hättest dich nie getraut, etwas gegen ihn zu tun!«

Er schleuderte den letzten Blitz und traf Carven so heftig vor die Brust, dass dieser durch die Luft flog, hart auf dem Boden aufschlug und reglos liegen blieb. Er atmete schwer, blankes Entsetzen stand in seinem Blick, als er zu dem Fremden hinübersah. Es war, als würden sich dessen Worte als Fesseln um seine Kehle legen und ihm die Luft abdrücken. Ein unsichtbarer Hieb des Anderen traf ihn an der Stirn und schlug seinen Kopf heftig auf den Boden.

Im selben Moment schwankte Hortensius und fuhr sich ins Gesicht. Grim sah das Blut, das ihm aus der Nase lief, er hörte den Aufprall, als der Zwerg ungeschützt mit dem Gesicht im Sand landete. Hortensius atmete schwer, doch Carven bemerkte es nicht. Wie betäubt hob er den Kopf, Blut rann ihm über die Stirn. Gebannt starrte er den fremden Jungen an, der nun direkt über ihm stand und erneut ein Schwert erschuf. Langsam richtete er die Klinge auf Carvens Kehle.

»Du bist ein Versager«, flüsterte der Fremde, aber seine Worte tropften wie Gift über jede Reihe der Arena. Auf einmal war es totenstill, selbst Remis hatte aufgehört zu atmen. »Und soll ich dir noch was sagen? Unsere Mutter, sie hat dich dafür … gehasst!«

Da sprang Carven auf die Beine, riss den Fremden zu Boden und drückte die Klinge seines Schwertes gegen seine Brust. »Nein!«, brüllte er, und mit diesem Wort zerriss die Szene der Arena, und Bilder flackerten um Carven herum auf. Grim zog sich der Magen zusammen, als er erkannte, welche Bilder er sah, und er spürte wieder die Angst in dem dunklen Zimmer, die Hilflosigkeit, als er die Erwachsenen streiten hörte, die Tränen seiner Schwester auf seinem Gesicht. Er hörte das dumpfe Geräusch der Prügel, das ihm den Magen zusammenzog, roch den Alkohol, sah, wie seine Schwester starb, und spürte noch einmal die Hitze der Magie in seiner Hand. Wieder sank sein Stiefvater tödlich getroffen zu Boden, der hasserfüllte Blick seiner Mutter flammte als abscheuliche Fratze in der Arena auf. Die Bilder erloschen, in schwarzen Funken fielen sie in den Sand um Carven nieder, der wortlos sein Schwert sinken ließ. Der fremde Junge beobachtete ihn lauernd.

»Doch«, flüsterte der Andere und erhob sich in unnatürlich schneller Bewegung. »Ich habe ihn getötet und ...« Da riss Carven den Blick hoch, eine Kälte lag darin, die Grim schaudern ließ. Auch der Fremde hielt mitten in seiner Bewegung inne und starrte ihn an wie ein Tiger, der bei der Mahlzeit gestört worden war.

»Nein«, flüsterte Carven kaum hörbar. »Du bist das nicht gewesen. Ich – ich war das!« Langsam trat er auf den Fremden zu und hob dabei die Hände. Grim fuhr zusammen, als er sah, dass Blut über seine Finger lief und in den weißen Sand fiel. »Ich habe ihn gehasst, ja, in jeder verdammten Nacht, da er betrunken nach Hause kam, in jedem Augenblick, da er meiner Schwester oder meiner Mutter wehgetan hat. In diesen Momenten war ich wie du. Du hast mich aufgefressen mit diesem Gefühl und für einen Moment – für diesen einen Moment bin ich verschwunden, ich war nur noch du. Aber dann ...« Carven hielt inne. »Dann habe ich etwas anderes in mir gefunden, einen winzigen Rest, der dich zurückgetrieben hat in deine Welt aus Hass und Dunkelheit.« Der Fremde stand starr, es war, als würde er von einem Bannzauber dazu gezwungen, sich nicht mehr zu rühren. Grim warf einen Blick auf Hortensius, langsam hob und senkte sich der Brustkorb des Zwergs, als Carven die Klinge seines Schwertes an die Brust des Fremden setzte – dorthin, wo das Herz war. »Meine Mutter hat mich gehasst«, flüsterte er. »Jeder ihrer verfluchten Liebhaber hat mich gehasst. Aber meine Schwester hat mich geliebt, und um ihrer Liebe willen habe ich es getan. Und obwohl unser Stiefvater ein Scheusal war, ein Despot und Tyrann, der unser aller Leben in eine Hölle auf Erden verwandelt hat, habe ich um ihn geweint. In dem Augenblick, da ich ihn getötet habe, ist ein Teil in mir gestorben. Aber das wirst du nie verstehen.«

Der fremde Junge stieß die Luft aus, aber seine Stimme klang seltsam dünn, als er antwortete: »Du bist nichts als ein weinerliches Kind.«

Für einen Moment drückte Carven die Spitze seines Schwertes tiefer in seine Brust, und Grim meinte, eine seltsame Gier und Sehnsucht in den Augen des Fremden zu erkennen – fast so, als begehrte er den Tod. Dann hielt Carven inne. »Jede meiner Tränen ist mehr wert als ein ganzer Schwall deiner Bosheit.«

Damit ließ er das Schwert sinken und wandte sich ab, doch der Fremde stieß einen Schrei aus und wollte sich auf ihn stürzen. Mit hassverzerrtem Gesicht riss er sein Schwert in die Luft. Carven fuhr herum, ohne seine Waffe zu erheben, und schaute dem Jungen in die Augen. »Du bist ein Teil von mir«, sagte er, während der Andere vor ihm erstarrte. »Aber wenn ich es will – bist du nichts!«

Da riss der andere Junge die Augen auf, Licht strahlte aus seinem Inneren und verbrannte ihn in rasender Geschwindigkeit wie eine Hülle aus Papier.

Für einen Augenblick war es totenstill. Grim meinte sogar, die Ascheflocken zu hören, die leise über den Sand der Arena glitten. Carven wandte den Blick, doch er sah nicht Hortensius an, der langsam auf die Beine kam, und auch nicht den König der Zwerge. Er schaute zu Grim herüber, als würde er ihm eine Frage stellen, lautlos und ohne ein Wort zu sprechen. Grim sah die Schatten, die sich in Carvens Augen verloren, und für einen Moment standen sie sich jenseits des Abgrunds in seiner Brust gegenüber, dessen Dunkelheit seltsam belanglos hinter ihnen aufflammte. Grim spürte, wie sich seine Kehle zusammenzog, als der Junge vor ihm den Kopf neigte. Wie von selbst erhob Grim sich von seinem Platz und schlug die

Klauen zusammen, um dem Jungen Tribut zu zollen, der vor seinen Augen sein Leben riskiert und über die eigene Finsternis gesiegt hatte. Sein Beifall durchzog die Arena wie Peitschenhiebe, er spürte, dass Remis ihn mit strahlenden Augen betrachtete. Carven sah ihn mit einem Anflug von Erstaunen an, dann zog ein Lächeln über sein Gesicht. Die anderen Zuschauer folgten Grims Applaus, zuerst ruhig, dann immer lauter, und Grim sah die Anerkennung in den Gesichtern der Zwerge und in einigen Augen sogar winzige Anzeichen von Rührung. Hortensius trat auf Carven zu und zog ihn kurz an sich, und Remis applaudierte so heftig, dass sein ganzer Körper bebte, und pfiff begeistert durch die Zähne.

»Carven«, dröhnte da die Stimme des Königs über die Ränge. »Kind der Menschen! Diese Waffe gehört nun dir.«

Und da, aus der Mitte der Arena, erhob sich ein Podest aus weißem Marmor. Darauf lag ein Tuch aus Seide, sanft glitt der Sand daran hinunter. Grim holte tief Luft. Hortensius' Stimme flüsterte wie eine Erinnerung durch seine Gedanken. *Große Macht birgt große Gefahr in den Händen eines Menschen, das habe ich erfahren. Niemals wieder sollte ein Krieger des Lichts seine Macht entfalten – und sie möglicherweise missbrauchen.* Unwillig schob Grim diese Gedanken beiseite und sah zu, wie Carven sich von Hortensius löste, der ihm auffordernd zunickte.

Mit großen Augen trat der Junge an das Podest heran. Grim meinte seinen Herzschlag zu hören, als er direkt davor stehen blieb. Dann riss er das Tuch zurück und gab den Blick frei auf ein kostbares Schwert. Es bestand aus glänzendem Metall, und auf seinem Knauf prangte ein funkelnder Rubin. In der Klinge waren verschlungene Worte eingraviert, die Grim nicht lesen konnte. Vorsichtig strich Carven über die Waffe, deren Buchstaben kurz auf seinem Gesicht aufflammten. Dann umfasste er das Schwert mit der Hand und hob es über seinen Kopf. Im selben Moment stob ein Strom aus glühender Lava aus der Klinge, schoss in die Nacht der Höhle und brach sich in gewaltigen Feuerfällen, die prasselnd und funkensprühend in die Arena niederstürzten. Deutlich flammten die Worte auf der Klinge des Schwertes auf und wurden von unsichtbarer Hand in allen Farben des Feuers in die Dunkelheit geschrieben. Es waren die Worte der Krieger des Lichts, und Grim meinte, Aldrirs Stimme in seinen Gedanken widerklingen zu hören: *Für die Freiheit der Welt. Denn dafür kämpfe ich: nicht für Mensch oder Zwerg oder Andergeschöpf, nicht für Gut oder Böse, nicht für Tag oder Nacht – nein, nur für eines: Mein Weg ist das Licht!*

Die Worte standen in flackerndem Feuer, vereinzelt fielen zischende Funken in die Arena hinab. Und inmitten der Flammen und Farben stand Carven, ein Menschenkind – und der Letzte Krieger des Lichts.

Kapitel 44

Die Laternen über der Half Penny Bridge warfen goldene Lichter auf das schwarze Wasser der Liffey und ließen die Schneeflocken, die lautlos aus der Finsternis des Himmels auftauchten, leuchten wie winzige Sterne. Mia strich mit einem Finger über das Geländer der Brücke und trommelte die Melodie eines Liedes nach, das deutlich aus einem Pub in Temple Bar zu ihr herüberklang. Unruhig warf sie Theryon einen Blick zu, doch der Feenkrieger stand regungslos und schaute auf die Nordseite der Stadt hinüber, die Augen fest auf die O'Connell Street gerichtet, als könnte er durch all die Häuser, die ihm im Weg standen, die Spire of Dublin erkennen. Jakob hingegen lehnte am Geländer der Brücke und schaute ins Wasser hinab, als würde es ihm Geschichten erzählen. Sein blondes Haar wehte ihm Wind, Schneeflocken verfingen sich darin.

Mia spürte, wie ihr ein Schauer über den Rücken lief, als sie ihren Bruder betrachtete, und sie erinnerte sich daran, dass sie im vergangenen Jahr häufig aus Albträumen erwacht war, die ebenso begonnen hatten wie dieser Moment: Sie hatte neben Jakob gestanden oder war auf ihn zugegangen, alles hatte real gewirkt, doch dann, gerade als das Glücksgefühl in ihrem Magen explodierte, war er verschwunden. Sie berührte ihn an der Schulter und lächelte. Diese Träume waren vorbei.

Seufzend schaute sie zum Himmel auf und lauschte, doch sie hörte nichts als das Dröhnen vereinzelter Autos, Stimmen von Passanten und die allgegenwärtige Musik.

»Sie werden kommen«, sagte Theryon und lächelte.

Mia verzog das Gesicht zu einer Grimasse. Das Letzte, was sie jetzt gebrauchen konnte, war, von einem Feenkrieger dem Gedankenlesen unterzogen zu werden. Zum wiederholten Mal holte sie ihren Pieper aus der Tasche und las die letzte Nachricht, die Grim ihr gesandt hatte. Wieder spürte sie die kribbelnde Aufregung, die bei dieser Neuigkeit ihren Nacken hinabflog: *Carven hat das Schwert erlangt. Werden bald zurück sein. Gib inzwischen auf dich acht, Menschenkind.*

Sie lächelte, als sie das letzte Wort las, denn sie wusste, wie Grim es betonte, wenn er mit ihr sprach: sanft und zärtlich und mit diesem zögernden Unterton in der Stimme, als würde er sich seiner eigenen Verletzlichkeit in diesen Momenten besonders bewusst werden. Sie holte tief Atem. *Carven hat das Schwert erlangt.* Theryons Bannzauber hielt die Königin und ihr Gefolge im Schloss auf Tara gefangen, und es würde ein Leichtes sein, sich ins Innere des Gebäudes zu schleichen. Sie würden einiges Geschick aufbringen müssen, um zur Königin vorzudringen, ohne von Feen oder Alben bemerkt zu werden – aber sobald sie das geschafft hätten, konnte Carven sie zum Kampf fordern und ihr den Bannzauber abnehmen. Dann würde er die Feen mit der Macht des Schwertes in ihre Welt zurücktreiben – und Mia höchstpersönlich würde die Alben mithilfe des Bannzaubers in die Verbannung zurückschicken, aus der sie gekommen waren. Sie lächelte, als sie an Alvarhas' Gesicht dachte. Ja, sie würde ihn in das Nichts zurückstoßen, mit dem er sie ersticken wollte.

In diesem Moment betraten zwei junge Mädchen die Brücke. Sie gingen untergehakt und unterhielten sich so angeregt, dass sie nicht einmal einen Blick für Theryon hatten, der regungslos über den Fluss schaute.

»… wie aus einem Märchen«, hörte Mia die Stimme des einen Mädchens. »Ich habe die Fotos in der Zeitung gesehen, auf Tara stehen auf einmal uralte Eichen und Pflanzen von der Art, wie sie jetzt überall zu finden sind. Und das Schloss ist riesengroß und von so einer merkwürdigen Hülle aus Licht umgeben.«

»Davon habe ich auch gehört«, sagte die andere aufgeregt. »Mein Bruder hat erzählt, dass sich das Licht ganz kalt anfühlen soll und hart – wie eine Wand aus Glas oder Eis.«

Mia unterdrückte ein Lächeln. Die beiden sprachen eindeutig von Fynturil und dem magischen Bann, den Theryon um das Schloss gelegt hatte.

»Und hast du von der Stadt gehört, die sich im Boyne-Tal errichtet?«, fragte wieder das erste Mädchen, als sie Mias Höhe erreichten. »Dort sollen Gebäude aus schwarzem Kristall entstehen, fremdartige Tempel und ...«

Da lachte das andere Mädchen auf. »Ich wette, die drehen hier einen Film, von dem niemand wissen darf – stell dir nur mal vor, vielleicht begegnen wir heute Nacht noch einem Star!«

Die beiden brachen in Gelächter aus, und Mia konnte sich eines breiten Grinsens nicht enthalten. Sie wusste, dass die Mädchen von der Tempelstadt Alfrhandhar sprachen, von der Theryon ihr schon viel erzählt hatte und die unter dem Einfluss der Feenmagie nun zu alter Stärke zurückkehrte. Aber vor nicht allzu langer Zeit hätte sie womöglich genau dieselben Gedanken gehabt wie die beiden Mädchen angesichts der merkwürdigen Vorkommnisse. Sie dachte an die Wandlung, die die Menschenwelt erfahren hatte, seit die Feenmagie gekommen war. Sie dachte an die Lichter des Himmels, die dort oben ihre Tänze vollführten, dachte an die Blumen der Wünsche und an das Gefühl von Ruhe und nach Hause kommen, das sich beim Anblick der verzauberten Welt immer wieder in ihre Brust setzte. Die Magie der Feen hatte Wunder und Zauberei in die Welt zurückgebracht und sie reicher gemacht, das konnte niemand bezweifeln, und Mia spürte deutlich den fast hörbaren Klang der Sehnsucht, der in dieser Magie mitschwang. *Es ist wahr*, ging Theryons Stimme ihr durch den Kopf, *was in den Märchen der Menschen über mein Volk berichtet wird: In früheren Zeiten erfüllten wir oft die Wünsche der Menschen. Vielleicht liegt dies daran, dass die wahren Wünsche wie aus einem Spiel heraus entstehen – dem freien Spiel des Ersten Lichts, das dem eines Kindes gleicht und zu dem wir Feen niemals fähig waren. Und doch durchdringt uns die Sehnsucht nach diesem Spiel bis in die letzte Faser unseres Ichs. Vielleicht wird die Feenmagie auch aus diesem Grund die Magie der Wünsche genannt – weil mein Volk sie früher, da Feen und Menschen einander noch in Freundschaft begegneten, insbesondere zur Erfüllung der Wünsche der Sterblichen genutzt hat.*

Mia dachte an Rhendralor und das Volk der Freien Feen und stellte sich für einen Augenblick vor, dass sie zurückkehren würden in die Welt der Menschen – in Frieden. Doch die Feen schienen kein Interesse daran zu haben, mit den Menschen zusammenzuleben – nicht mit *diesen* Menschen zumindest, und da waren sie nicht allein. Mia erinnerte sich an die Abwehr der Anderwesen im Senat Ghrogonias, und sie fröstelte in der Kälte der Nacht. Doch dann lächelte sie. Wie oft hatte sie im vergangenen Jahr Gedanken dieser Art gehabt. Aber nun hatte sich die Situation geändert. Nun war sie nicht mehr allein. Jakob hob den Kopf, als hätte er ihre Gedanken gehört und als wollte er etwas sagen – oder ihr widersprechen. Er hatte gerade den Mund geöffnet, um etwas zu erwidern, als laute Musik zu ihnen herüberdrang, und es waren nicht die Klänge Temple Bars.

Theryon trat ans Geländer der Brücke, noch immer schaute er regungslos in eine Richtung – doch nun sah Mia sie auch: Tausende tanzende Gestalten, Monster, Riesen, Giganten und Geister, Hexen, Kobolde und funkensprühende Tänzer, selbst Drachen, die sich in einem bunten Zug über die Fleet Street auf sie zubewegten. Für einen Moment meinte Mia, dass die Anderwelt Irlands ihre Furcht vor den Menschen vergessen hatte und mit einem gewaltigen Triumphzug an die Oberwelt gekommen war. Sie gab sich diesem Gedanken hin, spürte, wie sie von ihm emporgehoben wurde, und lachte wie ein Kind. Dann sah sie ein bekanntes Gesicht im Gewühl auftauchen, ein Gesicht mit lachenden, außergewöhnlich blauen Augen. Wirres graues Haar stand seinem Besitzer in allen Richtungen vom Kopf ab. Ein goldener Ring blitzte an seinem rechten Ohr auf. Tomkin war es, Tomkin der Barde in seinem einfachen schwarzen Anzug, und er spielte ein wildes Lied auf seiner Geige, das die Gestalten um ihn herum zum Tanzen brachte. Mia erkannte, dass es Menschen waren, verkleidete Menschen, die auf bunt geschmückten Fahrzeugen standen und auf der Straße tanzten. Plötzlich hörte sie Türenschlagen von überall her, weitere Menschen strömten herbei und begleiteten den Festzug, der immer näher kam, und bald stand sie mit Theryon und Jakob inmitten von feiernden Waldschraten, Gnomen und Wildweibern.

»Samhain«, raunte Theryon neben ihr und lächelte. »Die Menschen feiern das Ende des Sommers mit diesem Schwellenfest, an dem die Zeit stillsteht und die Tore zur Anderwelt leichter geöffnet werden können – und zu anderen Welten, die an die Welt der Menschen grenzen.«

Mia griff nach Jakobs Hand, der wie verzaubert inmitten der tanzenden Menschen stand. Er sah sie an, als wären sie wirklich Geschöpfe der Anderwelt, und tatsächlich erkannte Mia einen Gnom, der offensichtlich die Gunst der Stunde nutzte, um sich frei unter den Menschen zu bewegen. Ihr Blick glitt über die Menge, sie sah zwei Werwölfe in ihrer tierischen Gestalt, die lässig über die Brücke schritten, und mehrere Trolle, die in der Parade selbst mitliefen und mit lauten Stimmen einige Takte zu Tomkins Melodie mitsummten. Sogar Molly Malone, die sonst als bronzene Statue in der Grafton Street stand, schob nun ihren Karren durch die Menge und rief ihre Fischwaren aus. Die Menschen lachten, sie hielten Molly für eine verkleidete Schauspielerin, doch Mia spürte die Kälte der bronzenen Haut, als Molly an ihr vorbeiging, und sie schaute in ihre meergrünen Augen, die mehr gesehen hatten als die Oberwelt der Stadt. Molly Malone lächelte, als sie erkannte, dass Mia sie ansah, es war ein Lächeln, das Mia die Kehle zusammenschnürte und sie gleichzeitig in ein Funkenmeer aus Freude tauchte. Noch nie hatte ein fremdes Anderwesen sie auf diese Weise angelächelt, so herzlich und so – frei. Sie sah Jakob an, und sie wusste, dass er dasselbe dachte wie sie: *So könnte es sein. Wenn die Welten nicht mehr getrennt wären – so könnte es sein.*

Kaum hatte sie das gedacht, schob sich eine Gestalt durch die Menge – eine große, steinerne Gestalt mit gewaltigen Schwingen, ein Engel aus Finsternis. Stolz lag auf seinen Zügen, eine kühle Erhabenheit, wie Mia sie von den Gesichtern antiker Statuen kannte. Ein Ausdruck wie wütender Trotz, ein kindlich-nachdenklicher Schatten flammte in seinen Augen, mit denen er auf die Welt schaute, als wollte er ihr jeden Moment ins Gesicht spucken – und ein Lächeln glitt über seine Lippen, als er Mia sah. Sie lief Grim entgegen, jede Erinnerung an ihren Streit war wie ausgelöscht. Die Lichter der Laternen tanzten auf seiner Haut, als sie ihm um den Hals fiel, und sie hörte sein Herz tief in der Finsternis seiner steinernen Brust wie das Schlagen einer Kirchturmglocke in der Ferne. Sanft strich sie ihm über die Wange und sah die Funken des Feuerwerks, das gerade über den Dächern der Stadt entfacht wurde, in seinen Augen. Die Parade war ins Temple-Bar-Viertel gezogen, die Menschen in ihrer Nähe tanzten zu den leidenschaftlichen Klängen Tomkins, der sich mit einer Brass-Band zusammengetan hatte, und sie standen mitten unter ihnen, der Hybrid und die Hartidin – als Teil ihrer Welt.

Eine gewaltige Explosion ließ Mia zusammenfahren, doch sie lächelte, da sie die Funken, die in roten Strömen vom Himmel schossen, im ersten Moment für einen Teil des Feuerwerks hielt. Unbeschwert hob sie den Blick – und erstarrte.

Der Himmel brannte. Als hätte ein gewaltiges Messer den Leib des Firmaments aufgeschlitzt, quollen Feuersbrünste aus sieben klaffenden Schnitten. Der Himmel schlug Blasen wie verbrennende Haut, und Blitze zerfurchten das Antlitz der Nacht mit einer Gewalt, dass Mia meinte, die Welt müsste auseinanderbrechen. Wie aus der Ferne hörte sie, dass der Verkehr Dublins mit einem Schlag zum Erliegen kam. Die Stille, die daraufhin einsetzte, war atemlos. Gleich darauf flackerten die Lichter der Stadt in einem Stakkato aus explodierenden Glühbirnen und erloschen gleichzeitig. Es war, als hätte sich ein Tuch aus Finsternis über die Welt gebreitet. Mia hörte die entsetzten Stimmen der Menschen um sie herum und fühlte Grims Atem, der erschrocken ihre Wange streifte. Da gellte ein Schrei über die Dächer der in Dunkelheit liegenden Stadt, und ein Reiter preschte auf einem fliegenden Panther heran. Die Schwingen des Tieres standen in rotem Feuer und warfen sprühenden Funkenregen über die Köpfe der Menschen, die panisch aufschrien. In wilden Sprüngen jagte der Reiter zum Himmel hinauf, blieb zwischen den Rissen in der Luft stehen und hob die Faust mit einem glühenden Rapier. Mia konnte sein Gesicht nicht erkennen, aber sie fühlte seinen Blick auf ihrer Haut und hörte seinen Namen in ihrem Kopf widerhallen. Alvarhas war wieder da.

Noch einmal schrie er, und da sprangen Alben aus den Rissen des Himmels in die Nacht – Hunderte, Tausende von Alben. In rasendem Tempo schossen sie zur Erde hinab und wiederholten Alvarhas' Schrei, der nur eines bedeutete: Tod und Finsternis.

Kapitel 45

Die Schattenalben rasten auf die Stadt zu wie brennende Kometen, die vom Himmel stürzten. Grim zog Mia an sich, während Theryon und die anderen sich dicht am Geländer in ihrer Nähe hielten. Remis klammerte sich an den Knauf des Schwertes, das Carven auf seinem Rücken trug. Grim spürte die Magie der Himmelsrisse wie Glut auf seiner Haut. Die Zwischenwelt war geöffnet worden, ihre Macht strömte in die Welt der Menschen und brachte deren Gleichgewicht in erschreckendem Ausmaß durcheinander. In Dublin hatte es begonnen. Die Technik der Menschen versagte, binnen weniger Stunden würde die ganze Welt in Dunkelheit versinken und die Sterblichen in einen Zustand nichtsahnender Hilflosigkeit versetzen.

Die Alben genossen ihren Triumph, kreischend stürzten sie sich auf die Menschen, rissen sie in die Luft, schleppten einige von ihnen davon und zerfetzten anderen mit heftigen Schlägen die Glieder. Grim sah Tomkin, den Barden, wie er von einem Alb am Arm gepackt und über die Häuserdächer davongetragen wurde, sah das schreckensstarre Gesicht des Geschichtenerzählers und spürte den Schauer, der ihm bei diesem Anblick über den Rücken flog. Die Menschen verloren ihre Masken, mit angstverzerrten Gesichtern fielen sie übereinander bei ihrem Versuch zu fliehen, doch die Brücke war überfüllt. Immer wieder stürzten Flüchtende zu Boden, andere trampelten über sie hinweg wie über leblose Hindernisse. Die

Schreie zerrissen Grim fast das Trommelfell. Von einem Moment zum nächsten war aus einem leidenschaftlichen, harmonischen Fest ein zum Leben erwachter Albtraum geworden.

Er schützte Mia mit seinem Körper, doch immer wieder rannten Menschen wie von Sinnen auf ihn zu und prallten von ihm zurück, als wären sie gegen eine Wand gelaufen. Grim wechselte mit Theryon einen Blick, der lautlos nach Asmael rief, der irgendwo über Dublins Dächern seine Runden drehte. Sie mussten verschwinden, ehe Alvarhas sie bemerkte.

Grim versuchte, seine Schwingen zu entfalten, aber die Menschenmassen auf der Brücke ließen es nicht zu. Gerade wollte er sie mit einem Zauber beiseiteschieben, als ein Schattenalb auf einem geflügelten Panther auf die Brücke zuraste. Er schwang einen Morgenstern aus schwarzem Feuer durch die Luft. In letzter Sekunde riss Grim die Arme in die Luft und brüllte einen Schutzzauber, der sich in goldenem Licht über die Brücke legte. Krachend flog der Morgenstern gegen den Wall und zerbarst, indem er den Schutzzauber kurzzeitig in schwarzen Schein hüllte. Gleich darauf wallte ungeheure Hitze durch die Luft. Mehrere Alben sprangen über das Wasser der Liffey wie über feste Erde – doch der Fluss verwandelte sich unter ihren Schritten in einen Strom aus reißender Lava. Schon ging ein Beben durch die Brücke. Das Geräusch von sich verbiegenden Metallträgern zerschnitt die Luft. Gleich darauf hoben die Alben auf dem Fluss ihre Fäuste. Die Brücke riss aus ihren Verankerungen und schwebte haltlos in der Luft. Die Menschen kreischten voller Panik, einige stürzten an den Seiten ab und versanken in der brodelnden Liffey. Auch die Brücke selbst begann zu glühen, schon schrien die ersten Menschen schmerzerfüllt, da sie sich Hände und Füße an dem kochenden Metall verbrannten. Mia streckte die Hand aus, sie berührte das glühend heiße Geländer und murmelte einen Zauber. Eiskristalle sprangen über ihre Finger auf die Brücke, in rasend schneller Geschwindigkeit warfen sie sich den Flammen entgegen, die knisternd über das Metall liefen, und erstickten sie mit leisem Zischen.

Die Alben stießen wütende Schreie aus, einer von ihnen sprang vor und bewegte die Hände in Kreisen über seinem Kopf. Sofort ging ein Ruck durch die Brücke. Erschrocken griff Grim nach dem Geländer und hielt Mia fest an sich gedrückt. Der Alb drehte die Brücke in der Luft im Kreis, immer schneller und schneller. Grim spürte Mias Haar an seiner Wange. Sie hatte das Geländer längst losgelassen und hielt sich an ihm fest. Verzweifelt versuchten die Menschen, sich an den vereisten Stäben festzuklammern, doch immer wieder verloren einige den Halt, wurden durch die Luft geschleudert und landeten an Häuserwänden oder auf der Straße, wo sie reglos liegen blieben. Endlich wurden die Bewegungen der Brücke langsamer, und schließlich kam sie zum Stehen. Benommen richtete Grim sich auf und sah, wie die Alben auf dem Fluss zu ihnen hochschauten, alle mit bösartigem, schaulustigen Grinsen auf den Lippen. Noch hielt der Alb, der die Brücke zum Kreisen gebracht hatte, die Hände über seinem Kopf. Dann ging ein Flackern durch seinen Blick – und er riss die Arme herunter.

Im selben Moment stürzte die Brücke auf den Fluss zu, die Menschen krallten sich am Geländer fest und schrien. Grim spürte die Hitze des Feuers, auf das sie zurasten, umgab Mia mit einem Schutzschild und sprang in die Luft. Rasch legte er die Schwingen an und raste an der Brücke vorbei hinab in den Fluss. Brodelnd empfingen ihn die Ströme aus Lava und Flammen, doch er achtete nicht auf die Hitze, die seinen Körper umspülte. Entschlossen riss er die Arme in die Luft, die Brücke schoss direkt auf ihn zu. Er brüllte einen Zauber – und fing sie mit gewaltigem Krachen auf. Seine Magie strömte rechts und links an der Brücke empor, goldene Streben verbanden sich mit dem Ufer des Flusses.

»Lauft!«, brüllte er den Menschen zu, die fassungslos auf die Beine kamen. »Lauft um euer Leben!«

Diese Worte brachten Bewegung in die Menge. Grim spürte die Tritte ihrer Füße auf der Brücke, fühlte auch, wie sich das glühende Metall in seine Hände fraß. Wütend starrte er in die Flammen der Liffey. *Zur Hölle noch eins*, dachte er mit allem Zorn, den er auftreiben konnte. *Ich bin ein Kind des Feuers! Wenn jemand die Menschen auf dieser Brücke retten kann – dann doch wohl ich!*

Gleich darauf hörte er peitschende Flammen nach seinem Zauber ausschlagen. Die Alben hinter ihm zielten auf die fliehenden Menschen, sie wollten die Verbindungen zum Festland zerstören. Auf der linken Seite hatten sie es bereits geschafft. *Beeilt euch*, schoss es Grim durch den Kopf, als die ersten Menschen das Ufer erreichten. Er hörte, dass Theryon Jakob und Mia mit sich zog, auch Hortensius, Carven und Remis erreichten das Ufer. Nur noch wenige Menschen befanden sich auf der Brücke, gleich konnte er … Der Rest seines Gedankens ging im Tosen eines Feuerzaubers unter, der auf ihn zuraste. Er stieß einen Schrei aus, der den Flammenball dicht vor seinem Gesicht teilte und an seinen Wangen vorbeischießen ließ. Keuchend atmete er ein – und erstarrte.

Alvarhas hielt über den Fluss direkt auf ihn zu. Seine Hände hatte er rechts und links neben seinem Panther ausgestreckt und brüllte mächtige Zauber. Das Feuer des Flusses loderte auf, schon türmten sich meterhohe Wellen, die rasch weiter anwuchsen und wie ein lebendiges Wesen auf die Stimme des Albs reagierten. Inmitten einer riesigen Feuerwand blieb Alvarhas stehen. Zuckend traten gewaltige Feuerbeine auf Grim zu, ein Ungeheuer erstand aus den Flammen – es war, als hätte der Alb eine Bestie aus Hitze und Tod geschaffen, die nur darauf wartete, entfesselt zu werden, um die fliehenden Menschen auf der Brücke ebenso wie Grim auf einen Schlag in einem magischen Flammenmeer zu verbrennen. Wütend zog er die Brauen zusammen und fixierte Alvarhas mit düsterem Blick. Dieser Alb würde ihn nicht ums Leben bringen, so viel stand fest.

Da riss Alvarhas die Faust hoch zum Zeichen, dass das Feuer

befreit werden sollte – und Grim stieß einen Schrei aus, der seine Lunge in Brand setzte und die Häuser rings am Ufer erzittern ließ. Goldenes Feuer schoss aus seinem Schlund und warf sich der Flammenwand des Albs wie eine gewaltige Druckwelle entgegen. Die Menschen auf der Brücke rannten, so schnell sie konnten, Grim fühlte, wie sie ans Ufer sprangen. Funken sprühten durch die Luft, als seine Magie sich in Form einer riesigen goldenen Welle auf das rote Feuer des Albs warf. Donnernd umschlangen Grims Flammen Alvarhas' Feueruntier, das immer wieder mit seinen Klauen ausschlug und den Fluss aufpeitschte, doch Grims Zauber ließ es nicht los. Unbarmherzig drückte er seinen Gegner in die Lava zurück, aus der er gekommen war, und grub seine flammenden Klauen tief in dessen Fleisch, bis das Ungeheuer sich schwarz verfärbte und nichts von ihm übrig blieb als ein gewaltiger Wirbel aus Asche, in dessen Mitte Alvarhas auftauchte. Grim umfasste die Brücke fester und schleuderte sie mit voller Wucht auf den Alb. Er sah noch, wie Alvarhas trotz Schutzzauber von dem Geschoss mitgerissen wurde und in einiger Entfernung im Fluss unterging. Dann breitete er die Schwingen aus und erhob sich aus den Flammen.

Glühende Lava floss von seinem Körper auf die Straße. Noch immer liefen schreiende Menschen vor den Alben davon, die immer wieder Einzelne aus der Menge der Fliehenden rissen und sie in die Nacht verschleppten. Atemlos suchte Grim die Straßen und Dächer nach Mia und den anderen ab, aber er konnte sie nirgendwo entdecken. Hatten die Alben sie in ihre Gewalt gebracht? Wütend ballte Grim die Klauen. Nein, sie mussten sich versteckt haben, er würde ...

Weiter kam er nicht, denn in diesem Moment schlug eine Feuerfaust mit solcher Wucht neben seinem Gesicht in einer Wand ein, dass er von splitternden Steinen getroffen wurde. Alarmiert fuhr er herum und sah Alvarhas, der mit hassverzerrtem Gesicht auf ihn zustürzte. Grauer Nebel strich über dessen verbrannte Haut, die in rasender Geschwindigkeit heilte. Grim stieß einen Fluch aus und eilte dicht über den Häuserdächern davon. Der Alb folgte ihm und schleuderte Flammenkugeln hinter ihm her, denen Grim nur durch waghalsige Ausweichmanöver entkommen konnte. Krachend schlugen sie in Straßen und Dächern ein und ließen ganze Häuser in sich zusammenstürzen. Einige Male wich Grim riesigen Schornsteinen aus, doch Alvarhas durchschlug sie mit seinem Körper, als wären sie aus Pappe. Eines war nicht zu übersehen: Der Alb war verdammt wütend.

Da traf Grim etwas an der Ferse, ein kaum merklicher, haarfeiner Stich wie von einem Insekt. Wütend fuhr er sich an den Fuß und spürte sofort die Macht eines Lähmungszaubers, den Alvarhas in hauchdünnen Nadeln in seinen Körper geschossen hatte. Schon fühlte er die Dunkelheit, die sich wie schwarze Tinte in seinem Inneren ausbreitete. Alvarhas stieß die Faust in den blutroten Himmel und brüllte einen Zauber. Sofort schossen Funken aus den sieben Rissen und trafen seine Faust, um sich dort in einen glühenden Speer zu verwandeln. Grim stieß die Luft aus. Er musste verschwinden, auf der Stelle. Mit aller Kraft errichtete er einen Schild hinter sich und stob davon, so schnell er konnte. Doch schon hörte er das Zischen des Speeres in der Luft, fühlte, wie sein Schutzwall zerbarst – und spürte, wie die Waffe krachend in seinem Rücken einschlug.

Grim brüllte vor Schmerzen. Der Speer schrammte an der Wirbelsäule vorbei und durchstach seine Lunge. Im nächsten Moment versagten seine Schwingen. Hilflos rief er seine Magie, aber seine Gedanken gehorchten ihm nicht mehr. Der Innenhof des Trinity College flackerte unter ihm im roten Licht des zerfetzten Himmels. Grim riss die Arme vors Gesicht und schlug mit aller Härte auf dem Boden auf. Die Steine fraßen sich in sein Fleisch, während er über sie hinwegschlitterte. Endlich blieb er liegen, doch er konnte den Kopf nicht vom Boden heben. Sein Körper war angefüllt mit kriechender, lähmender Schwärze. Mühsam hielt er die Augen offen und sah, dass Alvarhas mit langen Schritten auf ihn zukam.

Der Alb schaute verächtlich auf ihn herab, während er einen Zauber in seine Finger schickte, der Grim die Knochen aus dem Leib reißen würde. »Du bist ein Narr«, sagte Alvarhas. »Das wusste ich vom ersten Augenblick an. Du hättest fliehen sollen, als du die Gelegenheit dazu hattest, aber stattdessen beschützt du winselnde Kreaturen wie Menschen vor ihrer Erlösung – was ist der Tod anderes, wenn man eine Existenz wie sie führen muss? Es hätte mehr aus dir werden können, aber letztlich bist du wohl doch nicht mehr als einer von ihnen. Ist es nicht so?«

Grim öffnete den Mund, aber nichts als ein heiseres Keuchen kam über seine Lippen. Da lächelte Alvarhas in kaltem Triumph, hob die Hand und flüsterte leise: »Sag mir, wo sich der Junge versteckt, und ich verschone dein Leben – wie die Menschen wirst du dich daran klammern, also ist das kein schlechter Tausch, nicht wahr?«

Grim spürte die Erleichterung darüber, dass die Alben Mia und die anderen noch nicht gefunden hatten, wie eine kühle Brise auf seiner Stirn. Doch er fühlte auch die Hitze des Zaubers, der nur darauf wartete, ihn mit all der Grausamkeit zu töten, die dem Volk der Schattenalben innewohnte. Er presste die Zähne aufeinander. Noch war es nicht vorbei. Mit finsterer Miene starrte er Alvarhas an und schaffte es, ein spöttisches Lächeln auf seine Lippen zu zwingen.

»Ich lasse mich nicht kaufen«, flüsterte er. »Im Gegensatz zu dir.«

Er sah, wie sich das Gesicht des Albs mit Wut überzog. Ohne ein weiteres Wort entließ Alvarhas seinen Zauber, der in Form eines schwarzen Wirbels auf Grim zuschoss. Grim sah wie in Zeitlupe, dass der Zauber die Luft in sich aufsog und zu grausamen Stimmen verzerrte, und er sah die Gesichter, die sich durch den schwarzen Trichter nach außen drückten wie gegen Segeltücher. Ihre Münder und Augen waren weit aufgerissen, finsterste Schwärze loderte Grim entgegen und er schauderte, als zerfressene Arme aus dem

Wirbel stachen und sich nach ihm ausstreckten. Keuchend krallte er die Klauen in den Boden und meinte plötzlich, Mias Stimme in seinem Kopf zu hören. Im selben Moment riss er die Faust in die Luft und entließ den gesamten Rest seiner Magie. Golden baute sich sein Spiegelzauber vor dem Wirbel auf und schickte ihn gleich darauf zu Alvarhas zurück. Grim sah noch, dass der Alb die Augen aufriss wie ein Kind beim Anblick eines Ungeheuers. Dann wurde er von seinem eigenen Zauber erfasst und unter schrecklichem Brüllen emporgerissen. Die Luft brannte unter der Spur des Wirbels, der über den Hof tanzte. Der Boden schmolz unter der Magie, die Bäume fingen Feuer, Ruß und Asche flogen durch die Luft wie bei einem gewaltigen Brand. Dann brach der Wirbel auseinander, Funken und Rauchschwaden sprühten in die Nacht und dort, wo der Wirbel verschwunden war, lag Alvarhas. Sein Körper war verkohlt, unheimlich starrte sein totes Auge in den brennenden Himmel, über den plötzlich ein heller Silberstreif hinwegglitt. Er kam direkt auf Grim zu.

Grim konnte sich nicht erinnern, bei Asmaels Anblick jemals ein Gefühl wie in diesem Moment gehabt zu haben. Mia sprang von seinem Rücken und lief auf Grim zu. Sorge stand in ihrem Blick, als sie einen Heilungszauber in seinen Körper schickte und ihn prüfend und eindringlich ansah wie bei ihrer ersten Begegnung. Grim griff nach ihrer Hand, während der Zauber ihm seine Kräfte zurückgab, und er dachte nur noch einen törichten Gedanken, den er vor allem in letzter Zeit mit aller Kraft verdrängt hatte, nur um jetzt bereitwillig die Waffen vor ihm zu strecken. *Mia ist da*, dachte er tief in seinem Inneren. *Alles wird gut werden, wenn sie nur da ist.*

Nicht mehr als ein unscheinbarer, flackernder Schatten war es, der ihn den Blick wenden ließ – und der ihn umgehend in die Wirklichkeit zurückholte. Angestrengt kam er auf die Beine und packte Mia am Arm.

»Lauf«, raunte Grim atemlos. »Lauf!«

Kapitel 46

Mia fuhr herum und wusste, dass sie dieses Bild niemals vergessen würde: Zwischen den brennenden Mauern des Innenhofs, inmitten fliegender Asche und Ruß, erhob sich Alvarhas' verkohlter Körper aus den Trümmern. Sein Gesicht war von den Flammen zerfressen worden, und auch wenn sich jetzt neues Fleisch bildete und rasch von zarter Haut überzogen wurde, war es, als würde Mia in diesem Moment in Alvarhas' wahres Gesicht schauen: ein Gesicht ohne Menschlichkeit und Reue mit einem toten Auge, das weder Mitleid noch Gnade kannte.

Noch während sich die zerfetzte Kleidung wieder um seine Glieder legte, entließ er ein donnerndes und wahnsinniges Lachen aus seiner Lunge. Dunkle Schatten zogen über den Himmel. Es waren Schattenalben, die – gerufen von Alvarhas' Lachen – wie brandende Sturmwellen aus dem Himmel herabstürzten, um sie zu töten.

»Zur Alten Bibliothek!«, rief Hortensius von Asmaels Rücken und deutete auf ein Gebäude am Rand des Innenhofs. »Schnell!«

Der Hippogryph schoss an ihnen vorbei und riss Mia aus ihrer Starre. Eilig kletterte sie auf Grims Rücken, der sich vorwarf und dicht über den Boden dahinraste. Alvarhas lachte noch immer, seine Stimme zerbrach in Mias Kopf zu schneidenden Scherben, die sich von innen gegen ihre Schläfen drückten.

Asmael bäumte sich vor einem Fenster im Obergeschoss der Bibliothek auf, riss es mit einem einzigen Tritt ein und verschwand im

Inneren des Gebäudes. Flammende Pfeile schossen an Mias Gesicht vorbei, krachend schlugen sie im Fensterrahmen ein, als sie die Alte Bibliothek erreichten.

Grim landete im kühlen Schatten des Gebäudes, schnell sprang Mia von seinem Rücken. Sie befanden sich im Long Room, dem Hauptsaal der Bibliothek. Unter gewöhnlichen Umständen wäre Mia der Atem stehen geblieben beim Anblick der breiten, holzgewölbten Halle mit den unzähligen Büchern, deren Regale sich über mehrere Ebenen erstreckten. Doch jetzt nahm sie nur den alten, leicht staubigen Geruch wahr – und hörte die Schreie der Alben, die ihnen folgten.

»Weiter! Beeilt euch!« Hortensius rannte vorneweg, Mia hörte seine Füße wie Hammerschläge auf dem Boden.

»Was hast du vor?«, grollte Grim, während die Fenster hinter ihnen unter den Geschossen der Alben splitterten. Feuerbälle schlugen gegen die Regale, schon fingen die ersten Bücher Feuer. »Wir sollten uns nicht in einem Gebäude verschanzen, wir haben sowieso keine Chance gegen sie!«

Hortensius blieb abrupt stehen und fiel auf die Knie. Mit eiligen Bewegungen tastete er den Boden ab, dann kam er wieder auf die Füße. »Du sagst es«, flüsterte er. »Wir haben keine Chance. Nicht ohne die Macht der Altvorderen.«

Im nächsten Moment sprang er hoch in die Luft, zog die Beine an den Körper und landete krachend auf dem Stück Boden, das er gerade untersucht hatte. Mia hörte das Splittern von Holz und sah, wie Alvarhas und seine Schergen durch die Fenster der Bibliothek brachen. Da stieß Asmael einen Schrei aus und preschte in vollem Galopp auf ihre Verfolger zu. Mia sah noch die Flammen, die in blauem Feuer aus seinen Augen schossen und die Zauber der Alben abfingen. Dann sprang Hortensius noch einmal in die Luft und der Boden unter ihnen stürzte ein. Mia schrie, als sie abwärtsraste, und landete gleich darauf in einem Kasten aus Glas.

Sie spürte die Schnitte an Armen und Händen und schickte einen Heilungszauber durch ihren Körper, während sie sich umsah. Sie befand sich in einem Ausstellungsraum seltener Handschriften und Bücher, die in zahlreichen Vitrinen lagen. Wie aus weiter Ferne hörte sie Asmaels Schrei und das Bersten eines Fensters über ihnen, als der Hippogryph die Flucht antrat. Eilig rappelte sie sich auf und entkam nur knapp einem gewaltigen Feuerball, den die Alben ihr nachschickten. Doch Theryon erwartete ihre Verfolger bereits. Er überzog die Decke mit gleißenden Blitzen, flackernd drangen sie in den Spalt ein, und Mia hörte gleich darauf markerschütternde Schmerzensschreie.

»Schnell!«, rief Hortensius, der zu den Vitrinen eilte und sämtliche Ausstellungsstücke an sich raffte. »Die Schriften und Bücher! Ich brauche sie alle! Beeilt euch!«

Eilig zerschlug Mia mit Carven, Jakob und Grim die Glaskästen und warf alle Bücher, die sie finden konnte, zu Hortensius in die Mitte des Raumes. Selbst Remis zerrte einzelne Schriften aus den zerbrochenen Vitrinen. Der Zwerg murmelte einen Zauber in der Alten Zwergensprache, worauf die Bücher sich in die Luft erhoben und von unsichtbaren Händen in winzige Schnipsel zerrissen wurden. Eilig griff Hortensius nach dem Papier und streute es in einem Kreis aus.

»In den Kreis, sofort!«, befahl er, doch er selbst eilte auf eine Treppe zu, die zu einem dunklen Raum führte, und verschwand.

Da bröckelten Gesteinsbrocken von der Decke. Die Alben rissen ebenfalls Löcher in den Boden, doch noch hielt Theryons Zauber ihnen stand. Mia und Jakob eilten neben ihn in den Kreis und schickten prasselndes Eis und weiße Flammen zu den Blitzen hinauf. In funkelnden Kristallen verbanden sich ihre Zauber mit der Magie Theryons und schmetterten die Angriffe der Alben zurück.

»Was auch immer du vorhast«, grollte Grim in Hortensius' Richtung und stieß die Faust in die Luft, »beeil dich!«

Dann strömte goldenes Feuer aus seiner Hand und hüllte die magisch durchwirkte Decke in flackernden Schein. Mia hörte die Flüche der Alben durch den Spalt, aber sie fühlte auch, dass deren Angriffe immer heftiger wurden. Da tauchte Hortensius wieder auf. In den Händen hielt er ein uraltes Buch. Eilig ließ er sich neben ihnen zu Boden fallen und schlug es auf. Mia sah zahlreiche farbenprächtige Seiten, Zeichnungen und verschnörkelte Buchstaben. Noch nie zuvor hatte sie ein solches Buch gesehen, und plötzlich wusste sie, um welches Manuskript es sich handelte: Es war das Book of Kells, das nach dem Glauben der Menschen die vier Evangelien enthielt – in Wahrheit jedoch ein Zauberbuch im wahrsten Sinne des Wortes war, ein Tor zu früheren Zeiten und Mächten.

Langsam bewegten sich die Hände des Zwergs über die Buchstaben. Nebel kroch aus den Seiten und waberte zwischen den Zeilen hervor. Mia hörte Stimmen, manche nah, einige aus weiter Ferne, die in unzähligen Sprachen und Dialekten redeten. Jetzt bewegte Hortensius die Finger, es war, als zöge er etwas aus den Seiten, das Mia nicht sehen konnte. Sie kniff die Augen zusammen – und erkannte, wie sich winzige Wesen aus den Zeichnungen erhoben. Zuerst dachte sie, dass es Hologramme wären, doch dann wuchsen die Geschöpfe zu beachtlicher Größe an und wirkten so echt, als wären sie tatsächlich da – wenn nicht der blasse Schleier gewesen wäre, der auf ihren Körpern lag wie ein Totentuch. Mia sah Teufel und Dämonen, Engel, Riesen und Kobolde, aber auch Elfen, Feen, Zwerge – und Menschen. Sie alle rief Hortensius mit dunkler Stimme aus den Seiten des Buches, und sie entstiegen den Zeichnungen wie einem geheimnisvollen Meer. Mit ihnen strömten Farben aus dem Buch, die Mia in wilden Tänzen umringten.

Atemlos warf sie einen Blick zur Decke. Die Angriffe der Alben wurden zu stark, sie spürte die Erschütterungen ihres Zaubers mit solcher Heftigkeit in ihrem Körper, als würde sie selbst getroffen. Stechend schoss der Schmerz in ihre Finger, dass sie die Hände zurückzog. Auch Grim und Theryon stießen Schmerzenslaute aus, ihre Zauber erloschen, während Hortensius den Kreis der zerrissenen Bücher entfachte.

Mia riss die Augen auf, als sie sah, wie aus den Schnipseln Figuren auftauchten – ebenso schön und fremdartig wie die Gestalten des Book of Kells, doch sie bestanden allesamt aus rötlichem Nebel. Teilweise fehlten ihnen die Gliedmaßen, mitunter auch die Köpfe, und einige waren mitten entzweigerissen. Wütend bauten sie sich mit dem Rücken zu ihnen auf und stellten sich den Alben entgegen, die in diesem Moment durch die Decke brachen. Mia erhaschte einen Blick auf Alvarhas' Gesicht, der wütend die Fäuste vorstieß. Sofort schlugen albische Zauber gegen den Bannkreis, sie brachten die Luft zum Erzittern. Doch die zerrissenen Gestalten hielten stand, sie atmeten die Albenzauber ein wie Luft, und ihre gerade noch rötlichen Nebelkörper verfärbten sich, bis einige von ihnen schwarz wie Tinte waren.

Da durchdrang ein silberner Ton den Kampfeslärm. Mia sah Alvarhas durch die flackernden Figuren. Er riss den Blick herum, für einen Moment starrte er sie an. »Lasst sie nicht entkommen!«, brüllte er und deutete mit dem Finger auf sie. »Um nichts in der Welt dürft ihr sie fliehen lassen!«

Mit diesen Worten sprang er in die Luft und verschwand durch das Loch in der Decke. Die anderen Alben setzten ihre Angriffe fort, vereinzelt lösten sich Nebelgestalten im Bannkreis auf oder verbrannten wie flammendes Papier. Mia wich zurück, sie spürte Grims Arm um ihre Schulter.

Hortensius sprang auf die Beine. Noch immer strömten Figuren aus dem Buch wie ein nicht enden wollender Fluss. »Gebt mir eure Hände«, sagte er, und kaum dass sie seiner Aufforderung gefolgt waren, sah Mia, wie zwei Gestalten aus der Menge der Geschöpfe traten: ein Teufel und ein Engel. Der Teufel hatte eine Haut wie verbranntes Holz und flackernde, goldene Augen. Seine Bocksbeine waren mit schwarz gelocktem Fell überzogen, auf seinem freien Oberkörper glänzte ein goldenes Amulett mit einem blassroten Tropfen in der Mitte. Auch der Engel trug ein solches Amulett. Seine Haut war weiß wie unberührter Schnee, seine Augen silberfarben und sein Körper in ein langes, glitzerndes Gewand gehüllt. Seine Schwingen bewegten sich hinter seinem Rücken wie Wolkenfetzen. Beide – der Teufel wie der Engel – schauten Hortensius an, bis dieser langsam nickte. Es war, als hätten sie sich in Gedanken unterhalten. Dann streckte der Zwerg seine freie Hand aus und drückte den Daumen zuerst auf das Amulett des Engels und dann auf das des Teufels. Mia schauderte, als sie die Blutstropfen sah, die daran hängen blieben. Noch einmal nickte Hortensius, und dieses Mal erwiderten Engel und Teufel die Geste, rissen die Münder auf und schrien.

Mia fuhr zusammen, obwohl kein Ton aus ihren Kehlen drang, aber sie fühlte, dass sie sangen – ein Lied, das sie irgendwann einmal gehört hatte, eine Melodie, von der sie ein Teil war, ohne sich an sie zu erinnern. Die Figuren verloren ihren farblosen Schleier, sie erblühten wie Rosen im Frühling und begannen zu tanzen, immer wilder und schneller, und aus den Seiten des Book of Kells drang gleißendes Licht, bis Mia nichts mehr sah als flirrende Farben, in deren Mitte Engel und Teufel standen und das Lied der Ersten Stunde sangen – das Lied von Leben und Tod.

Hortensius zog sie in den Lichtkreis des Buches. »Bleibt dicht zusammen«, sagte er atemlos.

Mia spürte das Licht auf ihrem Gesicht, es war so warm und golden, dass sie die Angriffe der Alben fast nicht mehr wahrnahm. Sie umfasste Grims Arm – und verlor plötzlich den Boden unter den Füßen. Sie fiel durch einen Krater aus Licht, die Stimmen von Engel und Teufel umtosten sie, bis die Töne ihren Körper durchdrangen wie einen Nebelfetzen. Dann brach der Gesang ab, schlagartig erlosch das Licht um sie herum. Mia sah einen edlen roten

Teppich auf sich zurasen und schlug im nächsten Augenblick auf dem Boden auf.

Stöhnend kam sie auf die Füße und stellte fest, dass sie sich in einem prunkvollen Saal befand. Stuck verzierte die hohe, mit Kronleuchtern versehene Decke, antike Möbel standen an den mit rotem Stoff bezogenen Wänden, und vor den Fenstern hingen kostbare Vorhänge. Die Gemälde an den Wänden kamen ihr bekannt vor, ebenso wie die großen Spiegel über den Kaminen, die die Wand gegenüber der Fensterfront zierten.

»Der Drawing Room«, sagte sie staunend. »Wir sind im Dublin Castle.«

Hortensius kam neben ihr auf die Beine und nickte. »Man kann nicht immer steuern, wohin die Geister des Ahnenbuches einen führen, aber es hat funktioniert. Wir sind diesen verfluchten Alben entkommen.«

Carven zog fröstelnd die Arme um den Körper. »Was wollen die hier?«, fragte er leise, als befürchtete er, Alvarhas allein durch seine Stimme erneut auf ihre Spur zu bringen. »Sie töten die Menschen, als wäre es …«

»… ein Spiel.« Grim nickte düster. »Ich habe erlebt, was Alvarhas und seine Schergen in Paris angerichtet haben. Ich habe die Leichen der Menschen gesehen, ebenso wie den unterirdischen Ritualraum, und diesen Anblick werde ich niemals vergessen. Eines sage ich euch: Das da draußen ist erst der Anfang. Nicht umsonst sind sie in früheren Zeiten von den übrigen Alben verbannt worden.«

Theryon hatte den Blick zum Fenster gerichtet, es war, als blickte er in weite Ferne. »Und nun hat die Schneekönigin diesen Bann gebrochen. Die Pforten zur Zwischenwelt stehen offen, die Welt der Menschen versinkt in Finsternis und Chaos – sie wird zu einem Ort, den die Alben schätzen werden.«

Remis flog auf Mias Schulter, sein Herz schlug so heftig gegen seine Rippen, dass sein Körper zuckte wie unter Stromstößen.

»Aber warum hat sie das getan?«, flüsterte er. »Die Alben sind eine schreckliche Macht, warum hat sie …«

Da unterbrach ihn ein Geräusch, das Mia zusammenfahren ließ. Es war erneut der silberne Klang einer Fanfare. Mia fühlte ihr Herz im ganzen Körper, als sie neben Grim trat. Der Himmel stand in blutrotem Licht. Die sieben Risse sahen aus, als wären sie von einer gewaltigen mutierten Tigerpranke ins Firmament geschlagen worden, und der rote Schein sickerte aus ihnen wie Blut aus einer Wunde. Schwarz wie Scherenschnitte erhoben sich die Gebäude der Stadt. Schatten glitten durch die Luft und über die Dächer, verfolgten noch immer fliehende Menschen in den Straßen und töteten einzelne mit flammenden Zaubern. Doch das alles nahm Mia kaum wahr.

Ihr Blick hing an Alvarhas, der hoch oben am Himmel schwebte – beinahe regungslos, wie ein Engel, der zur Erde hinabschaut. Sein Haar flatterte im Wind, sein nackter Oberkörper glänzte im Schein des Blutlichts, das sein Volk über die Welt gebracht hatte, und auf seinen Lippen lag ein Lächeln, das seine Züge fast weich machte. Doch Mia sah die Vorfreude auf etwas Unsagbares darin, die Gier und die Brutalität, die sie bereits bei ihrer ersten Begegnung in Alvarhas' Zügen erkannt hatte. Angespannt folgte sie seinem Blick, der scheinbar gleichmütig auf die Straßen hinabglitt, und stellte fest, dass nach und nach die Schreie der Menschen verstummten. Die Alben ließen von ihnen ab, sie zogen sich auf die Dächer der Häuser zurück wie auf eine Tribüne und schauten unverwandt zu ihrem Anführer auf. Mia griff nach Grims Klaue, und er hielt sie fest. Auch er schauderte bei dem Anblick der reglosen Schattenalben, die sich auf den Dächern der Stadt versammelten. Bald sah es aus, als hätten sie die Häuser der Innenstadt unter sich begraben, als gäbe es nur noch ihre reglosen Körper und die starren Totenaugen, die wie aus einem gierigen Meer zum Himmel hinaufstierten.

Kaum hatten die Letzten ihre Plätze eingenommen, erklang erneut der silberne Ton der Fanfare, und Alvarhas warf den Kopf zurück, als würde dieser Klang ihn bis ins Mark durchbohren. Mia spürte durch das Fenster hindurch eine Erschütterung in der Luft, als befände sie sich unter Wasser und könnte die Strömung des Meeres über jedes Hindernis hinaus fühlen. Alvarhas bewegte die Hände wie ein Dirigent durch die Luft, woraufhin die Alben mit unheimlicher Gleichzeitigkeit auf die Beine kamen und beide Hände zum Horizont ausstreckten. Alvarhas stieß einen Schrei aus. Schwarze und rote Blitze schossen aus seinen Händen und denen seiner Anhänger und rasten donnernd über den Himmel auf den Horizont zu. Dort schlugen sie mit gewaltigem Krachen ein. Mia fühlte die Erschütterung im Boden des Schlosses und sah, wie die Blitze sich an einem Punkt versammelten und in einem Inferno aus Licht und Farben immer heller wurden. Das Licht ließ Mia zurückweichen, es überflutete die Häuser Dublins und tauchte die Welt für einen Moment in gleißende Helligkeit. Dann explodierte es in silberne Funken, die wie Schneeflocken durch die Luft stoben. Schlagartig wusste Mia, was geschehen war.

»Tara«, flüsterte sie atemlos. »Die Alben haben die Feen von dem Bann befreit!«

Alvarhas hob die Hand wie zum Gruß, und da sah Mia es auch. Aus der Dunkelheit der Nacht schob sich ein Schiff aus purem Gold. Masten und Segel funkelten wie unter dem Einfall der Morgensonne, und erst auf den zweiten Blick bemerkte Mia die schwarzen Ruder, die das Gefährt lautlos und rasend schnell über den Himmel schoben. Rote Nebel waberten über das Deck und aus den Ruderlöchern und bildeten ein Nebelmeer rings um das Schiff, das dessen Erscheinung noch geisterhafter machte. Und vorn, beide Hände auf die Reling gelegt, stand die Schneekönigin.

Mia wusste nicht, wie lange sie fassungslos dagestanden hatte, bis das Schiff schließlich neben Alvarhas stehen blieb, der sich mit geschmeidiger Bewegung an Deck schwang. Beinahe zärtlich strich die Königin über das Geländer und lächelte, als das Gold an ihren Fingern haften blieb und darunter Fleisch sichtbar wurde – Fleisch und Knochen.

Mia sog die Luft ein, doch wie die anderen wandte auch sie sich nicht ab. Die Königin lächelte auf die Alben hinunter, während sie langsam das Gold von ihren Fingern leckte, griff dann in ihre Tasche und zog etwas daraus hervor, das Mia erst erkannte, als sich das Licht des Himmels darin spiegelte: Es war eine Scherbe in der Größe einer menschlichen Faust – eine Scherbe aus Eis. Unwillkürlich fuhr Mia sich mit der Hand an die Brust. Da drang ein Ton aus der Scherbe. Die Königin verzog das Gesicht, als würde sie einem besonders gelungenen Musikstück lauschen. Mia hingegen hörte ihre wispernden Lockrufe, die wie Goldstaub aus der Scherbe niederfielen und sich unwiderstehlich auf die Häuser der Menschen legten. Ein Ruck ging durch die Reihen der Alben, als die ersten Schreie aus den Straßen erklangen. Fenster öffneten sich, und heraus traten Kinder – die Kinder der Menschen. Regungslos schwebten sie hinauf zum Schiff, den Blick fest auf die Königin gerichtet, die sie gerufen hatte.

»Sie werden sie nicht töten, oder doch?«, flüsterte Carven, der in diesem Moment neben Mia trat, und sie erinnerte sich daran, was Theryon beim roten Kristall gesagt hatte: *Die Königin verabscheut Menschenkinder schon seit langer Zeit. Was auch immer sie mit ihnen vorhat, wird schlimmer sein als der Tod.*

Sie wollte Carven ansehen, dessen Stimme so verzweifelt geklungen hatte, doch sie konnte sich nicht von dem Bild abwenden, das sich ihr bot. Carven war in Sicherheit, und doch war er vor Mias geistigem Auge in diesem Moment unter den Kindern dort draußen. Sie flogen auf das Schiff zu, einige langsam, andere schneller, doch alle mit diesem entsetzten, hilflosen Blick, diesem stummen Schrei, der Mia das Blut aus dem Kopf zog.

Die Schneekönigin schaute ihnen mit unverhohlener Gier entgegen. Mia hörte die Rufe der Eltern, die verzweifelt nach ihren Kindern griffen und sie festhalten wollten. Doch da zog sich ein goldener Glanz über die Kinderkörper, die Eltern verbrannten sich die Hände bis auf die Knochen, vereinzelt meinte Mia zu hören, wie die Gelenke ihrer Finger barsten, als sie dennoch versuchten, ihre Kinder zu halten. Verzweifelt brachen die Menschen auf den Straßen zusammen, ihre Schreie waren so haltlos, dass Mia sie kaum ertrug.

In goldenen Strömen glitten die Kinder der Menschen auf das Schiff zu, bald standen sie wie Puppen aus Wachs auf dem Deck. Mia hörte die Schreie, die in ihren verschlossenen Mündern widerhallten, und fühlte sich bis ins Mark von ihnen erschüttert. Diese Kinder, das spürte sie plötzlich, waren ein Schatz, der kostbarer war als alles, was Anderwesen und Menschen sonst als wertvoll erachteten. Dort auf dem Schiff der Schneekönigin stand die Hoffnung der Welt. Mia hielt den Atem an, so fremd erschien ihr dieser Gedanke. Noch nie zuvor hatte sie etwas Ähnliches empfunden.

Da setzte das Schiff sich in Bewegung, langsam glitt es auf die Dächer der Stadt hinab und blieb dicht über den Bäumen des St. Stephen's Green in der Luft stehen. Viele der Alben erhoben sich von den Dächern und überschwemmten den Park mit ihren dunklen Leibern, andere verharrten regungslos auf den Häusern und sahen zu, wie weitere Kinder auf das Schiff zuströmten.

Theryon fuhr sich mit der Hand über die Augen. Erstmals sah Mia diese Geste bei ihm, dieses Zeichen der Hilflosigkeit und des Schmerzes. »Die Königin hat die Alben nicht ohne Grund gerufen«, flüsterte er kaum hörbar. »Sie haben meinen Bannzauber gebrochen – sie haben die Königin und ihre Schergen befreit. Und nun werden sie ihr beistehen bei all ihren weiteren Plänen.«

Grim sog neben Mia die Luft ein, sie wusste, dass er dasselbe empfand wie sie. Sein Zorn war wie ein brennendes Tuch auf ihrer Haut. Er ballte die Faust und trat plötzlich einen Schritt auf das Fenster zu, als wollte er sich hinausstürzen. Mia griff nach seinem Arm und zog ihn zurück, aber die Verzweiflung in seinem Blick jagte eisige Schauer über ihren Rücken. Da riss Grim seine Klaue aus ihrer Hand, ballte sie zur Faust und schlug sie so heftig gegen die Wand, dass die Spiegel zu Boden fielen und zerbarsten.

»Verdammt!«, rief er außer sich. »Es war alles umsonst! Die Suche nach dem Krieger des Lichts, die Reise in den Rosengarten, der Kampf gegen Dramdya … Wir hätten uns von ihr fressen lassen sollen, dann wäre uns dieses Trauerspiel erspart geblieben!«

Mia holte tief Luft. »Wir haben noch immer das Schwert«, begann sie, doch Grim sah sie mit lodernden Augen an.

»Und was soll uns das bringen?«, grollte er aufgebracht. »Ehe wir die Feen in ihre Welt zurücktreiben, müssen wir den Albenbann an uns bringen, um Alvarhas und seine Schergen in die Verbannung zu schicken und die Tore zur Zwischenwelt wieder zu verschließen! Aber in dieser Anzahl haben wir gegen die Alben keine Chance! Sie werden die Königin abschirmen, es wird uns niemals gelingen, bis zu ihr vorzudringen und ihr den Zauber abzunehmen! Dann wird die Grenze fallen und – alles ist vorbei!«

»Nein!« Carvens Stimme kam so überraschend, dass Mia und Grim zusammenfuhren. Der Junge stand vor dem Fenster, der Himmel schickte das glutrote Licht über ihn hinweg in den Raum und zeichnete seine Konturen wie mit Blut überzogen nach. Seine Brust hob und senkte sich, Mia konnte sehen, wie aufgeregt er war. »Ich habe versucht, ein Held zu sein«, sagte er atemlos. »Ich habe versucht, das Richtige zu tun, meine Aufgabe zu erfüllen! Ich habe getan, was ich konnte, und jetzt soll einfach alles vorbei sein?«

Remis flog auf Grim zu und deutete auf eine Tasche seines Mantels. »Der Junge hat recht«, sagte der Kobold. »Noch ist nicht alles verloren. Benutze den HIK in deinem Pieper, um mit Mourier Kontakt aufzunehmen! Lasst uns die Anderwelt rufen!«

Mia spürte ihr Herz im ganzen Körper. »Nicht alle Anderwesen hassen die Menschen«, sagte sie eindringlich. »Vielleicht werden sie uns helfen, die Alben aufzuhalten und zur Schneekönigin vorzudringen!«

Grim stand regungslos, aber Mia spürte die Schwärze in seinem Blick wie Feuer auf ihrer Haut, als er von einem zum anderen schaute, ehe sein Blick schließlich an Carven hängen blieb. »Ich habe immer für die Menschen gekämpft«, erwiderte er. »Aber langsam wird es Zeit, dass ihr eines erkennt: Niemand steht auf unserer Seite. Die Anderwesen denken, dass die Menschen nun das bekommen, was sie verdienen – was sie schon vor Jahrhunderten verdient haben! Wie oft haben die Menschen selbst Taten dieser Art vollbracht und so manches Volk damit in den Untergang getrieben! *Was, wenn sie es nicht anders verdienen?* Das ist es, was die Anderwelt denkt!«

Carven sah ihn prüfend an. »Und was denkst du?«

Grim holte tief Atem. Er schaute auf das Schiff über den Bäumen des Parks. Noch immer strömten zahlreiche Kinder auf das Gefährt der Königin zu. »Wir sind allein«, erwiderte er beinahe lautlos. »Es ist vorbei.«

Stille senkte sich über ihre Köpfe, eine Stille, die Mia den Atem anhalten ließ. Carven schaute Grim an, tausend Empfindungen flackerten über sein Gesicht, Zorn, Enttäuschung, Verzweiflung, und Grim erwiderte seinen Blick regungslos. Für einen Moment gefror die Szene zu einem Standbild für die Ewigkeit: Grims große, dunkle Gestalt mit den abwehrend vor der Brust verschränkten Armen und den tiefschwarzen, flammenden Augen – und Carven, das Kind, das mit suchendem, durchdringenden Blick durch alle Masken und Mauern schaute, die Grim um sich errichtet hatte, und auf der anderen Seite, tief in dem steinernen Körper, einen Jungen fand, der etwas jünger war als er selbst. Es war der Junge, der Grim durch die Hölle geführt hatte, der Junge, dessen Herz Grim trug. Niemals, das wusste Mia, würde sie dieses Bild vergessen.

»Ich habe mich bemüht, so wie du zu sein«, flüsterte Carven dann und wurde schneeweiß im Gesicht. Grim sah ihn unverwandt an, aber in seinen Augen tobte ein Sturm, der Mia den Atem stocken ließ. »Du warst wie ein Held aus einer meiner Geschichten. Du warst klug und mutig und stark, ich habe dich bewundert, auch wenn du alles andere als freundlich zu mir warst. Aber jetzt weiß ich es besser. Du bist kein Held. Denn als Held kann man zwar manchmal Angst haben und zweifeln, aber eines darf man nicht tun: Man darf niemals aufgeben. Und genau das ist es, was du gerade versuchst.«

Grim stieß leise die Luft aus. »Und du kannst das beurteilen, ja?«, fragte er grollend, und Mia hörte den Zorn in seiner Stimme. »Du, der große Krieger, der Held, auf den wir alle gewartet haben – du willst losziehen und die Alben besiegen, du willst die Welt retten? Ist das dein Ernst?«

Da trat Hortensius vor, unverhohlene Wut flackerte in seinem Blick. Er hatte sich zurückgehalten, die ganze Zeit über, doch jetzt spürte Mia, dass er nicht mehr länger an sich halten konnte. Mit hochrotem Kopf baute er sich vor Grim auf. Doch da legte Carven seine Hand auf den Arm seines Meisters. Verwunderung flammte über Hortensius' Gesicht, die Wut in seinen Zügen verrauchte. Langsam schüttelte der Junge den Kopf. »Ich kann die Schneekönigin besiegen«, sagte er mit fester Stimme, und Mia sah, wie sich ein sanfter Glanz in Hortensius' Augen stahl. »Ich bin der Krieger des Lichts!«

Grim neigte den Kopf, Mia meinte fast, die Worte zu fühlen, die bereits auf seiner Zunge lagen. Sie griff nach seinem Arm, um ihn daran zu hindern, sie auszusprechen, doch er streifte ihre Hand ab, fixierte den Jungen und grollte leise: »Du bist nur ein Kind.«

Hortensius fuhr zurück, als hätte Grim mit einem flammenden Schwert nach ihm geschlagen, und auch Carven trafen seine Worte wie ein Fausthieb. Für einen Moment meinte Mia, der Junge würde sich umdrehen und davonlaufen. Doch stattdessen sprang er plötzlich vor – so schnell, dass Mia seinen Bewegungen kaum folgen konnte –, griff in Grims Tasche und zog den Pieper heraus. Blitzartig sprang er zurück, ein wütendes Flackern war in seinen Blick getreten. »Ich gebe nicht auf!«, rief er. »Die Anderwelt muss uns helfen!« Mit diesen Worten drückte er auf den erstbesten Knopf.

Im selben Moment brach gleißendes Licht aus dem Gerät. Wie aus einem gewaltigen Scheinwerfer flutete es über Boden und Decke. Für einen Augenblick flackerte Mouriers Gesicht als Hologramm durch den Raum, dicht gefolgt von einigen Straßenzügen Ghrogonias. Dann stieß der Pieper ein durchdringendes Pfeifen aus. Erschrocken ließ Carven ihn fallen, doch das Licht erlosch nicht. Flackernd raste es durch den Raum und brach mit grellen Strahlen durch die Fenster. Mia fuhr zusammen, als sie die Lichtreflexe sah, die wie die Lasereffekte eines Popkonzerts über den Himmel flammten. Grim riss den Pieper an sich und ließ ihn in seine Tasche gleiten, doch es war zu spät. Gleich darauf hörte Mia die Alben schreien. In einer gewaltigen schwarzen Wolke erhoben sie sich in die Luft und stürzten auf das Schloss zu.

Theryon, Jakob und Hortensius errichteten einen Schutzwall, doch Mia wusste, dass es aussichtslos war. Sie hatten keine Möglichkeit mehr zur Flucht. Sie waren gefangen. *Der Zorn des Baal*, klang plötzlich Lyskians Stimme in ihr wider. *Dieser Zauber hat die einmalige Kraft, dich unsichtbar zu machen. Benutze ihn, wenn es keinen anderen Ausweg mehr gibt.*

Atemlos löste sie die Kette um ihren Hals und legte sie Carven um. Der sechseckige Kristall flackerte in rotem Licht, und Mia meinte für einen Moment, ein tiefes Grollen zu hören wie von einem fernen Gewitter.

»Du musst überleben«, flüsterte sie kaum hörbar und drückte Carvens Hand. »Du bist die Hoffnung der Menschenwelt!«

Sie sah Carvens Augen, riesig wie zwei helle Seen, und seine Finger, die ihre Hand mit aller Kraft umfassten. Zärtlich strich sie ihm über die Wange und zwang ein Lächeln auf ihre Lippen, doch ihre Stimme zitterte, als sie die Formel des Dämonenzaubers sprach.

»Bh'afyn Lhega Torrn«, flüsterte sie und sah, wie Carven in flirrendes Licht gehüllt wurde.

Im nächsten Moment zerbrachen die Fenster unter der Wucht der schwarzen Wolke. Die Angreifer zerfetzten den Schutzwall, golden warf sich Grims Abwehrzauber auf die ersten Reihen der Alben. Carvens Gestalt flackerte, doch schon schossen tödliche Pfeile in seine Richtung und verfehlten nur knapp seine Kehle. Mia spürte ihr Herz schmerzhaft in ihrer Brust, als sie eine Entscheidung traf, doch sie hatte keine andere Wahl. Sie musste Carven zur Flucht verhelfen – um jeden Preis.

Mit diesem Gedanken sprang sie direkt vor die wutverzerrten Gesichter ihrer Feinde und schrie einen Zauber, der sie eisig und gleißend durchströmte wie das Licht der Wintersonne auf frisch gefallenem Schnee. Sie spürte, wie ihre Magie die Scherbe in ihrer Brust durchfloss, sah die Mauer aus messerscharfen Eiskristallen, die sich in rasender Geschwindigkeit vor den Alben auftürmte. Dann warf sie den Kopf in den Nacken, fühlte noch, wie die Kristalle nach vorn schossen – und hörte im nächsten Moment das blutig feuchte Geräusch von zerschnittenem Fleisch.

Jedes Geräusch um sie herum war verstummt. Sie sah die Funken ihres Zaubers als glitzernde Wand zwischen ihren Feinden und sich selbst niederrieseln, sah, wie die Körper der Alben auseinanderfielen – und stürzte selbst ohne Schutz auf den harten Boden. Ein stechender Schmerz durchzuckte sie, als die Scherbe sich weiter zu ihrem Herzen schob, und noch während Grim einen Heilungszauber durch ihren Körper schickte, sah sie, wie weitere Alben durch die Fenster ins Innere des Saales stürmten, während graue Nebel aus den reglosen Körpern der Angreifer krochen, um sie zu heilen. Sie fühlte den Bannzauber, der mit kalter Glut auf sie zuraste, aber sie spürte keine Verzweiflung, sondern eine trotzige, unbeugsame Genugtuung. Denn dort, wo gerade noch Carven gestanden hatte, war nichts mehr zu sehen als erlöschendes Licht. Sie hatte Carven die Flucht ermöglicht, und was auch immer die Schneekönigin oder Alvarhas nun mit ihr anstellen mochten – den Krieger des Lichts würden sie nicht bekommen. Noch hatten sie nicht endgültig gesiegt.

Dann traf sie der Bannzauber und riss sie in die Dunkelheit.

Kapitel 47

Der Bannzauber drückte wie eine Decke aus Eis auf Grims Lider und machte es ihm schwer, die Augen offen zu halten. Er spürte, wie der Zauber ihm seine Magie aus dem Körper zog, und stolperte benommen hinter Theryon an Deck des zwischen den Bäumen des St. Stephen's Green gelandeten Schiffes, dicht gefolgt von Jakob und Hortensius. Remis hing in der Klaue eines Albs, ebenso wie Mia, die achtlos über die Dielen des Schiffes geschleift wurde. Mit raschen Gesten fesselten die Alben ihre Gefangenen an die Reling, die wie ein brennender Ast in Grims Rücken stach, und erhoben sich gleich darauf in die Luft. Erst jetzt hörte Grim das Rauschen, das durch die Nacht zog wie das Flattern unzähliger Tücher, und als er den Kopf in den Nacken legte, stockte ihm für einen Moment der Atem. Der Himmel über ihm schwirrte von unzähligen Albenkörpern, die in rasender Geschwindigkeit durch die Luft glitten. Sie verließen die Stadt Richtung Tara, vereinzelt sah Grim Menschen in ihren Klauen. Nach wenigen Augenblicken waren die Alben nichts als eine schwarze Wolke am Horizont der Nacht.

Grim lehnte den Kopf gegen die Reling. Er hörte die ängstlichen Stimmen zahlreicher Kinder unter Deck. Ansonsten war das Schiff verlassen, abgesehen von Alvarhas, der mit spöttischem Lächeln am Bug hockte und zu ihnen herüberstarrte. Und vor ihm, die Hände in ruhiger Geste vor der Brust gefaltet, stand die Schneekönigin. Grim hörte Mia neben sich stöhnen, sie erwachte aus ihrer Ohnmacht. Er wollte sich ihr zuwenden, doch die Königin hielt seinen Blick gefangen. Lautlos flüsterte sie einen Zauber, der das Schiff mit leisem Ächzen in die Luft hob. Langsam glitt es über den Dächern Dublins durch die Nacht.

Hoheitsvoll trat die Königin auf ihre Gefangenen zu. Einen nach dem anderen schaute sie an. Grim spürte, wie sich die Schnüre tiefer in sein Fleisch gruben, als ihr Blick auf ihm ruhte, und er sah die Befriedigung auf ihrem Gesicht, als er vor Schmerzen die Luft einsog. »Dies war nicht euer Kampf«, sagte sie ruhig, während sie in gemessenen Schritten vor ihnen auf und ab ging. Ihr Kleid schleifte über die Dielen des Schiffes, die Perlen am Saum verursachten dabei ein Geräusch wie fallender Regen. »Ich bin nicht in diese Welt zurückgekehrt, um Unfrieden in der Anderwelt zu stiften. Niemals lag es in meinem Interesse, gegen Kobolde, Zwerge, Hybriden oder Mitglieder meines eigenen Volkes in den Krieg zu ziehen – und möglicherweise hätte ich Erbarmen gezeigt mit einzelnen Menschen wie diesen Hartiden, wenn sie sich in die Anderwelt zurückgezogen und meine Pläne nicht gestört hätten. Alles wäre gut geworden – wenn ihr nicht beschlossen hättet, gegen mich zu kämpfen. Wie sinnlos euer Kampf war, hat sich heute Nacht gezeigt. Ihr habt alles verloren, und ich – ich stehe kurz davor, endlich meine Ziele zu erreichen.« Sie hielt inne, und Grim sah, dass sie den Zorn in seinen Augen erkannte und darüber lächelte. »Es lag nie in meinem Sinn, unnötig Blut zu vergießen«, fuhr sie fort. »Mein Hass richtet sich auf niemanden auf diesem Schiff – und aus diesem Grund werde ich euch die Möglichkeit geben, euer Leben zu retten. Wie ihr wisst, bin ich auf der Suche nach dem Krieger des Lichts. Ich werde ihn nicht töten, keine Sorge. Ich brauche ihn für … andere Pläne. Zweifelsohne werde ich ihn mithilfe meiner Alben finden, das ist sicher – früher oder später. Doch mir steht nicht der Sinn danach, meine Ziele noch länger zu verzögern, und darüber hinaus ist es nicht ungefährlich, Geschöpfe wie die Schattenalben auf die

Spur eines zarten Menschenkindes zu bringen. Ihr habt erlebt, was sie mit den Menschen Dublins taten oder mit den Bewohnern von Paris – ich kann nicht garantieren, dass sie sich an meine Befehle halten, wenn ihr Blutdurst geweckt wird …« Sie lächelte boshaft, als Hortensius bei ihren Worten einen Zwergenfluch über die Lippen brachte, doch sie ließ sich nicht unterbrechen. Mit geschmeidiger Anmut umfasste sie Grim mit ihrem Blick, trat langsam auf ihn zu und beugte sich vor. Er konnte den Duft von Schnee riechen, der von ihrer Haut ausging. »Helft mir, ihn zu finden«, flüsterte sie mit grausamer Zärtlichkeit. »Und ich lasse euch am Leben.«

Grim spürte seinen Herzschlag dumpf in seinen Schläfen, für einen Moment sah er nichts mehr als den dunklen Sternenhimmel in den Augen der Königin. Dann stieß er die Luft aus, langsam und verächtlich. »Du magst einen Schattenalben gekauft und bestochen haben«, grollte er und sah, wie sich die Flammen in seinen Augen auf ihrer blassen Haut brachen. »Doch bei einem Hybriden wie mir wird dir das nicht gelingen. Ich habe unzählige Gesetze gebrochen in meinem langen Leben, habe Grenzen überschritten und Regeln gebeugt – doch niemals habe ich jemanden ans Messer geliefert, ganz gleich, für welchen Preis. Und ich werde jetzt nicht damit anfangen.«

Die Schneekönigin betrachtete ihn mit kühlem Blick. Fast meinte er, das Eis hören zu können, das bei seinen Worten über ihr Gesicht gezogen war und sich nun zu einer glitzernden Maske aus Frost zusammenfügte. Dann sprang sie auf, ihr Haar wirbelte durch die Luft und schlug Grim blutige Striemen quer über die Wange.

»Mutter!«

Die Schneekönigin erstarrte in ihren Bewegungen. Für einen Moment sah es so aus, als hätte dieses Wort einen Zauber aus Licht auf sie geworfen. Dann wandte sie den Kopf, die Magie fiel von ihrem Körper ab wie bröckelnder Stein und ließ nichts zurück als den froststarren Glanz auf ihrer Haut.

Langsam trat sie auf Theryon zu, um dicht vor ihm stehen zu bleiben. »Sohn«, flüsterte sie und hauchte ihren Atem aus weißem Nebel auf seine Wangen. »Willst du dich entschließen, deine Freunde zu retten? Hilf mir, den Jungen zu finden – stell dich auf meine Seite, wie du es schon vor langer Zeit hättest tun sollen!« Grim bemerkte einen sanften Schimmer in ihrem Blick, als sie die Hand ausstreckte und über Theryons Lider strich. »Früher habt ihr die gleichen Augen gehabt«, flüsterte sie zärtlich. »Auryl und du. Erinnerst du dich daran? Ein Himmel voller Sterne über den Ruinen einer vergessenen Stadt. Ymryol, die Stadt des Schnees mit ihren Zinnen und Türmen aus Eis. Svalbard … Dort seid ihr aufgewachsen, habt in den Wäldern Finsterlands mit den Wölfen gespielt und des Nachts den Nektar der Glutelfen in silbernen Kelchen gesammelt, um die Feuer auf den Türmen der Stadt zu entzünden. Das Nordmeer rauschte vor euren Fenstern, während ihr schlieft, und mitunter gab es glanzvolle Feste am Hof für die Prinzen Theryon und Auryl, die Schönäugigen, wie unser Volk euch nannte. Erinnerst du dich daran? Erinnerst du dich an Auryl, deinen Bruder?« Sie streckte die Hand aus und legte die Finger vorsichtig auf Theryons Brust, dorthin, wo das Herz war. »Vermisst du ihn ebenso sehr wie ich? Fehlt dir seine Stimme, die wie das Flüstern des Meeres war kurz vor dem Beginn des Frühlings? Erinnerst du dich an sein Haar, so seidig und weich, und an sein Lachen – dieses Lachen, das die Hänge der Mitternachtsschlucht zum Bersten bringen konnte in seiner Schuldlosigkeit?«

Grim hielt den Atem an, denn er meinte, ein Kinderlachen über das Deck wehen zu hören, ein Lachen, das in zärtlichen Wellen über seine Haut strich und ihn lächeln ließ. Gleich darauf spürte er die Trauer der Königin, und er sah, wie sich eine schwarze Träne in Theryons rechtem Auge bildete.

»Erinnerst du dich an die Nacht, die Auryls Schicksal besiegelte?«, fuhr die Königin fort. »An unserem Hof war schon alles bereit, um Rhendralors Befehl, die Menschenwelt zu verlassen, Folge zu leisten. Doch nicht alle Feen waren zu diesem Schritt bereit, und mit Ablauf der Frist mehrten sich die Übergriffe der Kazhai auf die Städte und Dörfer der Menschen. Ich konnte ihren Zorn gut verstehen, doch zu lange lag es in der Tradition unserer Familie, den Menschen freundschaftlich verbunden zu sein, als dass ich nun gegen sie in die Schlacht gezogen wäre. Mehr noch hielt die Ehrfurcht vor meinem Vater und die Liebe zu meinen Söhnen mich davon ab, mich meiner Wut hinzugeben. Als Feenkrieger Rhendralors hattest du dich längst entschlossen, dein Leben für die Menschen zu riskieren, und Auryl sollte eines Tages selbst entscheiden, auf wessen Seite er stehen wollte. Und das hat er getan.« Ihr Blick glitt ins Leere, und Grim konnte trotz der Maske vor ihren Augen sehen, wie heftige Empfindungen in ihr aufwallten, bevor sie fortfuhr. »In jener Nacht, die alles veränderte, war der Himmel pechschwarz und von so vielen Sternen übersät, wie ich es selbst noch nie gesehen habe. Es war, als wären unzählige Juwelen auf ein gewaltiges Tuch aus Dunkelheit geworfen worden. Die Kazhai bestürmten ein Dorf der Menschen in der Nähe unseres Schlosses, und wie die anderen Feenkrieger bist auch du ausgezogen, um die Menschen zu verteidigen, die ruhig in ihren Betten schliefen. Doch ihr seid nicht allein gegangen. Auryl war bei euch, ohne dass ihr es bemerkt habt, um die Menschen zu verteidigen, besonders die Kinder, die er so oft sehnsuchtsvoll beobachtet hatte, ohne doch jemals an ihren Spielen teilhaben zu können – und um an deiner Seite zu stehen: an der Seite seines Bruders, den er seit jeher bewundert hatte wie einen Helden, ehe er in der kommenden Nacht gemeinsam mit mir für alle Zeit die Welt der Menschen verlassen sollte. Auryl kämpfte gegen die Kazhai, ohne dass sie oder ihr es bemerkt hättet.«

Sie holte Luft, um fortzufahren, doch da ergriff Theryon das Wort. »Ja«, sagte er kaum hörbar. »Ich selbst lehrte ihn den Zauber, seine Kindergestalt in die eines Kriegers zu verwandeln. Und so kämpfte er an meiner Seite, und erst als seine Tarnung von der Lanze eines Kazhai zerrissen wurde, erkannte ich ihn. Doch ich konnte ihm nicht mehr helfen. Durch den Hieb seines Gegners schwer verwundet, zerriss der Zauber über ihm, der ihn vor der Menschenwelt schützte. Ich versuchte, ihn zu retten, legte einen neuen Schutz über ihn, doch …«

Theryon brach ab, und auch die Königin schwieg für einen Augenblick. Dann holte sie Atem, langsam und zitternd. »Du kamst zu spät«, flüsterte sie. »Er war noch jung, die Augenblicke ohne Schutz waren zu viel für ihn. Niemals werde ich vergessen, wie du ihn auf deinen Armen in unser Schloss getragen hast, wie er sich quälte, stunden- und nächtelang, wie er innerlich verbrannte in eiskalter Glut, ohne dass wir auch nur das Geringste daran hätten ändern können. Mein Sohn starb, da die Welt der Menschen – seine einstige Heimat – für ihn und seinesgleichen zu einem tödlichen Ort geworden war. Sein Ende wurde besiegelt bei dem Versuch, jene Wesen zu verteidigen, die unserem Volk die Heimat nahmen und unzählige von uns töteten, ohne es überhaupt zu wissen.«

Da schüttelte Theryon den Kopf, und die Kälte kehrte auf seine Züge zurück. »Nicht die Menschen haben Auryl getötet, sondern der Hass unseres Volkes – jener Hass, in dem du deine Trauer ertränkt hast und der dich nun so sehr erfüllt, dass du nichts anderes mehr bist als er.«

Die Schneekönigin lächelte traurig und ohne Zorn. »Die Kazhai haben für die Freiheit unseres Volkes gekämpft«, erwiderte sie leise. »Sie kämpften für unsere Heimat und viele von ihnen ließen ihr Leben dafür – da sie kämpfen mussten gegen Geschöpfe ihres eigenen Blutes, Feenkrieger wie dich, die sich auf die Seite der Menschen stellten! Ja – Zwietracht hat unser Volk vergiftet, ebenso wie Tod und Leid. Doch ohne die Menschen wäre es nie so weit gekommen, und das weißt du.«

Theryon atmete schnell, als er ihren reglosen Blick erwiderte, und

Grim schauderte, als ein zärtliches Lächeln über ihre Lippen glitt. »Ich weiß, wie sehr du Auryl vermisst«, flüsterte sie kaum hörbar. »Denn ich weiß, wie sehr mein eigener Schmerz mich zerreißt – Nacht für Nacht seit damals. Doch nun …« Sie hielt kurz inne, ihr Blick flatterte prüfend über Theryons Gesicht, als würde sie all ihre Kraft anstrengen, um seine Maske aus Kälte nur für einen Moment zu durchdringen. »Ich habe einen Weg gefunden, ihn zurückzubringen«, sagte sie dann. »Ich werde Auryl das Leben zurückgeben.«

Theryon zog die Brauen zusammen. »Dazu fehlt dir die Macht«, erwiderte er, doch es klang fast wie eine Frage.

Die Königin lächelte nachsichtig. »Mir schon«, erwiderte sie leise. »Doch mit *ihr* werde ich stark genug sein!«

Mit diesen Worten stieß sie die Hand in die Luft. Grim sah noch, wie ein gleißender Funke aus ihrer Faust stob. Gleich darauf zerriss ein Blitz die Szene, er spürte den Wind auf seinem Gesicht und verstand, dass er auf direktem Weg in eine Illusion war. Er landete auf steinernem Boden. In Wirklichkeit befand er sich noch immer an Deck des Schiffes, doch im Zauber der Königin konnte er sich frei bewegen. Er fand sich in der flirrenden Finsternis eines unterirdischen Gewölbes wieder. Säulen mit winzigen Spiegelscherben hielten die tonnenschweren Gewölbe, Blattgold verzierte die Wände, und überall glommen grüne, rote und blaue Steine wie farbige Korallen. Überhaupt schien es Grim, als wäre er in einer Unterwasserwelt gelandet, auch wenn er die Kühle der Luft in seiner Lunge fühlte. Alles war still und auf eine seltsame Art erhaben, und während er Atem holte, wusste er plötzlich, woher das Gefühl kam: Noch nie zuvor war ein Mensch in diesen Höhlen gewesen, in diesen Räumen aus Silber und Gold – in den A'ng Dh'ùmiel, den unterirdischen Sälen der Feen. Doch anstelle der kunstvollen Möbel, die Grim aus Erzählungen kannte, erhoben sich dicht an dicht gewaltige gläserne Tanks mit metallenen Kuppeln. In regelmäßigen Abständen durchzogen sie den gesamten Raum, gefüllt mit pechschwarzem

Nebel. Grim sah seine eigene Gestalt als verzerrtes Spiegelbild, unheimlich hallte sein Atem zwischen den Tanks hin und her, als würde er von gierigen Kehlen aufgesogen und wieder ausgespien.

Da fuhr eisiger Wind zwischen ihnen hindurch, und die Königin trat hinter einem der Behälter vor. Schneeflocken stoben durch die Luft, doch etwas in ihrem Gesicht hatte sich verändert. Ein Schatten lag unter ihrer Haut, Grim schien es, als würde sich ein zweites Antlitz darunter verbergen, ein Gesicht, das er schon einmal gesehen hatte. *Mit* ihr *werde ich stark genug sein.* Wen hatte die Königin gemeint?

Sie trat an den Tank heran, der dicht vor Grim stand, und legte eine Hand auf das Glas. Eisblumen liefen knisternd von ihren Fingern fort. Gleichzeitig erhellte sich der gerade noch schwarze Nebel. Angestrengt schaute Grim in die Finsternis – und fuhr zurück, als ein Gesicht aus der Dunkelheit auftauchte, das bleiche, ängstlich verzerrte Gesicht eines Kindes. Es war ein Mädchen von etwa fünf Jahren. Ihre hellen, langen Haare bewegten sich im Wasser wie in einem Sturm. Sie hielt die Augen geschlossen, als würde sie schlafen, doch ihre Lider zuckten unkontrolliert wie bei einem Albtraum.

»Menschen«, flüsterte die Schneekönigin, doch es war nicht ihre Stimme, mit der sie sprach. Grim zog die Brauen zusammen. Er hatte diese Stimme schon einmal gehört – doch wo?

Die Königin betrachtete das Mädchen hingegeben. »Sie haben die größte Stärke in sich, die diese Welt kennt … die einzige Kraft, die wirklich zählt. Aber sie erkennen sie nicht. Sie nutzen sie nicht. Ich – ich werde sie nutzen. Sie ist das Einzige, das an den Menschen von Wert ist. Und ich werde sie mir nehmen … die Kraft des Ersten Lichts, die in den Menschenkindern noch in reiner Form wohnt. Kein Leben mehr in der eisigen Kälte des Geistes …« Die Schneekönigin presste beide Hände gegen das Glas des Tanks. »Ein Leben – mit Kinderaugen!«

Mit diesen Worten warf sie den Kopf zurück und rief einen Zauber. Im gleichen Moment schob sich der Schatten ihres zweiten Gesichts von innen gegen ihre Haut und verwandelte ihre Züge in das Antlitz einer Fee mit pechschwarzen Augen und einem boshaft verzogenen Mund aus Gier. Grim hielt den Atem an. Im Körper der Schneekönigin steckte Morrígan – die Urfee und Kinderfresserin!

Kaum hatte er das gedacht, glitten Nadeln und Schläuche aus dem Boden des Tanks und schoben sich tief unter die Haut des Mädchens. Sie schrie, doch ihre Stimme verklang in den farbigen Nebeln, die wie wahnsinnig um sie herum zu tanzen begannen. Die Adern des Mädchens wurden dick und schwollen an, und Grim erkannte, dass die Nebel zunehmend bunter wurden, je stärker der Körper des Kindes verfiel. Die Farben schienen aus dem Kind selbst zu kommen – wie feine Ströme aus Licht oder ein Duft, der aus seiner Haut drang und es mit einer Schicht aus einer Magie umgab, die Grim nie zuvor gesehen hatte. Noch einmal rief die Schneekönigin einen Zauber, und da strömten die Farben des Wassers auf sie zu, durchdrangen das Glas und ihre Hände, schoben sich flirrend durch ihre Adern und ließen ihren Körper in einem funkelnden Spiel aus Farben erstrahlen. Doch Grim sah das Schauspiel kaum. Sein Blick hing an dem Kind im Tank, das plötzlich rasend schnell alterte, ohne überhaupt erwachsen zu werden. Seine Haut zog sich zusammen, die Lippen traten von den Zähnen zurück, das Fleisch vertrocknete, und dann, in einem stummen, luftlosen Schrei, riss es den Kopf zurück und starrte Grim aus toten Augen an.

Grim fuhr zurück, die Illusion zerbrach, und er fand sich auf dem Schiff der Königin wieder. Er fühlte Mia heftig neben sich atmen und spürte selbst noch einmal den Schauer beim Anblick des toten Kindes. Die Schneekönigin stand noch immer dicht vor Theryon, der nun voller Abscheu den Kopf schüttelte.

»Ich werde Morrígan in meinen Körper zwingen«, raunte sie mit frostklirrender Stimme. »Sie wird mein Angebot nicht ablehnen, wenn ich ihr die Kinder auf diesem Schiff zum Verzehr anbiete.

Mithilfe des Schwertes und des Blutes des Kriegers des Lichts kann ich ihre Macht kleinhalten. Mit ihrer Stärke werde ich in wenigen Nächten die Grenze zwischen den Welten einreißen – am Todestag deines Bruders, den ich zur selben Stunde ins Leben zurückhole! So wird er von seinem Volk empfangen werden, für das diese Nacht ebenso eine Wiedergeburt sein wird wie für ihn. Es wird ein Neubeginn für uns alle sein! Noch liegt Auryl in Sí an Bhrú, in Newgrange, der Gruft unserer Familie, doch bald schon werde ich ihm das Leben zum zweiten Mal schenken. Denn eines wirst du nicht vergessen haben: Morrígan ist die Gebieterin über Leben – und Tod!«

Theryon starrte seine Mutter an, tausend Empfindungen flackerten über sein Gesicht. Grim sah Sehnsucht, Hoffnung, Trauer und Liebe, die sich zu einer Maske aus Eis verdichteten und nur ein Gefühl auf seinen Lippen zurückließen: unnennbaren Schmerz. »Mutter«, flüsterte er, und Grim konnte hören, dass seine Stimme zitterte. »Mit dieser Tat wirst du endgültig alles verraten, was uns einst verbunden hat. Die Menschenkinder tragen das in sich, was Auryl niemals besessen hat – das, was ihm das Leben hätte retten können, wenn es ihm vergönnt gewesen wäre. Aber im Gegensatz zu dir hat er die Kinder niemals dafür gehasst: Er hat sie dafür geliebt. Du hingegen bist bereit, eine Fee wie Morrígan in dir zu tragen, ein Geschöpf, das nichts ist und nichts weiß als Verderben, Gier und Tod, und du willst unzählige Kinder auf grausamste Weise opfern, um Morrígans Hunger zu stillen, dem nicht einmal du Einhalt gebieten kannst.« Langsam schüttelte er den Kopf. »Auryl wird dir nicht zurückgeben können, was du verloren hast. Und ich … ich wäre lieber tot als auf deiner Seite.«

Die Schneekönigin stieß die Luft aus, und mit diesem einen Atemzug flog jede Zärtlichkeit aus ihrem Blick davon. »Du hast mich verraten«, zischte sie. »Bist deiner eigenen Mutter in den Rücken gefallen und hast mich in eine Welt jenseits meiner Heimat verbannt, ebenso wie dein ganzes Volk! Durch dich habe ich alles verloren! Wie hätte ich etwas anderes von dir erwarten können in dieser Situation!«

»Du hast dich vor langer Zeit selbst verloren, Mutter«, erwiderte Theryon mit ungewohnter Grausamkeit. »Und nun spürst du nicht mehr, dass du die wurdest, die du nie sein wolltest. Du verachtest mich dafür, dass ich meinen Glauben an die Menschen nicht aufgebe, und du hast recht: Die Menschen haben Fehler. Aber sie kennen ein Leben jenseits des reinen Geistes. Sie wissen, was es heißt zu leben. Und sie wissen, was es bedeutet, um jemanden zu weinen, den man liebt.«

Die Königin wich vor ihm zurück, als hätte er sie geschlagen. Dann schickte sie gleißende Zauber in ihre Finger. Grim wusste, dass sie Theryon mit einer einzigen Berührung die Augen aus dem Kopf brennen konnte – und er erkannte instinktiv, dass sie genau das vorhatte.

»Ich werde den Krieger des Lichts finden«, zischte sie und hob die Hände. »Denjenigen, auf den nur ein Narr wie du seine Hoffnung setzen kann. Er ist nur ein schwacher Junge, ein Kind, das nichts gegen mich ausrichten kann, ganz gleich, ob er Kirgans Schwert besitzt oder nicht. Dafür hat er viel zu viel Angst. Vermutlich sitzt er gerade zitternd und weinend in seinem Versteck und …«

In diesem Moment hörte Grim das Rauschen von Schwingen in der Luft, dicht gefolgt von einem gellenden Ruf – einem Schrei, der ihm auf der Stelle das Blut aus dem Kopf zog.

»Du irrst dich, Königin des Schnees!«

Grim fuhr zusammen, als er diese Stimme hörte, und er traute seinen Augen kaum, als er Carven auf dem Rücken Asmaels über den Bug des Schiffes kommen sah. Ehe Alvarhas etwas hätte tun können, bäumte der Hippogryph sich auf und hieb mit solcher Heftigkeit nach dem Alb, dass seine Tritte auf dessen Körper Funken sprühten. Grim hörte das Brechen der Rippen, als Asmael seinen Gegner mit mehreren Bannzaubern umwickelte und über die Reling schleuderte, und vernahm Alvarhas' lang gezogenen Schrei, ehe er mit dumpfem Geräusch tief unten in der Stadt aufschlug. Gleich darauf sprang Carven von Asmaels Rücken. Er hatte sich seinen Mantel eng um den Körper gezogen, seine Lippen zitterten, als würde er frieren. Regungslos blieb er stehen und sah die Königin an.

»Ich bin kein Feigling«, sagte er ruhig.

Die Königin verzog den Mund zu einem amüsierten Lächeln. »In der Tat«, erwiderte sie spöttisch. »Es gehört viel Mut dazu, mit einem solchen Auftritt auf das Schiff deiner Feinde zu kommen, noch dazu unbewaffnet. Mut – oder Dummheit.«

Grim ballte die Klauen, dass seine Fesseln ihm ins Fleisch schnitten. Die Königin hatte vollkommen recht – Carven hatte den Verstand verloren! Was, zur Hölle noch eins, wollte er mit diesem Auftritt erreichen?

Die Königin lächelte, als hätte sie seine Gedanken gehört. »Sieh dir deine Freunde an! Sieh dir an, wie entsetzt sie sind, dass du gekommen bist! Keiner von ihnen glaubt an dich!«

Grim spürte, wie ihm eiskalt wurde bei diesen Worten, doch Carven stand regungslos, und Grim meinte sogar, ein kleines Lächeln auf seinen Lippen zu erkennen. »Das ist unwichtig«, erwiderte der Junge. »Jemand hat einmal zu mir gesagt: *Und wenn die ganze Welt sich gegen dich verschworen hat – solange du weißt, dass es richtig ist, was du tust, ist alles gut.*«

Die Königin verzog das Gesicht zu einer höhnischen Grimasse. »Wer hat dir solchen Unsinn beigebracht, ein Narr?«, fragte sie boshaft.

Carven senkte leicht den Blick, erstmals schien es Grim, als hätte die Königin ihn getroffen. Doch dann wandte der Junge den Kopf und sah Hortensius an. »Nein«, flüsterte Carven kaum hörbar und lächelte. »Ein Held.«

Grim hielt den Atem an, denn er spürte den Zauber, der sich in diesem Moment über Hortensius und den Jungen legte wie ein zeitloser Schein aus Licht. Dann stieß die Königin die Luft aus und trat auf Carven zu.

»Tapferer Krieger des Lichts«, flüsterte sie höhnisch und musterte ihn von Kopf bis Fuß. »Die Menschen sind schwach, das habe ich gewusst. Doch dass sie so erbärmlich sind, dass ein Kind ihre Welt vor mir bewahren soll – das hätte ich nicht erwartet.«

Sie streckte die Hand nach Carven aus, sanfte Schleier glitten über ihre Finger auf ihn zu. Grim hörte die Stimmen, die in der Magie der Königin lagen, es war ein mächtiger Zauber, der Carven umschmeichelte und ihn näher an sie heranzog. Seine Augen tränten, als er ihr ins Gesicht schaute, schon war sie ihm nah genug gekommen, um sein Kinn mit der Hand zu berühren. Flüchtig strich sie mit den Fingern über seine Wange, blaue Eiskristalle zogen sich über seine Haut.

»Der Krieger des Lichts ist zurückgekehrt«, sagte sie beinahe zärtlich. »Doch er ist kein zweiter Kirgan, kein Held und strahlender Krieger. Er ist ein Menschenkind, nicht mehr.« Sie schaute Carven von oben herab an. »Bist du gekommen, um auf Knien das Leben deiner Freunde zu erbetteln?«

Da warf Carven seinen Mantel über die Schulter zurück, riss das Schwert in die Luft, das er darunter verborgen gehalten hatte, und traf den Arm der Königin. Erschrocken wich sie zurück, Carvens Augen glühten vor Zorn. »Ich bin der Krieger des Lichts!«, rief er und sprang mit vorgestrecktem Schwert auf sie zu. »Und ich falle vor niemandem auf die Knie!«

Mit diesen Worten riss er das Schwert empor und brüllte den Zauber, der auf seiner Klinge stand. Sofort stoben donnernde Blitze über die Waffe, Lichter aus schwarzen und weißen Funken umhüllten Carvens Körper, und als er vorsprang, war er so schnell, dass das Abbild seiner Gestalt für einen Moment in der Luft stehen blieb.

Mit einem Schrei stürzte er sich auf die Königin, seine Bewegungen waren selbst für Grims Augen kaum zu verfolgen, während seine

Klinge sich in blauem Licht verfärbte. Vereinzelt stoben nebelhafte Klauen aus dem Schein. Grim meinte, zornige Stimmen zu hören wie aus weiter Ferne – die Geister der Verstorbenen, die Bromdurs Zauber zu sich rief. Die Königin riss ein Eisschwert in die Luft und ließ es auf den Jungen niedersausen. Funken sprühten, als Carven im letzten Moment seine Waffe über den Kopf hob, und Grim spürte, wie sich das Schiff gefährlich zur Seite neigte. Die Königin verlor die Kontrolle über ihr Gefährt, das rasch an Fahrt gewann und auf die Häuser Dublins zuraste, doch sie schien es nicht zu bemerken. Mit weit aufgerissenen Augen fixierte sie das Schwert des Jungen, aus dem ein Chor hasserfüllter Stimmen tönte, während immer wieder die Fratzen der Toten durch das blaue Licht brachen und ihre Klauen nach der Königin ausstreckten. Grim hielt den Atem an. Der Zauber Bromdurs stand kurz vor der Entfaltung. Wieder holte die Königin aus, doch Carven sprang mit gewaltiger Kraft seitlich gegen den Mast und entkam ihrem Hieb, der krachend gegen das Schiff schlug und den Mast mitten entzweibrach. Donnernd landete er auf dem Deck, das Schiff schlingerte und rammte zwei Schornsteine, die tosend unter ihm zusammenfielen. Der Bug grub sich durch die Häuserzeilen, als wären sie aus Sand, und zog eine tiefe Narbe durch das Pflaster. Grims Fesseln schnitten ihm ins Fleisch, während Carven und die Königin das Gleichgewicht verloren und von der Wucht des Aufpralls quer über das Deck geschleudert wurden, ehe das Schiff inmitten eines kleinen Parks zum Stehen kam.

Die Schneekönigin rappelte sich am Bug des Schiffes auf, doch sie blieb halb geduckt mit dem Rücken zu ihren Gefangenen stehen und schwankte, als hätte sie eine schwere Wunde davongetragen. Carven kam neben dem zerbrochenen Mast auf die Beine, mit gestrecktem Schwert trat er auf die Königin zu. Im letzten Moment hörte Grim den Zauber, den sie sprach, er brüllte – doch es war schon zu spät.

Blitzschnell fuhr die Königin herum, ihre Augen waren pechschwarz geworden – sie hatte ihre Maske fallen lassen. Grim fuhr vor Entsetzen zurück, und doch konnte er den Blick nicht von ihr abwenden. Nie zuvor hatte er in eine Finsternis wie diese geblickt, in einen Abgrund, der alles in ihm verschlingen konnte, ohne dass er auch nur das Geringste dagegen hätte tun können. Diese Dunkelheit war mehr als Kälte und Einsamkeit – sie war der Tod, sie war das Nichts und das Ende der Welt.

Grim hörte Mia neben sich stöhnen, vernahm auch die Schreckenslaute der anderen, doch noch hatte der Blick der Königin keinen von ihnen erfasst. Sie fixierte Carven, und es war, als würde die Dunkelheit in ihr sie wie eine zerbrechende Vase ausfüllen und nach Carven greifen, der mit einem Schrei des Entsetzens vor ihr zurückwich und wie unter unbeschreiblichen Schmerzen zu Boden ging. Die Dunkelheit in den Augen der Königin schwoll an, schwarze Schemen flackerten über das aschfahle Gesicht des Jungen, der mit weit aufgerissenen Augen in wilder Panik keuchende Laute ausstieß. Schatten stürzten sich aus den maskenlosen Augen der Königin, glitten auf Carven zu und schlugen ihm mit der Kraft ausgewachsener Männer ins Gesicht. Einige schlangen sich um seinen Hals, er sprang auf die Beine und griff im Todeskampf nach seiner Kehle. Grim sah noch sein halb wahnsinniges Gesicht, ehe der Junge vollständig von den Schatten eingehüllt wurde. Grim hörte das grausame Zischen der Schatten und dann, wie aus weiter Ferne, den Schrei eines Kindes. Im nächsten Moment war es totenstill.

Grim starrte auf die Schatten, er sah, wie die Schneekönigin in grausamer Neugier näher herantrat, und spürte die ohnmächtige Verzweiflung wie eine Welle aus Schmerz in sich aufwallen. Carvens Schrei hallte in ihm wider, er spürte den sterbenden Atem des Kindes vom See auf seinem Gesicht. Er wollte schreien, er wusste, dass er sonst den Verstand verlieren würde, doch noch ehe ein Laut aus seiner Kehle entwichen wäre, kehrten die Schatten in die Augen der Königin zurück.

Carven stand da wie zuvor. Er hatte die Hände sinken lassen, seine Augen waren geschlossen, tiefe Schatten lagen darunter, und seine Haut war so bleich, dass Grim meinte, nur noch eine von innen ausgefressene Hülle vor sich zu haben.

»Da seht ihr es«, zischte die Königin. »Er hat den Blick in die Schatten nicht ertragen – den Anblick, den ich Nacht für Nacht erdulden muss.«

Sie trat den letzten Schritt auf Carven zu und streckte die Hand nach dem Schwert aus, das er noch immer in der Hand hielt. Grim rechnete fest damit, dass sein Körper zu Asche zerfallen würde bei ihrer Berührung, doch gerade als die Königin die Waffe fast erreicht hatte, lächelte der Junge.

Wie erstarrt blieb die Königin stehen. Grim hörte einen erstickten Laut aus Hortensius' Kehle, er selbst sog so heftig die Luft ein, dass er meinte, seine Brust müsste zerspringen. Carven – er lebte. Und er wandte den Kopf der Königin zu, ohne die Augen zu öffnen, aber mit diesem rätselhaften Lächeln auf den Lippen, das Grim wie ein weißer Flügel über die Wange strich.

»Ich sehe keine Schatten«, flüsterte Carven leise. »Das, was ich sehe – ist das Licht!«

Mit diesen Worten stieß er das Schwert vor. In letzter Sekunde sprang die Königin zurück und entkam seinem Hieb, doch gleich darauf entließ Carven den Zauber Bromdurs.

Auf der Stelle schossen Gestalten aus seiner Klinge, Grim sah hassverzerrte Gesichter von Zwergen und Feen, Krieger aus lang vergangener Zeit, Gefallene mit herausgerissenen Gliedmaßen und blutenden Wunden, und sie stürzten der Königin nach, die in rasender Geschwindigkeit vor ihnen floh. Heftig keuchend strauchelte sie und schlug der Länge nach auf dem Deck auf. Sie warf sich auf den Rücken und kroch vor den Geistern zurück, die über die Dielen auf sie zustoben. Jeden Augenblick hatten die einstigen Krieger sie erreicht, dann würden sie …

»Halt!«

Grim fuhr so heftig zusammen, dass sich die Zauber tief in sein Fleisch schnitten, und doch spürte er den Schmerz kaum. Carven ließ die Geister innehalten, atemlos wandte Grim den Blick in die Richtung, aus der die Stimme gekommen war – und traute seinen Augen nicht.

Dort, am Bug des Schiffes, stand Alvarhas. Grim sah deutlich die Risse seines Schädels unter der blutenden Haut, sah auch die Brüche in seinen Knochen und roch die zerschmetterten Eingeweide in seinem Inneren. Doch der Alb grinste mit blutigen Lippen, während der graue Nebel ihn wieder zusammenflickte. Er war zurückgekehrt und in seiner Faust hielt er – Hortensius.

Die Bannfesseln um den Leib des Zwergs waren zerrissen. Grim spürte, wie die Magie in Hortensius' Körper zurückkehrte – doch im Griff des Albs würde ihm das überhaupt nichts nutzen.

»Töte die Königin«, zischte Alvarhas mit der brüchigen Stimme eines Toten. »Aber wenn du das tust, wird dein Meister ihr folgen!«

Carven stand da wie vom Donner gerührt. Seine Wangen waren noch gerötet vom Kampf, seine Lippen zitterten, als er die Geister zurückrief. Einige hatten die Königin fast erreicht, ihre Klauen hieben nach ihr aus, aber sie erwischten nichts als einige Strähnen ihres Haares, die in goldenem Licht anfingen zu glühen und dann zu Asche verbrannten. Lautlos glitten die Geister der Gefallenen über das Deck und kehrten zurück in das Schwert Kirgans.

»Kluger Junge«, keuchte die Schneekönigin atemlos, kam auf die Beine und eilte zu Alvarhas. »Und jetzt – komm zu mir! Kein Krieger des Lichts wird jemals wieder die Macht der Feen gefährden, dafür werde ich sorgen! Komm und gib mir das Schwert! Opfere dein Leben für deine Freunde, wie Helden es tun! Ich werde sie gehen lassen, darauf gebe ich dir das Wort meines Volkes – wenn ich dich und dein Schwert dafür bekomme!«

Hortensius zuckte in Alvarhas' Griff zusammen. »Nein, Carven!«, rief er außer sich. »Das darfst du …«

Doch Alvarhas krallte seine Klauen so heftig in seinen Hals, dass Blut kam, und brachte ihn so zum Schweigen. Grim hatte aufgehört zu atmen. Er sah Carven an, sah seine Brust, die sich keuchend hob und senkte, und seine Augen, in denen sich das Entsetzen zu schwarzen Schatten zusammengezogen hatte. Für einen Moment umfasste der Junge das Schwert fester, Zorn und Verzweiflung wallten in seinem Gesicht auf. Dann setzte er sich in Bewegung. Schritt für Schritt trat er auf die Königin zu. Als er sie fast erreicht hatte, sah er Hortensius an.

»Verzeiht mir«, flüsterte er kaum hörbar, und ließ das Schwert fallen.

Sofort stieß Alvarhas Hortensius von sich, sodass der Zwerg stolperte und der Länge nach zu Boden fiel. Dann sprang der Alb vor und ergriff die Waffe. Gleichzeitig streckte die Schneekönigin die Hand aus, ein heller Blitz schoss aus ihren Fingern und riss Carven zu ihr heran.

Grim fühlte, wie der Bannzauber um seinen Körper erlosch. Seine Magie war versiegt, er würde einige Augenblicke brauchen, bis er wieder einen Zauber wirken konnte. Doch diese Zeit gab Alvarhas ihnen nicht. Zischend schleuderte er eine glühende Peitsche vor Grims Füße und trieb ihn mit den anderen auf die Reling zu. »Verschwindet!«, brüllte der Alb.

Grim stieß rücklings gegen das Geländer, er sah, wie Alvarhas sich nach Hortensius umwandte, der langsam auf die Beine kam und auf die Gruppe zutrat. Haltlose Verzweiflung pochte über das Gesicht des Zwergs, Grim sah Trauer, Wut und Furcht in seinen Augen aufflackern – und spürte die Ruhe, die plötzlich über seinen Körper spülte wie sanfte Wellen. Atemlos sah Grim, wie die Schritte des Zwergs langsamer wurden, bis er kurz vor ihnen stehen blieb.

Langsam hob Hortensius den Blick. *Eines Tages,* hörte Grim seine Stimme in seinem Kopf, *wird Carven seine Stärke beweisen. Und dann werdet Ihr feststellen, dass Blindheit Euch geschlagen hat und dass in Wahrheit Ihr schwach wart.* Kein Spott lag in der Stimme des Zwergs, keine Wut und keine Trauer. Seine dunklen Augen ruhten auf Grim, und in diesem Moment war nichts anderes mehr darin als ein Licht, klein und flackernd zwar – aber heller, als Grim sich die Sonne denken konnte.

Grim sah die Tränen, die sich in den Augen des Zwergs sammelten. Keine Spur von Zorn lag auf dessen Zügen, keine Enttäuschung, sondern eine weiche, zärtliche Form von Stolz. Grim spürte, wie sich seine Kehle zusammenzog, als er kaum merklich nickte. Ein letztes Mal lächelte Hortensius, und Grim meinte, leise die Worte zu hören: *für das Licht.* Aus dem Augenwinkel sah er, wie Alvarhas mit seiner Peitsche ausholte. Im nächsten Moment fuhr Hortensius herum.

Mit einem Brüllen hob er seinen Streitkolben in die Luft und ließ ihn auf das Deck niedersausen. Augenblicklich rissen die Dielen des Schiffes aus ihrer Verankerung, eine mächtige Erschütterung ging durch das Gefährt und brachte die Schneekönigin und Alvarhas zu Fall. Blitzschnell schoss Grim an ihnen vorbei und griff nach dem Jungen. Die Königin wollte ihn festhalten, ihre Krallen gruben sich tief in Carvens Fleisch und hinterließen blutige Striemen auf seinem Unterarm. Doch ehe sie einen Zauber wirken konnte, stieß Grim ihr die Faust ins Gesicht und fuhr herum. Schwer atmend warf er sich über die Reling in die Nacht, dicht gefolgt von Asmael, der die anderen auf seinem Rücken trug. Krachend eilte ein Albenzauber ihnen nach und hätte sie bei lebendigem Leib verbrannt – wenn er nicht abgefangen worden wäre durch einen mächtigen Schild aus zwergischer Magie.

Grim raste mit Carven davon, er hörte die Schreie des Jungen und fühlte, dass er weinte. Wie betäubt wich er den Bäumen des Parks aus, durch den sie flogen, doch er sah sie nicht. Vor seinen

Augen stand ein Zwerg auf dem Wrack eines Schiffes vor einem schwarz-goldenen Schild. Er stand da wie ein Krieger, seine Waffe emporgereckt, stolz und würdevoll wie der Ritter, der er war. Unnachgiebig hielt er den Wall aufrecht, der seinen Freunden die Flucht ermöglichte, und als sein Zauber splitterte, floh er nicht. Mit erhobenem Haupt schleuderte er seinen Streitkolben nach vorn und traf die Königin an der Schulter, ehe ihr Zauber seinen Brustkorb durchschlug.

Grim sah, wie die Königin vor ihm zurückwich. Schwankend tat Hortensius noch einen Schritt, dann gaben seine Beine unter ihm nach, und er fiel auf die Knie. Schaudernd sah Grim die tiefe Wunde, die seine Lunge zerfetzt hatte, und spürte das Gift, das gierig seine Eingeweide zerfraß. Keuchend sank Hortensius auf den Rücken, und der Glanz des Nachthimmels spiegelte sich auf seinem Gesicht. Noch einmal sah Grim ihm in die Augen, diese dunklen, warmherzigen Augen voller Zuversicht. Er hörte den letzten Atemzug, sah das Erstaunen, das über das Gesicht des Zwergs flackerte wie eine erlöschende Flamme – und fühlte, wie sein Herz aufhörte zu schlagen.

Im selben Moment krallte Carven seine Finger in Grims Brust und schrie, so wild und verzweifelt, dass Grim das Blut aus dem Kopf wich. Blind raste er durch die Nacht, in den Armen das weinende Kind, und in seinem Inneren nichts als eine Abfolge von Worten, die dumpf in der Finsternis widerklangen:

Hortensius war gefallen – der Letzte Ritter der Sterne.

Kapitel 48

Die Luft in der Christ Church Cathedral war kühl und von einer Erhabenheit, die Mias Tränen in ihren Augen zurückhielt. Das rote Licht des Himmels brach durch die zerborstenen Fenster, legte sich auf die Bänke und den Mittelgang mit seinem mosaikbesetzten Boden und glitt über das Antlitz von Hortensius hinweg wie Sonnenstrahlen über einen tiefen See.

Der Zwerg lag aufgebahrt auf einem verzierten Sarkophag. Auf den ersten Blick hätte man meinen können, dass er schlief. Doch über seiner Haut lag der Schleier des Todes, dessen Gift seine Wangen grau verfärbt hatte, und sein Mund war zu einem Lächeln verzogen, das ihn der Welt entrückte. Es sah aus, als hätte der Zwerg hinter seinen geschlossenen Augen Bilder von unnennbarer Schönheit gesehen, Bilder von Dunkelheit und Licht, die man nicht beschreiben, nur erfühlen konnte, und wäre bei diesem Anblick zu einem Standbild des Todes geworden. Kein Lebender vermochte es, auf diese Art zu lächeln. Mia tunkte ihr Tuch in die Schale mit Wasser, die neben ihr auf einer der Bänke stand, und wusch Hortensius vorsichtig den Schmutz vom Gesicht. Sie spürte die schwere Kälte, die den Körper des Toten anfüllte, und ließ es zu, dass die Kühle sich auf ihre Wangen legte, während sie Hortensius auf seine Beisetzung vorbereitete. Die Schneekönigin war mit ihrem zerbrochenen Schiff davongeflogen und hatte ihn zurückgelassen. Sie hatte keine Verwendung für einen gefallenen Helden des Lichts.

Sanft strich Mia Hortensius über die Schulter. Sie fühlte eine seltsame Verbundenheit zwischen dem gefallenen Ritter und sich selbst, die mit jedem Handgriff, durch den sie ihre Achtung bewies, noch verstärkt wurde. Hier lag der Letzte Ritter der Sterne, ein Außenseiter und Rebell in seinem Volk, der zu Lebzeiten große Heldentaten vollbracht hatte. Doch als Mia ihm das Haar kämmte, als sie ihn wusch und seine Kleidung von Blut und Schmutz befreite, dachte sie nicht an sein Leben als Ritter. Sie dachte daran, wie er mit Carven gesprochen, wie er den Jungen angesehen hatte, mit diesem warmen, liebevollen Blick, den er stets unter einer rauen Maske verborgen gehalten und der dennoch jedes Wort von ihm zu dem Jungen begleitet hatte. Hortensius war für Carven in den Tod gegangen. Ein Schauer flog Mia über den Rücken, als sie an den Schrei des Jungen dachte. Wie wahnsinnig vor Schmerz war er gleich nach ihrer Landung davongelaufen und seither verschwunden. Vermutlich verbarg er sich irgendwo in der Stadt, verzweifelt, weinend und hilflos. Grim hatte sich aufgemacht, um ihn zu finden, doch bisher schien er keinen Erfolg damit gehabt zu haben.

Mia strich Hortensius das Haar aus der Stirn. Sie spürte, wie sich ihr Herz zusammenzog, als sie die Kälte unter seiner Haut fühlte und ihr bewusst wurde, dass er sie nie wieder ansehen würde – niemals wieder. Und während sich ihre Finger auf seine Brust legten und sie das Grauen ertrug, als sie anstelle des Herzschlags nur Stille wahrnahm, spürte sie den Schatten, der mit dieser Erkenntnis in ihr wuchs, einen Teil von ihr in Finsternis hüllte und mit sich ins Reich des Todes zog. Hortensius Palmadus Fahlon war gefallen. Sein Tod hatte ein Stück von ihr mit sich genommen und dort, wo früher Wärme und Geborgenheit gewesen waren, eine Finsternis aus Schmerz in ihr zurückgelassen. Langsam nahm sie seine Hand und legte sie auf ihr Herz. Vielleicht konnte er ihren Herzschlag fühlen, wo auch immer er jetzt sein mochte – und dann würde er wissen, dass er nicht allein war in der Dunkelheit.

Leise knarrend öffnete sich das Eingangsportal der Kathedrale. Rotes Licht fiel auf den Mittelgang und umkränzte Jakobs Gestalt.

Mia legte Hortensius' Hand auf seine Brust und begann, seine Finger vom Ruß des Schiffes zu reinigen, während Jakob auf sie zutrat. Seine Schritte knirschten auf den Scherben der zerbrochenen Fenster, die für einen Moment glitzerten wie Schnee. Schweigend warf er Mia einen Blick zu, als er den Sarkophag erreicht hatte. Sein Gesicht war bleich und verstärkte die Schwärze in seinen Augen, die seit Hortensius' Tod noch zugenommen hatte.

»Du musst das nicht tun«, sagte er leise.

Mia sah ihn nicht an. Sie konzentrierte sich auf Hortensius' Finger, jene Finger, die einst die Klinge Kirgans umschlossen hatten.

»Ich möchte es«, erwiderte sie nur.

Jakobs Blick glitt über Hortensius' Gesicht, dann streckte er die Hand aus und berührte das Amulett, das auf der Brust des Zwergs lag. »Die Königin hat gesiegt«, murmelte er.

Mia zog die Brauen zusammen. Die Stille, die sie gerade noch umgeben hatte, wurde aufgewühlt wie ein See, in den man Steine wirft. Angestrengt versuchte sie, die Erhabenheit des Moments festzuhalten, doch Jakobs Stimme zerriss die Schleier um sie herum wie mit brennenden Schwertern.

»Carven ist verschwunden«, fuhr Jakob fort. »Und selbst wenn wir ihn finden, haben wir nicht nur eine Armee aus übermächtigen Alben gegen uns. Wir haben auch das Schwert und das Blut des Kriegers des Lichts an die Königin verloren. Jetzt ist sie am Ziel. In drei Nächten wird sie ihren Sohn Auryl zum Leben erwecken und die Welt der Menschen in den Untergang treiben. Und mehr als das – du hast gesehen, wen sie Morrígans Hunger opfern wird.«

Mia fuhr zusammen, als das Bild des Kindes in ihr auftauchte, das die Schneekönigin ihnen gezeigt hatte. Wieder sah sie das bleiche, aufgedunsene Gesicht, die Schläuche und Nadeln in dem kleinen Körper und die Farben des Ersten Lichts, die das Kind in vollendeter Intensität umspielt hatten. Sie presste die Zähne aufeinander und bemühte sich nach Kräften, das Bild des ausgedörrten, toten Körpers aus ihren Gedanken zu vertreiben, aber es gelang ihr nicht. Die Augen aus Wachs gingen ihr nach, ebenso wie der lautlose und dennoch markerschütternde Schrei aus der stummen Kehle.

»Es war eine Illusion«, sagte sie mehr zu sich selbst als zu Jakob, um die Folge an Schreckensbildern in ihrem Kopf zu unterbrechen. Rasch tauchte sie ihr Tuch in die Wasserschale, das plätschernde Geräusch klang überdeutlich in den hohen Gewölben der Kathedrale wider.

»Aber genau das wird passieren«, erwiderte Jakob. »Die Königin wird die Menschheit vernichten, Mia. Und ich bin gekommen, um mit dir darüber zu sprechen, was aus dir … aus uns werden soll.«

Sie hob den Kopf, auf einmal erschien ihr die Szene so unwirklich, dass sie beinahe lachen musste. Aber Jakob sah sie ernst an, so ernst, dass ihr kalt wurde. Noch nie hatte sie sich in der Nähe ihres Bruders so gefühlt wie in diesem Moment, so fremd und so – einsam.

»Die Anderwesen Ghrogonias werden uns aufnehmen«, sagte er, doch seine Stimme klang wie durch dicke Tücher zu ihr herüber. »Wir werden die Oberwelt verlassen müssen, aber die Anderwelt wird uns ein neues Zuhause werden, und vielleicht können wir eines Tages zurückkehren, wenn … alles vorbei ist.«

Mia schaute ihn an, sah, wie er über das Amulett auf Hortensius' Brust strich, und spürte die Wut in sich aufflackern.

»Hortensius«, flüsterte Jakob kaum hörbar. »Ritter der Sterne, wir haben versagt. Du hast dein Leben weggeworfen für … nichts. Du bist ein Narr gewesen.«

Da riss Mia ihr nasses Tuch in die Luft und schleuderte es Jakob vor die Brust. »Hör auf!«, rief sie so laut, dass ihre Stimme in den Gewölben der Kathedrale widerhallte. Sie hörte, wie die beiden Worte um die Säulen fegten, und starrte ihren Bruder mit allem

Zorn an, den sie in sich fühlte. Er erwiderte ihren Blick, erschrocken und – hilflos? Sie zog die Brauen zusammen, sie wollte sich nicht darum kümmern, was hinter der verfluchten Mauer vor sich ging, die ihn seit seiner Rückkehr in die Menschenwelt umgab. »Sei still!«, zischte sie. »Wie kannst du es wagen, vor Hortensius solche Worte in den Mund zu nehmen! Wie kannst du so blind sein, wie kannst du die Hoffnung aufgeben, ausgerechnet du! Mein ganzes Leben lang bist du mein Leitstern gewesen, nach Lucas' Tod und besonders im vergangenen Jahr, in dem ich die Aufgabe der Hartide ganz allein erfüllen musste! Immer wieder bin ich darüber verzweifelt, an meinem Misstrauen den Menschen gegenüber, an meiner Unsicherheit, ob sie sich jemals ändern werden, ob ich es schaffen kann, sie auf den richtigen Weg zu bringen! Aber ich sagte mir: Jakob hätte nicht aufgegeben. Jakob kannte keinen Zweifel. Jakob hatte ein Licht in sich, er gab es an mich weiter, und jetzt ist es meine Aufgabe, dieses Licht nicht erlöschen zu lassen! Ich habe getan, was ich konnte, und als ich dich wieder in meiner Nähe hatte, glaubte ich, dass wir gemeinsam den Weg fortsetzen würden, den du mir gezeigt hast! Doch jetzt sieh dich an!«

Sie war atemlos, als sie eine der Scherben vom Boden aufhob, sie mit einem Spiegelzauber überzog und ihm vor die Augen hielt. Er wich vor ihr zurück, aber sein Gesicht verlor seine Kälte, es war, als würden Strahlen aus Licht Risse in die Eisschicht brennen, die ihn umhüllte. Sie ging ihm über die Scherben nach, bis er mit dem Rücken gegen eine Säule stieß und sich mit aufgerissenen Augen selbst ins Gesicht starrte.

»Sieh hin«, wiederholte Mia kaum hörbar. »Nahyd hat versucht, dir den Glauben zu rauben, die Hoffnung, das Licht, das in dir brannte. Er hat dir die Liebe zur Welt genommen, für die du einst dein Leben gegeben hast – und warum solltest du eine Welt retten, die dir nichts mehr bedeutet? Er hat dich in die Finsternis gestürzt, und in ihr wirkt für dich alles bedeutungslos und leer – wie du dir selbst erscheinst! Er hat dir alles genommen, was du bist. Das denkst du doch?«

Sie sah, dass Jakob sich in der Scherbe betrachtete – sein leeres, fühlloses und gleichgültiges Gesicht, das ihm selbst ebenso fremd erscheinen musste wie ihr. Langsam nickte er.

»Aber das ist nicht wahr«, sagte sie eindringlich. »Er konnte dich quälen, er konnte dich vergessen lassen und dir das Erste Licht rauben – aber jetzt wird es Zeit, dass du dich erinnerst! Erinnere dich daran, dass du es warst, der die Hoffnung niemals aufgegeben hat, der sein Leben für die Menschen riskierte und es schließlich opferte, weil er sich weigerte, dieses Licht aufzugeben. Hast du vergessen, was du mir damals gesagt hast: *Es geht um mehr als uns beide, um viel mehr.*«

Er schüttelte den Kopf, ohne sich von der Scherbe abzuwenden. »Nicht jeder braucht einen Totensänger, um sein Licht zu verlieren. Du weißt nicht, wie es in vielen Menschen aussieht. Die Feenwelt hat mich Dinge sehen lassen, von denen du nichts ahnst. Die Menschen werden sich nie ändern. Sie …«

Da stieß Mia die Luft aus und ließ die Scherbe fallen, die in tausend Splitter zerbarst. »Hör auf! Ich bin das Gerede über die schlechten, unveränderlichen Menschen leid! Vielleicht hast du recht – vielleicht habt ihr alle recht mit euren Zweifeln. Vielleicht wird sich nie etwas ändern, und alles, wofür wir kämpfen, ist sinnlos und umsonst. Vielleicht ist eine geeinte Welt, vielleicht ist das Ideal des Guten nichts weiter als eine Illusion. Aber eines weiß ich genau: dass ich nie aufhören werde, dafür zu kämpfen!« Entschlossen trat sie auf Hortensius zu und umfasste seine kalte Hand. »Er hat an die Menschen geglaubt, nicht nur an Carven, sondern auch an uns! Er hat sein Leben für den Jungen gegeben, weil er die Hoffnung nicht aufgeben wollte! Er, ein Anderwesen, ist für die Menschheit gestorben, die von seiner Existenz nicht einmal etwas ahnt!« Sie holte tief Atem. Jakob starrte sie an, sie sah, dass er schnell atmete. Hortensius'

Hand lag in ihrer, auf einmal fühlte sie die Kälte nicht mehr, die von seinen Fingern ausging. »Ich werde ihn nicht im Stich lassen«, sagte sie mit fester Stimme. »Grim hat einmal gesagt, dass ich ein Licht in mir trage – ein Licht, das andere Menschen entzünden und die Hoffnung weitergeben kann. Es ist mir schwergefallen, ihm zu glauben. Ich habe immer nur dich gesehen als den großen, starken, heldenhaften Hartiden und Bruder, der du warst. Aber jetzt ist das vorbei.«

Sie hob das Tuch auf, das vor dem Sarkophag niedergefallen war, und tauchte es in das Wasser. »Es ist deine Entscheidung«, sagte sie ruhig. »Du kannst nach Ghrogonia gehen und dich in der Anderwelt verstecken, während die Königin alles vernichtet, woran du einst geglaubt hast. Du kannst vergessen, wer du warst, kannst verleugnen, was du insgeheim schon längst weißt: dass du noch nicht alles verloren hast, da das, was in dir brannte, unsterblich ist. Du kannst deine Wünsche und Träume verraten und dich deinem Schmerz und deiner Dunkelheit hingeben. Wenn du dich dazu entschließen willst, weiter in deinem inneren Käfig zu sitzen, zerfressen von Leere und Zweifeln, die Nahyd und die Welt der Feen in dich gepflanzt haben, werde ich dich nicht daran hindern. Aber begleiten werde ich dich nicht.« Sie trat auf ihn zu. »Ich werde unseren Weg weitergehen. Noch bin nicht ich es, die dort auf dem Sarkophag liegt, weil ich mein Leben für meinen Traum gegeben habe. Aber wenn es so kommen soll, bin ich bereit. Vielleicht bin ich kein flammendes Inferno, vielleicht ist mein Licht klein und schwach. Aber es ist da, und ich werde eher sterben, als diese Flamme erlöschen zu sehen.«

Jakob schaute sie an, sein Gesicht war ein Meer aus Empfindungen wie früher, ehe er sich in der Welt der Feen verloren hatte, doch sie sah den Kampf, den er in seinem Inneren ausfocht, an dem Sturm in seinen Augen.

»Hortensius ist für uns gestorben«, sagte sie kaum hörbar. »Ich werde ihm das geben, was ein Ritter seines Schlages verdient: eine

Bestattung nach Heldenart. Und dann werde ich herausfinden, wie wir die Schneekönigin aufhalten oder sogar besiegen können. Die Frage ist jetzt nur noch, ob ich es allein tue.«

Für einen Moment stand Jakob regungslos. Die Schwärze seiner Augen verschwand, sie sah ihn in einem Zimmer Fynturils, gefesselt am Dornenpfahl, sah die Dunkelheit und fühlte die Kälte, die ihm alles raubte, was er war – und hörte dann seinen Schrei, laut und durchdringend, als er das Licht in seinem Inneren zu voller Kraft entfachte und alle Schatten aus seinen Augen mit dem gleißenden Feuer in seiner Brust zurücktrieb. Langsam schlossen sich seine Finger um ihre Hand und nahmen ihr das Tuch ab. Und dann, schwach wie ein Lichtstrahl in tiefschwarzer Nacht, lächelte er.

Kapitel 49

Die Gestalt des Jungen erhob sich wie eine Figur aus Wachs vor der dunklen Kulisse des Sees. Schwarz glimmende Rosen zierten die Wasseroberfläche, und von den umliegenden Bäumen hingen zarte Luftwurzeln der Bhor Lhelyn. Es war ein Anblick von verzaubernder Düsternis.

Carven saß mit angezogenen Beinen auf den moosbewachsenen Steinen am Ufer, über die an regnerischen Tagen das Wasser des Sees trat und die für gewöhnlich nur von Enten und Schwänen bevölkert wurden. Jetzt hockte ein verzweifeltes Menschenkind auf ihnen herum, und Grim meinte fast, sie unter der Last dieser Bürde seufzen zu hören. Carvens Tränen waren schon lange versiegt, und doch schien es Grim, als würde die Luft auf der Haut des Jungen kälter werden, als strömte all seine Hilflosigkeit und Trauer aus seinem Körper in die Nacht. Wieder hörte Grim seinen Schrei, der die grausame Stille nach Hortensius'Tod zerrissen hatte – diesen Schrei haltloser Verzweiflung, der Grim bis in sein Innerstes gefahren war. Langsam ging er über die Wiese und ließ sich neben dem Jungen auf den Steinen nieder. Carven erschrak nicht von seinem plötzlichen Erscheinen, er sah ihn nicht einmal an. Es war, als hätte er gewusst, dass Grim ihn finden würde.

»Als ich klein war, hatte ich einen Herzenswunsch«, sagte der Junge leise, und seine Stimme klang, als hätte man sie mit Tüchern aus Eis umwickelt. »Ich wollte einmal im Leben Weihnachten feiern, mit Tannenbaum und Kerzen in den Fenstern. Die Kinder in der Schule haben von ihren Festen erzählt, aber meine Eltern hatten für so etwas nichts übrig. Mein erstes Jahr bei Master Hortensius war hart, er hat mich ausgebildet, wie er es wohl auch mit einem zwergischen Lehrling getan hätte. Er war ruppig und kurz angebunden und hat mich nie, niemals gelobt, selbst wenn ich meine Arbeit gut gemacht hatte. Ich wusste lange Zeit nicht, was er überhaupt über mich denkt. Dann kam Heiligabend. Master Hortensius schien sich nichts aus diesem Tag zu machen, er schickte mich gleich frühmorgens mit zahlreichen Aufträgen in die Stadt. Stundenlang musste ich an festlich erhellten Fenstern vorbeilaufen, bis ich völlig durchgefroren und missmutig am Nachmittag wieder nach Hause kam – und da stand er, der größte und schönste Weihnachtsbaum, den ich jemals gesehen habe. Darunter lag ein Geschenk, es war dieses silberne Amulett mit dem Wappen der Buchbinder darauf, und Master Hortensius hat vor dem Kamin in seinem Sessel gehockt und mir zugelächelt, während ich mir die Kette umlegte. Ihm hat ein Fest der Menschen nichts bedeutet, aber er wusste, dass es mir wichtig war. Ich hatte nie ein Zuhause – bis zu diesem Tag. Master Hortensius hat mich aufgenommen, er hat mir alles beigebracht, was ich weiß, und ich … ich habe ihn umgebracht.«

Die letzten Worte trafen Grim so heftig, dass er zusammenfuhr. »So einen Unsinn habe ich noch nie gehört, selbst aus deinem Mund nicht«, erwiderte er grollend.

Carven stieß verächtlich die Luft aus, eine Geste, die Grim bislang noch nie an ihm bemerkt hatte. »Ich habe versagt. Durch meine Schuld sind die Alben auf uns aufmerksam geworden, durch meine Schuld haben sie euch gefangen genommen, durch meine Schuld ist mein Meister gefallen. Wir haben alles verloren, das Schwert und mein Blut. Um die Waffe zurückzuerlangen, muss ich kämpfen – auch gegen die Alben. Wie soll ich das machen? Dafür reicht meine

Magie nicht aus. Jetzt hat die Königin endgültig gewonnen. Ich bin nur ein Kind, genau wie du gesagt hast.«

Grim starrte in das Spiegelbild seines Gesichts auf der Wasseroberfläche, ein regloses, steinernes Antlitz umgeben von tiefschwarzer Nacht. So hatte er Carven angesehen, abwehrend und mit kalter Dunkelheit in den Augen, und ihm Worte gesagt, die wie Gift in ihn eingedrungen waren. Er hatte schon den Mund geöffnet, um etwas zu erwidern, als Carven den Kopf schüttelte.

»Du kannst nichts sagen«, murmelte der Junge tonlos. »Wenn ich nicht so dumm gewesen wäre, würde Master Hortensius noch leben.«

Da hob Grim den Kopf. Er konnte sie nicht mehr ertragen, diese düstere Resignation in Carvens Stimme, seine Trauer und Verzweiflung, an der er selbst so großen Anteil hatte. Er holte tief Luft, auf einmal war er atemlos. »Nein«, sagte er entschlossen. »Wenn *ich* nicht so dumm gewesen wäre.«

Carven sah ihn so überrascht an, dass er lächeln musste.

»Ich bin nicht der Held, für den du mich hältst«, sagte Grim leise. »Ich habe an dir gezweifelt, vom ersten Augenblick an, da ich wusste, dass du der Krieger des Lichts bist. Und ich hatte viele Gründe dafür. Menschen sind schwach, das habe ich in meinem langen Leben gelernt. Sie stehen zwischen Licht und Dunkelheit, und nur allzu oft entscheiden sie sich für die Schatten. Aber erinnerst du dich daran, was dein Meister sagte, als er für dich bürgte?«

Der Junge senkte den Blick. »*Eines Tages wird Carven seine Stärke beweisen*«, erwiderte er, ohne aufzusehen. »*Und dann werdet Ihr feststellen, dass Blindheit Euch geschlagen hat und dass in Wahrheit Ihr schwach wart.*«

Grim nickte unmerklich. »Dein Meister hatte ganz recht. Ich bin tatsächlich schwach gewesen, denn es ist leichter, sich von seinen Zweifeln mitreißen zu lassen, als seine Hoffnung gegen sie zu verteidigen. Als ich mich auf die Suche nach dem Krieger des Lichts begeben habe, erwartete ich einen Helden, und dann, als ich erfuhr, dass du derjenige bist, den ich gesucht habe, konnte ich es nicht fassen: Du, ein schwaches Kind, sollst die Königin der Feen bezwingen? Das erschien mir völlig absurd, denn ich habe deine wahre Stärke nicht erkannt. Doch dann habe ich gesehen, wie du auf dem Schiff der Königin gekämpft hast. Du hast es nicht für dich getan, nicht für die Helden in irgendwelchen Büchern, noch nicht einmal für deinen Meister. Du hast es getan, weil es gar keine andere Wahl gab: Weil du dich für das Licht entschieden hast. Du bist ein Mensch mit allen Schwächen, die deinem Volk innewohnen – und mit seiner größten Stärke: Menschlichkeit. Sie bedeutet, die Wahl zu haben zwischen Licht und Schatten und sich für das Licht zu entscheiden. Du besitzt eine Kraft, die ich beinahe verloren hätte, eine Stärke, die mich einst durch die Hölle geführt hat, im wahrsten Sinn des Wortes. Du bist der Held, den wir brauchen, ein Held, der ungeachtet aller Dunkelheit für das Licht in die Schlacht zieht.«

Er hielt inne und deutete auf das Amulett um Carvens Hals. »Hortensius hat an dich geglaubt. Er hat sein Leben für dich gegeben, weil er dir vertraut hat. Die Schneekönigin hatte recht, als sie sagte, dass keiner deiner Gefährten an dich glaubte – jedenfalls in Bezug auf mich. Aber nicht nur Menschen können sich für Licht oder Schatten entscheiden, sondern auch Anderwesen, wie ich es bin. Ich bin dem Weg des Zweifels schon viel zu lange gefolgt. Wir sind noch nicht am Ende, Carven. Noch hat die Königin nicht gewonnen. Noch können wir die Menschenwelt vor ihrer Rache bewahren.«

Der Junge betrachtete ihn eindringlich. »Warum willst du das tun? Warum willst du, ein Anderwesen, für die Menschen in die Schlacht ziehen?«

Grim neigte leicht den Kopf. »Die Menschen sind Narren«, erwiderte er sanft. »Und dennoch riskiere ich mein Leben für sie. Das habe ich schon immer getan, und daran wird sich wohl auch in

Zukunft nichts ändern. Warum, fragst du? Für Menschen wie dich, Carven. Menschen, die mir Hoffnung geben und so viele Lichter in mir anzünden durch ihren Mut, dass ich manchmal meine, ich müsste in Flammen aufgehen. Ich bin mehr als das Anderwesen, das du in mir siehst. Ich bin auch ein Mensch, und ich stehe zwischen den Welten, da ich zwei Seelen in meiner Brust trage. Ich werde nie auf der Seite der Menschen stehen, dafür sind meine Zweifel an ihnen zu groß. Aber ich werde auch nie vollkommen auf die Seite der Anderwelt geraten, denn dafür ist mein Glaube an die Menschen zu mächtig, und das habe ich durch dich gelernt. Meine Zweifel werden mich niemals verlassen – aber ich werde mir meinen Glauben von ihnen nicht nehmen lassen. Und wenn das bedeuten soll, dass ich auf ewig zwischen den Welten stehe, dann soll es so sein.« Er hielt kurz inne. Für einen Moment spürte er die Wellen von Bythorsuls See über seine Füße streichen.

»Auf dem Grund meines Herzens liegt ein Kind«, sagte er leise und wie zu sich selbst. »Lange habe ich nichts davon gewusst, und dann, als ich von ihm erfahren habe, verstand ich seine Bedeutung nicht – ich habe sie nicht erfasst bis zu dem Augenblick, da ich dich auf dem fliegenden Schiff im Kampf mit der Schneekönigin sah. Denn dieses Kind ist mehr als meine Menschlichkeit. Es ist mehr als alles, was ich jemals sein werde, denn es geht weit über mich selbst hinaus. Es ist die Magie, die mich mit der Welt und die Welt mit allem verbindet, es ist der Zauber des Ersten Lichts, der alle Geschöpfe am Leben erhält, ob sie es nun fühlen oder nicht. Immer war es dieses Kind, das an dich glauben wollte – dieses Kind, das auch in dir wohnt und das deine wahre Stärke ausmacht. Dieses Kind ist das Erbe des Lichts, und es wird mich lehren, über dem Abgrund zwischen den Welten in meiner Brust zu schweben, ohne zu fallen. Dieses Kind stand auf dem Schiff der Königin inmitten der Dunkelheit und erblickte mit geschlossenen Augen das Licht in sich, den Kopf hocherhoben – mit einem Lächeln auf den Lippen.«

Carven sah ihn an, langsam lächelte er. Es sah aus, als glitte ein Sonnenstrahl über schneebedeckte Felder. Dann schüttelte er den Kopf. »Ich kann der Königin das Schwert nicht abnehmen.«

Grim stieß die Luft aus. »Und wieso nicht? Dein Meister hat es geschafft, die Waffe zurückzuerlangen, und er hat sie Morrígan abgenommen, der grausamsten Urfee dieser Welt. Warum sollte dir das nicht gelingen?«

Carven hob leicht die Schultern. »Die Schneekönigin ist so mächtig, und ich bin …«

»… du bist der Krieger des Lichts«, beendete Grim seinen Satz. »Und du brauchst nicht das Schwert Kirgans dazu, um es zu sein. Du trägst das Erbe großer Krieger in dir, aber du selbst kannst stärker sein als jeder von ihnen. Du kannst als Held von diesen Steinen aufstehen, den Kopf heben und sagen: Ich werde meinen Weg gehen, ganz egal, wer oder was sich mir in den Weg stellt – weil ich es kann! Du musst an das glauben, was du auf dem Schiff der Königin gezeigt hast: dass es richtig ist, für das Gute zu kämpfen, gegen jede Übermacht der Welt. Du verfügst über Kenntnisse der höheren Magie, wenn es wahr ist, was dein Meister gesagt hat. Ich habe dich kämpfen sehen. Du bist besser ausgebildet als mancher Rekrut der OGP. Alles, was dir fehlt, um der Königin das Schwert abzunehmen, ist Zuversicht – und ein bisschen mehr Magie.«

Er holte tief Atem und streckte die Klaue aus. Leise murmelte er einen Zauber, goldene Funken liefen über seine Finger, umschmeichelten seine Handfläche und fielen zischend ins schwarze Wasser. Die Luft flackerte kaum merklich unter dem Einfluss der höheren Magie. Fasziniert schaute Carven auf die Funken auf Grims Klaue.

»Dein magisches Potenzial ist für einen Menschen beachtlich«, fuhr Grim fort. »Doch gegen die Schneekönigin wird es nicht ausreichen. Wenn wir aber unsere Kräfte verbinden, kannst du im Kampf gegen sie auf mein Potenzial zurückgreifen, falls deines sich erschöpfen sollte oder du einen besonders mächtigen Zauber wirken musst. Du kannst dann über größere Macht gebieten, die du brauchst, solange du das Schwert noch nicht wieder in den Händen hältst. Gemeinsam können wir es zurückerlangen.« Er wandte den Blick von den Funken auf seiner Klaue ab und sah Carven an. »Doch eines musst du wissen. Wenn wir unsere Potenziale verbinden, können wir unsere Kraft gegenseitig bis zum Letzten aufbrauchen. Wir können einander töten. Daher sollten wir diesen Schritt nur gehen, wenn wir uns vertrauen.«

Goldene Lichter flammten über das Gesicht des Jungen, und seine Augen wirkten für einen Moment vollkommen schwarz. Es war, als würden die Funken in ihrer Finsternis erlöschen. Dann streckte er die Hand aus, Grim hörte, wie der Zauber über seine Lippen kam. Mit leisem Zischen entstand der Drache auf Carvens Hand, gebildet aus den farbigen Schleiern der Zwergenmagie, und strich in nebelhaften Bewegungen über Carvens Finger. Langsam hob der Junge den Kopf und sah Grim an. In seinen Augen war kein Zweifel, kein Schatten mehr, und als er kaum merklich nickte, lag ein Lächeln auf seinen Lippen.

Wortlos ergriff Grim seine Hand. Der Drache sprang über seinen Arm, raste über seinen Körper zurück zu Carven, wurde immer schneller, bis seine Bewegungen als farbige Nebelfäden in der Luft standen und Grim und den Jungen umhüllten. Die Funken stoben auseinander und vermischten sich mit dem Nebel. Für einen Moment sah Grim nichts mehr als goldenes Licht, die geisterhaften Farben der Zwergenmagie und Carvens Blick. Unverwandt schaute der Junge ihn an, seine Hand lag wie ein Blütenblatt in Grims Klaue. Grim fühlte wieder den Sand des Ufers Bythorsuls an den Füßen und sah, wie sich der Junge des Sees von ihm entfernte. Dann umfasste er Carvens Hand fester. Lautlos kam der Zauber über seine Lippen. Er spürte einen warmen Hauch, der sein Inneres durchzog wie ein Windstoß im Frühling, dicht gefolgt von einem Prickeln unter der Haut. Dann erloschen die Funken um sie herum, die

Nebelfäden zerrissen, und Grim fand sich am Ufer des Sees wieder. Er sah Carven an, und auf einmal erkannte er sich selbst in seinen Augen – er sah den Jungen, der in der Hölle auf ihn gewartet hatte, sah sein ganzes menschliches Ich vereint in Carvens Blick. Er spürte, dass dieser Schritt mehr gewesen war als bloße magische Technik. Er hatte den Jungen in sein Herz gelassen. Niemals, das wusste er, würde er dieses Kind wieder gehen lassen können – und wenn es doch geschah, dann würde es alles mit sich nehmen, was Grims Menschsein begründete.

»Gegen die Königin können wir bestehen«, sagte er nachdenklich. »Doch es wird nicht leicht sein, zu ihr vorzudringen. Sie hat nicht nur eine Armee aus Feen, sondern vor allem die Alben auf ihrer Seite. Ich werde noch einmal mit den Anderwesen Ghrogonias sprechen und sie um Hilfe bitten. Vielleicht …«

»Das wird nicht nötig sein.«

Grim erschrak so heftig, dass er aufsprang und die Faust zur Verteidigung hochriss. Schnell richtete er sie auf das Unterholz, aus dem die Stimme gekommen war. Carven kam neben ihm auf die Beine, atemlos spähten sie in die Dunkelheit des Parks und sahen, wie sich langsam ein steinerner Löwe zwischen den Bäumen hindurchschob.

Grim sog die Luft ein, als er Mourier erkannte, und hatte gerade den Mund geöffnet, um seiner Fassungslosigkeit Ausdruck zu verleihen, als hinter dem Löwen weitere Gestalten aus dem Unterholz traten. Grim erkannte einige Mitglieder der OGP, die regungslos auf den Jungen hinabschauten.

»Es hat doch sein Gutes, wenn der Polizeipräsident Ghrogonias nicht mit gewissen technischen Neuerungen umgehen kann«, sagte Mourier mit einem Lächeln. »Du hast deinen Pieper trotz deines Wutanfalls nicht ausgeschaltet. So haben wir alles mitangehört, von eurem Streit über die Gefangennahme bis hin zu den Plänen der Schneekönigin, und das Volk Ghrogonias hat beschlossen, den Senat in einer Sondersitzung noch einmal über eine Beteiligung der ghrogonischen Streitkräfte an diesem Kampf abstimmen zu lassen. In dieser Sitzung wurde die ursprüngliche Entscheidung revidiert. Die Armee Ghrogonias wird euch in dieser Schlacht zur Seite stehen. Wir werden nicht zulassen, dass ein solches Unrecht geschieht.« Grim wollte etwas erwidern, aber in diesem Moment flammten Lichter in der Dunkelheit des Parks auf. Wie winzige Feuer entzündeten sie sich in der Nacht, und Grim meinte, sein Herz würde aussetzen, als ein goldener Hirsch hinter Mourier auf die Wiese trat.

»Die Menschen«, sagte Larvyn, denn niemand anderes war es, der nun vor ihnen stand, »sind meinem Volk fremd geworden. Sie sind nicht besser oder schlechter als ein anderes Übel, das über die Welt kommen mag, ob dies nun Feen seien oder Alben oder andere Schrecklichkeiten. Vor langer Zeit hat mein Volk daher beschlossen, sich nicht weiter in die Belange der Menschen einzumischen. Doch diese Zeit ist nun vorbei. Wir haben erfahren, was die Königin vorhat, und was noch wichtiger ist: Wir haben erlebt, mit welcher Kraft sich ein Menschenkind ihr entgegenstellte. Früher haben wir Elfen uns um die Menschen gekümmert, besonders um die Kinder, die die Königin nun für ihre Zwecke missbrauchen will. Doch Kinder sind mehr als Wesen aus Fleisch und Blut oder Träumen und Wünschen, mehr als Angehörige jener sterblichen Geschöpfe, die so viel Leid über so manches anderweltliche Volk gebracht haben. Kinder sind die Hoffnung, sie sind die Unschuld und das Leben – waren es immer schon und werden es immer sein. Andere Wesen mögen über große Kräfte verfügen, über Magie und Unsterblichkeit – doch in keinem anderen Geschöpf steckt eine solche Macht wie in den Kindern der Menschen: die Kraft des Ersten Lichts in seiner reinsten Form. Diese Macht kann gegen die größten Finsternisse bestehen, das hat dieser junge Krieger des Lichts uns bewiesen. In den Kindern der Menschen liegt die Möglichkeit zur Veränderung, die Aussicht auf eine bessere, eine freie Welt. Die Alben töten nicht die Kinder der Menschen, sie töten einen Teil des Lichts, das uns alle am

Leben hält, und wenn wir das zulassen – wenn wir zulassen, dass sie uns dieses Licht nehmen, dann sind wir nicht mehr wert als das Blut unter ihren Nägeln. Dann wird die Anderwelt genauso vernichtet werden wie jetzt die Welt der Menschen – und zwar ganz ohne die Hilfe der Alben und Feen.«

Er trat vor und schaute Carven auf seine besondere Weise an. »Gewusst haben wir das schon immer«, sagte er leise, und seine Stimme wehte wie ein weiches Tuch über Grims Gesicht. »Doch gefühlt und verstanden haben wir es erst durch dich und deinen Meister. Er ist gestorben, weil er an dich geglaubt hat. Jetzt ist die Gelegenheit gekommen, seinen Orden ins Leben zurückzurufen und mit ihm eine Institution, die zwischen den Welten vermittelt. Bald schon werden meine Truppen bei uns sein, ebenso wie die Armee Ghrogonias uns erreichen wird. Wir sind bereit, an deiner Seite in die Schlacht zu ziehen.«

Grim hielt den Atem an. Für einen Moment schien die Zeit stillzustehen. Larvyn, der Elfenkönig, war gekommen, um ihnen beizustehen. Er war gekommen, um für die Menschen zu kämpfen. Carven sah zu dem goldenen Wesen auf, das aus blauen Augen auf ihn niederschaute, und dann – langsam und hoheitsvoll – neigte Larvyn den Kopf. Grim spürte, wie sich seine Kehle zusammenzog, als er sah, dass die Elfen es ihrem Herrscher gleichtaten, ebenso wie Mourier und die Krieger Ghrogonias, und er fühlte den Zauber dieses Augenblicks wie gleißendes Licht in seiner Brust. Hier standen Wesen, die jahrhundertealt waren, Geschöpfe der Ewigkeit und der mächtigsten Magie, Kreaturen aus Stein, Licht und Farben – und sie neigten in Ehrfurcht und Demut den Kopf vor einem Menschenkind.

Kapitel 50

Das Meer atmete in seinem unveränderlichen Rhythmus aus Wildheit und Geheimnis. Grollend kamen die Wellen an den Strand und spülten über die Steine hinweg, die dem fortlaufenden Wasser klackernd nacheilten. Die Sonne war eine glühende Scheibe aus rotem Feuer. Langsam sank sie auf den Horizont zu und schickte ihre Strahlen als tanzende Funken über die Rüstungen der Elfenarmee, die stolz und erhaben am Strand Aufstellung genommen hatte. In ihren Händen hielten die Krieger kunstvoll geschnitzte Bögen. Larvyn stand in Elfengestalt neben Theryon und Asmael an vorderster Front und betrachtete regungslos das blumengeschmückte Floß, das bei den Wellen lag. Mit Jakobs Hilfe hatte Mia Hortensius darauf aufgebahrt, und nun fielen die Sonnenstrahlen auf sein Gesicht, als wollten sie es ein letztes Mal berühren.

Carven stand dicht bei dem Floß. Unverwandt betrachtete er das Gesicht seines Meisters, als wartete er darauf, dass Hortensius noch einmal zu ihm sprechen würde. Unbarmherzig zerrte der Wind an seinen Haaren, und Mia spürte, wie Grim sich neben ihr versteifte, als er sah, dass der Junge zitterte. Remis seufzte hingegungsvoll auf ihrer Schulter, und auch ihr selbst zog es das Herz zusammen, Carven so zu erleben. Doch sie wusste, dass er in diesem Moment weder Kälte fühlte noch Wind. Das, was in diesen Stunden in seinem Inneren vorging, hatte vor nicht allzu langer Zeit auch in ihr selbst gewütet – dieses fühllose, brutale Nichts, das an die Stelle eines geliebten Wesens trat, das man verloren hatte. Sie warf Jakob einen Blick zu, der dicht neben ihr stand, und er erwiderte ihre Geste. Er war zu ihr zurückgekehrt, und auch, wenn sein Sieg über den Tod noch nicht vollständig war, so hatte er doch den ersten Schritt getan.

Erneut richtete Mia den Blick zum Horizont und meinte für einen Augenblick, das Zischen der Sonne zu hören, als sie die Wasseroberfläche berührte. Im gleichen Moment trat Theryon einen Schritt vor. Sein Haar flatterte im Wind, in seiner dunklen Uniform wirkte er wie ein geheimnisvoller Schatten vor den lichtdurchfluteten Rüstungen der Elfen. Er richtete den Blick erst auf Hortensius, dann auf die Sonne, die langsam hinter dem Horizont versank, holte tief Atem und begann zu singen.

Unwillkürlich griff Mia nach Grims Arm. Noch nie hatte sie eine solche Stimme gehört, eine Melodie von solcher Erhabenheit und Schönheit, und obgleich Theryon in der Sprache der Alben sang, die Mia nicht kannte, verstand sie instinktiv jedes Wort. Der Feenkrieger sang von den Schlachten der Ersten Zeit, von der früheren Einheit der Albenvölker und von den ruhmreichen und glanzvollen Zeiten der Krieger des Lichts. Sein Gesang drang Mia in die Seele, als er auf die Menschen zu sprechen kam, auf die Verbundenheit, die einst zwischen ihrem Volk und der Anderwelt bestanden hatte, und sie wusste, dass Theryon nicht nur für Hortensius sang. Nein, sein Lied galt auch ihr – und allen anderen, die für die Freiheit kämpften, für ihre eigene oder die von Fremden, fern der Heimat oder in ihrem eigenen kleinen Kreis. Er sang von der Schönheit der Welt und von ihrer Trauer, nun, da sie eines ihrer Kinder verloren hatte, und er sang von ihrer Freude, da jedes ihrer Geschöpfe auf ewig ein Teil des großen Ganzen bleiben würde, ein Teil der Ewigkeit, die sie erschaffen hatte.

Die Sonne versank während Theryons Lied, und kaum dass sie ganz verschwunden war, hörte Mia steinerne Schwingen in der Luft und das leichte Vibrieren des Bodens. Atemlos sah sie, wie Gargoyles über die Dünen an den Strand traten, unzählige Schattenflügler und andere Krieger Ghrogonias, gerüstet in pechschwarze Uniformen, die Blicke auf den gefallenen Ritter gerichtet. Auch Pheradin und seine Mutanten waren unter ihnen, ebenso wie zahlreiche Kobolde. Sie alle würden mit dem Krieger des Lichts in die Schlacht gegen Feen und Alben ziehen, sie würden für die Rettung der Menschen kämpfen – und sie waren gekommen, um Hortensius die letzte Ehre zu erweisen.

Noch während sie am Strand Position bezogen, fielen sie zeitgleich mit den Elfen in den Gesang des Feenkriegers ein. Es war, als würden sie gegen die Dunkelheit ansingen, die nun über das Meer zog, und ihre Stimmen verbanden sich zu einem Chor aus Licht und Schatten, der Mia wie unter einem Zauber in den Gesang einfallen ließ. Noch nie hatte sie solche Worte auf ihren Lippen gefühlt, es war, als wären sie die Knospen einer goldenen Blume, die immer schon tief in ihrem Inneren darauf gewartet hatte zu erblühen. Sie hörte Grims, Remis' und Jakobs Stimmen in dem Meer aus Klängen und wusste, dass Hortensius in diesen Augenblicken ein Teil von ihnen allen wurde. Seine Sturheit, seine Hoffnung, seine Stärke zu kämpfen bis zum Schluss – all das würden sie in sich bewahren.

Da tauchten Gestalten aus dem Meer auf. Im ersten Moment sahen sie aus wie Menschen, doch dann erkannte Mia ihre bläuliche Haut und das grüne, algenbesetzte Haar. Die Augen dieser Geschöpfe waren groß und mandelförmig und von einem durchdringenden Türkis, das fremd und schön zu ihr herüberschimmerte. Meerwesen waren es, die dort aus den Wellen tauchten, sieben an der Zahl, und sie streckten die Arme aus den Fluten und fielen mit sanften Stimmen in den Gesang ein. Langsam bewegte das Floß sich wie unter einem magischen Ruf auf sie zu, wurde von den Wellen empfangen und von den Geschöpfen des Meeres weiter hinausgezogen, bis es schließlich in einiger Entfernung innehielt. Im selben Augenblick endete der Gesang.

Die Stille, die nun folgte, nahm Mia den Atem. Gleichzeitig traten sieben Elfen vor, ergriffen ihre Bögen und schickten sieben brennende Pfeile auf Hortensius' Floß. Augenblicklich entfachten sich die Flammen. Mia versuchte, Hortensius' Gesicht noch einmal zu sehen, doch schon wurde seine Gestalt vom Feuer verschluckt.

Da trat Carven vor, er ging einfach ins Meer hinein, als wollte er seinem Meister folgen. Grim wollte ihn zurückhalten, doch Mia ließ seinen Arm nicht los. Schon blieb Carven stehen, knietief im Meer versunken, den Blick fest auf die Flammen gerichtet, und wiederholte den Chorus des Albenliedes mit kristallklarer Stimme. Mia spürte, wie ihr Tränen über die Wangen liefen, als sie Carven singen hörte. Es klang wie ein Klagelied, wie das Weinen eines Kindes in tiefschwarzer Nacht, und gleichzeitig so kraftvoll und unantastbar, dass Mia unwillkürlich das Bild eines Engels im Kopf hatte, als sie den Jungen betrachtete mit seinen durchnässten Kleidern und dem Wind in seinem Haar. Eines wusste sie genau: Wenn sie jemals einen Engel würde singen hören – dann musste er sich an diesen Klängen messen lassen.

Kapitel 51

Mit leisem Flügelschlag landete Grim auf einer kleinen Anhöhe. Die Elfen und die Armee Ghrogonias hatten bereits Aufstellung genommen und schauten schweigend auf Brú na Bóinne hinab, das Tal der Könige, in dem noch vor kurzer Zeit nicht mehr zu finden gewesen war als einige Grabmale aus der Megalith-Kultur. Die Menschen hatten geglaubt, dass diese Bauwerke von Menschenhand errichtet worden waren, doch das war ein Irrtum gewesen. In Wahrheit hatten die Feen an diesem Ort vor langer Zeit die Tempelstadt Alfrhandhar errichtet, in der sie ihren Vorfahren huldigten – unter ihnen die Göttin Bóinne, nach der auch der das Tal umfassende Fluss Boyne benannt war. Viele Tausend Jahre war es her, seit die Stadt erbaut worden war, und als die Feen sich in die Hügel zurückzogen, verfielen ihre oberirdischen Stätten nach und nach, bis sie durch den Zauber des Vergessens beinahe vollkommen von der Erdoberfläche getilgt wurden. Bis vor Kurzem war in diesem Tal nichts weiter übrig gewesen als einige Ganggräber wie Dowth, Knowth oder Newgrange. Doch nun war die Magie der Feen in die Welt zurückgekehrt – und sie errichtete die Alte Tempelstadt neu.

Die Ausmaße Alfrhandhars waren gewaltig. Die Stadt umschloss sämtliche Gräber und wurde im Süden vom Fluss begrenzt. Grim konnte sich einer gewissen Bezauberung nicht erwehren, als er den Blick über die Gebäude gleiten ließ. Sie bestanden aus glänzendem

Schwarzkristall, einem besonderen Mineral der Feen, das härter war als Diamant und in klaren Nächten das Licht des Mondes in sich aufnahm, sodass die Gebäude stets in einem silbrig-schwarzen Schimmer standen. Gewaltige Banyanbäume hatten ihre Wurzeln in die Häuser gekrallt und erhoben sich mit dunkelblauen Blättern auf den Dächern und in den Nischen zwischen den Gebäuden. Noch lagen zahlreiche Bauten in Ruinen, aber die Magie der Feen strich in geisterhaften Nebeln über sie hin, und Grim meinte fast, das Seufzen der Türme und Zinnen zu hören, während sie wieder errichtet wurden. Schattenreich ragten die Umrisse verschiedener Tempel auf wie das Heiligtum der Hoffnungsgöttin Ayon mit der gewaltigen Treppe, aber Grim erkannte auch Thermen und kleinere Theater, die mit geschwungenen Sitzreihen in der Dunkelheit lagen, und er sah die kristallene Kuppel der Rh'ag Fheyna – der berühmten Bibliothek der Feen, in der Zauberschriften wie das Sefer ha-Razim, das *Buch der Geheimnisse*, das Arbatel de Magia Veterum und das Original des Voynich-Manuskripts ebenso bewahrt wurden wie der achtfache Höllenzwang des Doktor Faustus.

Die Stadt lag in silbernem Zwielicht, umspielt von tanzenden Schatten. Nur in ihrem Zentrum, ganz in der Nähe des Grabhügels Newgrange, erhob sich ein Tempel aus purem Gold. Reich verzierte Säulen hielten das Gebälk und warfen das flackernde Licht der Fackeln zurück, die den riesigen sternförmigen Platz vor dem Tempel umsäumten. Golden pulste das Licht zu Grim herüber und ließ ihn an das Schlagen eines gewaltigen Herzens denken. Beinahe hätte ihn dieser Anblick lächeln lassen. Doch er wusste, wessen Herz es war: Deutlich sah er die mit kostbaren Juwelen besetzte Figur einer Krähe im Tympanon des Tempels – das Zeichen Morrígans. Und er erkannte auch die Alben und Feen, die sich auf dem Platz vor dem Heiligtum der Urfee versammelt hatten. Die Schneekönigin konnte er nicht sehen, aber er wusste, dass sie im Tempel der Urfee auf die Todesstunde Auryls wartete – und dann würde sie sich Morrígan einverleiben und ihre Pläne mit der Erweckung ihres Sohnes und dem Einriss der Grenze zu einem fulminanten Ende bringen. Ja, das war ihr Ziel, doch mit einem hatte sie nicht gerechnet. Grim ließ die Knöchel seiner Faust knacken. So leicht würde er es ihr nicht machen.

Er wandte den Blick halb zurück. Die Umrisse der Ghrogonier und Elfen erhoben sich wie Schattenrisse in der Nacht. Aus dem Augenwinkel sah er Kronk, Walli und Vladik, auch Larvyn, Rosalie und Mourier und all die anderen, die auf sein Zeichen warteten. Gemeinsam würden sie die Pläne der Königin vereiteln. Noch hörte er die Stimmen der Elfenmagier, die konzentriert den Zauber wirkten, der sämtliche Alben von der Zwischenwelt trennen und so ihre Regeneration verhindern würde. Sobald sie ihn beendet hatten, würden die Gargoyles sich in diese Welt des Nichts begeben und rechtzeitig vor dem Erlöschen des Zaubers die Herzen der Alben vernichten, deren kriegerische Pendants ebenso wie die Feen zeitgleich von den Elfen und den übrigen Ghrogoniern zum Kampf gefordert würden. Sobald ihre Herzen zerstört waren, konnten die Alben sich nicht länger regenerieren, und ihre Reihen würden sich unter den Hieben ihrer Gegner lichten.

Grim holte tief Atem. Angespannt wartete er auf den Ruf von Remis, der mit den Kobolden als Vorhut in die Stadt geschlichen war, um eine vorzeitige Entdeckung der übrigen Truppen auszuschließen. Er warf Mia einen Blick zu, die neben ihm stand und konzentriert auf Morrígans Tempel schaute, und nickte Jakob, Asmael und Theryon zu. Der Feenkrieger hatte einen Zauber über alle gelegt, denen sonst durch die maskenlosen Augen seines Volkes Gefahr gedroht hätte, und er lächelte leicht, als er Grims Blick begegnete. Vorsichtig legte Grim Carven die Klaue auf die Schulter und schaute auf den Arm des Jungen, an dem das Zepter der Gargoyles flammte. Nach einem eindringlichen Gespräch hatte Mourier es dem Jungen für diesen Kampf überlassen, und es würde Carvens

Zauber um ein Vielfaches verstärken. Gemeinsam würden sie sich zur Königin durchschlagen, das Schwert zurückerlangen und den Albenbann an sich bringen – und dann würden sie die Feen wie auch die Alben in ihre Welten zurücktreiben und die Risse des Himmels verschließen.

Aufmerksam hörte Grim auf die Stimmen der Elfenmagier. Es würde nicht mehr lange dauern, bis der Zauber vollendet wäre. Es wurde Zeit, in der Stadt Position zu beziehen, denn die Alben würden den Abschluss des Zaubers spüren, und es galt, sie im Augenblick dieser Erkenntnis zu überraschen, ehe sie vollständig realisierten, was vor sich ging. Da vernahm er Remis' Ruf. Er intensivierte den Druck seiner Klaue auf Carvens Schulter, und als der Junge ihn ansah und nickte, hob Grim die Faust und gab das Zeichen.

Lautlos glitten sie die Anhöhe hinab und ergossen sich wie ein Strom aus fließenden Schatten in die Gassen der Tempelstadt. Grim fühlte, wie die Nebel der Feenmagie seinen Körper umschmeichelten, und eilte so schnell er konnte an einer Reihe spitzgiebeliger Totenhäuser vorüber. Unwillkürlich musste er an Thyros, die einstige Hauptstadt der Anderwelt, denken, die tief unterhalb Roms in Ruinen lag. Er erinnerte sich an die Erhabenheit, die er bei seinem Besuch in jener Stadt gespürt hatte, und fühlte jetzt, da er durch die verlassenen Straßen der Tempelstadt lief, etwas ganz Ähnliches. Ein seltsamer Zauber lag über diesem Ort, eine Verwunschenheit, die ihm einen Schauer über den Rücken schickte. Diese Stadt war ein Wunder der Alten Zeit, das sich neu errichtete. Grim ließ seinen Blick über die Gebäude gleiten, die zum Teil vollständig von den Wurzeln der Banyanbäume umschlossen wurden. Mitunter hatten die Pflanzen den Eingang offen gelassen, der in ihren Klauen wirkte wie ein Schlund in ein geheimes Zauberreich. Einige Tempel verfügten über Türme, in deren Kristall riesige Gesichter eingearbeitet waren, und immer wieder meinte Grim, in den schwarzen Augen der Gottheiten ein Flackern zu sehen oder ein Lächeln auf den scheinbar reglosen Lippen. Ja, dieser Ort war ein Reich der Magie, und Grim spürte ein Aufwallen in sich, als ihm bewusst wurde, dass er gerade dabei war, diese Magie wieder aus der Welt zu verbannen. Er holte tief Atem. Die Welt war reicher geworden, seit die Magie der Feen zurückgekehrt war, das stand außer Frage – doch der Preis der Schneekönigin für dieses Wunder war zu hoch. Die Menschen waren ein Teil der Welt. Sie konnte nicht wieder ganz werden, wenn zwar ein Teil der Magie zu ihr zurückkehrte, dafür jedoch ein anderer Part unwiederbringlich vernichtet wurde.

Kaum hatte Grim das gedacht, fühlte er die ersten Lichter des goldenen Tempels Morrígans auf seinem Gesicht. Er verlangsamte seine Schritte und wandte sich halb zu Mia und den anderen um, während sie sich von einer schmalen Seitengasse aus näher an den Platz heranschlichen. Grim sah die dunklen Gestalten der Alben, die mit ihren geflügelten Panthern den Platz füllten, und die Feen, die sich in silbernen Rüstungen unter die Alben gemischt hatten oder auf den Stufen des Tempels saßen. Doch in der Mitte des Platzes, umringt von bewaffneten Alben, standen einige Hundert Menschen. Sie drängten sich verängstigt aneinander. Viele hatten Platzwunden und Kratzspuren am Körper, ihre Kleider waren schmutzig und zerrissen, und in den Händen hielten sie Waffen – Schwerter, Dolche, sogar Morgensterne erkannte Grim im Gewühl. Er zog die Brauen zusammen, als ihm bewusst wurde, dass dies die Menschen waren, die von den Alben aus Dublin entführt worden waren. Was, zur Hölle noch eins, hatte die Königin mit ihnen vor?

Ein Raunen ging durch die Menge der Alben und Feen, als die Schneekönigin in Begleitung von Alvarhas zwischen den vorderen Säulen des Tempels erschien, begleitet von vornehmem Applaus. Beide trugen auffallend kostbare Kleidung – die Königin ein perlenbesetztes Kleid aus weißer Seide, Alvarhas eine schwarze Uniform mit samtenen Beschlägen an den Schultern. Das Rapier funkelte an seinem Gürtel, und die Messer, die quer über seine Brust liefen, schimmerten im Licht der Fackeln. Das Zepter der Menschen glomm am Arm der Schneekönigin, Kirgans Schwert hing an einem prunkvollen Gürtel an ihrer Hüfte. Für einen Moment hätte man meinen können, dass ein Königspaar vor sein Volk getreten war. Doch Grim wusste es besser. Alvarhas war nichts als ein Diener. Eine seltsame Befriedigung überkam ihn, als er diese Worte in seinem Kopf wiederholte.

Langsam trat die Königin vor und breitete die Arme aus, um die Anwesenden zum Schweigen zu bringen. Der Applaus verstummte, angespannt schauten alle zu ihr auf – auch die Elfen und Ghrogonier, die lautlos in den umliegenden Gassen darauf warteten, dass Grim ihnen das Zeichen zum Angriff gab. Doch noch waren die Elfenmagier nicht bereit, noch hatten sie den Zauber nicht vollendet. Konzentriert beobachtete Grim die Königin, die Klaue fest um Carvens Schulter geschlossen, und spürte Mias Herzschlag neben sich.

»Ich heiße euch in einer schwarzen Nacht willkommen«, sagte die Königin, und ihre Stimme fegte wie ein Schleier aus Schneeflocken über den Platz. »In dieser Nacht vor vielen Jahren verlor ich mein Kind, und bis heute war sie eine Nacht der Trauer für mich. Doch das wird sich nun ändern! Ich werde sie verwandeln in eine Nacht des Neubeginns, eine Nacht der Veränderung – eine Nacht des Triumphs!«

Beifall brandete über die Menschen hinweg, die erschrocken zusammenfuhren. Hilflos hoben einige von ihnen die Waffen, zitternd wie kleine Kinder unter der Last eines Schwertes. Doch weder Alben noch Feen achteten auf sie. Unverändert hatten sie ihre Blicke der Königin zugewandt, die nun die Hand hob und sie zur Faust ballte.

»Heute wird mein Sohn zu mir zurückkehren!«, rief sie mit Inbrunst. »Heute wird die Grenze zur Welt der Feen fallen – durch die Kraft Morrígans, in deren Tempel ich stehe! Sie wird in meinen Körper einfahren, um das hier zu bekommen!«

Ein Schrei ging durch die Menge der Menschen, als der Boden des Tempels sich öffnete und lange Reihen gläserner Tanks sich aufwärtsschoben. Kinder saßen darin, die Gesichter zu Masken aus Angst verzerrt. Zahlreiche Menschen schrien auf, bis ein halbes Dutzend Alben einige Male mit glühenden Peitschen über ihre Köpfe schlugen. Grim spannte die Muskeln an. Er konnte nicht zusehen, wie die Königin diese Kinder der Urfee zum Fraß vorwarf. Verflucht, warum brauchten die Magier so lange?

»Doch zunächst«, fuhr die Königin fort, »werde ich mein Versprechen halten.«

Wie auf Befehl trat Alvarhas vor. Ein Lächeln hatte sich auf sein Gesicht gelegt, und als die Königin die Hand ausstreckte und eine blauschwarze Flamme auf ihrer Handfläche erschien, wusste Grim auch, warum der Alb auf diese Weise lächelte. Er ließ den Blick zu ihrem Hals gleiten – die Kette, die sie getragen hatte, war verschwunden.

Der Albenbann, schoss es Grim durch den Kopf.

»Durch Eure Hilfe gelangten meine Anhänger und ich zurück in diese Welt«, fuhr die Königin fort. »Ich versprach Euch die Freiheit in jener Stunde, da meine Ziele erreicht wären – und dieser Zeitpunkt ist nun gekommen. Hiermit übergebe ich den Bannzauber der Alben an Euch, auf dass Ihr niemals wieder unter der Herrschaft fremder Mächte stehen müsst.«

Die Königin hielt den Zauber in ihrer Hand, der die Alben in die Zwischenwelt verbannt hatte – die einzige Möglichkeit, sie wieder dorthin zurückzuschicken. Grim hörte, wie Mia neben ihm die Luft einsog, als die Königin Alvarhas ein Lächeln schenkte und den Bannzauber in seine ausgestreckte Hand gleiten ließ. Ohne den Blick von ihr abzuwenden, schloss Alvarhas seine Finger um das Feuer, fuhr mit der freien Hand darüber und öffnete die Faust. Nun hielt er eine Kette in der Hand, die Flamme war in einem silbernen Amulett eingeschlossen wie eine Figur aus Eis. Schweigend legte

Alvarhas sich die Kette um den Hals, andächtig und mit geschlossenen Augen, als beginge er eine rituelle Handlung. Grim ballte die Klauen. Dieser verfluchte Alb würde die nächstbeste Gelegenheit nutzen, um den Bannzauber mithilfe der mächtigsten Magier der Feen und Alben zu brechen, so viel stand fest.

Wir müssen uns aufteilen, hörte Grim Theryons Stimme in seinem Kopf und wandte sich dem Feenkrieger zu, dessen Gesicht fast vollständig in den Schatten der Gasse verborgen lag. *Mia und Jakob sind meine Schüler, ich weiß, dass sie fähig sind, Alvarhas den Bann abzunehmen. Gemeinsam mit Asmael werden sie ihn jagen – und ich werde mich euch anschließen.*

Grim nickte wortlos, und auch Mia und Jakob neigten die Köpfe zum Zeichen der Zustimmung.

»Von nun an seid Ihr frei«, sagte die Königin und zog Grims Aufmerksamkeit wieder auf sich. »Mein Volk strebt nicht nach der Herrschaft über die Menschen – uns genügen ihre Kinder. Daher überlasse ich es Euch, über die Sterblichen zu regieren, wie es Euch beliebt – zu ihrer Qual und unserer Freude.«

Carven versteifte sich unter Grims Klaue. Wie träumend griff er nach der Hauswand, um sich daran abzustützen, und wäre dennoch gefallen, wenn Grim ihn nicht gehalten hätte.

Die Menschen schrien erschrocken auf, als Alvarhas auf sie zutrat. Leichtfüßig sprang er die Treppe des Tempels hinab, während die Menschen vor ihm zurückwichen, und blieb auf einer der letzten Stufen stehen. Mit grausamem Lächeln zog er sein Rapier. Grim sah das hitzige Brennen in seinen Augen, das ihn an die Gier eines ausgehungerten Panthers erinnerte. Die Menschen waren zu seinem Vergnügen hier, das wusste Grim plötzlich, und alle Ereignisse, die nun folgen sollten, waren ein erster Schritt in die blutige Herrschaft, die Alvarhas auf der Welt errichten würde.

Mit spielerischer Geste entbot er den Menschen den Fechtgruß, die ihn mit vor Entsetzen geweiteten Augen anstarrten. »Mein

Name ist Alvarhas von Markar«, sagte er leise und bedrohlich. »Doch lasst euch nicht einfallen, ihn auszusprechen. Ihr seid es nicht wert, ihn auf eurer Zunge zu fühlen. Ich bin euer neuer König und ihr …« Er hielt inne und betrachtete sie herablassend. »Ihr seid nichts als wimmerndes Gewürm. Ich sollte euch alle auf einmal töten, denn euer jämmerlicher Anblick ist kaum zu ertragen. Aber das wäre zu einfach, nicht wahr? Es verschafft keine Befriedigung, etwas zu töten, das das Leben nicht verdient.« Er lächelte, und sein Schweigen ließ die Menschen noch enger zusammenrücken. »Und vielleicht irre ich mich. Vielleicht ist einer unter euch, den es sich zu töten lohnt. Daher fordere ich einen von euch zum Kampf. Ich werde keine Magie anwenden, nichts, das nicht auch euch zur Verfügung stünde. Gewinnt mein Gegner, schenke ich ihm sein Leben. Verliert er – geschieht das!«

Ehe Grim auch nur die Bewegung seiner Hand hätte verfolgen können, stieß Alvarhas sein Rapier vor, schickte schwarzes Feuer aus seiner Waffe und verbrannte einen Menschen in der ersten Reihe in einem winzigen Augenblick bei lebendigem Leib. Mit lauten Schreien des Entsetzens wichen die Menschen zurück. Schreckensstarr sahen sie zu Alvarhas auf, der prüfend durch die Reihen blickte. Grim hatte aufgehört zu atmen. Angestrengt lauschte er in die Stille seiner Gedanken, doch die Elfen riefen nicht nach ihm. Nur ihre leisen Stimmen hörte er, und er fühlte die Magie ihrer Worte, die sich langsam dem Ende des Zaubers näherten.

»Hat keiner den Mut, gegen mich zu kämpfen?«, rief Alvarhas, und Zorn schwang in seiner Stimme mit. »Will keiner versuchen, sein lächerliches Leben zu retten? Wie ihr wollt!«

Wieder stieß er seine Waffe vor, doch da rief eine Stimme:

»Ich will es versuchen!«

In die Menge kam Bewegung. Jemand drängte sich aus ihrer Mitte nach vorn. Grim sah, wie die Menschen zurückwichen, bis eine Gestalt aus ihren Reihen trat. Es war ein Mann mit grauen, wirr vom Kopf abstehenden Haaren, der in einem einfachen schwarzen Anzug steckte. In seinem rechten Ohr hing ein goldener Ring, und in seinen außergewöhnlich blauen Augen sprang ein Funke auf und nieder, der es Grim schwer machte, sich abzuwenden. Es war Tomkin, der Barde, der vor scheinbar ewig langer Zeit im Pub des Zwergs Phorkus gesungen hatte und später in der Nähe der Half Penny Bridge von den Alben entführt worden war. Jedes Lachen war aus seinem Gesicht verschwunden, als er zu Alvarhas aufschaute und langsam mit seinem Schwert einen Gruß entbot.

Alvarhas sah ungläubig auf den dürren Mann in seinem unförmigen Anzug hinab, der sich schützend zwischen ihn und die Menge gestellt hatte. Für einen Moment glaubte Grim, er würde ihn mit einer Bewegung seiner Hand in Brand setzen. Doch dann hob Alvarhas den Kopf, holte tief Atem – und sprang vor. Grim fiel es schwer, seiner Bewegung zu folgen, doch Tomkin wich mit überraschender Schnelligkeit aus, parierte Alvarhas' Hieb und traf den Alb an der Schulter. Wutschnaubend fuhr Alvarhas zurück, doch Tomkin setzte ihm bereits nach. Blitzschnell zog er sein Schwert über die Messer auf der Brust seines Gegners, die aus ihrem Riemen glitten und klirrend zu Boden fielen. Tomkin trieb Alvarhas zurück, ergriff drei der Messer und drängte seinen Gegner über den Platz, bis dieser mit dem Rücken gegen eine Hauswand stieß. Im selben Moment schleuderte Tomkin die Hand mit den Messern nach vorn. Grim hörte das silbrige Klirren, als sie die Luft zerschnitten – und direkt neben Alvarhas Gesicht, über seiner Schulter und neben seiner Hüfte in der Wand einschlugen. Keines der Messer hatte auch nur die Haut des Albs gestreift, dessen Gesicht sich nun zu einer Fratze aus Zorn verzerrte. Wutentbrannt sprang er vor, seine Uniform zerriss an der Schulter, an der ein Messer den Stoff durchbohrt hatte. Grim hörte Tomkin schnell atmen, als Alvarhas hoch in die Luft sprang. In einer raschen Folge aus Wirbelattacken raste er auf den Barden nieder, bis dieser stolperte und zu Boden fiel. Im letzten Moment riss Tomkin sein Schwert hoch und trieb Alvarhas zurück. Der Alb taumelte, er fiel auf den Rücken, und sein Rapier glitt aus seiner Hand. Klirrend landete es auf den Steinen, ein Geräusch, das Grim zusammenfahren ließ. Tomkin stand über ihm, er hielt die Klinge seines Schwertes an Alvarhas' Kehle.

Der Alb rührte sich nicht. »Wer bist du«, zischte er tonlos, »dass du so gut kämpfen kannst?«

Grim hielt den Atem an. Er wusste, dass Alvarhas nach einer List suchte, um den Barden zu übertölpeln, irgendetwas, um aus dieser misslichen Lage zu entkommen, ohne die Regeln zu brechen, die er selbst für diesen seltsamen Kampf erdacht hatte. *Tu es*, flüsterte Grim in Gedanken und fixierte Tomkin mit seinem Blick. *Und wenn du ihn schon nicht töten kannst – füge ihm Schmerzen zu, diesem verfluchten Albengewächs, bis dein Schwert schwarz ist von seinem Blut!*

»Ich bin niemand, Herr«, erwiderte Tomkin leise. »Aber ich kenne Euch gut. Und ich werde nicht weiter gegen Euch kämpfen, wenn das Ziel darin besteht, dass einer von uns stirbt.«

Mit lautloser Geste ließ der Barde das Schwert sinken. Grim krallte seine Klaue ins Mauerwerk der Gasse, um nicht zu brüllen. *Verfluchter Narr von einem Menschen!*

Alvarhas war so schnell bei seiner Waffe, die er im nächsten Augenblick an Tomkins Kehle hielt, dass es Grim wie ein Zauber vorkam. Doch er tötete den Barden nicht. Etwas ließ ihn zögern, und da, erst leise und heiser, dann immer klarer, begann Tomkin zu singen. Es war eine Melodie aus uralter Zeit, das konnte Grim hören, und ein seltsamer Zauber legte sich auf die Szene, als Tomkin die Zeilen vortrug.

»*Ein Traum, geboren aus den Sehnsüchten der Nacht, geweiht im Blut der Ewigkeit, durch Schlachten und Tränen der Zeit gewandert, um dich zu finden – dich und dein … Herz.*« Er hielt inne und lächelte. »Ich habe viele Lieder über Euch gehört und selbst gesungen«, sagte er dann. »Und ich habe lange auf diese Zeit gewartet, die mit Euch hereingebrochen ist – auf die Zeit, da die Magie in unsere Welt zurückkehrt.« Er wandte sich halb zu der Menge der Menschen um, das Schwert wie eine große Last in seiner Hand, die seinen Körper halb zu Boden zog. »Die Feen haben unsere Welt verlassen«, sagte er, als wäre Alvarhas' Klinge an seiner Kehle nicht mehr als eine Illusion. »Sie haben es getan, weil sie wussten, dass die Welt mehr sein muss als das, was wir aus ihr gemacht haben. Wie hat unsere Stadt sich verwandelt, wie verzaubert ist jeder Platz, seit die Feen zurückgekehrt sind! Und wie verändert sind wir selbst in unserem Inneren gewesen, ehe der Schrecken über Dublin hereinbrach und uns unsere Kinder raubte. Die Magie der Feen hat uns verwandelt. Sie hat uns zurückgegeben, was uns fehlte.« Er sah Alvarhas an, eine tiefe Ruhe stand auf einmal in seinem Blick. »Ich habe von Euch geträumt«, fuhr er mit leisem Lächeln fort. »Es waren Träume voll dunkler Schönheit, voll Gefahr und Geheimnis. Ich habe Eure Welt gesehen, eine Welt in rauschenden Tüchern, und ich habe mich in die Welt der Feen gesehnt, von der schon mein Großvater mir erzählte, lange bevor ich seine Worte verstand. Wir haben viel verloren, wir Menschen, und Ihr habt es uns vor Augen geführt, indem Ihr zurückgekehrt seid. Offenbar ist großer Hass zwischen unseren Völkern – zwischen den Menschen und der Anderwelt. Und nun seid Ihr gekommen, um mich zu töten, mich, den Ihr als einen unter vielen zu kennen meint, und Ihr fordert mich auf, in einen Kampf zu ziehen, den ich in Euren Augen nicht gewinnen kann. Doch nicht nur wir Menschen sind blind geworden für die Anderwelt – auch Ihr seht nicht mehr, was wir wirklich sind. Wir sind beide blind, mein fremder Freund.« Er hob die Hand mit dem Schwert und drehte die Waffe leicht mit den Fingern. »Tötet mich, wenn Ihr wollt. Aber ich werde keine weitere Stufe mehr gehen auf der Leiter aus Hass. Ich werde nicht gegen ein Wesen in die Schlacht ziehen, das in meinen Träumen erschienen ist.«

Grim sah, wie er das Schwert fallen ließ, er hörte es auf den Steinen aufschlagen und meinte für einen Augenblick, sämtliche Geräusche der Welt wären mit diesem Klang erloschen.

Alvarhas stand regungslos. Grim spürte seinen Zorn so glühend wie das Feuer der Fackeln rings um den Platz. Langsam ließ der Alb seine Waffe sinken, trat dicht an den Barden heran und flüsterte leise: »Du stehst allein.«

Damit trat er von Tomkin zurück und schaute auf die Menge, als erwartete er, einen neuen Gegner aus ihr gewinnen zu können. Und tatsächlich trat jemand vor – eine Frau war es von ungefähr dreißig Jahren, das Gesicht fleckig von Tränen und Schmutz. Sie hielt einen Säbel in der Hand, doch sie trat nicht auf Alvarhas zu – sie stellte sich neben Tomkin. Stolz hob sie den Kopf und ließ die Waffe zu Boden fallen. Im nächsten Moment erklang das Geräusch von Metall auf Stein erneut und dann wieder und wieder, während die Menschen ihre Waffen fortwarfen. Niemals, das wusste Grim, würde er diesen Klang vergessen.

Er sah Alvarhas vor der Menge stehen, mit einem Schrei riss der Alb die Arme in die Luft. Grim fühlte den Zauber, mit dem er die Menschen mit einem Schlag verbrennen wollte – und hörte den Ruf der Magier, der mit klarem Ton seine Gedanken zerriss. Golden senkte sich der Elfenzauber auf die Alben nieder. Im gleichen Moment stieß Grim mit einem Brüllen die Faust vor und schleuderte einen Flammenzauber auf Alvarhas, der den Alb auf die Stufen des Tempels zurückwarf. Gleich darauf stürmten die Elfen und Ghrogonier vor, legten einen Schutzwall auf die Menschen und stürzten sich in die Fassungslosigkeit der Alben und Feen.

Grim warf Mia einen letzten Blick zu, ehe sie sich zusammen mit Jakob auf Asmaels Rücken in die Luft erhob. Dann packte er Carven an der Schulter. Es hatte begonnen.

Kapitel 52

Mia sah Grim, Carven und Theryon in der Menge der Kämpfenden verschwinden. Mehrere Elfen sicherten den Schutzwall, der als grün glimmende Kuppel über den Menschen lag, während die anderen sich auf die Alben und Feen stürzten. Die Gargoyles waren verschwunden. Sie hatten die Zwischenwelt betreten, um den Tod der Alben zu besiegeln. Die Schneekönigin wich in den Tempel zurück. Mia sah, wie sie mit Bannkreide mehrere Kreise auf den Boden zeichnete, und dort, auf den goldenen Stufen des Heiligtums, kam Alvarhas auf die Beine und starrte den herbeistürmenden Elfen und Ghrogoniern entgegen.

Mia wandte den Blick halb zurück, sie wusste, dass auch Jakob den Alb gesehen hatte. Gerade legte Asmael die Schwingen an den Körper und schoss über die Köpfe der Kämpfenden hinweg, als Alvarhas den Kopf wandte und Mia direkt anschaute. Für einen Moment stand er regungslos, dann glitt etwas wie Spott über sein Gesicht. Er stieß den rechten Arm vor und schleuderte ihnen einen Flammenstrahl entgegen, der so hell war, dass Mia gleich darauf nichts mehr sah als weißes Licht. Sie hörte, wie der Zauber direkt vor Asmael zerbrach, fühlte den tiefen Schrei des Hippogryphen in ihrer eigenen Lunge ebenso wie die Erschütterung, die durch seinen Leib ging – und spürte dann, wie die Flammen Alvarhas' sie packten und von Asmaels Rücken rissen. Ihr Schrei zerfetzte ihre Blindheit, sie sah sich auf den Boden zurasen und konnte ihren Sturz nur noch unzureichend mit einem Schutzwall abmildern. Schnell kam sie auf die Beine und sah sich nach Asmael und Jakob um, doch sie waren nirgends zu sehen. Stattdessen umringten sie Kämpfende, Mia sah die wutverzerrten Gesichter von Alben und spürte die mächtigen Magieströme einiger Elfen.

»Menschenkind!«

Mia fuhr herum und sah, wie Alvarhas über die Köpfe der Kämpfenden hinweg auf sie zusprang. Wenige Schritte von ihr entfernt landete er. Schwarzes Feuer loderte in seinem Blick, und um seinen Hals lag das Amulett mit der Flamme des Bannzaubers. Für einen Moment schien es Mia, als würde die Zeit für sie beide stehen bleiben. Die Kämpfenden umbrandeten sie wie ein Meer aus dunklen Leibern, die Geräusche traten in den Hintergrund, und überdeutlich hörte sie Alvarhas' Stimme.

»Du willst mich zurücktreiben in eine Welt des Nichts«, flüsterte er, und es war, als träufelte er schwarzes Gift auf ihre Lippen. »Du willst mich verbrennen sehen in den Schatten und Nebeln der Zeit, mich, der Äonen damit zubrachte, Geschöpfe wie dich zu jagen. Du, ein winziger Funken im Strom meiner Ewigkeit, forderst mich heraus – mich, der ich dich mit einem einzigen Bad in meiner Finsternis um den Verstand bringen könnte.« Er lächelte sanft. »Glaubst du wirklich, dass du mich töten kannst?«

Mia spürte das Blut in ihren Adern pulsieren, sie hörte ihren Herzschlag und wusste, dass auch Alvarhas ihn wahrnahm. »Ich habe keine Angst vor deiner Finsternis«, erwiderte sie und stellte mit Befriedigung fest, dass ihre Stimme ebenso kalt und verachtend klang wie seine. »Aber vielleicht solltest du damit beginnen, das Licht zu fürchten!«

Ein Schatten glitt über sein Gesicht, für einen Moment meinte Mia, seine Maske verrutschen zu sehen, und dahinter lag ein angespannter Ausdruck von Schmerz. Doch gleich darauf kehrte der Frost auf seine Züge zurück. »Du weißt nicht, gegen wen du kämpfen willst«, erwiderte er tonlos. »Doch mir steht nicht der Sinn danach, ein armseliges Menschenkind zu töten – nicht jetzt, da wertvollere Krieger auf diesem Schlachtfeld ihren Tod durch meine Hand erwarten. Du willst mich herausfordern – dann besiege meinen Schatten!«

Er stieß einen Pfiff aus, laut und durchdringend. Mia hörte das Brüllen seines Panthers, es riss ihr die Haare zurück und jagte kalte Schauer über ihren Rücken. Schon hörte sie die Sprünge der Kreatur, rasend schnell schoss der Panther durch die Menge auf sie zu. Alvarhas lächelte voller Grausamkeit, verbeugte sich galant – und war verschwunden. Der Panther sprang an seine Stelle, und mit einem Schlag war jede Zeitverzögerung zerrissen. Laut und schrill drang der Kampfeslärm an Mias Ohr, und nur allzu deutlich hörte sie das Grollen aus der Kehle des Panthers, als er mit tief geneigtem Kopf auf sie zukam.

Sie konnte nicht verhindern, dass ihre Hand zitterte, als sie in Angriffshaltung ging und einen Flammenzauber in ihre Finger schickte. Sie spürte den Blick ihres Gegners, prüfend und abwägend, als wollte er herausfinden, ob sie heimliche Waffen in ihrem schwachen Menschenkörper versteckt hielt. Dann breitete sich etwas wie Hohn auf seinem Gesicht aus – derselbe eiskalte Spott, der auch in Alvarhas' diamantenem Auge lag. Seine Muskeln spannten sich, sein Blick fixierte sie mit lähmender Kraft, ehe er auf sie zusprang.

Mit einem Schrei stieß sie die Faust vor, eine Scheibe aus wirbelnden Flammen raste dem Panther entgegen. Doch er durchsprang sie, als würde er das Feuer nicht spüren, das sich tief in sein Fleisch fraß. Im letzten Moment zog Mia einen Schutzzauber um sich und legte all ihre Kraft in das grüne Licht, das sie umgab. Fauchend kam der Panther direkt vor ihr zum Stehen, holte aus und hieb mit gewaltiger Kraft gegen ihren Wall. Sie sah die tiefen Kerben, die sein Angriff in ihrem Schutz hinterlassen hatte, und fühlte im selben Moment die Erschütterung, die vom Zauber auf sie zulief wie eine riesige Welle aus Schmerz. Sie schrie auf, als die Welle sie erreichte, es war, als würde ihr Kopf mit voller Wucht eine ganze Reihe von Wänden durchschlagen. Ihr Herz raste in ihrer Brust, ihre Knie gaben unter ihr nach. Sie spürte den kalten Stein des Bodens unter ihren Fingern und hörte das Grollen des Panthers, als er zu seinem zweiten Hieb ausholte. *Verdammt noch mal*, schoss es Mia durch den Kopf. *Ich werde mich nicht von einer Katze besiegen lassen!*

Schon hörte sie, wie die Krallen des Panthers die Luft durchschnitten. Im letzten Moment riss sie ihren Zauber ein, sprang auf die Beine und rannte los. Der Panther krachte mit voller Wucht auf das Pflaster, ein wütendes Brüllen zerfetzte die Luft hinter Mia wie Papier. Gleich darauf spürte sie, wie der Panther ihr nachsprang, warf sich einen Sturmzauber in den Rücken und katapultierte sich auf das Dach eines Tempels. So schnell sie konnte, rannte sie darüber hinweg, doch der Panther war ihr dicht auf den Fersen. Ohne sich umzudrehen, schickte sie messerscharfe Eiszapfen in seine Richtung und überzog das Dach hinter ihren Schritten mit einer dünnen Schicht aus Eis. Der Panther verlor das Gleichgewicht und schlug laut fauchend auf dem Dach auf, als Mia das Ende des Tempels erreichte. Ein gewaltiger Abgrund klaffte zwischen ihr und der gegenüberliegenden Kuppel eines Heiligtums. Hinter ihr erhob sich der Panther in die Luft. Mia ließ drei Eisfunken auf die Straße hinabfallen. Dann vereiste sie die Luft zwischen den Gebäuden an zwei Stellen zu schimmernden Schollen und sprang darüber hinweg auf die andere Seite. Atemlos landete sie auf allen vieren und drehte sich auf den Rücken. Der Panther sprang auf sie zu, mit einem Brüllen glitt er über den Abgrund. Da warf Mia die Arme nach vorn und brüllte einen Eiszauber, der in mehreren Blitzen aus ihren Fingern schoss und sich züngelnd um die Schwingen des Panthers legte. Wütend riss er das Maul auf, als er den Halt in der Luft verlor und abwärtsstürzte, doch Mia war noch nicht am Ende. Blitzschnell sprang sie auf und klatschte dreimal in die Hände. Sofort entzündeten sich die drei Funken auf der Straße zu Scheiben aus Eis, die sich in rasender Geschwindigkeit übereinanderschichteten. Fauchend durchschlug der Panther Mias Zauber, die ihn in eine Statue aus Eis verwandelten. Er landete auf dem Boden – und zerbrach donnernd in tausend Stücke.

Schwer atmend ließ Mia sich auf einem schwachen Wirbelwind abwärtsgleiten, bis sie inmitten der Scherben landete. Selbst das Blut der Bestie war zu schwarzem Eis gefroren. Sie fuhr sich über die Augen. Die Zauber hatten sie Kraft gekostet, aber ihr Kampf war noch nicht vorbei. Alvarhas' Lächeln stand ihr vor Augen, und sie ballte die Fäuste, als sie an das Amulett mit dem Bannzauber dachte, das noch immer um seinen Hals lag. Schwankend trat sie über die Scherben ihres Opfers hinweg. Sie musste Jakob und Theryon finden, und dann würde sie Alvarhas zum Kampf fordern, wie sie es sich geschworen hatte. Sie würde ihm diesen verfluchten Zauber abnehmen und ihn zurückschicken in seine Welt des Nichts, und dann …

Sie hatte das Ende der Gasse fast erreicht, als sie das Scharren hörte, dieses leise, seltsame Knistern, das plötzlich die Luft durchzog wie das Prasseln von Eis auf Steinen. Mia spürte, wie eine unheimliche Kälte sie von hinten anflog. Schneeflocken tanzten an ihren Wangen vorüber. Sie griff nach der Hauswand, als sie das Grollen hörte, das ihr das Blut aus dem Kopf zog, und wandte sich wie in einem schrecklichen Albtraum um.

Vor ihr stand der Panther, doch er war nicht länger ein Wesen aus Fleisch und Blut. Die Scherben hatten seinen Körper wieder zusammengesetzt und bildeten nun einen Leib aus Schatten, Eis – und Zorn. Wie war das möglich? Die Gargoyles mussten sein Herz längst vernichtet und eine derartige Regeneration unmöglich gemacht haben. Irgendetwas hatte ihre Pläne durchkreuzt. Doch was? Atemlos wich Mia vor dem Panther zurück. Rot loderten seine Augen in seinem Gesicht, aus dessen Brüchen grauer Nebel drang, und ehe Mia etwas hätte tun können, riss er das Maul auf und spie ihr einen

Sturm aus Eissplittern entgegen. Im nächsten Moment schob sich das Gesicht des Panthers durch den Orkan, eine riesige, hasserfüllte Fratze war es. Mia wollte schreien, doch schon sperrte das Untier das Maul auf und grub seine Zähne tief in ihren Hals. Jeder Ton glitt in ihre Kehle zurück, und der Schmerz wurde so übermächtig, dass ihr schwarz vor Augen wurde. Doch sie verlor nicht das Bewusstsein, im Gegenteil, sie spürte, wie der Panther sie aus ihrem Körper herausriss, ohne sie zu töten, fühlte, wie ihr Leib unsanft auf dem Boden der Gasse aufschlug und wie ihr Bewusstsein in einem nebelhaften Leib von der Bestie durch Schleier aus Seide gezogen wurde. *Ich habe Eure Welt gesehen, eine Welt in rauschenden Tüchern*, ging ihr Tomkins Stimme durch den Kopf. Kaum hatte sie das gedacht, ließ der Panther sie los.

Sie kam mit ihrem Nebelkörper auf weicher, feuchter Erde auf. Etwas Nasses tropfte ihr ins Gesicht, sie spürte eisigen Atem auf ihren Lidern. Erschrocken riss sie die Augen auf und starrte in das halb zerfressene Gesicht des Panthers. Mit einem Schrei kam sie auf die Beine, doch das Untier starrte sie nur aus boshaften Augen an. Maden schoben sich durch sein Fleisch, seine Haut hing in Fetzen von seinem Körper, und seine Gliedmaßen waren unnatürlich verdreht. Ein grelles rotes Licht pulste durch seinen Leib, das sich in seinem Herzen sammelte – sein Herz, das glühend wie ein Kohlestück in seinem verformten Körper lag. Es war, als wäre er eine Karikatur seiner selbst, ein Abbild, das eine grausame Macht nach seinem Vorbild erschaffen hatte, eine Zusammensetzung aus Hass und – Nichts.

Die Erkenntnis kam so plötzlich, dass Mia der Atem stockte. *Du willst mich zurücktreiben in eine Welt des Nichts.* Sie war in der Zwischenwelt gelandet, und das da vor ihr war nicht der Panther, gegen den sie gerade noch gekämpft hatte – es war sein Herz. Jetzt nahm sie die Schleier wahr, die sie in ewigem Rauschen umtosten, und sah die Gestalten der Gargoyles, die brüllend und keuchend gegen ähnlich missgestaltete Kreaturen kämpften – die Herzen der Alben, die nicht so leicht zu bezwingen waren, wie sie geglaubt hatten.

Der Panther keuchte und riss ihren Blick zurück auf sein schreckliches Gesicht. *Ihr könnt uns die Herzen nicht nehmen*, flüsterte er in ihren Gedanken, doch Mia wusste, dass nicht er es war, der mit ihr sprach. Es war das Nichts – die Zwischenwelt. Sie hatte sich die Herzen der Alben angeeignet, und nun kämpfte sie darum, dieses bisschen Leben zu behalten. Gleich darauf zerrissen die Schleier um Mia herum, und vereinzelte Alben sprangen in die Zwischenwelt. Sie stürzten sich auf die Gargoyles und verteidigten ihre Herzen. Mia spürte, wie ihre Beine unter ihr nachgaben, als die Erkenntnis sie durchströmte: Der Elfenzauber war gebrochen.

Die Schleier legten sich um Mias Kehle, sie drangen in ihre Lunge ein, bis sie nicht mehr atmen konnte. Stimmen riefen sie aus weiter Ferne, es waren grausame, tödliche Stimmen, und doch wollte sie für einen Moment nichts weiter als ihrem Ruf folgen. Es war vorbei. Schatten tanzten um sie herum, und aus der Dunkelheit schob sich eine Gestalt – eine schöne, hochgewachsene Gestalt mit einem Lächeln aus Eis.

Alvarhas blieb dicht vor ihr stehen und legte die Hand auf ihren Brustkorb. Sie fühlte, wie er nach dem Licht rief, das sie in sich trug, doch als es seine Finger berührte, verbrannte er sich. Mia sah in seine Augen, sah das Erstaunen in seinem Blick und dann den Zorn, und sie spürte, wie sie zu sich selbst zurückkehrte. *Nein*, schoss es ihr durch den Kopf. *Niemals.*

Mit einem Schrei riss sie die Augen auf, sie spürte die Flammen kaum, die aus ihrem Mund schossen und Alvarhas' Bild zerrissen, ehe sie dem bestialischen Panther das Fleisch von den Knochen fetzten. Fauchend sprang er von ihr zurück, das Gesicht nun kaum mehr als ein nackter Schädel mit Stücken aus blutiger Haut. Mia kam auf die Beine, bereit, ihm die Augen aus dem Leib zu brennen. Doch da taumelte das Untier, für einen Moment sah es aus, als würde es tanzen. Ein riesiger Speer ragte zwischen seinen Schulterblättern auf. Dann brach es zusammen, wo es stand, und verwandelte sich in rasender Geschwindigkeit in einen Berg aus Asche. Mia sah noch den Umriss von Kronk, der das Herz des Panthers mit dem Speerzauber vernichtet hatte und ihr höflich zunickte. Im nächsten Moment wurde sie gepackt und hochgerissen. Schwarze Tücher rasten über ihren Körper, sie spürte eisigen Wind auf ihrem Gesicht. Gleich darauf kam sie in der Gasse zu sich. Der Panther aus Eis lag niedergestreckt neben ihr, und sie schaute in Jakobs Gesicht, der einen starken Heilungszauber durch ihren Körper schickte. Er griff nach ihrem Arm und half ihr auf Asmaels Rücken. Wortlos schwang er sich hinter ihr auf den Hippogryphen, der sich umgehend in die Luft erhob.

Mia grub ihre Finger in Asmaels Fell, als sie über das Schlachtfeld flogen, und spürte, wie ihr Tränen übers Gesicht liefen. Zahlreiche Elfen und Ghrogonier waren gefallen, die Straßen der Tempelstadt waren verfärbt von ihrem Blut. Dunkel wie Schatten erhoben sich bereits gefallene Alben aus dem Meer der Toten und stürzten sich mit neuer Kraft auf ihre Gegner. Die Königin hatte ihre Bannkreise in schwarze und grüne Flammen gesetzt, mehrere verschlungene Symbole standen in brennenden Schnüren in der Luft und bewegten sich unter den dunklen Beschwörungsformeln, mit denen sie ihren Zauber vollendete. Verzweifelt suchte Mia Grim, Carven und Theryon im Gewühl, aber sie konnte sie nicht entdecken, und auch wenn sie sich noch so sehr gegen den Gedanken wehrte, wurde ihr eines unmissverständlich klar: Ein Sieg war ausgeschlossen. Sie spürte die Hoffnungslosigkeit übermächtig auf sich zurasen, krallte ihre Finger in Asmaels Fell und schloss die Augen. Sie wollte sich nicht mitreißen lassen, und doch meinte sie für einen Moment, an der Dunkelheit um sich herum ersticken zu müssen.

Und dann durchdrang ein Ton die Finsternis, ein silberner, klarer Ton. Mia riss die Augen auf, ihr stockte der Atem, als sie über die dunklen Gebäude der Stadt hinwegsah. Zuerst glaubte sie, der Morgen würde anbrechen, als sie den golden glänzenden Horizont sah – doch dann erkannte sie die Rüstungen und hörte noch einmal das silberne Horn, dessen Klang über die Kämpfenden hinwegzog wie ein Schlachtruf. Mia sah ein gewaltiges Luftschiff über den Reihen der Armee, die dort heraufzog, und sie erkannte eine Faust mit einem schneeweißen Falken in ihrer Mitte auf den Fahnen und Wappen der Krieger. Da preschte einer von ihnen vor. Er saß auf einem riesigen Falken und trug eine Rüstung aus grünem Adamantkristall. Sein Haar flatterte hinter ihm drein wie eine Fackel aus nachtschwarzem Feuer.

»Fa'rrol Oghram – Khergur Ifnatram!«, rief König Lir, und Mia hörte seine Worte tausendfach gebrochen in sich widerhallen: *Für das Licht – Ritter der Sterne!*

Mit einem Schrei riss der Zwergenherrscher seine Axt in die Luft. »Flieht vor uns, Alben der Nacht!«, brüllte König Lir so laut, dass seine Stimme über die Straßen hinwegfegte wie ein Sturm aus Feuer. »Flieht vor dem Zorn der Zwerge!«

Kapitel 53

Grim atmete schwer, als sein albischer Gegner den Kopf herumriss und erschrocken den Zwergen entgegensah, die sich wie Ströme aus Gold in die Stadt ergossen. Mit heiseren Schreien rasten die Falken auf die geflügelten Panther zu, die Zwerge auf ihren Rücken brüllten mächtige Feuerzauber, allen voran König Lir auf seinem schneeweißen Vogel. Der König der Zwerge riss die Faust mit seiner Axt in die Luft und schickte einen Blitzzauber durch seine Waffe, der den Himmel in grell flackerndes Licht tauchte. Vor ihm schossen Panther in die Luft, laut fauchend sprangen sie den Falken entgegen. Die Tiere krachten donnernd ineinander, dass Blitze den Himmel zerrissen und Funken auf die Kämpfenden niederfielen. Im selben Moment stieß Grim die Faust vor. Er traf seinen Gegner so heftig im Gesicht, dass dieser rücklings durch die Luft flog und inmitten der schwarzen Albenkörper verschwand.

Auch Theryon nutzte den Überraschungseffekt durch den Angriff der Zwerge und schleuderte drei Angreifer mit einem Sturmzauber in die Menge, doch noch immer versperrte ihnen ein Meer aus schwarz gekleideten Leibern den Weg. Grim spürte Carven hinter sich, er fühlte, wie der Junge den Schutzzauber um sie herum mit der Kraft des Zepters aufrechterhielt. Schon stürmten weitere Alben auf sie zu, Grim und Theryon schleuderten sie mit heftigen Zaubern zurück in die Menge, doch sie kamen kaum von der Stelle, und der

Tempel Morrígans schimmerte hinter den Leibern der Kämpfenden wie eine Fata Morgana hinter Dünen aus Asche.

»Seht!«, rief Carven und hob den Arm in die Luft, dass Grim seine Blickrichtung aus dem Augenwinkel erkennen konnte. Er riss einen Spiegelschild vor seine Brust und schickte einen Speerzauber zu dem angreifenden Alb zurück, der umgehend von seiner eigenen Lanze durchbohrt und ein ganzes Stück weit durch die Menge geschossen wurde. Dann wandte er den Blick zu der Stelle am Horizont, die Carven ihm gewiesen hatte.

Er sah das Flugschiff Folpurs, das über die schwarzen Dächer der Tempelstadt auf sie zuhielt, und erkannte den goldenen Glanz, der wie zarte Ströme aus Wasser über das Gefährt lief. Deutlich hörte er die rauen Stimmen der Zwerge, die in rasender Geschwindigkeit mächtige Zauber aufs Schlachtfeld warfen. Donnernd schlug eine Flammensichel durch die Luft und riss ein Dutzend Alben in Fetzen, dicht gefolgt von einem Eisdunst, der sich zart wie Nebel auf die Köpfe mehrerer Feinde legte und laut knisternd in ihre Lungen drang, um sie von innen heraus zu vereisen. Schwarzer Teer entlud sich aus dem Schiff und entzündete sich auf den Körpern der Feinde, und grün lodernde Pfeile zischten durch die Luft und trafen mehrere geflügelte Panther, die fauchend zu Boden fielen. Zahlreiche Alben und Feen schleuderten mächtige Zauber gegen das Schiff. Grim hörte die Detonationen wie das Grollen eines Vulkans und sah die feinen schwarzen Risse, die unter besonders heftigen Angriffen am Bug entstanden. Doch gleich darauf begann das Schiff zu leuchten, die Ströme aus Gold wurden immer heller und schließlich so strahlend, dass die Alben am Boden für einen Moment zurückwichen und Grim geblendet die Klaue vor die Augen heben musste.

Er hörte, wie die Angriffe der Alben und Feen von dem aktivierten Schutzschild zurückgeworfen wurden, der Boden bebte unter den Einschlägen. Mit zusammengekniffenen Augen sah er, wie ein leuchtend grünes Licht auf ihn zuschoss und dicht vor seinem Gesicht stehen blieb.

»Und da sag noch mal jemand, Kobolde wären im Kampf nicht zu gebrauchen«, sagte Remis mit einem Grinsen und deutete auf das Schiff. »Meine Nase und ich haben die Zwerge zu euch geführt, und ...«

Grim packte den Kobold mit der Klaue und bewahrte ihn in letzter Sekunde vor dem Feuertod durch einen Flammenwirbel, der direkt auf ihn zugerast war. »Wie ich schon sagte«, erwiderte Grim und lächelte. »Ohne dich bin ich aufgeschmissen.«

Remis strahlte über das ganze Gesicht. Dann riss er in schneller Geste die Hand an den Haaransatz, zwinkerte übermütig und jagte über das Kampfgewühl hinweg, um sich in Sicherheit zu bringen. Gleich darauf wurden zahlreiche schwarze Seile über die Reling des Schiffes geworfen. Theryon sprang vor, legte einen flammenden Kreis um Grim, Carven und sich selbst und weitete diesen unter lauten Beschwörungen aus, während das Feuer mannshoch auflohderte und die Alben in ihrer Nähe zurücktrieb. Grim spürte die Macht dieses Zaubers, rasch hob er die Klauen und verstärkte ihn mit seiner eigenen Magie. Aus dem Augenwinkel sah er, wie die Zwerge sich an den Seilen direkt neben ihm herabließen, bis sie sich wie ein schützender Ring vor dem Flammenkreis aufgebaut hatten. Ihre Äxte schimmerten im Schein des Feuers, als warteten sie nur darauf, sich auf die Feinde hinter dem Kreis zu stürzen.

»Hier gibt es also Albenunkraut zu beseitigen«, sagte da eine Stimme neben Grim.

Er wandte den Blick und schaute in das Gesicht Folpurs. Der Zwergenbaron Dublins trug eine goldene Rüstung, und in seinen Augen blitzte ein Kampfeswillen, der Grim lächeln ließ. Doch ehe er etwas erwidern konnte, hörte er die Stimme der Schneekönigin, die wild und ungezügelt wie eine Welle über die Köpfe der Kämpfenden hinwegbrach. Sie hatte ihr Ritual beinahe beendet – sie mussten sich beeilen. Folpur nickte, als hätte er Grims Gedanken gelesen. Ohne ein weiteres Wort stieß er einen grollenden Zauber aus, den die Zwerge um ihn herum in rascher Folge wiederholten. Dann schlug der Baron die Fäuste zusammen und sprang in die Luft. Die übrigen Zwerge taten es ihm gleich. Mit einem Brüllen, das Gebirge zerbrochen hätte, wirbelten sie einmal um die eigene Achse und landeten donnernd auf dem Boden. Im selben Moment ließen Theryon und Grim den Flammenzauber fallen. Der Boden unter ihren Füßen begann zu glühen, die Steine innerhalb des Zwergenkreises hoben sich – und gleich darauf lief eine Vibration durch das Erdinnere, die den Boden des Platzes wie eine Welle aufwühlte und alle nahe stehenden Alben und Feen von den Füßen riss.

Blitzschnell glitt der Kreis der Zwerge in spiralförmigen Bewegungen über die Gestürzten hinweg und wehrte die Alben und Feen ab, sobald sie auf die Beine kamen. Grim packte Carven an der Schulter. Er konnte die Aufregung spüren, die den Atem des Jungen flach werden ließ, als der Tempel vor ihnen auftauchte, und auch Theryons Anspannung lag fühlbar in der Luft. Nur noch wenige Schlachtreihen, dann hatten sie ihr Ziel erreicht und …

In diesem Augenblick erhob sich die Königin in ihren Bannkreisen mit einem gewaltigen Knall in die Luft und schwebte in ihrem fließenden weißen Kleid zwischen den gläsernen Tanks. Sie richtete ihren Blick auf die Kämpfenden, es war, als suchte sie etwas – oder jemanden. Als Grim ihren Blick auf sich spürte, glitt ein Schauer über seinen Rücken. Sie lächelte, dann riss sie die Arme in die Luft und schrie so markerschütternd einen Zauber, dass Grim vor Schmerzen die Klauen an die Ohren presste. Er sah den Wirbel, der über den Händen der Königin in der Luft entstand, sah das schwarze, wehende Haar, das sich aus ihm herausbildete, und das grausame, schneeweiße Gesicht Morrígans. Im nächsten Moment wurde er von einer gewaltigen Druckwelle erfasst und neben Theryon durch die Luft geschleudert. Er packte Carven am Kragen und milderte den Sturz des Jungen mit seinem Körper ab. So schnell er konnte, kam er auf die Beine und sah gerade noch, wie Morrígan als schwarze Schattengestalt innerhalb der Kreise schwebte, die Hände verlangend nach den Kindern ausgestreckt, den Mund zu einem Maul aus Gier verzerrt. Die Schneekönigin schwebte zu Boden, sie lächelte noch immer, doch jetzt war noch etwas in ihrem Blick – ein Ausdruck gehetzter Anspannung. Sie streckte die Hand nach Morrígan aus und bewegte sie langsam auf sich selbst zu, als wollte sie die Urfee durch diese Bewegung in ihr Herz ziehen. Grim spürte das Schlachtgewühl um sich herum kaum noch. Atemlos starrte er in Richtung der Königin – und sah, wie Morrígan sich in eine Krähe verwandelte und mit schwarzer Gier in den Augen in die Brust der Schneekönigin stob.

Die Königin taumelte rückwärts wie von einem Pfeil getroffen. Schwarze Risse zogen über ihre Brust und bedeckten in rasender Geschwindigkeit ihren gesamten Körper. Schwer atmend griff sie nach dem Schwert Kirgans, während sie wie gegen ihren Willen durch die erlöschenden Bannkreise einen Schritt auf die Kinder zutat. Ängstlich kauerten sie sich in den Tanks zusammen. Grim sah, wie sich schwarze Klauen aus den Händen der Königin schoben und wie von Sinnen durch die Luft schlugen. Da riss die Königin die Hände zurück, Grim sah die Flammen, die von Kirgans Schwert über den Körper der Königin liefen. Ein Lachen drang aus ihrer Kehle, eiskalt und klar, und die schwarzen Risse versanken im Weiß ihrer Haut. Ein letztes Keuchen entwich ihrem Mund. Sie hatte Morrígan bezwungen, hatte sie eingeschlossen in ihrem Körper aus Eis.

Langsam trat sie auf die Kinder zu und streckte die Hände nach ihnen aus. Grim spürte, wie ihm das Blut aus dem Kopf wich. Die Königin würde Morrígans Gier stillen – sie würde die Kinder töten, wenn niemand sie daran hinderte. Schnell packte er Carven am Arm und stürzte sich vor. Er sah Theryon und Folpur neben sich wie durch eine Wand aus Nebel, schon waren auch die anderen Zwerge des Barons wieder an ihrer Seite. Gemeinsam stürzten sie sich auf die letzten Reihen der Alben. Grim spürte die Zauber, die er ihnen entgegenschleuderte, wie gleißendes Feuer in seinen Klauen, doch er wandte den Blick nicht von der Königin ab. Niemals würde er zulassen, dass diese Kinder Morrígan geopfert würden – niemals.

Da erreichten sie die Treppe des Tempels. Grim raste neben Carven und Theryon die Stufen hinauf, schon sah er die Gestalt der Königin über sich. Er schaute ihr ins Gesicht, es war nur ein winziger Augenblick, das wusste er, und doch erschien ihm dieser Moment wie ein ganzes Leben. In ihrem Blick lag keine Befriedigung, keine Genugtuung – nur Kälte und Dunkelheit. Dann lächelte sie, es war ein Lächeln voller Grausamkeit. Mit einem Ruck riss sie die Arme empor und brüllte: »Yhgèndor!«

Der Donner, der diesem Zauber folgte, war so heftig, dass er Grim ebenso wie Theryon und Carven die Treppe hinabschleuderte. Er spürte die Magie, die ihm als ein Strom aus Licht und Farben entgegenschoss. Es war Feenmagie, die in die Stadt eindrang und sie so rasch wachsen ließ, dass Grim das Ächzen der Gebäude in seinen Fingern fühlte.

Für einen Moment glaubte er, er wäre taub geworden. Ein schrilles Piepen kreischte in seinen Ohren, als er auf die Beine kam. Er sah Carven und Theryon neben sich, die mit schreckgeweiteten Augen zum Tempel aufsahen. Grim folgte ihrem Blick – doch da war kein Tempel mehr. Ein Riss klaffte in der Mitte der Stadt, nein, viel mehr war es als ein Riss. Es sah aus, als wäre die Tempelstadt nichts als ein Gemälde, an das jemand von der anderen Seite eine Kerze gehalten hatte, deren Flamme Stück für Stück das Bild verzehrte. Die Grenze zwischen den Welten war gefallen. Schon klaffte ein gewaltiges Loch an der Stelle, an der gerade noch der Tempel gestanden hatte – und hindurch strömte eine Armee aus Feen.

Die Gestalt der Schneekönigin verschwand hinter Körpern in

silbernen Rüstungen, doch Grim wusste, dass sie sich in diesem Moment auf die Kinder stürzte, um sie Morrígans Gier zu opfern. Sie mussten sie erreichen, und wenn sie tausendmal von einer Wand aus Feen von ihnen getrennt war. Er spürte Carvens Blick, der Junge nickte, als hätte Grim ihm eine Frage gestellt. Im selben Moment stieß Carven seine Faust vor und schickte Zwergenmagie aus seinen Fingern. Krachend schlug sie direkt vor der ersten Reihe der Feen ein und formte sich in rasender Geschwindigkeit zu einem gewaltigen Drachen. Farbige Nebelfäden bildeten seinen Körper, seine Augen waren blau und kristallklar, und die Schwingen, die sich glitzernd wie juwelenbesetzte Schmetterlingsflügel durch die Luft bewegten, ließen Regen aus Sternenstaub auf das Schlachtfeld niederrieseln. Grim hielt den Atem an, und er sah zu seiner Überraschung, dass die Feen kurz innehielten und zu dem Wunderwesen aufschauten. Grim konnte es ihnen nicht verdenken: Es war ein Zauberdrache, wie Carven ihn liebte – ein Drache des Lichts. Doch jetzt war nicht die Zeit für Wunder – es war die Zeit des Feuers.

Entschlossen streckte er die Klaue aus, ein goldener Blitz schoss aus seinen Fingern und traf den Drachen im Rücken. Dieser stieß einen Schrei aus, unmenschlich und von einem Alter, dass Grim schauderte. Dieser Drache war mehr als pure Illusion, das wusste er. Mit aller Kraft ließ er seine Magie in dessen Körper fließen, golden schimmerte sie unter der farbenschuppigen Haut. Grim fühlte, wie der Zauber des Drachen durch seine Adern floss, es war, als hätten sie einander in sich aufgenommen, ohne den eigenen Körper zu verlieren, und als Grim einen Schritt nach vorn trat, setzte auch der Drache eine Pranke vor.

Die Feen wichen zurück, Grim fühlte die Zauber in ihren Fäusten. Da warf er den Kopf in den Nacken, holte tief Atem und sprang mit weit vorgestrecktem Kopf einen Satz vor. Brüllend stieß er die Luft aus, er fühlte die Flammen der höheren Magie, die aus dem Schlund des Drachen schossen, als würden sie seine eigene Lunge verlassen, und er sah die Feen in ihrem Licht verbrennen wie Figuren aus Papier. Und hinter ihnen, umweht von Asche und Rauch, lag die Schneekönigin vor den Tanks. Mit weit aufgerissenen Augen starrte sie ihm unter ihrem Schutzwall entgegen, das Gewand halb verkohlt von seinem Atem. Grim setzte sich in Bewegung. Er fühlte die Nebel und Funken des Drachen auf seinem Gesicht, als er gemeinsam mit Carven und Theryon durch ihn hindurcheilte, doch ehe sie die Königin erreicht hatten, sprang sie auf die Beine und raste in wahnsinniger Geschwindigkeit durch die Luft davon. Grim sah noch, wie sie auf Newgrange zueilte und in dem Ganggrab verschwand. Er ballte die Fäuste. Nichts würde ihn jetzt noch aufhalten.

Da sprang eine Gestalt vor ihm auf den Boden – eine hochgewachsene, schattenhafte Gestalt mit dem Lächeln eines Mörders.

»Hast du etwa geglaubt, dass ich euch so einfach gehen lasse?«, zischte Alvarhas, während er goldene Schlingen um sein Handgelenk wickelte, die nur darauf warteten, Grim die Gliedmaßen aus dem Körper zu reißen. »Ich werde ...«

»Nichts wirst du!«

Grim fuhr herum, so überrascht war er, Mias Stimme zu hören. Er duckte sich unter Asmaels Schwingen, der mit Mia auf dem Rücken vor Alvarhas landete. Mia trat auf Alvarhas zu, als wollte sie ihm mit purem Willen die Kette mit dem Bannzauber vom Hals reißen.

»Das ist unser Kampf«, sagte sie mit eiskalter Ruhe und schaute Alvarhas direkt in die Augen. Grim sah das Erstaunen in dessen Blick und eine seltsame Art von Befriedigung. Für einen Moment wollte er Mia zurückhalten, wollte verhindern, dass sie sich diesem Wahnsinnigen zum Kampf stellte – doch da sah sie ihn an, es war ein Blick voller Entschlossenheit, der ihm jeden Widerspruch verbot.

Kaum merklich neigte er den Kopf wie bei einer Verbeugung. Noch nie hatte er das vor ihr getan. Dann wandte er sich um und stürzte mit Carven und Theryon auf das Grab zu – das Grab, in dem die Schneekönigin auf ihr Schicksal wartete.

Kapitel 54

Alvarhas lächelte, als er die goldenen Schlingen um seine Hand fester zog und langsam begann, Mia zu umkreisen. »Du bist außergewöhnlich«, sagte er leise. »Außergewöhnlich dumm. Warum nimmst du nicht dein lächerliches Leben und fliehst? Natürlich würde ich dich eines Tages finden – wenn ich nach dir suchen würde. Doch vielleicht würde ich das gar nicht tun. Vielleicht würde es mir genügen, an den Augenblick zurückzudenken, in dem du auf Knien um dein Leben gefleht hast und ich dich gehen ließ.«

Mia stieß verächtlich die Luft aus. »Es überrascht mich nicht, Worte der Feigheit aus deinem Mund zu hören«, erwiderte sie, ohne ihn aus den Augen zu lassen. »Was kann man anderes erwarten von einer Kreatur des Nichts?«

Zorn flackerte über sein Gesicht, als er stehen blieb. »Du wirst das Nichts niemals begreifen, törichtes Menschenkind«, zischte er. »Nicht einmal, wenn es sich dir zu Füßen werfen würde.« Er sah sie für einen Augenblick intensiv an, dann neigte er langsam den Kopf. »Ich habe lange genug mit dir gespielt. Jetzt wird es Zeit, dass ich mein Versprechen wahr mache. Die Jagd wird ein Ende nehmen – noch heute Nacht.«

Ohne jede Regung ließ Mia ihren Blick über das Amulett auf seiner Brust wandern, ehe sie den Kopf hob und ihn direkt ansah. Sein gesundes Auge stand in kaltem Feuer, doch sie wich nicht davor zurück. »Deinen Schatten habe ich getötet«, flüsterte sie. »Jetzt ist die Reihe an dir!«

Sie warf den Sturmzauber vor, der in ihrer Hand auf Befreiung gewartet hatte, und riss Alvarhas von den Füßen. Zischend glitt eine rote Peitsche aus Licht aus ihren Fingern und umschlang das Amulett mit dem Bann, doch noch ehe Mia sie hätte zurückreißen können, griff Alvarhas nach dem Zauber. Rauch stieg zwischen seinen Fingern auf, so schnell fraß sich das Licht in seine Haut, doch er schien es nicht einmal zu bemerken. Mit unheimlicher Gelassenheit packte er die Peitsche mit beiden Händen und riss sie zu sich heran, ehe Mia sich vollends von dem Zauber lösen konnte. Sie fiel zu Boden, wich in letzter Sekunde einem Feuerschlag aus und kam auf die Beine. Atemlos rannte sie die Treppe zum Tempel der Ayon hinauf. Alvarhas schleuderte mehrere Donnerzauber hinter ihr her, krachend schlugen sie in den Stufen ein und brachten Mia beinahe zu Fall. Sie schlug sich die Knie auf, doch sie spürte es kaum. Alvarhas würde sie töten, das stand außer Zweifel – wenn sie ihm nicht zuvorkam.

Schon sprang er ihr nach. Sie hörte die goldenen Schlingen seines Zaubers, peitschend zerrissen sie die Luft. Im letzten Moment erreichte sie das Portal und stürzte ins Innere des Tempels. Die Schlingen krachten gegen die uralten Steine und ließen sie splittern, Mia spürte die Funken der Zauber in ihrem Nacken, als sie den Mittelgang hinablief. Schwarze Steinquader hielten die mit kostbaren Steinen besetzte Decke, und am Ende des Ganges erhob sich – umrahmt von zwei prunkvollen Säulen – eine riesige Statue aus pechschwarzem Kristall. Es war die Göttin Ayon mit ihren langen Haaren, die an Meereswellen erinnerten, und ihrem undeutbaren Lächeln. Sie hielt die Augen geschlossen. Silbriges Licht strömte durch ihren Körper, als flösse Blut darin, und in ihren Händen hielt sie einen nach allen Seiten gezackten Stern.

Mia rannte, so schnell sie konnte, doch Alvarhas jagte in wahnsinniger Geschwindigkeit hinter ihr her und berührte dabei kaum einmal den Boden. Grüne Funken schossen an ihr vorbei, zischend traf einer davon ihre linke Schulter und brachte sie zu Fall. Sie schrie auf. Ein stechender Schmerz peitschte ihren Arm hinab, doch sie zwang sich, nicht darauf zu achten. Blitzschnell warf sie sich auf den Rücken, riss die Beine in die Luft und trat Alvarhas so heftig gegen die Brust, dass er zu Boden ging. Eilig rappelte sie sich auf und rannte hinauf zu dem Stern der Ayon, doch kaum hatte sie ihn erreicht, schoss ein mächtiger Donnerzauber an ihr vorbei und sprengte den Stern in unzählige Splitter. Im nächsten Moment spürte Mia den Bannzauber. Er schlang sich um ihre Brust und riss sie herum, als würde sie von zwei eisigen Händen gepackt. Die Fesseln um ihren Leib zogen sich enger, sie fühlte, wie sie ihr die Magie absaugten. Im Tempel war es totenstill, nichts als ihr eigener Atem klang zwischen den Säulen wider – und die harten, gleichmäßigen Schritte von Alvarhas, der nun langsam auf sie zutrat.

Dicht vor ihr blieb er stehen. Sie wusste nicht, ob es an seinem Zauber lag oder an der seltsamen Schwärze, die auf einmal in seinem gesunden Auge brannte wie ein Schrei aus Finsternis, aber plötzlich erschien ihr sein Gesicht nicht mehr nur makellos und erhaben, sondern hinter seiner Maske aus Grausamkeit beinahe – menschlich. Sie spürte seinen Atem auf ihren Lippen und die Kälte, die ihren Rachen hinabglitt, aber sie ließ seinen Blick nicht los. *Wer bist du?*, dachte sie, denn sie konnte ihre Zunge nicht mehr bewegen.

Alvarhas sah sie an, durchdringend und suchend wie bei ihrer ersten Begegnung, und jetzt, da er die Hand nach ihr ausstreckte und sanft über ihre Wange strich, erschrak sie, als seine Finger sich warm anfühlten. Ein Lächeln glitt über sein Gesicht, als hätte er mit dieser Reaktion gerechnet, und verwandelte es für einen Moment in ein Gemälde aus Licht. Gleichzeitig schloss er die Hand so heftig zur Faust, dass seine Knöchel neben ihrem Ohr knackten.

Ein Traum, flüsterte er in ihren Gedanken, *geboren aus den Sehn-*

süchten der Nacht, geweiht im Blut der Ewigkeit, durch Schlachten und Tränen der Zeit gewandert, um dich zu finden – dich und dein … Herz.

Er beugte sich vor, und sie wusste, dass er sie töten würde, wenn seine Lippen die ihren berührten – er würde sie töten mit seinem Kuss. Sie wich vor ihm zurück, so weit, wie sie es vermochte, und bemerkte kaum den Schatten, der in diesem Moment hinter einer der Säulen vorglitt. Etwas Gleißendes schoss durch die Luft, Mia hörte das Geräusch von Metall, das in Fleisch eindrang, dicht gefolgt von dem Klirren einer Kette.

Alvarhas taumelte von ihr zurück, und sie sah benommen, dass Jakob hinter ihm stand, in der einen Hand einen silbernen Dolch, in der anderen die Kette mit dem Bann der Alben. Mia stieß die Luft aus. Ihr Plan war gelungen. Alvarhas war ihnen in die Falle gegangen.

Langsam lösten sich die Fesseln um ihren Körper, während Alvarhas sich an die Brust griff. Schwarzes Blut quoll zwischen seinen Fingern hervor, er war tödlich verwundet, das wusste Mia – und dieses Mal würde er keine Gelegenheit mehr bekommen, in die Welt der Menschen zurückzukehren. Sie befreite sich von den Fesseln und hatte schon die Hand ausgestreckt, um Jakob die Kette abzunehmen und den Bann zu sprechen, als Alvarhas mit einer rasend schnellen Bewegung herumfuhr und Jakob an der Kehle packte. Mia spürte einen gewaltigen Stoß vor die Brust, dicht gefolgt von einem Bannzauber. Sie flog durch die Luft und krachte so heftig gegen eine der Säulen, dass sie betäubt zu Boden fiel. Schwarze Schleier zogen an ihren Augen vorüber, als sie sah, wie Alvarhas Jakob in die Luft riss.

»Narren!«, schrie der Alb. »Ihr wisst nicht, wen ihr herausgefordert habt!«

Mia keuchte, als sie die Nebel sah, die zwischen Alvarhas' Lippen hervorbrachen. Er hüllte Jakob in seine Finsternis, die ihre Zähne in Jakobs Fleisch grub und jedes Leben, jedes Licht aus seinem Inneren heraussaugte. Dann kehrten die Nebel in Alvarhas zurück. Mit kalter

Gleichgültigkeit ließ er Jakob fallen, Mia fuhr zusammen bei dem Geräusch des reglosen Körpers, der auf die Steine schlug. Sie starrte ihren Bruder an, der benommen den Kopf hob, doch in seinem Blick lag nichts mehr als der Nebel von Alvarhas.

Mia versuchte sich aufzurichten, als der Alb auf sie zutrat, aber ihr Körper gehorchte ihr nicht mehr. In Alvarhas' Hand hing die zerrissene Kette, sie sah es wie durch einen Schleier. Eiskalt war seine Hand, als er sie an der Kehle in die Luft riss und die Nebel aus seinem Mund glitten. Mia sah, wie Jakob auf die Beine kam. Die Nebel des Albs waren aus seinen Augen verschwunden, doch dafür las Mia etwas anderes darin – etwas, das sie vor scheinbar unendlich langer Zeit schon einmal darin gesehen hatte. Abschied war es. Jakob nahm Abschied von ihr. Sie riss die Augen auf, als er den Zauber sprach, der ihn in die Zwischenwelt bringen würde. Dort würde er Alvarhas' Herz töten – und sobald der Alb den Schmerz fühlte, könnte Mia sich befreien und ihm die Kette abnehmen. *Täte ich einen Schritt in die Zwischenwelt, würde sie mich verschlingen, weil ich bin, was sie ist: ein graues, schattenhaftes Nichts aus Leere und Verzweiflung.* Mia dachte an Aldrir und daran, wie die Nebel ihm das Leben geraubt hatten, und sie wusste: Die Zwischenwelt würde auch Jakob töten. Sie wollte schreien, doch Alvarhas' Griff drückte ihr die Luft ab, und im nächsten Moment war Jakob verschwunden.

Mia wurde schwarz vor Augen, als die Nebel sie vollständig umschlossen hatten. Sie spürte, wie sie sich in ihr Fleisch gruben, aber sie fühlte nicht die Kälte, die von ihnen ausging. Sie sah Jakob vor sich, erhellt von gleißenden Blitzen, sah ihn vor einem zuckenden schwarzen Herzen, das nur darauf wartete, sich in eine Bestie zu verwandeln, wenn er es berühren würde, um das Leben zu verteidigen, das es in sich barg. Doch Jakob berührte es nicht. Er flüsterte etwas, einen Zauber, den Mia nicht verstand. Schatten glitten auf ihn zu, er rief die Nebel der Zwischenwelt, die sich zu einem gewaltigen Sturm zusammenfügten und dann mit einem Seufzen durch Jakobs

Brust fuhren. Mia spürte den Schmerz, als wäre es ihr eigener. Jakobs Körper wurde grau und nebelhaft, er verschwamm mit den Konturen der Welt, in die er gegangen war. Doch noch hatte er seinen Zauber nicht beendet. Mia sah, wie sich die schwarzen Winde auf das Herz stürzten und es emporhoben. Im nächsten Moment zerriss Alvarhas' Schrei die Luft.

Seine Hände lösten sich von ihrer Kehle, die Nebel um sie herum verschwanden. Sie schlug auf dem Boden auf, schwer atmend kam sie auf die Beine und starrte Alvarhas an, der zusammengekrümmt vor ihr stand und sich die Brust hielt. Atemlos lauschte sie dem Geräusch, das auf einmal in dem Tempel widerklang – das unsichere, kraftvolle Schlagen eines Herzens. Mia hob die Hand vor den Mund. Jakob hatte Alvarhas' Herz zurück in seinen Körper gesandt – und Alvarhas schaute sie an, als würde dieses Herz ihn auseinanderreißen.

Die Kette mit dem Zauber klirrte in seiner Hand. Er würde sie ihr niemals freiwillig überlassen, das wusste sie. Kalt legte sich die Stille der Entscheidung auf ihre Schultern, die sie bei einem Blick in seine Augen traf. Blitzschnell griff sie nach einer Zacke des zerbrochenen Sterns, wirbelte herum und rammte sie Alvarhas direkt in sein Herz.

Für einen Moment schien die Zeit stillzustehen. Alvarhas schaute auf den Dorn in seiner Brust, erstaunt wie ein Kind beim Anblick des ersten Schnees. Dann hob er den Kopf und sah sie an. Es war ein Blick aus tiefer Finsternis. Flammen entfachten sich in seinem gesunden Auge, sie sah, wie ein Licht in seinem Herzen loderte, sich in sein Innerstes ergoss, ihn auffraß wie eine faulende Frucht. Das Feuer griff nach ihr, es zog sie in Alvarhas' Inneres, ohne dass sie widerstand. Entschlossen kämpfte sie mit den Flammen aus gleißendem Licht, die Alvarhas verbrannten, bis sie ein Kind sah – ein weinendes Kind neben einem Toten. Es war ein Junge von vielleicht fünf Jahren, sein Haar war schwarz, und er lag auf der Brust des Toten, als wollte er ihn mit seinen Tränen wieder zum Leben erwecken. Der Tote trug ein einfaches Leinengewand, und er lächelte starr, doch Mia achtete kaum darauf. Sie fixierte den Jungen, sie zwang ihn, den Kopf zu heben – und schaute Alvarhas' in die gesunden Augen.

Im nächsten Moment spürte sie einen Schlag vor die Brust und fand sich im Tempel wieder. Alvarhas stand vor ihr, zu Asche verbrannt, und schaute sie mit seinem toten Auge an.

Du weißt nicht, gegen wen du gekämpft hast, hörte sie seine Stimme in ihrem Kopf. *Doch eines Tages wirst du es erfahren ... Kind des Sturms ...*

Mit dem letzten Wort zerstob sein Körper, und seine Asche legte sich vor die Füße Ayons, Göttin der Hoffnung in einem Zeitalter der Furcht.

Mia griff nach der Kette, die zu Boden gefallen war. Ihre Lippen zitterten, als sie den Bannzauber sprach, und sie hörte die Schreie der Alben wie die Rufe der Verdammten zu sich herüberklingen. Sturmwind fegte draußen vor dem Tempel vorüber, als die Alben in das Nichts zurückgerissen wurden, aus dem sie gekommen waren, und Mia hätte gern mitangesehen, wie der Zauber die Welt der Menschen von ihnen befreite, wie die Risse des Himmels sich schlossen und die Welt ihr Gleichgewicht zurückerlangte. Doch noch ehe der letzte Alb verschwunden war, entglitt die Kette ihren Fingern. Ihre Magie war beinahe verbraucht. Sie musste sich beeilen, ehe ihre Kräfte sie vollkommen im Stich lassen würden. Lautlos kam der Zauber über ihre Lippen, der das Portal in die Zwischenwelt öffnete. Mia spürte ihr Herz im ganzen Körper. Eines wusste sie: Nur auf den Armen eines Zwischenweltlers konnte ein Sterblicher diese Welt durchqueren – oder durch den Verlust seines Lebens. Mia holte tief Atem. Irgendwo in dieser verfluchten Welt des Nichts war ihr Bruder, und sie würde ihn nicht sterben lassen. Niemals.

Entschlossen tat sie den ersten Schritt und wurde von den Nebeln umflossen. Sie hörte fremdartige Stimmen, die sie zu sich lockten, und spürte die tastenden Zungen des Nebels über ihre Haut gleiten.

Gestalten tauchten im Zwielicht der Zwischenwelt auf und kamen auf sie zu. Schnell schloss Mia die Augen. Sie wollte sie nicht sehen, wollte nicht in Versuchung geführt werden von dem, was in dieser Welt auf sie wartete. Sie würde Jakob finden, und mit ihm würde sie diese Welt wieder verlassen. Schritt für Schritt ging sie in den Nebel hinein, fühlte die Hände und Klauen, die über ihre Wangen strichen, und beschwor Jakobs Stimme herauf, um die Laute um sich herum zu übertönen. Und da, flüsternd und leise, hörte sie seine Gedanken. Nur ein Wort war es, das durch die Nebel klang, ein Name – *ihr* Name, der wie ein Licht in ihr und zugleich außerhalb ihrer selbst auftauchte, als würde die Sonne hinter ihren geschlossenen Lidern stehen. Atemlos betrachtete sie das Licht in ihrem Inneren und ging gleichzeitig darauf zu, die Hände tastend vor sich gestreckt, und berührte endlich Jakobs Gesicht.

Erschrocken fuhr er zurück, und als sie die Augen öffnete, sah sie den Zorn in seinem Blick. Er hatte sie retten wollen, hatte sein Leben für sie gegeben – und nun begab sie sich in eine solche Gefahr. Er öffnete den Mund, um etwas zu sagen, doch dann verzog sein Gesicht sich zu einer Maske aus Schmerz. Lautlos krümmte er sich zusammen und sank zu Boden. Mia fiel neben ihm auf die Knie, sie sah, wie die Nebel der Zwischenwelt über seinen Körper strichen und ihn blasser und farbloser machten. Sie lösten ihn auf, ihn, der nicht tot war und nicht lebendig, sondern nichts – wie sie selbst.

Mia strich ihm übers Haar. Sie musste etwas tun, irgendetwas, um Jakob zu schützen, doch ihre Magie war zu schwach, als dass sie ihn damit vor seinem Schicksal hätte bewahren können. Ein leiser Schmerz durchzog ihre Brust wie eine Erinnerung. Für einen Moment saß sie still. Dann packte sie ihren Bruder an den Schultern und zwang ihn, sie anzusehen. »Ich werde dich nicht allein lassen«, sagte sie mit fester Stimme. »Niemals.«

Und ehe er etwas erwidern konnte, rief sie die letzten Reste ihrer Magie und schickte sie durch die Scherbe in ihrer Brust. Wie ein Schwerthieb durchzog sie der Schmerz, als die Scherbe sich in Richtung ihres Herzens schob, doch sie sah den goldenen Schleier, der sich schützend über Jakobs Körper legte und die Nebel der Zwischenwelt zurückhielt.

»Nein!« Jakob griff nach ihrem Arm.

Sie erkannte die Verzweiflung in seinem Blick und zwang ein Lächeln auf ihre Lippen. »Es ist die Magie der Wünsche«, sagte sie und spürte bereits, wie ihre Zunge schwer wurde. »Sie wird dich schützen.«

Noch einmal strich sie ihm übers Haar. Dann sank ihr Kopf auf Jakobs Brust, und sie fühlte die Kälte des Todes, die mit gierigen Klauen nach ihr griff. Doch noch hatte die Scherbe ihr Ziel nicht erreicht.

Grim, flüsterte sie in Gedanken. *Beeil dich.*

Kapitel 55

Der Gang schien kein Ende zu nehmen. Von wenigen Fackeln erleuchtet, führte er immer tiefer in das Grab hinein. Grim bemühte sich, keinen Laut von sich zu geben, während er hinter Theryon an den mit keltischen Symbolen verzierten Wänden vorüberging, und legte die Hand auf Carvens Schulter. Der Junge atmete so flach, dass Grim ihn kaum noch hörte, und spähte in jede Wandnische, in jeden Seitengang, der in flirrendem Licht von dem Korridor abzweigte, den sie beschritten. Die Magie der Feen verrichtete auch hier ihr Werk und machte sichtbar, was lange Zeit vor den Augen der Menschen verborgen gewesen war. Ein Labyrinth aus Gängen entstand rings um die annähernd runde Grabkammer, auf die sie unweigerlich zuliefen, und verzweigte sich wie das Wurzelgeflecht eines uralten Baumes im Inneren der Erde. Grim konnte die Magie der Feen riechen, so stark war sie an diesem Ort – und er nahm auch den Duft der Schneekönigin wahr, die in großer Eile diesen Gang durchschritten hatte. Theryon ging so rasch voran, als befände er sich auf einem Sonntagsausflug und nicht auf dem Weg zu einer mordlustigen Fee. Grim rechnete damit, jeden Augenblick der Königin gegenüberzustehen – oder dem Schreckgespenst Morrígan, die mit grausam entstellter Fratze aus dem Leib der Königin trat. Angespannt bewegte er die Finger seiner rechten Klaue und prüfte die Stärke des Zaubers, der in seinen Fingern darauf wartete, einen Angriff abzuwehren. Misstrauisch schaute er wie Carven in jede Mauernische und jeden sich neu erschaffenden Gang, bis sie endlich die Grabkammer erreichten.

Das Erste, was Grim sah, war der silberne Wirbel, der sich in der Mitte des Raumes über einem Spalt im Boden erhob und Schneeflocken durcheinanderwälzte. Dann bemerkte er den Sarkophag, der aus einem Loch in der Wand gerissen worden war und mit zerbrochenem Deckel dalag. Er nahm die Klaue von Carvens Schulter und trat näher an den Sarkophag heran. Er war leer. Grim presste die Zähne aufeinander. Die Königin hatte die Überreste ihres Sohnes mit sich genommen und sich tiefer in die A'ng Dh'ùmiel, die unterirdischen Säle der Feen, zurückgezogen. Eilig wollte er auf den Strudel aus Licht und Schnee zutreten, doch Theryon hielt ihn wortlos zurück. Mit bedeutungsvoller Miene hob er einen Stein vom Boden auf, wog ihn kurz in der Hand und warf ihn in den Wirbel. Sofort stürzten sich die Schneeflocken auf den Stein und verbrannten ihn zu einem verschrumpelten Häufchen Asche. Grim stieß die Luft aus. Wenn Theryon ihn nicht gewarnt hätte, wäre er im Licht der Königin verbrannt.

Mit flüsternden Worten strich Theryon über ein verschlungenes Zeichen in der Wand und öffnete ein Portal, hinter dem eine Wendeltreppe abwärtsführte. Grim ließ Carven hinter dem Feenkrieger vorausgehen und folgte ihnen tiefer hinab ins Reich der Feen. Goldene Verzierungen durchzogen den schwarzen Stein der Stufen ebenso wie kunstvoll gearbeitete Mosaike. Früher musste diese Treppe ein beliebter Weg in die Oberwelt gewesen sein. Doch die Zeit hatte ihre Stufen zerfressen, und von der Decke hingen zahllose Stalaktiten, von denen in unregelmäßigen Abständen Wassertropfen herabfielen. Die Treppe wand sich um mehrere Ecken, und Grim spürte die Stille hinter jeder Kurve wie ein lauerndes Tier.

Angestrengt lauschte er, doch er konnte nichts hören als das ewige Tropfen des Wassers, das sich schließlich zu einem metallenen Klopfen entwickelte. Grim fröstelte, als dieses Geräusch in sein

Bewusstsein drang. Mit angehaltenem Atem folgte er Theryon zum Fuß der Treppe, die in einem säulendurchsetzten Saal endete – und fand sich unzähligen Tanks gegenüber. Noch waren sie leer, doch Grim wusste, dass die Königin schon bald weitere Kinder der Menschen in ihnen einsperren würde, um Morrígans Hunger zu stillen. Sein Magen zog sich zusammen, als er an die Vision dachte, die er auf dem Schiff hatte miterleben müssen, und er ballte die Klauen. So weit würde es nicht kommen.

Lautlos schlich er hinter Theryon und Carven durch das verzweigte Höhlensystem der A'ng Dh'ùmiel. Nicht alle Räume waren mit Tanks verunstaltet worden, und Grim wehrte sich vergebens gegen die Faszination, die ihn ergriff angesichts der Schönheit der wie aus einem einzigen Stein geschlagenen Säle mit ihren Säulen aus Marmor und der mit Perlmuttplättchen und Edelsteinen besetzten Gänge. Wieder hatte er das Gefühl, in einer Unterwasserwelt zu sein, und er fühlte erneut die stille Erhabenheit, als er den Blick über die kunstvollen Verzierungen an den Wänden schweifen ließ. *Niemals wird ein Mensch diese Räume wieder betreten*, ging es ihm durch den Kopf, *wenn Carven siegen sollte*.

Mitten in diesen Gedanken hinein hörte er ein Flüstern, das wie ein Hauch aus Schneeflocken über seine Wange strich. Instinktiv hielt er inne, auch Theryon und Carven blieben wie erstarrt stehen. Sie befanden sich in einem mit Lapislazuli verkleideten Korridor, an dessen Seiten mehrere türenlose Räume abzweigten. Zwei goldene Statuen in Form eines Löwen und eines Hahns standen neben einem besonders prunkvollen Durchgang, aus dem nun deutlich die Stimme der Schneekönigin zu hören war.

Sie schlichen sich näher heran und spähten in einen Raum, dessen Wände vollständig mit Mondstein besetzt waren. Zwölf kreisförmig angeordnete Säulen hielten eine mit blutroten Rubinen verzierte Gewölbedecke, und in der Mitte des Raumes erhob sich ein Podest aus weißem Marmor. Darauf lag ein Feenkind von etwa zwölf Jahren. Es war Auryl, der Sohn der Schneekönigin. Sein farbloses Haar umfloss sein Gesicht wie ein Schleier aus Nebel, und seine Haut war so durchscheinend, dass Grim die dunklen Adern darunter sehen konnte. Seine Fingernägel schimmerten wie Glas. Er war in eine helle Tunika gekleidet, und Grim roch den bedrückenden, kalten Hauch des Todes wie damals in der Vision auf dem Feld in Norwegen. Sanfte Nebel zogen über Auryls Haut, als wäre sein Körper eiskalt und würde die Luft um sich herum zum Erfrieren bringen. Er atmete nicht.

Da trat die Schneekönigin zwischen zwei Säulen hervor. Ihr perlenbesetztes Kleid glitt mit leisem Rascheln über den Boden. Ihr Gesicht war noch bleicher als gewöhnlich und ließ ihre Augen dunkel und schattenvoll in ihren Höhlen liegen. Sie trug ein gläsernes Gefäß mit blau schimmerndem Inhalt – und hielt das Schwert Kirgans in der anderen Hand. Unwillkürlich spannte Grim die Muskeln an, als sie es zu Auryls Füßen niederlegte. Theryon warf ihm einen Blick zu, und Grim sah, wie die Königin das Glasgefäß öffnete und sich über das Kind beugte, um ihm die Flüssigkeit in den Mund zu träufeln.

»Trink«, flüsterte sie mit ungewöhnlich zerbrechlicher Stimme. »Trink und kehre zu mir zurück.«

Im selben Moment schob Theryon sich ins Innere des Raumes. Lautlos wie ein Schatten glitt er hinter den Säulen entlang, bis er im Rücken der Schneekönigin stehen blieb. Grim hielt den Atem an. Schritt für Schritt schob Theryon sich vor, so fließend und ohne jedes Geräusch, als wäre er nicht mehr als der Nebel, der über Auryls Körper glitt und ihn langsam zurück ins Leben holte. Er hatte das Podest fast erreicht, als der letzte Tropfen die Kehle des Jungen hinabbrann. Gerade streckte der Feenkrieger die Hand nach dem Schwert aus. Doch in dem Moment, da seine Finger es berührten, sog Auryl mit einem langen, zischenden Atemzug die Luft ein, öffnete die Augen und schaute ihn direkt an.

Theryon stand da wie erstarrt, Grim sah die Empfindungen, die über sein sonst so regloses Gesicht flackerten wie Blitze bei einem Gewitter. Sein Bruder sah ihn ungläubig an, dann flog ein zärtliches Lächeln über seine Lippen und leise flüsterte er: »Theryon.«

Sofort fuhr die Schneekönigin herum. Ihr Gesicht verwandelte sich binnen weniger Augenblicke in eine Fratze aus Hass, und sie duckte sich wie eine Harpyie kurz vor dem Sturz auf ihr Opfer. Theryon griff nach dem Schwert, doch die Königin schleuderte einen mächtigen Blitz nach seiner Hand. Klirrend flog das Schwert durch die Luft und landete weit von Grim entfernt zwischen den Säulen. Theryon riss einen Schutzschild vor sich, doch die Königin zerschlug ihn mühelos mit einer glühenden Peitsche, die sich mit dem Geräusch brechender Knochen um Theryons Hals schlang.

»Wie kannst du es wagen«, zischte die Königin, als sie Theryon zu sich heranzog, ihn quer durch den Raum schleifte und mit wenigen Handbewegungen an eine der Säulen fesselte. »Wenn ich es nicht besser wüsste, würde ich nicht glauben, dass du mein Sohn bist.«

Grim spürte den Bannzauber, der sich mit tödlicher Kälte auf Theryons Stirn legte, und er roch den Gestank von verbranntem Fleisch, als die Fesseln sich durch die Kleider des Feenkriegers brannten. Dieser Zauber würde Theryon innerhalb kurzer Zeit töten, das wusste Grim. Schon rann Blut aus Theryons Nase, es fiel ihm sichtlich schwer, den Kopf aufrecht zu halten, und doch starrte er die Königin unverwandt an. »So geht es mir auch – Mutter«, flüsterte er und verzog den Mund zu einem so grausamen Lächeln, dass Grim sein Gesicht für einen Moment nicht wiedererkannte.

»Ich habe dich geschaffen«, zischte die Königin boshaft. »Und jetzt werde ich dich vernichten, wie ich es längst hätte tun sollen!«

»Nicht, wenn wir es verhindern können!«, brüllte Grim und stürmte vor. Mit gezieltem Schlag landete sein Donnerzauber zu ihren Füßen und trieb sie von Theryon fort, der halb bewusstlos in den Schnüren ihres Zaubers hing. Mit weit ausholenden Schritten trat Grim auf sie zu. Er sah die Flammenwinde, die sie in ihren Fäusten sammelte, um ihn mit einem Schlag zu vernichten. Doch Carven reagierte sofort. Rasend schnell sprang er über das Podest Auryls, der schwer atmend die Augen aufriss, und bezog hinter der Königin Position, die erschrocken zurückfuhr. Carven feuerte einen tosenden Hitzesturm in ihre Richtung und trieb sie auf Grim zu, der sie mit einem Tarnschlag gegen die nächste Säule schleuderte.

Mit einem Schrei stieß sie sich von der Säule ab und raste quer durch die Luft auf Grim zu. Er fühlte die Macht Morrígans, die wie ein Fieber aus der Königin herausbrach und unter ihren Worten zu gewaltigen Zaubern geformt wurde. Wirbelnde Schatten glitten in ihren Händen wie Morgensterne durch die Luft, sie schlugen in den Boden ein und rissen tiefe Krater in den Marmor, als wäre er weiche Butter. Grim duckte sich unter den Schatten, setzte mit einem Salto über das Podest und packte Carven, um ihn mit mächtigem Schwung über die Königin hinweg auf die andere Seite zu befördern. Auf allen vieren kam der Junge auf, die Königin fuhr herum. Schon sausten die schweren Schatten durch die Luft und zerschlugen zwei Säulen, die krachend in den Raum fielen. Carven warf Grim einen Blick zu, entschlossen nickte er.

»Mh'alvor Ung'hyn!«, brüllte Grim und hörte Carvens Stimme als hellen Schrei um seine eigenen Worte wirbeln, als er die Abschlussformel rief: »Lho'no!«

Im selben Moment stießen sie die Fäuste vor und entließen ihren Zauber in gewaltigen Strömen aus Gold und Farben. Donnernd schlug er von beiden Seiten auf die Königin ein, zerriss ihre Schatten und schmetterte sie mit einer Wucht zu Boden, dass tiefe Risse den Raum durchzogen. Die Königin schrie, als sich die Farben um ihren Leib wanden, als das Gold sich in ihr Fleisch fraß und ihr mit brennenden Lanzen in die Lunge fuhr, um ihr das Leben aus dem Körper zu reißen. Wie erstarrt standen Grim und Carven da, die Schreie der Königin umtosten sie wie fliegende Scherben, und als sie die Hände nach Carven ausstreckte, konnte Grim die Knochen ihrer Finger sehen. Da riss der Junge seinen Blick los und rannte auf das Schwert zu, das zwischen den Säulen lag.

»Nein!«

Der Schrei der Königin kam wie aus tausend Kehlen, donnernd schlug er gegen die Wände, riss Carven von den Füßen und schleuderte das Schwert zurück in ihre Hand. Im selben Moment richtete sie sich auf. Grim sah, wie sie die Arme ausstreckte und einen Zauber über die Lippen brachte, dunkel und grollend, als wäre es nicht ihre Stimme, mit der sie sprach.

Für einen Moment wurde ihr Körper pechschwarz wie verbrannt. Dann warf sie den Kopf in den Nacken und brüllte. Wie eine explodierende Steinschicht zersprang der Zauber, den Grim und Carven über sie gelegt hatten, und sie mussten in Deckung gehen vor zischenden Überresten, die unkontrolliert in den Wänden und der Decke einschlugen. Grim sah noch, wie ein magisches Geschoss Carvens Schläfe traf und der Junge bewusstlos zu Boden fiel. Dann schlug ihm ein goldener Wirbel vor die Brust und riss ihn mit sich gegen die Wand. Theryon hing an der gegenüberliegenden Säule reglos in den Schnüren der Königin, und Grim spürte die Kälte, die über Theryons Stirn strich ebenso wie das Blut, das über seine eigene Brust lief. Doch ehe er sich heilen konnte, packte ihn eine eisige Klaue an der Kehle. Schwer atmend schaute er in das halb zerfressene Gesicht der Schneekönigin und spürte die Bannmagie, die sie in seinen Körper schickte. Die linke Hälfte ihres Gesichts war bis auf den Knochen verbrannt, und darunter starrte Grim ein anderes Antlitz entgegen, ein lächelndes, grausames Gesicht mit teerschwarzen Augen – das Gesicht Morrígans.

Die Königin grub ihre Krallen tief in Grims Hals, während sich ihr Mund dem seinen näherte. »Wieso«, zischte sie, doch ihre Stimme war ein Meer aus Tönen wie ein Insektenschwarm, in dem jedes Tier sein eigenes Schnarren verlauten ließ. »Wieso stehst du nicht auf meiner Seite? Im L'hur Bhraka habe ich gesehen, dass du dem Kind misstraust! Du solltest mich nicht bekämpfen! Du wirst niemals heimisch werden in einer Welt, in der die Menschen regieren! Sie werden dich niemals erkennen und wenn doch, werden sie dich hassen für das, was du bist – wie sie mich hassen! Denn du bist ein Anderwesen – wie ich!«

Grim spürte die Schatten ihres Zaubers, die nach seinem freien Willen griffen, aber er starrte sie mit aller Entschlossenheit an, die er besaß. »Du irrst dich«, grollte er leise. »Ich bin nicht wie du. Ich bin mehr, als du jemals erahnen kannst. Eines Tages werden die Menschen mich erkennen. Sie werden ihren Weg finden durch die Wüste, die sie sich geschaffen haben, und am anderen Ende werde ich auf sie warten. Und dann werden wir die Welt verwandeln, ohne Kriege und Blutvergießen, sondern mit den Kräften, die in uns wohnen und die uns einander so ähnlich machen, als wären wir nichts anderes als zwei Seiten einer Münze.«

Grim sah den Zorn im Gesicht der Königin, sah ihre Verzweiflung – und wie sich die Maske vor ihren Augen langsam hob. Sofort stürzte Grim vornüber in ihre Finsternis, und obwohl der Schutzzauber Theryons die Schatten der Königin von seinem Inneren fernhielt, spürte er, wie sich seine Lunge zusammenpresste unter dem Eindruck vollkommener Finsternis. Atemlos starrte er der Königin ins Gesicht, unfähig sich abzuwenden, und erkannte darin den Hohn Morrígans, der nun als dunkler Nebel aus ihrem Mund kroch. Ein Nebel aus Gift war es, der mit feinen Nadelstichen in Grims Haut eindrang, der sein Blut vergiften und ihn töten würde. Schon spürte er den Todeshauch, der mit Morrígans Zunge über seine Haut leckte, und hielt die Stimme, die plötzlich durch seine betäubten Gedanken fegte wie ein kalter Windstoß, im ersten Augenblick für eine Wirkung ihres Zaubers. *Grim*, hörte er Mias Stimme in seinem Kopf und wusste plötzlich, dass das keine Illusion war. *Beeil dich.*

Er spürte, wie Morrígan vor dieser Stimme zurückwich, wie

sie unwillig kältere Schatten aussandte und doch nicht verhindern konnte, dass Grim auf Mias Stimme hörte und nicht auf ihre. Mia brauchte ihn. Er würde sie nicht allein lassen.

Mit aller Kraft, die ihm noch verblieb, schlug er seine Klaue gegen die Schulter der Schneekönigin und stieß sie von sich. Sie schrie auf, für einen Moment flackerte der Bann auf Grims Haut. Im selben Augenblick hörte er Theryon keuchen und wusste, dass der Zauber der Königin sein Ziel fast erreicht hatte: Nur noch wenige Atemzüge trennten den Feenkrieger von seinem Tod. Grim wandte Theryon seinen Blick zu und erstarrte. Die karge Ebene war aus seinen Augen verschwunden, und stattdessen brandete Grim Finsternis entgegen. Mit tief geneigtem Kopf starrte Theryon die Schneekönigin an, die mitten in der Bewegung verharrte, als hätte sie einen Ruf aus weiter Ferne vernommen, der nur für sie bestimmt gewesen war. Langsam glitt ein Lächeln über ihre Lippen.

»Du bist ein Narr, Theryon«, sagte sie leise. »Deine Finsternis kann mich nicht bezwingen!«

Sie wandte sich um, und im selben Moment brach etwas Goldenes durch die Dunkelheit in Theryons Augen, wie ein aufgehender Stern in tiefschwarzer Nacht. Gleichzeitig drang ein Brüllen aus Theryons Kehle, es war ein Schrei aus tiefster Seele, getragen von einer weiblichen Stimme. Mit vor Anstrengung verzerrtem Gesicht zerriss Theryon seine Fesseln, und Grim sah Schleier aus Licht aus seinen Augen brechen und sich zu einem goldenen Körper vereinen. Er erkannte das Antlitz von Aradis – jener Fee, die Theryon liebte. Ihr Blick war schwarz vor Zorn, als sie sich auf die Königin stürzte und sie mit festem Griff umklammerte. Zischend grub sich ihr Licht in den Körper ihrer Feindin. Grim spürte, wie der Bann von ihm wich, und sah, dass die Königin für einen winzigen Augenblick die Kontrolle über Morrígan verlor.

Ohne zu zögern, sprang Grim vor und riss Morrígans Schatten aus dem Leib der Königin, wie er es unzählige Male mit Dämonen getan hatte, die über fremde Körper herrschten. Doch Morrígan krallte sich mit aller Kraft im Inneren der Königin fest, und als sie deren Körper verließ, riss sie ihre Eingeweide mit sich. Gleich darauf sperrte Morrígan den Mund auf, knisternd ergoss sich ein Strom aus schwarzen Fliegen über Grims Gesicht, doch er ließ ihre Kehle nicht los. Mit einem Schrei schickte er einen Donnerzauber in ihren nebligen Leib, riss sie hoch in die Luft und schleuderte sie mit aller Kraft gegen die nächste Wand. Sofort glitt der goldene Schatten von Aradis ihr nach. Morrígan kam auf die Beine, Grim sah noch, wie sich die Feen gegenüberstanden – ein Gegenspiel aus Licht und Dunkelheit, aus Liebe und Hass –, ehe sie sich mit einem unbarmherzigen Schrei aufeinanderstürzten. Aradis packte Morrígans Schatten an den Schläfen, goldene Bilder rasten durch sie hindurch und setzten ihren schwarzen Leib in flackerndes Licht. Grim sah, wie Theryon neben Carven auf die Knie fiel und mit letzter Kraft einen Heilungszauber durch dessen Körper schickte. Erschöpft sank der Feenkrieger zu Boden, während Carven sich benommen an die Stirn fuhr und auf die Beine kam.

Da keuchte die Schneekönigin, sie presste sich eine Hand an die Brust, als hätte Morrígan ihr das Herz herausgerissen. Blut lief ihr aus dem Mundwinkel. Grim hob den Arm, ein gleißend heller Blitz traf die Königin und riss das Zepter der Menschen von ihrem Körper. Mit einer Handbewegung zog Grim es zu sich heran und verschmolz es mit seinem Arm. Das Schwert zitterte in der Faust der Königin – und glitt klirrend zu Boden. Mit einem Satz hatte Grim es ergriffen und sprang vor dem blitzschnellen Hieb der Königin zurück, die sich im nächsten Moment schwer atmend an der Säule abstützte.

»Die Menschen sind der Untergang der Anderwelt«, keuchte sie atemlos.

Grim lächelte kaum merklich. »Vielleicht eines Tages«, erwiderte er leise. »Doch zuerst sind sie nur eines: dein Verderben. Denn ich bin einer von ihnen.« Lautlos verwandelte er sich in seine menschliche Gestalt. Er erwartete das Tosen in seinem Inneren, die grausame Kälte der Kluft in seiner Brust, die ihn mit lockenden Stimmen zu sich rief – doch er hörte nichts als ein gleichmäßiges, ruhiges Pochen. Es war sein Menschenherz, das da schlug.

Die Königin schüttelte voller Verachtung den Kopf, ihre Augen verengten sich. »Du bist ein Narr, wenn du dem Jungen vertraust.«

Grim rührte sich nicht. Aus dem Augenwinkel sah er, wie Carven auf ihn zutrat und wenige Schritte von ihm entfernt stehen blieb. »Du hast recht«, sagte er leise. »Ich bin ein Narr – und viele Menschen sind tatsächlich so, wie du sagst.« Er hielt kurz inne, lächelte, als er das Erstaunen auf ihrem Gesicht sah, und fügte leise hinzu: »Aber nicht alle.«

Mit diesen Worten warf er Carven das Schwert zu. Für einen Moment sah er den Jungen an, und Carven erwiderte seinen Blick. Noch immer war er der schmächtige kleine Junge, dem Grim in Hortensius' Haus begegnet war – und gleichzeitig las er in diesem Augenblick von den Abenteuern, die von diesem Tag an auf Carven warteten, von den Gefahren, denen er sich stellen musste, den äußeren und inneren Kämpfen, die ihn vielleicht eines Tages in die Finsternis stürzen würden. Und noch eines fand Grim in seinem Blick, etwas, das sie beide betraf und das sie ohne ein Wort in diesem Augenblick besiegelten: Sie hatten miteinander gekämpft, mehr noch: Sie waren dem anderen in die Seele gefahren. Ein solcher Schritt ließ sich nicht mehr umkehren. Wenn einer von ihnen unterging, würde der andere ihm folgen. Das war unausweichlich.

Die Königin hustete, als Carven mit fester Stimme den Zauber Bromdurs sprach. Blitze stoben donnernd über die Klinge, schwarze und weiße Lichter flackerten um Carvens Körper, doch er stand regungslos wie ein Abbild der Helden vergangener Zeit.

Da sprang die Königin vor, nicht mehr würdevoll und anmutig, sondern geduckt und schattenhaft wie ein niederer Dämon. Mühelos wehrte Carven ihren Flammenzauber ab, der sich in mehreren Wirbeln auf ihn werfen wollte, und schleuderte jede einzelne Flamme zu ihr zurück. Die letzte traf sie an der Schulter, mit einem Schrei landete sie rücklings am Boden. Langsam trat Carven auf sie zu, die Klinge des Schwertes auf ihre Kehle gerichtet.

»Das darfst du nicht tun«, flüsterte die Schneekönigin und kroch vor ihm zurück. »Gib mir das Schwert zurück, ich …« Sie unterbrach sich und deutete mit zitternder Hand auf ihren Sohn, der sich langsam und geschwächt auf dem Podest aufrichtete. »Siehst du mein Kind, meinen Sohn? Sein Name ist Auryl. Er ist dir gar nicht unähnlich, nicht wahr? Es fehlt nur noch eine Formel, eine winzige, unwichtige Formel, die ihn zu mir zurückbringt. Mit Morrígans Kraft hole ich ihn ins Leben zurück, durch sie habe ich die Gewalt über Leben und Tod und …« Sie leckte sich über die Lippen, die langsam aufsprangen und zu bluten begannen. »Und ich bin bereit, diese Macht mit dir zu teilen. Ich könnte meine Fähigkeit auf dich übertragen, du könntest deine Schwester wieder lebendig machen – oder deinen Meister Hortensius.«

Carven blieb stehen, als hätte sie ihm einen Schlag versetzt. Grim spürte die Anspannung, die seinen Körper überzog wie ein Netz aus elektrischen Stößen.

Die Königin sah, dass ihre Worte den Jungen getroffen hatten wie giftige Pfeile. Langsam und schwankend erhob sie sich, die Hand fest an ihre Brust gepresst. »Komm«, flüsterte sie kaum hörbar. »Stell dich auf meine Seite.«

Grim fühlte die Tränen, die sich in Carvens Augen sammelten, als wären es seine eigenen. Er hörte die Schwester des Jungen weinen in der schäbigen Wohnung, in der sie ermordet worden war, und er spürte die Sehnsucht Carvens nach Hortensius, der sein Leben für ihn gegeben hatte. Die Königin näherte sich dem Jungen, sie streckte die Hand aus. Fast hatte sie das Schwert erreicht. Doch da hob Carven den Blick.

»Nein«, flüsterte der Junge mit einer Traurigkeit in der Stimme, die Grim das Atmen schwer machte. »Für das Licht!«

Damit sprang er vor der Königin zurück, riss das Schwert über seinen Kopf und rief die letzte Formel des Zaubers Bromdurs. Krachend schossen die Gestalten von Feen und Zwergen aus der Klinge, warfen die Königin zu Boden und überzogen sie in wenigen Augenblicken mit goldenem Licht, das sie in die Welt der Feen tragen würde. Schon klaffte ein Portal mitten im Raum, goldene Nebelfäden glitten daraus hervor und verbanden sich mit dem Körper der Königin, deren Konturen langsam blasser wurden.

Zur gleichen Zeit stürzten sich die Geister auf Morrígan. Zischend zerriss das Bild des Zimmers hinter ihr, Grim sah die Schatten, die durch das aufbrechende Portal nach ihr griffen. Laut kreischend wehrte sich Morrígan gegen die Angreifer, die sie zurück in die Verbannung treiben wollten. Da wichen die Geister zurück – doch nicht vor ihr. Eine Gestalt schob sich durch ihre Reihen – die Gestalt eines Zwergs. Er hob den Kopf und sah Carven an. Ein Lächeln lag auf seinen Lippen, als er die Hand zum Gruß hob. Niemand anderes war es als Hortensius, der Letzte Ritter der Sterne. Voller Stolz neigte er vor Carven den Kopf, und Grim spürte die Wärme, die bei dieser Geste zu dem Jungen hinüberbrandete. Dann fuhr Hortensius herum, Grim sah das Aufblitzen seines Streitkolbens, als er Morrígan in ihre Welt zurückschickte, und er meinte, den Zwerg lachen zu hören, als er gemeinsam mit den anderen Geistern wie ein Sturmwind um die Säulen fegte und das Grab verließ, um die Feen in ihre Welt zurückzutreiben.

Aradis eilte zu Theryon und legte ihren Kopf auf seine Brust, und Carven ließ atemlos das Schwert sinken, doch Grim sah es kaum. Sein Blick war auf den Jungen auf dem Podest gerichtet, der nun langsam aufstand. Auch an ihm nagten die Nebel, und das beinahe vollkommen zurückgewonnene Leben rann aus seinem Körper wie eine fühlbare Substanz, bis seine Haut sich grau verfärbte. Doch er achtete nicht darauf. Er schaute zu Theryon hinüber, und für einen Augenblick sahen sie einander an. Auryl neigte den Kopf zum Abschied, und Theryon erwiderte die Geste schweigend. Grim wusste, dass es keine Kinderfeen im eigentlichen Sinne gab, und er wusste auch, dass Feen nur in außergewöhnlichen Situationen und auch dann nur ausgesprochen selten fähig waren zu weinen. Umso stärker spürte er den Schauer, der nun über seinen Rücken lief, als er das Lächeln sah, das sich auf Theryons und Auryls Lippen ausbreitete – und die Tränen, die lautlos über ihre Wangen liefen. Auryl öffnete den Mund, und Feenworte flogen durch den Raum wie schwache Sonnenstrahlen. *Mha'Bhragas ... Nh'emryon tor'lyn dru Alvloryn – y cantaryel.* Zärtlich strichen sie über Grims Haut und ließen ihn frösteln. *Mein Bruder,* hatte Auryl gesagt. *Ich warte auf dich im Reich der Toten – für immer.* Theryon holte tief Luft, Grim sah, dass seine Lippen zitterten, als er lautlos erwiderte: *y cantaryel.*

Auryl wandte sich ab und ließ sich neben seiner Mutter auf die Knie fallen, die nun langsam den Kopf hob. Sie schauten einander an, und in diesem Moment sah Grim keinen Hass und keinen Zorn mehr auf den Zügen der Schneekönigin. Eine seltsame Wärme war in ihren Blick getreten, eine Zärtlichkeit, die ihr Gesicht ganz weich machte. Wortlos streckte ihr Sohn die Hand aus und wischte eine schwarze Träne von ihrer Wange. Ein Lächeln huschte über ihre Gesichter, ein fremdartiges, schönes Lächeln voller Licht. Die Königin griff nach der Hand ihres Kindes. Gemeinsam erhoben sie sich und traten auf den Riss zu. Im nächsten Moment zerflossen ihre Körper zu goldenen Nebeln und verschwanden in der Welt der Feen.

Kapitel 56

Mia spürte, wie die Scherbe in ihrer Brust schmolz, als würde sich warmer Regen in ihr Innerstes ergießen. Doch noch ehe sie vollständig erfasst hatte, was das bedeutete, sah sie die goldenen Nebel, die nach Jakobs Körper griffen. Sie drangen durch die Schleier der Zwischenwelt wie Sonnenstrahlen durch eine Schicht aus Schnee, legten sich um Jakobs Arme und zogen ihn mit sanfter Gewalt mit sich.

Jakob sah sie an, eine seltsame Resignation lag in seinem Blick. Hilflos hielt sie sich an ihrem Bruder fest. Sie würde ihn nicht gehen lassen. Die Nebel um sie herum wurden zu einem Tunnel aus grauem Licht, als die Nebelfäden sie mit sich fortrissen. Sie spürte den Boden nicht mehr unter sich, fühlte nichts als den Wind auf ihrem Gesicht und Jakobs Körper, der reglos in den Schleiern hing. Grim hatte die Schneekönigin bezwungen, das wurde Mia klar, während sie durch die Nebel gerissen wurde. Aber was geschah jetzt mit ihnen? Wohin würden die goldenen Schleier sie führen, die sich langsam in Nebel aus Farben verwandelten – Farben, die Mia noch nie zuvor gesehen hatte außer … Ihr stockte der Atem, als ihr bewusst wurde, dass es Magie war, die sie mit sich zog. Doch ehe sie den Gedanken weiterführen konnte, wurde es hell um sie herum. Die Nebel zerrissen und ließen sie fallen.

Hart landete sie auf marmornem Grund, und doch spürte sie kaum einen Schmerz. Sie hörte das wilde Rauschen eines Meeres in der Ferne und fühlte den warmen Marmor an ihrer Wange. Langsam öffnete sie die Augen und kam neben Jakob auf die Beine, der sich mit großen Augen umsah. Mia kannte den Saal, in dem sie standen, diesen goldenen Raum, der in sanftem Licht erstrahlte, und sie ließ den Blick über die Mosaike in Silber, Gold und Purpur gleiten, die die Wände bedeckten. Gewaltige Berge lagen hinter den bodenlangen Fenstern, und über ihnen spannte sich ein violetter Himmel. Geschöpfe in langen Gewändern bewegten sich durch den Raum, und dort an seiner Stirnseite stand ein prachtvoller Thron, auf dem eine Gestalt saß. Es war eine männliche Fee mit farblosem Haar, das nebelgleich auf einen kostbaren Mantel hinabfiel, und einem mannsgroßen, schmalen Stab in der Hand, an dessen Ende ein funkelnder Stern prangte. Mia schaute in das Gesicht des Herrschers, es war das Antlitz eines Kindes und gleichzeitig eines sehr alten Mannes, ein Maskengesicht, das nicht wusste, was eine Maske überhaupt war, ein farbiger Schleier über einem Abgrund aus Schwärze und ein Schatten auf einem kristallenen Meer.

»Rhendralor«, sagte sie ehrerbietig und legte die rechte Faust auf die linke Brust. »König der Freien Feen, Herrscher über das Tal Nafrad'ur und alle Kreaturen, die den Schatten die Stirn bieten und keinen von ihnen fürchten.«

Jakob folgte ihrer Geste, und der König nickte leicht, als sie die Hände sinken ließen. »Ich heiße euch in der Welt der Feen willkommen«, sagte er mit sanfter Stimme. »Auch wenn ich nur einen von euch erwartet habe.«

Er schaute Jakob an, es war ein prüfender, kalter Blick, der Mia den Atem stocken ließ. Doch gleich darauf kehrte die Wärme in Rhendralors Augen zurück.

»Du bist einen langen Weg gegangen«, fuhr er an Jakob gewandt fort. »Du hast deinen Geist in die Welt der Feen verbannt, um dem endgültigen Tod zu entgehen, und begabst dich auf die Suche nach der Fee, die dir dein Leben zurückgeben konnte – jene Fee, die als

Königin über dieses Reich herrschte. Sie hätte dich freigeben und dir eine Rückkehr in die Welt der Menschen, eine Rückkehr ins Leben gewähren können. Doch nun ist sie tot. Dein Schicksal ist an diese Welt gebunden, hier gehörst du hin. Daher hat dich der Fluch Bromdurs wie die Feen in dieses Reich zurückgetragen.«

Mia spürte die Kälte, die bei diesen Worten über ihre Haut kroch, und sie sog atemlos die Luft ein. Sofort wandte Rhendralor den Blick und sah sie an.

»Mia«, sagte er, und ihr Name floss über seine Lippen wie kostbarer Wein. »Deine Augen sind wie ein Sturm aus grünen Farben, und wie ein Sturm bist auch du unbeugbar. Du hast dich geweigert, deinen Bruder gehen zu lassen, und bist daher wie er hierher entführt worden. Nach den Gesetzen des Feenvolkes gehört ihr nun beide in diese Welt und dürft sie niemals mehr verlassen. Ihr habt für die Menschen gekämpft, ihr habt gesiegt – und jetzt werdet ihr im Reich der Feen bleiben.«

Mia spürte ihr Herz im ganzen Körper. Grim tauchte vor ihr auf, ihre Mutter, Tante Josi, Remis, Theryon, Carven und all die anderen, die in der Welt der Menschen auf ihre Rückkehr warteten. Sie öffnete den Mund, um etwas zu sagen – irgendetwas, das den König der Freien Feen hätte umstimmen können, doch ihr Kopf war wie leergefegt. Hilflos sah sie Jakob an, aber entgegen ihrer Erwartung fand sie keine Verzweiflung in seinem Blick, sondern eine seltsame Ruhe, die sich auch auf ihre Schultern legte, als er lächelte. Langsam wandte sie sich Rhendralor zu. »Wir kämpften für die Gerechtigkeit, mein König«, sagte sie leise. »Wir kämpften nie für die Menschen.«

Etwas wie Erstaunen flackerte über Rhendralors Gesicht, als sie ihm mit diesen Worten antwortete – jenen Worten, die er bei ihrem ersten Besuch in diesem Saal zu Theryon gesprochen hatte.

»Und unser Kampf ist noch nicht beendet«, fuhr sie fort. »*Sieh, was die Menschen getan haben – sieh, was sie noch immer tun* – das waren

Eure Worte. *Wohin soll es kommen mit der Welt, wenn die Herrschaft der Menschen nicht gebrochen wird?*«

Die Miene des Königs war regungslos und machte es Mia unmöglich, seine Gedanken zu erraten.

»Wir wollen sie brechen«, sagte Jakob da, und seine Stimme klang so fest und kraftvoll wie seit langer Zeit nicht mehr. »Aber nicht auf die Art, wie die Schneekönigin es versucht hat, sondern auf unsere Weise. Wir gehen den Weg der Hartide, unser Ziel ist eine geeinte Welt. Doch um weiter dafür zu kämpfen, können wir uns nicht zurückziehen. Wir dürfen nicht im Reich der Feen bleiben, denn unsere Aufgabe ist noch nicht erfüllt.«

Mia holte tief Atem. »Ich weiß nicht, welche Opfer ich bringen muss, um diese Welt wieder zu verlassen. Und ich weiß auch nicht, ob es überhaupt einen Weg hinaus gibt. Aber eines weiß ich genau: Wenn es nicht so ist, werde ich ihn mir mit meinen eigenen Händen bauen, und vielleicht … vielleicht gibt es eine Fee, die mir dabei hilft.«

Der König schaute sie an, und im selben Moment dachte Mia nichts mehr. Die Augen Rhendralors spiegelten nichts, denn es waren die Augen einer Fee, und doch – als Mia in dieses nächtliche Blau schaute, meinte sie für einen Moment, sich selbst anzusehen. Sie sah sich an der Hand ihrer Mutter, wie sie zum ersten Mal durch frisch gefallenen Schnee gelaufen war, sah sich mit ihrem Vater durch die Wälder Frankreichs streifen auf der Suche nach Elfen und Trollen, sah sich allein auf den Friedhöfen von Paris, nachdem er sie verlassen hatte, und neben Jakob auf einem klapprigen Holzstuhl in seiner Wohnung, während er ihr Geschichten und Märchen erzählte. Sie sah Grims Gesicht, sah sich selbst, wie sie auf dem Turm seiner Kirche stand und über die Straßen von Paris schaute, fröstelnd und zitternd vor Kälte – und doch mit einem Schimmer aus Licht in sich, der jeden Sturm überdauern würde. Sie spürte das Lächeln, das dieses Bild durchdrang wie ein sanfter Wärmeschauer, und langsam, kaum merklich, kehrte sie vor den Thron zurück und schaute zu Rhendralor auf.

»Menschen sind ein außergewöhnliches Volk«, sagte der König der Freien Feen. »Doch zwei Exemplare wie euch habe ich seit langer Zeit nicht mehr getroffen. Ihr seid schwach im Gegensatz zu uns Feen, ihr seid wenige – und ihr seid sterblich. Und doch habt ihr euch meiner Tochter in den Weg gestellt, ungeachtet der Folgen, die ein solches Handeln für euch selbst haben würde, und das alles nur aus einem einzigen Grund: weil es für Menschen wie euch in manchen Situationen keinen anderen Weg gibt. Vermutlich würden einige meines Volkes in die Welt der Menschen zurückkehren, wenn nur mehr von eurer Art dort leben würden, und vielleicht … ja, vielleicht könnt ihr tatsächlich einen Tropfen dazu beitragen, dass es eines Tages dazu kommen wird.« Er holte Atem und streckte die Hand nach Jakob aus.

Langsam trat Jakob vor seinen Thron und ließ es zu, dass der König ihm die Hand auf die Brust legte. Goldene Ströme aus Licht pulsten über Rhendralors Finger. Jakob sog scharf die Luft ein und wollte zurückweichen, doch der König packte ihn im Nacken und riss ihn zu sich heran. Mia wollte vorstürzen, doch ein Blick Rhendralors hielt sie zurück. Atemlos sah sie zu, wie das Licht sich in Jakobs Brust ergoss, wie seine Beine unter ihm nachgaben und er hilflos wie eine Puppe in den Armen des Königs lag. Er verlor das Bewusstsein, und als Rhendralor ihn losließ, wäre er gefallen, hätte der König nicht einen durchscheinenden Schleier um ihn gelegt, der ihn sanft zu Mia zurücktrug und am Boden niederlegte.

Mia fiel neben Jakob auf die Knie. Sein Gesicht war blass wie das eines Toten, und seine Hand war eiskalt. Sie spürte, wie ihr unwillkürlich Tränen in die Augen schossen. Verzweifelt beugte sie sich über ihn – und erstarrte. Leise, kaum hörbar drang ein Ton durch die Stille. Sie presste ihr Ohr auf Jakobs Brust, und ein Schauer lief über ihren Körper, als sie hörte, dass sein Herz wieder schlug.

»Nach dem Tod meiner Tochter kehrte die Macht über das Reich der Feen zu mir zurück«, drang Rhendralors Stimme in ihr Bewusstsein. Sie hob den Kopf und sah durch einen Schleier aus Tränen, dass der König seinen Stab mit dem Stern hob. »Und als König der Feen liegt es in meiner Macht, den Menschen das Leben zu schenken, die es mir zu Füßen legen. Ich gab deinem Bruder das Leben zurück, Mia Sturmkind, und ich werde euch beide zurückschicken in die Welt, nach der ihr euch sehnt. Eines Tages werden wir uns wiedersehen, das spüre ich – und dann wird mehr in deinen Augen liegen als Sehnsucht und Sturm.«

Mia wollte etwas erwidern, irgendetwas, doch ihre Kehle war wie zugeschnürt. Sie sah, dass Rhendralor lächelte, während ein Zauber über seine Lippen kam, und spürte gleich darauf, wie tosende Nebel sie in die Luft hoben. Sie umarmte Jakob, so fest sie konnte. Ihr Haar flog um ihren Kopf, und als die Nebel zerrissen, fiel sie erneut aus großer Höhe. Hart schlug sie auf dem Boden auf und brauchte einen Augenblick, um zu wissen, wo sie war. Taumelnd kam sie auf die Beine und half Jakob beim Aufstehen, der sich stöhnend an die Brust griff.

Sie standen auf dem Platz vor Ayons Tempel. Die Gebäude um sie herum lösten sich auf, vereinzelt flackerten noch goldene Nebel über den Himmel und rissen die letzten Feen zurück in ihre Welt. Die Risse des Himmels waren verschwunden, die Welt erlangte langsam ihr Gleichgewicht zurück. Schleier strichen über die Zinnen und Türme der Stadt, und Mia spürte eine Schwere, die sie seufzen ließ. Wie verzaubert war die Welt gewesen, als die Magie der Feen zu ihr zurückgekehrt war, und wie grau und farblos würde sie nun wieder sein. Kalter Wind strich über den Hügel von Newgrange, der bald schon nichts weiter mehr sein würde als ein Grab, das trostlos ...

Weiter kam sie nicht. Denn in diesem Moment trat eine Gestalt aus der Dunkelheit des Ganggrabs, eine hochgewachsene, dunkle

Gestalt mit gewaltigen Schwingen und einem unbeugsamen Trotz in den Augen. Mia stieß einen Schrei aus, sie achtete nicht auf die Schmerzen, die ihren Körper durchzogen, als sie auf Grim zurannte, und als er sie in die Arme schloss und sie den Duft seiner steinernen Haut in sich aufsog, war es gleichgültig, ob sie in einer kristallenen Stadt standen oder auf einem Feld aus Asche.

Die Welt war mehr als alles, was sie zu sein schien – und eines Tages würden die Menschen es sehen.

Kapitel 57

Es war eine gespenstische Stimmung, die über dem Tal Brú na Bóinne lag, als Grim mit Mia und Remis durch die Straßen der Tempelstadt ging. Noch ragten einige Ruinen auf, doch die schwarzen Gebäude wirkten bereits wie Gestalten aus Nebel und Erinnerung, während sie sich langsam mit der Dunkelheit der Nacht vermischten und auflösten. Die Feen hatten die Welt der Menschen verlassen. Sie hatten ihre Magie mit sich genommen und nur einen ihrer Art auf dem kargen Feld der Schlacht zurückgelassen: Theryon, den Feenkrieger, der nun auf dem Hügel von Newgrange saß, den Blick nach Westen gewandt, und den Wind über seinen Körper streichen ließ. In seinen Händen hielt er das Zepter der Menschen. Mit ihm würde er die Grenze zwischen den Welten neu errichten, doch einen Bann würde er dieses Mal nicht sprechen. Eines Tages, so hatte er mit einem Lächeln gesagt, würden die Feen vielleicht in friedlicher Absicht in die Welt der Menschen zurückkehren, und dann sollte weder Bann noch Fluch sie daran hindern.

Ein sanftes goldenes Licht umfloss Theryons Körper, und Grim meinte, ab und zu die Stimme von Aradis zu hören, die wie ein weit entferntes Lachen zu ihm herüberdrang. Unter dem Grabhügel in den sich auflösenden Straßenzügen der Tempelstadt standen die Ghrogonier, Zwerge und Elfen zwischen denen, die gefallen waren, und dort, vor den verblassenden Stufen des Tempels der Ayon, saßen die Menschen.

Grim hatte erwartet, dass sie fliehen würden, sobald sie die Gelegenheit dazu bekamen, doch sie waren geblieben und saßen nun in leise Gespräche vertieft gemeinsam mit den befreiten Kindern neben den Anderwesen, denen sie ihr Leben zu verdanken hatten. Mitunter schauten einige von ihnen wie verzaubert zu den reglosen Gestalten der Schattenflügler hinüber, und Grim musste grinsen, als er sah, dass Kronk und Walli hinter ihren steinernen Fassaden lächelten. Immer wieder riefen einige Menschen Carven und Jakob zu sich und befragten sie zu ihren Erlebnissen im Kampf oder in der Welt der Feen, die ihnen wie plötzlich wahr gewordene Märchen erscheinen mussten, und viele strichen über Asmaels Fell, der sich in ihrer Mitte niedergelassen hatte. Neben ihm saß eine zierliche Elfe, die mit einem Lächeln zu Remis herüberwinkte, und der Kobold lachte leise, als er Rosalie erkannte.

In diesem Moment trat Mourier zwischen den Häusern hervor und kam auf Grim zu. Sein Gesicht war geschwärzt vom Ruß der Feuer, denen er ausgewichen war, doch seine Bewegungen waren die eines alten Kriegers, dessen Gelenke schon lange wieder einmal einer Ölung durch eine Schlacht bedurft hatten. Er blieb vor Mia stehen und neigte den Kopf, wie er es bei allen Kriegern tat, die sich in der Schlacht hervorgetan hatten. Dann wandte er sich an Grim.

»Sie wollen nicht gehen«, sagte er mit einem Blick auf die Menschen. »Es ist, als würden sie auf etwas warten, ohne es selbst zu wissen.«

Mia sah ihn an. »Wann werden sie wieder die Gelegenheit haben, mit Geschöpfen zusammen zu sein, die sie bisher nur aus Geschichten und Liedern kannten?«

Mourier nickte nachdenklich. »Die Feenmagie ist verschwunden und alles, was sie in der Welt der Menschen verändert hat, wird in seinen ursprünglichen Zustand zurückkehren. Bald schon wird alles so sein, wie es vorher war, und auch wenn die Menschen sich das

nicht erklären können, werden sie vermutlich bereits in wenigen Wochen zum Alltag übergehen. Und dennoch ...« Er seufzte tief.
»Es wird eine ganze Reihe von Erinnerungslöschungen geben. Vermutlich müssen wir in einer groß angelegten Aktion sämtliche Menschen überprüfen, um auszuschließen, dass sie der Anderwelt auf die Spur kommen. Die OGP wird kopfstehen, ich frage mich, ob wir einer solchen Aktion überhaupt gewachsen sind. Nun ja ...« Er hielt inne und schlug Grim kameradschaftlich gegen die Schulter. »Unser Polizeipräsident wird sich der Sache gewissenhaft annehmen, nicht wahr?«

Grim erwiderte nichts. Er betrachtete die Menschen, die sich gerade um Tomkin versammelt hatten und einem der Lieder des Barden lauschten, die manche von ihnen noch vor Kurzem vielleicht für verworren und verrückt gehalten hatten. Er sah Mia an, die seinen Blick fragend erwiderte. Er musste kein Wort sagen, damit sie verstand. Mit einem Lächeln nickte sie, und er ging an Mourier vorbei auf den Platz der Schlacht, dessen Steine langsam vom Gras der Felder durchbrochen wurden.

Er spürte die Stille wie Wind auf seinem Gesicht, als Menschen wie Anderwesen die Köpfe wandten und ihn anschauten. Nach und nach verstummten die Gespräche, und für einen Moment sog er die Erwartung in sich auf, die er nun in zahlreichen Gesichtern lesen konnte.

»Mein Name ist Grim«, sagte er und hörte, wie seine Stimme auf die Menschen zurollte und ihnen die Haare aus den Gesichtern strich, ohne dass sie vor ihr zurückwichen. »Ich bin eines der Anderwesen, das dafür zuständig ist, den hier anwesenden Menschen die Erinnerungen an die Geschehnisse der vergangenen Wochen und besonders der letzten Nacht zu nehmen.«

Erschrockene Rufe hallten über den Platz. Die Menschen warfen den Schattenflüglern ängstliche Blicke zu, die wie Statuen am Rand des Platzes standen und zu ihnen hinüberschauten. Grim richtete seinen Blick auf die Menschen und ertrug regungslos die Furcht in ihren Augen, als sie ihn ansahen.

»Auf meinen Befehl hin werden die befugten Gargoyles eure Gedanken lesen«, fuhr er fort. »Sie werden die relevanten Erinnerungen finden und sie löschen. Ihr werdet keinerlei Schmerzen dabei empfinden, und nach einem kurzen Schlaf werdet ihr erwachen und euch an nichts mehr erinnern, das eure bislang so heile Welt gefährden könnte. Seit Langem vollzieht sich dieser Vorgang immer wieder in der Menschenwelt, ohne dass ihr auch nur etwas davon ahnen würdet. Vor langer Zeit hat die Anderwelt, aus der ich stamme, sich dazu entschlossen, vor euch verborgen zu bleiben, um sich vor euch zu schützen – vor eurem Hass, vor eurer Ignoranz, vor eurem Neid. Es gibt tausend Gründe, aus denen ich sofort den Befehl geben müsste, euch die Erinnerungen zu nehmen.« Er hielt inne, auf einmal schlug sein Herz rasend schnell. »Doch ich werde es nicht tun.«

Die Menschen sogen wie ein gewaltiges Wesen die Luft ein, doch auch die Anderwesen wandten überrascht die Köpfe, und Grim sah deutlich den flammenden Blick Mouriers, als er weitersprach.

»Die Feen haben uns verlassen«, fuhr er fort. »Und auch wenn wir wissen, dass es keinen anderen Weg gab, sollten wir eines niemals vergessen: Diese Welt, die sich nun langsam wieder von dem befreit, was eigentlich ein Teil von ihr ist, gehört nicht Menschen oder Anderwesen, nicht Sterblichen oder Untoten, nicht Gut oder Böse. Diese Welt gehört uns allen. Heute Nacht haben wir ein Stück von ihr in die Verbannung geschickt, weil wir es verlernt haben, miteinander zu leben – weil wir die Welt auseinandergerissen haben in *unsere* Welt und die der *anderen*. Wir haben die Feen verloren, und vielleicht kehren sie niemals mehr in diese Welt zurück.«

Er holte tief Atem und begegnete dem Blick Carvens, der inmitten der Menschen stand und regungslos zu ihm aufsah.

»Aber das will ich nicht glauben«, rief Grim mit voller Stimme.

»Ich will nicht glauben, dass sie uns für immer verlassen haben – und ich *werde* es nicht glauben! Heute Nacht haben Menschen und Anderwesen Seite an Seite gestanden gegen Hass und Zorn. Heute Nacht sind einige Menschen den ersten Schritt in Richtung einer friedvollen, geeinten Welt gegangen, ohne Furcht, ohne Eigennutz oder wie all die negativen Eigenschaften sonst heißen mögen, die dem Volk der Menschen von Anderweltseite so gern unterstellt werden. Heute Nacht waren die Menschen ein Teil unserer Welt. Gemeinsam haben wir gezeigt, dass die Welt im Ganzen mehr sein kann als das, was wir aus ihr gemacht haben, dass sie es verdient, dass wir um sie kämpfen – gemeinsam, nicht unwissend und blind füreinander und uns selbst!« Er hielt kurz inne. »Die Zeiten werden sich ändern. Bereits morgen werden die Anderwesen die Menschen wieder fürchten, und die Menschen werden nichts von ihnen ahnen, weil sie sich selbst verloren haben. Aber nicht alle! Denn als Polizeipräsident liegt die oberste Befehlsgewalt über die Gargoyles an dieser Stelle bei mir – und ich verfüge, dass keine Erinnerungslöschung die Ereignisse der letzten Wochen in den Gedanken der Menschen auf diesem Platz verschleiern wird. Diese Menschen haben heute Nacht bewiesen, dass sie all das sind, was wir für eine geeinte Welt brauchen und noch mehr. Sie sollen in der Gewissheit weiterleben, dass sie nicht allein sind und dass eines Tages die Zeit anbrechen wird, da auch die übrige Menschenwelt von uns erfahren wird, weil sie gelernt hat, uns zu erkennen, ohne uns zu sehen. Diese Nacht kann der erste Schritt sein in eine gemeinsame Zukunft – ob sie es ist, liegt bei uns allen. Lasst uns diese Nacht als Geheimnis zwischen uns bewahren – als Blume aus Finsternis, die eines Tages im Licht der Welt erblühen wird, einer Welt, die uns allen gehört und in der wir nebeneinander leben können als das, was wir sind: Anderwesen und Menschen.«

Die Stille um ihn herum war atemlos. Die Menschen saßen so still, dass sie in ihrer Reglosigkeit den Schattenflüglern hätten Konkurrenz machen können. Grim sah die steinernen Fassaden der Gargoyles, er spürte die Blicke der Anderwesen, die abwartend auf Mourier ruhten. Der steinerne Löwe starrte mit finsterer Miene zu Grim herüber, der seine Worte aus der Senatssitzung in diesem Moment so deutlich hörte, als würde Mourier sie noch einmal aussprechen: *Hätten die Sterblichen in der Vergangenheit von unserer Existenz erfahren – wir wären allesamt vernichtet worden.* Der Löwe konnte alles verhindern, das war Grim klar. Mourier war der König der Anderwelt – sein Wort stand über seinem. Grim hatte hoch gepokert, und nun, da er die Schatten in Mouriers Augen sah, wurde ihm kalt.

Da bewegte sich etwas in den Reihen der Menschen, die ebenso gebannt wie die Anderwesen zu Mourier hinüberschauten. Ein Junge trat aus der Menge hervor, ein Junge mit pechschwarzem Haar und hellen, blauen Augen. Carven sah Grim nicht an. Sein Blick war mit all seiner Kraft auf Mourier gerichtet, den mächtigen steinernen Löwen, der dem Jungen mit einem einzigen Schlag seiner Pranke den Tod bringen konnte. Langsam trat Carven auf ihn zu und blieb dicht vor ihm stehen. Unsicher neigte er den Kopf zu einer Verbeugung, streckte die Hand aus – und erschuf einen Samen aus schwarzem Nebel auf seiner Hand. Lautlos flüsterte er den Zauber, und da brach ein goldener Spross aus dem Samen, der rasch zu einer zarten, blau schimmernden Blume heranwuchs. Mit leisem Ton öffnete sie ihre Knospe und drehte sich Mourier zu, als wäre der Löwe die Sonne. Sie ähnelte einer Bhor Lhelyn – einer Blume der Wünsche. Wortlos hielt Carven sie Mourier entgegen, und für einen Moment flammte ihr Schein auf beiden Gesichtern.

Wie zwei Seiten einer Münze, schoss es Grim durch den Kopf. Er spürte Mias Hand in seiner Klaue, doch er konnte sie nicht ansehen. Wie gebannt schaute er in Mouriers steinernes Gesicht, sah, wie der Löwe langsam den Kopf neigte – und die Blume mit einer winzigen Bewegung seiner Pranke annahm.

Der Jubel war so ohrenbetäubend, dass Grim zusammenfuhr. Die

Menschen kamen auf die Beine, Gargoyles, Elfen und übrige Anderwesen mischten sich unter sie, und steinernes Gelächter vereinte sich mit den vielfarbigen Stimmen der Menschen. Nur einmal hatte Grim etwas Ähnliches gesehen – damals in der Vision der Freien, jener Gargoyles und Menschen, die zu allen Zeiten zusammengelebt und dafür den Tod in Kauf genommen hatten.

Er wusste, dass diese Nacht enden würde. Er wusste, dass nicht alle Erinnerungslöschungen hinsichtlich der Ereignisse der letzten Zeit zu vermeiden waren, denn der Schutz der Anderwelt war ebenso von Bedeutung wie der Schutz der Menschen. Aber er wusste auch, dass er diese Nacht nicht vergessen würde – ebenso wenig wie Jakob und Carven, die mit dem König Ghrogonias sprachen wie mit einem alten Freund, oder Tomkin, der ein farbenprächtiges Lied über dem Platz erklingen ließ. Grim hatte den Glanz in Mouriers Augen gesehen, als Carven ihm die Blume gegeben hatte, und die Stimmen der Menschen und Anderwesen klangen in ihm wider – Stimmen, die in dieser Nacht keine Grenzen kannten.

Mia lehnte sich an ihn, ihr Herz schlug gegen seine Rippen wie sein eigenes. Remis schwirrte von seiner Schulter, verlegen wischte er sich über die Augen und lächelte, als er zu Theryon hinaufsah. Grim folgte seinem Blick.

Theryon hatte sich auf dem Grab erhoben. Ein goldener Schleier löste sich von seinem Körper und verwandelte sich in die Gestalt einer Frau mit tiefschwarzen Augen und wehendem, langen Haar. Zärtlich strich sie Theryon über die Wange, ihr Lächeln war Glück und Schmerz zu gleichen Teilen. Dann erhob sie sich in die Luft. Noch einmal griff Theryon nach ihrer Hand, und er hielt sie fest, während das Licht ihres Körpers langsam schwächer wurde und schließlich nicht mehr war als ein unsichtbarer Schleier aus Wärme. Theryon ließ die Hand sinken. Noch einmal hörte Grim das Lachen von Aradis – dann war es still.

Theryon, der letzte Feenkrieger der Welt, stand einsam auf dem

Grab, in dessen Gewölben er das Schicksal seines Volkes zum zweiten Mal besiegelt hatte. Doch die trostlose Ebene war aus seinen Augen verschwunden. Stattdessen sah Grim einen Nachthimmel in Theryons Blick – einen Himmel voller Sterne über den Ruinen einer vergessenen Stadt.

FINIS

Andrea Cremer
Nightshade
Die Wächter

Roman

Jetzt den QR-Code abfotografieren und Leseprobe auf Ihrem Handy lesen!

Eine verbotene Liebe, eine Wahrheit, die ihre Welt aus dem Gleichgewicht bringt

Calla Tor wurde als Kriegerin geboren, und an ihrem achtzehnten Geburtstag soll sie den verführerischen Werwolf Ren Laroche heiraten, um mit ihm gemeinsam ein neues Rudel anzuführen. Doch Callas Leben wird völlig auf den Kopf gestellt, als sie einen gut aussehenden Menschenjungen rettet und sich in ihn verliebt. Mehr und mehr beginnt Calla ihre Bestimmung in Frage zu stellen. Doch ist ihre Liebe stark genug, um dafür alles aufs Spiel zu setzen, was sie bisher kannte?

»Verführerisch, spannend und voller Action! Macht absolut süchtig!« *Romantic Times*

Erscheint 12.05.2011

Band 1 der Serie
384 Seiten, broschiert mit Klappe
€ 12,99 [D]
ISBN 978-3-8025-8381-0

www.egmont-lyx.de

Bernd Perplies

Magierdämmerung
Für die Krone

Roman

London 1897

Während einer Zaubervorstellung erleidet der Bühnenmagier Brazenwood einen Zusammenbruch und wird kurz darauf von schattenhaften Gestalten gejagt und tödlich verletzt. Der junge Reporter Jonathan Kentham findet den sterbenden Brazenwood, und dieser übergibt ihm ein magisches Kleinod. Schon bald muss Jonathan feststellen, dass sich die Welt verändert hat. Eine Gruppe von Magiern hat in den Ruinen des untergegangenen Atlantis ein uraltes Siegel geöffnet, um ein neues Zeitalter der Magie einzuläuten …

Band 1 der Serie
448 Seiten, broschiert mit Klappe
€ 12,95 [D]
ISBN 978-3-8025-8264-6

www.egmont-lyx.de